De geneesheer van Za

Noah Gordon

De geneesheer van Zaragoza

Uitgeverij Areopagus

Tweede druk

Oorspronkelijke titel: *The Last Jew*
Vertaling: Carla Benink
Omslagontwerp: Studio Jan de Boer

Licentie-uitgave ECI, Vianen

Met veel liefs

voor Caleb en Emma

en oma

I

DE EERSTE ZOON

Toledo, Castilië

23 augustus 1489

I

DE ZOON VAN DE ZILVERSMID

Op een dag dat de lucht loodzwaar drukte en de arrogante zon een plaag was, begon voor Bernardo Espina de slechte tijd. Toen 's morgens zijn drukke spreekuur bijna afgelopen was, braken de vliezen van een zwangere vrouw. Hij stuurde de twee overgebleven patiënten weer naar buiten. De vrouw was niet eens een patiënte, maar een dochter die haar oude vader mee naar de dokter had genomen omdat zijn hoest niet over wilde gaan. Haar vijfde baby kwam voorspoedig ter wereld. Espina ving het glibberige, roze jongetje in zijn handen op, en toen hij het een paar tikjes op de billetjes gaf, werden de ijle, maar gezonde kreten van het daglonerskind door de wachtenden op straat met gejuich ontvangen.

De geboorte gaf Espina een opgewekt gevoel – een valse belofte voor een goede dag. Hij had 's middags vrij en overwoog om zijn gezin met een mandje lekkernijen en een fles rode wijn mee naar de rivier te nemen, waar de kinderen konden spelen terwijl hij en Estrella onder een boom met een hapje en een drankje rustig konden praten.

Maar toen hij klaar was met zijn laatste patiënt kwam er een man in het bruine gewaad van een novice de binnenplaats op rijden op een ezel die in de hitte te hard aangespoord was.

Terwijl de man zijn opwinding en gevoel van gewichtigheid probeerde te onderdrukken, stamelde hij dat pater Sebastián Alvarez meneer de dokter verzocht naar de Priorij van de Tenhemelopneming te komen.

'De prior vraagt of u meteen komt.'

De arts zag dat de man wist dat hij een *converso*, een bekeerling, was. Zijn gedrag drukte respect voor Espina's beroep uit, maar de klank van zijn stem verried een vleug van de minachting waarmee hij elke andere jood zou hebben aangesproken.

Espina knikte. Hij gaf opdracht de ezel met kleine beetjes te drinken te geven en de man ook iets te eten en te drinken aan te bieden. Hijzelf leegde voor alle zekerheid zijn blaas, waste zijn gezicht en handen, en at een stukje brood. De novice zat nog te eten toen Espina wegreed.

Elf jaar geleden had hij zich bekeerd en sindsdien was hij een trouwe aanhanger van zijn nieuwe geloof. Hij vierde elke heilige dag, ging dagelijks met zijn vrouw naar de mis en stond altijd klaar om zijn kerk te dienen. Hij gaf dan ook onmiddellijk aan het verzoek van de priester gehoor, maar in een tempo waarvan zijn rijdier onder de koperen ploert niet te lijden zou hebben.

Toen hij bij de hiëronymitische priorij aankwam, hoorde hij het vloeiende gebeier van de klokken dat de gelovigen opriep tot het angelus van de incarnatie. Hij zag vier bezwete lekenbroeders sjouwen met een mand hard brood en een ketel *sopa boba*, de dunne monnikensoep waarmee de armen bij de toegangspoort het die dag moesten doen.

Hij trof pater Sebastián aan in de kloostergang, waar hij diep in gesprek heen en weer liep met broeder Julio Pérez, de sacristein van de kapel. Het viel Espina op dat ze ernstig keken.

Of eigenlijk geschokt, dacht de arts, toen de prior de sacristein wegstuurde en Bernardo Espina somber in Christus' naam begroette.

'In onze olijfgaard is het lichaam van een dode jongeman gevonden.'

'Vertoont hij tekenen van een ziekte, eerwaarde vader?'

'Hij is vermoord,' antwoordde de priester. Hij was een man van middelbare leeftijd met een zorgelijk gezicht, alsof hij zich voortdurend afvroeg of God wel tevreden over hem was. Op zijn houding ten aanzien van bekeerlingen was niets aan te merken.

Espina knikte langzaam en hoorde al een alarmbelletje in zijn hoofd. Ze leefden in een gewelddadige wereld en helaas werden er maar al te vaak mensen dood aangetroffen, maar als de jongeman al dood was, kon hij er als arts toch ook niets meer aan doen?

'Kom mee.'

De prior ging hem voor naar een van de cellen, waar ze het lichaam neergelegd hadden. Door de hitte waren er al vliegen op afgekomen en hing er al de zoetige stank van de dood. Geschrokken zag Bernardo Espina een bekend gezicht en hij sloeg een kruis, niet wetend of het automatische gebaar voor de vermoorde joodse jongeman was bestemd of voor hemzelf, omdat er een geestelijke naast hem stond.

'We willen graag weten wat er met hem gebeurd is.' De priester keek hem aan. 'Tot in zoveel mogelijk details.' Bernardo knikte, ook al begreep hij er niets van.

Sommige dingen wisten ze beiden al. 'Het is Meir, de zoon van Helkias Toledano,' zei Bernardo. De priester knikte. De vader van de vermoorde jongen was een van de beste zilversmeden in heel Castilië.

'Hij was nog maar vijftien, als ik het me goed herinner,' vervolgde Espina. 'In elk geval is hij zijn jeugd nauwelijks ontgroeid.' Hij probeerde oppervlakkig adem te halen om de stank minder te ruiken, maar het hielp niet. Onder de deken die hem tegen laatste onbescheiden blikken moest beschermen, droeg de forse jongeman alleen een hemd. 'Is hij zo gevonden?'

'Ja, door broeder Angelo toen hij na het morgengebed, toen het nog koel was, olijven plukte.'

'Mag ik hem onderzoeken, vader prior?' vroeg Espina. De prior maakte een ongeduldig gebaar met zijn hand.

Het onschuldige gezicht van de jongen was niet gewond, maar de gespierde delen van zijn armen en borst waren bevlekt met verse kneuzingen. Hij had drie ondiepe meswonden in zijn rug en een snee in zijn linkerzij, boven de derde rib. Zijn anus was gescheurd, er zat sperma op zijn billen en langs de snee door zijn keel parelden nog helderrode bloeddruppels.

Bernardo kende zijn familie: devote, koppige joden, die mensen die zoals hijzelf de godsdienst van hun voorouders vrijwillig afgezworen hadden, verafschuwden.

Na het onderzoek vroeg pater Sebastián de arts mee te gaan naar het sacellum, waar ze zich op de harde tegels voor het altaar op hun knieën lieten zakken om het onzevader te bidden. Daarna pakte pater Sebastián uit een kastje achter het altaar een sandelhouten kistje. Hij maakte het open en haalde er een zwaar geparfumeerde zijden doek uit. Toen hij deze openvouwde, zag Bernardo Espina een verdroogd, verbleekt stukje bot liggen van een centimeter of tien lang.

'Weet je wat dit is?'

Met duidelijke tegenzin overhandigde de priester hem het botje, dat Espina bij het dansende licht van een kaars bestudeerde. 'Het is afkomstig van een mens, vader prior.'

'Ja, mijn zoon.'

Bernardo Espina bevond zich opeens op een smalle, wankele brug boven de gevaarlijke afgrond van de kennis die hij in lange, geheime uren voor de ontleedtafel had opgedaan. Volgens de Kerk was het ontleden van een menselijk lichaam een zonde, maar Espina was nog een jood geweest toen hij in de leer was bij Samuel Provo, een bekende joodse arts, die elke gelegenheid tot het analyseren van het menselijk lichaam te baat nam. Hij keek de prior recht aan en voegde eraan toe: 'Het is een stukje dijbeen, het grootste bot van een mens. Dit stukje zat vlak bij de knie.'

Opnieuw bestudeerde hij het oude botje, waarbij hij lette op de dichtheid van de structuur, de welving, de oneffenheden en de groeven. 'Het is afkomstig van het rechterbeen van een vrouw.'

'Dat weet je door er alleen maar naar te kijken?'

'Ja.'

Bij het kaarslicht waren de ogen van de prior geel. 'Het is een uiterst heilige schakel met onze Verlosser.'

Een relikwie.

Bernardo Espina bekeek het botje met nog meer belangstelling. Hij had niet verwacht dat hij ooit zo dicht bij een heilige relikwie zou staan. 'Was ze een martelares?'

'Ze was de heilige Anna.'

Het duurde even voordat dit tot Espina doordrong. De moeder van de Maagd Maria? Nee toch, dacht hij, en hij merkte tot zijn ontsteltenis dat hij hardop had gedacht.

'Echt waar, mijn zoon. Degenen die zich in Rome met dit soort dingen bezighouden hebben dat bevestigd en zijne eminentie Rodrigo kardinaal Lancol heeft het ons toegestuurd.'

Espina's hand trilde, wat vreemd was voor iemand die al jaren met vaste hand operaties uitvoerde. Voorzichtig gaf hij het botje terug aan de priester en liet zich weer op zijn knieën zakken. Hij sloeg vlug een kruis en bad opnieuw met pater Sebastián mee.

Naderhand, toen Espina weer buiten in het felle, hete zonlicht stond, zag hij gewapende mannen die er niet uitzagen als broeders op het terrein van de priorij rondlopen.

'U hebt de jongen gisteravond, toen hij nog leefde, niet gezien, vader prior?'

'Nee, ik heb hem niet gezien,' antwoordde pater Sebastián, en toen zei hij eindelijk waarom hij Espina had laten komen.

'Onze priorij had de zilversmid Helkias Toledano opdracht gegeven een relikwiekistje van gedreven zilver en goud te maken. Het moest heel bijzonder worden en de vorm hebben van een hostiekelk. In de jaren die we nodig zullen hebben om een geschikte schrijn ter ere van de heilige Anna te financieren en te bouwen, wilden we er ons heilige relikwie in bewaren. De kunstenaar had een prachtig ontwerp gemaakt, het voorwerp waardig, en de jongen zou de kelk gisteravond afleveren. Maar bij zijn lichaam lag alleen een lege leren zak.

Hij kan zijn vermoord door joden, maar ook door christenen. Jij bent arts en je komt op veel plaatsen en bij veel mensen, en je bent zowel christen als jood. Ik wil dat jij uitzoekt wie de daders zijn.'

Bernardo Espina vroeg zich wrevelig af hoe de geestelijke zo dom kon zijn te denken dat een bekeerling overal welkom was. 'Misschien ben ik wel de laatste die u met zo'n opdracht zou moeten belasten, eerwaarde vader.'

'Toch doe ik dat.' De priester keek hem koppig aan, met de onverzettelijke verbittering van iemand die alle aardse gemakken opgegeven heeft om zijn vertrouwen in het hiernamaals te stellen. 'Jij moet de roofmoordenaars vinden, mijn zoon. Jij moet die duivels aanwijzen opdat we tegen hen ten strijde kunnen trekken. Jij moet Gods werk doen.'

2

HET GESCHENK VAN GOD

PATER SEBASTIÁN WIST DAT BROEDER JULIO Pérez een man met een rotsvast geloof was, iemand die ongetwijfeld als zijn opvolger gekozen zou worden als hijzelf het wegens zijn dood of een andere worp van het lot zou laten afweten. Maar de sacristein van de kapel had één gebrek: in zijn onschuld was hij te goed van vertrouwen. Pater Sebastián vond het geen prettig idee dat van de zes gemeen kijkende, gewapende mannen die broeder Julio had ingehuurd om de grens van het terrein van de priorij te bewaken er slechts drie persoonlijk aan hem of broeder Julio bekend waren.

De priester was zich er pijnlijk van bewust dat de toekomst van de priorij, laat staan die van hemzelf, afhing van het in de kapel verstopte houten kistje. De aanwezigheid van de relikwie vervulde hem met dankbaarheid en verwondering, maar baarde hem ook steeds meer zorgen. De verantwoordelijkheid ervoor was een grote eer, maar ook een zware last.

Toen Sebastián Alvarez als twaalfjarige jongen in Valencia woonde, had hij in de glimmende buitenkant van een zwarte aardewerken lampetkan een tafereel gezien. Dit visioen – want hij wist meteen dat het dat was en was daar altijd van overtuigd gebleven – was midden in de sinistere nacht, toen hij wakker werd in de slaapkamer die hij deelde met zijn broers, Augustin en Juan Antonio, aan hem verschenen. Toen hij in de door de maan verlichte kamer naar de zwarte kan had gestaard, had hij de Here Jezus aan het kruis gezien, maar het beeld was vaag. Daarna was hij weer in een diepe slaap gevallen en toen hij de volgende morgen wakker werd, was het visioen verdwenen. Maar wat hij gezien had was hem altijd haarscherp bijgebleven.

Hij had nooit aan iemand verteld dat God hem uitverkoren had om een visioen te ontvangen. Zijn oudere broers zouden hem uitgelachen hebben en gezegd hebben dat het de weerspiegeling van de volle oktobermaan was geweest. Zijn vader, een baron die van mening was dat zijn afkomst en grootgrondbezit hem het recht gaven zich als een dronken bruut te gedragen, zou hem minachtend een pak rammel hebben gegeven. En zijn moeder was een schichtige vrouw, die bang was voor haar man en zich zelden tot haar kinderen richtte.

Maar na de nacht van het visioen stond voor Sebastián vast wat zijn levenstaak was. Hij werd zo gelovig dat zijn familie hem zonder moeite een loopbaan in de Kerk kon aanpraten.

Na zijn inwijding was hij tevreden geweest met een aantal nederige posities. Zes jaar later keerde het tij toen zijn broer Juan Antonio steeds meer aanzien kreeg. Hun broer Augustin had de titel en het land in Valencia geërfd, maar Juan Antonio was in Toledo getrouwd met een vrouw uit een vooraanstaande familie, de machtige Borgia's. Zij hadden ervoor gezorgd dat Sebastián werd overgeplaatst naar het bisdom Toledo.

Sebastián werd kapelaan in een nieuwe hiëronymitische priorij en de assistent van de prior, pater Jerónimo Degas. De Priorij van de Tenhemelopneming was straatarm. Behalve het stukje grond waarop de gebouwen stonden, bezat men geen land en huurde alleen een olijfgaard. Uit liefdadigheid vond Juan Antonio het goed dat de broeders in de hoeken en op een smalle grensstrook van zijn eigen land druiven verbouwden. De priorij ontving weinig donaties en er klopten geen rijke novicen aan de poort om hun leven aan God te wijden.

Maar toen pater Jerónimo Degas stierf, beging Sebastián Alvarez de zonde van trots toen de broeders hem als diens opvolger aanwezen, ook al vermoedde hij dat hem die eer werd aangedaan omdat hij de broer van Juan Antonio was.

De eerste vijf jaren van zijn bestuur hadden veel van hem geëist en hem geestelijk uitgeput. Maar ondanks de benauwende kleingeestigheid durfde hij te dromen. De enorme cisterciënzer orde was gesticht door een handjevol enthousiastelingen die nog armer waren geweest dan zijn eigen broeders. En wanneer een cisterciënzer gemeenschap uit zestig in het wit gehulde monniken bestond, werden er twaalf weggestuurd om een nieuw klooster te stichten, en op die manier hadden ze zich voor Jezus door heel Europa verspreid. Pater Sebastián hield zichzelf voor dat zijn eigen bescheiden priorij hetzelfde zou kunnen doen zodra God hun de weg zou wijzen.

In het jaar des Heren 1488 werd pater Sebastián verblijd en de religieuze gemeenschap van Castilië aangemoedigd door een bezoek uit Rome. De wortels van Rodrigo kardinaal Lancol lagen in Spanje, want hij was als Rodrigo Borgia in de buurt van Sevilla geboren. In zijn jeugd was hij geadopteerd door zijn oom, paus Calixtus III, en hij was opgegroeid tot een man die vrees inboezemde, een man met grote kerkelijke macht.

De familie Alvarez had lang geleden bewezen dat ze vrienden en bondgenoten van de Borgia's waren, en de nauwe band was nog versterkt door het huwelijk tussen Elienor Borgia en Juan Antonio. Vanwege zijn connecties met de Borgia's was Juan Antonio inmiddels een populaire man aan het hof geworden en men zei zelfs dat de koningin erg op hem gesteld was.

Elienor was een nicht van kardinaal Lancol.

'Een relikwie,' had Sebastián tegen Elienor gezegd.

Hij had een hekel aan zijn schoonzuster, die hij niet kon uitstaan vanwege haar ijdelheid, onoprechtheid en wrok als iemand haar ergerde. 'Een relikwie van een martelaar, of misschien van een minder bekende heilige. Als zijne eminentie ons zo'n relikwie zou kunnen bezorgen, zou dat onze redding zijn. Ik weet zeker dat hij ons zal helpen als je het hem vraagt.'

'O, maar dat kan ik niet doen!' protesteerde Elienor.

Toch bleef Sebastián haar vleien en drong hij naarmate de komst van de kardinaal dichterbij kwam steeds meer aan, en ze begon te weifelen. Ten slotte beloofde ze, om van de lastpost af te zijn en haar man een plezier te doen, dat ze haar uiterste best zou doen om hem te helpen. Het was al bekend dat de kardinaal zou logeren in Cuenca, op het landgoed van de broer van haar vader, Garci Borgia Junez.

'Ik zal met mijn oom praten en het hem vragen,' beloofde ze Sebastián.

Voordat kardinaal Lancol weer uit Spanje vertrok, droeg hij in de kathedraal van Toledo een mis op die door alle broeders, priesters en hoge geestelijken uit de streek werd bijgewoond. Na de dienst werd hij, met zijn mijter op het hoofd, zijn lange bisschopsstaf in de hand en de van de paus gekregen mantel om zijn schouders, omringd door bewonderaars. Sebastián zag hem in de verte staan, alsof het weer een visioen was. Hij deed geen moeite om naar hem toe te gaan. Elienor had gezegd dat Garci Borgia Junez hem het verzoek overgebracht had. Haar oom had de kardinaal erop gewezen dat er na elke grote kruistocht ridders en soldaten uit alle landen van Europa door Spanje waren getrokken en dat die voor hun terugkeer naar huis het land van alle relikwieën hadden beroofd. Ze hadden alle beenderen van de martelaren en heiligen opgegraven en langs de hele route elke kerk of kathedraal van zijn relikwieën ontdaan. En toen had haar oom Lancol vriendelijk gevraagd om als het mogelijk was een nieuwe relikwie te sturen naar de Spaanse priester die door een huwelijk aan hen verwant was, en hij had hem ervan verzekerd dat de Castiliërs hem daar eeuwig dankbaar voor zouden zijn.

Sebastián wist dat de zaak nu in handen van God en die van Zijn dienaren in Rome lag.

Daarna gingen de dagen langzaam voorbij. Eerst waagde hij het te dromen van een relikwie die de gebeden van christenen zou beantwoorden en zieken genadig zou genezen. Zo'n relikwie zou vanuit alle windstreken aanbidders en giften aantrekken. De kleine priorij zou een groot, welvarend klooster worden en de prior zou...

Maar toen er eerst weken en daarna maanden voorbijgingen, probeerde hij de droom te vergeten. En toen hij zo goed als alle hoop opgegeven had, werd hij ontboden op het kantoor van het bisdom Toledo. De documententas die tweemaal per jaar vanuit Rome werd gestuurd was aangekomen en bevatte onder meer een verzegelde boodschap voor pater Sebastián Alvarez van de Priorij van de Tenhemelopneming.

Het was heel vreemd dat een nederige priester een verzegeld pakje van de Heilige Stoel ontving. Hulpbisschop Guillermo Ramero, die het aan Sebastián overhandigde, wachtte nieuwsgierig tot de prior het zou openen en hem de inhoud zou laten zien, zoals het iedere gehoorzame priester betaamde. Hij werd woedend toen pater Alvarez het pakje alleen maar aannam en er vlug mee wegliep.

Pas toen Sebastián terug was in de priorij verbrak hij met trillende vingers het lakzegel.

In het pakje zat een document getiteld *Translatio Sanctae Annae* en toen hij zich in een stoel liet zakken en verbijsterd begon te lezen, ontdekte hij dat het de geschiedenis was van de overblijfselen van de moeder van de Heilige Maagd.

De moeder van de Heilige Maagd, Chana de Jodin, de vrouw van Joachim, was in Nazareth overleden en daar in een tombe begraven. Vanaf dat moment werd ze door christenen aanbeden. Kort na haar dood vertrokken twee van haar nichtjes, die allebei Maria heetten, samen met een iets verdere bloedverwant, Maximin, uit het Heilige Land om de leer van Jezus in het buitenland te verkondigen. Hun prediking was officieel gemaakt doordat ze een houten kist hadden meegekregen met daarin een aantal relikwieën van de moeder van de Maagd Maria. Het drietal stak de Middellandse Zee over en ging in Marseille aan wal, waar de vrouwen in een vissersdorp in de buurt gingen wonen om het volk te bekeren. Omdat er vaak vreemdelingen het gebied binnendrongen, moest Maximin de heilige beenderen naar een veilige plaats brengen. Hij trok verder naar de stad Apt, waar hij ze onderbracht in een schrijn.

De beenderen bleven honderden jaren in Apt bewaard, maar in de achtste eeuw werd de stad bezocht door de man die door zijn soldaten Carolus Magnus – Karel de Grote – werd genoemd. Deze koning der Franken was stomverbaasd toen hij de inscriptie op de schrijn las, die vermeldde: *Hier liggen de overblijfselen van de heilige Anna, de moeder van de glorieuze Maagd Maria.*

De krijgshaftige koning wikkelde de beenderen uit hun beschimmelde doeken en voelde zich in de aanwezigheid van God zelf toen hij verwonderd de tastbare schakels met Christus in zijn handen hield.

Hij gaf een deel van de relikwieën aan zijn beste vrienden en hield zelf ook een paar botjes, die hij naar Aix-la-Chapelle stuurde. Hij liet ze sorteren, stuurde een kopie van de lijst naar de paus en vertrouwde de rest toe aan de bisschop van Apt en diens opvolgers.

In 800 na Christus, toen Carolus Magnus al tientallen jarig bezig was met de succesvolle verovering van West-Europa en tot keizer van de Romeinen werd gekroond, droeg hij een kroningsmantel waarop duidelijk de figuur van de heilige Anna was geborduurd.

Al tientallen jaren eerder was het restant van de overblijfselen van de heilige Anna uit de tombe in Nazareth gehaald. Een deel daarvan was in kerken in verschillende landen in schrijnen opgeborgen, en de laatste drie botjes waren aan de Heilige Vader gegeven en lagen al ruim een eeuw in de catacomben van Rome. In het jaar 830 pleegde een relikwieëndief met de naam Duesdona, een deken van de Roomse Kerk, een grote diefstal uit de catacomben om twee Duitse kloosters in Fulda en Mulheim te bevoorraden. Hij verkocht de overblijfselen van onder andere de heiligen Sebastianus, Fabianus, Emmerentina, Felicia, Felicissimus en Urbanus, maar hij had bij zijn roof de paar botjes van de heilige Anna over het hoofd gezien. Toen de kerkelijke gezagsdragers de diefstal ontdekten, verplaatsten ze deze naar een opslagkamer, waar ze eeuwenlang onder het stof met rust werden gelaten.

Pater Sebastián kreeg te horen dat een van deze drie kostbare relikwieën naar hem toe zou worden gestuurd.

Om dank te zeggen bracht hij vanaf het volgende morgengebed een etmaal op zijn knieën in de kapel door, zonder te eten of te drinken. Toen hij daarna probeerde op te staan, had hij geen gevoel meer in zijn benen en moesten bezorgde broeders hem naar zijn cel dragen. Maar God gaf hem nieuwe kracht en toen bracht hij de *Translatio* naar Juan Antonio en Garci Borgia. Diep onder de indruk stemden ze ermee in voor een relikwieënkistje te betalen waarin het fragment van de heilige Anna kon worden bewaard tot de echte schrijn klaar was. Ze discussieerden over de namen van ambachtslieden die de taak waardig zouden zijn en Juan Antonio stelde voor dat Sebastián de opdracht zou gunnen aan Helkias Toledano, een joodse zilversmid die bekend was geworden vanwege zijn creatieve ontwerpen en sierlijke uitvoeringen.

De zilversmid en Sebastián hadden het ontwerp besproken en hadden onderhandeld over de prijs, en ze waren tot overeenstemming gekomen. De priester had zelfs bedacht dat het fijn zou zijn als hij ten gevolge van dit door de Heer nodig gemaakte werk de ziel van de jood kon winnen voor Christus.

De ontwerpschetsen van Helkias Toledano hadden laten zien dat hij naast een ambachtsman ook een kunstenaar was. De binnenste kom, de vierkante bodem en het deksel zouden van glad, massief zilver worden gemaakt. Helkias stelde voor de twee vrouwenfiguurtjes van filigraan te maken. Ze zouden met hun rug naar voren staan, gracieus en vrouwelijk, de moeder links en de nog net niet volwassen dochter herkenbaar aan een aureool boven haar hoofd. De hele kelk zou worden versierd met de planten die Chana zou hebben gekend: druiven, olijven, granaatappels, dadels, vijgen, tarwe, gerst en spelt. Aan de achterkant van deze graal zou Helkias als voorbode van de dingen die in een verre toekomst zouden gebeuren in massief zilver het kruis aanbrengen dat lang na Chana's leven een symbool zou worden. Het Kindeke zou in goud aan de voet van het kruis worden geplaatst.

Pater Sebastián was bang geweest dat de twee gevers het ontwerp zouden afkeuren en zelf met een voorstel zouden komen, maar gelukkig was zowel Juan Antonio als Garci Borgia erg enthousiast over Helkias' tekeningen.

Al een paar weken later merkte hij dat de bijzondere aanwinst van de priorij niet geheim was gebleven. Iemand – Juan Antonio, Garci Borgia of de jood – had zijn mond voorbijgepraat. Of misschien was iemand in Rome zo onverstandig geweest om te vertellen waar de relikwie naartoe was gestuurd, want soms was de Kerk net een dorp.

Leden van de Toledaanse religieuze gemeenschap die hem altijd genegeerd hadden, bekeken hem nu aandachtig. Het viel hem echter op dat hun blikken iets vijandigs hadden. Hulpbisschop Guillermo Ramero kwam naar de priorij en inspecteerde de kapel, de keuken en de cellen van de broeders.

'De eucharistie is het lichaam van Christus,' zei hij tegen Sebastián. 'Daar kan toch geen enkele relikwie aan tippen?'

'Dat is waar, excellentie,' zei Sebastián gedwee.

'Als Toledo een relikwie van de heilige familie in ontvangst mag nemen, moet dat door het bisdom zelf gebeuren en niet door een van zijn ondergeschikte instellingen.'

Deze keer gaf Sebastián geen antwoord, maar hij keek de bisschop recht aan tot deze snoof en met zijn gevolg achter zich aan wegliep.

Voordat pater Sebastián zover was dat hij het heuglijke nieuws wilde mededelen aan broeder Julio, hoorde de sacristein het al van een neef die priester was in het kantoor van de bisschop. Algauw kwam Sebastián erachter dat iedereen het wist, ook zijn eigen broeders en novicen.

Volgens de neef van broeder Julio waren de verschillende orden nadat ze het nieuws vernomen hadden meteen in actie gekomen. De franciscanen en de benedictijnen hadden heftige protestbrieven naar Rome gestuurd. De cisterciënzers, die de Maagd aanbaden, waren woedend omdat er een relikwie van haar moeder naar een priorij van hiëronymieten zou gaan en hadden een vertegenwoordiger naar Rome gestuurd om hun zaak aanhangig te maken.

Zelfs binnen de orde van de hiëronymieten werd er gefluisterd dat zo'n belangrijke relikwie niet naar zo'n onbelangrijke priorij hoorde te gaan.

Het werd pater Sebastián en broeder Julio duidelijk dat als er iets met de bezorging van de relikwie mis zou gaan, de priorij daardoor in een heel precaire positie zou komen te staan. De prior en de sacristein zaten dan ook urenlang geknield naast elkaar te bidden.

Eindelijk stond er op een warme zomerdag een grote, bebaarde man in de schamele kleren van een dagloner voor de poort van de Priorij van de Tenhemelopneming. Hij kwam net op tijd voor de *sopa boba*, die hij net zo gulzig opat als de andere hongerige zwervers. Toen hij de laatste druppel van de dunne soep doorgeslikt had, vroeg hij naar pater Sebastián, en toen ze alleen waren, stelde hij zich voor als pater Tullio Brea van de Heilige Stoel in Rome en gaf hij de zegen door van zijne eminentie Rodrigo kardinaal Lancol. Vervolgens haalde hij een houten doosje uit zijn versleten tas en toen hij het opende, zag pater Sebastián tussen een sterk geparfumeerde zijden doek met de kleur van bloed het botje liggen dat al een heel lange reis achter de rug had.

De Italiaanse priester bleef net lang genoeg om het juichende, dankbaarste avondgebed dat ooit in de Priorij van de Tenhemelopneming was gezongen mee te maken. Meteen na afloop verdween hij even onopgemerkt als hij gekomen was in de nacht.

Daarna dacht pater Sebastián soms weemoedig dat het heerlijk moest zijn om God zorgeloos te kunnen dienen door vermomd over de wereld te reizen. Hij vond het een slim idee om zo'n kostbaar kleinood aan een eenzame, nederige boodschapper mee te geven en hij stuurde een berichtje naar de jood Toledano met de suggestie de voltooide kelk 's avonds als het donker was door één persoon te laten bezorgen.

Helkias had ermee ingestemd en had zijn zoon gestuurd, net als God vroeger, en met hetzelfde resultaat. De jongen, Meir, was een jood en mocht dus het paradijs niet in, maar pater Sebastián bad voor zijn ziel. De moord en de diefstal hadden hem duidelijk gemaakt hoe kwetsbaar de beschermers van de relikwie waren, dus hij bad ook voor het succes van de arts die hij namens God een taak had gegeven.

3

EEN CHRISTELIJKE JOOD

DE PATER PRIOR WAS HET GEVAARLIJKSTE soort mens, een wijze die tevens oliedom was, dacht Bernardo geërgerd toen hij wegreed. Hij wist dat hijzelf de minst geschikte persoon was om inlichtingen van joden of christenen in te winnen, omdat beide partijen hem verachtten.

Bernardo kende de geschiedenis van het geslacht Espina. Het verhaal ging dat de eerste voorvader die zich in Spanje had gevestigd een priester in de tempel van Salomon was geweest. De Espina's hadden de heerschappijen van de West-Gotische koningen en de beurtelings Moorse en christelijke veroveraars overleefd. Zoals hun rabbijnen hun hadden opgedragen, hadden ze de wetten van het nieuwe land altijd strikt gehoorzaamd.

De joden waren opgeklommen tot de hoogste rangen van de Spaanse maatschappij. Als viziers hadden ze koningen gediend en als arts, diplomaat, geldschieter, financier, belastingambtenaar, koopman, boer of handwerksman hadden ze een goed leven geleid. Daarnaast waren ze in bijna elke generatie afgeslacht door bendes die passief of actief door de Kerk werden aangemoedigd.

'Joden zijn gevaarlijk en invloedrijk, daardoor brengen ze goede christenen aan het twijfelen,' had de priester die Bernardo bekeerde streng gezegd.

Eeuwenlang hadden de dominicanen en de franciscanen de lagere klassen, die ze *pueblo menudo* – het kleine volk – noemden, opgewekt of zelfs opgejut om de joden onverbiddelijk te haten. Sinds de massamoord van 1391 – waarbij er vijftigduizend joden waren vermoord – hadden tijdens de enige massale bekering in de geschiedenis van de joden honderdduizenden Christus erkend, sommige om zich het leven te redden, andere om zich in een maatschappij vol jodenhaat van een goede loopbaan te verzekeren.

En sommige, zoals Espina, hadden Jezus werkelijk in hun hart gesloten, maar een heleboel katholieken in naam waren er privé mee doorgegaan hun eigen God uit het oude testament te vereren. Dit waren er zoveel dat paus Sixto IV in 1478 de heilige inquisitie had goedgekeurd, om onoprechte christenen op te sporen en te doden.

Espina had joden bekeerlingen *los marranos* – zwijnen – horen noemen, waarbij ze beweerden dat deze eeuwig verdoemd waren en na het Laatste Oordeel niet zouden opstaan. Iets milder noemden anderen de afvalligen *anusim* – gedwongenen – en zeiden dat de Heer hun vergaf omdat Hij begreep dat het om hun overleving ging.

Espina was niet gedwongen. Al toen hij nog een joods jongetje was, had hij belangstelling voor Jezus gekregen nadat hij door de open deur van de kathedraal de man aan het kruis had zien hangen die zijn vader en anderen soms 'de gehangene' noemden. En als leerling-arts die ernaar streefde het lijden van de mensen te verlichten werd hij geraakt door het lijden van Christus, waarna zijn belangstelling langzaam uitgroeide tot een diep, onwrikbaar geloof en uiteindelijk tot een verlangen naar zijn eigen christelijke reinheid, wanneer zijn zonden hem vergeven zouden zijn.

En toen hij eenmaal bekeerd was, ging de zoon van God alles voor hem betekenen. Volgens hem was zijn liefde veel sterker dan die van iemand die als christen geboren was. De passie van Saul van Tarsus voor Jezus kon niet groter geweest zijn dan die van hemzelf, die onwankelbaar en onaantastbaar was en brandender dan elk verlangen van een man naar een vrouw.

Op zijn tweeëntwintigste was hij katholiek geworden, een jaar nadat hij zich als zelfstandig arts had gevestigd. Zijn familie was in de rouw gegaan en had kaddisj voor hem gezegd alsof hij gestorven was. Zijn vader, Jacob Espina, die altijd zo trots zijn liefde voor hem had getoond, was hem op het plein zonder zijn groet te beantwoorden of enig ander teken van herkenning voorbijgelopen. Dat gebeurde in het laatste jaar van Jacobs leven, en hij was al een week begraven toen Bernardo te horen kreeg dat hij er niet meer was. Bernardo had een novena gebeden voor zijn ziel, maar hij had zichzelf niet kunnen beletten ook kaddisj voor hem te zeggen. Huilend had hij zonder de troostende aanwezigheid van de minjan – het gewenste tiental joden om de dienst legitiem te maken – de herdenkingszegen uitgesproken.

Rijke, succesvolle bekeerlingen werden door de adel en de middenklasse geaccepteerd en trouwden vaak in een oude christelijke familie. Bernardo trouwde met Estrella de Aranda, de dochter van adellijke ouders. In het enthousiasme van de aanvaarding door haar familie en in zijn nieuwe religieuze vervoering had hij tegen beter weten in gehoopt dat zijn patiënten hem ook als een van hen zouden accepteren, als een 'vervolmaakte jood' die hun Messias erkende, maar het verbaasde hem niet dat ze hem nog net zo neerbuigend behandelden als andere joden.

Toen zijn vader nog een jongeman was, hadden de magistraten van Toledo een verordening uitgevaardigd:

Wij verklaren dat de zogenaamde conversos, *de afstammelingen van perverse joodse voorouders, volgens de wet eerloze en beschamende mensen zijn, ongeschikt en onwaardig om in de stad Toledo of het gebied dat onder zijn bestuur valt een openbare functie of beneficie te vervullen, of jurist gemachtigd tot het opnemen van beëdigde verklaringen of notaris te zijn, of enig gezag uit te oefenen over echte christenen van de heilige katholieke Kerk.*

Op de terugweg reed Bernardo Espina langs andere religieuze instellingen, waarvan sommige nauwelijks groter waren dan de Priorij van de Tenhemelopneming en andere bijna de omvang hadden van een dorp. Onder de katholieke koningen was het beroep van geestelijke populair geworden. *Segundones*, jongere zoons van adellijke families, die vanwege het erfrecht van de oudste niets zouden erven, traden toe tot de Kerk en schoten daar met behulp van familieconnecties algauw door naar hoge posities. De jongere dochters van deze families werden, omdat bij het uithuwelijken van de oudste dochter een torenhoge bruidsschat moest worden meegegeven, vaak naar een nonnenklooster gestuurd. Armeluiskinderen zochten ook vaak hun heil in de Kerk, want een leven als geestelijke met een prebende of ander soort toelage was vaak de enige kans om aan de bittere armoede van het daglonersbestaan te ontsnappen.

Het groeiende aantal religieuze instellingen had ertoe geleid dat er steeds feller werd gevochten om financiële steun. De relikwie van de heilige Anna kon de redding van de Priorij van de Tenhemelopneming betekenen, maar de prior had Espina verteld dat de machtige benedictijnen, de sluwe franciscanen, de energieke geronomieten en wie weet welke groepen nog meer, zich in allerlei bochten wrongen om de relikwie van een lid van de heilige familie in handen te krijgen. Espina vreesde dat hij tussen al deze machtige partijen beklemd zou raken en net zo gemakkelijk vernietigd zou worden als Meir Toledano.

De eerste daad van Bernardo Espina was te proberen uit te vinden wat de jongeman allemaal gedaan had op de dag dat hij werd vermoord.

Het huis van Helkias de zilversmid stond in een groepje huizen tussen twee synagogen. De grootste synagoge was echter lang geleden door de heilige moederkerk overgenomen en de joden hielden sindsdien hun erediensten in de Samuel ha-Levi Synagoge, waarvan de pracht en praal een afspiegeling was van de tijd waarin de joden het een stuk gemakkelijker hadden.

De joodse gemeenschap was zo klein dat iedereen wist wie hun geloof afgezworen had, wie net deed alsof hij dat had gedaan en wie jood was gebleven. Als het niet nodig was, deden ze met Nieuwe Christenen geen zaken. Toch had een wanhopige Helkias Toledano vier jaar geleden de arts Espina geraadpleegd.

Zijn vrouw Esther, een goede vrouw afkomstig uit de familie Saloman – die beroemde rabbijnen had voortgebracht – kwijnde weg en de zilversmid had er alles voor over om de moeder van zijn drie zonen weer gezond te maken. Bernardo had erg zijn best voor haar gedaan en had van alles geprobeerd. Hij had net zo hard tot Christus gebeden om haar leven als Helkias tot Jehovah, maar hij had haar niet kunnen redden – moge de Heer haar eeuwige ziel genadig zijn.

Zonder te stoppen reed hij het huis van Helkias voorbij, want hij wist dat even later twee broeders van de Priorij van de Tenhemelopneming de overleden oudste zoon per ezel bij zijn vader zouden afleveren.

Vroegere generaties joden hadden de synagogen eeuwen geleden gebouwd, waarbij ze rekening hadden gehouden met het oude voorschrift dat een gebedshuis op het hoogste punt van een vestigingsplaats moest staan. Ze hadden dus een plek uitgekozen boven het hoge, steile klif, met uitzicht over de rivier de Taag.

Bernardo's merrie sprong nerveus opzij toen ze te dicht bij de rand kwamen.

Moeder van God, dacht hij terwijl hij aan de teugels trok. Toen het paard kalmeerde, glimlachte hij om de ironie.

'Grootmoeder van de Verlosser!' zei hij hardop, vol verwondering.

Hij probeerde Meir ben Helkias hier voor zich te zien toen deze ongeduldig op het invallen van de beschermende duisternis wachtte. Hij nam aan dat de jongen niet bang voor het klif was geweest; hij herinnerde zich heel wat avonden waarop hij in de schemering met zijn eigen vader, Jacob Espina, op deze plaats had gestaan terwijl ze de donkerder wordende hemel afzochten naar de eerste drie sterren, die het einde van de sabbat betekenden.

Maar deze gedachte onderdrukte hij gauw, zoals hij altijd deed als er een verdrietig makende herinnering uit zijn joodse verleden bovenkwam.

Hij begreep waarom Helkias de vijftienjarige jongen alleen op pad had gestuurd om de kelk af te leveren, want een gewapende begeleider zou bandieten wantrouwig hebben gemaakt. Een jongen die met een gewone tas door het donker liep, had meer kans.

Maar niet genoeg, zoals Espina had gezien.

Hij steeg af en leidde het paard naar het rotspad. Vlak onder de rand stond een stenen hut, die Romeinse soldaten lang geleden hadden gebouwd en waaruit ze veroordeelde gevangenen de dood in gooiden. In de diepte kronkelde de rivier in zijn onschuldige schoonheid tussen de kliffen en de granieten berg aan de overkant door. Opgroeiende jongens in Toledo meden deze plek 's avonds, omdat ze beweerden dat ze de doden konden horen weeklagen.

Hij liep voor zijn paard uit tot het steile pad overging in een wat makkelijker helling. Daar sloeg hij een zijpad in dat helemaal naar beneden naar het water liep. De Alcántara-brug liet hij links liggen, zoals Meir ben Helkias ook zou hebben gedaan. Een eindje verder stroomafwaarts kwam hij bij het ondiepe gedeelte waar de jongen de rivier overgestoken zou hebben. Daar steeg hij weer op de merrie. Aan de overkant vond hij het pad dat naar de Priorij van de Tenhemelopneming leidde. Verderop was het land vruchtbaar, maar hier was het dor en droog, net goed genoeg om er een paar dieren te laten grazen. Even later hoorde hij schapen en trof hij een grote kudde, knagend aan het korte gras. Hij kende de herder, Diego Diaz, wiens familie bijna net zo groot was als zijn kudde. Espina had diverse van zijn verwanten behandeld.

'Goedemiddag, *señor* Espina.'

'Goedemiddag, *señor* Diaz.' Espina steeg af en liet zijn paard met de schapen meegrazen terwijl hij een praatje maakte met de herder. Toen vroeg hij: 'Diego, ken jij een jongen met de naam Meir, de zoon van Helkias, de jood?'

'Ja, señor. De neef van Aron Toledano, de kaasmaker. Die bedoelt u toch?'

'Ja. Wanneer heb je hem voor het laatst gezien?'

'Gisteren, vroeg in de avond. Hij ging kazen bezorgen voor zijn oom en voor maar één *sueldo* heeft hij me een geitenkaasje verkocht, waarmee ik vanmorgen heb ontbeten. Heerlijke kaas, ik wou dat hij me er nog een had gegeven.'

Hij keek Espina onderzoekend aan en vroeg: 'Waarom zoekt u hem? Heeft de jongen een streek uitgehaald?'

'Nee, absoluut niet.'

'Dat dacht ik ook niet. Het is geen kwaaie, die jood.'

'Zijn er gisteravond ook nog anderen langsgekomen?' vroeg Espina. De herder antwoordde dat er niet lang nadat de jongen doorgelopen was twee gewapende ruiters langsgekomen waren, die hem op de hielen leken te zitten maar hem niet aanriepen.

'Twee, zei u?' Hij wist dat de oude man zich niet vergiste, want hij zou de ruiters goed in de gaten gehouden hebben en blij zijn geweest dat ze niet een of meer lammeren hadden meegenomen.

'Ja, twee ruiters, maar heel verschillende kerels. Een van de twee had een bochel, alsof hij een rotsblok op zijn rug meetorste dat alleen door twee mannen opgetild kon worden.' Diego gromde en rende naar zijn hond om het dier op vier afdwalende schapen te wijzen.

Bernardo ging zijn paard halen en besteeg het opnieuw. 'Christus zij met u, señor Diaz.'

De oude man wierp hem een sardonische blik toe en antwoordde: 'Moge Christus met u zijn, señor Espina.'

Een eindje voorbij de druk grazende schapen werd de aarde vetter en vruchtbaarder. Bernardo reed door wijngaarden en enkele velden. In het veld naast de olijfgaard van de priorij hield hij halt, steeg af en sloeg de teugel om een tak van een struik.

Het gras lag plat en zag eruit alsof het geplet was door hoeven. De afdrukken leken afkomstig van twee paarden, het aantal dat de herder had genoemd.

Iemand had gehoord waar de zilversmid mee bezig was en had ook geweten dat hij er bijna mee klaar was. Hij had diens huis in de gaten gehouden tot hij vermoedde dat het voorwerp afgeleverd zou worden.

De confrontatie had op deze plek plaatsgevonden.

Niemand had Meirs geschreeuw kunnen horen. De olijfgaard lag op een verlaten plek, een flinke wandeling van de priorij vandaan.

Bloed. Hier was de jongen door een van de lansen in zijn zij gestoken.

Op deze strook geplet gras, waar Bernardo nu langzaam overheen liep, hadden de ruiters Meir ben Helkias als een opgejaagde vos achternagezeten en in zijn rug gestoken.

Hier hadden ze de leren tas met inhoud van hem afgepakt. Daar, vol mieren, lagen twee bleke kaasjes van het soort dat Diego beschreven had – de zogenaamde reden waarom de jongen nog zo laat op pad was. Een van de kazen was nog heel, de andere was vertrapt, zo te zien door een grote hoef.

Hier hadden ze de jongen van het pad af de olijfgaard met zijn beschermende loof in gejaagd. En daar had een van de twee hem verkracht, of misschien hadden ze dat allebei gedaan.

En ten slotte hadden ze zijn keel doorgesneden.

Bernardo werd licht in zijn hoofd, en misselijk.

Zijn joodse jeugd lag nog niet lang genoeg achter hem om niet meer te weten hoe groot de angst was voor gewapende vreemden als je van de vele gruweldaden die overal werden gepleegd op de hoogte was. Zelfs het joodse deel van zijn volwassenheid lag nog niet lang genoeg achter hem om zich dat niet meer te herinneren.

Lange tijd stond hij stil en verplaatste zich in de jongen. Hij hoorde ze aankomen. Rook ze dichterbij komen. Voelde de enorme, bedreigende figuren in het pikdonker om zich heen, de grote paarden die hem opjoegen...

De wrede steken van de scherpe lemmeten. De verkrachting.

Terwijl hij weer arts werd, wankelde Bernardo onder de ondergaande zon en rende blindelings naar de merrie, naar de ontsnapping. Hij geloofde niet dat hij de ziel van Meir ben Helkias zou horen gillen, maar hij had er geen behoefte aan op deze plek te blijven staan als het donker werd.

4

DE ONDERVRAGING

ESPINA BESEFTE ALGAUW DAT HIJ slechts een beperkt aantal feiten over de moord op de joodse jongen en de diefstal van de kelk te weten zou komen. Bijna alles wat hij tot nu toe wist, had hij ontdekt door zijn onderzoek van het lichaam, zijn gesprek met de oude herder en zijn inspectie van de plaats van het misdrijf. Nadat hij een week vergeefs overal in de stad navraag had gedaan, wist hij alleen zeker dat hij zijn patiënten verwaarloosd had. Opgelucht zocht hij troost in de dagelijkse gang van zaken in zijn praktijk.

Negen dagen na zijn bezoek aan de Priorij van de Tenhemelopneming besloot hij 's middags weer bij pater Sebastián langs te gaan. Hij zou de priester vertellen wat hij ontdekt had en daarmee zou zijn taak in deze kwestie erop zitten.

Zijn laatste patiënt van die dag was een oude man die problemen had met ademhalen, hoewel het voor de verandering een koele, heldere dag was – een korte, weldadige onderbreking van de zomerhitte. Het magere lichaam van de patiënt was uitgeput en versleten; niet alleen het weer had schuld aan zijn ongemak. Zijn borsthuid was als dun leer, zijn longen waren verstopt. Toen Espina zijn oor tegen de borst legde, hoorde hij geknars en gerochel. Hij wist zo goed als zeker dat de oude man stervende was, maar daar alle tijd voor nam. Toen hij zijn artsenijboek doorbladerde om een drankje te vinden om het laatste lijden van de man te verlichten, kwamen er twee slonzig uitziende gewapende mannen de spreekkamer binnen alsof ze er thuishoorden.

Ze maakten zich bekend als soldaten van de *alguacil*, de baljuw van Toledo.

Een van de twee was een kleine, forse man met een opdringerige houding.

'Bernardo Espina, u moet onmiddellijk meegaan.'

'Waarom, señor?'

'U moet mee naar het Bureau van de Inquisitie.'

'De inquisitie?' Bernardo deed zijn best om kalm te blijven. 'Goed, ik ga mee. Wilt u buiten even op me wachten? Ik ben zo direct met deze man klaar.'

'Nee, u moet meteen meekomen,' zei de langere man rustig, maar met meer gezag.

Espina wist dat Joan Pablo, zijn bediende, in de schaduw van het praktijkgebouwtje met de zoon van de oude man zat te praten. Hij deed de deur open en riep: 'Ga naar mijn huis en zeg tegen de señora dat ze voor twee bezoekers een verversing moet brengen. Brood met olie en honing, en koude wijn.'

De agenten van de baljuw keken elkaar aan en de kleine knikte. De lange knikte niet terug, maar protesteerde ook niet. Espina goot het drankje voor de oude man in een aardewerken kruikje en drukte de stop erin. Toen hij diens zoon het gebruik van het middel had uitgelegd, kwam Estrella haastig aanlopen met een dienstmeisje met het brood en de wijn.

Toen hij haar vertelde waar hij heen ging, verstarde ze. 'Wat denk je dat de inquisitie van je wil weten, mijn lieve Bernardo?'

'Ongetwijfeld hebben ze een arts nodig,' antwoordde hij, en die gedachte kalmeerde hen beiden. Terwijl de mannen aten en dronken, zadelde Joan Pablo Espina's paard.

Zijn kinderen waren bij de buren, waar een monnik eens per week langskwam om een groepje jongelui godsdienstles te geven. Hij was blij dat ze hem niet tussen de twee mannen zagen wegrijden.

Geestelijken in zwarte pijen liepen door de gang waar Espina op een houten bank zat te wachten. Hij was niet de enige. Zo nu en dan werd er weer een man of vrouw met een bleek gezicht door een bewaker binnengebracht om plaats te nemen, of werd er iemand meegenomen verder het gebouw in. Niemand die van een van de banken opstond kwam er later weer zitten.

Toen het donker werd en er toortsen werden aangestoken, zat Espina nog te wachten.

Achter een tafeltje zat een bewaker. Bernardo ging naar hem toe en vroeg op wie hij moest wachten, maar de man keek hem nietszeggend aan en gebaarde dat hij weer moest gaan zitten.

Na een poosje kwam er een tweede bewaker, die aan de man aan het tafeltje vroeg op wie sommige van de mensen op de banken zaten te wachten. Espina zag dat ze naar hem keken.

'Die is voor broeder Bonestruca,' hoorde hij de man aan het tafeltje zeggen.

Toledo werd een steeds grotere stad, maar Espina was er geboren en getogen en, zoals prior Sebastián had opgemerkt, als arts kende hij een groot deel van de gewone bevolking en van de geestelijken.

Maar de naam Bonestruca had hij nog nooit gehoord.

Eindelijk kwam een bewaker hem halen. Ze liepen een stenen trap op en door een paar slecht verlichte gangen, gelijk aan die waarin hij had zitten wachten, naar een kleine cel. Onder een toorts zat een broeder.

De broeder moest pas in het bisdom Toledo aangekomen zijn, want als Espina hem op straat had zien lopen, zou hij hem meteen herkend hebben.

Hij was een lange man met een enorme bochel op zijn nek en het bovenste deel van zijn rug. Espina moest zich bedwingen om er niet naar te staren. Met een snelle blik stelde hij vast dat de bochel een onregelmatige vorm had omdat er een nog grotere bult oprees van de rechterkant van de rug en de schouder, en een wat kleinere van de linkerkant.

Espina had maar één keer eerder iets dergelijks gezien, namelijk toen hij als leerling-arts zijn leermeester had geholpen met het anatomische onderzoek van een overledene met ook zo'n uitwas. Ze hadden ontdekt dat de bochel bestond uit zacht weefsel over een knot van kromgegroeide, ineengestrengelde botten. Behalve de bochel had de man een diepe gleuf in zijn borstbeen gehad en langere vingers en tenen dan normaal.

De borst van de broeder was onzichtbaar onder zijn zwarte pij, maar zijn vingers waren lang en spatelvormig, net als die van zijn soortgenoot in het verleden.

En zijn gezicht...

Zijn gezicht leek niet in het minst op dat van de Jezus die Espina tot nu toe op schilderijen en in beelden had gezien. Het was een vrouwelijk gezicht met mooie, mannelijke trekken, maar Espina's eerste reactie was verwondering vanwege de heilige uitstraling ervan.

'U hebt overal in de stad navraag gedaan naar een relikwieënkistje dat van de jood Helkias Toledano gestolen is. Wat hebt u met deze zaak te maken?'

'Ik, eh... dat wil zeggen, prior pater Sebastián Alvarez...' Espina probeerde de kalme blik van de vreemde broeder te ontwijken, maar hij wist niet hoe. 'Hij vroeg me of ik onderzoek naar het verlies van dat kistje wilde doen, en naar de dood van de jongen die het zou komen brengen.'

'En wat bent u aan de weet gekomen?'

Meteen toen Espina broeder Bonestruca had zien zitten, waren de woorden van de oude herder hem te binnen geschoten. Diego Diaz had gezegd dat er twee gewapende mannen achter de jongen aan hadden gereden en dat een van die mannen een bochel op zijn rug had zo groot als een rotsblok. Espina wist zeker dat slechts een van de mannen gewapend was geweest en dat de ander deze broeder was.

'De jongen was een jood, de zoon van de zilversmid.'

'Ja, dat heb ik ook gehoord.'

De broeder klonk zacht en bemoedigend, bijna vriendelijk, dacht Espina hoopvol.

'En verder?'

'Verder niets, eerwaarde broeder.'

'Hoe lang bent u al arts?'

'Elf jaar.'

'Hebt u het vak hier geleerd?'

'Ja, hier in Toledo.'

'Van wie?'

'Samuel Provo was mijn leermeester,' antwoordde Espina met een droge mond.

'Aha, Samuel Provo. Zelfs ik heb van hem gehoord,' zei de broeder goedmoedig. 'Een uitstekende arts, nietwaar?'

'Ja, hij stond wijd en zijd bekend.'

'Een jood.'

'Ja.'

'Hoeveel kinderen denkt u dat hij besneden heeft?'

Espina knipperde met zijn ogen. 'Hij deed geen besnijdenissen.'

'Hoeveel baby's besnijdt u per jaar?'

'Ik doe ook geen besnijdenissen.'

'Kom nou,' zei de broeder geduldig. 'Hoeveel van die operaties hebt u gedaan? Niet alleen bij joden, maar misschien ook bij Moren?'

'Geen enkele. Ik heb weleens zo'n operatie gedaan bij... Als de voorhuid niet regelmatig goed schoongemaakt wordt, gaat hij ontsteken, ziet u. Dan gaat hij etteren, en om dat te genezen... Maar zij, de Moren en de joden, hebben zelf geestelijken om rituele besnijdenissen te doen.'

'Hebt u, toen u dat soort operaties uitvoerde, daar een gebed bij opgezegd?'

'Nee.'

'Zelfs geen onzevader?'

'Ik bid elke dag opdat ik mijn patiënten slechts goed en geen kwaad doe, eerwaarde broeder.'

'Bent u getrouwd, señor?'

'Ja.'

'Wie is uw vrouw?'

'Señora Estrella de Aranda.'

'Hebt u kinderen?'

'Drie. Twee dochters en een zoon.'

'Zijn uw vrouw en kinderen katholiek?'

'Ja.'

'Maar u bent een jood, nietwaar?'

'Nee! Ik ben al elf jaar katholiek, zeer toegewijd aan Christus!'

Het gezicht van de man had een bijzondere schoonheid en dat maakte zijn starende ogen nog killer. Ze keken Espina cynisch aan, alsof de man op de hoogte was van elk menselijk falen in Espina's leven en van al zijn zonden.

De blik drong door tot in Espina's ziel. Toen klapte de man abrupt in zijn handen om de bewaker te roepen die buiten de deur stond.

Bonestruca maakte een kort gebaar: neem hem mee.

Toen Espina zich omdraaide, zag hij dat de voeten in de sandalen onder de tafel lange, slanke tenen hadden.

De bewaker ging hem voor de gangen door en de steile trap af.

Lieve Christus, u weet dat ik mijn best doe. U weet...

Espina wist dat onder het gebouw cellen lagen en ruimtes waar de gevangenen ondervraagd werden. Hij wist ook dat ze een rek hadden dat ze een *potro* noemden, een pijnbank: een driehoekig geraamte waaraan ze een gevangene vastbonden. Bij elke slag van de windas werden er nog meer gewrichten uit elkaar getrokken. En ze hadden een *toca*, een martelwerktuig waarbij water werd gebruikt. Het hoofd van de gevangene werd in een trog geduwd en hij kreeg een prop linnen in zijn mond. Dan werd er water in zijn mond gegoten, door de prop heen, die bij het opzwellen zijn neus- en keelholte dichtdrukte tot de man zijn zonden wilde opbiechten of stikte.

Jezus, ik vraag u, ik smeek u...

Misschien werd hij verhoord. Toen ze bij de uitgang kwamen, gebaarde de man dat hij weg kon gaan. Espina liep alleen naar buiten, naar waar zijn paard stond te wachten.

Stapvoets reed hij weg, terwijl hij zijn best deed om weer kalm te worden opdat hij thuis Estrella kon geruststellen zonder erbij te huilen.

2

DE TWEEDE ZOON

Toledo, Castilië

30 maart 1492

5

YONAH BEN HELKIAS

'Ik neem Eleazar mee naar de rivier, misschien vangen we ons avondmaal. Goed, abba?'

'Ben je klaar met poetsen?'

'Bijna.'

'Je werk is pas af als het af is. Je moet alles poetsen wat ik klaargezet heb,' zei Helkias Toledano met de kille stem die Yonah altijd kwetste. Soms wilde hij niets liever dan zijn vader recht in diens afstandelijke ogen kijken en zeggen: 'Meir is dood, maar Eleazar en ik zijn er nog. Wij leven nog.'

Yonah had een hekel aan zilver poetsen. Er stonden nog zes grote stukken te wachten; hij doopte zijn doek in het stinkende mengsel van verpulverde vogelpoep en urine en poetste uit alle macht.

Al jong, toen zijn moeder stierf, had hij geleerd wat verdriet was, maar de moord op Meir was een grotere klap geweest omdat hij ouder was, bijna dertien, en beter begreep dat het verlies voor altijd was.

Een paar maanden na de dood van Meir was Yonah naar de thora geroepen om de wet op te zeggen en officieel deel uit te maken van de minjan. De tegenslagen hadden hem wijs voor zijn leeftijd gemaakt. Zijn vader, die altijd zo groot en sterk had geleken, leek te zijn gekrompen, en Yonah wist niet hoe hij de leegte die het verdriet van Helkias bij hem veroorzaakte moest opvullen.

Ze hadden geen flauw idee wie de moordenaars van zijn broer waren. Een paar weken na Meirs dood had Helkias gehoord dat de arts Espina overal in de stad navraag deed naar de gebeurtenis die zijn zoon het leven had gekost. Hij was met Yonah naar Espina toe gegaan om erover te praten, maar Espina's huis was leeg en Joan Pablo, de vroegere bediende van de familie, was bezig er de laatste meubels, een tafel en enkele stoelen, uit weg te halen voor eigen gebruik. Joan Pablo had gezegd dat de arts en zijn gezin vertrokken waren.

'Waar zijn ze naartoe gegaan?'

De man had zijn hoofd geschud. 'Dat weet ik niet.'

Vervolgens was Helkias naar de Priorij van de Tenhemelopneming gegaan om met pater Sebastián Alvarez te praten, maar toen hij er aankwam, had hij gedacht de verkeerde weg te hebben genomen. Binnen de poort stond een lange rij wagens en karren, en vlakbij stonden vrouwen in een groot vat blauwe druiven te persen. Door de openstaande deur van wat de kapel was geweest had hij manden met olijven en nog meer druiven zien staan.

Toen hij de vrouwen had gevraagd waar de priorij naartoe verhuisd was, had een van hen geantwoord dat de Priorij van de Tenhemelopneming gesloten was en dat de orde van de hiëronymieten het gebouw had verhuurd aan de boer voor wie ze werkten.

'En waar is de prior, pater Sebastián, gebleven?' had hij gevraagd. De vrouw had hoofdschuddend geglimlacht terwijl ze gewoon met het vertrappen van de druiven was doorgegaan.

Yonah had erg zijn best gedaan om de taken van de oudste zoon over te nemen, maar hij besefte heel goed dat hij zijn broer nooit zou kunnen vervangen. Niet als leerling-zilversmid, niet als zoon, niet als broer... Op geen enkele manier. De doffe blik in zijn vaders ogen maakte zijn eigen verdriet nog groter, en hoewel er sinds Meirs dood al drie paasfeesten waren voorbijgegaan, werd er in het huis en de werkplaats van Helkias nog steeds gerouwd.

Enkele van de stukken voor Yonah op tafel – wijnkannen – waren nog donkerder aangeslagen dan de rest. Maar hij hoefde zich niet meer te haasten, want zijn vader had zich plotseling het gesprek van een halfuur geleden herinnerd: 'Je gaat niet naar de rivier. Ga Eleazar zoeken en zeg hem dat jullie allebei vlak bij huis moeten blijven. Op dit uur van de dag mogen joodse jongens geen risico nemen,' had hij eraan toegevoegd.

Yonah had Meirs verantwoordelijkheid voor Eleazar, hun zevenjarige, teerhartige broertje met blozende wangen, over moeten nemen. Hij vertelde hem verhalen over hun oudere broer opdat Eleazar Meir niet zou vergeten, en soms tokkelde hij wijsjes op de kleine Moorse gitaar die van Meir was geweest en dan zongen ze er liedjes bij. Hij had Eleazar beloofd hem gitaarspelen te leren, net als Meir het hem had geleerd. Toen Yonah Eleazar in de schaduw van het huis aantrof terwijl hij met steentjes en twijgjes oorlogje speelde, vroeg zijn broertje om een muziekles, maar Yonah schudde zijn hoofd.

'Ga je naar de rivier?' vroeg Eleazar. 'Mag ik mee?'

'Nee, er is nog werk te doen,' antwoordde Yonah op een toon die veel leek op die van hun vader. De kleine jongen stond dan ook meteen op en ging mee naar binnen. Ze zaten in een hoek van de werkplaats zilver te poetsen toen David Mendoza en rabbijn Jose Ortega binnenkwamen.

'Nog nieuws?' vroeg Helkias. Señor Mendoza schudde het hoofd.

Hij was bouwer, een sterke man van middelbare leeftijd die een paar tanden miste en een slechte huid had.

'Geen goed nieuws, Helkias. We kunnen niet meer veilig door de stad lopen.'

Drie maanden eerder waren vijf joden en zes bekeerlingen door de inquisitie gedood. Ze waren ervan beschuldigd dat ze elf jaar geleden een betovering hadden uitgesproken waarbij ze een gestolen hostie en het hart van een gekruisigde christelijke jongen hadden gebruikt om te proberen alle goede christenen krankzinnig te maken. Hoewel de naam van de jongen nooit bekend was gemaakt en er geen christelijk kind vermist werd, hadden enkele van de aangeklaagden na zware martelingen schuld bekend. Ze waren op de brandstapel verbrand, samen met de beeltenissen van de veroordeelden die al vóór dit autodafe overleden waren.

'Sommigen bidden al tot het zogenaamd gemartelde kind. Hun haat vergiftigt de hele sfeer,' zei Mendoza somber.

'We moeten de majesteiten vragen ons te blijven beschermen,' zei rabbijn Ortega. Hij was klein en mager, en hij had een dikke, witte haardos. Mensen glimlachten als ze hem door de synagoge zagen strompelen met de grote, zware rol van de thora om deze door de gelovigen te laten kussen of aanraken. De meesten hadden veel respect voor hem, maar deze keer was Mendoza het niet met hem eens.

'De koning is niet alleen een koning, maar ook een man. Hij is in staat tot vriendschap en medeleven, maar koningin Isabella heeft zich onlangs van ons afgekeerd. Ze is in afzondering grootgebracht en gevormd door geestelijken die haar gedachtegang bepaalden. Tomás de Torquemada, de inquisiteur-generaal – moge hij weldra zijn laatste adem uitblazen – was in haar jeugd haar biechtvader en hij had grote invloed op haar.' Mendoza schudde zijn hoofd. 'Ik vrees de dingen die gaan komen.'

'We moeten vertrouwen hebben, David,' zei rabbijn Ortega. 'We moeten naar de synagoge gaan en samen bidden. De Heer zal onze hulpkreten horen.'

De jongens waren gestopt met poetsen. Eleazar was geschrokken van de gespannen gezichten van de volwassenen en de angstige klank in hun stemmen. 'Waar hebben ze het over?' vroeg hij fluisterend aan Yonah.

'Dat zal ik je straks wel uitleggen,' fluisterde Yonah terug, hoewel hij niet zeker wist of hij het zelf wel precies had begrepen.

De volgende morgen verscheen er een gewapende legerofficier op het stadsplein van Toledo. Hij werd vergezeld door drie trompetblazers, twee plaatselijke magistraten en twee eveneens gewapende agenten van de baljuw, en hij las een verordening voor waarin aan de joden werd meegedeeld dat ze, ondanks hun lange geschiedenis in Spanje, het land binnen drie maanden moesten verlaten. De koningin had de joden al in 1483 uit Andalusië weggestuurd en nu moesten ze ook weg uit de andere delen: Castilië, Leon, Aragon, Galicië, Valencia, het prinsdom Catalonië, het leengoed Biscaye en de eilanden Sardinië, Sicilië, Mallorca en Menorca.

De verordening werd tegen een muur gespijkerd. Rabbijn Ortega schreef hem over en zijn hand trilde zo dat hij sommige woorden nog maar nauwelijks kon ontcijferen toen hij het bericht aan de haastig bijeengeroepen Raad van Dertig voorlas:

> *Alle joden en jodinnen, ongeacht hun leeftijd, die al of niet tijdelijk in genoemde delen van ons koninkrijk wonen… zullen het niet wagen terug te keren of te gaan wonen in welk deel dan ook, als inwoner, reiziger, in welke hoedanigheid dan ook, onder bedreiging met de doodstraf… En we verbieden elke persoon of groep personen in ons koninkrijk ten strengste om in het openbaar of in het geheim een jood of jodin te ontvangen, onderdak te bieden, te beschermen of te verdedigen… op straffe van het verlies van zijn of hun landgoederen, vazallen, kastelen of andere bezittingen.*

Alle christenen werden streng gewaarschuwd tegen vals medelijden. Hun werd verboden 'te praten en te communiceren met joden, of hen thuis te ontvangen, of vriendschap met hen te sluiten, of hun voedsel of enig ander versterkend middel te geven.'

De verordening was uitgevaardigd 'namens de koning en de koningin, onze soevereinen, en namens de eerwaarde prior van Santa Cruz, de inquisiteur-generaal in alle koninkrijken en domeinen van hunne majesteiten'.

De Raad van Dertig, die zeggenschap had over alle joden in Toledo, bestond uit tien vertegenwoordigers uit elk van de drie klassen van de maatschappij: de vooraanstaande gezagdragers, de kooplieden en de handwerkslieden. Helkias was raadslid omdat hij meester-zilversmid was; de bijeenkomst was bij hem thuis.

De raadsleden waren verbijsterd.

'Hoe kunnen we zo koelbloedig het land uit gezet worden waarvan we zoveel houden en waaraan we zoveel bijdragen?' stamelde rabbijn Ortega.

'Deze verordening stelt niet meer voor dan een manier van het koninklijk paar om ons nog meer belastingen en steekpenningen af te troggelen,' zei Judah ben Solomon Avista. 'De Spaanse koningen hebben ons altijd hun winstgevende melkkoe genoemd.'

Er werd instemmend gemompeld. 'Tussen 1482 en 1491,' zei Joseph Lazara, een oude meelkoopman uit Tembleque, 'hebben we niet minder dan acht miljoen *maravedíes* bijgedragen in de kosten van de oorlog, plus nog twintig miljoen in de vorm van gedwongen leningen. Keer op keer heeft de joodse gemeenschap zich diep in de schulden moeten steken om een belachelijk hoge nieuwe belasting te betalen of de Kroon een geschenk aan te bieden dat ons het leven weer een poosje mogelijk zou maken. Ik weet zeker dat deze maatregel dezelfde bedoeling heeft.'

'We moeten de koning vragen er iets aan te doen,' opperde Helkias.

Ze bespraken wie hun afgezant zou zijn en kozen eenstemmig voor don Abraham Seneor.

'Hij is de joodse hoveling die zijne majesteit het meest waardeert en bewondert,' zei rabbijn Ortega. Bijna alle hoofden knikten instemmend.

6

VERANDERINGEN

ABRAHAM SENEOR WAS TACHTIG, EN HOEWEL zijn geest nog fris en scherp was, was zijn lichaam uitgeput. Zijn leven van harde, gevaarlijke arbeid in dienst van de vorsten was begonnen toen hij het geheime huwelijk voorbereidde dat op 19 oktober 1469 zou plaatsvinden tussen de achttienjarige Isabella van Castilië en haar neef, de zeventienjarige Ferdinand van Aragon.

Het huwelijk was geheimgehouden omdat koning Hendrik IV van Castilië ertegen was. Hendrik had gewild dat zijn stiefzus Isabella zou trouwen met koning Alfonso van Portugal, maar dat had de *infanta* geweigerd. Ze had Hendrik gevraagd haar aan te wijzen als erfgename van de tronen van Castilië en Leon, en had hem beloofd dat ze alleen met zijn goedkeuring zou trouwen.

Hendrik IV van Castilië had geen zoon (zijn onderdanen noemden hem spottend 'Hendrik de Impotente'), maar wel een dochter, Juana. Het gerucht ging dat ze de onwettige dochter was van zijn minnares, Beltrán de la Cueva. Toen Hendrik probeerde Juana tot zijn erfgename te benoemen, was er een burgeroorlog uitgebroken. De edelen weigerden Hendrik nog langer als hun koning te steunen en erkenden Isabella's twaalfjarige broer, die ook Alfonso heette, als hun vorst. Nog geen twee jaar later werd de jonge Alfonso, Isabella's enige broer, dood in bed gevonden, naar men zei vergiftigd.

Isabella was niet als toekomstige vorstin opgevoed of opgeleid, maar kort na de dood van haar broer had ze Abraham Seneor gevraagd in het geheim te beginnen met onderhandelingen met invloedrijke hovelingen in Aragon die tot een huwelijk met Ferdinand, prins van Aragon, moesten leiden. Toen Hendrik IV op 11 december 1474 plotseling in Madrid overleed, was Isabella in Segovia. Zonder aarzelen riep ze zichzelf onmiddellijk uit tot koningin van Castilië. Twee dagen later trok ze, omringd door een juichende menigte, haar zwaard en marcheerde ze met opgeheven lemmet aan het hoofd van een processie naar de kathedraal van Segovia. De behoedzame Cortes zwoer haar onmiddellijk trouw.

In 1479 stierf koning Juan II van Aragon en Ferdinand volgde zijn vader op. In de eerste tien jaar na hun geheime huwelijksvoltrekking voerde het koninklijk paar voortdurend oorlog. Het moest invallen vanuit Portugal en Frankrijk voorkomen en opstanden de kop indrukken. Toen ze alle veldslagen gewonnen hadden, richtten ze hun aandacht op het verjagen van de Moren.

In deze strijdlustige jaren was Abraham Seneor hun trouwe dienaar. Hij bracht geld bijeen voor de dure oorlogen, hij ontwierp een belastingstelsel en hij leidde hen bij hun pogingen om Castilië en Aragon te verenigen langs alle politieke en financiële valkuilen.

De vorsten hadden hem rijkelijk beloond. Ze hadden hem benoemd tot rabbijn, hoogste rechter over de joden van Castilië en schatter van joodse belastingen in het hele land. Sinds 1488 was hij penningmeester van de hermandad, een militie die Ferdinand had opgericht om de orde en de veiligheid in Spanje te handhaven.

Al voordat joden uit vele delen van het koninkrijk de kans kregen om Seneor te vragen bij Ferdinand voor hen te pleiten, had hij zelf een onderhoud met de vorsten aangevraagd. Eerst hadden ze elkaar hun genegenheid en vriendschap betuigd, maar toen hij hun vroeg het uitzettingsgebod in te trekken, schrok hij van hun koele weigering.

Een paar weken later vroeg hij opnieuw een onderhoud aan. Deze keer nam hij zijn schoonzoon mee, rabbijn Meir Melamed, die vroeger Ferdinands secretaris was geweest en nu hoofdadministrateur van de nationale belastingen was. Beide mannen hadden de titel 'rabbijn' van de koning gekregen, niet van hun geloofsgenoten, maar aan het hof hadden ze de joden trouw vertegenwoordigd. De derde man die Seneor meenam was Isaac ben Judah Abravanel, die aan het hoofd stond van de belastingdienst van het midden en zuiden van het land. Hij had de koninklijke schatkist enorme sommen geleend, onder andere anderhalf miljoen gouden dukaten voor het winnen van de oorlog tegen Granada.

De drie joden herhaalden dringend hun verzoek en boden als tegenprestatie aan meer geld voor de schatkist in te zamelen. Abravanel maakte duidelijk dat hij en zijn broers de Kroon zijn enorme schulden zouden kwijtschelden als het uitzettingsgebod geannuleerd werd.

Toen er bedragen werden genoemd, toonde Ferdinand duidelijk belangstelling en de drie petitionarissen hoopten al dat hij meteen uitspraak zou doen, zodat Torquemada en de andere geestelijken die al jaren probeerden de joden te verbannen geen tijd zouden krijgen om hun invloed te doen gelden. Maar Ferdinand wilde bedenktijd en toen de drie mannen een week later weer voor hem stonden, kregen ze te horen dat hun verzoek was afgewezen. De koning had besloten dat het gebod van kracht zou blijven.

Isabella stond naast haar man. Ze was een strenge, gezette vrouw van gemiddelde lengte, maar ze had een koninklijke houding. Ze had grote, hooghartige blauwgroene ogen en een mondje als een gedroogde pruim. Haar roodblonde haar, haar mooiste attribuut, begon grijs te worden. Ze bracht hun de genadeslag toe door uit Spreuken 21 vers 1 koning Salomon te citeren: '*Het hart van de koning is in de hand des Heren als waterbeken, Hij leidt het overal heen waar het Hem behaagt.*

Denken jullie soms dat dit gebod van ons komt? De Heer heeft het de koning ingegeven,' zei ze minachtend, en daarmee was het onderhoud afgelopen.

Overal in het land kwamen de joodse raden wanhopig bijeen.

In Toledo probeerde de Raad van Dertig een soort plan op te stellen.

'Ik hou van dit land, maar als ik deze geliefde plek waar mijn voorouders begraven liggen moet verlaten,' zei David Mendoza ten slotte, 'wil ik ergens heen waar ik nooit zal worden beschuldigd van de moord op een kind omdat ik matses van zijn broze lichaampje wilde maken, van het doodsteken van de eucharist, van het beledigen van de Maagd of van het bespotten van de mis!'

'We moeten ergens heen waar onschuldige mensen niet als brandhout aangestoken worden,' zei rabbijn Ortega. Er klonk instemmend gemompel.

'Waar vinden we zo'n land?' vroeg Yonahs vader.

Terwijl ze elkaar vragend aankeken, bleef het stil.

Toch moesten ze allemaal weg, dus het was noodzakelijk dat ze plannen maakten.

Aron Toledano, een gedrongen man met een trage manier van spreken, kwam naar het huis van zijn broer en ze praatten er urenlang over. Terwijl Yonah luisterde en het probeerde te begrijpen, noemden ze mogelijke bestemmingen en verwierpen deze weer.

Het kwam erop neer dat er maar drie geschikte plaatsen waren waar ze heen konden: het koninkrijk Navarra in het noorden, Portugal in het westen of de kust in het oosten, vanwaar ze per schip naar verder weg liggende landen konden reizen.

Maar een paar dagen later hoorden ze dat hun keus nog beperkter was.

Aron kwam weer langs, met een somber gezicht. 'Navarra is uitgesloten; dat land accepteert alleen joden die zich tot de godsdienst van Jezus hebben bekeerd.'

Nog geen week later kregen ze het bericht dat don Vidal ben Benveniste de la Cavalleria, die de gouden munten van Aragon en het geld van Castilië had geslagen, naar Portugal was gereden om te vragen of joden daar toegang hadden. Koning João II zag een kans om zijn land te verrijken en had verklaard dat zijn schatkist van alle binnenkomende joden één dukaat zou eisen plus een kwart van alle koopwaar die ze meebrachten. In ruil daarvoor mochten ze zes maanden blijven.

Aron schudde verontwaardigd zijn hoofd. 'Ik vertrouw die vent niet en ik denk dat hij ons uiteindelijk nog onrechtvaardiger zal behandelen dan de Spaanse koning.'

Helkias was het met hem eens. Hun enige keus was dus de kust, waar ze een schip zouden nemen.

Helkias Toledano was een lange, vriendelijke man, die weloverwogen handelde. Meir was kleiner en gedrongener geweest dan hij, meer zoals Aron, en het zag ernaar uit dat Eleazar ook diens bouw had. Maar Yonah was lang, net als zijn vader, voor wie hij ontzag en liefde voelde.

'Waar varen we dan naartoe, Abba?'

'Dat weet ik nog niet. Eerst gaan we naar een haven waar veel schepen liggen, waarschijnlijk Valencia. Daar zoeken we uit welke mogelijkheden er zijn en beslissen we waar we naartoe gaan. We moeten erop vertrouwen dat de Almachtige ons de weg wijst en ons helpt een verstandige beslissing te nemen.'

Hij keek Yonah onderzoekend aan en vroeg: 'Ben je bang, jongen?'

Yonah probeerde te bedenken wat hij daarop moest antwoorden.

'Het is geen schande om bang te zijn en het is goed om te beseffen dat reizen gevaarlijk is. Maar wij drieën, Aron, jij en ik, zijn sterke mannen en kunnen ervoor zorgen dat Eleazar en tante Juana niets overkomt.'

Het deed Yonah goed dat zijn vader hem tot de mannen rekende.

Het leek wel of Helkias zijn gedachten kon lezen. 'Ik weet heus wel dat je je de laatste paar jaar als een man hebt moeten gedragen,' vervolgde hij zacht. 'En het is anderen ook opgevallen wat een flinke kerel je bent. Ik heb zelfs al een paar aanbiedingen gehad van vaders van dochters die oud genoeg zijn om onder de huwelijksboog te staan.'

'Hebt u het dan al over een huwelijk gehad?' vroeg Yonah.

'Nee, nog niet, en dat doe ik nu ook niet. Maar als we in ons nieuwe vaderland aangekomen zijn, zullen we daar andere joden ontmoeten en kunnen we een geschikte bruid voor je zoeken. Ik vermoed dat je daar dan wel aan toe zult zijn.'

'Vast en zeker,' beaamde Yonah, en zijn vader lachte.

'Je denkt toch niet dat ik nooit jong ben geweest? Ik weet heus nog wel hoe dat was.'

'Eleazar zal jaloers op me worden en ook een vrouw willen,' zei Yonah, en toen lachten ze allebei.

'Ik ben niet bang om waar dan ook naartoe te gaan, Abba, zolang u maar bij me bent.'

'Samen met jou ben ik ook niet bang, Yonah. Absoluut niet. Want God is met ons.'

De gedachte aan een huwelijk was iets nieuws voor Yonah. Temidden van alle chaos was hij zijn houvast kwijtgeraakt en zijn lichaam was ook veranderd. 's Nachts droomde hij van vrouwen en zelfs tussen alle beslommeringen door dagdroomde hij over Lucía Martín, met wie hij al heel lang bevriend was. Toen ze nog nieuwsgierige kinderen waren, hadden ze elkaars lichaam uitgebreid bestudeerd en nu kon hij zien dat ze onder haar kleren een vrouw begon te worden. Het maakte hen allebei verlegen.

Alles was aan het veranderen, en ondanks zijn zorgen en twijfels verheugde Yonah zich erop dat hij eindelijk de kans kreeg een verre reis te maken. Hij verwachtte dat hun leven in een vreemd land heel anders zou zijn dan dat van de joden in de afgelopen honderd jaar in Spanje.

In een boek dat hij tussen de religieuze werken in het studiehuis had gevonden en dat was geschreven door een Arabier die Khordabbek heette, had hij een stukje over joodse kooplieden gelezen: *Ze gaan aan boord in het land van de Franken, aan de westelijke zee, en zetten koers naar Farama. Daar laden ze hun goederen op kamelen en trekken over land naar Kolzum – een reis van vijf dagen over een afstand van vijfentwintig* farsakhs. *Bij de Rode Zee gaan ze weer aan boord en varen vanuit Kolzum naar Eltar en Jeddah. Vandaar reizen ze door naar Sind, India en China.*

Hij zou graag koopman willen worden, maar als hij een christen zou zijn, werd hij liever ridder – natuurlijk wel een van het soort dat geen joden doodde. Zulke levens moesten wel heel wonderbaarlijk zijn!

Maar op verstandige momenten besefte Yonah dat zijn vader gelijk had. Het had geen zin je in dromen te verliezen. Er was werk te doen, want de grondvesten van hun wereld stonden op instorten.

7

DE DAG VAN VERTREK

YONAH KENDE EEN HELEBOEL MENSEN DIE weggingen. Het was begonnen met enkelingen die met tussenpozen Toledo achter zich lieten, maar langzamerhand liep er zowel overdag als 's nachts een stroom van joden de stad uit – een menigte die overal vandaan kwam en zich opsplitste in een groep die naar het westen ging, naar Portugal, en een die naar het oosten ging, naar de kust en de schepen. Het lawaai van hun uittocht was tot midden in de stad te horen. Ze reden op paarden en ezels, ze zaten op zakken gevuld met hun eigendommen in karren getrokken door koeien, of ze strompelden en struikelden bepakt en bezakt voort onder de hete zon. Hier en daar sloegen vrouwen of jongens zingend in marstempo op trommels of tamboerijnen om de moed erin te houden.

Andere vrouwen brachten langs de kant van de weg kinderen ter wereld, sommigen stierven er. De Raad van Dertig in Toledo gaf de reizigers toestemming om hun doden op de joodse begraafplaats te begraven, maar dat was meestal de enige hulp die ze konden bieden. Ze konden niet eens een minjan bij elkaar krijgen om kaddisj te zeggen. Onder andere omstandigheden zouden ze reizigers in moeilijkheden hulp en onderdak hebben aangeboden, maar nu waren de joden van Toledo zelf aan het vertrekken en hadden ze al genoeg aan hun eigen problemen.

De dominicaner en franciscaner orden, die blij waren dat de verbanning die ze zo lang aangemoedigd en gepredikt hadden eindelijk een feit was geworden, deden hun best om op de valreep nog zoveel mogelijk joodse zieltjes voor zich te winnen. Joden die al heel lang met Yonahs familie bevriend waren gingen opeens naar een kerk en verkondigden daar dat ze christenen waren – kinderen, hun ouders en hun grootouders – terwijl ze tot dan toe met de andere joden uit de stad het brood hadden gebroken, in de synagoge hadden gebeden en hadden gescholden op de noodzaak een geel kenteken te dragen om aan te geven dat ze tot een verboden volk behoorden. Bijna eenderde van de joden bekeerde zich, omdat ze bang waren een gevaarlijke reis te ondernemen, uit liefde voor een christen, omdat ze hun comfortabele leven niet op konden geven of omdat ze er schoon genoeg van hadden altijd met de nek aangekeken te worden.

Joden op hoge posities werd sterk aangeraden zich te bekeren. Op een avond kwam Yonahs oom Aron bij Helkias langs met schokkend nieuws: 'Rabbijn Abraham Seneor, zijn schoonzoon rabbijn Meir Melamed en hun vrouwen en kinderen zijn katholiek geworden!'

Isabella had de gedachte niet kunnen verdragen dat ze de twee mannen zou verliezen die zoveel voor haar gedaan hadden en het gerucht ging dat ze hun had gedreigd met vergeldingsmaatregelen tegen de andere joden als ze weigerden zich te bekeren. De vorsten hadden de openbare bekeringsdienst zelf georganiseerd en bijgewoond, en ze hadden bij de doopplechtigheid als peetouders gefungeerd.

Rabbijn Seneor had zijn naam veranderd in Fernando Nuñez Coronel, en rabbijn Melamed heette voortaan Fernando Pérez Coronel.

Een paar dagen later werd Seneor benoemd tot gouverneur van Segovia, lid van de koninklijke raad en hoofd van de financiële administratie van de kroonprins. Melamed werd hoofd van de koninklijke boekhouding en ook een permanent lid van de koninklijke raad.

Isaac Abravanel weigerde zich te bekeren. Hij en zijn broers Joseph en Jacob scholden de koning en koningin hun enorme schulden kwijt en als tegenprestatie mochten ze het land verlaten, met meeneming van duizend gouden dukaten en enkele waardevolle gouden en zilveren voorwerpen.

Helkias en Aron hadden minder geluk, zoals het merendeel van de joden die naar een uitweg zochten. Zij kregen te horen dat niemand goud, zilver, geld of edelstenen mee het land uit mocht nemen. De Kroon raadde hun aan al hun bezittingen te verkopen en van de opbrengst 'algemene gebruiksvoorwerpen' te kopen, die ze in hun nieuwe vaderland weer konden verkopen. Bijna meteen daarna verklaarde koning Ferdinand dat in Aragon een deel van hun landerijen, huizen en roerende goederen onteigend zou worden omdat ze de Kroon nog belastingen schuldig waren.

De joden in Toledo haastten zich om hun eigendommen zo snel mogelijk te verkopen, voordat ook zij daar geen kans meer toe kregen. Maar het was een schijnvertoning. Hun christelijke buren, die wisten dat de joden de doodstraf te wachten stond als ze hun spullen niet wilden achterlaten, boden meedogenloos lage prijzen. Huizen die vele maravedi's of zelfs realen hadden moeten opleveren, gingen voor een paar sueldo's van de hand. Een ezel of wijngaard wisselde voor een lap stof van eigenaar.

Aron Toledano, die bijna niets voor zijn geitenfokkerij kon krijgen, vroeg zijn broer om raad. 'Ik weet niet wat ik moet doen,' zei hij hulpeloos.

Helkias was zijn hele leven een welvarend kunstenaar geweest die het nooit aan opdrachten ontbroken had, maar net toen hij een beetje krap bij kas zat, had het noodlot toegeslagen. Voor het relikwieënkistje had hij slechts een aanbetaling ontvangen, en omdat het gestolen was voordat het afgeleverd was, moest hij het daarmee doen. Helaas hadden het pure zilver en goud waarvan hij de kelk gemaakt had hem een fortuin gekost. En een aantal rijke opdrachtgevers had nog niet voor afgeleverde spullen betaald omdat ze vermoedden dat de omstandigheden het betalen van de rekening onnodig zouden maken.

'Ik weet het ook niet,' gaf hij toe. Hij was de wanhoop nabij, maar hij werd gered doordat een oude, trouwe vriend zijn hart liet spreken.

Benito Martín was een Oude Christen, een goudsmid die het moest stellen zonder het talent waaraan Helkias zijn reputatie als zilversmid te danken had. Hij deed vooral verguldsels en reparaties. Toen beide mannen nog jong waren, had Benito ontdekt dat er in zijn geboortestad Toledo joden waren die van kostbare metalen wonderbaarlijk mooie voorwerpen konden maken.

Hij zocht de joodse handwerksman op en bracht daarna zoveel mogelijk tijd bij hem door om nieuwe methoden voor de verwerking van zilver en goud te leren. Het zette hem ertoe aan zelf ook te gaan experimenteren.

Terwijl Benito zijn vakkennis vergrootte, leerde hij zijn leermeester goed kennen.

Helkias had hem hartelijk ontvangen en zag er geen been in zijn beroepsgeheimen en ervaringen met hem te delen. Benito's bewondering was overgegaan in een diepe vriendschap, zo diep dat hij zijn kinderen weleens meebracht om met de Toledano's in de synagoge het joodse paasfeest te vieren, en het tabernakelfeest in de soeka. Zijn dochter Lucía was dik bevriend geraakt met Yonah en zijn zoon Enrique speelde altijd met Eleazar.

En nu schaamde Benito zich over de onrechtvaardigheden die in Toledo aan de orde van de dag waren. Op een avond kwam hij Helkias halen voor een wandeling toen het nog licht genoeg was om het pad over het klif te nemen en van de avondschemering te genieten.

'Je huis ligt prachtig en je werkplaats staat zo gunstig dat je bijna niet anders kunt dan mooi werk afleveren. Ik zou ze graag van je willen overnemen.'

Helkias zei niets, maar toen Benito een prijs noemde, bleef hij stokstijf staan.

'Ik weet dat het niet veel is, maar...'

Onder normale omstandigheden zou het inderdaad niet veel zijn geweest, maar de omstandigheden waren niet normaal. Helkias wist dat Benito zich geen hoger bedrag kon veroorloven en het was veel hoger dan de inhalige sommen die speculanten hadden geboden.

Hij liep naar zijn vriend toe, gaf hem een kus op zijn gladde christelijke wang en omhelsde hem lange tijd.

Het viel Yonah op dat het gezicht van zijn vader opgeklaard was. Helkias en Aron bespraken hoe ze hun gezinnen konden redden. Het was een noodtoestand en Helkias ging opeens energiek en efficiënt tot handelen over.

'Gewoonlijk duurt de reis naar Valencia tien dagen, maar nu er horden mensen naartoe trekken die allemaal het eerste willen aankomen, zouden we er tweemaal zo lang over doen. Dat betekent dat we ook tweemaal zoveel voedsel mee zouden moeten nemen en tweemaal zoveel gevaar zouden lopen. Dus we moeten zo lang mogelijk wachten, tot de stroom reizigers afneemt.'

Aron had twee pakezels en twee mooie paarden, die hij en zijn vrouw Juana zouden berijden. Benito Martín had voor Helkias ook twee paarden een twee ezels gekocht, waarvoor hij veel minder had hoeven te betalen dan een jood. Helkias betaalde zijn buurman, Marcelo Troca, een buitensporig hoog bedrag om zijn dieren in diens veld te laten grazen.

Helkias zei tegen zijn broer dat ze aan nog meer geld moesten zien te komen. 'De kapiteins van de schepen zullen ons niet coulant behandelen. Het zal een dure reis zijn en als we in een veilig land aankomen, moeten we bovendien genoeg geld hebben om van te leven tot we de kost weer kunnen verdienen.'

De enige overgebleven bron van inkomsten bestond uit de onbetaalde rekeningen van de klanten. Yonah en zijn vader maakten een lijst met hun namen en de bedragen die ze hem schuldig waren.

De hoogste schuld bedroeg negenenzestig realen en zestien maravedi's, te betalen door graaf Fernán Vasca uit Tembleque. 'Hij is een arrogante edelman, die me altijd bij zich ontbiedt alsof hij de koning is en me dan precies vertelt wat ik voor hem maken moet. Maar hij heeft me nog geen sueldo voor mijn werk betaald. Als ik dit bedrag kan innen, hoeven we ons geen zorgen meer te maken.'

Op een mooie dag in juli reed Yonah met zijn vader mee naar Tembleque, een dorp in de buurt van Toledo. Hij was geen ervaren ruiter, maar het waren rustige paarden en hij zat zo fier als een ridder in het zadel. Het landschap was prachtig en het lukte Helkias zijn sombere gedachten te onderdrukken en uit volle borst een lied te zingen, een lied over vrede:

O, de wolf zal naast het lam lopen
en de luipaard zal naast de geit liggen
de koe en de beer zullen samen eten
terwijl de leeuw zich net als de os zal voeden met hooi...

Yonah luisterde graag wanneer zijn vader met zijn welluidende stem een mooi lied zong. Zo zullen we ook naar Valencia rijden, dacht hij verheugd.

Een poosje later vertelde Helkias zijn zoon dat hij het tegen zijn vriend rabbijn Ortega had gezegd toen graaf Vasca hem voor het eerst naar Tembleque liet komen. 'Ik zal je iets over deze edelman vertellen,' had de rabbijn geantwoord.

Rabbijn Ortega had een neef, een jonge geleerde die Asher ben Yair heette, een paar talen sprak en ook de thora goed kende. 'Het valt niet mee om als geleerde de kost te verdienen,' zei Helkias, 'en op een dag hoorde Asher dat een edelman in Tembleque een klerk nodig had. Hij ging naar Tembleque en bood zijn diensten aan.'

De graaf van Tembleque was trots op zijn krijgskunst, zo vervolgde Helkias het verhaal. Hij had tegen de Moren gevochten en hij had verre reizen gemaakt om deel te nemen aan steekspelen, die hij vaak had gewonnen. Maar hij zocht altijd nieuwe uitdagingen en in het voorjaar van 1486 hoorde hij van een ander soort wedstrijd, een literair toernooi, waarin de deelnemers met gedichten vochten in plaats van met lansen en zwaarden.

Deze wedstrijden werden Bloemenspelen genoemd. Ze waren aan het eind van de veertiende eeuw in Frankrijk ontstaan toen enkele jonge edelen in Toulouse besloten om dichters uit te nodigen om hun werk voor te lezen. De prijs voor de winnaar was een zilveren viooltje.

Daarna werd deze poëziewedstrijd nog een paar maal in Frankrijk gehouden, tot Violante de Bar, de koningin van Catalonië en Aragon en de vrouw van koning Joan I deze in 1388 samen met enkele van de Franse juryleden naar Barcelona haalde. Algauw nam het Spaanse hof de Bloemenspelen officieel over en maakte er elk jaar een prachtig feest van. Toen graaf Vasca erover hoorde, werden de dichters beoordeeld door het hof. Het zilveren viooltje was de derde prijs geworden, de tweede prijs was een gouden roos en de eerste was – een typisch Catalaans gebaar – een echte roos, volgens de theorie dat niets dat door de mens gemaakt was een door God gemaakte bloem kon overtreffen.

Het leek Vasca een geweldig idee om aan het hof zo'n eervolle prijs in ontvangst te mogen nemen, dus hij gaf zich op als deelnemer. Het deerde hem niet dat hij analfabeet was, want hij was rijk genoeg om een schrijver in dienst te nemen. Dat werd Asher ben Yair, die de opdracht kreeg een gedicht voor hem te schrijven. Ze bespraken het onderwerp en Vasca zei dat het over een krijgshaftige, nobele soldaat moest gaan, waarna de graaf en de klerk het erover eens werden dat graaf Fernán Vasca zelf indrukwekkend genoeg was om de hoofdrol in het epos te spelen.

Toen het gedicht af was en de graaf het te horen kreeg, was hij er tevreden mee. Zijn enige criterium was dat zijn moed en krijgskunst vol eerbied uitbundig geprezen zouden worden en daaraan was voldaan, dus hij zond een kopie van het vers naar Barcelona.

Helaas waren de juryleden van het hof er niet van onder de indruk. Tegen de tijd dat de graaf hoorde dat drie anderen de prijzen hadden gewonnen, had Asher ben Yair zijn oom al vaarwel gezegd en was hij wijselijk vertrokken naar het eiland Sicilië. Daar hoopte hij joodse jongens te mogen onderwijzen.

Graaf Vasca had Helkias Toledano bij zich ontboden, een jood van wie gezegd werd dat hij prachtig edele metalen kon bewerken. Toen Helkias in Tembleque aankwam, was Vasca nog steeds woedend omdat hij verslagen was door een stelletje slappe rijmelaars. Hij vertelde Helkias over de Bloemenspelen en de bijzondere prijzen, en onthulde dat hij van plan was een mannelijker toernooi te organiseren, namelijk een echt steekspel, met een veel indrukwekkender eerste prijs dan wat er in Barcelona uitgedeeld werd.

'Ik wil dat je een gouden roos met een zilveren steel voor me maakt.'

De zilversmid knikte bedachtzaam.

'En denk er wel aan: hij moet net zo mooi zijn als een echte roos.'

'Maar...' begon Helkias met een glimlach.

De graaf hief zijn hand op en Helkias nam aan dat hij niet met een jood in discussie wilde treden. Vasca draaide zich om en voegde eraan toe: 'Maak die roos voor me, en hij moet vlak na Pasen klaar zijn.' Helkias kon gaan.

Helkias was gewend aan onredelijke eisen van moeilijke opdrachtgevers, maar met deze opdracht zat hij in zijn maag omdat bekend was dat graaf Vasca mensen die hem niet aanstonden liet mishandelen. Hij ging aan het werk door allereerst urenlang voor rozenstruiken te gaan zitten en rozen te tekenen. Toen hij een tekening had die naar zijn zin was, pakte hij zilver, goud en een hamer. Vier dagen later had hij een roos gemaakt, maar hij vond hem niet mooi en trok hem uit elkaar om de metalen te smelten.

Hij probeerde het steeds opnieuw en elke keer was het resultaat een stukje beter, maar niet perfect. Inmiddels waren er twee maanden voorbijgegaan en hij had zijn opdracht nog steeds niet vervuld.

Maar hij gaf het niet op. Hij bestudeerde de roos alsof het de talmoed was, absorbeerde de geur en schoonheid, en trok er een voor een de blaadjes uit om te zien hoe de bloem in elkaar zat. Hij zag hoe de stelen zich oprichtten naar de zon en hoe de knoppen ontstonden, opzwollen en zich tot lieflijke bloemen ontvouwden. Bij elke poging om de eenvoudige, maar verbijsterende schoonheid van de bloem te evenaren leerde hij meer over de essentie en de geest van de roos en werd de handwerksman via zijn mislukkingen een beetje meer een kunstenaar.

Uiteindelijk lukte het hem een prachtige, glanzend gouden roos te scheppen. De blaadjes krulden met een tedere zachtheid die werd waargenomen door het oog in plaats van de vingers. Het was een geloofwaardige bloem, alsof hij door een meester-tuinman in een volmaakte goudkleur was gekweekt. Onder de bloem zat een gouden knop. De tak, twijgjes en doornen waren van zilver, wat de illusie verstoorde, maar Helkias had nog vijf maanden voordat hij het pronkstuk bij graaf Vasca moest afleveren en die liet hij hun werk doen. Het goud bleef glanzen, maar het zilver werd donkerder en zo ging de bloem steeds echter lijken.

Toen graaf Vasca zag wat Helkias voor hem gemaakt had, was hij verbaasd en verheugd. 'Ik geef deze roos niet weg,' zei hij. 'Ik ga er iets veel beters mee doen.'

In plaats van Helkias te betalen, gaf hij hem nieuwe opdrachten, en daarna deed hij hetzelfde. Uiteindelijk was hij Helkias' grootste schuldenaar en toen de joden Spanje moesten verlaten, was hij dus de grootste oorzaak van diens financiële problemen.

Het grote kasteel dat eindelijk in zicht kwam zag er grimmig uit. De balken die de toegangspoort vergrendelden waren neergelaten. Helkias en Yonah keken speurend omhoog naar de wachtpost boven op de hoge stenen muur.

'Schildwacht, hallooo!' riep Helkias, en even later werd er een gehelmd hoofd naar buiten gestoken.

'Ik ben de zilversmid Helkias Toledano en ik wil zijne excellentie graaf Vasca spreken.'

Het hoofd werd teruggetrokken en even later weer naar buiten gestoken.

'Zijne excellentie de graaf is niet thuis. U moet weggaan.'

Yonah kreunde zacht, maar zijn vader gaf het niet op. 'Ik heb een belangrijke kwestie met hem te bespreken. Als de graaf niet thuis is, wil ik deze met zijn rentmeester afhandelen.'

Het hoofd verdween weer. Yonah en zijn vader bleven te paard wachten.

Uiteindelijk ging de poort piepend en knarsend open, zodat ze de binnenplaats op konden rijden.

De rentmeester, een slanke man, voerde repen vlees aan een valk in een kooi. Het vlees kwam van een witte kat, dat zag Yonah aan de staart.

De man keurde hun nauwelijks een blik waardig. 'De graaf is in het noorden op jacht,' zei hij kribbig.

'Ik wil graag betaald worden voor voorwerpen die hij me heeft laten maken,' zei Helkias.

De rentmeester keek hem aan en antwoordde: 'Ik betaal niemand als hij me dat niet opdraagt.'

'Wanneer komt hij terug?'

'Wanneer het hem uitkomt.' Iets vriendelijker, misschien omdat hij hoopte dat ze dan weg zouden gaan, voegde hij eraan toe: 'Als ik u was, zou ik over een dag of zes terugkomen.'

Op de terugweg naar Toledo was Helkias somber en in gedachten verzonken. Yonah dacht aan de prettige heenreis en probeerde zijn vader op te vrolijken. '*O, de wolf zal naast het lam lopen...*' zong hij, maar zijn vader lette niet op hem, en de rest van de rit werd er nauwelijks meer gesproken.

Zes dagen later reed Helkias alleen naar het kasteel in Tembleque, maar deze keer zei de rentmeester dat de graaf pas over twee weken terug zou komen, op de zesentwintigste van de maand.

'Daar kunnen we niet op wachten,' zei Aron wanhopig toen Helkias het hem vertelde.

'Nee, dat duurt te lang,' beaamde Helkias.

Maar de volgende dag ging het gerucht dat de vorsten zo genadig waren de joden een extra dag te geven voordat ze Spanje moesten verlaten. In plaats van op 1 augustus moesten ze op 2 augustus weg zijn.

'Denk je dat...' vroeg Aron.

'Ja, dat denk ik wel. Ik zal hem bij zijn terugkeer opwachten. Zodra hij me betaald heeft, kunnen we weg,' zei Helkias.

'Maar dan moeten we binnen een week in Valencia zijn!'

'We hebben geen keus, Aron. Zonder geld kunnen we geen kant op.'

Aron zuchtte en Helkias legde een hand op de arm van zijn broer.

‘Het lukt ons wel. We rijden zo snel mogelijk en zullen op tijd vertrekken.’

Maar terwijl hij dat zei, besefte hij bezorgd dat 2 augustus de negende dag van de joodse maand Ab was, een beruchte dag en misschien een slecht voorteken. De negende Ab was de dag van de verwoesting van de tempel in Jeruzalem, de dag waarop een groot aantal joden was gedwongen de wereld in te trekken.

8

DE VISSER

YONAH EN ELEAZAR HOEFDEN GEEN ZILVER meer te poetsen. Helkias zag in dat hij de voorwerpen die hij af had niet voor een behoorlijke prijs zou kunnen verkopen en droeg zijn hele voorraad tegen een klein bedrag over aan Benito Martín.

Om de middelvinger van zijn rechterhand droeg Yonah een brede zilveren band, die zijn vader hem gegeven had toen hij voor het eerst naar de thora was geroepen. Voor zijn oudste zoon had Helkias net zo'n ring gemaakt, maar toen Meirs lichaam thuisgebracht werd, zat deze niet meer om zijn vinger.

'Haal de ring van je vinger,' zei Helkias tegen Yonah. De jongen gehoorzaamde met tegenzin. Zijn vader reeg de ring aan een stevig koord en hing dit om Yonahs nek, zodat de ring veilig binnen zijn hemd hing.

'Als we je ring ooit moeten verkopen, beloof ik dat ik zo gauw mogelijk een nieuwe voor je zal maken. Maar misschien zul je, met Gods hulp, deze ring ergens anders weer kunnen dragen.'

Helkias nam zijn beide zoons mee naar de joodse begraafplaats buiten de stadsgrens. Het was een treurige plek, want andere families namen er ook voorgoed afscheid van hun geliefden. Eleazar schrok zo van het gejammer en gesnik om hem heen dat hij ook begon te huilen, hoewel hij zich zijn moeder helemaal niet herinnerde en Meir nog maar nauwelijks.

Helkias had jarenlang om zijn vrouw en oudste zoon getreurd. Hoewel zijn ogen vol tranen stonden, huilde hij niet. Hij sloeg zijn armen om zijn zoons heen, droogde hun tranen en gaf hun ieder een kus voordat hij hen de graven liet verzorgen en steentjes liet zoeken om erop achter te laten ten teken dat ze er waren geweest.

'Het is afschuwelijk dat we hun graven moeten achterlaten,' zei Helkias later tegen Benito. Martín had een zak wijn meegebracht en de twee vrienden zaten net als anders rustig met elkaar te praten. 'Maar het ergste is dat ik nooit zal weten wie ervoor gezorgd heeft dat mijn zoon in dat graf terechtgekomen is.'

'Als we de kelk zouden vinden, zou de vindplaats misschien een aanwijzing zijn,' zei Benito.

Helkias' mond vertrok en hij zei: 'Die vinden we niet meer, die is allang door de dieven verkocht. Misschien staat hij in een kerk een heel eind hiervandaan.' Hij nam een slok wijn.

'Maar misschien ook niet,' zei Benito. 'Als ik een praatje maak met de pastoors die de kerken in de omgeving langsgaan, krijg ik wellicht iets te horen.'

'Daar heb ik ook al aan gedacht,' zei Helkias. 'Maar ik ben een jood; ik ben te bang voor kerken en pastoors om dat te doen.'

'Laat mij het dan doen,' drong Benito aan. Helkias knikte dankbaar. Hij ging naar zijn werktafel en pakte de tekeningen van de kelk, opdat Martín ze aan de pastoors kon laten zien.

'Helkias,' zei Benito bezorgd, 'er wordt in de stad over je gepraat. Men fluistert dat je weigert te vertrekken en je ook niet wilt bekeren. Dit huis ligt erg onbeschermd en je kunt je ook niet meer tussen je lotgenoten in de joodse wijk verschuilen omdat zij al weg zijn. Misschien is het een goed idee als jij en je zoons zolang veilig bij mij in het huis van een christen komen wonen.'

Maar Helkias wist dat hij, als hij met de jongens bij de Martíns zou intrekken, diens hele huishouding in rep en roer zou brengen. Hij bedankte Benito voor zijn aanbod en schudde zijn hoofd. 'Tot de dag van ons vertrek zullen we genieten van het huis waarin de jongens geboren zijn,' zei hij.

Toen Benito weg was, nam hij zijn zoons mee naar het pad op het klif. Iets van het pad af liet hij hun de ingang naar een smalle, L-vormige tunnel zien die naar een kleine grot leidde.

'Als het ooit nodig mocht zijn,' zei hij, 'is deze grot een veilige schuilplaats.'

Yonah was zich er scherp van bewust dat hij allerlei dingen in Toledo voor het laatst deed.

In de lente had hij niet gevist. Het voorjaar was de beste tijd om te vissen, wanneer de lucht nog koel was maar de voorjaarszon al warmte genoeg gaf om eendagsvliegjes en andere vliegende insectjes die vlak boven de rivier hingen uit te laten komen.

Inmiddels was het heet, maar hij wist aan de andere kant van een natuurlijke dam van rotsblokken en takken een diepe poel te vinden. Hij wist ook dat vissen daar bijna bewegingloos vlak boven de bodem wachtten op hapjes die voorbijdreven.

Hij pakte de haakjes die zijn vader, die allerlei metalen kon bewerken, voor hem had gemaakt en liep naar de werkplaats om de met een sterke draad omwikkelde korte houten stok te halen die aan de achterkant stond.

Maar onderweg haalde Eleazar hem in en vroeg: 'Yonah, mag ik met je mee?'

'Nee.'

'Maar ik wil mee, Yonah.'

Als hun vader hen hoorde zou hij waarschijnlijk zeggen dat ze vlak bij huis moesten blijven, dus Yonah keek bezorgd naar de deur van de werkplaats. 'Bederf mijn pret nou niet, Eleazar. Als je zo'n drukte maakt, hoort hij je en komt hij naar buiten.'

Eleazar keek hem verdrietig aan.

'Als ik terugkom, zal ik je de rest van de middag gitaarles geven.'

'De hele middag?'

'De hele middag.'

Even later liep hij met een bevrijd gevoel het pad naar de rivier af.

Op de oever knoopte hij een haakje aan de lijn en liep toen een stukje heen en weer terwijl hij hier en daar een steen omdraaide. Enkele krabbetjes maakten dat ze wegkwamen voordat hij er eentje zag die klein genoeg was om als aas te dienen. Vliegensvlug greep hij het diertje en reeg het aan het haakje.

Dit was zijn lievelingsplekje; hij kwam er al jaren vissen. Boven de poel hing een groot rotsblok met een bijna platte bovenkant ongeveer ter hoogte van het pad, zodat hij er gemakkelijk op kon klimmen. Een boven het water hangende boom gaf schaduw voor zowel de vissen in het water als de visser op de rots.

Met een plonsje verdween het aas onder water. Yonah wachtte hoopvol, maar toen er niet meteen gebeten werd, ging hij er met een zucht gemakkelijk bij zitten. Er stond een briesje, de steen voelde koel aan en de zachte geluiden van de rivier brachten hem tot rust. Een eind stroomafwaarts riepen twee mannen elkaar iets toe en dichterbij zong een vogel.

Hij merkte niet dat hij langzaam indommelde, alleen dat alles om hem heen vervaagde tot hij sliep.

Hij schrok wakker toen iemand zijn hengel onder zijn benen vandaan trok.

'Je hebt een vis aan de haak,' zei de man.

Yonah werd bang. De man was net zo groot als abba, een broeder of een monnik in een zwarte pij en op sandalen. Yonah had nog nooit iemand met zo'n vreemd gevormde rug gezien.

'Het is een heel grote vis. Wil je de hengel terug hebben?'

'Nee, haalt u hem maar in,' zei Yonah met tegenzin.

'Lorenzo!' riep iemand vanaf het pad. Yonah draaide zich om en zag nog een man in een zwarte pij staan.

De vis probeerde uit alle macht naar de takken in de dam te zwemmen, maar de lange man trok de hengel iets omhoog. Yonah zag dat hij een ervaren visser was. Hij trok de hengel niet zo hoog op dat de lijn zou kunnen breken en kortte de lijn met zijn linkerhand stukje bij beetje in tot hij de vis, een mooie, wild kronkelende brasem, op de rots kon laten vallen.

De man zei glimlachend: 'Niet zo groot als we dachten, hè? In het water lijken ze vaak veel groter.' Hij hield Yonah de vis voor. 'Wil je hem hebben?'

Natuurlijk wilde hij hem hebben, maar hij had het gevoel dat de man hem liever zelf hield.

'Nee, señor,' antwoordde hij.

'Lorenzo!' riep de andere broeder weer. 'Schiet nou op, we hebben geen tijd meer. Hij is vast naar ons aan het zoeken!'

'Ik kom eraan,' zei de lange man geërgerd, en hij stak een vinger onder een kiew om de vis beter te kunnen vasthouden. Zijn vriendelijke ogen, zo diep als de poel, keken Yonah aan.

'Moge Christus je geluk brengen,' zei hij.

9

BEZOEKERS

De volgende morgen werd de lucht groenachtig zwart van kleur en klonken er narommelende donderslagen tussen de felle bliksemschichten door. Toen de onweersbui voorbij was, bleef het twee dagen regenen. Oom Aron en tante Juana kwamen naar Yonahs huis en Juana zei dat het ongewoon was dat het in de maand Tammoez zo hard regende.

'Maar niet uniek,' zei haar man.

'Nee, niet uniek natuurlijk,' beaamde Juana. Niemand merkte op dat het een slecht voorteken was. Ondanks de regen bleef het warm en op de tweede dag klaarde het op en werd het weer droog.

Benito Martín had zich niet door de regen laten weerhouden er te paard op uit te gaan, met de schetsen van Helkias tegen de nattigheid opgerold in een stuk leer. In zeven kerken en twee kloosters had hij ze ontrold, en inmiddels was elke priester en monnik in Toledo op de hoogte van de diefstal van de ciborie van de priorij. Niemand kon hem echter vertellen wat ermee gebeurd was.

Het laatst was hij naar de kathedraal gegaan, waar hij geknield een gebed had gezegd.

Toen hij daarmee klaar was en weer opstond, zag hij dat er een lange broeder met een bochel op zijn rug naar hem stond te kijken. Martín had gehoord dat hij voor de inquisitie werkte, maar hij wist niet meer hoe de man heette.

Hij ging met de tekeningen naar de priesters, die in de kathedraal in overvloed aanwezig waren. Toen hij ze driemaal tevergeefs had ontrold en weer opkeek, stond hij tegenover de lange broeder.

De man kromde een wijsvinger.

'Laat eens zien.'

Martín overhandigde hem de schetsen, die hij aandachtig bestudeerde. 'Waarom laat je ze alleen aan priesters zien?'

'Het is het ontwerp van een gestolen ciborie. De zilversmid die hem gemaakt heeft, wil graag weten waar hij gebleven is.'

'De jood Toledano.'

'Ja.'

'En u bent...'

'Benito Martín.'
'Bent u een bekeerling?'
'Nee, broeder, ik ben een Oude Christen.'
'Is Helkias Toledano een vriend van u?'
Het zou niet moeilijk moeten zijn om die vraag bevestigend te beantwoorden.

Benito hield van de kathedraal. Hij kwam er vaak, omdat hij het gevoel had dat zijn gebeden er via het prachtige gewelf rechtstreeks opstegen naar God. Maar nu bedierf de broeder dit voor hem.

'Ik ben goudsmid. We praten weleens samen over ons vak,' antwoordde hij behoedzaam.

'Zijn er bekeerlingen onder uw familieleden?'

'Nee.'

'Is de zilversmid al uit Toledo vertrokken?'

'Hij staat op punt van vertrek.'

'Heeft hij het weleens met u over joodse gebeden gehad?'

'Nee, nooit.'

'Weet u soms of hij met andere christenen over joodse gebeden heeft gepraat?'

'Nee.'

De broeder gaf de schetsen terug. 'U weet toch dat hunne majesteiten de christenen verboden hebben de joden te helpen?'

'Ik heb niet geholpen,' zei Benito, maar misschien hoorde de broeder dat niet meer, want hij had zich al omgedraaid.

Bonestruca. Nu wist hij het weer. De man heette Bonestruca.

Toen hij bij het huis van de Toledano's aankwam, regende het niet meer.

'Hallo, vriend,' zei Helkias.

'Hallo, vriend. Dus morgen ga je weg?'

'Ja, morgen gaan we weg,' antwoordde Helkias. 'Ook als de graaf van Tembleque nog steeds niet terug is om me mijn geld te geven. Want als we nog langer wachten, is het te laat.'

Helkias zei dat ze de ezels vroeg zouden beladen, en dat hij en zijn zonen al bezig waren de weinige spullen in te pakken die ze konden meenemen. 'Alles wat we achterlaten, is voor jou, als je het hebben wilt.'

'Dank je wel.'

'Niets te danken.'

Benito gaf Helkias het teleurstellende nieuws over zijn speurtocht en Helkias bedankte hem en haalde zijn schouders op. Hij had niets anders verwacht.

Toen vroeg Benito: 'Ken je een broeder met een grote bochel op zijn rug, een lange dominicaan?'

'Ik heb hem weleens door de stad zien lopen.'

'Hij werkt voor de inquisitie. Toen hij zag dat ik de schetsen aan de priesters liet zien, maakte hij me duidelijk dat hij mijn gedrag afkeurde. Hij wilde dingen over jou weten, hij was te nieuwsgierig. Ik maak me zorgen om je, Helkias. Heb je ooit iets met die broeder te maken gehad? Is er ooit iets tussen jullie voorgevallen?'

Helkias schudde zijn hoofd. 'Ik heb nog nooit een woord met hem gewisseld. Maar je hoeft je geen zorgen te maken, Benito. Morgenavond zijn we hier een heel eind vandaan.'

Benito schaamde zich omdat hij zich zo door een broeder in de war had laten brengen.

Hij vroeg of hij Eleazar voor de rest van de middag mee naar huis mocht nemen, zodat de jongen afscheid kon nemen van zijn goede vriend Enrique Martín. 'Als je het goedvindt, kan hij ook wel blijven slapen.'

Helkias knikte, omdat hij wist dat de jongens elkaar nooit zouden weerzien.

Yonah en zijn vader waren tot laat in de avond bij kaarslicht hard aan het werk om alles voor hun vertrek in orde te maken.

Yonah vond het leuk om samen met zijn vader bezig te zijn; hij vond het zelfs prettig dat Eleazar een nacht van huis was. Ze verdeelden hun bezittingen over twee stapels: de ene van spullen die ze achter moesten laten en de andere, een kleinere, van spullen die ze bij zonsopgang op de ezels zouden laden, zoals kleren, eten, een gebedenboek en een kist gereedschap van zijn vader.

Voordat het nog later zou worden, sloeg Helkias zijn arm om Yonahs schouders en zei dat hij naar bed moest gaan. 'Morgen gaan we op reis, dus dan moet je goed uitgerust zijn.'

Maar net toen Yonah bij het geruststellende geluid van de bezem waarmee Helkias de vloer veegde in slaap was gevallen, schudde zijn vader hem weer wakker en zei dringend: 'Yonah, je moet zo vlug mogelijk door het raam aan de achterkant het huis verlaten! Opschieten!'

Yonah hoorde een grote groep mannen over de weg aankomen. Sommigen zongen uit volle borst een gezang, anderen schreeuwden. Ze waren al vrij dichtbij.

'Waar...'

'Ga naar de grot in de rotswand. Kom pas te voorschijn als ik je roep.'

Zijn vader kneep hard in zijn schouder. 'Doe wat ik zeg! Ga nu meteen, en zorg ervoor dat de buren je niet zien.' Helkias stopte een half brood in een zakje en duwde het in Yonahs hand. 'Als ik je niet kom halen, jongen, moet je zo lang mogelijk wachten en dan naar Benito Martín gaan.'

'Ga met me mee, abba,' zei Yonah angstig, maar Helkias duwde hem het raam uit en toen stond hij alleen buiten in het donker.

Op zijn hoede sloop hij achter de huizen van de buren langs, maar hij moest ergens de weg oversteken om op het klif te komen. Toen hij de huizen achter zich had gelaten, liep hij naar de weg en toen zag hij angstaanjagend dichtbij een vlammende massa zijn kant op komen. Het was een grote groep mannen en hun wapens blikkerden in het toortslicht. Hij probeerde zijn snikken in te houden, maar de mannen maakten zoveel lawaai dat ze hem toch niet zouden horen.

Plotseling begon hij te rennen.

10

HET HOL

De ingang naar de grot was zo smal en bochtig dat de meeste geluiden er niet in doordrongen, maar zo nu en dan hoorde hij iets, een dof gebrul, zoals het geloei van de wind wanneer de storm nog een heel eind weg was.

Hij huilde zacht, op de zanderige rotsgrond liggend alsof hij er van grote hoogte op neergevallen was en alsof hij de steentjes en het gruis onder zijn lichaam niet voelde.

Na een heel lange tijd viel hij in een diepe slaap, dankbaar dat hij even uit zijn stenen gevangenis kon ontsnappen.

Toen hij wakker werd, had hij geen flauw idee hoe lang hij geslapen had of hoe lang hij al in de grot had gelegen.

Het drong tot hem door dat hij wakker was geworden omdat er iets over zijn been kroop. Bij de gedachte aan adders verstijfde hij van angst, maar toen hij een bekend geritsel hoorde, ontspande hij zich weer, want hij was niet bang voor muizen.

Hoewel zijn ogen inmiddels aan het fluwelen donker gewend waren, kon hij geen hand voor ogen zien. Hij wist niet of het dag of nacht was. Toen hij honger kreeg, knabbelde hij aan het brood dat zijn vader hem meegegeven had.

Toen hij weer in slaap viel, droomde hij van zijn vader. Duidelijk zag hij het bekende gezicht met de diepliggende, felblauwe ogen boven de geprononceerde neus, en de brede mond met de volle lippen boven de ruige baard, die net zo grijs was als zijn warrige bos haar. Zijn vader zei iets tegen hem, maar Yonah kon hem niet verstaan of hij herinnerde zich zijn woorden niet meer toen de droom voorbij was en hij weer in het hol wakker werd.

Wel herinnerde hij zich de laatste instructie van zijn vader: Yonah moest in de grot wachten tot Helkias hem kwam halen. Hij at het laatste stuk brood op en bleef in het donker liggen wachten. Hij had vreselijke dorst en het schoot hem te binnen dat Meir hem ooit had verteld dat hij bij gebrek aan water een steentje in zijn mond moest doen en erop moest zuigen tot er zich speeksel vormde. Hij tastte om zich heen tot hij een geschikt steentje vond en veegde het schoon. Toen hij het in zijn mond stopte, voelde hij het speeksel komen en hij begon als een baby aan de moederborst te zuigen. Vlak voordat hij opnieuw in een diepe slaap viel, dacht hij er nog net aan het steentje uit te spugen.

Zo verstreek de tijd, met een steeds knagender honger, een steeds kwellender dorst en ontsnapping in slaap. Elke keer dat hij wakker werd, voelde hij zich zwakker en ellendiger.

Op een bepaald moment besefte Yonah dat hij, als hij nog langer in de grot bleef liggen, er zou sterven. Verstijfd kroop hij langzaam het hol uit.

Toen hij de hoek van de tunnel om kroop, trof het felle licht hem als een mokerslag. Hij wachtte tot hij zijn ogen weer open kon doen.

Buiten zag hij aan de zon dat het middag was. Het enige dat hij hoorde, was het gefluit en getjilp van vogels. Voorzichtig beklom hij het smalle pad naar boven, terwijl hij besefte dat God hem tijdens zijn nachtelijke afdaling in bescherming had genomen.

Op weg naar huis kwam hij niemand tegen. Toen hij het groepje huizen bereikte, zag hij met een flits van blijdschap dat alles er normaal uitzag.

Tot...

Alleen zijn eigen huis was volledig verwoest. De deur was verdwenen, uit de scharnieren gerukt. De meubels waren weg of kapot. Alles van waarde – ook Meirs Moorse gitaar – was verdwenen. Boven elk raam liet een waaier roet op de stenen zien waar het vuur de kozijnen had verteerd.

Binnen trof hij een troosteloze leegte en het rook er naar brand.

'Abba!'

'Abba!'

'Abba!'

Maar er kwam geen antwoord en Yonah werd bang van zijn eigen stem. Hij liep weer naar buiten en rende naar het huis van Benito Martín.

De familie Martín begroette hem verbijsterd en dolgelukkig.

Benito was bleek. 'We dachten dat je dood was, Yonah. We dachten dat ze je over het klif hadden gegooid. De Taag in.'

'Waar is mijn vader?'

Benito liep naar de jongen toe en terwijl ze in een verschrikkelijke omhelzing heen en weer stonden te wiegen, vertelde hij Yonah zonder een woord te zeggen het hele verhaal.

Toen het tijd werd voor woorden, beschreef Benito de afschuwelijke gebeurtenissen.

Een broeder had op de Plaza Mayor in Toledo een menigte bijeengeroepen. 'Een dominicaner broeder met een bochel, een lange man, hij heet Bonestruca. Hij was heel nieuwsgierig naar je vader toen ik in de kathedraal schetsen van zijn kelk liet zien.'

De broeder met de bochel. Yonah herinnerde zich de lange man met de vriendelijke ogen.

'Toen hij op het plein een toespraak hield over de joden die al vertrokken waren, werden er onder de toehoorders een heleboel mannen kwaad. Die joden waren uit Spanje ontsnapt voordat ze behoorlijk gestraft hadden kunnen worden, zei hij. Hij noemde je vader bij naam en zei dat hij een jood was die een relikwiekelk had gemaakt die een gevaarlijke magische invloed op christenen had. Hij noemde je vader een antichrist, iemand die de kans op verlossing voorbij had laten gaan, die de Verlosser schandelijk uitgelachen had en die ongestraft de dans was ontsprongen. Hij zweepte de mannen op tot ze door het dolle heen waren en liet ze toen naar jullie huis gaan, waar ze je vader hebben vermoord.'

'Waar is zijn lichaam?'

'We hebben hem achter het huis begraven. Ik bid elke ochtend en avond voor zijn onsterfelijke ziel.'

Benito liet de jongen een poosje huilen. 'Waarom is hij niet meegegaan toen hij me naar buiten stuurde?' fluisterde Yonah. 'Waarom is hij zelf niet gevlucht?'

'Ik denk dat hij thuis is gebleven om jou te beschermen,' antwoordde Benito langzaam. 'Als er niemand thuis was geweest, zouden ze net zo lang gezocht hebben tot ze hem vonden. En dan hadden ze jou ook gevonden.'

Benito's vrouw Theresa en zijn dochter Lucía brachten brood en melk, maar Yonah was zo bedroefd dat hij het niet eens merkte. Maar toen Benito erop aandrong dat hij iets at en dronk, kon hij er tot zijn schaamte niets aan doen dat hij na de eerste hap alles opschrokte, terwijl de man en de twee vrouwen meewarig toekeken. Eleazar was er niet en Enrique ook niet, dus Yonah nam aan dat ze samen buitenspeelden.

Even later kwam Enrique alleen binnen.

'Waar is mijn broertje?' vroeg Yonah.

'Bij zijn oom Aron de kaasmaker en zijn tante Juana,' antwoordde Benito. 'Ze zijn Eleazar op de morgen na de tragedie komen halen en onmiddellijk de stad uit gevlucht.'

In paniek stond Yonah op en zei: 'Dan moet ik ook naar Valencia om met ze mee te gaan.'

Benito schudde zijn hoofd. 'Ze zijn niet naar Valencia gegaan. Aron heeft niet veel geld. Ik heb hem het bedrag betaald dat ik je vader schuldig was voor het zilver, maar eh... hij dacht dat ze meer kans op een schip zouden hebben als ze naar een van de vissersdorpjes zouden gaan. Ze hebben de twee paarden uit het weiland van Marcelo Troca ook meegenomen, zodat ze twee paarden konden berijden en de andere twee wat rust gunnen.' Hij aarzelde en vervolgde: 'Je oom is een goede, sterke kerel. Ik denk dat ze het wel redden.'

'Maar ik moet achter ze aan!'

'Het is al te laat, Yonah, veel te laat. Je weet niet welk vissersdorp ze uitgekozen hebben en je hebt drie dagen in die grot doorgebracht, jongen. Over vier dagen vertrekt het laatste schip met joden, en zelfs als je dag en nacht doorgaloppeerde en je paard er niet bij neerviel, zou je de kust niet meer op tijd halen.'

'Waar neemt oom Aron Eleazar mee naartoe?'

Benito schudde bezorgd zijn hoofd en antwoordde: 'Aron wist niet waar ze naartoe zouden gaan; het zou van de schepen en hun bestemmingen afhangen. En je moet hier bij ons binnen blijven, Yonah. In heel Spanje zullen soldaten op zoek zijn naar joden die het bevel tot vertrek genegeerd hebben. Elke jood die weigert zijn lot in handen van de Verlosser te leggen, zal gedood worden.'

'Wat moet ik dan doen?'

Benito liep naar hem toe en pakte zijn handen vast.

'Luister goed, jongen. De moord op je vader en die op je broer hebben met elkaar te maken. Het is geen toeval dat je vader hier als enige jood vermoord is en dat alleen jullie huis door de *menudos* verwoest is terwijl geen enkele synagoge zelfs maar beschadigd is. Je moet jezelf beschermen en uit liefde voor mijn vriend, je vader, en voor jou bied ik je mijn naam aan.'

'Uw naam?'

'Ja. Je moet je bekeren en als lid van ons gezin bij ons komen wonen. Van nu af aan draag je de naam van mijn vader, Tomás Martín. Heb je dat goed begrepen?'

Yonah keek hem verdwaasd aan. Binnen een paar dagen was hij zijn hele familie kwijtgeraakt, was iedereen van wie hij hield verdwenen. Hij knikte.

'Dan ga ik nu een priester halen,' zei Benito, en even later liep hij het huis uit.

11

EEN BESLUIT

YONAH ZAT IN HET HUIS VAN de familie Martín ontzet na te denken over alles wat Benito hem verteld had. Lucía bleef met zijn hand in de hare naast hem zitten, maar hij was te zeer van streek om aandacht aan haar te schenken en na een poosje liet ze hem alleen.

Tot overmaat van ramp zou hij dus zijn geliefde broertje Eleazar, die nog leefde, ook nooit meer zien!

Op Benito's tekentafel stond een potje inkt en er lagen papier en een ganzenveer. Yonah liep ernaartoe, pakte de veer en wilde net een vel papier pakken toen Theresa Martín binnenkwam.

'Papier is duur,' zei ze bits, terwijl ze hem misnoegd aankeek. Theresa had nooit zoveel plezier aan de omgang met de Toledano's beleefd als haar man en kinderen, en het was duidelijk dat de beslissing van haar man om een jood in hun gezin op te nemen haar absoluut niet aanstond.

Op de tafel lag ook de schets van de zilveren kelk die Helkias had gemaakt die hij aan Benito had gegeven. Yonah pakte dit vel, doopte de veer in de inkt en begon op de blanco achterkant te schrijven. Vlug en zonder na te denken schreef hij de eerste zin in het Hebreeuws en de rest in het Spaans:

> Aan mijn lieve broer Eleazar ben Helkias Toledano.
> Weet dat ik, je broer, niet vermoord ben door degenen die onze vader van het leven hebben beroofd.
> Ik schrijf je, lieve Eleazar, voor het geval dat jij en onze oom en tante om de een of andere reden Spanje niet per schip konden verlaten. Of – mocht je op de negende Ab toch over de diepe zee varen waarover we in onze gelukkige jeugd fantaseerden – er zal misschien ooit een moment komen waarop je als man terugkeert naar ons ouderlijk huis en op onze geheime plek deze brief vindt, en leest wat er daar is gebeurd.
> Ik moet je waarschuwen dat er, mocht je ooit terugkomen, hier een mij onbekende machtige man rondloopt die een sterke haat voelt voor de familie Toledano. Ik weet niet waarom. Onze vader, moge hij rusten in de eeuwige vrede van de rechtvaardigen, was van mening dat de afschuwelijke moord op

onze broer Meir ben Helkias is gepleegd om de diefstal mogelijk te maken van een relikwiekelk die hij in opdracht van de Priorij van de Tenhemelopneming had gemaakt. De goede vriend van onze vader, wiens naam ik niet noem omdat een eventuele vinder van deze brief hem geen kwaad mag doen, is ervan overtuigd dat abba's dood te maken heeft met die van Meir, met de kelk van zilver en goud en op de een of andere manier met een dominicaner broeder, Bonestruca. Dus je moet heel voorzichtig zijn.

Ik moet ook heel voorzichtig zijn.

Er blijft hier geen jood meer over, er wonen alleen nog Oude en Nieuwe Christenen.

Ben ik de enige in heel Spanje?

Alles waarvoor onze vader gewerkt heeft, is weg. Sommigen hebben hun schulden aan hem niet betaald. Zelfs als je ooit terugkomt en deze woorden leest, zal het moeilijk zijn deze schulden te innen.

Samuel ben Sahula moet je vader dertien maravedi's betalen voor drie grote seiderborden, een kiddoesjbeker en een kleine zilveren kom voor de rituele wassing.

Don Isaac Ibn Arbet is hem zes maravedi's schuldig voor een seiderbord en twee maravedi's voor zes zilveren bekertjes.

Ik weet niet waar deze mannen heen gegaan zijn; als God het wil, zul je hen misschien ooit tegenkomen.

Graaf Fernán Vasca uit Tembleque moet onze familie negenenzestig realen en zestien maravedi's betalen voor drie grote schalen, vier kleine zilveren spiegels en twee grote zilveren spiegels, een gouden bloem met een zilveren steel, acht kammetjes voor vrouwenhaar en een grote kam, en een dozijn bekers met een massief zilveren kelk en een voet van elektrum.

Abba's vriend wil dat ik zijn christelijke zoon word, maar ik moet, ook al wordt dat mijn ondergang, de joodse zoon van mijn vader blijven. Ook al word ik vervolgd, ik bekeer me niet.

Als het niet goed afloopt, weet dan dat ik herenigd ben met onze Meir en geliefde ouders, en dat ik samen met hen rust aan de voeten van de Almachtige.

Weet ook dat ik mijn plaats in het hemelse koninkrijk op het spel zou zetten als ik mijn broertje weer zou kunnen omhelzen. O, hoe graag zou ik weer je grote broer zijn! Voor alle onnadenkendheid en voor elke keer dat ik je in mijn onbezonnenheid heb gekwetst, mijn verdwenen, geliefde broer, vraag ik je om vergiffenis, en ik hoop dat je altijd van me zult

blijven houden. Denk aan ons, Eleazar, en bid voor onze ziel. Onthou dat je een zoon bent van Helkias, een afstammeling van de stam van Levi. Zeg elke dag de sjema, en weet dat je bedroefde broer met je meebidt.
Yonah ben Helkias Toledano

'Mijn man koopt het huis van je vader nu natuurlijk niet meer, want het is verwoest.' Theresa staarde met gefronste wenkbrauwen naar het vel papier. Ze was analfabeet, maar ze herkende de Hebreeuwse letters van de aanhef. 'Je zult ook rampspoed naar dít huis brengen.'

Yonah schrok van deze gedachte, en het schoot hem te binnen dat Benito binnenkort terug zou komen met een priester met wijwater voor zijn doop.

Vlug pakte hij het vel papier en ging naar buiten.

De zon zakte naar de horizon en het werd koeler. Hij liep van het huis weg en niemand hield hem tegen.

Zijn voeten brachten hem terug naar de ruïne van het huis dat zijn thuis was geweest. Achter het huis zag hij waar de aarde omgespit was om zijn vader te begraven. Tot zijn verbazing lukte het hem met droge ogen kaddisj voor zijn vader te zeggen. Daarna markeerde hij het graf zorgvuldig, waarbij hij zichzelf beloofde dat hij, als het ooit mogelijk werd, zijn vaders lichaam zou laten overbrengen naar heilige grond.

Hij herinnerde zich de droom die hij in de grot had gehad en hij vermoedde dat zijn vader hem had willen vertellen dat hij moest blijven wie hij was: Yonah ben Helkias Toledano, de Levi.

In de schemering doorzocht hij het huis.

Alle zilveren mezoeza's – amuletten met regels uit de Schrift – waren van de deurposten gerukt. Alles van waarde was uit de werkplaats gehaald en de vloeren waren opengebroken. De indringers hadden het beetje geld dat Helkias voor hun reis had kunnen vergaren gevonden, maar niet het beetje kleingeld achter een paar losse stenen in de noordelijke muur van het huis – de door Yonah en Eleazar bij elkaar gespaarde achttien sueldo's. Niet dat hij er veel mee zou kunnen doen, maar het zou helpen, dus Yonah knoopte de munten in een vuil lapje om mee te nemen.

Op de grond lag een stukje perkament dat uit een van de mezoeza's was gehaald en weggegooid, en hij las wat erop stond: *En gij zult de Heer uw God liefhebben met uw hele hart, uw hele ziel en uw hele wezen. Deze woorden, die ik u heden te verstaan geef, zullen in uw hart staan gegrift.*

Hij wilde het papiertje bij de munten in het zakje doen, maar hij was weer helder gaan denken en hij besefte dat hij dat, als iemand het zou vinden, met de dood zou moeten bekopen. Hij vouwde het dus in de brief en verstopte deze achter de stenen waar hij en Eleazar hun geld hadden bewaard. Toen liep hij weg.

Even later kwam hij langs het weiland van Marcelo Troca. Oom Aron had de paarden meegenomen, maar de twee ezels waar zijn vader ook voor betaald had, stonden vastgebonden aan een paal afval te eten. Toen hij dichter bij de grootste van de twee kwam, werd het dier onrustig en begon te schoppen. Maar de kleinste, die er zwakker uitzag, keek hem kalm aan en liet hem begaan. Toen Yonah hem losknoopte en opsteeg, gehoorzaamde het dier de druk van zijn hielen en draafde weg.

Het was nog net licht genoeg om de ezel veilig het pad langs het klif te laten afdalen naar de rivier. Toen ze het water op de doorwaadbare plaats overstaken, leken de uitstekende punten van de paarsachtige schaliewand in het halfduister net dreigende zwarte tanden.

De ezel had last van zijn ingewanden, waarschijnlijk vanwege het slechte voer dat hij te eten had gekregen.

Yonah wist niet waar hij heen moest. Zijn vader had gezegd dat de Almachtige hun altijd de weg zou wijzen. Deze weg leek nergens heen te gaan, maar toen ze de rivier achter zich hadden gelaten, liet Yonah de teugels vieren opdat God ze van hem over zou nemen. Hij voelde zich geen dappere rondreizende koopman en ook geen ridder. Eenzaam en doelloos rondrijden op een winden latend dier was niet het avontuur waarvan hij had gedroomd.

Hij riep de ezel een halt toe en keek om naar de stad Toledo, die hoog boven hem lag. Achter enkele ramen brandde het warme licht van een olielamp en er liep iemand met een toorts over de bekende weg boven langs het klif. Maar dat was niet iemand die van hem hield, en even later drukte hij zijn knieën in de flanken van de ezel en reed zonder nog eens om te kijken door.

3

DE DAGLONER

Castilië

30 augustus 1492

12

EEN MAN MET EEN SCHOFFEL

DE ONNOEMBARE EN DE EZEL STUURDEN Yonah de hele nacht naar het zuiden, onder een ronde maan die met hen meeging en hun weg verlichtte. Yonah durfde niet te stoppen. De priester die met Benito mee naar huis was gekomen had ongetwijfeld onmiddellijk gemeld dat er een ongedoopte joodse jongen vrij rondliep en het christendom bedreigde. Om zijn leven te redden moest hij zo ver mogelijk van Toledo vandaan reizen.

Zijn tocht ging nog steeds door open veld. Zo nu en dan zag hij in de verte de vage omtrekken van een *finca* – een boerderij. Steeds als hij een hond hoorde blaffen, zette hij het lastdier met een tik van zijn hielen aan tot een draf en zo zweefde hij als een geest op een ezel langs de weinige bewoonde plekken.

In het grijze ochtendlicht zag hij dat hij in een ander landschap terechtgekomen was, minder heuvelachtig dan waar hij vandaan kwam en met grotere boerderijen.

De grond moest hier wel heel vruchtbaar zijn, want hij reed langs een wijngaard, een uitgestrekte olijfgaard en een veld met groene uien. Om zijn honger te stillen steeg hij af, trok een paar uien uit de grond en at ze gulzig op. Bij de volgende wijngaard plukte hij een tros druiven. Ze waren nog niet rijp, maar zaten vol zuur sap. Hij had brood kunnen kopen, maar dat durfde hij niet omdat hij bang was voor vragen.

Bij een irrigatiekanaaltje met nog een bodempje water erin liet hij de ezel in het gras op de oever grazen en terwijl de zon opkwam, dacht hij over zijn benarde positie na. Misschien moest hij toch een reisbestemming kiezen. Hij kon alle kanten op, dus misschien moest hij naar Portugal gaan, net als een heleboel andere joden uit Toledo.

Op het land verschenen arbeiders met schoffels en kapmessen. Yonah zag nu ook arbeidershuizen aan de andere kant van de akkers, en groepjes mannen die struikgewas kapten en de takken opstapelden. De meesten keken niet eens naar de jongen met de ezel en Yonah liet het dier dan ook grazen tot het genoeg had. Hij verbaasde zich over de vriendelijke natuur van het dier en zijn gehoorzaamheid, en hij was er dankbaar voor.

Toen hij opsteeg en verder reed, besloot hij dat de ezel een naam moest hebben.

Hij had de akkers nog maar nauwelijks achter zich gelaten of hij hoorde het huiveringwekkende geroffel van galopperende hoeven achter zich aan komen. Hij stuurde de ezel naar de kant van de weg om de groep voorbij te laten. Het waren acht soldaten te paard en tot Yonahs ontzetting reden ze niet voorbij, maar hielden ze halt.

Het bleek een patrouille van zeven soldaten en een officier te zijn. Gewapend met spiezen en korte zwaarden zagen ze er krijgshaftig uit. Een van de soldaten liet zich van zijn paard glijden en urineerde met veel geklater in de sloot.

De officier keek Yonah aan en vroeg: 'Hoe heet je, jongen?'

Yonah probeerde niet te trillen en in paniek nam hij zijn toevlucht tot de naam die hij in Toledo geweigerd had: 'Ik heet Tomás Martín, excellentie.'

'Waar woon je?'

De landarbeiders hadden natuurlijk tegen de soldaten gezegd dat ze een vreemdeling voorbij hadden zien gaan. 'Ik heb een poosje in Cuenca gewoond,' antwoordde hij.

'Heb je onderweg nog joden gezien?'

'Nee, excellentie, geen joden,' zei Yonah, die zijn angst nauwelijks de baas was.

De officier glimlachte. 'Wij ook niet, maar we blijven zoeken. Eindelijk zijn we van ze af. Ze zijn vertrokken, hebben zich bekeerd of zitten in het cachot.'

'Anderen mogen ze hebben,' zei de soldaat die afgestegen was. 'Laat die verdomde Portugezen er maar lol aan beleven. Ze zijn daar al een plaag geworden, het zijn er zoveel dat ze als ratten afgemaakt worden.' Kakelend van het lachen schudde hij met zijn penis.

'Waar ga je naartoe?' vroeg de officier terloops.

'Ik ben op weg naar Guadalupe.'

'Aha, een heel eind weg. Wat ga je daar doen?'

'Ik ga op zoek naar de broer van mijn vader, Enrique Martín.' Hij merkte dat de leugens hem al wat gemakkelijker afgingen. Verder fantaserend voegde hij eraan toe dat hij uit Cuenca vertrokken was omdat zijn vader Benito een jaar geleden als soldaat in de strijd tegen de Moren omgekomen was.

De officier keek iets vriendelijker. 'Ja, zo gaat dat met soldaten... Je ziet eruit als een sterke jongen. Wil je een poosje werken om geld te verdienen zodat je onderweg naar Guadalupe eten kunt kopen?'

'Ik moet inderdaad eten, excellentie.'

'Op de boerderij van don Luis Carnero de Palma hebben ze

sterke kerels nodig. Dat is de volgende boerderij die je tegenkomt. Zeg maar tegen José Galindo dat je gestuurd bent door *capitán* Astruells.'

'Dank u wel, capitán!'

De plasser hees zich weer op zijn paard en de soldaten vervolgden hun weg. Kuchend in de stofwolk keek Yonah hen opgelucht na.

De boerderij die de capitán had genoemd was een heel grote, en al vanaf de weg zag Yonah dat er veel arbeiders werkten. Hoewel hij van plan was geweest door te rijden, bedacht hij opeens dat hij dit beter niet kon doen omdat de plaatselijke patrouille zijn verhaal geloofd had en soldaten in een andere streek misschien veel wantrouwiger waren, wat zijn dood kon betekenen.

Hij stuurde de ezel de oprit op.

Toen Yonah de naam van capitán Astruells had genoemd, stelde José Galindo geen vragen meer. Even later stond Yonah in een dorre hoek van een uienveld taai onkruid te schoffelen.

Halverwege de morgen ging er een oude man met magere, gespierde armen, die als een paard een wagen tussen twee disselbomen met zich meetrok, rond door de velden. Bij elk groepje arbeiders stond hij stil om houten kommen met dunne pap en stukken grof brood uit te delen.

Yonah at het eten zo vlug op dat hij nauwelijks iets proefde. Zijn hongergevoel verdween, maar even later moest hij plassen. Zo nu en dan liep er iemand naar de sloot rondom het veld om zich te ontlasten, maar Yonahs penis was besneden, wat hem brandmerkte als jood. Hij hield zijn plas net zo lang op tot hij het niet meer uithield en toen liep hij angstig naar de sloot, waar hij zijn penis bedekt probeerde te houden terwijl hij kreunend van opluchting leegliep. Maar niemand lette op hem en hij kon rustig teruglopen naar zijn schoffel.

De zon brandde.

Waar waren de mensen die hij kende?

Wat moest hij beginnen?

Om zijn gedachten te verjagen werkte hij keihard door. Hij hakte met de schoffel alsof deze het zwaard van David was en het onkruid de Filistijnen. Of misschien alsof de plantjes de mannen van de inquisitie waren die – dat wist hij zeker – heel Spanje doorzochten naar hém.

Drie dagen later, toen hij vuil en uitgeput alleen nog mechanisch zijn schoffel hanteerde, schoot het hem te binnen dat het 2 augustus was. De negende Ab. De dag van de verwoesting van de tempel in Jeruzalem, de laatste vertrekdag van de joden in Spanje. De rest van de dag bad hij onder het werk onophoudelijk tot God en vroeg Hem ervoor te zorgen dat Eleazar, Aron en Juana veilig op zee waren en steeds verder weg voeren.

13

DE GEVANGENE

YONAH WAS OPGEGROEID ALS STADSJONGEN, MAAR hij was ook bekend met de boerderijen rondom Toledo. Soms had hij de geiten van zijn oom Aron gemolken, de kudde gevoerd en gehoed, gehooid, geholpen bij de slacht of kaas gemaakt. Hij was sterk, groot voor zijn leeftijd en bijna volgroeid. Maar nog nooit had hij dag in dag uit het werk van een landarbeider gedaan, en in de eerste weken op de boerderij van Carnera y Pomés waren zijn ledematen dan ook pijnlijk stijf en onwillig. De jongere mannen moesten zwoegen als ossen en kregen de taken die de ouderen, versleten na jaren van hetzelfde werk, niet meer aankonden. Maar langzamerhand werden zijn spieren dikker en sterker, en terwijl zijn gezicht steeds donkerder bruin werd, ging hij meer op de rest van de ploeg lijken.

Hij vertrouwde niemand en leefde in angst omdat hij besefte hoe kwetsbaar hij was; bovendien was hij bang dat iemand zijn ezel zou stelen. Overdag bond hij hem vast op een plek waar hij hem in de gaten kon houden, 's nachts sliepen ze samen in een hoek van een grote schuur. Hij had het gevoel dat de ezel ook over hem waakte.

De landarbeiders leken tevreden met hun harde leven. Er waren jongens bij van Yonahs leeftijd, volwassen kerels en oude mannen die teerden op hun laatste krachten. Yonah was een buitenstaander. Hij praatte met niemand en niemand zei iets tegen hem, behalve om hem te vertellen waar hij aan het werk moest. Op het veld raakte hij gewend aan allerlei vreemde geluiden: geplof van de schoffels in het zand, getik van bladen tegen steentjes, gekreun van vermoeidheid. Als hij naar de andere kant van een veld werd geroepen, ging hij meteen. Als hij een stuk gereedschap nodig had, vroeg hij er beleefd om, maar zonder een woord te verspillen. Maar hij voelde dat sommigen hem met een vijandige nieuwsgierigheid bekeken en hij wist dat iemand vroeg of laat ruzie met hem zou maken. Onder hun ogen sleep hij een afgedankte schoffel tot het blad weer messcherp was. De steel was afgebroken, en 's nachts legde hij het voorwerp als een strijdbijl naast zich.

De boerderij was geen comfortabel toevluchtsoord. Voor een paar miserabele sueldo's werkten ze zich de hele dag in het zweet, maar ze kregen brood, uien, en soms pap of dunne soep. 's Nachts droomde hij een enkele keer over Lucía Martín, maar vaker over het vlees dat hij in het huis van zijn vader zo vanzelfsprekend naar binnen had gewerkt: geroosterde schapenbout of geit, en op de avond voor de sabbat gestoofd gevogelte. Hij had vreselijk behoefte aan vet, zijn lichaam schreeuwde om vet.

Toen het koeler weer werd, werden er varkens geslacht en kregen de arbeiders de taaiere stukken vlees en de resten, die ze zich goed lieten smaken. Yonah wist dat er niets anders opzat dan ook van het varkensvlees te eten, anders zou hij zich meteen verraden. Maar tot zijn grote schrik vond hij het roze vlees heerlijk; zwijgend zei hij een gebed voor het vlees en vroeg zich af waar hij mee bezig was, wetend dat hij verdoemd was.

Dit besef versterkte zijn gevoel van eenzaamheid en vergrootte zijn wanhoop. Hij snakte naar een stem die Ladino of Hebreeuws sprak. Elke morgen en elke avond zei hij in gedachten zo geconcentreerd mogelijk kaddisj, het gebed van de rouwenden. Soms psalmodieerde hij onder het werken wanhopig en geluidloos delen van de Schrift, of de enige zegeningen en gebeden die hij zich nog kon herinneren.

Toen hij zeven weken op de boerderij was, kwamen de soldaten terug. Hij had van anderen gehoord dat ze leden waren van de Santa Hermandad, de heilige broederschap, een organisatie van plaatselijke milities die door de Kroon tot nationale politiemacht was benoemd.

Vroeg in de middag was hij struikgewas aan het kappen toen hij opkeek en capitán Astruells voor zich zag staan.

'Wat? Ben je er nog?' vroeg de kapiteit verbaasd. Yonah knikte.

Een poosje later zag hij Astruells ernstig staan praten met de bedrijfsleider, José Galindo, terwijl ze in zijn richting keken.

Hij schrok zich dood. Als de officier overal vragen over hem ging stellen, wist hij waar dat op uit zou draaien.

De rest van de dag was hij één brok zenuwen. Toen het donker werd, leidde hij de ezel naar de weg. Hij had nog een paar munten te goed voor zijn werk, maar hij ging er niet om vragen en nam alleen de gebroken schoffel mee.

Toen hij zich veilig genoeg voelde, klom hij op de ezel en reed weg.

Nu de ezel alleen gras at, had hij geen last meer van zijn spijsvertering. Het dier draafde zo rustig en gewillig voort dat Yonah grote genegenheid voor hem ging voelen.

'Je moet een naam hebben,' zei hij, en hij gaf een paar klapjes op zijn nek.

Nadat hij er over een heel lange afstand over nagedacht had, had hij twee namen verzonnen.

In zijn hoofd en 's nachts in het donker zou hij het brave, trouwe dier Moise noemen. Dat was de beste naam die hij kende en een huldeblijk aan twee mannen: degene die de Hebreeuwse slaven uit Egypte had geleid, en Moise ben Maimon, de grote filosoof-geneesheer.

'En in het bijzijn van anderen noem ik je Pedro,' zei hij tegen de ezel.

Het waren toepasselijke namen voor de metgezel van een baas die ook twee namen had.

Even voorzichtig als in het begin van zijn reis reed Yonah twee nachten door terwijl hij overdag een veilige slaapplaats zocht voor Moise en hemzelf. De druiven in de wijngaarden langs de wegen waren intussen rijp geworden en elke nacht at hij een paar trossen, die heerlijk smaakten, ook al was híj nu degene die winden liet. Zijn ingewanden knorden van de honger.

Op de derde morgen kwam hij bij een kruispunt met een pijl die naar Guadalupe en een die naar Ciudad Real wees. Omdat hij tegen capitán Astruells had gezegd dat hij naar Guadalupe ging, durfde hij dat niet te doen, dus hij liet de ezel de weg naar het zuiden inslaan.

In Ciudad Real was het markt en een drukte van jewelste. Een vreemdeling viel niet op in de menigte, dacht Yonah, hoewel sommigen lachend naar hem keken omdat zo'n lange jongen op zo'n kleine ezel reed. Zijn voeten hingen zo dicht bij de grond dat hij bijna met het dier mee kon lopen.

Toen Yonah langs de kraam van een kaasboer reed, kon hij zich niet beheersen en gaf hij een kostbare munt uit aan een kaasje. Hij at het gulzig op, ook al was het niet zo lekker als de kazen van oom Aron.

'Ik zoek werk, señor,' zei hij hoopvol.

Maar de kaasboer schudde zijn hoofd. 'O ja? Ik heb niemand nodig.' Waarschuwend riep hij naar een man die een eindje verderop stond: 'Baljuw, deze jongeman zoekt werk!'

De man die naar hen toe kwam waggelen was klein met een enorme buik. De paar slierten haar die hij nog had lagen vettig over zijn schedel geplakt.

'Ik ben Isidoro Alvarez, de alguacil van deze stad.'

'Ik ben Tomás Martín en ik zoek werk, señor.'

'O, ik heb werk genoeg voor je, jawel hoor. Wat voor soort werk kun je doen?'

'Ik ben landarbeider geweest op een boerderij in de buurt van Toledo.'

'Wat werd er verbouwd?'

'Uien en graan. Ze hadden er ook een kudde melkkoeien.'

'Ik heb een ander soort kudde: misdadigers, en ik verdien de kost met hun een schuilplaats te bieden tegen zon en regen,' zei de baljuw. De kaasboer grinnikte.

'Ik heb iemand nodig om de gevangenis schoon te houden, de stinkende poepemmers van het schoelje te legen en ze zo nu en dan iets te eten toe te gooien om ze in leven te houden zolang ik verantwoordelijk voor ze ben. Denk je dat je dat voor elkaar kunt krijgen, jongeman?'

Het was geen aanlokkelijk aanbod, maar in de vrolijke ogen van de baljuw glinsterde ook iets dreigends. Iemand giechelde. Yonah had het gevoel dat de mensen om hen heen hoopten op wat vertier en dat hij niet beleefd kon weigeren en wegrijden.

'Ja, señor, dat denk ik wel.'

'Mooi zo, kom dan maar mee naar de gevangenis, dan kun je meteen aan de slag.'

Terwijl Yonah achter de man aan reed, prikte het haar in zijn nek, want hij had de kaasboer tegen iemand horen zeggen dat Isidoro een oppasser voor de joden had gevonden.

De gevangenis was een lang, smal stenen gebouw. Aan het ene uiteinde lag het kantoor van de baljuw, aan het andere een verhoorkamer. Aan weerskanten van de gang tussen deze twee vertrekken in lagen cellen, waarvan de meeste bezet waren. De gevangenen lagen opgekruld op de vloer of zaten met hun rug tegen de muur.

Isidoro Alvarez zei tegen Yonah dat het drie dieven, een moordenaar, een dronkaard en twee struikrovers waren, plus elf Nieuwe Christenen die ervan verdacht werden stiekem joods te zijn gebleven.

Op een stoel in de gang zat een slaperige, met een zwaard en een knuppel gewapende bewaker. 'Dat is Paco,' zei de baljuw tegen Yonah, en tegen de bewaker mompelde hij: 'Deze heet Tomás.' Toen ging hij naar zijn kantoor en deed de deur dicht om de verschrikkelijke stank buiten te houden.

Yonah zag meteen dat de schoonmaak moest beginnen met het legen van de tot aan de rand toe volle toiletemmers, dus hij vroeg Paco de eerste cel open te maken. Een vrouw keek met een wezenloze blik toe hoe hij haar emmer optilde en ermee wegliep.

Toen hij Moise achter de gevangenis had vastgebonden, had hij een spade aan de muur zien hangen. Hij ging hem halen, zocht naar een zanderige plek en groef een diep gat. Daarin gooide hij de emmer leeg, vulde hem tweemaal met zand en gooide hem weer leeg. Vlakbij stond een boom met grote, hartvormige bladeren. Hij plukte een blad, veegde de emmer ermee schoon en spoelde hem vervolgens met een beetje water uit een sloot na voordat hij hem terugbracht naar de cel.

Zo maakte hij vijf emmers schoon, terwijl hij de verwaarloosde celbewoners met steeds meer medelijden bekeek. Toen hij de zesde cel binnenliep, wachtte hij even voordat hij de emmer optilde. De gevangene was een tengere man. Net als bij de anderen waren zijn haar en baard lang en onverzorgd, maar Yonah meende iets bekends aan zijn gezicht te zien.

De bewaker gromde geërgerd omdat hij bij de open celdeur moest wachten, dus Yonah pakte vlug de emmer en liep ermee naar buiten.

Pas toen hij de schone emmer terugbracht naar de cel en zich probeerde voor te stellen hoe het gezicht van de man eruit zou zien met een net kapsel en een keurig geknipte baard schoot het hem te binnen. Hij zag het beeld voor zich van zijn stervende moeder en de man die wekenlang elke dag langs was gekomen om Esther Toledano voorovergebogen haar medicijnen te geven.

De man heette Bernardo Espina en hij was een arts uit Toledo.

14

DE VAKANTIE

'S NACHTS SLIEP YONAH OP DE tegelvloer van de verhoorkamer. Eens per dag ging hij eten halen dat werd gekookt door de vrouw van Gato, de nachtwaker, die in de buurt woonde. Hij verdeelde het onder de gevangenen en at er zelf ook van, en soms gaf hij een beetje aan Moise, ter aanvulling van diens karige dieet van met veel onkruid vermengd gras. Hij wachtte op een gunstig tijdstip om te vluchten. Paco had gezegd dat er binnenkort weer een groot autodafe zou worden gehouden, waarvoor een heleboel mensen naar de stad zouden komen. Dat leek Yonah een goed tijdstip om ervandoor te gaan.

Intussen hield hij de gevangenis schoon. Isidoro was zo tevreden over hem dat hij hem met rust liet. De eerste paar dagen werden de dieven afgeranseld door Paco en Gato, en vervolgens vrijgelaten. De dronkaard mocht ook gaan, maar drie dagen later werd hij doorweekt en wild schreeuwend in een andere cel gegooid.

Langzamerhand kwam Yonah er door de gemompelde verwensingen en de gesprekken van Isidoro en zijn helpers achter waarvan sommige van de Nieuwe Christenen beschuldigd waren. Een slager, Isaac de Montesa, had vlees verkocht van dieren die hij volgens de joodse voorschriften had geslacht. Vier van de anderen hadden dat vlees vaak gekocht. Juan Peropan was gearresteerd omdat hij een paar bladzijden met een joods gebed erop in zijn bezit had gehad, zijn vrouw Isabel omdat ze uit vrije wil aan een joodse godsdienstoefening had deelgenomen. Buren van Ana Montalban hadden gezien dat ze de zevende dag van de week als een rustdag had beschouwd en haar lichaam elke vrijdag voor zonsondergang had gewassen, waarna ze op de joodse sabbat schone kleren had gedragen.

Yonah merkte dat de blik van de arts uit Toledo hem elke keer dat hij in de buurt van diens cel aan het werk was niet losliet.

Op een morgen, toen hij de cel van de man schoonmaakte, vroeg deze zacht: 'Waarom noemen ze je Tomás?'

'Hoe moeten ze me dan noemen?'

'Je bent een Toledano, maar ik weet niet meer welke.'

U weet dat ik niet Meir ben, had Yonah willen zeggen, maar dat durfde hij niet. De arts zou hem immers bij de inquisitie kunnen aangeven in ruil voor vrijspraak.

'U vergist zich, señor,' zei hij. Hij veegde het laatste stukje van de vloer en liep de cel uit.

Er gingen weer een paar dagen voorbij, zonder dat er iets bijzonders gebeurde. De arts zat bijna de hele dag in zijn gebedenboek te lezen en keek niet meer naar Yonah. Yonah dacht dat de man hem allang verraden zou hebben als hij dat van plan was geweest.

Van alle gevangenen was de slager, Isaac Montesa, het opstandigst. Vaak brulde hij zegenwensen en gebeden in het Hebreeuws om de bewakers met zijn joodsheid te tarten. De anderen die ervan beschuldigd waren tot het judaïsme te behoren, waren rustiger. Hun wanhoop was overgegaan in lijdzaamheid.

Op een dag zei Yonah toen hij weer in de cel van Espina stond: 'Ik ben Yonah Toledano, señor.'

Espina knikte en vroeg: 'Je vader, Helkias... Is hij vertrokken?'

Yonah schudde zijn hoofd. 'Vermoord.' Toen kwam Paco eraan om hem weer naar buiten te laten en de cel weer op slot te doen, dus ze zeiden niets meer.

Paco was een luilak, die met zijn stoel achterovergekanteld tegen de muur zat te dommelen als Isidoro niet in de buurt was. Als Yonah hem dan vroeg een cel te openen werd hij boos, en na verloop van tijd gaf hij Yonah de sleutel en zei dat hij het zelf maar moest doen.

Yonah liep er meteen mee naar de cel van de arts, maar tot zijn teleurstelling wilde Espina niet praten en hield hij zijn blik strak op zijn gebedenboek.

Toen Yonah vervolgens naar de cel van de slager ging, stond Isaac de Montesa met zijn tuniek als een gebedssjaal over zijn hoofd heen en weer te wiegen en luidkeels gebeden te zingen. Yonah luisterde verrukt naar het Hebreeuws en bad in gedachten mee:

Voor de zonde die wij in Uw aanschijn hebben begaan door in aanraking te komen met onreinheid,
en voor de zonde die wij in Uw aanschijn hebben begaan door een biecht van de lippen,
en voor de zonde die wij in Uw aanschijn hebben begaan door een misverstand of vergissing,
en voor de zonde die wij in Uw aanschijn expres of per ongeluk hebben begaan,
voor al deze zonden, o Heer van vergiffenis, vergeef ons, verleen ons gratie, schenk ons verlossing.

Montesa was bezig een biecht af te leggen en met een schok besefte Yonah dat het de tiende van de Hebreeuwse maand Tisjri moest zijn, Jom Kippoer, de Grote Verzoendag. Hij wilde niets liever dan meebidden, maar de deur van het kantoor van de baljuw stond open en hij hoorde Isidoro's luide stem en de zachte antwoorden van Paco. Hij veegde dus om de biddende man heen en deed de celdeur weer achter zich op slot.

Die dag aten alle gevangenen de pap die hij hun bracht, behalve Montesa, die zich aan de vasten van deze belangrijke feestdag hield. Yonah at ook niets, blij dat hij zonder risico even een jood kon zijn. Hij gaf zijn eigen portie en die van Montesa aan Moise.

Toen hij 's avonds op de harde vloer van de verhoorkamer lag, vroeg hij zelf ook om vergiffenis voor zijn zonden en de onvriendelijke woorden tegen geliefde personen en anderen. Daarna prevelde hij kaddisj en toen de sjema, waarin hij de Almachtige smeekte te zorgen voor Eleazar, Aron en Juana. Hij vroeg zich af of ze nog zouden leven.

Yonah besefte dat hij, als hij geen maatregelen nam, de joodse kalender binnenkort zou vergeten. Om dit te voorkomen nam hij zich voor dat hij zo vaak mogelijk de Hebreeuwse datum zou mompelen. Hij wist dat vijf van de maanden – Tisjri, Sjebat, Nisan, Sivan en Ab – dertig dagen hadden en de resterende zeven maanden – Hesjvan, Kislev, Tebet, Adar, Iyar, Tammoez en Eloel – negenentwintig.

In een schrikkeljaar werden er dagen aan toegevoegd, maar hij wist niet hoe. Abba had altijd geweten welke dag het was.

Mijn naam is niet Tomás Martín, dacht hij slaperig. Ik ben Yonah Toledano. Mijn vader was Helkias ben Reuven Toledano, gezegend is zijn nagedachtenis. We behoren tot de stam van Levi. Vandaag is het de tiende dag van de maand Tisjri, in het jaar 5253...

15

HET AUTODAFE

VOOR DE GEVANGENEN BEGON ER IETS te veranderen toen Espina op een morgen door bewakers geketend werd en in een wagen meegenomen naar het kantoor van de inquisitie voor een ondervraging.

's Avonds werd hij teruggebracht, met twee bloedende, opengeboorde duimen, die ten gevolge van de duimschroeven nooit meer bruikbaar zouden zijn. Yonah bracht hem wat water, maar hij bleef met zijn gezicht naar de muur op de vloer van zijn cel liggen.

De volgende morgen ging Yonah weer naar hem kijken. 'Hoe bent u hier terechtgekomen?' fluisterde hij. 'In Toledo kenden we u als een overtuigd christen.'

'Ik bén een overtuigd christen.'

'Waarom martelen ze u dan?'

Espina zweeg een poosje en zei toen: 'Wat weten zij nou van Jezus?'

Elke morgen kwamen de mannen met de wagen om de gevangenen een voor een mee te nemen. Toen Juan Peropan terugkwam, bungelde zijn linkerarm er na een marteling op het rad gebroken bij. Isabel, zijn vrouw, kon het niet aanzien en toen het haar beurt was, stemde ze hysterisch in met alles wat haar ondervragers opperden.

Yonah bracht wijn toen de baljuw twee vrienden uitgebreid over Isabels biecht vertelde.

'Ze gaf haar man van alles de schuld. Juan Peropan is altijd jood gebleven, zei ze. Hij heeft zijn geloof nooit afgezworen. Hij dwong haar joods vlees en gevogelte te kopen, dwong haar naar ketterse gebeden te luisteren en eraan mee te doen, en dwong haar deze aan haar kinderen te leren.'

Daarnaast had ze alle andere gevangenen ervan beschuldigd nog steeds joden te zijn, waardoor ze de bewijzen tegen hen had ondersteund.

Volgens Isidoro Alvarez had ze zelfs tegen de arts getuigd, die ze niet eens kende. Ze had verteld dat Espina haar had toevertrouwd dat hij zich aan het verbond van Abraham had gehouden door achtendertig baby's op de rituele manier te besnijden.

Elke ondervraging duurde een paar dagen. Na afloop werd er in de morgen aan het balkon van het kantoor van de inquisitie een rode banier gehangen ten teken dat er binnenkort een aantal ketters door middel van een autodafe de doodstraf zou krijgen.

Bernardo Espina, die alle hoop opgegeven had, wilde opeens graag over Toledo praten.

Yonah vertrouwde hem intuïtief. Toen hij op een middag de vloeren schrobde, bleef hij voor Espina's cel staan om een praatje te maken. Yonah vertelde dat zijn vader naar het lege huis van de Espina's was gegaan en daarna naar de Priorij van de Tenhemelopneming, die ook verlaten bleek te zijn.

Espina knikte, niet verbaasd dat de priorij opgeheven was. 'Op een morgen lagen broeder Julio Peréz en twee gewapende bewakers vermoord voor de kapel en de relikwie van de heilige Anna was verdwenen. Er zijn hier diepe onderstromen in de Kerk, Yonah Toledano, en zo meedogenloos dat ze mensen zoals jij en ik zonder pardon meesleuren. Onlangs is Rodrigo kardinaal Lancol onze nieuwe paus geworden, paus Alexander VI. Zijne heiligheid zou geen enkel geduld hebben met een priorij die een zo heilige relikwie laat verdwijnen. Ik denk dat de broeders zich door de hele orde van de hiëronymieten hebben verspreid.'

'En prior Sebastián?'

'Die is beslist geen prior meer en is vast ergens heen gestuurd waar hij zijn dagen veel minder gemakkelijk zal moeten slijten. Misschien hebben de dieven de relikwie inmiddels met de kelk van je vader samengebracht,' voegde Espina er op bittere toon aan toe.

'Wat zijn dat voor mannen die moorden voor heilige voorwerpen?' vroeg Yonah.

Espina glimlachte vermoeid.

'Mannen die zich als heiligen voordoen. In het hele christendom hebben gelovigen altijd veel waarde gehecht aan relikwieën. Er wordt uitgebreid in gehandeld, en daarbij gaat men over lijken.'

Espina vertelde Yonah dat pater Sebastián hem had gevraagd onderzoek te doen naar de moord op Meir. Yonah kon bijna niet aanhoren wat Meir allemaal overkomen was. Vervolgens zei Espina dat inquisiteur broeder Bonestruca hem had laten oppakken.

'Bonestruca? Die met de bochel? Ze hebben me verteld dat hij het was die de menigte zo opgejut heeft dat die mannen naar het huis van mijn vader zijn gegaan! En ik heb Bonestruca zelf ook ontmoet,' zei Yonah.

'Hij heeft een ongewoon mooi gezicht, vind je niet? Maar ik denk dat zijn ziel een last torst die zwaarder is dan de bochel op zijn rug.

Hij is iemand die met veel genoegen iedereen vernietigt die een probleem voor hem zou kunnen worden. Toen hij me na zijn eerste verhoor vrijliet, wist ik dat ik weg moest omdat hij me anders opnieuw zou laten oppakken en dan voorgoed. Ik stond op punt van vertrek toen pater Sebastián mijn hulp inriep. Toen de prior me vertelde dat de relikwie ook gestolen was, was hij de waanzin nabij. Hij huilde en beval me de relikwie bij hem terug te brengen, alsof ik daar zomaar toe in staat was. Hij jammerde over de zwaarte van zo'n misdaad en smeekte me degenen te vinden die hem zo'n afschuwelijke streek hadden geleverd.'

Espina schudde zijn hoofd. 'Ik wist zeker dat ik, als ik niet meteen maakte dat ik uit Toledo wegkwam, weer gearresteerd zou worden. Dus ik zei tegen mijn vrouw dat ze met de kinderen naar familie moest gaan en ik ben gevlucht.'

'Waarheen?'

'Naar het gebergte in het noorden. Daar ben ik van gehucht naar gehucht getrokken, waar ze steeds weer dolblij waren dat er een arts langskwam.'

Dat wilde Yonah graag geloven. Hij herinnerde zich de tedere manier waarop deze man zijn moeder had behandeld en ook dat zijn vader had gezegd dat Espina een leerling was geweest van de beroemde joodse arts Samuel Provo.

Espina had een nobel leven geleid door anderen te dienen. Hij had de godsdienst van zijn voorvaderen opgegeven, maar hij was een eerbaar man, een genezer. Toch was hij gedoemd te sterven. Yonah vroeg zich af of er een manier zou zijn om deze bekeerlingen te redden, maar hij kon er geen bedenken. 's Nachts werden ze bewaakt door Gato, een gemene kerel, die de hele dag sliep om 's nachts wakker te kunnen blijven om de cellen geen moment uit het oog te verliezen. En als Yonah overdag de kans zou krijgen om de dommelende Paco met zijn scherpe schoffel te vermoorden, zouden hij en de gevangenen in Ciudad Real niet ver komen, want het wemelde er van de soldaten.

Als God wilde dat ze gered werden, zou Hij Yonah een ontsnappingsmethode aan de hand moeten doen.

'Hoe lang heeft het geduurd voordat ze u vonden?'

'Ik was al bijna drie jaar verdwenen. De inquisitie heeft een verdomd groot vangnet.'

Yonah werd koud van angst, want hij wist dat hijzelf dat net ook moest ontwijken.

Hij zag dat Paco wakker geworden was en met een scherpe blik naar hen keek, dus hij begon weer te schrobben.

'Goedemiddag, señor Espina.'
'Goedemiddag, Tomás Martín.'

De inquisitie was slim genoeg om de executies door burgerlijke autoriteiten te laten uitvoeren. De baljuw had werklui opdracht gegeven om op de Plaza Mayor zeven houten brandpalen neer te zetten, naast een *quemadero* – een ronde bakstenen oven, die haastig door een paar metselaars werd gebouwd.

In de gevangenis zaten sommige veroordeelden te huilen en andere te bidden. Espina maakte een kalme, berustende indruk.

Toen Yonah de gang aan het dweilen was, zei Espina: 'Ik wil je iets vragen.'

'Als ik u kan helpen...'

'Ik heb een achtjarige zoon, hij heet Francisco Rivera de la Espina. Hij woont met zijn twee zusjes bij zijn moeder, Estrella de Aranda. Wil jij de jongen mijn brevier brengen en hem de zegen van zijn vader geven?'

'Maar señor,' zei Yonah verbaasd en spijtig tegelijk, 'ik kan niet teruggaan naar Toledo! En uw huis staat leeg. Waar is uw familie gebleven?'

'Dat weet ik niet. Misschien woont mijn vrouw nu bij haar neven, de De Aranda's in Maqueda. Of bij de De Aranda's in Medellín. Maar pak mijn brevier alsjeblieft aan, ik smeek het je! Misschien schenkt God je een keer de gelegenheid om het af te leveren.'

Yonah knikte. 'Goed dan, ik zal mijn best doen.' Maar toen hij het christelijke boek aanpakte, had hij het gevoel dat hij er zijn vingers aan brandde.

Espina stak een hand tussen de tralies van zijn cel door.

Yonah legde de zijne erin en zei: 'Moge de Almachtige u genadig zijn.'

'Ik ga naar Jezus. Moge God je beschermen en behouden, Toledano. Bid alsjeblieft voor mijn ziel.'

Al vroeg verzamelde zich op de Plaza Mayor een nog grotere menigte dan voor een stierengevecht. De lucht was strakblauw, de wind bracht een vleugje najaarskoelte mee. Er hing een sfeer van onderdrukte opwinding; kinderen schreeuwden, volwassenen stonden zacht te praten, kooplui prezen eetwaar aan en een muziekkwartet bestaande uit een fluitist, twee gitaristen en een luitspeler speelde vrolijke wijsjes.

Halverwege de morgen verscheen er een priester. Hij maande met opgeheven hand tot stilte en ging de massa voor in een lange reeks onzevaders. De mensen stonden inmiddels dicht opeengepakt, ook

Yonah was erbij. De balkons rondom het plein puilden uit van de toeschouwers en er zaten zelfs mensen op de daken. Toen het publiek rondom de brandpalen door personeel van Isidoro Alvarez teruggedreven werd om plaats te maken voor de veroordeelden, begreep iedereen dat het spektakel ging beginnen.

De veroordeelden werden in drie door ezels getrokken boerenkarren – kiepkarren op twee wielen – van de gevangenis naar het plein gebracht. De mensen langs de kant van de weg schreeuwden spottende opmerkingen en scheldwoorden.

De elf beschuldigde joden droegen de punthoed van de bestrafte. Twee mannen en een vrouw droegen een geel ketterhemd met een diagonaal kruis erop. Voor straf moesten zij terug naar hun eigen kerkgemeente om daar deze *sanbenito* lange tijd te dragen als teken van boetedoening, verzoening en christelijke eerbied. Hun buren zouden hen erom verafschuwen.

Zes mannen en twee vrouwen droegen een zwarte sanbenito met duivels en hellevuur erop, ten teken dat zij zich met hun dood zouden opofferen.

Op het plein werden de veroordeelden uit de karren gesleurd. Hun hemd werd uitgetrokken en toen ze daar zo naakt bij elkaar stonden, ruiste het commentaar als aanzwellende golven door de menigte. Iedereen wilde hun schaamte – een onderdeel van hun schande – zien.

Verstard zag Yonah dat Ana Montalban er ontkleed veel ouder uitzag dan met kleren aan; haar borsten waren lang en plat, en het haar tussen haar benen was grijs. Maar Isabel Peropan zag er juist jonger uit; ze had de ronde, stevige billen van een jonge vrouw. Haar man was gebroken van verdriet en angst. Hij kon niet meer lopen en werd ondersteund en meegesleept. Elke gevangene werd met de rug tegen een brandpaal gezet, waarna de polsen achter de paal werden vastgebonden.

Het behaarde lichaam van Isaac de Montesa vertoonde geen blauwe plekken, omdat hij met zijn voortdurende Hebreeuwse gebeden zijn schuld luid en duidelijk had bekend. Maar als straf voor zijn uitdagende houding was hij aangewezen voor de quemadero. De oven had een kleine opening, waardoor drie mannen zijn forse lijf naar binnen duwden terwijl de omstanders hem vol leedvermaak bespottelijk maakten en Isaac de shema brulde. Hij pauzeerde geen seconde, en de metselaars maakten het gat zo vlug mogelijk dicht.

Espina bad in het Latijn.

Behulpzame handen stapelden takken en hout om de brandpalen en de veroordeelden, zo hoog dat dit nog iets van hun waardigheid redde doordat het hun onderlichaam met de kneuzingen, wonden, littekens en de beschamende gevolgen van hun angst bedekte. De quemadero werd zo onder takkenbossen bedolven dat er geen steen meer van te zien was.

Toen begon het kwartet gezangen te spelen.

Bij ieder van de vier gevangenen die om verzoening met Christus hadden gevraagd, stond een kapelaan. Aan hun brandpaal was een wurgijzer bevestigd, een stalen band die om hun hals zou worden gesloten en met schroeven achter de paal zou worden aangedraaid. De kerk was de spijtoptanten genadig door hen te wurgen voordat ze zouden verbranden. Isabel Peropan was het eerst aan de beurt; ondanks haar smekende schuldbekentenis en ten ondergang doemende aanklacht tegen anderen was ze toch veroordeeld, maar was haar de genade van het wurgijzer gegund.

Haar lotgenoten waren Espina en twee broers uit Almagro; de schroeven werden aangedraaid terwijl Isidoro met een toorts langs de rij liep en elke houtstapel aanstak, die luid knetterend vlamvatte.

Terwijl de vuren oplaaiden, zwol ook het tumult van de menigte aan met uitroepen van ontzag, verbazing, angst, blijdschap of leedvermaak, al naar gelang ieders aard en overtuiging. Mannen en vrouwen tilden hun kinderen op om een glimp op te vangen van de vurige hel waartegen de Here God hen zou beschermen mits ze hun vader en de priester gehoorzaamden en niet zondigden.

De oven was een brullende vuurbol met daarin Isaac de slager, die als een kip aan het spit werd geroosterd. Maar een kip leefde dan niet meer, dacht Yonah.

De veroordeelden kronkelden aan hun paal, hun mond ging open en dicht, maar hun geschreeuw ging onder in het lawaai van de menigte. Isabel Peropans lange haar vloog in brand en vormde een geel-met-blauw aureool om haar paars aangelopen gezicht. Yonah kon het niet opbrengen naar Espina te kijken. Uitwaaierende rookwolken schermden het zicht op de slachtoffers af en werden een excuus voor zijn tranende ogen. Iemand stompte tegen zijn schouder en riep iets in zijn oor.

Het was Isidoro. Hij wees naar de kleiner wordende brandstapels, schold hem uit voor luie kwajongen en riep dat dat hij Paco en Gato moest helpen een wagen vers hout te halen.

Toen Yonah het hout op de kar had gestapeld, ging hij niet terug naar het plein. In de stille, lege gevangenis pakte hij zijn zak en de gebroken schoffel en liep ermee naar Moise, die vredig in de schaduw stond te grazen.

Hij klom op het brave dier, tikte hem met zijn hielen aan en ze vertrokken in snelle draf uit Ciudad Real. Yonah lette niet op de weg of het landschap. Het autodafe had hem laten zien op welke wrede manier hij zou sterven als hij opgepakt werd. Zijn verstand raadde hem dringend aan een sympathieke priester te zoeken. Misschien was het nog niet te laat om om de wijolie te smeken en een leven van zorgvuldige katholieke rechtschapenheid te gaan leiden.

Maar hij had een gelofte afgelegd op de nagedachtenis van zijn vader, voor God en zijn volk.

En voor zichzelf.

Voor het eerst was zijn haat jegens de inquisitie groter dan zijn angst. Hij kon de beelden niet van zich afzetten en deze keer richtte hij geen smeekbede tot God, maar vroeg hij woedend: 'Wat is het goddelijke plan dat zoveel gehangenen voortbrengt? *Met welk doel hebt U mij de laatste jood in Spanje gemaakt*?'

16

DE VROUW OP DE BOERDERIJ

YONAH STAK MET MOISE DE RIVIER de Guadiana over. Ze moesten een stukje zwemmen en middenin, waar het heel diep was, spoelde het water de brandlucht uit Yonahs kleren, maar niet uit zijn ziel.

Op de andere oever reed hij langzaam door een dal met boerderijen naar het zuidoosten, waarbij hij de heuvels van de Sierra Morena aan zijn linkerkant in zicht hield.

De herfst was laat, maar heerlijk zacht. Onderweg stopte hij zo nu en dan bij een boerderij om een paar maaltijden en een slaapplaats te verdienen. Hij trok late uien uit de grond, plukte olijven en hielp mee met zijn voeten de laatste wijndruiven van het seizoen te persen.

Toen het winter werd, reed hij met de warmte mee naar het zuiden. Diep in het zuidwesten, waar Andalusië Zuid-Portugal raakte, trok hij door een reeks gehuchten die hun bestaan te danken hadden aan enorme boerderijen.

Hoewel het groeiseizoen bijna overal voorbij was, vond hij toch nog werk op de grote boerderij van een edelman met de naam don Manuel de Zúniga.

'We kappen bos om meer bouwgrond te krijgen. Als je wilt, mag je meehelpen,' zei de rentmeester. Hij heette Lampara, maar Yonah hoorde algauw dat de arbeiders hem achter zijn rug Lamperón noemden, de vetvlek.

Het was zwaar werk: het uitgraven en wegdragen van zware keien, het splijten van rotsen, het omhakken en uitgraven van bomen, en het kappen en verbranden van struikgewas. Maar Yonah had de forse bouw van zijn vader en was al gehard door het werk op andere boerderijen, en er was werk genoeg om de winter door te komen. Op een nabijgelegen veld legerde een detachement soldaten; in het begin hield hij hen angstvallig in de gaten, maar ze letten niet op hem en besteedden al hun tijd aan oefeningen. Het klimaat was er zacht, bijna weldadig, en er was genoeg te eten, dus hij bleef.

Zijn ervaringen en zijn verdriet weerhielden hem van kameraadschap met de andere dagloners, en ondanks zijn jeugd zorgden de trek op zijn gezicht en de blik in zijn ogen ervoor dat niemand hem lastig viel.

Overdag eiste hij alles van zijn gespierde lichaam om de beelden die de bosbranden bij hem opriepen te onderdrukken. 's Nachts viel hij naast Moise in een diepe slaap, met zijn hand op de scherpe schoffel. De ezel bewaakte hem terwijl hij droomde van vrouwen en uitingen van lichamelijke liefde, maar als hij zich de volgende ochtend zo'n droom herinnerde, wist hij in zijn naïviteit niet of deze overeenkwam met de werkelijkheid.

Hij deed de zilveren ring die hij steeds aan het koord om zijn nek had gedragen af en stopte hem bij zijn andere bezittingen in de zak, die hij aan Moise vastbond. Hij verloor de ezel geen moment uit het oog. Daarna werkte hij met ontbloot bovenlijf en voelde zich behaaglijk terwijl het zweet zijn lichaam afkoelde in de zoele lucht.

Toen Don Manuel naar de boerderij kwam, werkten zelfs de traagste arbeiders net zo hard als Yonah. Hij was een oude man met een klein postuur en een arrogante houding, en hij inspecteerde de velden en de schuren zonder dat hem iets opviel en zonder kennis van zaken. Hij bleef drie nachten slapen, deelde zijn bed met twee meisjes uit het dorp en ging weer weg.

Na zijn vertrek haalde iedereen opgelucht adem en was het minachtende commentaar niet van de lucht. De arbeiders noemden hem *el cornudo* – de bedrogene – en later kwam Yonah erachter waarom.

De boerderij had bestuurders en opzichters, maar degene met wie de arbeiders het meest te maken hadden, was een vroegere minnares van de landheer, Margarita Vega. Toen ze nog een meisje was, had ze hem twee kinderen geschonken. Maar toen don Manuel na een jaar in Frankrijk terugkwam, ontdekte hij tot groot leedvermaak van zijn personeel dat Margarita van een landarbeider een derde kind ter wereld had gebracht. Zúniga had haar ten afscheid een huis en een huwelijksfeest gegeven, maar haar man was binnen een jaar met de noorderzon vertrokken. Daarna nam ze de ene man na de andere en kreeg ze nog drie kinderen, allemaal met een andere vader. Ze was inmiddels vijfendertig, een vrouw met brede heupen en harde ogen, een echte kenau.

Volgens de arbeiders kwam don Manuel maar zo zelden langs omdat hij nog steeds van Margarita hield en er niet tegen kon dat ze steeds weer een ander had.

Op een dag hoorde Yonah Moise balken en toen hij opkeek, zag hij dat een van de andere knechten, een jongeman die Diego heette, de zak van de ezel losgeknoopt had en op het punt stond deze open te maken.

Yonah stormde op de jongen af en greep hem vast, en even later rolden ze vechtend door het zand. Ze krabbelden overeind en begonnen met hun door het werk geharde vuisten te knokken. Later hoorde Yonah dat Diego bekendstond als een echte vechtersbaas, en inderdaad kreeg hij al meteen zo'n harde stomp in zijn gezicht dat zijn neus brak. Yonah was een paar jaar jonger dan Diego, maar langer en bijna net zo fors. Hij kon verder uithalen en alle angst en haat die hij zo lang onderdrukt had, vonden in het gevecht een uitweg. Elk klap kwam aan als een mokerslag; hun handen werden moordwerktuigen.

De andere knechten kwamen toelopen en moedigden de vechters luidkeels aan. Vervolgens kwam de opzichter op het lawaai af, die hen vloekend en eveneens met behulp van zijn vuisten uit elkaar trok.

Diego's mond bloedde en zijn linkeroog zat dicht. Hij protesteerde niet toen de opzichter de toeschouwers en de vechters beval weer aan het werk te gaan.

Yonah wachtte tot iedereen weg was en bond toen de zak weer zorgvuldig dicht en hing hem weer aan de ezel. Hij had een bloedneus en veegde met de achterkant van een hand het bloed van zijn bovenlip. Toen hij opkeek, zag hij Margarita Vega met een baby op de arm naar hem staan kijken.

Yonahs neus was dik en paars en zijn gekneusde, gezwollen handen deden nog dagenlang pijn, maar door het gevecht had hij de aandacht van Margarita op zich gevestigd.

Het lukte Yonah niet haar te negeren. Elke keer dat hij opkeek, stond ze binnen zijn gezichtsveld met een grote bruine borst ontbloot haar hongerige baby te voeden. De anderen stootten elkaar lachend aan telkens als ze zagen dat Margarita opdook waar de forse, zwijgende jongen aan het werk was.

Ze was vriendelijk tegen Yonah en leek zich bij hem op haar gemak te voelen.

Ze liet hem karweitjes rondom haar huis doen en riep hem naar binnen voor een maal van brood en wijn. Slechts enkele dagen later trokken ze hun kleren voor elkaar uit, raakte hij ongelovig een vrouwenlichaam aan en proefde hij de melk die het vlakbij slapende kind voedde.

Haar forse lijf was niet onaantrekkelijk. Ze had gespierde benen, een diepliggende navel en ondanks alle zwangerschappen een niet al te ronde buik. Haar dikke schaamlippen waren als een diertje met een ruige bruine vacht. Ze vertelde Yonah wat ze van hem verwachtte en hij leerde hoe hij in het vervolg moest dromen. Hun eerste gemeenschap was van korte duur, maar hij was jong en sterk en zij zorgde ervoor dat hij algauw klaar was voor een tweede keer. Hij ging net zo wild tekeer als in het gevecht met Diego, tot hij en de vrouw uitgeput lagen te hijgen.

Een poosje later, toen hij bijna in slaap gevallen was, voelde hij dat haar hand hem betastte alsof hij een dier was dat ze overwoog te kopen.

'Je bent een bekeerling.'

Hij was meteen klaarwakker.

'Ja.'

'Zo, zo. Wanneer heb je je tot het ware geloof bekeerd?'

'Eh... een paar jaar geleden.' Hij deed zijn ogen weer dicht in de hoop dat ze het daarbij zou laten.

'Waar?'

'In Castilië, in de stad Cuenca.'

Ze lachte en zei: 'Daar ben ik geboren! En ik ben er in de acht jaar dat ik voor don Manuel werk zelfs een keer terug geweest! Ik heb er twee zussen en een broer wonen, en ook nog een oude grootmoeder, die mijn ouders heeft overleefd. In welke kerk heb je je bekeerd, de San Benito of de San Marco?'

'Ik geloof dat het de San Benito was.'

Ze staarde hem aan. 'Dat geloof je? Je weet het niet zeker?'

'Nou ja, natuurlijk wel. Het was de San Benito. Een heel mooie kerk.'

'Vond je het een mooie kerk? Wie was de priester?'

'Een oude man.'

'Ze zijn allebei oud.' Ze fronste haar wenkbrauwen. 'Was het pater Ramón of pater Garcillaso?'

'Pater Ramón.'

Margarita knikte, maar liet zich uit bed glijden. 'Je hoeft niet meteen weer aan het werk te gaan, hoor. Ga maar rustig een poosje slapen tot ik met mijn werk klaar ben, dan ben je straks weer zo sterk als een leeuw en kunnen we lekker nog een keertje vrijen, goed?'

'Ja, goed.'

Maar even later zag hij door het enige raampje van de slaapkamer dat ze met de baby in haar armen snel het huis uitliep de hitte van het middaguur in. Ze had haar rok zo haastig aangetrokken dat die niet eens goed over haar heupen hing.

Yonah wist zo goed als zeker dat er in de stad Cuenca geen pater Ramón woonde en dat de kerk er waarschijnlijk niet de naam San Benito droeg.

Hij kleedde zich snel aan en liep naar de schaduwkant van het huis, waar Moise vastgebonden stond. Even later reed hijzelf in de middaghitte; hij zag buiten maar twee mannen, die geen aandacht aan hem schonken. Nog wat later beklom hij op de rug van de ezel een pad de uitlopers van de Sierra Morena in.

Toen hij tamelijk hoog was, stond hij stil en keek neer op de boerderij van don Manuel de Zúniga. De figuurtjes van vier soldaten met in het zonlicht glinsterende wapens en maliënkolders renden achter Margarita Vega aan naar haar huis.

Hoog boven hen en buiten hun bereik voelde hij zich veilig genoeg om met verbaasde dankbaarheid aan haar te denken: dank u wel, señora!

Als hij de kans kreeg, zou hij dit genot graag weer beleven. Maar om zich tegen het verraad van zijn besnijding te wapenen, zou hij de vrouwen vertellen dat hij zich niet in een kleine kerk, maar in een grote kathedraal had bekeerd. De kathedraal van Barcelona, waar zo'n groot leger priesters rondliep dat niemand hen allemaal persoonlijk kende.

Zijn neus deed nog steeds pijn, maar toen hij doorreed, haalde hij zich weer elk onderdeel van Margarita's lichaam voor de geest, en elke beweging, elke geur en elk geluid.

Hij kon het nauwelijks geloven, maar het was waar: zijn lichaam was dat van een vrouw binnengedrongen!

Hij bedankte ook de bijzondere Onkenbare. Omdat Yonah nog gezond en een vrij man was, omdat Hij op zo'n wonderbaarlijk goed uitgekiende manier mannen en vrouwen had geschapen dat ze als slot en sleutel in elkaar pasten, en omdat Yonah het lang genoeg had mogen overleven om dit te ervaren.

Dit is me overkomen op de twaalfde dag van de maand Shebat. Mijn naam is niet Tomás Martín, ik ben Yonah Toledano, zoon van Helkias de zilversmid, van de stam van Levi. De andere maanden heten Adar, Nisan, Iyar, Sivan, Tammoez, Ab, Eloel, Tisjri, Hesjvan, Kislev en Tebet.

Voorzichtig zocht Moise een weg omhoog de bruine bergen in.

4

DE HERDER

Sierra Morena

11 november 1495

17

HET GELUID VAN SCHAPEN

OP MOISES RUG TROK YONAH LANGZAAM langs de grens met Portugal naar het noorden, terwijl het groen van het landschap geleidelijk overging in bruine herfsttinten. Een keer of zes hield hij lang genoeg halt om geld voor een paar maaltijden te verdienen, maar hij bleef nergens hangen. Tot hij in Salamanca aankwam, waar er voor herstelwerkzaamheden aan de kathedraal bouwvakkers werden aangenomen.

Hij zei tegen de potige opzichter dat hij Ramón Callicó heette. 'Wat voor soort werk kun je doen?' vroeg de opzichter, ongetwijfeld in de hoop dat hij een rondreizende metselaar of timmerman was.

'Hard werk,' antwoordde Yonah. De man knikte.

De ossen en enorme trekpaarden die de zware stenen moesten vervoeren waren ondergebracht in een nabijgelegen schuur. Yonah zette ook Moise in die schuur. 's Nachts sliep hij naast hem en temidden van alle dierengeluiden viel hij in slaap.

Overdag maakte hij deel uit van een legertje arbeiders, metselaars, steenhouwers en drijvers. Met z'n allen vervingen ze een deel van de donkere natuurstenen waaruit de muren van de kathedraal opgetrokken waren, die hier en daar wel twee meter dik waren. Het was afschuwelijk werk, waarbij het zweet van iedereen af gutste, in het overdonderende lawaai van protesterende dieren, vloekende en schreeuwende opzichters en drijvers, kloppende hamers en mokers, en het onophoudelijke geknars van zware brokken steen over de ruwe grond. De kleinere stenen werden door de werklieden gedragen. Als de grotere door de dieren zo dicht mogelijk bij het gebouw waren gebracht, moesten de mannen als lastdier dienen en in een lange rij zo hard mogelijk aan de dikke touwen trekken waarmee de stenen voortgesleept werden. Of ze moesten naast elkaar uit alle macht hun vijand, de steen, voor zich uit duwen.

Yonah vond het eigenlijk wel prettig dat hij aan het herstel van een gebedshuis meewerkte, ook al werd het gebruikt voor de gebeden van anderen. Hij was niet de enige niet-christen onder de werklieden, want de handwerkslieden waren Moren, die meesters waren in het bewerken van steen en hout. Toen Yonahs vader door pater Sebastián Alvarez was gevraagd een schrijn voor een christelijke relikwie te maken, had Helkias het verzoek besproken met rabbijn Ortega, die hem had aangeraden de opdracht aan te nemen. 'Het is mitswa als je mensen helpt bidden,' had de rabbijn gezegd, en hij had eraan toegevoegd dat het mooie, fijne versierwerk aan de synagoges van Toledo door Moren was gemaakt.

Het werk aan de kathedraal was uitputtend. Net als de anderen zwoegde Yonah elke dag van vroeg tot laat als verdoofd en kon er geen lachje meer af. Alleen als het nodig was, vroeg of zei hij iets over het werk en uit zelfbescherming hield hij zich verder van iedereen afzijdig. Soms moest hij samenwerken met een kale arbeider die met zijn gedrongen, forse bouw zelf wel een brok steen leek. De opzichter noemde de man Leon, Yonah had zijn achternaam nooit gehoord.

Op een morgen, toen Yonah zeven weken in Salamanca was en hij samen met Leon moeizaam een steen op zijn plaats probeerde te schuiven, zagen ze toen ze even opkeken een rij in zwarte pijen gehulde mannen uit de kathedraal komen. Ze hadden er hun ochtendgebed opgezegd, waarmee ze al voor de komst van de werklieden begonnen waren.

Leon staarde naar de lange, al wat oudere broeder die vooropliep.

'Dat is broeder Tomás Torquemada, de hoofdinquisiteur,' fluisterde hij. 'Ik kom uit Santa Cruz, daar is hij de prior van het klooster.'

Yonah keek naar de lange man met de lange, rechte neus, puntige kin en sombere, beschouwende ogen. In gedachten verzonken liep Torquemada hen voorbij. De slordige stoet bestond uit een stuk of vijfentwintig priesters en broeders, en temidden van hen zag Yonah een andere lange man met een bochel, die hij overal zou herkennen. Bonestruca liep vlak langs Yonah heen, in druk gesprek met een metgezel. Hij kwam zo dichtbij dat Yonah zijn borstelige wenkbrauwen en een zweer op zijn bovenlip kon onderscheiden.

De gebochelde richtte zijn hoofd op en keek Yonah even recht in het gezicht, maar zijn grijze ogen verrieden geen glimp van herkenning of belangstelling voordat hij zijn hoofd weer afwendde. Yonah verstijfde van schrik, maar Bonestruca liep gewoon door.

'Wat komt broeder Torquemada in Salamanca doen?' vroeg Yonah aan Leon. De man haalde zijn schouders op en gaf geen antwoord.

Maar later die dag hoorde Yonah de opzichter tegen een andere bouwvakker zeggen dat er inquisiteurs uit alle delen van Spanje voor een vergadering naar Salamanca waren gekomen. Hij vroeg zich af of God hem hiervoor gespaard had, om hem de gelegenheid te bieden de man te doden die zowel zijn vader als zijn broer had vermoord.

De volgende morgen stond hij op de uitkijk toen de inquisiteurs weer na het morgengebed uit de kathedraal kwamen. Hij had besloten dat hij om Bonestruca aan te vallen het best links van de ingang kon staan, vlak bij de plek waar hij aan het werk was. Hij hield er rekening mee dat hij maar één klap kon geven voordat hij gegrepen werd en het leek hem het best om met zijn scherpe schoffel, alsof het een bijl was, door Bonestruca's keel te klieven.

Die nacht lag hij slapeloos en nerveus op zijn strobed in de schuur. Toen hij nog klein was, had hij soms gedagdroomd dat hij een krijgsman was en de afgelopen jaren had hij zichzelf steeds voorgehouden hoe blij hij zou zijn als hij de dood van zijn vader en die van zijn broer zou kunnen wreken. Maar nu die kans zich voordeed, was hij bang en wist hij niet of hij wel zou kunnen doden. Hij smeekte God om kracht als het moment gekomen was.

De volgende morgen ging hij zoals gewoonlijk naar de kathedraal.

Toen de eerste broeder naar buiten kwam, pakte hij zijn schoffel en ging ermee links van de ingang staan. Meteen begon hij onbedwingbaar te trillen.

Er kwamen nog vijf broeders naar buiten, en daarna niemand meer.

De opzichter, die Yonah daar zo bleek en werkeloos zag staan, kwam naar hem toe en vroeg: 'Ben je ziek?'

'Nee, señor.'

'Moet je dan niet meehelpen cement te mengen?' vroeg de opzichter met een blik op de schoffel.

'Ja, señor.'

'Nou, schiet op dan,' gromde de man, en Yonah deed wat hem gezegd was.

's Middags hoorde hij dat de vergadering van de bewakers van het geloof de vorige dag afgelopen was. Hij besefte dat hij een sukkel was, niet geschikt als Gods engel der wrake. Hij had te lang gewacht en Bonestruca was hem ontglipt. Net als de rest van de Spaanse inquisiteurs was hij teruggegaan naar het domein van zijn angstaanjagende verantwoordelijkheid.

Het werk in Salamanca was pas laat in het voorjaar klaar. Half maart scheurde er een spier in Leons rug en rolde hij over de grond van de pijn. Hij werd in een kar getild en weggereden, en Yonah zag hem niet terug. Af en toe moest hij een karwei met een ander doen, maar het was nooit iemand met wie hij iets gemeen had. Zijn angst hield hem op een afstand en hij maakte geen vrienden.

Het herstelwerk aan de driehonderdvijfenvijftigjarige kathedraal was nog niet voltooid toen de werkzaamheden werden stilgelegd vanwege een verhitte discussie over de toekomst van het bouwwerk. Een heleboel inwoners van de stad vonden hun godshuis niet groot genoeg. Hoewel de kapel van San Martín fresco's uit de dertiende eeuw bevatte, was de rest van de kathedraal vrij kaal en daarom veel minder belangrijk dan die in andere steden. Er werd al geld ingezameld om in Salamanca een nieuwe kathedraal te bouwen, dus de rest van de restauratie van de oude werd uitgesteld.

Yonah werd ontslagen en trok weer naar het zuiden. Op 7 mei, zijn achttiende verjaardag, bevond hij zich in de grensstad Coria. In de plaatselijke herberg trakteerde hij zichzelf op een stoofpot van geitenvlees en linzen, maar toen hij het gesprek tussen drie mannen aan de tafel naast zich hoorde, was zijn feestmaal bedorven.

Ze hadden het over de joden die vanuit Spanje naar Portugal waren gegaan.

'Om zes maanden in Portugal te mogen blijven,' zei een van hen, 'waren ze bereid koning João een vierde van al hun bezittingen af te staan plus één dukaat voor iedere persoon die de grens over kwam. Dat is samen honderdtwintigduizend dukaten. Die zes maanden waren in februari om en weet je wat die schurk van een koning toen heeft gedaan? De joden tot slaven van de staat verklaard!'

'Ai! Moge God hem vervloeken!'

Yonah vermoedde dat de mannen bekeerlingen waren, want de meeste christenen zouden zich niet zo over het lot van joden opgewonden hebben.

Hij had zich stil gehouden, maar een van de mannen wierp een blik in zijn richting en zag aan zijn verstijfde houding dat hij meegeluisterd had. De man zei op zachte toon iets tegen zijn metgezellen en ze stonden meteen op en liepen de herberg uit.

Eens te meer bewonderde Yonah het inzicht van zijn vader en oom Aron toen ze beslisten dat het het beste was om vanuit Toledo naar het oosten te trekken in plaats van naar Portugal in het westen. Hij had geen trek meer, maar hij bleef nog een hele poos voor zijn bord met koud geworden ragout zitten.

's Middags reed hij in de richting van het geblaat van veel schapen. Weldra kwam hij bij een wijd verspreide kudde en even later zag hij waarom de dieren niet bijeengedreven werden. De herder, een magere grijsaard, lag op de grond.

'Ik ben ziek,' zei hij.

Zijn gezicht was net zo bleek als zijn haar en bij elke moeizame ademhaling maakte hij een fluitend geluid. Yonah rolde hem op zijn rug, haalde wat water voor hem en probeerde het hem zo comfortabel mogelijk te maken, maar de oude man maakte hem duidelijk dat de verspreiding van zijn kudde zijn grootste zorg was.

'Ik ga uw schapen wel ophalen,' zei Yonah. Hij klom op Moise en reed weg. Hij wist precies hoe het moest, want hij had de kudde van Aron Toledano ook dikwijls gehoed. Weliswaar was die niet zo groot geweest en had hij uit zowel geiten als schapen bestaan, maar Yonah wist hoe hij deze dieren moest aanpakken. De schapen van de oude man waren niet al te ver afgedwaald en na wat heen en weer rijden had hij de kudde weer bij elkaar.

De herder zei moeizaam dat hij Geronimo Pico heette.

'Kan ik nog meer voor u doen?'

De man leed veel pijn en drukte zijn armen tegen zijn borst. 'De schapen moeten terug naar... don Emilio de Valladolid, vlak bij Plasencia.'

'Daar zal ik u dan ook naar terugbrengen,' zei Yonah. Hij tilde de herder op de rug van zijn ezel en pakte diens ruwe staf. Ze schoten niet hard op, want Yonah moest ook de schapen bij elkaar houden. Laat in de middag zag hij de oude man van Moises rug glijden. Aan de manier waarop hij slap op de grond plofte, zag hij meteen dat de herder overleden was.

Toch riep hij Geronimo Pico nog een paar keer bij zijn naam en wreef hij over diens polsen voordat hij het feit accepteerde.

'Ai, verdorie...'

Hij was dwaas genoeg om kaddisj voor de vreemdeling te fluisteren voordat hij hem weer op de rug van de ezel legde, voorover en met bungelende armen. Toen controleerde hij of de kudde nog bij elkaar was en vervolgde zijn weg. Plasencia was niet ver, en even later kwam hij langs een man en een vrouw die op het land werkten.

'Is dit het land van don Emilio de Valladolid?'

'Ja,' antwoordde de man. Hij staarde naar de dode op de ezel en sloeg een kruis. 'Dat is Geronimo, de herder.'

'Ja.'

De man wees Yonah de weg naar de boerderij: 'Langs de grote, door de bliksem gespleten boom, de rivier over en dan zie je hem rechts liggen.'

Het was een grote, goed onderhouden finca en Yonah dreef de schapen het erf op. Toen de drie boerenknechten die kwamen aanlopen de dode zagen, hadden ze geen uitleg meer nodig. Met bedroefde kreten haalden ze het lichaam van de ezel en droegen het weg.

De landeigenaar was een man met een rood, slaperig gezicht; hij droeg mooie kleren die onder de vlekken zaten. Verstoord over de onderbreking van zijn avondmaal kwam hij naar buiten en vroeg aan de rentmeester: 'Waarom maken die schapen zo'n herrie?'

'De herder is dood. Deze jongeman heeft hem en de kudde teruggebracht.'

'Breng die verdomde beesten een eind van mijn huis vandaan!'

'Ja, don Emilio.'

De rentmeester was een magere man van gemiddelde lengte met grijzend bruin haar en kalme bruine ogen. Hij en zijn twee zoons hielpen Yonah de kudde naar een weiland brengen, waarbij de zoons elkaar lachend allerlei verwensingen naar het hoofd slingerden. Ze heetten Adolfo, een magere jongen van een jaar of zestien, en Gaspar, die een paar jaar jonger was. Toen ze klaar waren, stuurde hun vader hen weg om twee kommen eten te halen – een dikke, hete tarwepap. Hij en Yonah gingen bij de schapen op de grond zitten en aten zwijgend.

Toen de kommen leeg waren, liet de rentmeester een boer en keek de jongeman onderzoekend aan. 'Ik ben Fernando Ruiz,' zei hij.

'Ramón Callicó.'

'Je schijnt goed met schapen overweg te kunnen, Ramón Callicó.' Fernando Ruiz besefte ook dat heel wat mannen het lichaam van Geronimo Pico rustig zouden hebben laten liggen en de waardevolle kudde zo snel mogelijk meegenomen zouden hebben. Maar dat had deze jongeman niet gedaan, dus hij was niet goed wijs of eerlijk, en hij zag geen teken van waanzin in zijn ogen.

'We hebben een nieuwe herder nodig. Mijn zoon Adolfo zou er geschikt voor zijn, maar hij is nog een jaar te jong om de verantwoordelijkheid te dragen. Wil jij voor deze schapen blijven zorgen?'

De grazende dieren gingen rustig hun gang en het zachte geblaat hier en daar gaf Yonah een gevoel van rust.

'Ja, waarom niet?'

'Maar je moet er wel een eind mee uit de buurt gaan.'

'Houdt don Emilio niet van zijn schapen?'

Fernando glimlachte. Ze waren alleen, maar hij leunde naar Yonah toe en fluisterde: 'Don Emilio houdt nergens van.'

Hij zou vierendertig maanden meestal alleen met zijn kudde doorbrengen. Hij leerde de schapen zo goed kennen dat hij de ooien en rammen als persoonlijkheden ging beschouwen – de kalme, gewillige dieren, de koppige of gemene dieren, de gezonde en de zwakke. Ze waren groot en dom, met een lange vacht van fijne witte wol die alles bedekte behalve hun zwarte neus en kalme ogen. Yonah vond ze prachtig. Als het mooi weer was, dreef hij ze door een bergbeek om wat van het vuil dat de vette wol vergeelde van ze af te spoelen.

Fernando stuurde hem eenvoudig eten en gaf hem een dolk van slechte kwaliteit. Hij mocht de schapen overal naartoe drijven waar gras groeide, maar hij moest ze in het voorjaar terugbrengen naar de boerderij om geschoren te worden en in het najaar om gecastreerd te worden en een aantal jonge rammen te laten slachten. Hij dreef de dieren naar de uitlopers van de Sierra de Gredos en reed op Moise rustig met de kudde mee. Oom Aron had een bruingevlekte hond gehad om te helpen oppassen, maar Yonah had Moise. Het ezeltje werd elke dag handiger in het bij elkaar houden van de kudde. In het begin moest Yonah urenlang op Moises rug laten zien hoe het moest, maar algauw had Moise het door en rende hij als een schaapshond achter weglopers aan en dreef ze balkend terug naar de kudde.

Elke keer dat Yonah de kudde terugbracht naar de boerderij nam Adolfo, Fernando's zoon, hem onder zijn hoede en leerde hem nieuwe dingen over schapen. Ook leerde hij ze scheren, hoewel hij daar niet zo handig in werd als Fernando en zijn zoons. En hij leerde castreren en slachten, maar het villen ging hem niet gemakkelijker af dan het scheren.

'Maak je maar geen zorgen, al doende leert men,' zei Adolfo. Steeds wanneer Yonah met de kudde op de boerderij was, bracht hij een kruik wijn mee naar het veld waar de dieren moesten grazen en voerden hij en Yonah daar lange gesprekken over de problemen van een herder, zoals het gebrek aan vrouwen, de eenzaamheid en het gevaar van wolven. Adolfo raadde Yonah aan 's nachts te zingen om de wolven uit de buurt te houden.

Voor een vluchteling was schapen hoeden een ideale bezigheid. De dorpen in de Sierra lagen ver uit elkaar en Yonah trok er in een wijde boog omheen, net als om de enkele eenzame boerderijtjes. Hij dreef de schapen naar de grazige weiden op de laag gelegen hellingen van verlaten bergruggen, en de enkele passant zag alleen een verwilderde eenzame herder.

Zelfs boeven vermeden hem, vanwege zijn forse bouw en de woeste blik in zijn ogen. Zijn kastanjebruine haar hing op zijn rug en hij had inmiddels een ruige baard. In de zomerhitte liep hij bijna naakt rond, omdat de kleren die hij tweedehands had gekocht om zijn te klein geworden eigen kleren te vervangen, versleten waren. Als een schaap dodelijk verongelukte, vilde hij het ruw en at met smaak het lams- of schapenvlees tot het bedierf, wat 's zomers bijna onmiddellijk gebeurde. Als er 's winters een gure wind waaide, bond hij schapenhuiden om zijn armen en benen om zich warm te houden. Hij voelde zich thuis in de heuvels. Als hij een nacht op een hoge helling doorbracht, was hij zich bewust van de grote, heldere sterren om zich heen.

De staf die hij van Geronimo Pico had geërfd was niet veel zaaks, en op een morgen hakte hij van een notenboom een lange tak af met aan een uiteinde een natuurlijke buiging. Voorzichtig trok hij de bast eraf en versierde hem met het geometrische patroon waarmee Moorse handwerkslieden de synagoge van Toledo hadden versierd. Daarna streek hij net zo lang met zijn vingers door de wol van de schapen tot ze glommen van het vet en wreef urenlang over de staf, tot deze een donkere glans kreeg.

Soms voelde hij zich net een wild dier, maar diep vanbinnen klampte hij zich vast aan de beschaving van zijn jeugd. Hij zei 's morgens en 's avonds zijn gebeden op en deed zijn best om de kalender bij te houden om de feestdagen niet te vergeten. Een enkele keer kreeg hij de kans om een bad te nemen voordat de sabbat begon. 's Zomers was dat geen probleem, want iemand die hem zag terwijl hij zich in een bergbeek stond te wassen, zou denken dat hij dat deed om af te koelen, niet om een godsdienstige reden. Als het koud was, waste hij zich rillend met een natte lap, maar in de koudste winterperiode liet hij zich vervuilen. Per slot van rekening was hij geen vrouw, die geen man tot haar lichaam mocht toelaten als ze de *mikveh* niet had bezocht.

Hij wou dat hij zich zo ver onder kon dompelen dat hij ook zijn ziel kon reinigen. Hij kon geen afstand doen van vleselijke genoegens, hoewel hij voorzichtig moest zijn met het uitkiezen van de vrouwen. Hij wist een herberg met een slet voor wie hij wijn kocht, en tweemaal gaf hij haar een muntstuk om in een donkere, stinkende kamer haar benen voor hem te spreiden. Een enkele keer, als de schapen rustig liepen te grazen, gaf hij zich over aan stiekem genot door zelf zijn zaad te doen vloeien – een zonde waarvoor God Onan had gestraft met de dood.

Soms probeerde hij zich voor te stellen hoe anders zijn leven er zou hebben uitgezien als de rampen die hem uit zijn ouderlijk huis hadden verdreven niet waren gebeurd. Dan zou hij nu een rondreizende zilversmid zijn geweest, getrouwd met een vrouw van goede familie en misschien zelfs al vader.

In plaats daarvan leefde hij, ook al klampte hij zich nog zo stevig aan zijn menselijkheid vast, bijna als een dier. Hij voelde zich niet alleen als de laatste jood in Spanje, maar soms ook als de laatste mens ter wereld. Daardoor was hij zo dom om zo nu en dan heel gevaarlijke dingen te doen. Als hij 's nachts bij het vuur zat, hield hij de wolven op een afstand door luidkeels flarden van religieuze teksten te zingen, en gebeden uit zijn jeugd als de vonken van het knetterende houtvuur de lucht in te spuwen. Een inquisiteur of verrader die zich aan zijn vuur wilde komen warmen, zou hem roekeloos in het Hebreeuws of Ladino hebben horen schreeuwen. Maar er kwam nooit iemand.

Hij probeerde in zijn gebeden niet te veel te vragen. Hij vroeg God nooit de aartsengel Michaël, de hoeder van Israël, vanuit het paradijs naar beneden te sturen om moordenaars en andere boosdoeners van het leven te beroven. Wel vroeg hij God om hem, Yonah ben Helkias Toledano, tot assistent van de aartsengel te benoemen. Hij zei tegen zichzelf, tegen God en de dieren in de stille heuvels dat hij een nieuwe kans wilde krijgen om de sterke rechterhand van de aartsengel te zijn, de moordenaar van moordenaars, de vernietiger van degenen die vernietigden.

De derde keer dat Yonah in de herfst de kudde terugdreef naar de boerderij, trof hij het gezin van de rentmeester in de rouw aan. Hoewel Fernando geen oude man was geweest, was hij op een middag toen hij een gerooid veld inspecteerde zomaar dood neergevallen. De boerderij was in rep en roer. Don Emilio de Valladolid had geen idee hoe hij het bedrijf zelf moest leiden en hij had nog geen nieuwe rentmeester aangewezen. Hij was in een slecht humeur en schreeuwde veel.

Yonah besliste dat de dood van Fernando Ruiz een teken was dat hij verder moest trekken. Voor het laatst zaten hij en Alfonso in het veld met de schapen wijn te drinken.

'Ik vind het heel erg voor je,' zei hij. Hij wist hoe het was je vader te verliezen, en Fernando was een heel goede man geweest.

Toen zei hij dat hij wegging, en vroeg: 'Wie zal er dan voor de schapen zorgen?'

'Ik,' antwoordde Adolfo.

'Zal ik het tegen don Emilio zeggen?'

'Nee, dat doe ik zelf wel. Het kan hem niets schelen, zolang ik de schapen maar onder zijn delicate neus vandaan hou.'

Yonah omhelsde Adolfo en gaf hem de mooie herdersstaf die hij zelf had gemaakt. Toen klom hij op Moise en reed weg van de boerderij en Plasencia.

Midden in de nacht werd hij wakker omdat hij dacht dat hij iets hoorde. Toen besefte hij dat hij wakker was geworden van de stilte, van het feit dat de zachte geluidjes van de schapen ontbraken. Hij rolde op zijn andere zij en sliep weer in.

18

DE NAR

HET WERD WINTER EN YONAH REED op Moise naar de warmte. Hij wilde de zuidelijke zee aan de andere kant van de Sierra Nevada zien, maar toen hij in de buurt van Granada kwam, waren de heldere nachten al koud. Omdat hij geen zin had om in de winter het besneeuwde gebergte over te steken, reed hij naar de stad om daar een behaaglijker plek voor zichzelf en Moise te zoeken.

Toen hij de stadsmuur naderde, zag hij tot zijn afgrijzen dat de toegangspoort vol hing met rottende hoofden van ter dood gebrachte misdadigers. Zwervers lieten zich er blijkbaar niet door afschrikken, want toen Yonah naar een herberg reed om wat van zijn geld uit te geven aan voedsel en wijn, zag hij twee potige kerels die op het punt stonden een dwerg te beroven.

De dwerg kwam ongeveer tot hun middel en had een groot hoofd, een gespierd lichaam, lange armen en heel korte benen. Wantrouwig keek hij naar de zwervers die hem van twee kanten benaderden, de een met een houten knuppel, de ander met een mes.

'Geef ons je tas, dan mag je je eitjes houden,' zei de man met het mes terwijl hij een dreigende beweging maakte.

Zonder erover na te denken greep Yonah zijn scherpe schoffel en sprong van de ezel, maar voordat hij iets had kunnen uitrichten, had de andere boef hem al met zijn knuppel een dreun tegen zijn hoofd gegeven. Yonah viel op de grond en bleef versuft en in pijn liggen terwijl de man zich over hem heen boog met de bedoeling hem de genadeslag te geven.

Nog half bij bewustzijn zag Yonah dat de dwerg een gevaarlijk mes uit zijn tuniek trok. Zijn beentjes begonnen te dansen, zijn lange armen flitsten alle kanten op en het mes flikkerde als een slangentong. Even later lukte het hem vlak bij de wild van zich af slaande rover met het mes te komen en hem een flinke jaap in zijn arm te geven, waarna de man het uitbrulde en zijn mes liet vallen.

De zwervers renden weg en de dwerg raapte nog gauw een steen op, waarmee hij een van de twee hard in zijn rug raakte. Toen veegde hij het mes schoon aan zijn broek en boog zich onderzoekend over Yonah heen.

'Gaat het een beetje?'

'Zo meteen wel weer,' antwoordde Yonah moeizaam. Hij krabbelde overeind. 'Als ik eenmaal binnen ben en een slok wijn heb gedronken.'

'O, je kunt hier geen fatsoenlijke wijn krijgen. Plant je kont weer op die ezel in plaats van op de grond en kom mee.' De dwerg stak zijn hand uit en trok Yonah met verbazingwekkende kracht omhoog.

'Ik heet Mingo Babar.'

'Ik ben Ramón Callicó.'

Toen de kleine man Moise meenam de stad uit en een pad insloeg naar de bergen, bedacht Yonah dat hij in plaats van bijna een slachtoffer misschien zelf een rover of moordenaar was. Hij bleef dus op zijn hoede, maar er gebeurde niets. Voor de ezel uit beklom de man in een sukkeldrafje als een soort spin het pad, waarbij het leek alsof zijn lange armen als extra poten dienden.

Een heel eind verder riep een schildwacht boven op een rotsblok zacht naar beneden: 'Ben jij dat, Mingo?'

'Ja, het is Mingo. Met een vriend.'

Nog iets verder kwamen ze bij een opening in de rotswand waardoor een zacht schijnsel naar buiten viel. Yonah zag nog veel meer openingen, en vanuit de grotten werd geroepen: 'Ha, Mingo!' 'Goedenavond, Mingo!' 'Welkom, Mingo!'

De kleine man groette iedereen terug en bracht de ezel voor een van de openingen tot staan. Yonah steeg af en volgde Mingo in het halfdonker naar een slaapmat in een bizarre vorm van onderdak.

Toen hij de volgende morgen wakker werd, keek hij verbaasd om zich heen. Het was de vreemdste grot die hij ooit had gezien. Het leek wel of een roverhoofdman het hol van een beer tot hoofdkwartier had gekozen. In het gele schijnsel van de olielampen dat zich met de grijze ochtendschemering vermengde, zag Yonah dat de rotsachtige bodem bedekt was met bonte kleden. Er stonden met druk houtsnijwerk versierde zware meubels en overal lagen muziekinstrumenten en glimmende koperen gebruiksvoorwerpen.

Yonah had lang geslapen, maar toen hij goed wakker was, herinnerde hij zich de gebeurtenissen van de vorige avond. Hij was opgelucht dat hij weer helder kon denken.

Vlak bij hem zat een grote, dikke vrouw kalm een koperen vaas te poetsen. Hij wenste haar goedemorgen en ze glimlachte terug, met blinkende tanden.

Toen hij naar buiten liep, zag hij Mingo zitten. De dwerg werkte aan een leren hoofdstel en twee kinderen, die bijna net zo groot waren als hij, keken toe. 'Goeiemorgen,' zei de dwerg.

'Goeiemorgen, Mingo.'

Yonah zag dat ze hoog op de helling waren. In de diepte lag de stad Granada, een verzameling roze en witte kubussen omringd door een rand bomen. 'Wat een mooie stad,' zei Yonah. Mingo knikte.

'Ja, gebouwd door de Moren, dus de huizen zijn vanbinnen prachtig versierd en aan de buitenkant heel eenvoudig.'

Boven de stad stond op een lagere heuvel dan die van de grotten een enorm gebouw met torens en vestingmuren van roze steen, zo sierlijk en majestueus dat Yonahs adem ervan stokte.

'Wat is dat?' vroeg hij, terwijl hij wees.

Mingo zei glimlachend: 'Dat het Alhambra, een citadel met een paleis.'

Yonah begreep dat hij tussen een unieke groep mensen terecht was gekomen en hij had van alles te vragen. Mingo antwoordde geduldig.

De heuvel met de grotten heette de Sacromonte. 'We noemen dit de heilige berg,' legde Mingo uit, 'omdat christenen hier in het begin van het christendom gemarteld werden.' Hij vertelde dat zijn volk, zigeuners van de stam die de Romani heette, in deze grotten woonde sinds het, toen hij nog klein was, naar Spanje was gekomen.

'Waar kwamen de Romani dan vandaan?' vroeg Yonah.

'Daarvandaan,' zei Mingo, terwijl hij met zijn hand in het rond gebaarde om aan te geven dat hij de hele wereld bedoelde. 'Heel lang geleden kwamen we uit het Verre Oosten, uit de streek langs de Ganges, een grote, heilige rivier. Voordat we ons hier vestigden, hadden we door heel Frankrijk en Spanje gezworven, maar we zijn in Granada blijven steken omdat deze grotten zo'n mooie woonplaats vormen.'

De grotten waren droog en goed geventileerd. Sommige bevatten slechts één kamer, terwijl andere met wel twintig vertrekken diep de berg in liepen. Zelfs Yonah, die geen enkele militaire kennis had, zag dat de plek bij een aanval gemakkelijk te verdedigen was. Mingo zei dat veel van de grotten via natuurlijke gangen en scheuren in de rots met elkaar in verbinding stonden, waardoor de bewoners in geval van nood konden ontsnappen.

De dikke vrouw in Mingo's grot was zijn vrouw, Mana. Toen ze iets te eten bracht, zei Mingo trots dat ze vier kinderen hadden, waarvan de twee oudsten al volwassen waren en op zichzelf woonden.

Hij voorzag de vraag die Yonah niet durfde te stellen.

'Al mijn kinderen hebben een normale lengte,' voegde hij er glimlachend aan toe.

De hele dag maakte Yonah kennis met andere Romani. Sommige kwamen naar boven van een weiland ergens beneden waar ze hun paarden hielden, en Yonah begreep dat zij paarden fokten en verhandelden.

Sommige hadden werk ergens in de buurt en andere zaten aan tafels buiten een van de grotten de kapotte pannen en gebruiksvoorwerpen en het gebroken gereedschap te repareren dat ze bij huizen en bedrijven in Granada hadden opgehaald. Yonah keek met genoegen naar de metaalbewerkers, want zij deden hem aan de werkplaats van Helkias Toledano in Toledo denken.

De Romani waren aardig en gastvrij. Ze accepteerden hem meteen, omdat Mingo hem meegebracht had. De hele morgen kwamen er leden van de stam naar Mingo toe om raad te vragen bij problemen. Omstreeks het middaguur hoorde hij dat Mingo de *voivode* was, het stamhoofd.

'Als je niet de hele tijd naar ze hoeft te luisteren, werk je dan ook met de paarden of repareer je potten?'

'Dat kan ik natuurlijk ook, dat heb ik jong geleerd. Maar tot voor kort werkte ik daar.' Mingo wees naar beneden.

'In de stad? Wat deed je daar dan?'

'In het Alhambra. Ik was een nar.'

'Wat is dat, een nar?'

'Een grapjas aan het hof van de sultan.'

'Echt waar?'

'Echt waar. Ik was de nar van sultan Boabdil, die onder de naam Mohammed XII regeerde als de laatste Moorse kalief van Granada.'

Als je het misvormde lichaam van het stamhoofd van de Romani negeerde, merkte je dat hij een indrukwekkende persoonlijkheid was. Hij had een waardig gezicht en het was duidelijk dat de mannen en vrouwen van de stam respect en genegenheid voor hem voelden. Yonah vond het een akelig idee dat deze vriendelijke, intelligente man als een nar de kost had moeten verdienen.

Mingo merkte zijn ongemak. 'Ik had er plezier in, echt waar. Ik was een heel goede nar. En met mijn kleine, misvormde lijf kon ik mijn volk beschermen en het een goed leven bezorgen, want ik hoorde aan het hof welke gevaren we moesten vermijden en wat voor soort werk geschikt voor ons zou zijn.'

'Wat is die Boabdil voor een man?' vroeg Yonah.

'Wreed. Hij was als sultan niet geliefd. Eigenlijk leeft hij in de verkeerde eeuw, want de islam heeft nu geen militaire macht meer. De moslims zijn bijna achthonderd jaar geleden vanuit Afrika naar Spanje gekomen en ze hadden heel Spanje tot hun geloof bekeerd. Maar de christelijke Basken hebben hevig gevochten om hun vrijheid terug te winnen, en de Franken hebben de Moren uit Noordoost-Spanje verjaagd. Dat was het begin. In de eeuwen daarna herwonnen christelijke legers het grootste deel van Iberië voor het katholicisme. De Moorse sultan van Granada, Muley Hacén, weigerde de katholieke vorsten te erkennen en begon in 1481 een oorlog tegen de christenen met de inname van de vestingstad Zahara. Zijn zoon Boabdil kreeg ruzie met zijn vader en zocht op de vlucht voor diens troepen een poosje zijn toevlucht bij de katholieke vorsten. Maar Muley Hacén stierf in 1485 en toen lukte het Boabdil om met hulp van trouwe onderdanen diens troon te bestijgen. Al een paar maanden later ben ik hem in het Alhambra een handje gaan helpen.'

'Hoe lang bent u zijn nar geweest?' vroeg Yonah.

'Bijna zes jaar. In 1491 was er in heel Spanje nog maar één islamitisch gebied over. In de voorgaande jaren hadden Ferdinand en Isabella Ronda, Marbella, Loja en Málaga ingenomen, en ze konden niet toestaan dat Boabdil de Moslim op zijn troon bleef zitten met Mingo Babar aan zijn voeten om hem van humoristisch advies te dienen. Dus ze belegerden Granada, en niet lang daarna begon de honger te knagen. Sommigen vochten dapper op een lege maag, maar tegen het eind van het jaar stond de afloop vast. Ik kan me nog de koude winteravond herinneren dat ik een grote, zilveren maan in de visvijver weerspiegeld zag. Boabdil en ik zaten als enigen in de troonzaal. "Vertel me wat ik moet doen, wijze Mingo," zei de sultan. "U moet uw wapens neerleggen en de katholieke vorsten uitnodigen voor een heerlijk diner, sire," zei ik. "U moet hen in de Mirtehof vriendelijk verwelkomen en hen meenemen het Alhambra in." Boabdil keek me glimlachend aan. "Als een goede nar geef je me de beste raad die er is," zei hij, "want nu mijn regeerperiode ten einde loopt, is mijn majesteit me meer waard dan robijnen. Ze moeten me hier in de troonzaal als een vorst zien zitten en ik zal me dat laatste moment zo trots als een echte kalief gedragen." En dat heeft hij gedaan; op 2 januari 1492 heeft hij in zijn troonzaal het verdrag van zijn overgave ondertekend. Toen hij daarna naar Afrika vluchtte, waar zijn voorouders, de berbers, lang geleden vandaan waren gekomen, vonden anderen en ik het verstandig om ook uit het Alhambra te vertrekken.'

'Is er in Granada veel veranderd sinds de christenen het er weer voor het zeggen hebben?' vroeg Yonah.

Mingo haalde zijn schouders op. 'De moskeeën zijn kerken geworden. In elke godsdienst geloven de mensen dat God alleen naar hen luistert.' Glimlachend voegde hij eraan toe: 'Dat moet de Heer wel heel vreemd vinden.'

's Avonds zag Yonah dat de Romani samen aten. Mannen en vrouwen zaten om vuren, roerden in kookpotten en roosterden vlees en gevogelte waar geurig sap van afdroop. Het rook heerlijk en smaakte nog beter, en ze gaven elkaar zakken met een lekkere, muskusachtige wijn door. Na het eten werden de muziekinstrumenten uit de grotten gehaald en op hun trommels, gitaren, hakkeborden, violen en luiten speelden ze wilde muziek die Yonah nooit eerder had gehoord. Hij had ook nog nooit mensen met zo'n vrije, sensuele gratie zien dansen als de Romani. Opeens was hij dolblij dat hij weer mannen en vrouwen om zich heen had.

De Romani waren aantrekkelijk om te zien. Ze droegen felgekleurde kleren, ze hadden een donkere huid, mooie donkere ogen en zwart krulhaar. Hij voelde zich aangetrokken tot deze vreemde stam van mensen die leken te genieten van alles wat het leven hun te bieden had.

Hij vertelde Mingo hoe dankbaar hij was voor hun gastvrijheid.

'Het zijn goedaardige mensen en ze zijn niet bang voor *gadje* – zo noemen we vreemdelingen,' zei Mingo. 'Ik was ook een gadje, want ik ben niet in deze stam geboren. Is het je niet opgevallen dat ik er anders uitzie dan zij?'

Yonah knikte. Hij wist dat Mingo niet doelde op zijn lengte. Een deel van het haar op zijn grote hoofd was grijs, want hij was niet jong meer, maar de rest was bijna geel, veel lichter dan dat van de andere Romani. Zijn ogen hadden de kleur van een wolkeloze hemel.

'Toen ze in de buurt van Rheims hun kamp opgeslagen hadden, kregen ze mij cadeau. Van een onbekende man, die de zigeuners een goed gevulde geldbuidel gaf als ze de baby met de lange armen en de korte beentjes van hem wilden overnemen. Ik heb geboft, want zoals je weet is het heel normaal als een misvormde baby gewurgd wordt. Maar de Romani hebben zich aan de afspraak gehouden en ze hebben me eerlijk verteld waar ik vandaan kwam. Volgens hen ben ik van hoge komaf, misschien stam ik zelfs af van de Franse koninklijke familie. De man die me kwam brengen droeg chique kleren en dure wapens en hij praatte als een edelman.'

Yonah vond dat de kleine man ook een aristocratisch gezicht had. 'Hebt u het nooit betreurd dat het zo gegaan is?'

'Nooit,' antwoordde Mingo. 'Misschien had ik een baron of een graaf kunnen zijn, maar ik had ook gewurgd kunnen worden.' Zijn mooie blauwe ogen keken ernstig. 'En ik ben geen gadje gebleven. Ik heb de ziel van de Romani mee opgedronken met de melk van de voedster die mijn moeder is geworden. Deze mensen zijn mijn familie. Ik zou mijn leven geven om mijn Romani-broers en -zussen te beschermen, en dat zouden zij ook doen.'

De dagen daarna bleef Yonah bij de zigeuners. Hun hartelijkheid deed hem goed, en er was een lege grot waar hij kon slapen.

Als dank voor hun gastvrijheid schoof hij bij de ketellappers aan tafel en hielp mee met het repareren van de potten en pannen. Zijn vader had hem toen hij klein was geduldig het eenvoudige metaalwerk geleerd en de Romani waren enthousiast toen hij hun liet zien op welke manieren Helkias verschillende metalen lekvrij en keurig aan elkaar had geklonken. Yonah leerde op zijn beurt technieken die de zigeuners al honderden jaren van vader op zoon doorgaven.

Op een avond pakte Yonah na hun muziek en dansen voor het eerst na ruim drie jaar een gitaar en begon te spelen. Eerst aarzelend, maar algauw wisten zijn vingers de weg over de snaren weer te vinden. Hij speelde *piyyutim*-muziek, de gepsalmodieerde gezangen uit de synagoge: *yotzer*, in de eerste zegen voor de ochtendsjema, *zulat*, dat na de sjema werd gezongen, de *kerovah*, die tijdens de eerste drie zegeningen van de *amidah* werd gezongen en tot slot de melancholieke *selihah*, die op de Grote Verzoendag als boetedoening werd gezongen.

Toen hij uitgespeeld was en iedereen naar zijn grot liep om te gaan slapen, raakte Mana even teder zijn arm aan. Hij zag dat Mingo hem met zijn wijze ogen onderzoekend aankeek.

'Volgens mij waren dat Hebreeuwse wijsjes, die je op een treurige manier speelde,' zei hij.

'Ja.' Zonder erbij te zeggen dat hij zich niet bekeerd had, vertelde Yonah Mingo over zijn familie en de vreselijke dood van zijn vader Helkias en zijn broer Meir.

'Het leven is prachtig, maar vaak ook heel wreed,' zei Mingo toen hij uitgepraat was.

Yonah knikte. 'Ik wil niets liever dan mijn vaders kelk van die dieven terugpakken.'

'Daar hoef je niet op te rekenen, vriend. Zoals je hem beschreef, is het een uniek stuk. Een kunstwerk. Dat kunnen ze in Castilië niet verkopen, want iedereen weet dat het gestolen is. Dus als het verkocht is, is het niet meer in Spanje.'

'Wie handelt in zulke voorwerpen?'

'Het was een bijzondere diefstal. Ik heb de afgelopen paar jaar horen praten over twee groepen in Spanje die gestolen relikwieën en dergelijke kopen en verkopen. Een van de twee heeft zijn werkterrein in het noorden, en van die groep kan ik je geen naam noemen. De andere werkt hier in het zuiden van het land en de leider heet Anselmo Lavera.'

'Waar zou ik die Lavera kunnen vinden?'

Mingo schudde met een ernstig gezicht zijn hoofd. 'Daar kan ik niet eens naar raden. Maar als ik het wist, zou ik aarzelen je het te vertellen, want hij is een slechte kerel.'

Hij leunde naar voren en keek Yonah recht aan. 'Jij moet ook dankbaar zijn dat je niet bij je geboorte gewurgd bent. Je moet het bittere verleden vergeten en een zoete toekomst voor jezelf opbouwen. Welterusten, vriend.'

Mingo nam aan dat hij zich bekeerd had. 'De Romani belijden eigenlijk ook een voorchristelijke godsdienst,' zei hij. 'Een geloof waarin apostelen van het licht vechten tegen apostelen van het donker. Maar we vinden het gemakkelijker om te bidden tot de god van het land waarin we wonen, dus toen we naar Europa kwamen, bekeerden we ons tot het christendom. Eerlijk gezegd werden de meesten van ons toen we in het gebied van de Moren woonden ook moslim.'

Hij maakte zich zorgen over het feit dat Yonah zich niet goed kon verdedigen als hij aangevallen werd. 'Die gebroken schoffel is maar een gebroken schoffel, meer niet. Je moet met een mannenwapen leren vechten, dus ik zal je leren hoe je met een mes moet omgaan.'

De lessen begonnen. Mingo had ook geen goed woord over voor de gammele dolk die Fernando Ruiz Yonah had gegeven toen hij schaapherder werd. 'Hier, neem dit maar,' zei hij, en hij gaf Yonah een mes van Moors staal.

Hij liet zien hoe Yonah het in zijn palm moest leggen in plaats van het met zijn knokkels naar boven vast te houden, zodat hij zijn tegenstander met een opwaartse beweging open kon rijten. En hij leerde hem snelheid, zodat de tegenstander geen tijd kreeg om de volgende stoot te voorzien.

Bovendien moest Yonah naar de ogen en de lichaamshouding van zijn tegenstander kijken om te weten wat deze van plan was. Hijzelf moest zijn tegenstander zo soepel als een kat ontglippen, maar de ander geen kans op ontsnapping geven. Yonah vond dat zijn kleine, misvormde meester hem net zo fanatiek onderwees als een rabbijn een *ilui*, een schriftgeleerde in de dop. Hij leerde snel en goed, en na verloop van tijd kon hij denken en handelen als een echte messenvechter.

Hun vriendschap werd zo hecht dat het leek alsof ze elkaar al jaren kenden in plaats van maanden.

Op een dag kreeg Mingo de boodschap dat hij naar het Alhambra moest komen voor een gesprek met de nieuwe christelijke rentmeester, don Ramón Rodriguez.

'Zou je het Alhambra willen bezichtigen?' vroeg hij Yonah.

'O ja, graag, señor!'

De volgende morgen reden ze samen de Sacromonte af: de grote, gespierde jongeman wiens gespreide benen te lang waren en wiens gewicht te zwaar was voor de arme ezel, en de dwerg, die als een kikker op een hand op een prachtige grijze hengst zat.

Onderweg vertelde Mingo Yonah de geschiedenis van het Alhambra: 'Mohammed I, die vanwege zijn rode haar Al Ahmar ibn Nasir werd genoemd, bouwde in de dertiende eeuw het eerste paleis. Een eeuw later werd voor Yoesoef I de Mirtehof gebouwd. Opeenvolgende kaliefs hebben de citadel en het paleis vergroot. De Leeuwenhof is gebouwd door Mohammed V en Mohammed VII heeft er de Toren van de Infanta's aan toegevoegd.'

Toen ze voor de hoge roze muur stonden, hield Mingo halt. 'Op deze muur staan dertien torens. Dit is de Poort van de Gerechtigheid.' Hij wees naar de gebeeldhouwde hand en sleutel op de twee bogen van de poort. 'De vijf vingers zijn een vermaning om vijfmaal per dag tot Allah te bidden: bij zonsopgang, op het middaguur, 's middags, 's avonds en 's nachts.'

'U weet erg veel van de islam,' zei Yonah. Mingo glimlachte en zei niets.

Toen ze door de poort reden, riep iemand Mingo een groet toe, maar verder lette niemand op hen. Binnen de muur heerste grote bedrijvigheid; een paar duizend mensen hadden een dagtaak aan het op peil houden van de schoonheid en het verdedigingssysteem van de veertien hectare. Ze brachten de ezel en het paard naar de stallen en Mingo nam Yonah over een lang pad met een dak van blauweregen te voet mee door het enorme koninklijke domein.

Yonah was diep onder de indruk. Het Alhambra was van dichtbij nog prachtiger dan van een afstand: een kolossaal sprookjespaleis met torens, bogen en koepels, die uitbundig en kleurrijk waren versierd met kantachtig pleisterwerk, honingraatgewelven, schitterende mozaïeken en fijne arabesken. In de binnenhoven en zalen waren de plafonds en muren bedekt met rood, blauw en goud geschilderd pleisterwerk in een bladerpatroon. De vloeren waren van marmer en de onderste helften van de muren waren bekleed met groene en gele tegels. De binnenhoven en pleinen stonden vol bloemen en klaterende fonteinen, en in de bomen zongen nachtegalen.

Mingo liet hem zien dat verschillende vensters een prachtig uitzicht boden op de Sacromonte en de grotten van de Romani, en dat je vanuit andere vensters uitkeek op het beboste ravijn met de snelstromende rivier. 'De Moren begrijpen het water,' zei Mingo. 'Ze hebben de rivier de Darro, die bijna acht kilometer hoger door de bergen stroomt, afgetapt door middel van een fantastisch leidingsysteem, dat de vijvers en fonteinen vult en stromend water naar elke slaapkamer brengt.' Hij vertaalde een Arabisch gezegde op een muur: 'Eenieder die gekweld door dorst bij me binnenkomt, zal puur, vers, zoet, helder water vinden.'

Met weerkaatsende voetstappen liepen ze door de Zaal van de Ambassadeurs, waar sultan Boabdil voor Ferdinand en Isabella het capitulatieverdrag had getekend en waar zijn troon nog stond. En Mingo liet Yonah de *baños Arabes* zien, het badhuis. 'Hier liepen de haremvrouwen naakt rond en wasten ze zich, terwijl de sultan vanaf het balkon op hen neerkeek en zich een metgezellin voor de nacht uitzocht. Als Boabdil nog op de troon zat, zouden we gedood worden omdat we hier durfden te komen. Zijn vader heeft zestien leden van de familie Abencerrajes laten vermoorden en hun hoofden opgestapeld op de fontein in de harem omdat hun leider het aanlegde met een van zijn vrouwen.'

Yonah ging op een bank zitten en luisterde naar het geklater van de fonteinen, terwijl Mingo zijn afspraak met de rentmeester nakwam. Het gesprek duurde niet lang. Toen ze terugliepen naar de stallen, zei Mingo dat de man hem verteld had dat koningin Isabella en koning Ferdinand met hun hele hofhouding hun intrek in het Alhambra zouden nemen. 'En ze klagen erover dat het aan het hof zo somber is, dus de rentmeester had naar mij geïnformeerd en gehoord dat ik een praktiserend christen ben. Ze willen dat ik in dienst van de nieuwe vorsten weer als nar in het Alhambra kom werken.'

'Voelt u daar iets voor?'

'Ik vind het fijn dat Romani weer als stalknecht, tuinman of landarbeider terug kunnen naar het Alhambra, maar wat mijn functie als hofnar betreft... Het valt niet mee om vorsten aan het lachen te krijgen. Het is balanceren op het scherp van de snede. Een hofnar moet brutaal zijn en spotten, en daardoor de lachlust opwekken. Maar het moet intelligente, milde spot zijn. Als je het goed doet, word je in de watten gelegd, maar maak je de vorst boos, dan krijg je slaag, soms tot de dood erop volgt.'

Hij gaf een voorbeeld: 'Het geweten van de kalief knaagde omdat hij en zijn vader, Muley Hacén, bij diens overlijden elkaars bloed wel konden drinken. Op een dag hoorde Boabdil me iets zeggen over een ondankbare zoon en toen dacht hij dat ik hem bedoelde. Woedend trok hij zijn zwaard en wees ermee naar mijn kruis. Ik liet me op de grond vallen, maar hij liet zich niet afleiden. "Pik me alstublieft niet, sire!" riep ik, "want aan mijn kleine pik heb ik meer dan genoeg! Als u me een grote pik geeft, denk ik dat u de pik op me hebt!" Toen zei Boabdil dat ik een valse pikhaan was en toen hij begon te lachen, wist ik dat ik het overleefd had.'

Mingo zag Yonahs gezicht en glimlachte. 'Je hoeft je over mij geen zorgen te maken, vriend. De dwaas uithangen is een zware klus die veel wijsheid vergt, maar ik steek met kop en schouders boven alle andere dwazen uit.'

Ze bestegen hun rijdieren en reden langs Moorse opzichters die toezicht hielden op de bouw van een nieuwe vleugel aan het paleis. 'De Moren willen niet geloven dat ze ooit uit Spanje zullen worden verdreven, net als de joden dat niet wilden geloven tot het hun overkwam,' zei Mingo. 'Maar er komt een dag waarop ook de Moren de bons krijgen. De christenen herinneren zich nog maar al te goed hoeveel katholieken in de strijd tegen de islam het leven hebben gelaten. De Moren hebben de fout begaan het zwaard tegen christenen op te heffen, net als de joden de fout hebben begaan het over christenen voor het zeggen te krijgen, als vogels die steeds hoger vliegen en ten slotte verbrand worden door de zon.'

Toen Yonah niet reageerde, keek Mingo hem aan en voegde eraan toe: 'In Granada wonen nog joden.'

'Joden die zich tot het christendom hebben bekeerd.'

'Natuurlijk, net als jij. Dat kan toch niet anders?' zei Mingo geërgerd. 'Als je ze wilt ontmoeten, moet je naar de markt gaan, naar de kramen van de zijdehandelaren.'

19

INÉS DENIA

YONAH WAS DE BEKEERLINGEN UIT DE weg gebleven, want hij zag niet in wat hij eraan zou hebben als hij wel met hen omging. Toch snakte hij naar contact met joden, en uiteindelijk besloot hij dat het geen kwaad kon als hij de mensen die ooit de sabbat hadden gevierd eens ging bekijken.

Op een rustige morgen reed hij op Moise naar de drukke stad. Mingo had hem verteld dat de opknapbeurt van het Alhambra de markt in Granada nieuw leven ingeblazen had. Het was een grote bazaar en hij kwam ogen tekort toen hij er op Moises rug doorheen reed. Hij genoot van de drukte, het lawaai en de geuren; hij zag kraampjes met brood en koeken, enorme vissen zonder kop, kleine vissen met heldere ogen, hele speenvarkens en bouten, ribstukken en koppen met starende ogen van vette zwijnen, gekookt en rauw lams- en schapenvlees, zakken met schapenwol, allerlei soorten gevogelte – waarvan de grote vogels zo opgehangen waren dat hun uitwaaierende staarten de passanten tot aankoop moesten verleiden – abrikozen, pruimen, rode granaatappels, gele meloenen...

Er stonden twee kramen van zijdehandelaren.

In de eerste ontrolde een koopman met een zuur gezicht verschillende lappen voor twee mannen die de stof weifelend betastten. In de tweede was een man met een tulband druk in de weer met een stuk of zes belangstellende klanten, maar Yonahs blik werd getrokken door het gezicht van de vrouw die aan een tafel restjes zijde in stukken stond te knippen terwijl een jongen deze voor haar afrolde. Natuurlijk had hij mooiere gezichten dan het hare gezien, maar hij kon zich niet herinneren wanneer of waar.

De man met de tulband legde uit dat de kwaliteit van de zijde afhing van de soort bladeren die de wormen te eten kregen.

'De bladeren in de streek waar deze parelmoerachtige zijde vandaan komt zorgen voor de subtiele glans van de draad. Ziet u? De zijde heeft een heel vage goudtint.'

'Maar hij is wel heel duur, Isaac,' zei de klant.

'Dat is waar,' gaf de koopman toe. 'Maar dat komt doordat deze zeldzame stof zowel door miezerige wormen als door God gekuste wevers is gemaakt.'

Yonah luisterde niet verder. Hij probeerde op te gaan in de menigte en hield tegelijkertijd zijn ogen gretig gevestigd op de vrouw. Ze was nog maar net volwassen; ze had een slank, gespierd maar welgevormd figuur en een kaarsrechte houding. Haar lange, dikke, bronskleurige haar hing los en haar ogen waren niet donker en ook niet blauw, het was een kleur die Yonah van een afstand niet kon onderscheiden. Haar gezicht, met een geconcentreerde uitdrukking, was gebruind door de zon, maar telkens wanneer ze met behulp van de afstand tussen een elleboog en de knokkels van een vuist een lap afmat, gleed de mouw van haar jurk terug en zag Yonah dat haar arm bleker was dan de zijde.

Plotseling keek ze op en zag dat hij naar haar staarde. Heel even keken ze elkaar recht in de ogen en toen draaide ze haar hoofd af, maar in verbaasde verrukking zag hij haar mooie hals donkerder van kleur worden.

Temidden van gekakel en gekwaak en de stank van poep en veren hoorde Yonah van een poelier dat de zijdekoopman met de tulband Isaac Saadi heette.

Daarna bleef hij net zo lang in de buurt van de zijdekraam rondhangen tot alle klanten weg waren. Slechts enkele mensen hadden iets gekocht, maar velen vonden het prettig even aan de zijde te voelen. Toen de kraam leeg was, ging hij ernaartoe.

Hoe moest hij de man aanspreken? Yonah besloot tot een mengeling van hun beider culturen: 'Vrede zij met u, señor Saadi.'

'En met u zij vrede, señor,' antwoordde de man vriendelijk.

Achter de man – het moest haar vader zijn – was de jonge vrouw nog druk met haar lappen bezig en ze keek niet op.

Intuïtief wist hij dat hij zich niet anders moest voordoen dan hij was. 'Ik heet Yonah Toledano en ik vraag me af of u me naar iemand toe zou kunnen sturen die werk voor me heeft.'

Señor Saadi fronste zijn wenkbrauwen en keek wantrouwig naar Yonahs versleten kleren, gebroken neus, lange haar en onverzorgde baard. 'Ik zou niet weten bij wie ik je zou kunnen aanbevelen. Hoe weet je wie ik ben?'

'Dat heb ik aan de poelier gevraagd. Ik heb grote bewondering voor zijdehandelaren.' Hij glimlachte zwak om zijn domme opmerking. 'In Toledo was de zijdekoopman Zadoq de Paternina een goede vriend van mijn vader, Helkias Toledano, moge hij rusten in eeuwige vrede. Kent u Zadoq de Paternina toevallig?'

'Niet persoonlijk, maar wel van naam. Gaat het goed met hem?'

Yonah haalde zijn schouders op. 'Hij heeft Spanje verlaten.'

'Was je vader ook zakenman?'

'Mijn vader was een bekende zilversmid, maar helaas is hij bij een eh... akelig voorval gedood.'

'Aha, aha... Moge hij rusten in vrede.' Señor Saadi zuchtte. In de wereld waarin ze beide opgegroeid waren, was het een ijzeren principe dat een joodse vreemdeling die ergens aanklopte gastvrijheid werd geboden. Maar Yonah wist dat deze man ervan uitging dat ze beiden bekeerlingen waren; bovendien kon een vreemdeling een informant van de inquisitie zijn.

'Ik wens je veel succes. God zij met je,' zei Saadi, niet op zijn gemak.

'Ik wens u ook succes.' Yonah wilde weglopen, maar al na een paar stappen kwam de man hem achterna.

'Heb je onderdak?'

'Ja, ik heb een slaapplaats.'

Isaac Saadi knikte. 'Dan moet je bij ons komen eten.' Yonah hoorde hem denken: per slot van rekening kent hij Zadoq de Paternina. 'Vrijdag, ruim voor zonsondergang.'

De jonge vrouw keek hun richting uit en Yonah zag dat ze glimlachte.

Hij verstelde zijn kleren en waste ze in de beek. Daarna schrobde hij zichzelf van top tot teen. Mana knipte zijn haar en zijn baard en Mingo, die weer veel tijd in het Alhambra doorbracht, keek geamuseerd toe.

'Wat een uitsloverij om bij een voddenkoopman te gaan eten,' zei hij spottend. 'Ik doe niet eens zoveel moeite voor een diner aan het hof!'

In zijn vroegere leven zou Yonah koosjere wijn hebben meegebracht. Op vrijdagmiddag ging hij naar de markt. Het was al te laat in het seizoen voor druiven, maar hij kocht wat grote, sappige dadels.

Misschien zou het meisje niet eens mee-eten. Misschien was ze niet de dochter van de koopman maar zijn assistente, dacht Yonah toen hij, señor Saadi's aanwijzingen volgend, op weg was naar diens huis. Het bleek in de Albaicin te staan, de oude Arabische wijk waaruit de Moren waren weggevlucht nadat ze door de katholieke vorsten waren verslagen. Yonah werd hoffelijk ontvangen door Saadi zelf, die hem beleefd bedankte voor de dadels.

Het meisje was er ook. Ze bleek zijn dochter te zijn en ze heette Inés. Haar moeder heette Zulaika Denia; ze was een magere, stille vrouw met bedeesde ogen. Inés had een oudere zus, een gezette jonge vrouw met zware borsten, die Felipa heette en een knap zesjarig dochtertje had, Adriana. Saadi zei dat Joaquim Chacon, Felipa's man, op reis was om in de zuidelijke havens zijde te kopen.

De vier volwassenen namen hem ietwat gespannen op; alleen het kleine meisje glimlachte naar hem.

Zulaika serveerde de twee mannen de dadels en daarna gingen de vrouwen de maaltijd klaarmaken.

'Je vader, moge hij rusten... Hij was zilversmid, zei je?' Isaac Saadi spuugde de dadelpitten uit in zijn handpalm.

'Ja, señor.'

'In Toledo, zei je?'

'Ja.'

'Je zoekt werk, dus toen je vader stierf, heb je zijn zaak niet overgenomen.'

'Nee,' antwoordde Yonah, zonder verdere uitleg. Maar Saadi geneerde zich niet om door te vragen.

'Was het dan geen bloeiende zaak?'

'Mijn vader was een uitstekende zilversmid, die opdrachten te over kreeg. Onder zijn collega's is hij heel bekend.'

'Aha.'

Zulaika Denia blies op de gloeiende kooltjes in een metalen bak en liet er vervolgens een stukje hout in opvlammen, waarmee ze voordat het donker werd drie olielampen aanstak. Daarna stak ze in de kamer ernaast kaarsen aan. Sabbatkaarsen? Wie zou het zeggen? Zulaika Denia stond met haar rug naar Yonah toe en hij hoorde haar niet bidden. Daarom wist hij eerst niet of ze het verbond opnieuw bezegelde of alleen voor de verlichting zorgde, maar toen zag hij haar bijna onmerkbaar heen en weer wiegen.

De vrouw bad bij haar sabbatkaarsen!

Saadi zag dat hij het gezien had. Zijn magere, hoekige gezicht stond gespannen. Moeizaam vervolgden ze hun gesprek. Terwijl de geur van gebakken groente en gestoofd gevogelte door het huis trok, werd het schijnsel van de lampen en kaarsen de enige verlichting. Even later nam Isaac Saadi Yonah mee aan tafel en bracht Inés brood en wijn.

Toen ze zaten, zag Yonah dat zijn gastheer zich nog steeds zorgen maakte.

'Laten we onze gast vragen ons voor te gaan in het gebed,' zei Saadi slim, waarmee hij de verantwoordelijkheid overdroeg aan Yonah.

Yonah besefte dat Saadi, als hij een oprechte christen was, zonder meer tot Jezus zou hebben gebeden. Nu het aan hem werd overgelaten, leek het hem het veiligst het dankgebed tot God te richten, maar toen hij zijn mond opende om te beginnen, reageerde hij bijna als vanzelf op de manier waarop de vrouw heimelijk had staan bidden. Hij hief zijn glas wijn en verwelkomde Sabbat, de koningin der dagen, enigszins hees in het Hebreeuws en dankte God voor de vruchten van de wijnrank.

Terwijl de drie volwassenen aan tafel hem zwijgend aanstaarden, nam hij een slokje wijn en gaf het brood door aan Saadi. De oudere man aarzelde even, maar scheurde er toen een stukje af en begon een dankgebed voor de vruchten van de aarde te zingen.

De woorden en de melodie ontsloten Yonahs geheugen, waardoor zijn blijdschap getemperd werd door verdriet. In de *berachot* wendde hij zich niet tot God, maar tot zijn ouders, broers, oom en tante, en zijn vrienden – iedereen die hij verloren was.

Na het gebed keek alleen Felipa verveeld en beantwoordde ze kribbig een gefluisterde vraag van haar dochtertje. Isaac Saadi's vermoeide gezicht stond bedroefd maar ontspannen, en Zulaika had tranen in de ogen. Yonah zag dat Inés hem nieuwsgierig aankeek.

Saadi had een besluit genomen. Hij zette een olielamp voor het raam en de drie vrouwen serveerden schotels waar Yonah lang van gedroomd had: een stoofpot van malse kip, groenten, rijst met rozijnen en saffraan, en granaatappelzaden in wijn. Al voordat ze klaar waren, beantwoordde de eerste bezoeker het licht in het venster. Het was een lange, knappe man met een vlek die op een platgedrukte bes leek in zijn hals, vlak onder zijn kaak.

'Dit is onze goede buurman, Micah Benzaquen,' zei Saadi tegen Yonah. 'En deze jongeman is Yonah ben Helkias Toledano, een vriend uit Toledo.'

Benzaquen heette Yonah welkom.

Daarna arriveerden een man en een vrouw die aan Yonah werden voorgesteld als Fineas ben Sagan en zijn vrouw Sancha Portal, en even later kwamen Abram Montelvan en zijn vrouw Leona Patras. Vervolgens kwamen er twee mannen binnen die Nachman Redondo en Pedro Serrano heetten en de deur ging nog een paar keer open tot er nog negen mannen en zes vrouwen bij waren gekomen en het kleine huis uitpuilde van de mensen. Yonah zag dat iedereen zijn werkkleren aanhad, om niet in mooie kleren de aandacht te vestigen op de verboden joodse sabbat.

Saadi stelde Yonah aan iedereen voor als een vriend.

Een van de buurkinderen moest buiten op de uitkijk gaan staan terwijl men binnen als joden begon te bidden.

Er was geen thora. Micah Benzaquen ging uit het hoofd voor in de gebeden en de rest viel hem in enigszins angstige vervoering bij. Er werd alleen gefluisterd, want het geluid mocht niet naar buiten doorklinken en hen verraden. Ze psalmodieerden de achttien zegeningen en de shema, en zongen daarna vol overgave gezangen, gebeden en het traditionele gebed zonder woorden dat de *niggun* werd genoemd.

De kameraadschap en het gezamenlijke bidden dat Yonah vroeger zo normaal had gevonden raakten hem diep. Het was te vlug afgelopen. De vrienden omhelsden elkaar en wensten elkaar fluisterend een vredige sabbat toe, ook de vreemdeling die door Isaac Saadi een vriend was genoemd.

'Volgende week bij mij thuis,' zei Micah Benzaquen zacht tegen Yonah, die verheugd knikte.

Maar Isaac Saadi bedierf de avond door, toen de anderen alleen of in paren het huis verlieten, te vragen: 'Wil je zondagmorgen met ons mee naar de kerk?'

'Nee, dat kan ik niet doen.'

'Dan volgende week zondag misschien.' Saadi keek Yonah streng aan. 'Dat is belangrijk. Sommige mensen houden ons zorgvuldig in de gaten.'

De dagen daarna keerde Yonah steeds terug naar de kraam van de zijdehandelaar. Hij moest veel geduld oefenen voordat Isaac Saadi zijn dochter alleen liet. Toen slenterde hij achteloos naar haar toe en zei: 'Goedemorgen, señorita.'

'Goedemorgen, señor. Mijn vader is even weg...'

'O, nou ja, dat hindert niet. Ik wilde hem alleen maar bedanken voor zijn gastvrijheid en die van zijn gezin. Misschien wilt u hem dat doorgeven?'

'Ja, señor,' zei ze. 'We... U was zeer welkom bij ons.' Ze bloosde hevig, misschien omdat hij haar voortdurend strak aanstaarde. Ze had grote ogen, een rechte neus en niet al te volle lippen, maar haar mondhoeken verrieden haar emoties. Bij haar thuis had hij haar niet te openlijk durven aankijken uit angst dat haar ouders hem dat kwalijk zouden nemen, en bij het lamplicht had hij gedacht dat haar ogen grijs waren. Maar bij daglicht leken ze toch blauw, althans in de schaduw van de kraam.

'Dank u, señorita.'

'Geen dank, señor Toledano.'

De volgende vrijdag nam hij weer deel aan de sabbatviering van het groepje bekeerlingen, deze keer in het huis van Micah Benzaquen. Steeds weer keek hij naar Inés Denia, die bij de vrouwen bleef. Ook als ze zat, was haar rug kaarsrecht. En wat een fascinerend gezicht had ze toch!

Ook in de tweede week ging hij elke dag naar de markt om van een afstandje naar haar te kijken, maar hij wist dat hij zo niet door kon gaan. Sommige kooplieden hielden hem al in de gaten, alsof ze hem aanzagen voor een dief.

Toen hij een keer laat in de middag in plaats van 's morgens op de markt kwam, zag hij tot zijn blijdschap dat Felipa haar zus afloste in de kraam. Samen met haar nichtje Adriana wandelde Inés daarna over de markt om inkopen te doen en Yonah zorgde ervoor dat hij hen tegenkwam.

'*Hola*, señorita!'

'*Hola*, señor!' Ze glimlachte vriendelijk. Ze maakten een praatje en hij bleef wachten terwijl ze linzen, rijst, rozijnen, dadels en een granaatappel kocht. Hij liep met haar mee naar een andere groenteman om twee witte kolen te kopen.

Toen haar tas vol was, zei hij: 'Laat mij die maar dragen.'

'Nee, nee...'

'Natuurlijk wel,' drong hij opgewekt aan.

Hij droeg de zware tas voor haar naar huis. Onderweg praatten ze over van alles en nog wat, maar naderhand kon hij zich er geen woord meer van herinneren. Hij wilde niets liever dan bij haar blijven.

Nu hij haar dagindeling kende, was het gemakkelijker om haar te ontmoeten. Twee dagen later liep hij haar en het meisje weer tegemoet.

Weldra werden hun ontmoetingen vanzelfsprekend.

'Goedemiddag,' zei hij elke keer dat hij haar zag, en ze antwoordde even ernstig: 'Goedemiddag, señor.'

Na verloop van tijd herkende Adriana hem en als ze hem zag, riep ze zijn naam en rende hem tegemoet.

Hij dacht dat Inés hem ook graag mocht. Hij bewonderde de intelligentie in haar blik, haar verlegen charme ontroerde hem en hij werd gekweld door de gedachte aan haar jonge lichaam onder haar eenvoudige kleren. Op een middag wandelden ze naar de Plaza Mayor, waar een man in de zon tegen een muur zat en op zijn fluit speelde.

Yonah wiegde op de maat mee en begon opeens te dansen zoals de Romani dat deden. Met zijn schouders, heupen en voeten zei hij, net als de zigeuners, dingen die hij niet in woorden kon uitspreken. Dingen die hij nooit eerder had gevoeld. Verbaasd maar met een glimlachje keek Inés toe, maar toen hij zijn hand naar haar uitstak, nam ze die niet aan. Nou ja, dacht Yonah, als haar nichtje er niet bij was geweest... als ze alleen waren geweest in plaats van midden op het grote plein... als...

Met een zwaai tilde hij Adriana op en het meisje gilde van pret toen hij met haar in het rond danste.

Daarna gingen ze in de buurt van de fluitspeler zitten praten terwijl Adriana zich vermaakte met een glad rood steentje. Inés vertelde hem dat ze in Madrid geboren was en dat hun gezin zich daar vijf jaar geleden tot het katholicisme had bekeerd.

Ze was nooit in Toledo geweest. Toen hij haar vertelde dat zijn hele familie dood of uit Spanje weg was, schoten haar ogen vol tranen en legde ze haar hand op zijn arm. Het was de eerste keer dat ze hem aanraakte. Hij bleef roerloos zitten, maar ze nam haar hand meteen weer weg.

Toen hij de volgende middag zoals zijn gewoonte was geworden weer naar de markt ging en tussen de kramen door wandelde in afwachting van het moment waarop Felipa Inés kwam aflossen, zag hij dat Zulaika Denia bij de kraam van de poelier stond en een praatje met hem maakte. Toen de poelier Yonah zag aankomen, zei hij iets tegen Zulaika, waarna de vrouw zich omdraaide en Yonah aankeek alsof ze hem nooit eerder had gezien. Ze vroeg de poelier iets, luisterde naar zijn antwoord en liep toen vlug naar de kraam van haar man.

Even later kwam ze weer te voorschijn, maar nu met haar dochter. Opeens besefte Yonah de waarheid, die hij vermeden had door alleen te letten op Inés' fiere houding, de raadselachtige diepte van haar grote ogen en haar charmante, gevoelige mond.

Ze was een schoonheid.

Hij keek hen na toen ze haastig wegliepen, waarbij de moeder haar dochter bij de arm hield als een schout die een gevangene naar een cel brengt.

Hij betwijfelde of Inés haar ouders over hun ontmoetingen had verteld. Telkens als hij haar thuis wilde brengen had ze, voordat haar huis in zicht kwam, de boodschappentas van hem overgenomen en afscheid van hem genomen. Misschien had een van de andere kooplui iets tegen haar moeder gezegd, of misschien had een onschuldige opmerking van de kleine Adriana Zulaika's woede opgewekt.

Hij had Inés geen haar gekrenkt. Ze hadden alleen maar samen gewandeld en daar kon haar moeder toch niet boos om zijn, dacht hij.

Maar toen hij de twee dagen die erop volgden weer naar de markt ging, werkte Felipa in de zijdekraam en was er van Inés geen spoor te bekennen.

’s Nachts kon hij niet slapen en probeerde hij zich brandend van verlangen voor te stellen hoe het zou zijn om met een beminde in bed te liggen. Hoe het zou zijn als Inés zijn vrouw was en ze hun lichamen zouden verstrengelen om gehoor te geven aan de opdracht zich te vermenigvuldigen. Hoe vreemd, maar heerlijk dat zou zijn.

Hij verzamelde al zijn moed om met haar vader te gaan praten.

Maar toen hij opnieuw naar de markt ging, stond Micah Benzaquen, de vriend van de Saadi’s, hem op te wachten. Hij stelde voor naar het grote plein te lopen.

‘Yonah Toledano, mijn vriend Isaac Saadi denkt dat je een oogje hebt op zijn jongste dochter,’ begon Micah voorzichtig.

‘Inés. Ja, dat is waar.’

‘Juist, Inés. Een juweeltje van een vrouw, nietwaar?’

Yonah knikte.

‘Knap, handig in zaken en een goede huisvrouw. Haar vader voelt zich vereerd dat de zoon van Helkias de zilversmid uit Toledo, moge hij rusten, vriendschap voelt voor zijn gezin. Maar Isaac Saadi wil graag een paar dingen van je weten, vind je dat goed?’

‘Natuurlijk.’

‘Mooi zo. Vertel me dan eens iets over je familie.’

‘Van zowel moeders- als vaderskant stam ik af van rabbijnen en geleerden. Mijn grootvader van moederskant...’

‘Ja, ja, hoogstaande voorouders. Maar hoe zit het met familie die nog in leven is? Is er een bedrijf waar je voor kunt gaan werken?’

‘Ik heb een oom, maar die heeft het land verlaten. Ik weet niet waarheen.’

‘Ah, jammer.’

Maar, dacht Benzaquen, de jongeman had het tegen señor Saadi gehad over een vak dat zijn vader hem geleerd had. ‘Ben je soms ook meester-zilversmid?’

‘Nee, toen mijn vader stierf, stond ik op het punt zijn gezel te worden.’

‘O, dus je was nog maar een leerling. Jammer, jammer...’

‘Maar ik leer snel, ik zou in de zijdehandel kunnen gaan.’

‘Dat geloof ik graag, maar Isaac Saadi heeft al een schoonzoon die voor hem werkt,’ zei Benzaquen misprijzend.

Yonah wist dat hij een paar jaar geleden een uitstekende partij voor een dochter van Saadi zou zijn geweest. Iedereen zou hem juichend verwelkomd hebben, in de eerste plaats Isaac Saadi zelf. Maar nu was hij geen geschikte kandidaat meer, en ze wisten nog niet eens dat hij een ongedoopte vluchteling was.

Benzaquen staarde naar zijn gebroken neus. 'Waarom ga je niet naar de kerk?' vroeg hij, alsof hij Yonahs gedachten kon lezen.

'Ik heb het te druk gehad met andere dingen.'

Benzaquen haalde zijn schouders op. Hij wierp een blik op Yonahs versleten kleren en nam niet meer de moeite hem naar zijn inkomsten te vragen.

'Als je in het vervolg een eindje met een ongetrouwde jonge vrouw meeloopt, moet je haar haar eigen boodschappentas laten dragen,' zei hij vermanend. 'Anders denken *geschikte* jongemannen die naar haar hand willen dingen dat ze te zwak is om een goede huisvrouw te zijn.'

Toen zei hij Yonah kalm goedendag.

20

WAT MINGO HOORDE

Mingo bracht steeds meer tijd in het Alhambra door en sliep zelfs nog maar een- of tweemaal per week in de grot in de Sacromonte. Op een van die avonden had hij slecht nieuws voor Yonah.

'Omdat de vorsten binnenkort voor langere tijd in het Alhambra komen wonen, zal de inquisitie alle Marrano's en Morisco's in de omgeving van het fort onderzoeken om te voorkomen dat koninklijke ogen op tekenen van christelijke nalatigheid zullen vallen.'

Yonah zei niets.

'Ze zullen net zo lang zoeken tot ze een flinke voorraad ketters hebben gevonden en er zal ongetwijfeld een autodafe plaatsvinden om te laten zien hoe plichtsgetrouw ze hun werk doen, misschien zelfs in het bijzijn van leden van de hofhouding of de vorsten zelf. Wat ik je duidelijk wil maken, lieve vriend Yonah,' voegde hij er zacht aan toe, 'is dat je er verstandig aan zou doen zo gauw mogelijk ergens naartoe te gaan waar men niet zo ijverig zal loeren of je wel genoeg onzevaders prevelt.'

Yonah vond dat hij zo fatsoenlijk moest zijn om de mensen met wie hij nog maar zo kortgeleden gebeden had ook te waarschuwen. Of misschien hoopte hij stiekem dat Isaac Saadi en zijn familie hem dan als een redder zouden beschouwen en hem weer met open armen zouden ontvangen.

Maar toen hij bij het kleine huis in de Albaicin aankwam, stond het leeg. Ook het huis van de Benzaquens en de huizen van de andere Nieuwe Christenen waren verlaten. De bekeerlingen hadden al van het komende bezoek van Ferdinand en Isabella gehoord en hadden beseft hoe gevaarlijk het voor hen kon worden, dus ze waren gevlucht.

Voor de lege huizen ging Yonah onder een plataan zitten. Gedachteloos tekende hij vier stippen in het zand: een voor de Oude Christenen van Spanje, een voor de Moren, een voor de Nieuwe Christenen en de vierde voor Yonah ben Helkias Toledano.

Hij wist dat hij een ander soort jood was dan zijn vader of alle generaties daarvoor. Hij wilde niets liever dan hetzelfde zijn als zij, maar hij wist dat hij al veranderd was.

Zijn enige religie was nu die van een jood die moest overleven. Hij had besloten dat hij moest blijven voortbestaan als een groep van één persoon, apart en eenzaam.

Een eindje bij het lege huis vandaan vond hij het rode steentje waarmee Adriana gespeeld had. Hij raapte het op en stopte het in zijn tas, als aandenken aan de tante van het meisje, die hem nog lang in zijn dromen zou vergezellen.

Mingo kwam speciaal vanuit het Alhambra naar de grotten om nog meer afgeluisterd nieuws te vertellen.

'Het onderzoek naar de Nieuwe Christenen gaat beginnen, dus je moet vandaag weg, Yonah.'

'En uw Romani dan?' vroeg Yonah. 'Zijn zij veilig?'

'Mijn mensen zijn stalknecht of tuinman. Er schuilen geen ambitieuze lieden zoals Moorse architecten en bouwers of joodse financiers en artsen onder ons. We geven de gadje geen reden om jaloers te zijn, de meesten zien ons niet eens. En de inquisitie ziet alleen arbeiders die goede christenen zijn.'

Tot Yonahs ontzetting voegde hij eraan toe: 'Het is beter dat je je ezel hier laat. Het dier is al oud en als je te veel van hem vergt, wordt hij ziek en gaat dood.'

Yonah wist dat Mingo gelijk had.

'Dan geef ik hem aan u,' zei hij ten slotte, en Mingo knikte.

Yonah ging met een appel naar het veld waar Moise stond en gaf hem die te eten terwijl hij hem zachtjes tussen de oren krabde. Toen draaide hij zich met een zwaar hart om en liep weg.

De dwerg was zo goed om nog voor Yonah te regelen dat hij met twee mannen van de Romani – de gebroeders Ramon en Macot Manigo – mee kon rijden toen ze paarden gingen afleveren in Baena, Jaén en Andujar. 'Macot Manigo stuurt een pakje naar Tanger, met een boot mee die hij in Andujar zal treffen. De eigenaars van die boot zijn Moorse smokkelaars met wie we al jaren zakendoen. Macot zal zijn best doen om jou ook aan boord te krijgen, dan kun je de rivier de Guadalquivir af varen.'

Er was nauwelijks tijd om afscheid te nemen. Mana gaf hem brood en kaas mee, die ze in een doek had gewikkeld. Mingo gaf hem twee mooie afscheidscadeaus: een dolk van bewerkt Moors staal die altijd scherp zou blijven, en de gitaar waarop Yonah gespeeld had en die hij bewonderd had.

'Pas alstublieft op dat u de katholieke vorsten niet te boos maakt, Mingo,' zei Yonah.

'Maak je over mij maar geen zorgen. Ik wens je een goed leven toe, vriend.'

Yonah liet zich op zijn knieën zakken en omhelsde de voivode van de Romani's.

De paardenhandelaars waren vriendelijke kerels met een donkere huid. Ze gingen zo gemakkelijk met de dieren om dat ze wel twintig paarden tegelijk konden wegbrengen. Yonah had hen op de Sacromonte goed leren kennen en vond het prettig met hen samen te reizen. Macot was een goede reiskok en ze hadden ook wijn meegenomen. Ramon had een luit; hij en Yonah maakten elke avond muziek en vergaten dan hun pijnlijke billen.

Terwijl ze urenlang onder de hete zon reden, vergeleek Yonah de twee mannen die door de natuur zo misvormd waren. Hoe was het mogelijk dat de lange broeder met de bochel, Bonestruca, zoveel haat voelde en opwekte, terwijl Mingo, de zigeunerdwerg, overvloeide van goedheid?

Yonahs forse lichaam deed pijn van de lange dagen te paard en zijn ziel deed pijn van eenzaamheid. Na de hartelijkheid en kameraadschap van de zigeuners viel het niet mee weer in z'n eentje te moeten ronddolen.

Hij dacht ook aan Inés Saadi Denia. Hij moest aanvaarden dat haar levensweg een heel andere kant op liep dan de zijne, maar zijn tweede recente verlies kon hij minder gemakkelijk accepteren. Zijn lastdier was ruim drie jaar zijn trouwe metgezel geweest en had alles gedaan wat van hem gevraagd was. Het zou heel lang duren voordat het verdriet om de ezel die hij Moise had genoemd minder erg zou worden.

5

DE WAPENSMID VAN GIBRALTAR

Andalusië

12 april 1496

21

EEN DOODGEWONE ZEEMAN

De paardenhandelaars bleven te lang hangen in Baena, waar ze vijf paarden achterlieten bij een collega van een andere zigeunerstam, die een feest voor hen organiseerde. Hetzelfde gebeurde in Jaén, waar ze zes dieren afleverden. Toen ze ten slotte de laatste negen paarden bezorgden bij een veehandelaar in Andujar waren ze bijna een dag te laat. En toen Yonah en de broers daarna naar de rivier gingen, verwachtten ze niet anders dan dat de boot uit Afrika allang vertrokken was, maar hij lag nog tegen de kade. Macot werd hartelijk begroet door de kapitein, een Berber in een boernoes met een lange, ruige, grijze baard. Hij nam het pakje aan en legde uit dat hij ook vertraging had. Hij had een lading hennep uit Tanger stroomopwaarts verkocht en moest op de terugweg nog goederen uit Córdoba, Sevilla, de kleine havens aan de golf van Cadiz en Gibraltar meenemen.

Macot begon een ernstig gesprek met hem en wees, zich omdraaiend, naar Yonah. De kapitein luisterde en knikte ten slotte met tegenzin.

'Het is voor elkaar,' zei Macot tegen Yonah. De broers omhelsden hem. 'God zij met je,' zei Macot.

'En met jullie,' antwoordde Yonah. Toen ze wegreden, met het paard waarop hij gereden had aan een leidsel, keek hij hen na en wenste dat hij mee terug kon naar Granada.

De kapitein maakte hem meteen duidelijk dat hij zijn bootreis met werken moest verdienen en gaf hem opdracht mee te helpen met het laden van olijfolie bestemd voor de thuishaven in Afrika.

's Avonds, toen de kapitein de boot, die geen grote diepgang had, met de sterke stroming van de smalle bovenloop van de Guadalquivir liet meedrijven, ging Yonah met zijn rug tegen een enorm vat olie zitten. Terwijl de oevers in het schemerdonker voorbijgleden, speelde hij zacht op zijn gitaar en probeerde er niet aan te denken dat hij geen flauw idee had hoe zijn leven verder zou gaan.

Op het Afrikaanse schip stond hij helemaal onder op de ladder, want hij moest alles over het leven aan boord nog leren, vanaf het hijsen en strijken van het driehoekige zeil tot de beste manier om de lading te stouwen in het open ruim. Als dat niet goed gebeurde, kon een kist of ton tijdens een storm gaan rollen en de boot beschadigen of zelfs tot zinken brengen.

De kapitein, die Mahmouda heette, was een bruut die zijn vuisten gebruikte als iets hem niet beviel. De bemanning bestond uit twee zwarten, Jesus en Cristóbal, en twee Arabieren die om beurten kookten, Yephet en Darb. Ze sliepen onder de blote hemel, ook als het regende, daar waar een plekje vrij was. Ze kwamen alle vier uit Tanger en waren gespierde arbeiders, met wie Yonah het goed kon vinden omdat ze jong en opgewekt waren. Als hij 's avonds op zijn gitaar speelde, zongen degenen die niet op wacht stonden soms mee tot Mahmouda schreeuwde dat ze hun bek moesten houden en gaan slapen.

Het was geen zwaar werk, behalve in de havens. De derde dag van Yonahs verblijf aan boord legden ze 's morgens voor zonsopgang in Córdoba aan om te laden. Samen met Cristóbal droeg Yonah grote, loodzware kisten aan boord, in het licht van pektoortsen die een afschuwelijke stank verspreidden. Aan de andere kant van de kade werd een groep geketende, somber kijkende gevangenen aan boord van een schip gedreven.

Cristóbal grijnsde tegen een van de gewapende bewakers en zei: 'Je hebt heel wat boeven gevangen!'

'Bekeerlingen,' zei de bewaker, en hij spuugde.

Yonah keek tijdens het sjouwen af en toe hun richting uit. Ze maakten een versufte indruk. Sommigen hadden al wonden, waardoor elke beweging pijnlijk voor hen was en ze aan de ketting voortschuifelden als oude, stramme mensen.

De lading van de boot bestond uit touw, messen, dolken en olie. Aan het laatste was dat jaar gebrek, terwijl ook de voorraden Spaanse wijn opraakten. In de acht dagen die ze nodig hadden om de brede monding van de Guadalquivir te bereiken, had de kapitein zijn uiterste best gedaan om aan olie te komen, omdat daar in Tanger de meeste vraag naar was. Maar in Jerez de la Frontera, waar hij op een grote voorraad olijfolie van uitstekende kwaliteit had gerekend, stond alleen een handelaar die zich uitputte in verontschuldigingen.

'Geen olie? Verdomme!'

'Pas over drie dagen, het spijt me. Wacht alstublieft, dan kunt u over drie dagen zoveel kopen als u wilt.'

'Wat een gelazer!'

Terwijl ze wachtten, liet Mahmouda de bemanning allerlei klusjes doen. Maar hij had een slecht humeur en gaf Cristóbal een pak slaag omdat hij vond dat deze niet vlug genoeg opschoot.

De gevangenen die Yonah in Sevilla aan boord had zien gaan, waren naar Jerez de la Frontera gebracht. Daar werden ze bij nog meer bekeerde joden en moslims gevoegd, die in andere steden langs de rivier van een te lakse verering van Christus waren beschuldigd. Er liepen ook veel soldaten rond. De rode vlag die een naderende gezamenlijke doodstraf aankondigde, hing uit en van alle kanten stroomden mensen toe om het autodafe bij te wonen.

Toen de boot twee dagen tegen de kade had gelegen, kreeg de barse Mahmouda een aanval van razernij toen Yephet terwijl hij de lading wat opschoof om plaats te maken voor de verwachte olie een vat omstootte. Er was niets beschadigd en hij zette het vat meteen weer rechtop, maar de kapitein raakte door het dolle heen.

'Misbaksel!' schreeuwde hij. 'Smeerkees! Tuig van de richel!' Hij bewerkte Yephet net zo lang met zijn vuisten tot de man viel en sloeg hem toen nog met een stuk touw.

Yonah werd vervuld van bittere woede. Zonder erbij na te denken wilde hij tussenbeide komen, maar Cristóbal greep hem vast en hield hem op een afstand tot de kapitein uitgeraasd was.

's Avonds ging de kapitein van boord om een bordeel te zoeken waar hij een fles en een vrouw kon kopen.

De matrozen wreven Yephets gekneusde lichaam in met een beetje van de kostbare olie.

'Jij hoeft volgens mij niet bang te zijn voor Mahmouda,' zei Almar tegen Yonah. 'Hij weet dat de Romani jou zullen beschermen.'

Maar Yonah was ervan overtuigd dat Mahmouda in een driftbui niet meer wist wat hij deed en hij dacht niet dat hij nog zo'n aframmeling kon aanzien. Toen het donker was, pakte hij zijn spullen bij elkaar, klom geluidloos overboord naar de kade en liep weg.

Hij liep vijf dagen door, zonder haast, want hij had geen bestemming. De weg liep langs de kust en hij genoot van het uitzicht op de zee. Soms maakte de weg een bocht het binnenland in, maar een eindje verder zag Yonah steeds het blauwe water weer opdoemen. Hij kwam door gehuchtjes met vissersboten die allemaal in meerdere of mindere mate door de zon en het zand tot zilvergrijs waren verbleekt, maar stuk voor stuk werden ze door de mannen die er hun brood mee moesten verdienen goed onderhouden. Yonah zag hen bezig met alledaagse karweitjes zoals het boeten van de netten of het breeuwen en met pek insmeren van de kiel. Soms maakte hij ergens een praatje, maar als hij naar werk vroeg, ving hij bot. Hij ontdekte dat een bemanning meestal familie van elkaar was of bestond uit levenslange vrienden. Vreemdelingen kwamen niet aan de bak.

In de stad Cádiz had hij meer geluk. Toen hij er langs de kade wandelde, lette er iemand die meehielp een vrachtschip te lossen even niet goed op. Met een enorme baal stoffen op zijn schouder zag hij niet waar hij liep, stapte mis, verloor zijn evenwicht en viel van de loopplank. De baal viel op het zachte zand, maar de man sloeg met zijn hoofd tegen een ijzeren meerpaal.

Yonah wachtte tot de gewonde matroos weggedragen was naar een dokter en de toeschouwers zich weer hadden verspreid. Toen ging hij naar de bootsman, een verweerde zeebonk van middelbare leeftijd met een hard, pokdalig gezicht en een zakdoek om zijn hoofd geknoopt.

'Ik heet Ramón Callicó en ik kan helpen met lossen en laden,' zei hij. De bootsman bekeek het gespierde lichaam van de jongeman en knikte ten teken dat hij aan boord mocht gaan. Daar vertelden anderen Yonah wat hij moest optillen en waar hij het neer moest zetten. Hij bracht vrachtgoederen naar het ruim, waar twee matrozen, Joan en César, vanwege de hitte zo goed als naakt aan het stouwen waren. Meestal begreep Yonah wel wat ze hem opdroegen, maar soms moest hij vragen of ze de woorden wilden herhalen omdat ze klonken als Spaans, maar dat niet waren.

'Ben je soms doof?' vroeg César geërgerd.

'Welke taal spreken jullie eigenlijk?' vroeg Yonah. Joan grinnikte.

'Catalaans. We zijn allemaal Catalanen. De hele bemanning.'

Maar daarna spraken ze Castilliaans tegen Yonah, wat een hele opluchting voor hem was.

Nog voordat ze klaar waren met laden kwam een jongen namens de arts vertellen dat de gevallen matroos ernstig gewond was en nog een poosje in Cádiz moest blijven om verpleegd te worden.

De kapitein kwam ook aan dek. Hij was jonger dan de bootsman, een kaarsrechte man in wiens haar en korte baard nog geen grijze haren te zien waren. De bootsman liep vlug naar hem toe en Yonah stond dicht genoeg bij hen om het gesprek te kunnen volgen.

'Josep moet hier blijven tot hij beter is,' zei de bootsman.

'Hmm.' De kapitein fronste zijn wenkbrauwen. 'Ik hou niet van een krappe bemanning.'

'Nee, dat weet ik. Maar die jongen daar, die meehelpt met laden, lijkt een harde werker.'

Yonah zag dat de kapitein naar hem keek. 'Goed, vraag het hem dan maar.'

De bootsman kwam naar Yonah toe. 'Heb je ervaring als matroos, Ramón Callicó?'

Yonah wilde niet liegen, maar zijn geld was bijna op, hij had honger en hij zocht een slaapplaats. 'Ik heb ervaring op een rivierschip,' zei hij zo waarheidsgetrouw mogelijk, zonder erbij te zeggen dat die ervaring maar van heel korte duur was geweest. Hij werd aangenomen en moest even later met drie anderen aan touwen trekken om drie kleine, driehoekige zeilen te hijsen. Toen het schip ver genoeg van de kant was, hesen de matrozen ook nog een grootzeil, dat zich knallend ontvouwde en hen bollend in de wind meenam naar zee.

De bemanning bestond uit zeven man, die hij na een paar dagen van naam kende: Jaume de scheepstimmerman, Carles de touwslager, die voortdurend zijn handen vol had, Antoni de kok, die zijn linkerpink miste. En María, César en Joan, die net als hij deden wat hun opgedragen werd. De chef-hofmeester was een kleine man met een bleek gezicht, des te opvallender naast alle gebruinde koppen om hem heen. Yonah hoorde nooit dat hij anders aangesproken werd dan als señor Mezquida en kwam zijn achternaam niet te weten. De kapitein heette Pau Roure. Hij liet zich zelden zien en zat meestal in zijn hut. De enkele keer dat hij aan dek kwam, negeerde hij de bemanning en gaf zijn bevelen aan de bootsman, Gaspar Gatuelles. Gatuelles schreeuwde weleens, maar hij hield zijn handen thuis.

Het schip heette *La Lleona*, de leeuwin. Het was een tweemaster met zes zeilen, die Yonah algauw van elkaar kon onderscheiden: een vierkant grootzeil, een iets kleinere bezaan, boven beide een driehoekig marszeil en twee kleine kluivers aan de boegspriet. Het boegbeeld was het goudbruine lichaam van een leeuw met een vrouwengezicht. De grote mast was hoger dan de bezaansmast, zo hoog dat Yonah, toen ze voortgeblazen door een harde wind op volle zee voeren, bang was dat hij erin moest klimmen.

Toen hij tijdens zijn eerste nacht aan boord vier uur mocht gaan slapen, klom hij in plaats daarvan tot halverwege in de grote mast. Het ver onder hem liggende dek was een vage vlek, hier en daar verlicht door scheepslantaarns. Om zich heen zag hij de eindeloze zee, zo donker als rode wijn. Hij kon niet genoeg moed bijeenrapen om nog hoger te klimmen en liet zich na een poosje weer naar beneden glijden.

Voor een zeeschip was het geen grote boot, was hem verteld, maar vergeleken bij het rivierschip was hij enorm. Het had een vochtig ruim met een kleine hut met zes kooien voor passagiers en een nog kleinere hut voor de drie officieren. De matrozen sliepen aan dek, overal waar ze een plaatsje konden vinden. Yonah vond een plekje achter de roerpaal. Als hij daar lag, hoorde hij het water sissend langs de gebogen kiel stromen en als ze van koers veranderden, voelde hij onder zich de trillingen van het draaiende roer.

De oceaan was iets heel anders dan de rivier. Yonah genoot van de frisse, vochtige lucht en de zilte geur, maar de bewegingen van het schip maakten hem misselijk. Af en toe moest hij overgeven, tot groot vermaak van degene die het toevallig zag. Iedereen was minstens tien jaar ouder dan hij en sprak Catalaans. Soms herinnerden ze zich dat ze tegen Yonah Spaans moesten spreken, maar meestal vergaten ze dat of negeerden hem. Hij wist al meteen dat het een eenzame reis zou worden.

De officieren en de rest van de bemanning hadden algauw door dat hij een nieuweling was. Meestal gaf de bootsman hem karweitjes waar geen zeemanservaring voor nodig was, alsof hij een arbeider was en geen matroos. Op de vierde dag stak er een storm op en werd het schip wild heen en weer geslingerd. Toen Yonah naar de lijzijde liep om over te reling te braken, gaf de bootsman hem de opdracht in de mast te klimmen. Yonah was zo bang dat hij zijn misselijkheid vergat en hij klom hoger dan ooit, zelfs tot voorbij het grootzeil. De touwen van het driehoekige marszeil waren op het dek losgeknoopt, maar er moesten vier matrozen de mast in om het zeil te strijken en aan het rondhout vast te binden. Daartoe moesten ze van de touwladder op een touw onder het rondhout stappen en voorzichtig doorschuiven. Toen Yonah het rondhout bereikte, was de eerste matroos al halverwege het touw en toen Yonah aarzelde, begonnen de twee onder hem op de touwladder te schelden. Met de moed der wanhoop zette hij dus zijn voeten op het heen en weer zwaaiende touw terwijl hij zich uit alle macht aan het rondhout vastklemde. Vervolgens hielden ze zich alle vier met één hand aan het rondhout vast terwijl ze met de andere het zware zeil naar beneden trokken. De masten zwaaiden trillend heen en weer. Het schip helde naar links en dan weer naar rechts en elke keer dat het tijdens de duizelingwekkende slingerbeweging zijn laagste punt bereikte, konden de mannen in de mast vlak onder zich het witte schuim van de woedende zee zien.

Toen het zeil eindelijk goed vastzat, daalde Yonah trillend de touwladder af naar het dek. Hij kon niet geloven wat hij gedaan had. Niemand lette verder op hem, en een poosje later stuurde de bootsman hem naar het ruim om te controleren of de lading goed vast stond.

Soms zwommen gestroomlijnde, donkere dolfijnen een eindje met het schip mee en één keer zagen ze zo'n grote vis dat Yonah de angst om het hart sloeg. Weliswaar had hij in zijn jeugd, toen hij aan de rivier woonde, leren zwemmen, maar hij wist niet hoe lang hij dat kon volhouden. Er was nergens land in zicht; het schip was alleen in de eindeloze uitgestrektheid van de zee. En zelfs al was hij in staat om zwemmend een kust te bereiken, dacht Yonah, dan nog zou hij hulpeloos aas zijn voor deze zeemonsters. Gedachtig aan het verhaal over zijn bijbelse naamgenoot stelde hij zich de walvis voor die, aangelokt door zijn in het zonlicht flitsende armen en benen, uit de bodemloze diepte zou oprijzen zoals een forel naar levend aas aan een haak. Het dek onder zijn voeten voelde fragiel aan.

Hij werd nog viermaal de mast in gestuurd, maar hij bleef het een hachelijke onderneming vinden. Hij werd ook geen echte zeeman, maar hij leerde met zijn misselijkheid te leven terwijl het schip in noordelijke richting langs de kust voer. In Malaga, Cartagena, Alicante, Denia, Valencia en Tarragona liepen ze de haven binnen om goederen te laden of te lossen en passagiers op te halen of af te zetten. Zestien dagen na hun vertrek uit Cádiz bereikten ze Barcelona, vanwaar ze koers zetten naar het eiland Menorca.

Het ver in zee liggende Menorca had een ruige kust. Er woonden vissers en boeren. Het idee op zo'n door rotsen omzoomde plek te wonen sprak Yonah aan, want misschien lag die genoeg verscholen om aan spiedende ogen te ontsnappen. Maar in de havenstad Ciutadella namen ze drie in zwarte pij gehulde dominicaner broeders aan boord. Een van hen ging direct op een ton zitten en begon zijn brevier te lezen, terwijl de anderen aan de reling gingen staan praten. Opeens keek een van die twee Yonahs kant op en wenkte.

Yonah dwong zich om kalm naar hem toe te lopen. 'Señor?' Zijn stem klonk schor.

'Waar gaat dit schip naartoe?'

De broeder had bruine oogjes met een heel andere blik erin dan de grijze ogen van Bonestruca, maar zijn zwarte pij was genoeg om Yonah de stuipen op het lijf te jagen.

'Dat weet ik niet, señor.'

De andere broeder snoof minachtend en keek hem streng aan. 'Deze jongen is een idioot. Je moet het een officier vragen.'

Yonah wees naar Gaspar Gatuelles, die op de voorplecht met de timmerman stond te praten. 'Daar staat de bootsman, señor,' zei hij. De twee broeders liepen naar voren om Gatuelles aan te schieten.

La Lleona bracht de twee broeders naar het naburige, grotere eiland Mallorca. De derde broeder sloeg zijn brevier pas dicht toen hij werd afgezet op het eilandje Ibiza, verder naar het zuiden.

Yonah besefte dat hij nog steeds elk moment van de dag op zijn hoede moest zijn, want de inquisitie had een heel lange arm.

22

DE LEERLING

TOEN HET SCHIP TERUGKWAM IN CÁDIZ en ze net met lossen begonnen waren, verscheen de matroos wiens plaats Yonah ingenomen had. Hij was weer gezond en alleen een rood litteken op zijn voorhoofd herinnerde aan zijn val.

De bootsman en de andere matrozen begroetten hem juichend: 'Josep! Josep!' Het was duidelijk dat Yonahs loopbaan als matroos op *La Lleona* voorbij was. Eerlijk gezegd was hij er niet rouwig om. Gaspar Gatuelles bedankte hem en betaalde hem zijn loon, en toen Yonah van boord ging was hij blij dat hij weer vaste grond onder de voeten had.

Hij volgde de kustweg naar het zuidoosten. Overdag was het heet, 's nachts was het zoel. Voordat het 's avonds donker werd, zocht hij een hooimijt om in te slapen of een zacht plekje op het strand, maar als hij niets vond, nam hij genoegen met wat beschikbaar was. Elke morgen zwom hij onder de warme zon in het lauwe zeewater, maar uit angst voor de scherpe tanden of de tentakels van het een of andere zeemonster waagde hij zich nooit ver uit de kust. Als hij later langs een beek of een paardentrog kwam, spoelde hij het opgedroogde zout van zijn lichaam. Op een dag liet een boer hem boven op een lading stro in zijn door ossen getrokken wagen een heel eind meerijden. Ergens onderweg hield hij halt en vroeg aan Yonah: 'Weet je waar je bent?'

Yonah schudde niet-begrijpend zijn hoofd. Ze stonden op een verlaten landweg.

'Hier eindigt Spanje. Dit is de zuidelijkste punt van Iberië,' zei de man trots, alsof hij daar zelf aan meegewerkt had.

Yonah mocht nog een keer met iemand meerijden, in een kar vol gedroogde kabeljauw. Toen ze in het dorp Gibraltar aankwamen, dat aan de voet van een enorme rots lag, hielp hij de man zijn vracht uitladen.

De vis had hem hongerig gemaakt. In het dorp vond hij een herberg, waar hij naar binnen ging. Het was een vertrek met een laag plafond, dat rook naar jaren van gemorste wijn, houtvuren en zwetende klanten. Aan twee lange tafels zaten een stuk of zes mannen te drinken, en sommige aten een kom visragout uit een pot die op het vuur stond te borrelen. Yonah bestelde een beker wijn, die zuur bleek te smaken, en ook een portie ragout: een heerlijk mengsel van vis, uien en gesneden kruiden. Er zaten veel graten in, maar hij at langzaam en genietend en toen de kom leeg was, bestelde hij er nog een.

Terwijl hij zat te wachten, kwam er een oude man binnen die op de lege plaats naast hem ging zitten. 'Geef mij maar een kom wijn, señor Bernaldo,' riep hij naar de eigenaar, die grinnikte terwijl hij een tweede kom ragout voor Yonah volschepte.

'Alleen als het je lukt iemand te vinden die ervoor wil betalen,' riep hij terug, en de mannen aan de tafel lachten alsof ze het een goede grap vonden.

De oude man had een kromme rug en zag er broos uit. Zijn dunne witte haar en de kwetsbare uitdrukking op zijn gezicht deden Yonah denken aan Geronimo Pico, de oude schaapherder die in zijn bijzijn overleden was en wiens kudde hij een paar jaar onder zijn hoede had genomen. 'Geef hem die wijn maar,' zei hij tegen de eigenaar. Toen schoot hem te binnen dat zijn eigen middelen ook beperkt waren en hij voegde eraan toe: 'Een beker, geen kom.'

'Ai, Vicente, je zit naast een gulle gever!' zei een man aan de andere tafel. Het klonk sarcastisch en niet grappig, maar er werd gelachen. De man was klein en mager, hij had donker haar en een snorretje. 'Je bent een ellendige ouwe rat, Vicente, je zou jezelf moeten verzuipen.'

'Zeg niet zulke gemene dingen, Luis,' zei een van de anderen vermoeid.

'Wou je me dat beletten, José Gripo?'

Daar moest Yonah bijna om lachen, want José Gripo was een lange, forse kerel, ook niet jong meer, maar beslist jonger dan de zuurpruim. Volgens Yonah had Luis in een gevecht geen schijn van kans.

Maar niemand lachte en de man naast Luis stond op. Hij leek jonger dan Luis en hij was van gemiddelde lengte, slank en gespierd. Hij maakte een gezonde indruk. Zijn gezicht was hoekig en hij had een benige neus. Hij bekeek José Gripo schattend en deed een stap naar hem toe.

'Ga zitten of maak dat je wegkomt, Angel,' zei Bernaldo, de eigenaar. 'Je baas heeft gezegd dat ik het hem moet laten weten als jij of Luis je weer misdragen.'

De man bleef staan en keek de eigenaar aan. Toen haalde hij zijn schouders op en glimlachte. Hij pakte zijn beker, dronk de rest van zijn wijn in één teug op en zette de beker met een klap terug op de tafel. 'Laten we dan maar gaan, Luis, want ik heb er geen behoefte aan onze vriend Bernaldo vanavond nog rijker te maken.'

De eigenaar wachtte tot ze de deur uit waren en gaf Yonah toen zijn tweede kom ragout. Even later bracht hij een beker wijn voor de oude man. 'Hier, Vicente. Deze krijg je van mij. Die twee kerels deugen niet.'

'Het is een vreemd stel,' zei José Gripo. 'Ik heb het ze eerder zien doen. Luis beledigt iemand en Angel Costa begint te vechten.'

'Angel Costa is een echte vechtersbaas,' zei een man aan de andere tafel. 'Hij kan er wat van en dat moet ook, want hij is de wapenmeester van Manuel Fierro.'

'Ja, hij is soldaat geweest en kan inderdaad vechten, maar het is een gemene vent,' zei Gripo.

'Dat is Luis ook,' zei Vicente. 'Dat weet ik maar al te goed, want we wonen onder één dak. Maar ik moet toegeven dat hij een uitstekende metaalbewerker is.'

Daar hoorde Yonah van op. 'Ik kan ook metaal bewerken en ik zoek werk. Wat voor soort metaalwerk wordt hier gedaan?'

'Een eindje verderop is een wapensmederij,' zei Gripo. 'Heb je ervaring met wapens?'

'Ik weet hoe ik met een dolk moet omgaan.'

Gripo schudde zijn hoofd. 'Ik heb het over de fabricage van wapens.'

'Nee, daar weet ik niets van. Maar ik heb veel geleerd over de bewerking van zilver en weet ook wel iets van ijzer en staal.'

Vicente dronk zijn beker leeg en zuchtte. 'Dan moet je maar eens met meester Fierro gaan praten,' zei hij. 'De wapensmid van Gibraltar.'

Voor een paar sueldo's mocht Yonah in de herberg bij de haard slapen. Een kom pap als ontbijt was bij de prijs inbegrepen en toen Yonah de volgende morgen de herberg verliet, voelde hij zich uitgerust en fit. Volgens de aanwijzingen van Bernaldo liep hij een eindje de weg af en kwam zo bij de lange, lage gebouwen van de wapensmederij van Manuel Fierro, waar de rots van Gibraltar hoog boven uittorende. Iets verder lag de zee.

De wapensmid bleek een kleine, breedgeschouderde man te zijn met een verweerd gezicht en een ruige bos wit haar. Zijn neus wees naar links in zijn gezicht, een afwijking die al dan niet was aangeboren, en hoewel dat de symmetrie van zijn trekken verstoorde, gaf het zijn gezicht iets sympathieks. Yonah vertelde hem een verhaal dat bijna waar was: hij heette Ramón Callicó en hij was een leerling geweest van Helkias Toledano, de meester-zilversmid van Toledo, tot

Toledano met de rest van de joden het land uit gestuurd was en hij op straat was komen te staan. Daarna had hij met metalen gewerkt in de reparatiewerkplaats van de Romani in Córdoba.

'Romani?'

'Zigeuners.'

'Zigeuners?'

Fierro klonk eerder geamuseerd dan minachtend. 'Je mag een paar dingen proberen.'

De meester was bezig met een paar zilveren sporen, die hij neerlegde. Hij pakte een stukje staal.

'Maak hier groeven in alsof het een zilveren spoor is.'

'Ik werk liever aan de spoor zelf,' zei Yonah. Maar de meester schudde zijn hoofd en wachtte af, blijkbaar zonder veel te verwachten.

Maar zijn belangstelling groeide toen hij zag hoe Yonah zelfverzekerd groeven trok en als tweede proef een naad afwerkte tussen twee afgedankte stukken van een stalen elleboogbeschermer.

'Wat kun je nog meer?'

'Lezen, en ik schrijf heel netjes.'

'O ja?' Fierro boog zich naar voren en keek hem onderzoekend aan. 'Dat is ongewoon voor een leerling. Waar heb je dat geleerd?'

'Van mijn vader. Hij was een geleerde.'

'Je mag bij me in de leer komen, voor twee jaar.'

'Graag.'

'Maar het is in mijn vak de gewoonte dat een leerling voor zijn leertijd betaalt. Kun je dat?'

'Jammer genoeg niet.'

'Dan moet je na die twee jaar een jaar tegen een verlaagd loon voor me werken. Pas daarna, Ramón Callicó, zullen we het over een eventuele indiensttreding als gezel-wapensmid hebben.'

'Dat is goed,' zei Yonah.

Hij had het er naar zijn zin. Hij vond het fijn om weer met metaal te werken, ook al was dat op een heel andere manier. Voor het maken van wapenuitrustingen en wapens waren heel andere technieken nodig dan die hij beheerste, waardoor hij de kans kreeg zijn kennis uit te breiden.

In de werkplaats voelde hij zich thuis. Altijd klonk er gerinkel en gegalm en het geklop van hamers op metaal, soms ritmisch, soms niet, vaak uit verschillende loodsen tegelijk – een soort metaalmuziek. En Fierro was een uitstekende leraar.

'Wat de ontwikkeling van de metaalbewerking betreft, kan Spanje trots op zichzelf zijn,' zei hij aan het begin van een les. 'Duizenden jaren lang werd het erts in een diep houtskoolvuur gelegd dat niet heet genoeg was om het ijzer dat overbleef te doen smelten, maar wel heet genoeg om het te hameren of te smeden.'

Door steeds opnieuw te verhitten en te smeden, te verhitten en te smeden haalde je de onzuiverheden eruit en produceerde je smeedijzer, legde hij uit.

'Vervolgens ontdekten onze metaalbewerkers dat ze het vuur heter konden maken door er via een holle buis lucht in te blazen, en later ontwikkelden ze de blaasbalg. In de achtste eeuw bouwden de metaalbewerkers een verbeterde versie van het smidsvuur, die ze de Catalaanse smeltoven noemden. Er gaat een mengsel van erts en houtskool in en de lucht wordt er met behulp van waterkracht van onderen ingeblazen. Met deze oven maken we nog steeds veel sneller een betere soort smeedijzer. Staal wordt gemaakt door alle onzuiverheden en de meeste koolstof uit het ijzer te verwijderen. Een wapensmid kan nog zulke mooie wapens maken, maar als zijn staal niet sterk genoeg is, deugen ze niet.'

Fierro had zijn vak geleerd als leerling van een Moorse zwaardenmaker. 'De Moren maken het beste staal en de beste zwaarden.' Hij glimlachte tegen Yonah en voegde eraan toe: 'Ik leerde het vak van een Moor en jij van een jood.'

Yonah zei dat hij dat ook heel grappig vond en ging de werkplaats schoonmaken om een punt achter het gesprek te zetten.

Op de vijftiende dag van zijn leertijd, toen hij in de kookhut zijn ontbijtpap zat te eten, kwam Angel Costa naar hem toe. Hij had een lange boog en een bos pijlen bij zich om op jacht te gaan, en hij bleef Yonah zwijgend aanstaren. Yonah stoorde zich niet aan hem en at rustig zijn pap op.

Toen hij klaar was, zette hij de kom neer en stond op, maar toen hij weg wilde lopen, versperde Costa hem de weg.

'Wat is er?' vroeg Yonah zacht.

'Ben je handig met een zwaard, leerling?'

'Ik heb nog nooit een zwaard gebruikt.'

Costa glimlachte net zo gemeen als hij had gekeken, knikte en liep weg.

De kok, die 'de andere Manuel' werd genoemd omdat hij dezelfde voornaam had als de baas, hief zijn hoofd op van de pan die hij met zand aan het schuren was en keek de wapenmeester na toen deze de binnenplaats overstak. Hij spuugde. 'Je hoeft er geen moeite voor te doen om een hekel aan die man te krijgen. Hij beweert dat hij Gods vertegenwoordiger in de rookschuur is en hij laat ons daar 's morgens en 's avonds urenlang op onze knieën bidden.'

'Waarom doen jullie dan wat hij zegt?'

De kok keek Yonah aan, verbaasd over diens onwetendheid. 'Omdat we bang voor hem zijn,' zei hij.

Dat Yonah de nieuwe leerling was, had tot voordeel dat hij ook de loopjongen was. Hij werd naar alle winkels en loodsen in Gibraltar gestuurd en leerde zo zijn nieuwe omgeving goed kennen. Het dorp lag onder aan de hoge rots en spreidde zich over de voet van de helling uit. Fierro deed zaken met een heleboel leveranciers en sommigen van hen waren trots genoeg op hun woonplaats om Yonahs vragen te beantwoorden.

De kantoorbediende van de kuiper vertelde hem dat het Moorse aanzien van de plaats een overblijfsel was van de zevenhonderdvijftig jaar dat de Moren er hadden gewoond, tot de Spanjaarden het dorp in 1462 – op de feestdag van Sint Bernhard – heroverd hadden. José Gripo, die Yonah al in de herberg had ontmoet, bleek de eigenaar van de winkel met scheepsbenodigdheden te zijn. Gripo had het druk, maar onder het meten en oprollen van touw vertelde hij dat de naam Gibraltar een verbastering was van Jebel Tariq, Arabisch voor 'de rots van Tariq'. Zijn kantoorbediende, een slanke oude man met een fijngetekend gezicht die Tadeo Deza heette, voegde eraan toe: 'Tariq was de Moorse commandant die het eerste fort onder aan de rots heeft gebouwd.'

De medewerkers in Fierro's wapensmederij konden Yonah niet veel over het stadje vertellen. Er werkten zes arbeiders, die het terrein schoonhielden en zware stukken metaal van de voorraadschuren naar de werkplaatsen brachten, en omgekeerd. Samen met Angel Costa en de andere Manuel woonden ze in een loods die de rookschuur werd genoemd. De twee meester-handwerkslieden, Luis Planas en Paco Parmiento, waren mannen van middelbare leeftijd, die vol respect behandeld werden. Parmiento, een weduwnaar, was de meester-zwaardenmaker en Planas, een vrijgezel, was de meester-wapensmid. Bij deze twee mannen en Vicente, de oude man voor wie hij in de herberg een beker wijn had besteld, had Yonah een slaapplaats toegewezen gekregen. Vicente kon de naam van de nieuwe leerling maar moeilijk onthouden.

'Hoe zei je ook weer dat je heet, jongeman?' vroeg hij, leunend op de bezem waarmee hij de lemen vloer aanveegde.

'Ramón Callicó, oom.'

'Ik heet Vicente Deza en ik ben niet je oom, want dan zou je vader een hoerenzoon zijn.' Hij lachte om zijn eigen flauwe grap en Yonah glimlachte.

'Bent u soms familie van Tadeo Deza in de winkel voor scheepsbenodigdheden?'

'Ja, ik ben zijn neef, maar dat wil hij niet toegeven omdat hij zich voor me schaamt, bijvoorbeeld als ik om wijn bedel, zoals je hebt gezien.' Hij kakelde weer van het lachen en keek Yonah nieuwsgierig aan. 'Dus je trekt bij mij, Luis en Paco in. Je boft, want dit is een stevige, waterdichte hut, door joden gebouwd.'

'Waarom door joden, Vicente?' vroeg Yonah zo achteloos mogelijk.

'Ooit hebben hier veel joden gewoond, maar een jaar of twintig geleden, misschien iets langer, zijn de goede katholieken in opstand gekomen tegen de mensen die zich Nieuwe Christenen noemden. Het waren geen echte christenen, het waren joden. Honderden joden uit Córdoba en Sevilla dachten dat Gibraltar, dat kort daarvoor op de Moren was heroverd en nog vrij leeg was, een veilige haven voor ze zou zijn. Ze maakten een afspraak met de hertog van Medina Sidonia, de heer van Gibraltar, dat ze hem geld zouden geven en ook zouden betalen voor een troep cavalleristen die hier gelegerd zou worden. En toen kwamen ze met z'n honderden hierheen en bouwden huizen en bedrijven. Maar het onderhoud van al die soldaten en hun aanvallen op de Portugezen kostte handenvol geld, en niet lang daarna waren ze blut. Toen de hertog dat hoorde, joeg hij ze met behulp van de soldaten de stad uit. Ze hadden deze hut gebouwd en ook de rookschuur voor het roken van vis, die per schip naar andere havensteden werd vervoerd. Als je op een regenachtige dag diep ademhaalt, kun je de rook nog ruiken. Onze meester huurt een deel van deze gebouwen van de hertog, en de veestal en de werkplaatsen heeft hij er zelf bij laten bouwen.' De oude man trok een scheef gezicht en knipoogde met zijn linkeroog. 'Als je nog meer over het verleden wilt weten, señor, moet je bij mij zijn. Want Vicente Deza weet veel.'

Later op de dag bracht Yonah materialen naar de werkplaats waar een van zijn andere hutgenoten, de zwaardenmaker Paco Parmiento, de scepter zwaaide. Hij leek Yonah een aardige man. Hij was kaal, net iets te dik, met een gladgeschoren gezicht en een litteken op zijn rechterwang. Soms staarde hij met een afwezige blik in zijn ogen in de verte en vergat zijn omgeving, maar op die momenten probeerde hij te bedenken hoe hij zijn zwaarden nog beter kon maken. Hij mompelde tegen Yonah dat ze allemaal hun best moesten doen om de hut schoon en netjes te houden. 'Maar we boffen, want Vicente Deza doet het meeste werk.'

'Is hij dan geen wapensmid? Of zwaardenmaker, zoals u?'

'Vicente? Die heeft nog nooit een stuk metaal aangeraakt. Hij woont alleen maar bij ons omdat de meester medelijden met hem heeft. Je moet geen woord van wat hij zegt geloven,' waarschuwde de zwaardenmaker, 'want hij heeft net zo weinig verstand als een achterlijk kind en hij ziet vaak spoken.'

Net als in andere rotsachtige streken waar Yonah doorheen was getrokken waren er in Gibraltar grotten. Boven in de rots lag de grootste. Fierro kocht bijna al zijn staal van de Moren in Córdoba, maar hij had ook een voorraad van een heel bijzonder ijzererts dat in een klein deel van deze grote grot gedolven werd. Er liep een smal, steil pad omhoog naar de ingang.

De meester nam Yonah driemaal mee naar boven, ieder op een ezel. Yonah wenste elke keer dat hij op Moise zat, want het pad eindigde nog hoger dan een kraaiennest en een misstap zou een fatale val in de afgrond betekenen. Maar de ezels waren eraan gewend en raakten zelfs niet in paniek toen hun de weg een keer werd versperd door een groepje kaneelkleurige apen.

Fierro glimlachte toen hij Yonah zag schrikken toen de dieren voor hem op het pad sprongen. Het waren er zes, grote apen zonder staart. Een van de vrouwtjes was een jong aan het zogen.

'Ze wonen hier boven,' zei Fierro. Hij haalde wat oud brood en overrijp fruit uit zijn knapzak en gooide dat een eind van het pad af omhoog, zodat de apen de weg snel vrijmaakten.

'Ik had niet verwacht hier in Spanje zulke dieren te zien.'

'Volgens de legende komen ze uit Afrika door een natuurlijke tunnel onder de zeeëngte door, die in een van deze grotten eindigt,' zei Fierro. 'Maar ik denk eerder dat ze ontsnapt zijn uit een schip dat hier een keer voor anker heeft gelegen.'

Maar boven op de rots was de legende geloofwaardig, want in de heldere lucht leek Afrika heel dichtbij te liggen.

'Hoe ver ligt Afrika hiervandaan, señor Fierro?'

'Met de wind mee een halve dag varen. We staan op een van de beroemde pilaren van Hercules,' zei de meester. Hij wees naar de andere pilaar, een bergtop aan de overkant van de Straat, in Marokko. Het water tussen de pilaren in lag helderblauw te glinsteren in het zonlicht.

Vijf dagen na hun eerste gesprek kwam Angel Costa opnieuw naar Yonah toe.

'Heb je veel paardgereden, Callicó?'

'Nee, weinig. Ik heb een ezel gehad.'

'Die past bij je.'

'Waarom stel je me van die rare vragen? Heb je mensen nodig voor een militaire expeditie?'

'Nee, dat niet,' antwoordde Costa terwijl hij wegliep.

Nadat Yonah alleen maar om boodschappen was gestuurd, erts had moeten scheppen en staal had moeten dragen, mocht hij eindelijk met metaal gaan werken, ook al was het een eenvoudig karweitje. Zijn opdrachtgever, Luis Planas, maakte hem nerveus, want hij had gemerkt dat het een onsympathieke, slechtgehumeurde man was. Maar tot zijn opluchting beperkte de man zich, hoewel nors, tot de instructies. Yonah moest twee stalen platen polijsten. 'Je moet alle onregelmatigheden op het metaal, ook de fijnste krasjes, net zo lang poetsen tot er niets meer van te zien is,' beval Luis Planas.

Dus Yonah poetste dat het een lieve lust was. Toen de metalen platen na ruim een week smetteloos glansden, hoorde hij dat het de borstplaten van een kuras waren. 'Ze moeten perfect zijn,' zei Luis streng. 'Ze horen bij een prachtig harnas waaraan we hier bij Fierro al ruim drie jaar werken.'

'Voor wie is het bestemd?' vroeg Yonah.

'Voor een edelman in Tembleque, graaf Fernán Vasca.'

Yonah had het gevoel dat zijn hart nog luider begon te bonken dan het kloppen van de hamer van Luis Planas.

Hoe ver weg hij ook vluchtte, Toledo leek hem op de voet te volgen!

Hij herinnerde zich nog heel goed hoeveel geld graaf Vasca van Tembleque zijn vader schuldig was geweest: negenenzestig realen en zestien maravedi's – de betaling voor een aantal zilveren voorwerpen die Helkias voor hem gemaakt had, zoals een prachtige, unieke gouden roos met een zilveren steel, een aantal zilveren spiegels en kammen, twaalf wijnbekers...

Verbitterd dacht Yonah aan het bedrag dat zijn leven een stuk gemakkelijker zou maken als hij het zou kunnen innen.

Maar daar bestond niet de minste kans op.

23

HEILIGEN EN GLADIATOREN

Toen Fierro zeker wist dat de nieuwe leerling in alle opzichten betrouwbaar was, gaf hij Yonah opdracht de versiering op het harnas van graaf Vasca aan te brengen. Daartoe moest hij met een hamer en een priem een fijn gaatjespatroon in het staal slaan dat door Fierro of Luis Planas zelf nauwelijks zichtbaar voorgetekend was. Zilver was zachter dan staal, maar het hardere metaal voorkwam fouten die in zilver rampzalig zouden zijn geweest. In het begin sloeg Yonah eerst zacht om zich ervan te vergewissen dat de priem op de juiste plaats stond en daarna hard om het kuiltje te maken, maar al gauw werd zijn hand vast en was die voorzichtigheid niet meer nodig. Zelfverzekerd vonden zijn snelle, harde slagen hun ritme.

'Manuel Fierro laat zijn staal voor alle zekerheid vaak testen,' zei Paco Parmiento op een morgen tegen Yonah. 'Dat gebeurt door een spel. Een paar arbeiders moeten doen alsof ze ridders zijn en zo ziet de meester wat er aan zijn ontwerpen mankeert. Hij wil dat jij ook meedoet.'

Nu begreep Yonah het doel van Angel Costa's vragen. 'Natuurlijk, señor,' zei hij, hoewel hij zich niet gerust voelde.

De volgende dag stond hij, gekleed in een gewatteerd pak, in een grote ronde zandbak en keek wantrouwig naar een in delen uit elkaar liggend, enigszins roestig en beschadigd harnas, dat Paco Parmiento hem aantrok. Aan de andere kant van de bak werd Angel Costa aangekleed door zijn vriend Luis, en de rest van het personeel stond als publiek bij een hanengevecht om hen heen.

'Vicente, ga naar de slaaphut en haal de matras van die jongen, want die zal hij zo meteen nodig hebben,' riep Luis, waarop gejoel en gelach volgde.

'Let maar niet op hem,' raadde Paco Yonah aan. Zweetdruppels rolden over zijn kale schedel.

Hij liet het kuras over Yonahs hoofd zakken en schoof het op zijn plaats, zodat Yonahs borst en rug bedekt waren. Maliënkolders beschermden zijn armen en onderbenen, dijplaten zijn bovenbenen. Over zijn schouders, ellebogen, onderarmen en scheenbenen werden ook platen bevestigd, en hij stak zijn voeten in schoenen van stalen plaatjes. Als laatste zette Paco hem de helm op en liet de gezichtsbeschermer vallen.

'Ik kan geen adem meer halen en ik zie ook niks,' zei Yonah, terwijl hij zijn best deed om niets van zijn paniek te laten merken.

'De gaatjes zorgen voor frisse lucht,' zei Parmiento.

'Niet waar!'

Paco duwde de gezichtsbeschermer weer omhoog. 'Laat dit dan maar open,' zei hij kribbig. 'Dat doet iedereen.' Yonah begreep waarom.

Vervolgens kreeg hij leren handschoenen met metalen plaatjes over de vingers aan en een rond schild in zijn hand. De uitrusting was loodzwaar.

'De snijkanten en de punten van de zwaarden zijn bot gemaakt voor jullie veiligheid,' zei Parmiento toen hij Yonah een zwaard in zijn andere hand gaf. 'Eigenlijk is het nu meer een knuppel dan een zwaard.' Het zwaard voelde vreemd aan en door de stijve handschoen kon hij zijn hand nauwelijks bewegen.

Angel Costa was net zo uitgerust als hij. Na een startsein waggelden ze op elkaar af. Yonah was nog aan het bedenken hoe hij het best kon slaan toen hij Costa's zwaard al naar zijn gehelmde hoofd zag zakken. Net op tijd hief hij zijn schild.

Maar Costa liet een regen van slagen op Yonahs hoofd neerdalen en Yonahs arm werd zo zwaar dat hij zich niet meer kon verweren. En toen gaf Costa hem zo'n harde klap tegen zijn ribben dat hij Yonahs lichaam, als het harnas minder solide en het zwaard scherp was geweest, opengereten zou hebben. Zelfs omhuld door de stalen buitenlaag en gewatteerde binnenlaag van zijn beschermende uitrusting voelde Yonah de slag tot in zijn botten, en dat was nog maar het begin.

Het lukte Yonah om Angel tweemaal te raken, maar daarna stak de meester een paal tussen hen in ten teken dat het gevecht beëindigd was. Iedereen die had gekeken besefte dat Angel Yonah gedood zou hebben als het een echt gevecht was geweest. Elk moment had hij de *golpe de gracia* – de genadeslag – kunnen geven.

Met een pijnlijk lichaam en buiten adem zat Yonah op een bank terwijl Paco hem het zware harnas uittrok.

Toen kwam de meester naar Yonah toe en stelde allerlei vragen. Had hij zich door het harnas belemmerd gevoeld? Waren er scharnierende plaatsen vast komen te zitten? Had Yonah nog ideeën om de bescherming te vergroten of minder vertragend te maken? Yonah antwoordde eerlijk dat hij het zo'n bizarre ervaring had gevonden dat hij niet over dat soort dingen nagedacht had.

Aan Yonahs gezicht kon de meester zien hoe vernederd hij zich voelde.

'Je moet niet denken dat je ooit een gevecht met Angel Costa kunt winnen,' zei hij. 'Dat kan niemand. Costa heeft achttien jaar lang als sergeant meegedaan aan bittere, bloedige gevechten tegen de Saracenen en als hij hier staal moet testen, vindt onze wapenmeester het leuk om net te doen alsof dat ook ernst is.'

Yonah had een grote blauwe plek op de linkerkant van zijn ribbenkast en zijn rug deed zo'n pijn dat hij zich afvroeg of er iets gebroken was. Hij kon de volgende paar nachten alleen op zijn rug slapen en toen hij een keer midden in de nacht wakker werd van de pijn, hoorde hij gekerm aan de andere kant van de hut.

Toen hij zelf ook kreunend overeind kwam, werd hem duidelijk dat Vicente de schorre kreten slaakte. Hij liep naar de oude man toe en knielde in het donker naast diens matras.

'Vicente?'

'Pelgrim... Sint Pelgrim...'

Vicente snikte het uit. 'De barmhartige! Sint Pelgrim de Barmhartige!'

Sint Pelgrim de Barmhartige? Wie bedoelde hij daarmee?

'Vicente...' zei Yonah nog een keer, maar de oude man ratelde een gebed tot God en de heilige pelgrim af. Yonah stak een hand uit en zuchtte toen hij voelde hoe heet Vicentes gezicht was.

Toen hij opstond, stootte hij met een klap Vicentes fles water om.

'Wat is hier verdomme...' zei Luis Planas, die aan de andere kant van het vertrek wakker was geworden en daardoor ook Paco Parmiento wekte.

'Wat is er?' vroeg Paco.

'Vicente heeft koorts.'

'Zorg dat hij zijn mond houdt of leg hem ergens anders neer waar hij kan doodgaan,' zei Luis.

Eerst wist Yonah niet wat hij ermee aan moest, maar toen schoot hem te binnen wat abba had gedaan als hij of Meir koorts had. Hij liep naar buiten en strompelde door het donker naar de smederij, waar een vuur dat smeulde als een drakentong een rode gloed wierp over de tafels en het gereedschap. Hij hield een kaars in het vuur en stak daarmee een olielamp aan, en bij dat licht vond hij een kan water en een kom, die hij vulde. Toen pakte hij een paar van de lappen die op een stapeltje klaarlagen om als poetsdoek te worden gebruikt.

Terug in de hut zette hij de olielamp op de vloer.

'Vicente...' zei hij zacht.

De oude man was met al zijn kleren aan in slaap gevallen en Yonah begon hem uit te kleden. Misschien maakte hij daar meer lawaai bij dan hij dacht, of misschien werd Luis Planas weer wakker van het flakkerende licht van de olielamp.

'Verdomme nog aan toe!' Luis ging rechtop zitten. 'Ik zei toch dat je hem mee naar buiten moest nemen?'

Wat een harteloze rotzak, dacht Yonah. Hij werd kwaad.

'Hoor eens...' ging Luis door.

Yonah draaide zich om, liep naar hem toe en zei: 'Ga slapen.' Hij probeerde beleefd te blijven, maar hij had het bijna gesnauwd.

Luis bleef nog even half overeind zitten staren naar de leerling die zo'n toon tegen hem durfde aan te slaan. Toen ging hij weer liggen en keerde zijn gezicht naar de muur.

Paco was ook weer wakker geworden en toen hij het gesprek tussen Yonah en Luis hoorde, grinnikte hij zachtjes in het donker.

Vicentes lichaam was niet meer dan een smerige huid over een geraamte. Het vuil zat in korsten op zijn voeten, maar Yonah dwong zich de oude man van top tot teen te wassen. Hij verschoonde tweemaal het water en droogde Vicente zorgvuldig af, opdat hij geen kou zou vatten.

De volgende morgen was Vicente koortsvrij. Yonah ging naar de keuken en vroeg de andere Manuel hem een kom pap verdund met heet water mee te geven, die hij de oude man voerde. Daardoor miste hij zijn eigen ontbijt. Toen hij ten slotte haastig naar de loods van Luis liep om aan het werk te gaan, werd hij tegengehouden door de meester.

Hij wist dat Luis zijn brutale gedrag zou hebben gemeld, dus hij zette zich schrap. Maar de meester vroeg kalm: 'Hoe gaat het met Vicente?'

'Ik denk dat hij wel gauw zal opknappen. De koorts is gezakt.'

'Mooi zo. Ik weet dat het soms niet meevalt leerling te zijn. Ik kan me de tijd nog goed herinneren dat ik een leerling was van Abu Adal Khira in Velez Málaga, een van de beste islamitische wapensmeden. Hij leeft niet meer en zijn wapensmederij bestaat ook niet meer. Luis was ook bij hem in de leer en toen ik hier in Gibraltar mijn eigen bedrijf begon, heb ik hem in dienst genomen. Hij is een moeilijke kerel, maar een uitstekende wapensmid. Ik heb hem nodig. Begrijp je wat ik bedoel?'

'Ja, meester.'

Fierro knikte. 'Ik had Vicente niet bij Luis Planas in de hut moeten onderbrengen. Heb je dat schuurtje achter op het terrein weleens gezien?'

Yonah knikte.

'Het is een solide gebouwtje en er staat niet veel in. Zet die spullen maar ergens anders neer en ga daar met Vicente slapen. Vicente boft dat jij hem gisteravond hebt geholpen, Ramón Callicó. Je hebt er goed aan gedaan. Maar een leerling doet er verstandig aan te onthouden dat brutaal gedrag tegen een meester-handwerksman in dit bedrijf niet tweemaal door de vingers wordt gezien. Goed begrepen?'

'Ja, señor,' zei Yonah.

Luis was boos omdat Fierro de leerling geen pak rammel had gegeven en daarna weggestuurd had. De dagen daarna was hij streng en afstandelijk tegen Yonah, en Yonah poetste vol overgave en zorgde ervoor dat de man geen reden tot klagen meer had. Het harnas voor de graaf van Tembleque was bijna klaar en Yonah deed zo zijn best dat zelfs Luis moest toegeven dat het staal niet mooier kon glanzen dan het deed.

Tot zijn opluchting werd hij daarna naar het dorp gestuurd om allerlei materialen op te halen.

Toen hij in de winkel voor scheepsbenodigdheden stond te wachten terwijl Tadeo Deza alles bij elkaar pakte, vertelde Yonah hem dat zijn neef Vicente ziek was en hoge koorts had gehad.

Tadeo hield even op met waarmee hij bezig was en vroeg: 'Gaat hij dood?'

'Nee. De koorts zakte steeds en kwam dan weer op, maar ik denk dat hij nu weer aan het opknappen is.'

Tadeo Deza snoof en zei: 'Die man is zelfs nog te stom om dood te gaan.'

Toen Yonah op het punt stond om met zijn spullen de winkel uit te gaan, schoot hem iets te binnen. 'Tadeo, heb jij weleens van Sint Pelgrim de Barmhartige gehoord?'

'Ja hoor, dat is een plaatselijke heilige.'

'Sint Pelgrim de Barmhartige, wat een vreemde naam.'

'Hij woonde een paar honderd jaar geleden in deze streek. Men zegt dat hij een buitenlander was, uit Frankrijk of Duitsland. In elk geval was hij naar Santiago de Compostela geweest om de relikwieën van de heilige Jacobus te aanbidden. Heb jij die bedevaart misschien ook gemaakt?'

'Nee, señor.'

'O, nou, dan moet je dat ooit nog eens doen. Jacobus was de derde die de Heer tot apostel koos. Hij was bij de transfiguratie aanwezig en is zo heilig dat keizer Karel de Grote beval dat zijn onderdanen alle pelgrims die de relikwieën van Jacobus gingen aanbidden onderweg van water, onderdak en een vuurtje moesten voorzien. Die buitenlandse pelgrim over wie we het net hadden werd zelf nadat hij een paar dagen tot de relikwieën had gebeden ook getransformeerd. Hij keerde niet terug naar het leven dat hij voor zijn bedevaart had geleid, maar trok door naar het zuiden en kwam in dit gebied terecht. En hier is hij gebleven, om voor de zieken en de armen te zorgen.'

'Wat was zijn echte naam?'

Tadeo haalde zijn schouders op. 'Dat weet niemand, daarom wordt hij Sint Pelgrim de Barmhartige genoemd. We weten ook niet waar hij begraven is. Sommigen zeggen dat hij, toen hij een oude man was, gewoon weer weggegaan is, net zoals hij was gekomen. Maar anderen zeggen dat hij alleen woonde en alleen gestorven is, ergens hier in de buurt. In elke generatie zijn er wel een paar mensen die proberen zijn graf te vinden, tot nu toe zonder succes. Van wie heb jij zijn naam gehoord?'

Yonah wilde niet zeggen dat het Vicente was, om diens neef niet nog meer reden tot minachting te geven. 'Ik hoorde iemand over hem praten en dat maakte me nieuwsgierig.'

Tadeo glimlachte. 'Iemand in een herberg natuurlijk. Alcohol maakt de mens vaak bewuster van zijn zonden en doet hem verlangen naar de genade van engelen.'

Yonah was blij toen Fierro hem zei dat hij Paco Parmiento, de zwaardenmaker, moest gaan helpen. Paco zette hem meteen aan het slijpen en poetsen van korte sabels voor de cavalerie en lange, prachtige zwaarden met twee snijkanten die in een punt uitliepen voor edellieden en ridders. Het eerste zwaard dat Yonah had geslepen, gaf Paco hem driemaal terug. 'De arm van de zwaardvechter doet het werk,' zei hij, 'maar het zwaard moet hem helpen. De snijkant moet zo scherp mogelijk zijn.'

Hoewel Paco een harde leermeester was, mocht Yonah hem graag. Terwijl Luis Yonah deed denken aan een vos, vond hij Paco net een goedmoedige beer. Buiten zijn werk was hij vergeetachtig en onhandig, maar zodra hij aan zijn werkbank zat, was hij zelfverzekerd en precies. De meester had Yonah verteld dat er een grote vraag naar Parmiento's werk was.

In de werkplaats van Luis werd alleen het nodige gezegd, maar Yonah ontdekte dat Paco het absoluut niet erg vond om onder het werk vragen te beantwoorden.

'Bent u samen met de meester en Luis in de leer geweest?'

Paco schudde het hoofd. 'Ik ben ouder dan zij. Toen zij nog leerlingen waren, was ik al gezel in Palma. Daar is de meester naar me toe gekomen om me te vragen of ik voor hem wilde werken.'

'Wat doet Angel hier?'

Paco haalde zijn schouders op. 'De meester heeft hem ontmoet toen hij uit het leger kwam en hem meteen aangenomen als wapenmeester, want hij is een echte krijgsman en kan met elk wapen omgaan. We hebben geprobeerd hem metaal te leren bewerken, maar daar heeft hij totaal geen aanleg voor, dus toen heeft de meester hem ook maar tot opzichter van de arbeiders aangesteld.'

Wanneer de meester erbij was, praatten ze minder, maar er hing altijd een ontspannen sfeer. Aan een andere werkbank in de loods van de zwaardenmaker zat Manuel Fierro vaak te werken aan bijzondere opdrachten. Zijn broer Nuño Fierro, die arts was in Zaragoza, had met rondreizende kooplieden een stapeltje tekeningen van chirurgische instrumenten meegestuurd. De meester maakte ze allemaal zelf, van het harde staal afkomstig van het speciale erts dat hij en Yonah uit de grot boven op de rots hadden gehaald: scalpels, lancetten, zagen, krabbers, priemen en pincetten.

Toen de meester er een keer niet was, liet Paco Yonah de instrumenten zien als voorbeelden van perfectie. 'Hij besteedt net zoveel aandacht aan een klein stukje gereedschap als aan een groot zwaard of een speer. Het is liefdewerk.'

Trots vertelde Paco dat hij had meegeholpen toen de meester zijn eigen zwaard van het speciale staal maakte. 'Het moest een uniek lemmet hebben, omdat Manuel Fierro de beste zwaardvechter is die ik ooit heb gezien.'

Yonah hield op met poetsen en vroeg: 'Beter dan Angel Costa?'

'Oorlog heeft van Angel een meedogenloze moordenaar gemaakt, die met elk wapen behalve het zwaard onverslaanbaar is. Maar met het zwaard is de meester hem de baas.'

Yonahs gekneusde ribben waren nog maar nauwelijks genezen of hij werd opnieuw aangewezen als tegenstander van Angel Costa. Deze keer werd hij in een compleet harnas op een grijs Arabisch strijdros gehesen. Terwijl hij een lans met aan het uiteinde een in een lap gewikkelde houten bal horizontaal moest houden, moest hij Angel, die met net zo'n lans op een glanzend bruin paard zat, in galop tegemoetrijden.

Yonah was geen felle paarden gewend en hij moest zijn uiterste best doen om er niet af te vallen. De bal aan zijn lans zwaaide wild alle kanten op terwijl hij naar links en naar rechts zakkend op en neer hopste.

De paarden werden beschermd door een houten schutting in het midden van de bak, maar de ruiters niet.

Er was geen tijd om over een strategie na te denken, want tijdens een kort hoefgeroffel zag Yonah de bal aan het eind van Angels lans aangroeien tot een volle maan en vervolgens de wereld blokkeren tot hij een dreun voelde en tegen de grond smakte. Zijn verlies was net zo pijnlijk als de eerste keer.

Costa was niet populair. Er werd nauwelijks gejuicht en alleen Luis genoot zichtbaar van zijn overwinning. Terwijl Paco en een paar anderen de trillende Yonah uit zijn harnas hielpen, zag hij Luis gierend van pret naar hem wijzen.

's Middags probeerde Yonah niet te laten merken dat hij licht hinkte. Hij liep naar de rookschuur en trof daar Angel Costa aan, die pijlpunten sleep op een stenen wiel.

'Hallo,' zei hij, maar Costa deed of hij niets gehoord had en ging gewoon door met zijn werk.

'Ik kan niet vechten.'

Costa lachte bulderend en zei instemmend: 'Nee.'

'Ik zou graag willen leren hoe ik met een wapen moet omgaan. Zou u me misschien les willen geven?'

Costa keek Yonah wantrouwig aan. 'Ik geef geen les.' Voorzichtig voelde hij of de punt van de pijl waaraan hij werkte scherp genoeg was. 'Maar ik kan je wel vertellen wat je moet doen als je wilt leren wat ik heb geleerd. Dan moet je soldaat worden en twintig jaar tegen de Moren vechten. Dan moet je aan één stuk door moorden, met elk wapen dat je maar te pakken kunt krijgen en soms met je blote handen, en als je de kans krijgt, moet je je slachtoffer zijn lul afsnijden. En als je ruim honderd besneden lullen bij elkaar hebt, mag je terugkomen en mij uitdagen, met als inzet jouw verzameling tegen de mijne. En dan zal ik jou ook nog even snel van kant maken.'

Toen Yonah de schuur uit liep, kwam hij de meester tegen, die vriendelijker was. 'Dat was rampzalig, nietwaar, Ramón?' vroeg hij opgewekt. 'Ben je gewond?'

'Alleen mijn trots, meester.'

'Ik zal je een raad geven. Bij de start moet je de lans met beide handen stevig vasthouden en het uiteinde tussen je elleboog en je lichaam klemmen. Je moet strak naar je tegenstander kijken en dat blijven doen terwijl hij dichterbij komt, en je moet met de punt van de lans naar hem blijven wijzen opdat die als vanzelf zijn lichaam raakt.'

'Ja, señor,' zei Yonah, maar zo mat dat Fierro glimlachte.

'Het is geen hopeloze zaak, maar je hebt geen zelfvertrouwen. Je moet één worden met je paard, zodat je de teugels kunt laten vallen om je op de lans te concentreren. Je mag op dagen dat je het niet druk hebt de schimmel van stal halen en erop gaan rijden, en als je terug bent moet je hem afborstelen en te drinken geven. Ik denk dat zowel jij als het paard daar baat bij zal hebben.'

Toen Yonah naar zijn hut ging, was hij moe en had hij overal pijn. Hij ging op zijn matras liggen.

Vicente keek vanaf zijn matras naar Yonah en zei: 'In elk geval heb je het overleefd. Angel heeft een gemene ziel.' Hij klonk weer normaal.

'Heb je geen koorts meer?'

'Nee, dat denkt ik niet.'

'Mooi zo, daar ben ik blij om, Vicente.'

'Bedankt dat je voor me gezorgd hebt, Ramón Callicó.' Vicente kuchte en schraapte zijn keel. 'Toen ik koorts had, heb ik heel eng gedroomd. Heb ik wartaal uitgekraamd?'

Yonah antwoordde glimlachend: 'Af en toe. Je hebt een paar keer tot de heilige pelgrim gebeden.'

'De heilige pelgrim? Echt waar?'

Ze zwegen een poosje en toen ging Vicente moeizaam zitten. 'Ik wil je graag iets vertellen, Ramón. Iets dat ik met je wil delen omdat jij de enige bent die naar me omgekeken heeft.'

Yonah keek Vicente bezorgd aan, omdat de stem van de oude man zo schril klonk dat hij zich afvroeg of de koorts toch weer teruggekomen was. 'Wat dan, Vicente?'

'Ik heb hem gevonden.'

'Wie?'

'Sint Pelgrim de Barmhartige. Ik heb de heilige pelgrim gevonden.'

'Weet je wel wat je zegt, Vicente?' vroeg Yonah ongerust. Nog maar drie nachten geleden had de oude man geijld van de koorts.

'Je denkt dat ik niet goed wijs ben, dat begrijp ik best.'

Daar had hij gelijk in; Yonah dacht inderdaad dat hij aan een milde vorm van waanzin leed.

Vicente grabbelde onder zijn matras en kwam met iets in zijn vuist als een kind naar Yonah toe kruipen. 'Hier,' zei hij. Yonah zag een klein, smal voorwerpje in zijn hand liggen. Hij hield het omhoog om het beter te kunnen zien.

'Wat is dit?'

'Een botje. Van de vinger van de heilige.' Hij greep Yonah bij de arm. 'Je moet met me meegaan, Ramón, dan kun je het zelf zien. Laten we er zondagmorgen naartoe gaan.'

Hè verdorie! De arbeiders hadden 's zondagsmorgens vrij om naar de kerk te gaan en Yonah was zuinig op zijn weinige vrije uren. Eigenlijk wilde hij de raad van de meester opvolgen en de Arabische schimmel mee uit nemen, maar hij vermoedde dat hij geen rust zou hebben tot hij Vicente zijn zin had gegeven.

'Goed dan, als we zondag weer kunnen lopen, gaan we,' beloofde hij, en hij gaf Vicente het botje terug.

Hij maakte zich zorgen om Vicente, die koortsachtig over zijn ontdekking bleef fluisteren. Behalve dat leek hij van zijn ziekte hersteld. Hij was helder en energiek, en hij at en dronk weer net zoveel als voorheen.

Yonah wist dat hij zich aan zijn belofte moest houden.

Op zondagmorgen liepen ze samen over de rechte landtong die Gibraltar met Spanje verbond. Toen ze aan de andere kant waren en niet langer dan een halfuur in oostelijke richting hadden gelopen, stak Vicente een hand op en zei: 'We zijn er.'

Yonah zag alleen een verlaten plek waar overal rotsblokken uit de zanderige grond naar boven staken. Er was niets bijzonders te zien, maar hij volgde Vicente, die zo behendig over allerlei rotsblokken klom alsof hij nooit ziek was geweest.

Niet ver van het pad af vond Vicente de plek die hij zocht. Precies in het midden van een groepje rotsblokken zag Yonah een brede spleet, vanwaar een soort glijbaan omlaag liep naar een opening. Het was pas te zien als je er vlak voor stond.

Vicente had in een ijzeren kistje een gloeiende kool meegebracht en Yonah blies erop om er twee kaarsstompjes mee aan te steken.

Regenwater zou van de schuine gang af lopen, die eindigde bij een stukje zand. De grot was droog en ongeveer net zo groot als die van Mingo in de Sacromonte. In de achterwand zat een smalle spleet, die weer naar boven moest leiden, want Yonah voelde frisse lucht.

'Kijk hier eens,' zei Vicente.

In het flakkerende kaarslicht zag Yonah een geraamte liggen. De beenderen van het bovenlichaam leken intact, maar de benen en de voeten lagen er een eindje vandaan. Toen Yonah er met zijn kaars bij neerknielde, zag hij dat ze door een dier afgekloven waren. Hier en daar zat nog een plukje van de stof van de kleren, en Yonah vermoedde dat de dieren lang geleden op het zout van zijn zweet afgekomen waren.

'En kijk hier ook eens!'

Het was een ruw altaar, gemaakt van drie takken. Ervoor stonden drie ondiepe aardewerken potten, waarvan de inhoud wellicht was verorberd door hetzelfde dier dat aan de botten had geknaagd.

'Offergaven,' zei Yonah. 'Misschien aan een heidense god.'

'Nee,' zei Vicente, en hij liep met zijn kaars naar de tegenoverliggende muur, waar een groot kruis stond.

En toen bescheen hij de muur naast het kruis om Yonah te laten zien dat het eerste teken van het christendom erin stond gekerfd: een vis.

'Wanneer heb je hem gevonden?' vroeg Yonah toen ze terugliepen naar de wapensmederij.

'Ongeveer een maand na jouw komst. Op een dag had ik toevallig een fles wijn...'

'Toevallig?'

'Toen Bernaldo even niet oplette, had ik hem uit de herberg gestolen. Maar daar moeten engelen me toe aangezet hebben, want ik ben er een heel eind mee weggelopen om hem ongestoord te kunnen leegdrinken. Ik ben naar die plek toe geleid.'

'Wat ga je nu doen?'

'Er zijn mensen die veel geld voor heilige relikwieën overhebben en ik wil dat jij met ze onderhandelt en de beste prijzen bedingt.'

'Nee, Vicente.'

'Ik zal je er natuurlijk dik voor betalen.'

'Nee, Vicente.'

Vicente keek hem met sluw glimmende ogen aan. 'Zie je wel, jij weet wat onderhandelen is! Vooruit dan maar, je krijgt de helft van de opbrengst. Niet meer en niet minder.'

'Ik onderhandel niet. Mensen die in relikwieën handelen, zijn schurken. Als ik jou was, zou ik naar de kerk in het dorp gaan en de priester... Hoe heet die man?'

'Pater Vasquez.'

'Dan zou ik pater Vasquez mee naar de grot nemen en hem laten vaststellen of dat geraamte echt dat van een heilige is.'

'Nee!' riep Vicente koortsachtig, terwijl hij rood aanliep van woede. 'God heeft mij naar die heilige toe geleid! God heeft gedacht: ook al heeft Vicente een zwak voor sterkedrank, hij is geen slechte kerel! Ik zal hem eens een handje helpen, opdat hij een comfortabele oude dag heeft!'

'Je moet zelf weten wat je doet, Vicente, maar ik doe er niet aan mee.'

'Dan mag je tegen niemand zeggen wat ik je vanmorgen heb laten zien.'

'Ik zal het graag vergeten.'

'Want als je het in je hoofd haalt die relikwieën zelf te verkopen, zonder Vicente, zal ik ervoor zorgen dat je daar streng voor gestraft wordt.'

Yonah keek hem stomverbaasd aan. Dus de oude man had nu al vergeten wie hem tijdens zijn ziekte zo trouw had verzorgd!

'Doe maar met die relikwieën wat je wilt en loop naar de hel,' zei hij kortaf. In een gespannen stilte liepen ze terug naar Gibraltar.

24

DE UITVERKORENEN

De volgende zondagmorgen haalde Yonah in de ochtendschemering de Arabische schimmel van stal en reed nog voordat er iemand anders wakker was het terrein af. Eerst probeerde hij alleen maar aan het dier te wennen, pas drie weken later durfde hij de teugels te vieren. De meester had gezegd dat het niet genoeg was om in het zadel te blijven zitten, maar dat hij moest leren het paard zonder gebruik van de teugels of het bit instructies te geven. Als hij het paard tot een galop wilde aanzetten, moest hij het een tik met zijn hielen geven. Als hij wilde stilstaan, moest hij zijn knieën één keer in het zadel drukken. Als hij dit meerdere keren snel achter elkaar deed, moest het paard achteruitlopen.

Tot zijn blijdschap ontdekte hij dat het paard deze instructies al had leren opvolgen. Keer op keer oefende Yonah om tijdens de galop boven de op- en neergaande rug van het paard te zweven, snel stil te staan en stapvoets achteruit te gaan.

Hij voelde zich een schildknaap die zich voorbereidde op zijn ridderschap.

Yonah was al een nazomer, herfst en winter leerling. Zo ver naar het zuiden kwam de lente vroeg. Op een zonnige, zachte dag inspecteerde Manuel Fierro elk onderdeel van graaf Vasca's harnas en gaf Luis Planas opdracht het in elkaar te zetten.

Het stond naast een prachtig, door Paco Parmiento gemaakt zwaard op de binnenplaats en de zon zette het glanzende metaal in een felle gloed. De meester zei dat hij het door een groepje van zijn mensen bij de edelman in Tembleque zou laten afleveren, maar pas als ander dringend werk ook af was.

Dus de arbeiders pakten met frisse moed hun hamers en in de smederij weergalmde het gezang van nieuw metaal. Fierro, opgelucht dat zijn opdrachten uitgevoerd waren en blij omdat het voorjaar aanbrak, kondigde aan dat er voor het vertrek van de groep bezorgers van het harnas weer een gevecht zou worden gehouden.

De volgende twee zondagen reed Yonah naar een verlaten veld en oefende in het galopperen met de lans stevig in zijn handen geklemd en de bal gericht op de struik die dienst deed als vijand.

Op sommige avonden kwam Vicente heel laat naar de hut, liet zich stomdronken op zijn matras vallen en viel snurkend in slaap. In de winkel voor scheepsbenodigdheden sprak Tadeo Deza vol minachting over zijn neef Vicente. 'Hij heeft meteen een stuk in zijn kraag en een kwade dronk. Iedereen die hem van goedkope wijn voorziet, wordt beloond met de wildste verhalen.'

'Wat voor soort verhalen?' vroeg Yonah.

'Hij zegt dat hij een van Gods uitverkorenen is. Dat hij de beenderen van een heilige heeft gevonden. Dat hij binnenkort een grote gift aan de heilige moederkerk zal geven. Maar hij kan niet eens voor zijn eigen wijn betalen.'

'Nou ja,' zei Yonah, niet op zijn gemak, 'hij doet niemand kwaad, behalve misschien zichzelf.'

'Ik denk dat mijn neef Vicente aan zijn drankzucht ten onder gaat,' zei Tadeo.

Manuel Fierro vroeg aan Yonah of hij nog een keer te paard tegen Angel Costa wilde vechten. Toen Yonah ermee instemde, vroeg hij zich af of de meester wilde zien of hij iets van zijn ritten op de Arabier had geleerd.

Twee dagen later hielp Paco Parmiento hem in de ochtendkoelte voor de derde keer in het oude oefenharnas, terwijl Luis aan de andere kant van de zandbak lachend de rol van Costa's knecht speelde.

'O jee, Luis!' riep Costa met geveinsde schrik terwijl hij naar Yonah wees. 'Zie je hoe groot hij is? Een reus! Ach heden, wat moet ik doen?' Hij schudde van het lachen toen Luis zijn gevouwen handen ten hemel hief alsof hij om genade bad.

Parmiento's meestal kalme gezicht was rood van woede. 'Het is tuig,' zei hij.

Beide spelers werden op hun paard geholpen. Costa had het al zo vaak gedaan dat het hem geen moeite kostte, maar het ging Yonah veel minder gemakkelijk af. Hij kon zijn been nauwelijks hoog genoeg optillen om over de rug van de Arabier te zwaaien en bedacht dat hij dit tegen de meester moest zeggen, hoewel dat misschien niet nodig was. Fierro stond altijd tussen de toeschouwers; hij keek aandachtig toe en er ontging hem weinig.

Toen de tegenstanders goed op hun paard zaten, draaiden ze zich naar elkaar toe. Yonah deed zijn best om er zo nerveus mogelijk uit te zien. Hij klemde de teugels in zijn linkerhand en liet de lans scheef in zijn rechterhand hangen.

Maar toen de meester zijn zakdoek liet vallen ten teken dat het spel kon beginnen, liet Yonah de teugels vallen en greep hij de lans stevig vast terwijl hij de Arabier tot een galop aanzette. Hij had geleerd naar een doelwit te rijden en hoewel het vreemd was dat het doelwit nu ook naar hem toe kwam, hield hij zijn lans ferm op het midden van Angels borstplaat gericht. Costa's lans gleed zonder schade te doen langs Yonahs schouder en heel even dacht Yonah dat hij gewonnen had, maar zijn eigen lans boog krom en brak, en Costa bleef in het zadel terwijl ze elkaar passeerden.

Aan het eind van de schutting keerden ze allebei om en omdat de meester geen aanstalten maakte om het gevecht te beëindigen, gooide Yonah zijn gebroken lans op de grond en reed ongewapend op Costa af.

De bal aan de punt van Costa's lans werd steeds groter maar toen Costa vlakbij was, drukte Yonah zijn knieën in het zadel en de Arabier stond meteen stil.

De lans ging rakelings langs Yonah heen, maar hij pakte hem vast en trok terwijl hij zijn gehoorzame paard achteruit liet lopen. Angel Costa werd bijna uit het zadel gerukt en kon alleen overeind blijven omdat hij zijn lans losliet. Met Angels lans stevig in zijn hand reed Yonah door en toen ze zich weer omdraaiden, was Angel degene zonder wapen.

Het gejuich van de arbeiders klonk Yonah als muziek in de oren, maar zijn blijdschap verdween toen de meester het gevecht liet ophouden.

'Je hebt het fantastisch gedaan!' zei Paco toen hij Yonah uit het harnas hielp. 'Ik denk dat de meester jullie heeft laten stoppen om zijn kampioen een nederlaag te besparen.'

Yonah keek naar de andere kant van de bak, waar Luis Angel van zijn harnas ontdeed. Costa lachte niet meer en Luis protesteerde tegen de meester, die hem kalm aankeek.

'Och jee, wat een slechte dag voor onze wapenmeester,' zei Paco zacht.

'Waarom? Ik heb hem toch niet van zijn paard gegooid? We hebben geen van beiden gewonnen.'

'Daarom is hij zo boos, Ramón Callicó. Voor zo'n barbaars stuk tuig als Angel Costa is niet winnen hetzelfde als verliezen. Hij zal je dit voorval niet in dank afnemen.'

Toen Yonah zijn hut binnenging, was er niemand. Hij was teleurgesteld, want hij had Vicente ook niet tussen de toeschouwers gezien en had zich erop verheugd hem in geuren en kleuren verslag te doen.

Hij was doodmoe van het zware harnas en de spanning van het

gevecht, dus hij ging op zijn matras liggen en viel meteen in slaap. Toen hij de volgende morgen wakker werd, zag hij dat Vicente de nacht niet op zijn matras had doorgebracht.

Toen hij de werkplaats van de zwaardenmaker binnenliep, bleek dat Paco en Manuel Fierro al aan het werk waren.

'Dat heb je goed gedaan gisteren,' zei de meester glimlachend.

'Dank u, señor,' zei Yonah verheugd.

Hij moest dolken slijpen. 'Heeft een van jullie Vicente gezien?' vroeg hij.

Beide mannen schudden het hoofd.

'Hij is vannacht niet naar de hut gekomen.'

'Hij is een dronkenlap, waarschijnlijk ligt hij ergens achter een struik of boom zijn roes uit te slapen,' zei Paco, en hield toen gauw zijn mond omdat het hem te binnen schoot dat de meester een zwak voor de oude man had.

'Ik hoop niet dat hij weer ziek is geworden of dat hem iets anders overkomen is,' zei Fierro.

Yonah knikte ongerust.

'Laat me weten als hij weer boven water is,' zei de meester. Yonah en Paco beloofden het.

Als Fierro's inktpoeder niet op was geweest toen hij aan de boekhouding zat te werken, zou Yonah niet in het dorp zijn geweest toen Vicente gevonden werd. Toen hij naar de winkel voor scheepsbenodigdheden liep, hoorde hij op de kade aan het eind van de hoofdstraat een heleboel rumoer.

'Een drenkeling! Er is iemand verdronken!'

Yonah rende met andere voetgangers mee naar de kade en zag dat Vicente druipend uit het water werd gehesen.

Zijn dunne haar plakte tegen zijn oudemannenschedel en hij had een snee in de zijkant van zijn hoofd. Zijn ogen staarden nietsziend voor zich uit.

'Zijn gezicht is bont en blauw,' zei Yonah.

'Waarschijnlijk is hij telkens door het water tegen de rotsen gesmeten,' zei José Gripo zacht.

Ook Tadeo Deza kwam aanrennen om te zien wat het opstootje had veroorzaakt. Hij liet zich op zijn knieën zakken en drukte Vicentes natte hoofd tegen zijn borst. 'Mijn neef... mijn neef...' zei hij.

'Waar zullen we hem naartoe brengen?' vroeg Yonah.

'Meester Fierro mocht hem graag,' antwoordde Gripo. 'Misschien vindt hij het goed dat we Vicente op het terrein achter de wapensmederij begraven.'

Yonah liep met Gripo en Tadeo achter de mannen aan die Vicentes lichaam wegdroegen. Tadeo was overstuur. 'Als jongens speelden we altijd met elkaar, we waren onafscheidelijk... vrienden... Als volwassen man had hij zijn fouten, maar een goed hart.' Vicentes neef, die Vicente zo vaak bespot had toen hij nog leefde, begon te huilen.

Gripo had gelijk gehad toen hij opperde dat de meester in zijn sympathie voor Vicente toestemming zou geven voor een laatste goede daad. De oude man werd begraven in een met gras begroeid stukje grond achter de loods van de zwaardenmaker. De arbeiders kregen vrij om in de brandende zon de begrafenis bij te wonen en pater Vasquez een laatste gebed te horen uitspreken. Daarna ging iedereen weer aan het werk.

De schaduw van de dood bleef nog een poosje hangen en Yonah had het gevoel dat de stilte in zijn hut zich had verdiept. Hij sliep een paar nachten slecht en lag soms lange tijd naar het geritsel van de muizen te luisteren.

Iedereen werkte hard om zoveel mogelijk opdrachten af te maken voordat een aantal van hen het harnas van graaf Vasca naar Tembleque zou brengen. Daarom fronste Manuel Fierro zijn wenkbrauwen toen er een jongen kwam met de boodschap dat er een familielid van Ramón Callicó in Gibraltar aangekomen was dat Ramón graag in de herberg wilde spreken.

'Natuurlijk moet je naar hem toe gaan,' zei Fierro tegen Yonah, die zwaarden zat te slijpen, 'maar denk eraan dat je zo gauw mogelijk terugkomt.'

Yonah bedankte de meester geschrokken en liep de smederij uit. Langzaam, en terwijl er allerlei gedachten door zijn hoofd tolden, wandelde hij naar het dorp. Oom Aron kon het niet zijn, dat stond vast. Yonah had de naam Ramón Callicó uit de lucht gegrepen. Zou er een echte Ramón Callicó bestaan en zou er een familielid van hém in de herberg zitten wachten?

Voor de herberg stonden twee mannen naast de jongen die de boodschap overgebracht had. Yonah zag de jongen naar hem wijzen, een muntstukje aannemen en wegrennen.

Toen hij dichterbij kwam, viel het hem op dat een van de twee mannen eruitzag als een heer, in een maliënkolder en mooie kleren. Hij had een keurig puntbaardje. De andere man had een ruige baard en droeg eenvoudiger kleren, maar ook een zwaard. Twee mooie paarden waren vastgebonden aan het hek voor de zij-ingang.

'Señor Callicó?' vroeg de man met het puntbaardje.

'Ja.'

'Laten we onder het praten een eindje lopen, want we hebben lang in het zadel gezeten.'

'Wie bent u beiden, señor? En wie van u is familie van me?'

De man glimlachte en antwoordde: 'Zijn niet alle mensen in naam van God familie van elkaar?'

Yonah keek hem zwijgend aan.

'Ik ben Anselmo Lavera.'

De naam kwam Yonah bekend voor, want Mingo had hem verteld dat Lavera in Zuid-Spanje de grootste handelaar in gestolen relikwieën was.

Lavera zei niet wie zijn metgezel was en de man stelde zichzelf ook niet voor. 'Señor Vicente Deza heeft ons gevraagd met jou te praten.'

'Vicente Deza is overleden.'

'Wat akelig. Een ongeluk?'

'Hij is verdronken en al begraven.'

'Heel jammer. Hij heeft ons verteld dat jij bekend bent met een bepaalde grot.'

Yonah besefte meteen dat dit de moordenaars van Vicente waren. 'Bedoelt u een van de grotten in de rots van Gibraltar?' vroeg hij.

'Nee, niet in de rots. Uit Deza's verhaal hebben we begrepen dat deze grot er een eindje vandaan ligt.'

'Daar weet ik niets van, señor.'

'Ja, soms valt het niet mee iets te onthouden. Maar we zullen je geheugen voor je opfrissen en je daar rijkelijk voor belonen.'

'Als Vicente u mijn naam gegeven heeft, waarom heeft hij u dan niet meteen verteld wat u wilt weten?'

'Zoals ik al zei, is het jammer dat hij dat niet meer kan doen. Zijn geheugen moest ook opgefrist worden en dat is iets te enthousiast gebeurd.'

Yonah was geschokt dat Lavera dit zo kalm toegaf.

'Ik was er zelf niet bij, weet je. Ik zou het anders aangepakt hebben. Want toen Vicente bereid was ons te vertellen wat we wilden weten, was hij daar niet meer toe in staat. Maar toen we erop aandrongen dat hij ons zou vertellen wie ons dan wel zou kunnen helpen, gaf hij meteen jouw naam.'

'Ik zal rondvragen of iemand anders weet welke rots hij bedoelde,' zei Yonah.

De man met het baardje knikte en vroeg: 'Heb je Vicente nog gezien voordat hij werd begraven?'

'Ja.'

'De arme verdronken sloeber. Was hij erg toegetakeld?'

'Ja.'

'Wat afschuwelijk. De zee kent geen genade.'

Anselmo Lavera keek Yonah strak aan. 'We worden ergens anders verwacht, maar over tien dagen komen we hier weer langs. Denk aan de beloning en wat die arme Vicente zou willen dat je deed.'

Yonah besefte dat hij bij hun terugkeer een heel eind van Gibraltar vandaan zou moeten zijn. Hij wist dat ze hem, als hij hun de plek niet aanwees, zouden vermoorden en als hij het wel deed, zouden ze dat ook doen om geen getuige te hebben.

Hij betreurde de gang van zaken, want voor het eerst sinds zijn vertrek uit Toledo voelde hij zich weer ergens thuis en had hij plezier in zijn werk. En Fierro was een aardige, goedhartige man, een soort meester die je maar zelden aantrof.

'We willen dat je goed nadenkt, zodat je je zult herinneren wat we willen weten. Is dat afgesproken, vriend?'

Lavera had uitsluitend op vriendelijke toon gesproken, maar Yonah dacht aan de wond op Vicentes hoofd en de kneuzingen op zijn lichaam.

'Ik zal goed nadenken, señor,' zei hij beleefd.

'Heb je je familielid ontmoet?' vroeg Fierro toen Yonah terugkwam.

'Ja, meester. Hij was een verre verwant van mijn moeder.'

'Familie is belangrijk. Het is maar goed dat hij nu kwam, want over een paar dagen ben je weg.' Hij vervolgde dat hij had besloten om Paco Parmiento, Luis Planas, Angel Costa en Ramón Callicó het harnas bij graaf Vasco te laten afleveren. 'Paco en Luis kunnen dan nog eventuele veranderingen aanbrengen als de graaf het gepast heeft, en Angel heeft de leiding over jullie groepje.'

Hij voegde eraan toe dat hij wilde dat Ramón Callicó het harnas aan de graaf zou overhandigen: '... want jij spreekt mooier Spaans dan de anderen en je kunt lezen en schrijven. Ik wil een geschreven ontvangstbewijs van de graaf van Tembleque hebben, begrepen?'

Yonah antwoordde niet meteen, want hij zei eerst een dankgebedje.

'Ja, señor, ik heb het begrepen,' antwoordde hij daarna.

Ondanks Yonahs opluchting dat hij ver van Gibraltar vandaan zou zijn als Anselmo Lavera terugkwam, maakte hij zich zorgen over zijn terugkeer naar de streek rondom Toledo. Maar hij hield zichzelf voor dat hij als jongen vertrokken was en als een forse man terug zou komen. Zijn gezicht was volwassen geworden en zijn neus was gebroken geweest, hij had een ruige baard en lang haar, en hij droeg een andere naam.

Fierro riep de vier mannen bij elkaar en vertelde hun duidelijk wat hij van hen verlangde. 'Een reis naar een andere streek is gevaarlijk, dus ik wil dat jullie samenwerken en elkaar niet het leven zuur maken. Angel is de leider van de expeditie; hij moet jullie verdedigen en ervoor zorgen dat jullie weer veilig thuiskomen. Luis en Paco zijn verantwoordelijk voor het harnas en het zwaard. Ramón Callicó zal beide aan graaf Vasca overhandigen en ervoor zorgen dat hij er tevreden mee is, en dat hij jullie een geschreven ontvangstbewijs meegeeft.'

Hij vroeg ieder van hen of hij de instructies goed begrepen had en ze knikten om beurten.

Fierro zag toe op de voorbereidingen voor de reis. Als etenswaar namen ze alleen een paar zakken gedroogde erwten en harde koeken mee. 'Angel moet onderweg op jacht gaan om voor vers vlees te zorgen,' zei de meester.

Ze kregen ieder een paard toegewezen en het harnas werd over vier pakezels verdeeld. Om Fierro niet te beschamen kregen ze alle vier nieuwe kleren, die ze pas mochten aantrekken als ze in de buurt van Tembleque waren. Ze kregen ook ieder een zwaard, en Costa en Yonah bovendien een maliënkolder. Costa bond grote, roestige sporen aan zijn laarzen en nam ook een boog en een paar bundels pijlen mee.

Paco glimlachte en fluisterde tegen Yonah: 'Angel kijkt zo bars als het een echte leider betaamt.' Yonah was blij dat Paco ook meeging.

Toen alles klaar was, leidden de vier reizigers hun dieren de loopplank op van de eerstvolgende kustvaarder die Gibraltar aandeed. Tot Yonahs verrassing was dat *La Lleona*. De kapitein begroette zijn passagiers een voor een.

'Hé, jou ken ik,' zei hij tegen Yonah. Hoewel de kapitein toen Yonah nog een lid van zijn bemanning was nooit een woord tot hem gericht had, maakte hij nu glimlachend een buiging. 'Welkom terug op *La Lleona*, señor.' Paco, Angel en Luis keken verbaasd toen ook andere bemanningsleden Yonah begroetten.

De dieren werden op de achterplecht aan de reling gebonden en het was Yonahs taak als leerling om elke dag hooi uit het ruim te halen en ze te voeren.

Na twee dagen varen werd de zee ruw. Luis begon zich niet lekker te voelen en werd zeeziek. Angel en Paco hadden nergens last van en tot Yonahs verbazing hijzelf ook niet. Toen de bootsman riep dat er zeilen gestreken moesten worden, rende hij spontaan naar de touwladder tegen de grote mast en klom mee omhoog om te helpen. Toen hij weer op het dek stond, grinnikte Josep, de matroos wiens plaats hij tijdelijk ingenomen had, en gaf hem goedkeurend een klap op zijn rug. Pas later besefte Yonah dat zijn maliënkolder hem, als hij in zee gevallen was, meteen naar de diepte zou hebben getrokken en dat hij zich voortaan beter als een passagier kon gedragen.

Voor de vier passagiers uit Gibraltar werd het een saaie reis. Vroeg in de morgen van de derde dag pakte Angel zijn boog en een bosje pijlen en zei dat hij vogels ging schieten.

De drie anderen keken toe. 'Angel kan net zo goed schieten als een verdomde Engelsman,' zei Paco tegen Yonah. 'Hij komt uit een dorp in Andalusië dat bekendstaat om zijn uitstekende boogschutters en hij is als boogschutter bij de militie begonnen.'

Maar Gaspar Gatuelles, de bootsman, liep haastig naar Costa toe en vroeg: 'Wat gaat u doen, señor?'

'Een paar zeevogels schieten,' antwoordde Angel achteloos, terwijl hij een pijl op de boog zette.

De bootsman keek hem geschokt aan. 'Nee, señor, daar komt niets van in! Als u een zeevogel doodt, brengt dat ongeluk aan *La Lleona* en alle opvarenden.'

Costa keek Gatuelles woedend aan, maar Paco liep vlug naar de twee mannen toe en bracht Angel tot bedaren. 'Binnenkort gaan we aan wal, Angel, en dan kun je naar hartenlust jagen. Dan hebben we je nodig om aan vlees te komen.'

Tot ieders opluchting nam Costa de pijl uit de boog en borg hem weer op.

Daarna gingen de passagiers bij elkaar zitten en keken naar de zee en de lucht. 'Vertel eens iets over de oorlog, Angel,' zei Luis. Costa mokte nog steeds, maar Luis bleef aandringen tot hij begon te praten. Eerst luisterden de andere drie geboeid naar zijn herinneringen aan het soldatenleven, want ze hadden zelf nooit een oorlog meegemaakt. Maar algauw kregen ze genoeg van de verhalen over bloedvergieten, brandende dorpen, afgeslacht vee en verkrachte vrouwen. Lang voordat Angel uitgepraat was, waren ze opgehouden met luisteren.

De vier passagiers voeren negen dagen met het schip mee. Ze gingen zich steeds meer vervelen en hun humeur werd er niet beter op. Zonder dat ze het bespraken, trokken ze zich steeds meer terug. Yonah had een probleem dat hij niet uit zijn hoofd kon zetten. Als hij terugging naar Gibraltar, zou Anselmo Lavera hem beslist vermoorden. Maar Costa's woordenwisseling met Gatuelles had hem nieuw inzicht in zijn situatie gegeven. Angel had het als leider van hun groepje af moeten leggen tegen een hoger gezag, namelijk dat van de bootsman, die het aan boord voor het zeggen had. De ene kracht was door de andere gestuit.

Yonah kwam tot de conclusie dat hij een sterkere kracht moest zien te vinden dan Anselmo Lavera, een kracht die de bedreiging van de relikwieëndief kon afweren. Eerst leek het hem een onmogelijke opgave, maar terwijl hij urenlang naar de zee zat te staren, kreeg hij een idee en maakte een plan.

Steeds als het schip een haven aandeed, namen de vier mannen hun dieren mee de wal op en gaven ze wat beweging. Toen *La Lleona* ten slotte afmeerde in Valencia, waren de paarden en de pakezels nog helemaal fit.

In de tijd van de verbanning van de joden had Yonah verschrikkelijke verhalen over Valencia gehoord. De haven had vol schepen gelegen, ook wrakkige schepen die alleen maar waren opgetuigd om het geld voor de overtocht van de verjaagden te innen. Mannen, vrouwen en kinderen waren in ruimen gepropt. Als er ziekten uitbraken, waren patiënten op onbewoonde eilanden achtergelaten om daar te sterven. Sommige bemanningen hadden hun passagiers, zodra ze uit zicht van de kust waren, vermoord en overboord gegooid.

Maar op de dag dat Angel zijn groepje mee van boord nam, scheen de zon en lag de haven er vredig bij.

Yonah wist dat zijn oom, tante en broertje naar een havenstadje in de buurt waren gegaan om daar een schip te zoeken. Misschien was het hun gelukt en woonden ze nu ergens in een vreemd land. Diep in zijn hart wist hij dat hij hen nooit weer zou zien, maar elke keer dat hij langs een jongen reed die ongeveer zo oud moest zijn als zijn broertje, keek hij hem onderzoekend aan. Zijn broertje moest nu dertien zijn. Als hij nog leefde en nog steeds joods was, zou hij als man in aanmerking komen voor de minjan.

Maar hij zag alleen onbekende gezichten.

Vanuit Valencia reden ze naar het westen. Geen van de paarden kon tippen aan de Arabische hengst die Yonah tijdens het steekspel had bereden. Nu bereed hij een grote, grijsbruine merrie met platte oren en een dunne staart tussen haar dikke billen. Op haar rug voelde hij zich geen ridder, maar ze was onvermoeibaar en zat comfortabel, waar hij haar dankbaar voor was.

Angel reed voorop, gevolgd door Paco met twee pakezels aan leidsels en daarachter Luis met de andere twee. Yonah sloot de rij, wat hij prettig vond. Ze ontwikkelden allemaal hun eigen gewoonten. Angel barstte zo nu en dan uit in vals gezang; een religieus lied of een onwelvoeglijk vers, het maakte hem niet uit. Paco zong met een schallende bas met de kerkelijke gezangen mee. Luis dommelde zo nu en dan in het zadel en Yonah dacht onderweg aan van alles en nog wat, en soms aan zijn plan om Anselmo Lavera te slim af te zijn. In de buurt van Toledo woonden ook helers van gestolen relikwieën, concurrenten van Lavera. Hij was ervan overtuigd dat hij, als hij hen kon overhalen Lavera uit de weg te ruimen, veilig zou zijn.

Vaak probeerde hij zich stukken Hebreeuwse tekst te herinneren – de rijke taal die hij langzaam begon te vergeten, woorden en melodieën die hem al na een paar jaar ontglipt waren.

Af en toe schoten hem weer stukjes te binnen, die hij ondanks het rumoer om hem heen in de stilte van zijn hoofd probeerde te herhalen. Een kort traktaat uit Genesis XII was hem woord voor woord bijgebleven, omdat hij dat had moeten opzeggen toen hij voor het eerst als man uit de thora had mogen lezen: *En ze kwamen op de plaats waarvan God hem verteld had, en Abraham bouwde er een altaar, en knevelde Izaak, zijn zoon, en legde hem op het altaar, op het hout. En Abraham strekte zijn hand uit en pakte het mes om zijn zoon te vermoorden.* Hij had het een griezelige passage gevonden en dat vond hij nog steeds. Hoe kon Abraham zijn zoon het hout voor een brandoffer hebben laten sprokkelen en hem daarna doden en als offer verbranden? Waarom had Abraham niet geprotesteerd of zelfs geweigerd? Abba zou nooit een zoon opgeofferd hebben, abba had zichzelf opgeofferd om zijn zoon te redden.

Yonah vroeg zich bovendien huiverig af waarom God, als hij dan zo rechtvaardig was, de joden van het Iberisch schiereiland opofferde.

Hij wist wat zijn vader en rabbijn Ortega op die vraag zouden antwoorden. Ze zouden zeggen dat de mens Gods redenen niet in twijfel mocht trekken omdat de mens Gods grote plan niet kon overzien. Maar als dat plan inhield dat mensen als brandoffer moesten dienen, wilde Yonah wel degelijk de reden daarvoor weten. Want voor zo'n God wilde hij geen moeite doen om elke dag opnieuw de gevaarlijke rol van Ramón Callicó te spelen. Hij wilde dit wel doen voor abba en de anderen, voor de goede dingen die hij uit de thora had geleerd en voor het visioen van een genadige, troostende God – een God die weliswaar mensen liet verbannen, maar die hen begeleidde naar het Beloofde Land.

Als hij zijn ogen dichtdeed, kon hij zich voorstellen dat hij met de karavaan joden meereed door de wildernis, als een van een menigte joden. Hij zag hen elke avond stoppen in de woestijn en hun tenten opslaan, hij hoorde hen samen bidden voor de schrijn met de ark en de heilige getuigenis...

Yonahs droom werd verstoord toen Angel aan de langer wordende schaduwen zag dat het tijd werd dat ze halt hielden. Ze bonden hun dieren vast aan een paar bomen en de vier mannen namen eerst de tijd om te plassen, winden te laten en hun stijve spieren los te maken. Daarna zochten ze hout voor een vuur en terwijl de pap voor het avondmaal begon te pruttelen, liet Angel zich op zijn knieën vallen en beval de anderen hetzelfde te doen om samen het onzevader en het Ave-Maria te bidden.

Yonah gehoorzaamde als laatste. Onder de felle blik van de wapenmeester knielde hij in het zand en mompelde de woorden mee met het vermoeide gemurmel van Paco en Luis en de luide, barse gebeden van Angel Costa.

De volgende morgen ging Costa bij zonsopgang met zijn pijl en boog op pad. Tegen de tijd dat ze de ezels weer hadden bepakt kwam hij terug met vier duiven en twee patrijzen, die ze, een verenspoor achterlatend, plukten terwijl ze langzaam verder reden. Toen ze ermee klaar waren, stopten ze om de vogels schoon te maken en op ontschorste twijgen boven een vuurtje te roosteren.

Elke morgen ging Costa eerst op jacht. Soms bracht hij naast allerlei vogels een paar hazen mee, dus ze leden nooit honger. Ze reden stug door en als ze halt hielden, deden ze hun best om wrijvingen te voorkomen, zoals Fierro hun opgedragen had.

Na elf dagen rijden zagen ze tegen de avond in de verte de muren van Tembleque opdoemen. De volgende morgen stond Yonah nog voor zonsopgang op en nam een bad in een beekje, waarna hij de nieuwe kleren aantrok die Fierro hem meegegeven had. Grimmig bedacht hij dat geen meisje haar schaamdeel zorgvuldiger voor anderen verborgen kon houden dan hij dat deed. Toen de anderen wakker werden, plaagden ze hem met zijn haast om er netjes uit te zien.

Hij herinnerde zich de rit met zijn vader naar hetzelfde kasteel.

Toen ze voor de poort stonden, was het Angel die de vraag van de schildwacht op een luide, arrogante toon beantwoordde: 'Wij zijn handwerkslieden van de wapensmederij van Manuel Fierro in Gibraltar en we komen het nieuwe zwaard en het harnas voor graaf Fernán Vasca brengen!'

Toen ze door de poort reden, zag Yonah dat de rentmeester niet dezelfde was als die van jaren geleden, maar hij had ongeveer dezelfde mededeling: 'Graaf Vasca is op jacht in de bossen in het noorden.'

'Wanneer komt hij terug?' vroeg Angel.

'Wanneer het hem goeddunkt,' zei de man zuur. Maar toen hij de blik in Angels ogen zag, keek hij ter geruststelling vlug naar zijn eigen gewapende soldaten op de muur en voegde er stuurs aan toe: 'Ik geloof niet dat het nog lang duurt.' Costa draaide zich om om met zijn reisgenoten te overleggen. 'Ze weten nu dat we kostbare spullen bij ons hebben, dus als we met het zwaard en harnas vertrekken, lopen we kans onderweg door een troep van deze of andere smeerlappen overvallen en vermoord te worden, en dan zijn we alles kwijt.' Hij nam een beslissing waar de anderen het mee eens waren en Yonah ging terug naar de rentmeester.

'We hebben de opdracht om, als graaf Vasca bij onze komst niet thuis is, het zwaard en het harnas in zijn schatkamer achter te laten en een geschreven ontvangstbewijs mee terug te brengen.'

De rentmeester fronste zijn wenkbrauwen, want het beviel hem niet dat vreemden hem vertelden wat hij moest doen.

'Ik weet zeker dat de graaf vol ongeduld op het harnas van meester Fierro wacht,' zei Yonah. En als het uw schuld is dat het zoekraakt... maar dat hield hij voor zich.

De rentmeester ging hun voor naar de schatkamer. Hij ontsloot de zware deuren, waarvan de scharnieren om olie smeekten, en wees waar ze het harnas en het zwaard moesten achterlaten. Yonah schreef het ontvangstbewijs, maar de rentmeester was bijna analfabeet en moest bij het lezen geholpen worden. Paco en Luis staarden vol bewondering naar Yonah, maar Angel keek een andere kant op. 'Schiet toch op,' maande hij, zich ergerend aan Yonahs kennis.

Eindelijk krabbelde de rentmeester zijn naam eronder.

De mannen uit Gibraltar vonden een herberg in de buurt. Ze waren opgelucht dat de verantwoordelijkheid voor het harnas en het zwaard was afgewenteld op het kasteel van Tembleque. 'Goddank hebben we de spullen veilig afgeleverd,' zei Paco, en de opluchting in zijn stem gold ook voor zijn metgezellen.

'En nu wil ik weleens een nacht lekker slapen,' zei Luis.

'Maar eerst wil ik iets drinken!' riep Costa, en hij sloeg met zijn hand op tafel. Een kleine, dikke vrouw met vermoeide ogen bracht een bittere, scherpe wijn. Terwijl ze hun bekers volschonk, streek Angel met de rug van een hand over het vuile schort dat haar zware dijen en forse achterwerk omhulde. Toen ze niet protesteerde, werd hij brutaler.

'Je bent een aantrekkelijke vrouw,' zei hij, en ze glimlachte moeizaam. Ze was gewend aan mannen die na een wekenlange reis zonder vrouw naar de herberg kwamen. Even later liep ze met Angel weg en waren de anderen vanuit de verte getuige van een drukke onderhandeling gevolgd door een hoofdknik.

Voordat Angel met haar de herberg verliet, kwam hij nog even bij zijn reisgenoten langs. 'Over drie dagen ontmoeten we elkaar in deze herberg en gaan we kijken of de graaf weer thuis is,' zei hij. Haastig liep hij de vrouw achterna.

25

DE STAD TOLEDO

PACO EN LUIS VERKOZEN EEN MATRAS in de herberg om bij te komen van de vermoeienissen van de lange reis en dus reed Yonah ben Helkias Toledano, die Ramón Callicó werd genoemd, laat in de zonnige morgen als in een droom over de weg van Tembleque naar Toledo. Hij dacht terug aan de eerste keer dat hij over deze weg reed en hij zong zoals zijn vader had gezongen:

O, de wolf zal naast het lam lopen
en de luipaard zal naast de geit liggen
de koe en de beer zullen samen eten
terwijl de leeuw zich net als de os zal voeden met hooi...

Hoe dichter hij bij Toledo kwam, des te groter werd zijn blijdschap en ook zijn verdriet. Dit was de plek waar hij soms met andere jongens vanuit de stad naartoe was gelopen om ernstige, volwassen gesprekken te voeren – over lessen uit de talmoed, de details en de bedoeling van seksuele gemeenschap, wat ze later zouden gaan doen en de redenen voor de verschillende maten en vormen van de vrouwenborst.

Daar lag de steen waar hij twee dagen voor diens moord met zijn broer Meir – moge zijn ziel rusten in vrede – had gezeten terwijl ze om beurten op de Moorse gitaar speelden.

Dat was het pad naar het huis waar Bernardo Espina had gewoond, de vroegere arts van Toledo – moge God ook zijn katholieke ziel laten rusten in volmaakte vrede.

Daar liep het pad naar de plek waar Meir was vermoord.

Daar lag het veld waar Yonah soms de kudde van zijn oom Aron, de kaasmaker, had gehoed, en daar lag de boerderij waar Aron en Juana hadden gewoond. Voor de deur speelden vreemde kinderen.

Yonah stak met veel gespetter de rivier de Taag over. De zon deed het water zo fel glinsteren dat het pijn deed aan zijn ogen. De hoeven van de merrie plonsden klaterend door de heldere ondiepte, zodat Yonahs benen nat werden.

En toen reed hij over het steile oeverpad naar boven – het pad dat Moise, zijn ezel, zo zelfverzekerd in het donker afgedaald was en dat deze arme merrie nu zo nerveus en onzeker in het daglicht beklom.

Boven op het klif was alles hetzelfde gebleven.

Mijn God, dacht hij, U hebt ons uiteengedreven en vernietigd, en deze plek onveranderd gelaten.

Langzaam volgde hij de smalle weg over het klif. De huizen waren precies zoals hij ze zich herinnerde. De oude buurman, Marcelo Troca, leefde nog. Daar stond hij in zijn tuin te wroeten, terwijl een andere ezel lusteloos aan wat afval knabbelde.

Het huis van de Toledano's stond er nog. Het stonk er en hoe dichterbij Yonah kwam, hoe meer het stonk. Het huis was opgeknapt, maar als je wist waar je kijken moest en goed keek, kon je nog steeds sporen van de brand zien.

Yonah hield zijn paard stil en steeg af.

Het huis was bewoond. Er kwam een man van middelbare leeftijd naar buiten, die verbaasd keek toen hij Yonah met de teugels van het paard in zijn hand zag staan.

'*Buenos dias, señor*. Kan ik iets voor u doen?'

'Nee, señor, maar ik heb een beetje last van de zon. Mag ik even in de schaduw achter uw huis uitrusten?'

De man keek hem wantrouwig aan en liet toen zijn blik over het paard, de maliënkolder, Mingo's mes en het zwaard op Yonahs linkerheup glijden. De bebaarde vreemdeling zag eruit als iemand die zich niet zou laten afschepen. 'Ja, ga maar in de schaduw zitten,' zei hij met tegenzin. 'Ik zal u een beker koud water brengen.'

Achter het huis was alles ook nog hetzelfde en toch heel anders. Yonah liep meteen naar de geheime plaats en zocht de losse steen waarachter hij het briefje voor zijn broertje Eleazar had achtergelaten, maar de steen zat stevig vastgemetseld.

De stank kwam vanachter het gebouwtje dat vroeger de werkplaats van zijn vader was geweest. Er lagen allerlei lappen leer en dierenhuiden; sommige stonden in vaten te weken om later schoongeschraapt te worden, andere hingen te drogen. Hij zocht naar de plek waar zijn vader begraven lag en zag dat er nu een eik stond die al bijna net zo groot was als hij.

De nieuwe huiseigenaar kwam terug met een houten nap met water en Yonah dronk hem leeg, ook al smaakte het alsof hij de stank mee naar binnen slikte.

'Ik zie dat u leerlooier bent.'

'Ik ben boekbinder en maak zelf het leer,' zei de man, terwijl hij Yonah onderzoekend aankeek.

'Mag ik hier even blijven zitten?'

'Ga uw gang, señor.' Maar de man bleef waakzaam in de buurt; was hij bang dat Yonah zo'n natte, stinkende huid zou stelen? Of een van de kostbare boeken uit de werkplaats, dat lag meer voor de hand. Of misschien had hij goud. Yonah sloot zijn ogen en zei kaddisj. Diepbedroefd besefte hij dat hij zijn vaders lichaam nooit meer van deze stinkende plek met het naamloze graf zou kunnen weghalen.

Ik zal nooit ophouden jood te zijn, dat zweer ik, abba.

Toen hij zijn ogen opendeed, zag hij dat de boekbinder er nog steeds stond en dat hij, toen hij het water was gaan halen, een stuk gereedschap in zijn riem had gestoken: een gevaarlijk krom mes, waarschijnlijk voor het snijden van het leer. Maar Yonah had de man niets te verwijten. Hij stond op en bedankte hem voor zijn welwillendheid. Toen liep hij terug naar zijn paard, steeg op en reed weg van het huis waar hij vroeger gewoond had.

Aan de synagoge was niet veel veranderd, behalve dat het nu een kerk was met een groot houten kruis op de hoogste punt van het dak.

De joodse begraafplaats bestond niet meer. Alle grafstenen waren weg. Op verschillende plaatsen in Spanje had hij gezien dat grafstenen met Hebreeuwse opschriften werden gebruikt voor het bouwen van muren en wegen. De begraafplaats was een weiland geworden. Zonder de grafstenen wist hij alleen ongeveer waar de graven van zijn familieleden lagen. Hij liep erheen en wist dat hij een vreemde aanblik bood toen hij tussen de schapen en geiten het gebed voor de doden zei.

Op weg naar het centrum van de stad reed hij langs de gemeenschappelijke ovens, waar een groep vrouwen de bakker verweet dat hij hun broden had laten verbranden. Vroeger was Yonah er vaak geweest, toen de ovens nog koosjer waren. Elke vrijdag had hij er de broden voor hun gezin laten bakken. De opzichter van de ovens was toen een jood, Vidal, maar nu was het een ongelukkige dikzak die zich niet kon verdedigen.

'Je bent een luie viezerik en een sukkel,' zei een van de vrouwen. Ze was jong en knap, maar iets aan de mollige kant. Yonah zag haar een van de bedorven broden uit haar mand halen en onder de neus van de bakker heen en weer schudden terwijl ze kwaad vervolgde: 'Denk je dat ik hier kom om mijn uitstekende deeg in hondenpoep te laten veranderen? We zouden het in jouw mond moeten proppen, stom rund!'

Toen ze zich omdraaide, zag Yonah dat het Lucía Martín was, het vriendinnetje uit zijn jeugd.

Haar blik gleed over hem heen, van hem af en toen weer naar hem terug. Ze bleef echter niet staan, maar liep met boze stappen met haar mand verbrande broden weg.

Langzaam reed hij haar door de smalle straat achterna. Hij wilde haar niet passeren, maar toen ze voorbij de huizen en nieuwsgierige ogen waren, kwam ze achter de boom vandaan waar ze op hem had staan wachten.

'Ben je het echt?' vroeg ze.

Ze ging naast het paard staan en keek naar hem omhoog.

Wat hij eigenlijk moest doen, wist hij, was glimlachend ontkennen, beleefd groeten en doorrijden. Maar hij steeg af en vroeg: 'Hoe gaat het me je, Lucía?'

Ze greep zijn hand en zei met wijd opengesperde, triomfantelijke ogen: 'O Yonah, ik kan nauwelijks geloven dat je het écht bent! Waar ben je geweest en waarom ben je vertrokken terwijl je een zoon van mijn vader had kunnen worden? En mijn broer?'

Zij was de eerste vrouw die hij naakt had gezien. Ze was een lief meisje geweest, dat herinnerde hij zich, en zijn lichaam begon zich te roeren. 'Ik wilde je broer niet worden.'

Ze was al drie jaar getrouwd, zei ze vlug, hoewel ze zijn hand niet losliet. 'Met Tomás Cabrerizo. Zijn familie bezit wijngaarden aan de overkant van de rivier. Weet je nog wie hij is?'

Yonah herinnerde zich vaag een nukkige jongen die met stenen gooide en joden pestte.

'Ik heb twee dochtertjes en ben weer zwanger. Ik bid tot de Heilige Moeder om een zoon.' Ongelovig bekeek ze hem, zijn paard, zijn kleren en zijn wapens. 'Yonah. Yonah! Waar ben je geweest, Yonah? Wat doe je nu?'

'Dat kun je me beter niet vragen,' antwoordde hij vriendelijk. 'Hoe gaat het met je vader?'

'Mijn vader is twee jaar geleden gestorven. Hij was kerngezond, maar op een morgen ging hij zomaar dood.'

'Ah, moge hij rusten in vrede,' zei Yonah spijtig. Benito Martín was altijd aardig tegen hem geweest.

'Moge zijn ziel rust hebben gevonden bij de Verlosser,' zei Lucía terwijl ze een kruis sloeg. Haar broer Enrique was toegetreden tot de orde der dominicanen, vertelde ze trots.

'En hoe is het met je moeder?'

'Mijn moeder leeft nog. Maar je mag niet naar haar toe gaan, Yonah, want ze zou je verraden.'

Yonah was altijd bang geweest voor de vroomheid van de vrouw. 'Maar jij verraadt me niet?'

'Toen niet en nu ook niet!' Haar ogen schoten vol tranen en ze keek hem intens aan.

Hij wist dat hij verder moest. 'God zij met je, Lucía.'

'En met jou, jeugdvriend.'

Hij trok zijn hand uit de hare, maar kon niet nalaten haar nog één vraag te stellen: 'Heb je mijn broer Eleazar hier ooit weer gezien?'

'Nee, nooit.'

'En je hebt nooit gehoord waar hij heen is gegaan of wat er van hem geworden is?'

Ze schudde het hoofd. 'Nee, ik heb nooit meer iets over hem gehoord. Jij bent de enige jood die hier ooit teruggekomen is, Yonah Toledano.'

Inmiddels wist hij wat hij moest doen, met wie hij moest praten als hij aan Lavera wilde ontkomen.

Hij reed langzaam door het centrum van de stad. De muur rondom het joodse kwartier stond er nog, maar de poort stond wijd open en de huizen werden bewoond door christenen. De kathedraal torende overal bovenuit.

Het was er een drukte van belang.

De kans bestond dat iemand hier op het grote plein achter de kathedraal hem herkende, net als Lucía. Misschien had ze hem inmiddels al verraden. Misschien strekten de wrede vingers van de inquisitie zich al naar hem uit, zoals de hand van een man zich uitstrekt naar een lastige vlieg. Op het plein liepen ook soldaten, en politieagenten. Yonah dwong zich langzaam langs hen heen te rijden, maar niemand lette op hem.

Hij beloofde een jongen die een paar tanden miste een geldstuk als hij op het paard wilde passen.

De ingang waardoor hij de kathedraal binnenliep, werd de Poort der Vreugde genoemd. Vroeger had hij zich afgevraagd of de deur die belofte waarmaakte, maar nu stond hij er niet bij stil. Voor zich uit zag hij een slonzig uitziende man zijn hand in het wijwater dopen en een kniebuiging maken. Yonah wachtte tot de weg vrij was en glipte toen ook de kerk in.

Het was een enorme ruimte met een hoog, gewelfd plafond, dat steunde op rijen stenen pilaren die de vloer in vijf gangpaden verdeelden. De kerk was zo groot dat hij op het eerste gezicht leeg leek, maar er zaten een heleboel mensen en in zwarte pij gehulde geestelijken, en de samenvloeiende klanken van hun gebeden stegen weergalmend omhoog. Yonah vroeg zich af of de verzamelde stemmen die zich in alle kathedralen en kerken van Spanje tot God richtten wanneer híj tot God sprak zijn bange stem onhoorbaar maakten.

Het duurde lang voordat hij de hele kerk doorzocht had, maar hij zag niemand die hij wilde zien.

Toen hij met knipperende ogen tegen het felle licht weer buiten stond en de jongen het beloofde geldstuk gaf, vroeg hij aan hem of hij misschien een broeder met een bochel kende.

Het gezicht van de jongen verstrakte. 'Ja, die broeder met de bochel heet Bonestruca.'

'Waar kan ik hem vinden?'

De jongen haalde zijn schouders op. 'Misschien in het huis van de dominicanen? Daar wonen er een heleboel.' Hij sloot zijn vuile vingers om de munt en rende weg alsof hij achternagezeten werd.

Bij een kraampje – drie planken op twee vaten – ging Yonah zitten en dronk langzaam een beker zure wijn terwijl hij het gebouw van de dominicaner orde aan de overkant in de gaten hield. Een poos later kwam er een broeder het huis uit en nog veel later een paar fel ruziënde priesters.

Broeder Lorenzo de Bonestruca kwam niet naar buiten, maar hij kwam aanlopen om naar binnen te gaan. Yonah zag hem in de verte aankomen en herkende hem direct aan zijn lange, slanke figuur en het feit dat zijn bovenlichaam enigszin scheef op zijn onderlichaam stond. Omdat Bonestruca zijn best deed om zoveel mogelijk rechtop te staan, hield hij zijn schouders en hoofd iets naar achteren.

Hij ging het huis binnen en bleef er zo lang dat Yonah de kraamhouder moest vragen zijn beker nogmaals te vullen. Hij liet de rest opgelucht staan toen de broeder weer naar buiten kwam en wegliep. Yonah volgde hem langzaam te paard, op een zo groot mogelijke afstand.

Eindelijk ging Bonestruca een kleine herberg in, een arbeiderskroeg. Toen Yonah de merrie had vastgebonden en ook het schemerige keldertje betrad, zat de broeder achterin de eigenaar af te blaffen.

'Misschien kunt u de schuld stukje bij beetje aflossen?'

'Hoe durf je dat te vragen, ellendeling die je bent!'

De eigenaar was niet alleen geïntimideerd, hij was doodsbang en durfde de inquisiteur niet aan te kijken.

'Neemt u me alstublieft niet kwalijk, broeder,' zei de kroegbaas smekend. 'Natuurlijk breng ik u uw wijn. Ik wilde u niet beledigen.'

'Je bent een strontvlieg.'

Bonestruca's gezicht boven het misvormde lichaam was nog net zo mooi als Yonah het zich herinnerde, met een aristocratisch voorhoofd, hoge jukbeenderen, een lange smalle neus, een brede, goedgevormde mond en een scherpe kaaklijn. Maar zijn grote, grijze ogen verrieden hem door vol kille afkeer naar de wereld te kijken.

De kroegbaas liep haastig weg en kwam terug met een beker wijn, die hij voor Bonestruca neerzette voordat hij Yonah vragend aankeek.

'Een beker wijn voor mezelf en nog een voor de brave broeder.'

'Ja, señor.'

Bonestruca's harde ogen richtten zich op Yonah. 'Moge Jezus u zegenen,' mompelde hij, als betaling voor zijn wijn.

'Dank u. Mag ik bij u komen zitten?'

Bonestruca knikte onverschillig.

Yonah ging aan tafel zitten bij de man die verantwoordelijk was voor de dood van zijn vader, zijn broer, Bernardo Espina en ongetwijfeld vele anderen.

'Ik ben Ramón Callicó.'

'Broeder Lorenzo de Bonestruca.'

De broeder had blijkbaar dorst, want hij dronk snel zijn beker wijn leeg en daarna de beker die Yonah voor hem besteld had. Hij knikte toen Yonah er nog twee bestelde en zei erbij: 'Deze keer graag een kom, señor.'

'Ik heb het genoegen gehad te bidden in de kathedraal, waarop Toledo vanzelfsprekend erg trots is,' begon Yonah. Bonestruca knikte met de tegenzin van iemand die in zijn rust gestoord wordt.

De kommen werden op tafel gezet.

'Welke restauratiewerkzaamheden worden er aan de kathedraal uitgevoerd?'

Bonestruca haalde vermoeid zijn schouders op. 'Ik weet dat ze iets aan de deuren doen.'

'Verricht u Gods werk ook voor het personeel van de kathedraal, beste broeder?'

'Nee, ik doe Gods werk ergens anders.' De broeder dronk zo gulzig van zijn wijn dat Yonah zich afvroeg of de munten in zijn zak de dorst van de man wel zouden kunnen bijhouden. Maar de uitgave was het resultaat waard, want de broeder werd spraakzamer, zijn ogen begonnen te glanzen en zijn kromme lichaam ontspande zich als een bloem die zich na een regenbui ontvouwde.

'Dient u God al lang, señor?'

'Sinds ik een jongen was.'

Bonestruca's tong werd losser en hij begon over erfelijke genade te praten. Achteloos vertelde hij Yonah dat hij de tweede zoon van een aristocratische familie in Madrid was. 'Bonestruca is een Catalaanse naam. Mijn familie is een heleboel generaties geleden vanuit

Barcelona naar Madrid verhuisd. Het is een heel oude familie, geen druppel varkensbloed, begrijpt u, *limpieza de sangre* – een pure lijn.' Hij was op zijn twaalfde naar de dominicanen gestuurd. 'Gelukkig niet naar die zachte franciscanen, die kan ik niet uitstaan. Mijn moeder zaliger had een broer die franciscaan was in Barcelona, maar in de familie van mijn vader komen alleen dominicaner broeders voor.'

De doordringende grijze ogen die Yonah zich nog zo goed herinnerde keken hem strak aan en Yonah kreeg het benauwd, ervan overtuigd dat Bonestruca zijn geheimen en zonden van zijn gezicht kon aflezen.

'En u? Waar komt u vandaan?'

'Uit het zuiden. Ik ben in de leer bij Manuel Fierro, de wapensmid van Gibraltar.'

'Gibraltar! Hemelse goedheid, dan komt u van heel ver, wapenmaker!' Hij leunde naar voren. 'Bent u soms degene die het harnas heeft gebracht waarop een bekende edelman al vier jaar met smart heeft gewacht? Zal ik zijn naam noemen?'

Yonah zei niet dat de broeder dit juist geraden had, maar hij liet het blijken door het niet te ontkennen en glimlachend een slok van zijn wijn te nemen. 'Ik ben met een paar anderen hierheen gekomen,' zei hij beleefd.

Bonestruca haalde zijn schouders op en raakte met een spottend gezicht even zijn neus aan, geamuseerd door Yonahs terughoudendheid.

Nu was het tijd, dacht Yonah, om een pijl af te schieten en te zien waar deze bleef hangen. 'Ik zoek een geestelijke die me raad kan geven.'

De broeder keek verveeld en zei niets. Blijkbaar dacht hij dat de opmerking de inleiding was van de zoveelste oninteressante biecht van iemand in gewetensnood. Sommige geestelijken gingen dan meteen klaarzitten om te luisteren, andere voelden alleen ergernis.

'Als iemand iets zou vinden, eh... iets van grote heilige waarde, eh... Nou ja, wat zou hij er dan mee aan moeten? Om ervoor te zorgen dat het de plaats krijgt die het waard is?'

De grijze ogen keken hem scherp aan. 'Een relikwie?'

'Nou ja, eh... ja, een relikwie,' antwoordde Yonah voorzichtig.

'Geen stukje van het enige echte kruis, neem ik aan?' zei de broeder spottend.

'Nee.'

'Nou ja, waarom zou iemand er dan belangstelling voor hebben?' Bonestruca maakte een grapje en liet voor het eerst een koel glimlachje zien.

Yonah glimlachte ook en wendde zijn ogen af. 'Señor!' riep hij, en hij bestelde nog twee kommen wijn.

'Laten we aannemen dat het een botje van een willekeurige heilige is,' zei de broeder. 'Als het een handbotje is, was dat zo goed als zeker de hand van een arme vermoorde hoerenzoon, een zondaar, misschien een koetsier of een varkensfokker. En als het een voetbotje is, was die voet waarschijnlijk van een overleden schurk of een pooier, beslist niet van een christelijke martelaar.'

'Best mogelijk, beste broeder,' zei Yonah nederig.

'Zo goed als zeker.' Bonestruca snoof.

Er werden weer twee kommen voor hen neergezet en Bonestruca nam een slok. Hij was zo'n drinker die nuchter en gevaarlijk bleef, op wie de wijn nauwelijks invloed had. Toch zou hij trager reageren, dacht Yonah, het zou gemakkelijker zijn hem te doden, de moordenaar. Maar hij hield zijn verstand erbij en besefte dat Bonestruca moest blijven leven als hijzelf terug wilde naar een veilig bestaan in Gibraltar.

Hij vroeg de kroegbaas om de rekening en toen hij betaald had, bracht de man gratis een schaaltje brood en olijven in olie. Yonah zei tegen de broeder dat hij dit een vriendelijk gebaar vond.

Maar Bonestruca was nog steeds kwaad op de man. 'Hij is een luie christen die zijn rechtvaardige straf niet zal ontlopen,' mompelde hij. 'Het is een zwijn, een ellendige jood.'

Met de zware last van deze woorden liep Yonah later stapvoets op zijn merrie door de slapende stad.

26

DONDERBUSSEN

GRAAF VASCA LIET DE MANNEN UIT Gibraltar nog vier dagen wachten.

Yonah gebruikte de tijd om te zoeken naar de weduwe van Bernardo Espina, in de hoop dat hij Espina's brevier aan diens zoon kon geven, zoals hij de arts voordat hij verbrand werd had beloofd.

Maar hij vond haar niet.

'Estrella de Aranda is hier wel met haar kinderen teruggekomen,' zei een van de vrouwen in de buurt van Espina's vroegere huis tegen Yonah toen hij daar navraag deed. 'Maar nadat haar man wegens ketterij was verbrand, wilde geen enkel familielid haar meer in huis hebben. Ze heeft een poosje bij ons gelogeerd en toen is ze naar het klooster van het Heilige Kruis gegaan om non te worden. We hebben gehoord dat ze algauw daarna gestorven is. De moederkerk heeft ook haar dochters Marta en Domitila als nonnen tot zich genomen en haar zoon Francisco is monnik geworden. Ik weet niet waar ze zijn.'

Yonah was bang dat Bonestruca te veel wijn had gedronken om zich te herinneren wat hij hem over een waardevolle relikwie had verteld. Hij was ervan overtuigd dat Bonestruca meedeed aan de handel in al dan niet gestolen heilige voorwerpen, die met winst in het buitenland werden verkocht. De broeder wist dat Yonah wachtte tot hij het harnas aan de graaf van Tembleque kon overhandigen en als hij in het aas had gehapt, zou hij beslist iemand naar Yonah toe sturen.

Maar na een paar dagen had er nog niemand bij het kasteel naar hem gevraagd.

Toen de graaf eindelijk van de jacht terugkwam, bleek dat hij groot genoeg was om het harnas te vullen. Zijn baard, snor en hoofdhaar waren roodblond en hij had een grote kale plek op zijn kruin. Hij had de kille, gebiedende ogen van iemand die was geboren en getogen met het besef dat andere mensen alleen waren geschapen om hem te dienen.

De mannen uit Gibraltar hielpen hem in het harnas en keken toe hoe hij met het zwaard in zijn hand over de binnenplaats strompelde. Toen ze hem eruit bevrijdden, was duidelijk dat hij er blij mee was, maar hij klaagde over gebrek aan ruimte voor zijn rechterschouder. Op de binnenplaats werd een smidse ingericht, waar Paco en Luis ieder met een hamer doelbewust aan de slag gingen.

Toen het schouderstuk aangepast was, stuurde graaf Fernán Vasca zijn rentmeester om Ramón Callicó te halen.

'Heeft hij het ontvangstbewijs ondertekend?' vroeg Yonah aan de rentmeester.

'Het ligt bij hem,' antwoordde de man. Yonah liep achter hem aan enkele kamers door naar de vertrekken van de graaf. Onderweg keek hij rond om te zien of hij een of meer van de zilveren voorwerpen zag staan die zijn vader voor de graaf had gemaakt, maar hij zag niets. Het was een groot kasteel.

Hij vroeg zich af waarom hij bij de graaf was geroepen. Hij hoefde geen geld te hebben, want de graaf zou voor het harnas en het zwaard betalen via kooplieden uit Valencia die zaken deden in Gibraltar. Yonah hoopte dat Fierro meer succes zou hebben met het incasseren van de betaling dan zijn vader had gehad.

De rentmeester bleef voor een eikenhouten deur staan en klopte aan.

'De man die Callicó heet is hier, excellentie.'

'Laat hem binnenkomen.'

Het was een langwerpige, sombere kamer. Hoewel het buiten niet koud was, brandde er een vuurtje in de haard. Er lagen drie honden op de met biezen bestrooide vloer. Twee van de dieren keken de bezoeker vijandig aan. Het derde sprong op en liep grommend naar hem toe, en werd pas op het laatste moment door zijn baas tot de orde geroepen.

'Excellentie,' zei Yonah.

Vasca knikte en gaf hem het ondertekende ontvangstbewijs. 'Het harnas is erg naar mijn zin. Dat mag je aan meester Fierro doorgeven.'

'Dat zal hem genoegen doen, excellentie.'

'Ongetwijfeld. Goed nieuws is altijd prettig. Ik heb bijvoorbeeld gehoord dat jij een heilige relikwie hebt ontdekt.'

Aha, dus de pijl die ik naar broeder Bonestruca heb afgeschoten is hier blijven hangen, dacht Yonah geschrokken.

'Dat is waar,' antwoordde hij voorzichtig.

'Wat voor soort relikwie is het?'

Yonah keek de graaf aan.

'Vooruit, zeg het dan,' zei de graaf ongeduldig. 'Is het een bot?'

'Een heleboel botten. Het is een skelet.'

'Van wie?'

'Van een heilige. Geen bekende heilige, maar een plaatselijke heilige uit Gibraltar.'

'Denk je dat het het skelet van Sint Pelgrim de Barmhartige is?'

Yonah keek de graaf met nieuw ontzag aan. 'Ja. Kent u dat verhaal dan?'

'Ik ken alle verhalen over relikwieën,' antwoordde Vasca. 'Waarom denk je dat het de heilige pelgrim is?'

Yonah vertelde hem over Vicente en dat Vicente hem had meegenomen naar de grot in de lage rots. Hij beschreef alles wat hij in de grot had gezien en de graaf luisterde aandachtig.

'Waarom ben je er tegen broeder Bonestruca over begonnen?'

'Omdat ik dacht dat hij wel iemand zou weten die er belangstelling voor had.'

'Waarom dacht je dat?'

'We zaten samen te drinken en het leek me beter een broeder te benaderen die van wijn houdt dan een priester die nergens oren naar heeft.'

'Dus eigenlijk zocht je een handelaar in relikwieën, niet zomaar een geestelijke.'

'Ja.'

'Omdat je rijkelijk voor je informatie betaald wilt worden?'

'Ik heb inderdaad een vraagprijs, die voor mij veel waarde heeft maar voor een ander waarschijnlijk niet.'

Graaf Vasca leunde naar voren. 'Waarom ben je helemaal vanuit Gibraltar hierheen gekomen om een handelaar te zoeken? Zijn er in het zuiden geen relikwieënhandelaren?'

'Jawel, Anselmo Lavera.' En dat weet u best, dacht Yonah.

Hij vertelde over de moord op Vicente en Lavera's bezoek aan hemzelf. 'Ik weet zeker dat ik, als ik Lavera en zijn mannen niet meeneem naar de grot, ook vermoord zal worden. Maar dat gebeurt ook als ik ze wél naar de grot breng. Het zou het verstandigst zijn als ik zou vluchten, maar ik wil liever terug naar meester Fierro in Gibraltar.'

'Dus wat is dan die prijs die je voor je informatie wilt hebben?'

'Mijn leven.'

Vasca knikte. Als hij het amusant vond, liet hij dat niet blijken. 'Een acceptabele prijs,' zei hij.

Hij overhandigde Yonah een ganzenveer, inkt en een vel papier. 'Teken een kaart met de plaats van de grot van de heilige.'

Yonah tekende de kaart zo zorgvuldig mogelijk, met alle herkenningspunten die hij zich kon herinneren. 'De grot ligt in een kaal, rotsachtig gebied en is vanaf de weg niet zichtbaar. Je ziet alleen lage rotsblokken met een paar armetierige struiken en boompjes.'

Vasca knikte. 'Teken een kopie van deze kaart en neem die mee terug naar Gibraltar. Als Anselmo Lavero weer langskomt, zeg je dat je hem niet persoonlijk naar de grot kunt brengen en geef je hem de kaart. Denk eraan: je gaat níét met hem mee naar de grot. Heb je me begrepen?'

'Ja, ik heb u begrepen,' antwoordde Yonah.

Hij zag de graaf niet weer. De norse rentmeester gaf ieder van de mannen uit Gibraltar uit naam van graaf Vasca tien maravedi's.

Volgens Fierro's instructies verkocht Angel Costa de pakezels in Toledo en daarna reden ze ongehinderd door lastdieren terug naar de kust.

Terwijl ze in Valencia op een schip wachtten, besteedden ze een deel van hun geld aan sterkedrank. Yonah had graag volop mee willen drinken, maar hij voelde zich nog te bedreigd om zich te kunnen ontspannen. Hij deed of hij ook plezier had, maar hij dronk matig en bleef op zijn hoede.

Toen ze een van de herbergen binnenliepen, botste Luis tegen een dikke man aan die op weg was naar buiten en deed alsof het diens schuld was. 'Stom varken!' schold hij. De man keek hem verbaasd aan en vroeg: 'Waarom windt u zich zo op, señor?' Hij sprak met het accent van een Frank. De geamuseerde blik in zijn ogen veranderde in waakzaamheid toen Angel met een hand op zijn zwaard naast Luis kwam staan.

De Frank was ongewapend. 'Neemt u me niet kwalijk dat ik niet uitkeek,' zei hij kil, en hij liep naar buiten.

Geërgerd keek Yonah naar de trotse blik in Luis' ogen en de voldoening in die van Angel.

'Wat doen jullie als hij met een wapen en een paar vrienden terugkomt?'

'Dan vechten we. Ben jij bang om te vechten, Callicó?' vroeg Angel.

'Ik zal nooit iemand verwonden of doden om jou en Luis een plezier te doen.'

'Volgens mij ben je bang. Volgens mij durf je alleen een spel aan, geen echt gevecht.'

Paco kwam tussenbeide. 'Tot nu toe hebben we alle instructies van de meester opgevolgd,' zei hij, 'en ik ben niet van plan hem uit te leggen waarom er alsnog gewonden of doden zijn gevallen.' Hij gebaarde naar de herbergier dat hij iets te drinken moest brengen.

Ze zaten tot laat in de avond te drinken en gingen 's morgens vroeg aan boord van een vrachtschip dat met het tij uitvoer. Tijdens de reis stond Angel erop dat ze 's morgens en 's avonds voor een gebed bij elkaar kwamen. De rest van de dag hielden Luis en Angel zich afzijdig, en als Yonah om een praatje verlegen zat ging hij naar Paco. Hij voelde zich bijna gelukkig toen hij in Gibraltar van boord ging, want het was een ongewoon prettig gevoel terug te keren naar een plaats waar hij verwacht werd.

Toen de reizigers weer thuis waren, kregen ze niet lang de tijd om uit te rusten. Tijdens hun afwezigheid waren er opdrachten voor harnassen en zwaarden binnengekomen van het koninklijk paleis. Yonah werd naar de werkplaats van Paco gestuurd om te helpen bij het platslaan van een borstplaat voor de hertog van Carmona. De hele smederij weergalmde van de hamerslagen op verhit staal.

Ondanks de nieuwe opdrachten ging Fierro zelf door met het fabriceren van de medische instrumenten voor zijn broer Nuño, de arts in Zaragoza. Ze werden fijn en sierlijk, zo glanzend als juwelen en zo scherp als een zwaard.

Wanneer ze aan het eind van de dag klaar waren met hun werk, gebruikte Yonah het nagloeiende vuur en het laatste zonlicht voor een project voor zichzelf. Hij verhitte het stalen blad van zijn eerste wapen, de gebroken schoffel, en gaf er een andere vorm aan. Zonder ontwerp en bijna als vanzelf maakte zijn dreunende hamer er een kleine kelk van.

Hij was van staal, niet van zilver of goud, en hij had een grove vorm, maar het was een kopie van de schrijn die zijn vader had gemaakt voor de Priorij van de Tenhemelopneming. Toen hij klaar was, was het een enigszins vreemdsoortig exemplaar geworden, ruw versierd met het patroon van de schrijn. Maar hij kon tot geheugensteun dienen en ook als kiddoesjbeker, waarmee Yonah de Schepper bij het vieren van de sabbat kon bedanken voor de vruchten van de wijnrank. Hij probeerde zichzelf te troosten met de gedachte dat, mochten zijn eigendommen doorzocht worden, het kruis op de kelk samen met het brevier van Bernardo Espina overtuigend zouden bewijzen dat hij een christen was.

Nog geen twee weken na Yonahs terugkeer kwam er weer een jongen uit het dorp naar de smederij toe met de boodschap dat er een familielid van Ramón Callicó bij de herberg op hem stond te wachten.

Deze keer keek Fierro bedenkelijk. 'We hebben het te druk,' zei hij tegen Yonah. 'Laat hem maar tegen je familielid zeggen dat hij hierheen moet komen als hij je wil zien.'

Yonah stuurde de jongen met deze boodschap terug en wachtte waakzaam af terwijl hij doorging met zijn werk. Toen hij een poosje later twee ruiters het terrein op zag komen, liep hij haastig de werkplaats uit en de mannen tegemoet.

Het waren Anselmo Lavera en zijn trawant. Lavera gleed van zijn paard en gooide de teugels naar zijn metgezel, die bleef zitten.

'Hola! We zijn al eerder terug geweest, maar ze zeiden dat je op reis was.'

'Ja, een harnas afleveren.'

'Dan heb je tijd genoeg gehad om na te denken. Herinner je je nu waar de botten van de heilige begraven liggen?'

'Ja.' Yonah keek Lavera aan. 'Krijg ik een beloning voor mijn informatie, señor?'

Hij hoorde de man op het paard zacht lachen.

'Een beloning? Natuurlijk krijg je een beloning. Maar eerst moet je ons naar de heilige brengen, daarna komt de beloning.'

'Ik kan zelf niet meegaan, want er ligt nog te veel werk op me te wachten. Ik mocht niet eens naar het dorp.'

'Daar hoef je je toch geen donder meer van aan te trekken? Je wordt rijk, dan hoef je toch niet meer te werken? Kom mee, ik wil geen tijd meer verspillen.'

Yonah keek achterom naar de werkplaats en zag dat Fierro hem in de gaten hield.

'Nee,' zei hij. 'Het zou geen goed idee zijn als ik met u meeging. Mijn collega's zouden achter me aan komen en u zou de botten niet kunnen meenemen.' Uit de zak van zijn tuniek haalde hij de kopie van de kaart die hij in Tembleque had getekend. 'Alstublieft. Ik heb de grot met het geraamte duidelijk aangegeven. Hij ligt op het vasteland, even buiten Gibraltar.'

Lavera bekeek de kaart. 'Naar het oosten of naar het westen op het vasteland?'

'Naar het oosten. Een klein stukje.' Yonah legde precies uit waar ze moesten zijn.

Lavera liep naar zijn paard. 'We zullen gaan kijken en komen daarna terug om je je beloning te brengen.'

De dag ging langzaam voorbij. Yonah bleef zo druk mogelijk aan het werk.

Ze kwamen niet terug.

Die nacht lag hij slapeloos in zijn hut en luisterde of hij een paard of de voetstappen van een man hoorde aankomen.

Er kwam niemand.

Er ging weer een dag voorbij, en toen weer een.

Weldra was er een week voorbijgegaan.

Langzamerhand drong het tot Yonah door dat ze niet terug zouden komen en dat de graaf van Tembleque de bedongen prijs had betaald.

Bijna alle opdrachten aan de smederij waren uitgevoerd. Het werktempo kwam wat lager te liggen en Fierro stelde een nieuw steekspel voor. Weer wees hij Yonah en Angel aan; eerst moesten ze vechten in een compleet harnas en met ronde zwaarden, daarna zonder harnas met degens met een knop erop.

Costa versloeg Yonah beide keren. Tijdens het tweede gevecht fluisterde Angel beledigingen: 'Vecht dan toch ellendeling, lafaard! Vecht, slappe lul, schijtlaars!' Zijn minachting ontging de toeschouwers niet.

'Vind je erg om tegen Costa te moeten vechten?' vroeg de meester aan Yonah. 'Jij bent de enige die jong, groot en sterk genoeg is. Vind je het erg dat ik jou steeds aanwijs?'

'Nee, ik vind het niet erg,' antwoordde Yonah. Maar omdat hij vond dat hij eerlijk moest zijn, voegde hij eraan toe: 'Maar ik denk dat ik bij een steekspel te paard af en toe van hem kan winnen.'

Fierro schudde het hoofd. 'Je bent geen schildknaap die oefent om ridder te worden, dus het heeft geen zin dat je de lans beter leert hanteren. Ik laat je met een zwaard tegen Angel vechten om daar beter in te worden, want het heeft alleen maar voordelen als je goed met een zwaard overweg kunt. Elke wedstrijd is een les die je Angel afdwingt.'

Yonah deed altijd zijn best, en inderdaad werd hij door het vechten met Angel, waarbij hij diens bewegingen zo goed mogelijk probeerde na te doen, steeds behendiger. Als hij maar vaak genoeg oefende, dacht hij, zou hij ooit leren ontwijken en aanvallen, weten wanneer hij moest wegdansen en wanneer hij moest steken. Maar de oudere Angel was sneller en sterker dan hij, een echte wapenmeester, en hoe Yonah zich ook uitsloofde, hij kon het niet van hem winnen.

Soms gaf Angel een demonstratie met de kruisboog, een wapen waaraan hij een hekel had. 'Een ongeoefende soldaat kan met een kruisboog algauw de ene pijl na de andere afschieten op een leger dat aaneengesloten op hem afkomt,' zei hij, 'maar het is een zwaar ding en het mechanisme gaat in de regen gauw kapot. Bovendien kun je er lang niet zo ver mee schieten als met een normale boog.'

Zo nu en dan liet hij de arbeiders van de smidse een glimp van de oorlog zien, liet hij ze een vleug bloederige stank ruiken.

'Als een ridder tijdens een gevecht van zijn paard valt, moet hij vaak iets van zijn uitrusting afdoen om niet door zwaardvechters, speerwerpers, piekeniers of boogschutters verslagen te worden. Weliswaar hebben zij minder bescherming dan hij, maar ze zijn veel beweeglijker. Er bestaat nog geen harnas dat alles bedekt en de drager toch de kans geeft ook te voet optimaal te vechten.'

Ze propten een oude tuniek vol stro en markeerden de plaatsen die niet door het staal werden beschermd. Bijna altijd lukte het Angel om een pijl in een van de kieren tussen de harnasplaten te schieten. Als het een heel moeilijk schot was geweest, beloonde Fierro hem met een geldstuk.

Op een middag riep de meester iedereen naar de zandbak en liet daar een groot, onhandig apparaat neerzetten.

'Wat is dat?' vroeg Luis.

'Een Franse donderbus,' antwoordde Fierro.

'Wat doet zo'n ding?' vroeg Paco.

'Dat zul je wel zien.'

Het was een pijp van gehamerd ijzer, versterkt met ringen. Fierro liet hem met dikke stokken en kettingen aan de grond vastzetten. Vervolgens werd er een zware stenen bal omwonden met ijzer in geladen en werd er kruit in gedaan dat bestond uit een mengsel van salpeter, houtskool en zwavel. Fierro was een hele poos bezig met de scharnier waarmee de donderbus schuin kon worden gezet. Ten slotte liet hij de toeschouwers een eind achteruitgaan en hield het brandende uiteinde van een stok voor het ontstekingsgat onder aan de donderbus.

Toen het salpeter begon te gloeien, liet de meester de stok vallen en rende naar de anderen, die op veilige afstand stonden te kijken.

Het duurde even voordat het poeder verbrand was en toen klonk er een verschrikkelijke knal, alsof God in zijn handen had geklapt.

Met een zacht gesis vloog de stenen bal door de lucht en belandde verder dan het doelwit tegen een grote eik, die krakend in tweeën spleet.

Iedereen juichte, maar er werd ook smalend gelachen.

'Wat heb je aan een wapen dat zijn doel mist?' vroeg Yonah.

Fierro werd niet boos, omdat hij begreep dat het een serieuze vraag was. 'Het miste zijn doel omdat ik nog niet weet hoe ik het richten moet. Maar ik heb gehoord dat het niet moeilijk is dat te leren. Accuratesse is niet het belangrijkste. In een gevecht kunnen deze donderbussen echte kogels afschieten, ballen gemaakt van stukjes ijzer en stenen in een cement dat barst als de kogel afgeschoten wordt.

Kun je je voorstellen wat een donderbus bij een rij infanteristen of cavaleristen kan aanrichten? Degenen die niet op tijd maken dat ze wegkomen, vallen als grasssprieten voor een zeis.'

Paco legde zijn hand op de bus en trok hem meteen weer terug. 'Hij is heet.'

'Ja. Men zegt dat het ijzer kan breken als het te heet wordt. Misschien is een pijp van gegoten brons een beter idee.'

'Heel indrukwekkend,' zei Costa. 'Gaan we donderbussen maken, meester?'

Fierro staarde naar de omgevallen boom en schudde zijn hoofd. 'Nee, dat denk ik niet,' zei hij.

27

NIEUWSGIERIGE BLIKKEN

EEN PAAR WEKEN NADAT YONAH LAVERA en zijn trawant naar de grot had gestuurd, reed hij op een heldere zondagmorgen op de Arabische schimmel naar de verlaten plek. Hij steeg af en bond het paard vast aan een struik.

Alle sporen op de steenachtige grond waren inmiddels door wind en regen uitgewist.

De grot was leeg.

Het geraamte van de heilige was weg, en ook het ruwe kruis en de aardewerken schalen. Bij het zoeken naar gewijde kostbaarheden hadden de rovers het altaar vernield. De takjes op de grond en de tekening van de vis op de wand waren de enige bewijzen dat Yonah de grot in zijn vroegere staat niet gedroomd had.

Op de muur onder de vis zat een donkere roestvlek en toen hij er met zijn kaars in de hand bij neerknielde, zag hij nog meer roestvlekken – grote plekken opgedroogd bloed op de rotsbodem.

Degenen die hier in hinderlaag hadden gelegen, waren beloond voor hun moeite en hadden tegelijkertijd hun concurrenten in Zuid-Spanje uit de weg geruimd.

Yonah wist dat hij Anselmo Lavera en zijn handlanger met het overhandigden van de kaart net zozeer ter dood had veroordeeld als wanneer hij hun eigenhandig de keel had doorgesneden. Op de terugweg naar Gibraltar voelde hij zich licht in het hoofd van opluchting, en tegelijkertijd zwaar belast met de wetenschap dat hij een moordenaar was.

Sinds zijn terugkeer uit Tembleque gedroeg Angel Costa zich steeds meer als Gibraltars vroomste soldaat van de Kerk.

'Waarom ga je op zondagmorgen altijd paardrijden?' vroeg hij aan Yonah.

'Meester Fierro heeft me daar toestemming voor gegeven.'

'Maar God niet. Zondagochtenden zijn bestemd voor de aanbidding van de Drie-eenheid.'

'Ik bid heel vaak,' zei Yonah, maar Costa was blijkbaar niet onder de indruk van zijn devotie, want hij snoof minachtend.

'Van al het personeel zijn jij en de meester de enigen die niet genoeg respect voor de Kerk tonen. Je moet de christelijke mis bijwonen! Ik raad je ernstig aan je gedrag te verbeteren, geleerde señor.'

Paco had het gesprek gehoord. Toen Costa weg was, zei hij tegen Yonah: 'Angel is een moordenaar en een zondaar, en hij gaat beslist naar de hel. Toch meent hij te moeten waken over de onsterfelijke zielen van de betere mensen om zich heen.'

Costa had ook met Fierro gepraat.

'En mijn vriend José Gripo heeft me gewaarschuwd dat het opvalt dat ik niet naar de mis ga en dat ik moet oppassen,' zei de meester tegen Yonah. 'Dus jij en ik moeten van gewoonte veranderen. Je gaat 's zondagsmorgens niet meer paardrijden, maar bidden, en ik raad je aan daar al deze week mee te beginnen.'

De volgende zondagmorgen ging Yonah dus naar het dorp. Hij zorgde dat hij vroeg bij de kerk was en ging achterin zitten. Toen de wapenmeester binnenkwam, voelde hij diens blik. Aan de andere kant van de kerk zat meester Fierro vrolijk te praten met bekenden.

Yonah ontspande zich en keek naar Jezus aan het kruis boven het altaar.

Pater Vasquez had een hoge, gonzende stem, zoals het geluid van bijen. Yonah stond op als de anderen opstonden, knielde als de anderen knielden en deed alsof hij de gebeden meeprevelde. Hij luisterde met net zoveel genoegen naar het sonore Latijn van de mis als hij vroeger naar het Hebreeuws had geluisterd.

Na de dienst schaarden zich een heleboel mensen in de rij voor de biechtstoel en in die voor de priester die de hosties van de eucharistie uitdeelde. De hosties maakten hem zenuwachtig, want in zijn jeugd had hij angstaanjagende verhalen gehoord over joden die ervan beschuldigd waren hosties te stelen en te ontheiligen.

Hij glipte naar buiten en hoopte dat niemand hem had zien gaan. Toen hij wegliep, zag hij in de smalle straat een heel eind voor zich uit ook Manuel Fierro weglopen.

Yonah ging vier zondagen achtereen naar de kerk.

Elke zondag was meester Fierro er ook. Op een keer wandelden ze samen terug naar de wapensmederij, gemoedelijk pratend als jongens na schooltijd.

'Vertel me eens iets over die jood die je geleerd heeft zilver te bewerken,' zei Fierro.

Dus Yonah vertelde hem over abba, maar alsof het zijn vroegere baas was geweest en niet zijn vader. Maar hij deed geen moeite zijn trots en genegenheid te verbloemen. 'Helkias Toledano was een geweldige man en een talentvolle metaalbewerker. Ik bofte dat ik bij hem in de leer mocht.'

Hij wist dat hij ook bofte dat hij nu bij Fierro in de leer was, maar hij was te verlegen om dat te zeggen.

'Had hij zoons?'

'Twee. De ene is gestorven, de andere was nog jong. Toen hij uit Spanje wegging, heeft hij de jongste meegenomen.'

Fierro knikte en begon over de visvangst te praten, want de schepen in Gibraltar hadden een goed seizoen.

Na die dag hield Manuel Fierro Yonah nog nauwlettender in de gaten. Eerst dacht Yonah dat hij zich dat verbeeldde, omdat de meester een aardige man was die altijd voor iedereen een vriendelijk of bemoedigend woord had. Maar Fierro knoopte nog vaker een gesprek met hem aan en nam er de tijd voor. Het was alsof hij een kandidaat zocht voor een speciale opdracht en erachter probeerde te komen of Yonah de verantwoordelijkheid aankon en zijn vertrouwen waard was.

Welke verantwoordelijkheid, vroeg Yonah zich af.

Angel Costa hield Yonah ook in de gaten. Hij voelde Angels ogen vaak op zich gericht, en als Angel niet in de buurt was leek het of de anderen scherper op hem letten.

Op een dag wist hij zeker dat Luis hem naar het dorp was gevolgd. En een paar keer zag hij toen hij terugkwam in zijn hut dat zijn schaarse eigendommen waren verplaatst. Er was niets gestolen. Hij probeerde ze door de vijandige ogen van de speurder te bekijken, maar hij zag niets belastends in de paar kledingstukken, de gitaar, de door hemzelf gemaakte kelk en het gebedenboek van Bernardo Espina – moge zijn ziel rust hebben gevonden.

Manuel Fierro was in Gibraltar al tientallen jaren een succesvolle, invloedrijke man. Hij had een grote kring vrienden en kennissen, en op de weinige avonden dat hij de herberg binnenliep, dronk hij zelden alleen.

Hij vond het dan ook absoluut niet vreemd dat José Gripo op een avond bij hem aan tafel kwam zitten en zwijgend een glas wijn meedronk. Hij kende Gripo al sinds zijn komst naar Gibraltar en de eigenaar van de winkel voor scheepsbenodigdheden was nooit spraakzaam.

Maar toen Gripo fluisterde dat hij Manuel op de kade wilde spreken, zijn wijnglas in één teug leegdronk en met een luid goedenacht vertrok, dronk Fierro ook gauw zijn wijn op, weigerde een tweede glas en liep eveneens groetend de deur uit.

Terwijl hij naar de kade liep, vroeg hij zich af waarom Gripo niet samen met hem had willen vertrekken.

De winkelier stond halverwege de donkere kade op hem te wachten, achter een loods. Hij nam geen blad voor de mond.

'Je bent gebrandmerkt, Manuel. Je had die ondankbare hond lang geleden moeten ontslaan en hem met zijn zwaard en zijn boog de straat op moeten schoppen.'

'Costa?'

'Wie anders? Hij is jaloers, afgunstig op je welstand, hoe hard je er ook voor werkt,' zei Gripo bitter.

Mensen werden anoniem aangeklaagd voor een autodafe, maar Fierro vroeg niet hoe Gripo wist wie hem had verraden. Hij wist dat José Gripo een stuk of zes hooggeplaatste priesters in de familie had.

'Wat is de aanklacht?'

'Hij heeft tegen de inquisiteur gezegd dat je in de leer bent geweest bij een islamitische tovenaar. Dat hij heeft gezien dat je een bloedvloek hebt uitgesproken over elk stuk wapenuitrusting dat je aan goede christenen verkoopt. En ik heb je al eerder verteld dat het opvalt dat je nooit een mis bijwoont.'

'De laatste tijd wel.'

'Toen was het al te laat. Je wordt ervan beschuldigd een dienaar van satan en een vijand van de heilige moederkerk te zijn.' Fierro hoorde de treurnis in Gripo's stem.

'Dank je wel, José.'

Hij wachtte in het donker tot Gripo de kade verlaten had en liep toen terug naar de wapensmederij.

De volgende dag vertelde hij het aan Yonah, toen ze 's middags in de zon vredig de instrumenten zaten te poetsen die hij voor zijn broer had gemaakt. Hij praatte zacht en met vlakke stem, alsof hij het over hun werk had. Hij noemde Gripo's naam niet, maar wel die van zijn aanklager, Angel Costa.

'Als hij mij bij de inquisitie heeft aangemeld, weet ik zeker dat hij jou ook heeft genoemd,' zei Fierro. 'Daarom moeten we hier allebei zo vlug mogelijk weg.'

Yonah voelde het bloed uit zijn gezicht wegtrekken. 'Ja, señor.'

'Kun je ergens naartoe?'

'Nee.'

'En je familie dan? Die twee mannen die je hier opgezocht hebben?'

'Dat was geen familie. Het waren slechte kerels en ze zijn weggegaan.'

Fierro knikte. 'Dan wil ik je om een gunst vragen, Ramón Callicó. Ik ga naar mijn broer, Nuño Fierro, de arts in Zaragoza. Wil jij met me meegaan als mijn bewaker tot we daar aankomen?'

Yonah probeerde helder na te denken. Ten slotte zei hij: 'U bent altijd goed voor me geweest, dus ik ga met u mee en zal u helpen.'

Fierro knikte voldaan. 'Dan moeten we ons meteen klaarmaken om Gibraltar te verlaten.'

Midden in de nacht, toen iedereen sliep, ging Yonah zoals hem opgedragen was naar het huis van de meester. Ze pakten alle spullen die ze mee wilden nemen bij elkaar: voedsel en eetgerei voor onderweg, en voor ieder een paar stevige laarzen, sporen en een maliënkolder. Een zwaard voor Yonah. Een zwaard voor Fierro, dat Yonah ademloos bekeek. Het was niet met edelstenen of snijwerk versierd, maar het was prachtig gemaakt en het had een perfecte balans.

Fierro wikkelde de chirurgische instrumenten die hij zo nauwgezet voor zijn broer had gemaakt een voor een in een zachte doek en legde ze in een kistje.

Daarna gingen ze naar de stal en haalden er een sterke muilezel uit, die ze meenamen naar een van de loodsen achter op het terrein. De deur zat op slot, net als die van de andere loodsen, maar Fierro had de sleutel bij zich. Binnen lag aan de ene kant een berg ijzer met onder meer oude, verroeste wapenuitrustingen en ander afval, en aan de andere kant een stapel brandhout voor de smidse. De meester beval Yonah de houtblokken weg te halen en hielp zelf ook mee, en toen een groot deel van het hout opzij gelegd was, kwam er een leren kistje te voorschijn.

Het was niet groter dan dat van de chirurgische instrumenten, maar toen Yonah het wilde optillen, kreunde hij verbaasd omdat het zo zwaar was en begreep hij waarom ze de muilezel hadden meegebracht.

Ze bonden het kistje op de rug van de ezel en sloten de loods weer af.

'Nu moet hij niet gaan balken en de hele wereld wakker maken,' zei Fierro, dus terwijl Yonah het dier naar het huis leidde, klopte de meester het op de rug en sprak het kalmerend toe. Toen het kistje in Fierro's huis op de grond stond, zei de meester dat Yonah de muilezel weer op stal moest zetten en zelf weer naar bed moest gaan. Maar toen Yonah zich even later doodmoe op zijn matras liet vallen en probeerde weer in te slapen, hielden zijn gedachten hem wakker.

Ondanks hun voorzorgsmaatregelen wist Costa de volgende morgen dat er iets aan de hand was. Toen hij bij zonsopgang wilde gaan jagen, zag hij op het stalerf verse uitwerpselen liggen terwijl in de schuur alle dieren in hun eigen stal stonden.

'Wie heeft er vannacht een paard of een lastdier uit zijn stal gehaald?' vroeg hij achteloos, terwijl hij iedereen om beurten aankeek. Maar niemand antwoordde.

Paco haalde zijn schouders op. 'Waarschijnlijk was het een verdwaalde ruiter die, toen hij zag dat dit een doodlopende weg bij het water was, weer omgekeerd is,' opperde hij gapend.

Costa knikte met tegenzin. Yonah had het gevoel dat Angel hem, elke keer dat hij opkeek, doordringend aanstaarde.

Hij popelde om te vertrekken, maar Fierro had nog één ding te regelen. Bij een oude vriend, een koninklijk magistraat in het dorp, liet hij een pakje achter dat over twee weken moest worden geopend. Er zat geld in dat afhankelijk van de duur van hun emplooi onder zijn werknemers moest worden verdeeld, en een brief waarin hij hun het gezamenlijk eigendom van de winkel en de smederij overdroeg. Hij prees hun capaciteiten en wenste hun toe dat ze met het fabriceren van wapens en andere producten ruimschoots de kost zouden kunnen verdienen.

'Het is tijd om te gaan,' zei Fierro die avond, en Yonah zuchtte van opluchting. Ze wachtten tot de nanacht, zodat het weer licht zou zijn als ze onbekend gebied bereikten. Fierro haalde zijn vaste rijpaard van stal, een zwarte merrie, het beste paard dat hij had.

'Neem jij de Arabische schimmel maar,' zei hij, waar Yonah blij om was. Ze zadelden beide paarden, zetten ze weer op stal en brachten voor de laatste keer de muilezel naar Fierro's huis.

Daar trokken ze hun reiskleren aan, pakten hun wapens en laadden de ezel met de spullen die ze klaargezet hadden. Vervolgens haalden ze hun paarden van stal en leidden de drie dieren in de grijze geboorte van een nieuwe dag het terrein van de smederij af.

Ze zeiden geen woord.

Yonah vond het jammer dat hij geen afscheid van Paco had kunnen nemen.

Hij wist hoe het was om je thuis te verlaten en kon zich voorstellen hoe Fierro zich voelde. Toen hij een zacht gekreun hoorde, nam hij dan ook aan dat het een onderdrukte uiting van verdriet was, maar toen hij zich omdraaide, zag hij in de keel van de meester net boven zijn maliënkolder een gevederde pijl steken. Helderrood bloed stroomde uit het gaatje en droop over Fierro's borst en de flank van zijn paard.

Angel Costa stond ongeveer veertig stappen verderop en had zo perfect geschoten dat de meester hem, als het een oefening was geweest, met een gouden munt zou hebben beloond.

Yonah besefte dat Costa Fierro het eerst had gedood omdat hij diens zwaard vreesde en voor Yonah niet bang was. Costa had zijn boog laten vallen en rende al met getrokken zwaard op Yonah af.

In paniek was Yonahs eerste gedachte dat hij op zijn paard moest springen en zo hard mogelijk wegrijden. Maar misschien kon hij eerst nog iets voor Fierro doen...

Hij had geen tijd meer om na te denken, dus trok hij ook zijn zwaard en deed een paar stappen naar Costa toe, die al voor hem stond. Hun zwaarden kletterden en galmden.

Yonah had niet veel hoop; te vaak was hij door Costa verslagen. Hij herkende de uitdrukking op diens gezicht: geconcentreerd en minachtend. Costa overlegde met zichzelf met welke manoeuvre van de reeks bewegingen waarmee hij het in het verleden van de nieuweling had gewonnen hij er zo gauw mogelijk een eind aan zou maken.

Met een kracht die aan wanhoop ontsproot zette Yonah Costa's zwaard stil; uit alle macht drukten ze heft tegen heft en vuist tegen vuist. En op dat moment hoorde hij Mingo's stem in zijn hoofd, die hem precies vertelde wat hij moest doen.

Zijn linkerhand kroop omlaag naar de dolk aan zijn broekriem en trok het wapen uit de schede.

Hij stak. Trok de dolk naar boven.

Verbijsterd staarden ze elkaar aan, zich er allebei van bewust dat het anders had moeten aflopen. Terwijl Costa ineenzakte.

Toen Yonah terugliep naar Fierro, was zijn meester al dood. Hij probeerde de pijl uit zijn keel te trekken, maar die zat te diep en gaf niet mee, dus brak hij hem zo dicht mogelijk bij het arme, bebloede lichaam af.

Hij kon Fierro niet laten liggen, want dan zou hij als dode alsnog veroordeeld worden en zou hij, als laatste vernedering, naast de levende slachtoffers van het eerstvolgende autodafe worden verbrand.

Hij droeg de meester een eind van het pad vandaan, omwoelde met zijn zwaard een plek in de zanderige aarde en groef met zijn handen een ondiep graf.

De stenen en kiezels hadden zijn als schop gebruikte zwaard onbruikbaar gemaakt, dus hij ruilde het om voor het prachtige wapen van Fierro. Hij liet de zilveren sporen aan diens laarzen zitten, maar hij pakte wel zijn beurs en haalde het koordje met de sleutels van de kistjes van zijn hals.

Hij nam genoeg tijd om het lichaam met zware stenen te bedekken om het tegen dieren te beschermen en bedekte de stenen weer met een dikke laag aarde. Ten slotte legde hij takjes, steentjes en een klein rotsblok boven op het graf, zodat het vanaf het pad gezien niet opviel.

Costa werd al belaagd door vliegen en binnenkort zou het een hele zwerm zijn, maar nadat Yonah had gecontroleerd of hij echt dood was, liet hij hem in het zand liggen.

En toen reed hij eindelijk weg, in een snelle draf op de Arabische schimmel, in het zachte licht van de vroege morgen. Fierro's zwarte paard en de pakezel nam hij mee. Zonder de dieren rust te gunnen, reed hij over de smalle strook land die Gibraltar met het vasteland verbond en zonder een blik opzij te werpen passeerde hij de leeggeplunderde rotswoning van de heilige pelgrim. Toen de zon hoog aan de hemel stond, bevond hij zich opnieuw in de eenzame veiligheid van de hoge bergen, waar hij, nog steeds te paard, als een kind om Fierro huilde. Maar naast zijn verdriet voelde hij nog iets anders. Hij had twee mannen de dood in gestuurd en had nu eigenhandig een menselijk leven beëindigd. Wat hij daarmee verloren had, woog hem zwaarder dan de last van de pakezel.

Toen hij zeker wist dat hij niet gevolgd werd, liet hij de dieren op adem komen. De volgende vijf dagen reed hij stapvoets over weinig gebruikte bergpaden naar het oosten. Vervolgens zette hij koers naar het noordoosten, nog steeds door de beschermende bergen, tot hij Murcia naderde.

Eenmaal opende hij het leren kistje. Naar het gewicht te oordelen kon het maar één ding bevatten, dus toen hij de gouden munten zag, wist hij zeker dat dit het fortuin was dat de meester in twee decaden met het fabriceren van wapens voor de machtigen en de rijken had verdiend. Maar hij beschouwde het als een schat, niet als geld om te kunnen uitgeven, en zonder de munten zelfs maar aan te raken deed hij het kistje weer op slot en stopte het terug in de grote zak. Fierro had hem er verantwoordelijk voor gemaakt.

Zijn haar en baard groeiden weer aan tot ruige bossen, en zijn sporen en maliënkolder kregen een laagje roest door het bedauwde gras waarop hij sliep. Tweemaal stopte hij om voedsel te kopen in afgelegen gehuchten die er veilig uitzagen, maar verder vermeed hij elk menselijk contact. Eigenlijk hoefde hij nergens bang voor te zijn, want hij zag eruit als een echte dolende ridder op rooftocht, die met zijn mooie zwaard, strijdrossen en afschrikwekkende uiterlijk beslist niet uitnodigde tot een overval of zelfs maar een praatje.

Na Murcia reed hij recht naar het noorden via Valencia Aragon binnen.

Hij was aan het eind van de zomer uit Gibraltar vertrokken, en nu waren de dagen koel en de nachten koud. Van een herder kocht hij een deken van schapenvachten, die hij om zich heen wikkelde voordat hij ging slapen. Het was te koud om zich te wassen en de slecht gelooide huiden maakten dat hij nog erger ging stinken dan hij al deed.

Op de morgen dat hij in Zaragoza aankwam, was hij uitgeput van de reis.

'Kent u de arts in deze stad? Hij heet Fierro,' vroeg hij aan een man die op de Plaza Mayor houtblokken in een ezelkar aan het laden was.

'Ja, natuurlijk,' antwoordde de man, en hij keek Yonah nerveus aan. Hij wees de weg weer de stad uit naar een kleine, beschut liggende boerderij, waarvan hij de toegangsweg zonder het te weten al gepasseerd was. De hacienda bestond uit een woonhuis en een veeschuur, maar behalve een paard dat in het winters bruine gras stond te grazen was er geen dier te zien.

Toen Yonah op de deur klopte, deed een vrouw open. Een geur van vers gebakken brood kwam hem tegemoet. Ze hield de deur op een kier; hij zag alleen de helft van een vriendelijk boerengezicht, een ronde schouder en de welving van een borst. 'Wilt u de dokter spreken?'

'Ja.'

Nuño Fierro bleek een kalende man te zijn met een dikke buik en een kalme, beschouwende blik. Hoewel het een bewolkte dag was, kneep hij zijn ogen samen alsof hij tegen de zon in tuurde. Hij was ouder dan de meester, zijn neus was recht en ook in andere opzichten leek hij helemaal niet op zijn broer, die een levendiger, robuuster indruk had gemaakt. Maar toen hij naar buiten kwam, zag Yonah iets bekends aan de manier waarop hij zijn hoofd hield en liep, en aan de wisselende uitdrukkingen op zijn gezicht.

Zwijgend en met hangende schouders luisterde hij toen Yonah hem vertelde dat zijn broer dood was.

'Was het een natuurlijke dood?' vroeg hij na even te hebben nagedacht.

'Nee, iemand heeft hem neergeschoten.'

'Vermoord, bedoel je?'

'Ja, vermoord... en beroofd,' voegde Yonah er zomaar aan toe. Hij had niet van tevoren besloten dat hij deze man het geld van zijn broer niet zou overhandigen, maar hij wist opeens zeker dat hij dat niet moest doen. Hij liep naar de muilezel en knoopte de bundel met de medische instrumenten los.

Nuño Fierro opende het kistje en streelde de mesjes, priemen en klemmen.

'Hij heeft ze allemaal zelf gemaakt. Ik mocht er een paar polijsten, maar hij maakte ze.'

De arts betastte liefdevol de door zijn broer gesmede voorwerpen, verloren in zijn vreselijke verdriet. Toen keek hij Yonah aan en zag opeens de sporen van de lange reis. Waarschijnlijk rook hij ze ook, dacht Yonah.

'Kom mee naar binnen.'

'Nee.'

'Maar je moet...'

'Nee, dank u. Ik wens u het beste,' zei Yonah onhandig. Hij liep naar de schimmel en zwaaide zijn been over het zadel.

Hij dwong zichzelf stapvoets te blijven rijden, in een langzame vlucht, terwijl Nuño Fierro hem met verwonderde ogen nakeek.

Yonah reed door naar het noorden, hoewel hij eigenlijk niet wist waarheen.

De arts was een oude man, zei hij tegen zichzelf, en zo te zien welgesteld. Hij had het fortuin van zijn broer niet nodig.

Zonder dat hij zich van de verleiding bewust was, besefte hij dat hij al een hele poos over het geld nadacht. Het was tot hem doorgedrongen wat zo'n groot kapitaal voor hem zou betekenen.

Waarom niet? God had het hem ter beschikking gesteld, dat was duidelijk. De Onuitsprekelijke had hem een hemels teken van hoop gegeven.

Na een poosje werd hij, in het zadel dat bijna aanvoelde als een extra laag huid op zijn achterwerk, gewoon duizelig bij de gedachte aan wat hij allemaal met het goud zou kunnen doen, waar hij naartoe zou kunnen gaan om een nieuw leven te kopen.

Het landschap werd opnieuw heuvelachtig en hij was blij dat hij weer beschermende bergen om zich heen voelde, maar hij kon die nacht niet slapen. De maan was een dunne schijf en hij keek naar dezelfde sterren die ook toen hij een herder was boven hem hadden gestaan. Op een open plek op een beboste helling maakte hij een vuur en staarde in de vlammen, waarin hij allerlei taferelen zag.

Geld betekende macht.

Met het geld kon hij een zekere mate van bescherming kopen, een beetje veiligheid.

Maar in het kille ochtendlicht stond hij op en schopte met een daglonersvloek zand over de restanten van het vuur.

Langzaam reed hij terug naar Zaragoza.

Toen Yonah het kistje met het geld pakte, deed Nuño Fierro de deur van de hacienda open. Yonah zette het kistje voor hem op de grond, gespte het zwaard los en legde dat erbovenop.

'Dit was ook van hem, en de dieren.'

Fierro's intelligente ogen, dezelfde als die van zijn broer, keken hem aan en begrepen alles.

'Heb jij hem vermoord?'

'Nee, o nee!'

Zijn afschuw kwam oprecht over.

'Ik hield van hem! Hij was... de meester. Hij was goed en rechtvaardig, en erg geliefd.'

De arts van Zaragoza deed de deur wijd open.

'Kom binnen,' zei hij.

28

BOEKEN

VOORDAT YONAH WILDE UITRUSTEN OF ZICH wassen vertelde hij Nuño Fierro moeizaam de gebeurtenissen van de morgen waarop Manuel Fierro met een door Angel Costa geschoten pijl in zijn keel was gestorven, en hoe hijzelf Angel had gedood. Nuño Fierro luisterde met gesloten ogen. Het relaas deed hem verdriet en toen het afgelopen was, knikte hij en trok zich terug om het alleen te verwerken.

De huishoudster van de arts was een rustige, waakzame, stevige vrouw van een jaar of veertig, ouder dan Yonah haar de eerste keer door de kier van de deur had geschat. Haar naam was Reyna Fadique. Ze kookte lekker en verwarmde zonder te mopperen water voor een bad, en anderhalve dag deed hij niets anders dan slapen, eten, zich in de kamerpot ontlasten en weer slapen.

Toen hij in de middag van de tweede dag opstond, lagen zijn kleren gewassen en gestreken voor hem klaar. Hij trok ze aan en ging naar buiten, en een poosje later trof Nuño Fierro hem op zijn knieën bij de beek, waar hij naar de opspringende forellen zat te kijken.

Yonah bedankte Fierro voor zijn gastvrijheid. 'Ik ben uitgerust en kan er weer een poosje tegen,' zei hij, en toen wist hij niets meer te zeggen. Hij had geen geld genoeg om de schimmel te kopen, maar misschien wel genoeg voor de muilezel. Hij moest er niet aan denken te voet verder te moeten gaan.

'Ik heb het leren kistje opengemaakt,' zei de arts.

Yonah hoorde een klank in Fierro's stem die hem alert maakte. 'Denkt u dat er iets aan ontbreekt?'

'Integendeel, er zat iets in dat ik niet verwacht had.' Hij hield een vodje papier omhoog dat zo te zien haastig van een groot vel was afgescheurd. Met inkt waaraan hier en daar nog een korreltje vloeizand kleefde, was erop geschreven: *Volgens mij is de drager een Nieuwe Christen.*

Yonah was verbijsterd. Dus minstens één man had hij niet met zijn valse naam en christelijke houding kunnen misleiden. Natuurlijk had de meester gedacht dat hij een bekeerling was, maar hij had geweten dat hij joods was. Het papiertje maakte duidelijk dat hij ervan overtuigd was geweest dat Yonah, als hij zou overlijden, zijn fortuin bij zijn broer zou afleveren. Een blijk van vertrouwen uit het graf, en het was bijna onverdiend geweest.

Toch was Yonah teleurgesteld omdat Manuel Fierro het nodig had gevonden zijn broer te waarschuwen dat er een jood voor hem stond.

Nuño Fierro zag zijn verwarring. 'Wil je even met me meegaan?'

Binnen, in zijn studeerkamer, haalde Nuño een wandkleed van de stenen muur en onthulde een nis. In de nis lagen twee voorwerpen, zorgvuldig in doeken gewikkeld en dichtgebonden met repen stof. Het bleken twee boeken te zijn.

Hebreeuwse boeken.

'Ik ben een leerling geweest van Gabriel ben Nissim Sporanis, een van de meest gerespecteerde artsen in heel Spanje. Daarna had ik de eer samen met hem als geneesheer te werken. Hij was een jood. Een broer van hem is door de inquisitie gedood. God was zo genadig hem een natuurlijke dood te gunnen, als heel oude man in zijn eigen bed, twee maanden voordat de verbanning werd aangekondigd. Toen de verbanning begon, hadden zijn twee kinderen en zijn zuster niet genoeg geld om naar de veiligheid te reizen. Ik heb dit huis en dit land van hen gekocht, en ook deze twee boeken. Er is me verteld dat het ene *Commentaar op de medische aforismen van Hippocrates* heet en geschreven is door Moses ben Maimon, die door jouw volk Maimonides wordt genoemd. Het andere is de *Canon der geneeskunde* van Avicenna, die de Moren kennen als Ibn Sina. Ik had mijn broer Manuel geschreven dat ik deze boeken in mijn bezit had gekregen en dat ik dolgraag wilde weten wat erin staat. En nu heeft hij me een Nieuwe Christen gestuurd.'

Yonah pakte een van de boeken op en keek opgewonden naar de letters die hij al zo lang niet meer had gezien. Ze kwamen hem vreemd voor en in zijn zenuwachtige vreugde leken het kronkelende slangen.

'Hebt u nog andere boeken van Maimonides?' vroeg hij schor. Hij zou alles overhebben voor een exemplaar van de *Misjneh Thora*, dacht hij. Abba had dat boek gehad, waarin Maimonides commentaar gaf op alle uitingen van het joodse geloof en tot in de details beschreef wat Yonah verloren had.

Maar Nuño Fierro schudde het hoofd.

'Nee. Gabriel Sporanis had nog meer van dit soort boeken, maar zijn zoons hebben die meegenomen toen ze het land verlieten. Kun jij deze twee voor me vertalen?' vroeg hij hoopvol.

Yonah staarde opnieuw naar een bladzijde en de slangen werden weer geliefde letters. 'Ik weet het niet,' antwoordde hij aarzelend. 'Vroeger kon ik vloeiend Hebreeuws lezen en schrijven, maar ik heb het al heel lang niet meer gedaan.' Negen lange jaren.

'Wil je hier blijven en het proberen?'

Yonah was stomverbaasd dat hij op deze manier weer met de taal van zijn vader in contact was gekomen.

'Goed, een poosje,' zei hij.

Als Yonah zelf had mogen kiezen, was hij begonnen met het boek van Maimonides, omdat het heel oud was en het papier zo droog was dat het bijna uit elkaar viel. Maar Nuño Fierro brandde van nieuwsgierigheid naar de inhoud van Avicenna's boek, dus ging Yonah daarmee het eerst aan de slag.

Hij wist niet of de vertaling zou lukken. Geconcentreerd bewerkte hij het ene woord na het andere, de ene gedachte na de andere, en langzamerhand werden de letters die hem vroeger zo vertrouwd waren opnieuw oude bekenden.

'Nou, wat denk je?' vroeg de arts aan het eind van de eerste dag.

Yonah kon alleen zijn schouders ophalen.

Het Hebreeuwse schrift bracht herinneringen terug aan zijn vader, die hem had onderwezen en daarbij zowel de betekenis van de woorden als de toepassing ervan op de relaties van de mens met zijn medemensen, met God en met de wereld had besproken.

Hij hoorde weer de klanken van rafelige oude stemmen en vaste jonge stemmen die samen niet helemaal gelijk zongen, en hij beleefe opnieuw de vreugde van die zang en het verdriet van de kaddisj. Gedeelten van de eredienst en fragmenten van verzen die naar hij dacht voorgoed verdwenen waren kwamen als bloesems in de wind uit de diepten van zijn geheugen aanwaaien. De Hebreeuwse woorden die hij moest vertalen spraken over tetanus en longontsteking, koortsrillingen en dranken ter verlichting van pijn, maar ze brachten hem de zang en de poëzie en de vurigheid terug die in de harde jaren van zijn volwassen worden verloren waren gegaan.

Er waren ook woorden bij die hij niet kende en die liet hij voorlopig in de Spaanse zinnen staan. Maar ooit had hij de taal grondig gekend, en langzamerhand kwam alles terug.

Nuño Fierro wachtte gespannen aan de rand van zijn nieuwe bestaan.

'Hoe gaat het met het werk?' vroeg hij elke avond.

'Het begint vorm aan te nemen,' kon Yonah op een dag eindelijk antwoorden.

Nuño Fierro was een eerlijke man en hij waarschuwde Yonah al meteen dat Zaragoza in het verleden een gevaarlijk oord voor joden was geweest.

'De inquisitie is hier vroeg begonnen en heeft meedogenloos zijn werk gedaan,' zei hij.

In mei 1484 had Torquemada in Zaragoza twee inquisiteurs aangesteld. Deze geestelijken waren zo enthousiast geweest in hun verlangen recalcitrante joden te vernietigen dat ze hun eerste autodafe hielden zonder de moeite te nemen het Edict van Genade bekend te maken, dat in gebreke blijvende Nieuwe Christenen de kans gaf door een vrijwillige biecht om genade te smeken. Op 3 juni werden de eerste twee bekeerlingen ter dood gebracht en werd het lichaam van een vrouw opgegraven en alsnog verbrand.

'In Zaragoza woonden toen ook goede mannen, leden van de Afvaardiging van Aragon, de Raad van State, die geschokt en woedend waren. Ze gingen naar de koning en zeiden dat Torquemada's benoemingen en executies onwettig waren en dat zijn verbeurdverklaringen van eigendommen de wetten van Aragon overtraden. Ze maakten geen bezwaar tegen processen wegens ketterij,' zei Nuño Fierro, 'maar ze hadden liever dat de inquisitie erop gericht was zondaren door middel van onderwijs en vermaning terug te brengen in de schoot van de heilige moederkerk, met veel lichtere straffen. Volgens hen was het niet juist goede, gelovige mensen te belasteren, en ze verklaarden nadrukkelijk dat er in Aragon geen beruchte ketters woonden.'

Maar Ferdinand had het verzoek van de raadsheren bruusk afgewezen. 'Hij zei: "Als er dan in Aragon maar zo weinig ketters zijn, waarom zijn jullie dan zo bang voor de inquisitie?" Op de avond van 16 september 1485 is Pedro Arbués, een van de inquisiteurs, onder het bidden in de kathedraal vermoord. Er waren geen getuigen, maar de autoriteiten namen onmiddellijk aan dat de daders Nieuwe Christenen waren. Net als na andere verzonnen wandaden van bekeerlingen in andere streken arresteerden ze de leider van de plaatselijke Nieuwe Christenen, een respectabele, oude jurist, Jaime de Montesa, de assistent van de opperrechter van de stad. Enkele van zijn kennissen werden ook gearresteerd, overtuigde christenen, vaders en broers van monniken, wier voorouders zich hadden bekeerd. Er waren hoge regeringsfunctionarissen en vooraanstaande handelslieden bij, waarvan er een paar zelfs tot ridder waren geslagen. Een voor een werden ze ervan beschuldigd een *judio mama* te zijn, een 'uierjood' – diep in hun hart een jood. Na vreselijke martelingen bekenden ze een samenzwering. In december 1485 werden er weer twee bekeerlingen op de vuurstapel verbrand en vanaf februari 1485 werd er in Zaragoza elke maand een autodafe gehouden. Dus je ziet dat we voorzichtig moeten zijn, heel voorzichtig,' waarschuwde Fierro. 'Is Ramón Callicó je echte naam?'

'Nee. Onder mijn echte naam word ik als jood gezocht.'

Fierro trok een pijnlijk gezicht en zei vlug: 'Dan wil ik die niet weten. Als iemand ernaar vraagt, zeggen we dat je Ramón Callicó heet en een Oude Christen bent uit Gibraltar, de neef van de vrouw van mijn overleden broer.'

Het bleek geen probleem te zijn. Yonah zag nooit een soldaat of een priester. Hij bleef in de buurt van de *masía*, de boerderij die de joodse arts Gabriel ben Nissim Sporanis op een uitgezochte plaats had laten bouwen, ver genoeg van de stad en de weg om ervoor te zorgen dat alleen degenen op zoek naar medische hulp de moeite zouden nemen aan zijn deur te kloppen.

Fierro's land besloeg drie kanten van een lange, glooiende heuvel. Steeds als Yonah zo moe was dat de letters weer slangen werden en hij geen woord meer kon vertalen, legde hij zijn pen neer en ging een wandeling maken. Zo te zien was het ooit een mooie boerderij geweest, maar het was ook te zien dat Fierro geen goede boer was. Er was een olijfgaard en een kleine fruitboomgaard, maar de bomen moesten hoognodig gesnoeid worden. Yonah, die niet voor niets op het land had gewerkt, vond in een schuur een zaag en ging ermee aan de slag. Zoals hij geleerd had, gooide hij de afgezaagde takken op een stapel en stak er de brand in. Achter de schuur lag een berg paardenmest en vuil stalstro, daar gooide hij de as van het vuur bij en spreidde het mengsel uit onder een stuk of zes van de bomen.

Over de top van de heuvel aan de noordkant lag een verwaarloosd veld dat Reyna 'de plaats van de verloren zielen' noemde. Het was een naamloze begraafplaats voor de ongelukkigen die zichzelf van het leven hadden beroofd, want volgens de Kerk waren degenen die zelfmoord pleegden verdoemd en mochten ze niet in christelijke grond worden begraven.

Vlak achter het woonhuis lag de zuidelijke heuvelrug, het mooiste deel van het land, met een dikke laag vruchtbare aarde en in de volle zon. Reyna had er een kleine groentetuin, maar de rest was bedekt met onkruid en struikgewas. Yonah was van mening dat iemand die het serieus aanpakte heel wat met dit land zou kunnen doen.

Hij wist niet hoe lang hij zou blijven, maar hij was geboeid door zijn hernieuwde kennismaking met het Hebreeuws, en met het voorbijgaan van de weken wende hij er steeds meer aan weer in een huis te wonen. Er hingen altijd kook- en bakgeuren, en de grote haard verspreidde een behaaglijke warmte. Yonah zorgde ervoor dat de houtkist altijd vol was, waarvoor Reyna hem dankbaar was omdat dit een van haar vele taken was geweest. Beneden bestond het huis uit een groot vertrek waarin gekookt en gegeten werd; bij de haard stonden twee gemakkelijke stoelen. Boven lag Yonahs matras in een kamertje tussen Fierro's grote slaapkamer en Reyna's kleinere in; zij sliepen in een bed.

De muren waren dun. Yonah hoorde Reyna niet bidden, maar ze wisten beiden dat de ander het kon horen als ze 's nachts gebruik maakten van de kamerpot. Een keer hoorde hij een kreetje toen ze geeuwde en hij kon zich voorstellen hoe ze zich daarbij uitrekte, genietend van haar weinige vrije uren. Overdag hield hij haar voorzichtig in de gaten, zodat ze het niet zag, want hij had al meteen geweten dat ze bij iemand hoorde.

Wanneer hij 's nachts in het donker op zijn matras lag, hoorde hij soms haar deur opengaan, haar naar Fierro's kamer lopen en diens deur achter zich dichtdoen. Zo nu en dan hoorde hij gedempte geluiden van hun vrijpartij.

Veel plezier, dokter, dacht hij dan, in de ban gedaan door zijn eigen passieve lendenen.

Het viel hem op dat Fierro en Reyna zich overdag gedroegen als meester en huishoudster, vriendelijk maar niet intiem.

Ze gingen niet zo vaak met elkaar naar bed als Yonah zou verwachten. Blijkbaar had Nuño Fierro daar niet meer zo'n behoefte aan. Yonah had oog voor patronen en het was hem opgevallen dat Fierro soms na het avondmaal tegen Reyna zei dat hij de volgende dag graag gestoofd gevogelte wilde eten, dat ze dan knikte, en dat ze dan die nacht altijd naar zijn kamer ging. Algauw kon Yonah, als hij hun privécode – de bestelling van een gestoofde vogel – had gehoord, pas slapen nadat hij haar naar de kamer van haar werkgever had horen gaan.

Yonah merkte voor het eerst dat Fierro niet gezond was toen hij op een middag opstond van het tafeltje waaraan hij zijn vertaalwerk deed en de arts stil op de onderste treden van de trap zag zitten. Hij was bleek en had zijn ogen dicht.

'Kan ik iets voor u doen, señor?' vroeg hij, en hij liep vlug naar Fierro toe. Maar Fierro schudde het hoofd en hief een hand op.

'Laat me maar even, ik ben een beetje duizelig, dat is alles.'

Dus Yonah knikte en ging weer aan het werk. Even later hoorde hij Fierro opstaan en naar zijn kamer gaan.

Een paar avonden later begon het hard te waaien en maakte een flinke regenbui een einde aan de langdurige droogte. In het donker voor zonsopgang werden ze alle drie gewekt door luid gebons op de deur en een man die om señor Fierro schreeuwde.

Reyna liep haastig naar beneden en riep door de dichte deur: 'Ja, ja, rustig maar. Wat is er?'

'Ik ben Ricardo Cabrera. Kan de señor alstublieft meteen komen? Mijn vader is vreselijk gevallen.'

'Ik kom eraan!' riep Fierro van boven aan de trap.

Reyna opende de deur op een kier, want ze was in haar nachthemd. 'Waar woon je?'

'Langs de weg naar Tauste.'

'Maar dat is aan de overkant van de Ebro!'

'Het was geen enkel probleem om die over te steken,' zei de man smekend.

Voor het eerst maakte Yonah mee dat de huishoudster, alsof ze Fierro's vrouw was, tegen haar baas protesteerde. 'Hou op met die instrumenten en zalfjes zo kalm in je tas te pakken! Het is te ver, aan de andere kant van de rivier! En het is slecht weer!'

Daarna werd er weer geklopt, maar nu op Yonahs deur. Reyna kwam binnen en boog zich in het donker over hem heen. 'Hij is niet sterk. Ga met hem mee en help hem, en zorg ervoor dat hij weer veilig thuiskomt.'

Fierro was minder kalm dan hij zich voordeed en keek opgelucht toen Yonah ook aangekleed beneden kwam.

'Waarom neemt u niet een van de paarden van uw broer mee?' vroeg Yonah, maar de arts schudde zijn hoofd. 'Ik heb mijn eigen paard, dat eraan gewend is de Ebro over te steken.'

Dus Yonah zadelde Fierro's bruine paard en de schimmel voor zichzelf, en toen reden ze door de stromende regen achter de ruwharige pony van de boerenzoon aan. De beek was een rivier geworden en terwijl ze hun modderige weg vervolgden, hoorden ze overal om zich heen water ruisen. Yonah droeg Fierro's tas, zodat de arts beide handen vrij had voor de teugels.

Toen ze bij de rivier kwamen, waren ze al doorweekt. Er was geen veilige doorwaadbare plaats meer. Tijdens de oversteek stroomde het water door de stijgbeugels, maar zelfs de taaie pony bereikte zonder misstap de overkant. Kletsnat en verkleumd kwamen ze bij de boerderij aan, maar er was geen tijd om zich om henzelf te bekommeren.

Pascual Cabrera lag op de grond in de stal, terwijl zijn vrouw met een hooivork hooi uitdeelde aan de dieren. Hij kreunde toen Fierro zich over hem heen boog.

'Ik ben van een hoge rots in het veld gevallen,' fluisterde hij. Hij had het benauwd en zijn vrouw nam het relaas van hem over: 'Er loopt ergens een wolf rond, die twee weken geleden een ooi die pas geworpen had van ons gestolen heeft. Ricardo heeft vallen gezet en is van plan hem te doden, maar tot dat gebeurt zetten we onze schapen en geiten 's nachts op stal. Mijn man had ze allemaal naar binnen gedreven behalve die vervloekte geit daar,' – ze wees naar een zwarte *cabra* die vlakbij op het hooi stond te kauwen – 'die boven op het rotsplateau in een hoek van ons veld was geklommen. Daar grazen de geiten graag, en ze weigerde naar beneden te komen.'

Haar man zei zacht een paar woorden en Fierro vroeg of hij het wilde herhalen.

'De cabra... onze beste melkgeit.'

'Dat is waar,' zei zijn vrouw. 'Dus hij is op de rots geklommen om haar te halen, en toen sprong zij naar beneden en liep regelrecht naar de stal. Maar de rotsen zijn glad van de regen en toen is hij uitgegleden en helemaal naar beneden gevallen. Het duurde een hele poos voordat hij zichzelf terug naar de stal had gesleept, en hij liet me alleen zijn kleren uittrekken en een deken over hem heen leggen. Ik mocht hem niet afdrogen, vanwege de pijn.'

Nu zag Yonah een andere Nuño Fierro dan de man die hij thuis meemaakte. De arts handelde snel en zelfverzekerd. Hij sloeg de deken terug en vroeg Yonah hem met een van de twee lantaarns bij te lichten. Met voorzichtige handen betastte hij het lichaam om de schade op te nemen, terwijl een stel ossen hem vanuit hun stal met de ogen volgden.

'Je hebt een aantal ribben gebroken en misschien ook een bot in je arm,' zei Fierro ten slotte. Hij wikkelde het bovenlichaam van de man strak in windsels en even later zuchtte señor Cabrera van opluchting omdat zijn pijn minder was geworden.

'O, dat voelt een stuk beter,' zei hij.

'Ik moet ook iets aan je arm doen,' zei Fierro, en toen hij die met een verband steunde, beval hij Yonah en Ricardo een deken tussen de twee palen te spannen die in een hoek van de stal stonden. Toen ze daarmee klaar waren, tilden ze Cabrera op de brancard en droegen hem naar zijn bed.

Ze konden pas weg nadat Fierro de señora poeders had gegeven waarvan ze een drank moest maken om haar man te laten slapen. Toen ze aan de terugtocht begonnen, viel er nog een zachte regen, maar het stormde niet meer en de rivier stroomde al trager. Voordat ze thuis waren, werd het droog en kon de zon de ochtendhemel verlichten. Thuis had Reyna de haard aangestoken en gloeiend hete wijn klaarstaan, en ze begon meteen water op te warmen voor Fierro's bad.

In zijn sombere kamertje wreef Yonah rillend met een ruwe linnen doek zijn koude lichaam droog. Nadenkend luisterde hij naar Reyna's bezorgde gemopper, zo zacht en aanhoudend als het gekoer van een duif.

Toen Fierro Yonah een paar dagen later weer vroeg met hem mee op huisbezoek te gaan, deed hij dat graag. De week erna bezochten ze zeven zieken en gewonden, en weldra was het de gewoonte geworden dat wanneer de arts eropuit moest, Yonah hem vergezelde.

Toen ze op een dag aan het bed stonden van een vrouw met hoge koorts en koude rillingen kreeg Yonah een verhaal te horen over lotgevallen van Spaanse joden die naar Portugal waren gevlucht. Terwijl Fierro de vrouw iets voor de pijn gaf, maakte haar man, een stoffenkoopman die vaak voor zijn werk naar Lissabon ging, een praatje met Yonah over Portugese wijnen en eetwaren.

'Net als overal heeft Portugal grote problemen met die verdomde joden,' zei hij.

'Ik heb gehoord dat ze tot slaven van de staat zijn verklaard.'

'Het waren slaven tot Emanuel de troon van Portugal besteeg en ze hun vrijheid gaf. Maar toen hij met de jonge Isabella wilde trouwen, de dochter van onze Ferdinand en Isabella, berispten onze vorsten hem vanwege zijn gevoelige hart en ging hij zich fermer opstellen. Zijn probleem was dat hij eigenlijk geen joden in zijn rijk wilde hebben, maar dat hij ook niet zonder ze kon omdat het zulke verdomd goede kooplieden zijn.'

'Dat heb ik ook gehoord,' zei Yonah. 'Dat is dus waar?'

'O ja, dat merk ik in mijn stoffenhandel en ook in allerlei andere handel. Hoe dan ook, Emanuel gaf het bevel dat alle joodse kinderen tussen de vier en de veertien gedoopt moesten worden. Vervolgens werden ongeveer zevenhonderd van die pasgedoopte kinderen naar het eiland San Tomás, ter hoogte van Afrika, gestuurd om daar een christelijk leven te leiden, maar ze zijn kort daarna bijna allemaal aan de koorts gestorven. Maar de meeste van die kinderen mochten bij hun ouders blijven en joodse volwassenen kregen de keus tussen katholiek worden of het land verlaten. Net als in Spanje hebben sommigen zich toen bekeerd, maar volgens onze ervaring valt het te betwijfelen of een man die een "uierjood" is geweest ooit een goede, oprechte christen wordt.'

'Waar is de rest naartoe gegaan?'

'Dat weet ik niet en het kan me ook niets schelen, zolang ze hier maar niet terugkomen,' antwoordde de koopman. Toen riep het gekreun van zijn vrouw hem weg, naar haar bed.

Op een dag kwamen er twee grafdelvers met een ezel met daarop een slap lichaam de weg naar Fierro's boerderij op. Toen ze aanklopten en om water vroegen, en Reyna vroeg of ze ook de dokter nodig hadden, zeiden ze lachtend dat het daar al veel te laat voor was. De dode op de ezel was een onbekende man met een zwarte huid, een zwerver die op klaarlichte dag op het grote plein zijn eigen keel doorgesneden had. De grafdelvers bedankten beleefd voor het water en liepen langzaam door naar de plaats van de verloren zielen.

Die nacht maakte Fierro Yonah uit een diepe slaap wakker.

'Ik heb je hulp nodig.'

'Natuurlijk, señor Fierro. Wat kan ik voor u doen?'

'Eerst moet je weten dat het een zaak betreft die door de Kerk als tovenarij en een doodzonde wordt beschouwd. Als je me helpt en we worden ontdekt, zullen ze ons allebei verbranden.'

Yonah had allang besloten dat hij Nuño Fierro volkomen kon vertrouwen. 'Ik sta al op de lijst voor de brandstapel, meneer, en ze kunnen me maar eenmaal verbranden.'

'Haal dan een schop en doe een ezel een tuig om.'

Het was een heldere, kille nacht. Ze namen de ezel mee naar de begraafplaats van de zelfmoordgevallen. Fierro was er bij daglicht het graf gaan zoeken en liep er in het maanlicht regelrecht naartoe.

Yonah moest graven. 'Het graf is niet diep, want die doodgravers waren luie kerels en hadden al te veel gedronken toen Reyna met ze praatte.'

Het kostte Yonah niet veel moeite om het in een wade gewikkelde lijk uit het graf te tillen. Op de rug van de ezel namen ze de dode man mee terug over de heuveltop naar de schuur, waar ze hem op een tafel legden en bij het felle licht van olielampen zijn doodshemd uittrokken.

Aan zijn lichaam en gezicht te zien was hij van middelbare leeftijd. Hij had dun, krullend zwart haar, gekneusde heupen, een aantal oude littekens en de akelige wond waaraan hij gestorven was.

'Je mag geen rekening houden met de huidskleur,' zei Fierro. 'In landen met een zeer heet klimaat heeft de mens in de loop van de eeuwen een donkere huidskleur gekregen om hem tegen de brandende zon te beschermen. In noordelijke landen, zoals dat van de Slaviërs, heeft het koude klimaat een spierwitte huid tot gevolg gehad.'

Hij pakte een van de mooie scalpels die zijn broer voor hem had gemaakt en vervolgde: 'Dit wordt sinds het begin van de geneeskunde al gedaan.' Toen maakte hij een lange, rechte snee om het lichaam vanaf het borstbeen tot aan het schaambeen te openen.

'Zowel een donkere huid als een lichte plus het vlees eronder omhult verschillende soorten klieren – de werkende krachten van de lichaamsfuncties.'

Yonah haalde diep adem en wendde zijn hoofd af van de stank van verrotting.

'Ik weet hoe je je voelt,' zei Fierro, 'want zo voelde ik me ook de eerste keer dat ik Montesa dit zag doen.'

Hij werkte met zekere handen. 'Ik ben alleen maar een arts, geen priester of duivel. Ik weet niet wat er met de ziel gebeurt, maar ik weet wel dat deze niet in het vlees blijft hangen – de behuizing die na de dood onmiddellijk terugkeert naar de aarde.'

Hij vertelde iets over elk orgaan dat hij uit het lichaam haalde en liet Yonah de afmetingen en het gewicht opschrijven in een schrift met een leren band.

'Dit is de lever, die noodzakelijk is voor het voeden van het lichaam. Ik denk dat het bloed hier aangemaakt wordt. Dit is de milt... En dit is de galblaas, die het temperament regelt.'

En het hart! Toen dat aan de beurt was, kreeg Yonah een menselijk hart in zijn handen.

'Het hart trekt het bloed naar zich toe en stuurt het door. Bloed is een raadsel voor ons, maar het is duidelijk dat het hart leven schenkt. Zonder hart zou de mens een plant zijn.' Fierro liet zien dat het net een huis met vier kamers was. 'Waarschijnlijk ligt mijn eigen einde in een van deze kamers, want volgens mij heeft God toen hij mij maakte daar een foutje gemaakt. Maar het kan ook zijn dat mijn probleem in een van mijn blaasbalgen, dus in een van mijn longen ligt.'

'Bent u er dan slecht aan toe?' Yonah moest het vragen.

'Soms wel. Zo nu en dan hapert mijn ademhaling.'

Fierro liet hem zien hoe botten, vliezen en pezen het lichaam steunden en beschermden. Hij zaagde de bovenkant van de schedel van de magere man af om Yonah de hersenen te laten zien, en ook dat deze in verbinding stonden met de ruggengraat en bepaalde zenuwen.

Het was nog steeds donker toen alles weer op zijn plaats werd gelegd en de sneden met keurige steekjes werden dichtgenaaid. De dode kreeg zijn hemd weer aan en ze brachten hem over de heuvel terug naar zijn graf.

Yonah begroef hem deze keer dieper en ze bewezen hem de eer van een christelijk en een joods gebed. Toen het daglicht over de heuvel kwam aanzweven, lagen ze allebei weer in bed.

In de daaropvolgende week voelde Yonah zich vreemd onrustig. Hij vertaalde Avicenna's woorden: *Geneeskunde is het in stand houden van de gezondheid en het genezen van ziekten die voortkomen uit waarneembare oorzaken in het lichaam.* Wanneer hij met Fierro meeging naar patiënten, bekeek hij deze opeens anders en zag hij ook in hen het skelet en de organen van de magere man.

Het duurde een hele week voordat hij genoeg moed had om de arts een verzoek te doen: 'Ik zou graag bij u in de leer komen om arts te worden.'

Fierro keek hem kalm aan en vroeg: 'Is dit een opwelling die als mist in de wind kan verdwijnen?'

'Nee, ik heb er goed over nagedacht. Ik vind dat u het werk van God doet.'

'Het werk van God? Ik zal je eens wat vertellen, Ramón. Ik geloof vaak in God, maar soms ook helemaal niet.'

Yonah wist niet wat hij daarop moest zeggen, dus hij zweeg.

'Heb je nog andere redenen voor je verzoek?'

'Een arts kan zijn hele leven anderen helpen.'

'Dus je wilt de mensheid een dienst bewijzen?'

Yonah besefte dat Fierro hem in het nauw wilde drijven en werd boos. 'Ja, dat wil ik inderdaad.'

'Weet je wel hoe lang de opleiding duurt?'

'Nee.'

'Vier jaar. Je zou voor de derde keer leerling worden en ik kan je niet beloven dat je je studie kunt afmaken, want ik weet niet of God zo goed is om me nog vier jaar met zijn werk te laten doorgaan.'

Yonah wilde zo eerlijk mogelijk zijn en bekende: 'Ik wil ook ergens bij horen, deel uitmaken van iets goeds.'

Fierro keek hem met getuite lippen aan.

'Ik zal heel hard werken.'

'Dat doe je al,' zei Fierro vriendelijk. Maar even later knikte hij en voegde eraan toe: 'Nou ja, dan moeten we het maar proberen.'

6

DE ARTS VAN ZARAGOZA

Aragon

10 februari 1501

29

DE LEERLING-ARTS

WANNEER YONAH VOORTAAN MET FIERRO MEEGING naar een patiënt, wachtte hij niet meer werkeloos tot de arts klaar was. Hij ging ook naast het bed staan en luisterde naar Fierro's zachte stem terwijl hij de patiënt onderzocht en uitleg gaf: 'Zie je hoe vochtig de lakens zijn? Ruik je zijn zure adem?' Hij luisterde terwijl Fierro de vrouw van de zieke man vertelde dat haar man koorts en koliek had en een licht dieet zonder specerijen voorschreef, en een drankje dat hij zeven dagen moest innemen.

Onderweg van de ene patiënt naar de andere reden ze om geen tijd te verliezen in galop, maar op weg naar huis kreeg Yonah de gelegenheid om vragen over het werk van die dag te stellen: 'Wat zijn de verschillende symptomen van koliek?'

'Soms heeft de patiënt koorts en zweet hij overmatig, maar soms niet. Het kan veroorzaakt worden door acute constipatie, en dan zijn vijgen, in olijfolie en honing tot een dikke brij gekookt, een goed middel. Of het komt door diarree, en dan moet je rijst schroeien tot deze helemaal bruin is, en dan koken en langzaam opeten.'

Fierro stelde zelf ook vragen. 'In welk opzicht komt wat we vandaag hebben gezien overeen met wat Avicenna over het vaststellen van een ziekte zegt?'

'Hij zegt dat een ziekte vaak wordt herkend aan wat het lichaam voortbrengt, zoals speeksel, ontlasting, zweet en urine.'

Yonah ging door met zijn vertaling van Avicenna's boek, dat de lessen van Fierro ondersteunde:

> *Symptomen worden ontdekt door fysiek onderzoek van het lichaam. Er zijn zichtbare, zoals geelzucht en oedeem; sommige zijn te horen, zoals het gerommel van de buik bij waterzucht; stank wordt opgemerkt door de reukzin, bijvoorbeeld bij etterende zweren; sommige kan men proeven, zoals zuurte in de mond; aanraking herkent symptomen zoals een hard…*

Als hij op een woord stuitte dat hij niet kende, moest hij het aan Fierro vragen. 'Er staat hier "een hard…"; het Hebreeuwse woord is *sartán*. Het spijt me, maar ik weet niet wat dat is.'

Fierro las de vertaalde passage en glimlachte. 'Ik weet bijna zeker dat het "gezwel" betekent. Aanraking herkent een hard gezwel.'

Alleen al het vertalen van zo'n boek was leerzaam, maar Yonah kon er maar weinig tijd aan besteden omdat Nuño Fierro een veeleisende leermeester was, die hem tegelijkertijd andere boeken liet lezen. Hij bezat diverse klassieke werken over de geneeskunde in het Spaans, en Yonah werd geacht zich de kennis eigen te maken van Teodorico Borgognoni betreffende chirurgie, van Isaak betreffende koortsen en van Galenus betreffende de polsslag.

'Je moet ze niet alleen lezen,' waarschuwde Fierro, 'maar ook leren. Zo goed dat je ze nooit meer hoeft te raadplegen. Een boek kan verbranden of verloren raken, maar als je de inhoud in je opgenomen hebt, is die een deel van je geworden en zal net zo lang als jijzelf blijven bestaan.'

Het kwam maar zelden voor dat ze de kans kregen om in de schuur een lichaam te ontleden, maar ze bestudeerden wel het lichaam van een vrouw uit de stad die in de Ebro was gesprongen en was verdronken. Toen ze haar baarmoeder opensneden, liet Fierro Yonah een foetus zien, nog niet volledig gevormd en zo klein als een vis die door een visser terug zou zijn gegooid.

'Het leven ontstaat uit het sperma, dat uit de penis komt,' zei Fierro. 'We weten niet wat er in het lichaam van een vrouw mee gebeurt om tot mens te worden. Sommigen denken dat het zaad in het uitgestoten mannelijke vocht door de natuurlijke warmte van de vrouwelijke tunnel gaat groeien. Anderen veronderstellen dat dit aangemoedigd wordt door de bijkomende hitte van de frictie tijdens het pompen van het mannelijk lid.'

Toen ze een van haar borsten opensneden, legde Fierro uit dat zich in het sponsachtige binnenweefsel soms gezwellen vormden. 'Niet alleen leveren de tepels de moedermelk aan de baby, maar het zijn ook gevoelige seksuele plekken. Een man kan met zijn handen en zijn mond door middel van het stimuleren van verschillende delen een vrouw klaarmaken voor geslachtsgemeenschap, maar zelfs een heleboel anatomen weten nog steeds niet dat dít de kern van de vrouwelijke opwinding is.' Hij wees Yonah op een orgaantje zo groot als een erwt, dat als een zorgvuldig opgeborgen sieraad tussen twee huidplooien boven aan de vagina zat.

Het schoot Fierro te binnen dat hij Yonah nóg iets wilde leren: 'Er zijn meer dan genoeg vrouwen in de stad die discreet aan de behoeften van een man willen voldoen, maar ga niet naar de hoeren, want daar loop je grote kans te worden besmet met syfilis, een ziekte met verschrikkelijke gevolgen.'

Een week later plantte hij die les stevig in Yonahs geheugen door hem mee te nemen naar Lucía Porta, die midden in de stad woonde. 'Señora, ik ben de arts die naar de kleine José en Fernando komt kijken!' riep hij, en de vrouw kwam naar de deur schuifelen.

'*Hola, señora*,' zei Fierro. Ze groette niet terug, maar liet hen binnen. Een jongetje leunde tegen de muur en bekeek hen ongeïnteresseerd.

'*Hola*, Fernando,' zei Fierro. 'Hij is acht,' zei hij tegen Yonah, die meteen medelijden voelde omdat het jochie eruitzag als een jaar of vier, vijf. Hij had magere, vreselijk kromme beentjes en geeuwde lusteloos. In zijn misvormde mond stonden de tanden als dunne staafjes een heel eind uit elkaar.

'En dit is José.'

Dit kind lag op een matras. Fierro en Yonah bogen zich over hem heen.

'*Hola*, José,' zei Fierro zacht. Het jongetje had zweren en bobbels rondom mond en neus. 'Fernando heeft al trosjes donkere gezwellen op zijn scrotum en anus, als kleine druiven. Dit kind zal ze binnenkort ook krijgen. Hebt u nog genoeg zalf, señora?'

'Nee, die is op.'

Fierro knikte. 'Dan moet u weer naar de winkel van broeder Medina gaan. Ik zal tegen hem zeggen dat u eraan komt en dat hij u nieuwe zalf moet geven.'

Yonah was blij toen ze weer buiten in het zonlicht stonden en weg konden lopen.

'De zalf heeft nauwelijks effect; we kunnen ze eigenlijk helemaal niet helpen,' zei Fierro. 'De zweren zullen genezen, maar Josés tanden zullen ook ver uit elkaar komen te staan. En er kunnen nog veel ergere complicaties bij komen. Het is me opgevallen dat enkele van mijn patiënten die krankzinnig geworden zijn, twee mannen en een vrouw, in hun jeugd syfilis hadden gehad.' Hij haalde zijn schouders op. 'Ik kan het verband niet bewijzen, maar het is interessant dat deze combinatie bestaat.'

Dat was het laatste dat hij Yonah voorlopig over syfilis vertelde.

Fierro eiste van zijn leerling dat hij regelmatig naar de kerk ging, maar in eerste instantie verzette Yonah zich tegen deze regel. Weliswaar was hij gedwongen geweest in Gibraltar, waar hij voortdurend in de gaten was gehouden, de illusie van christelijke devotie in stand te houden, maar hij weigerde zich huichelachtig als een katholiek te gedragen terwijl hij bij Fierro in huis woonde, waar een ongelovige volgens hem geen gevaar liep.

Maar Fierro gaf niet toe. 'Als je leertijd voorbij is, moet je officieel toestemming vragen om als arts te mogen werken. Ik moet met je meegaan. Maar als ze er niet van overtuigd zijn dat je een praktiserend christen bent, geven ze je geen vergunning.' Zijn tweede argument gaf de doorslag: 'Als ze ontdekken wie je bent en je verbranden, betekent dat ook het einde voor Reyna en voor mij.'

'Ik ben maar een paar keer naar een kerkdienst geweest, toen er niets anders op zat. Toen heb ik de mensen nagedaan die bij me in de buurt zaten, zoals knielen en weer gaan zitten. Maar als ik naar de kerk ga, loop ik gevaar, omdat ik eigenlijk absoluut niet weet wat ik doen moet.'

'Dat kan ik je gemakkelijk leren,' zei Fierro kalm. Daarna gaf hij naast les in geneeskunde ook instructies voor kerkbezoek. Alsof Yonah zijn hele leven op zon- en feestdagen nooit anders gedaan had, leerde hij wanneer hij moest knielen en opstaan, Latijnse gebeden opzeggen alsof het de sjema was en zelfs een kniebuiging te maken wanneer hij de kerk binnenkwam.

In Zaragoza kwam de lente later dan in Gibraltar, maar uiteindelijk werden de dagen langer en warmer. De bomen die Yonah gesnoeid en bemest had, bloeiden prachtig. Hij zag de geurige roze blaadjes vallen en binnen een paar weken worden vervangen door de eerste vruchtjes, appels en perziken, hard en groen.

Op een dag dat het motregende kwam er een weduwe, Loretta Caváller, op het spreekuur met de klacht dat haar maandelijkse bloeding de laatste twee jaar zo goed als weggebleven was en dat ze dan alleen hevige buikkrampen had. Ze was klein en had een lichte huid en muizig blond haar, en ze beschreef haar symptomen hakkelend terwijl haar dicht bij elkaar staande ogen op de muur waren gericht en niet op Fierro of Yonah. Ze zei dat ze al bij twee vroedvrouwen was geweest, die haar zalven en andere middeltjes hadden gegeven die niets hadden geholpen.

'Hebt u regelmatig ontlasting?' vroeg Fierro.

'Soms niet.'

Voor haar constipatie schreef hij vlaszaad in koud water voor, dat ze met het zaad en al moest opdrinken. Haar paard en wagen stonden buiten te wachten, maar Fierro zei dat ze, als ze uitging, de wagen voorlopig thuis moest laten en op het paard moest rijden. Voor het aanmoedigen van haar maandelijkse bloeding moest ze schors van de kersenboom, postelein en frambozenblaadjes in water koken, deze drank viermaal per dag drinken en daarmee doorgaan tot dertig dagen nadat de bloeding weer op gang gekomen was.

'Ik weet niet waar ik de ingrediënten vandaan moet halen,' zei ze, en Fierro vertelde haar dat ze deze bij de apotheker in Zaragoza kon kopen.

Maar de volgende middag sneed Yonah repen schors van een wilde kersenboom en plukte hij postelein en jonge blaadjes van een frambozenstruik. Samen met een fles wijn bracht hij de ingrediënten 's avonds naar het huisje van de vrouw naast de rivier de Ebro. Toen ze de deur opendeed, was ze op blote voeten, maar ze vroeg hem binnen te komen en bedankte hem. Ze gaf hem een beker van zijn eigen wijn en schonk er ook een voor zichzelf in, en ze gingen op twee prachtig uitgesneden stoelen bij de haard zitten. Toen Yonah ze bewonderde, zei ze dat haar overleden man, Jiménez Reverte, meestertimmerman was geweest en ze zelf had gemaakt.

'Wanneer is hij overleden?' vroeg Yonah.

Ze antwoordde dat Jiménez twee jaar en twee maanden geleden spruw had gekregen en gestorven was, en dat ze elke dag bad voor zijn onsterfelijke ziel.

Ze voelden zich niet op hun gemak en steeds vielen er stiltes. Yonah wist wat hij wilde, maar hij had geen flauw idee hoe hij de situatie moest aanpakken om zijn doel te bereiken. Toen hij uiteindelijk opstond, stond zij ook op en hij besefte dat hij even later weer buiten zou staan tenzij hij iets ondernam. Dus sloeg hij zijn armen om haar heen en boog zich voorover om zijn lippen op de hare te drukken.

Loretta Cavaller stond een moment doodstil in zijn armen voordat ze zich losmaakte, de olielamp pakte en hem op haar blote voeten door de kamer voorging naar de smalle, steile trap. In haar slaapkamer kreeg Yonah net genoeg tijd om te zien dat het houtsnijwerk van het eikenhouten bed nog fraaier was dan dat van de stoelen en bestond uit een overdaad aan druiven, vijgen en granaatappels. Toen zette Loretta de lamp op de overloop op de vloer en daarna was er alleen het geluid van kleren die schuurden over de huid toen ze zich uitkleedden en alles op de grond lieten vallen.

Ze stortten zich op elkaar als uitgedroogde woestijnreizigers die zoet water verwachten, maar Yonah voelde alleen opluchting en niet het rijke genot waar hij zo intens naar verlangde. In de donkere kamer die rook naar wat ze gedaan hadden betastte hij slappe borsten, schonkige heupen en bottige knieën.

Ze trok haar nachthemd aan voordat ze de lamp ging halen. Yonah zou haar niet naakt zien. Hoewel hij nog drie keer bij haar langskwam om met haar naar bed te gaan, voelde hij geen hartstocht, alsof hij de onanistische daad bedreef met haar lichaam. Ze hadden elkaar nauwelijks iets te vertellen; een moeizaam gesprek werd gevolgd door lichamelijke ontspanning in haar mooie bed, met daarna nog enkele gestamelde woorden bij het afscheid. De vierde keer dat hij op haar deur klopte, liet ze hem niet binnen. Achter haar zag hij Roque Arellano, de slager uit Zaragoza, met zijn schoenen uit aan tafel zitten terwijl hij de wijn dronk die Yonah haar gegeven had.

Een paar zondagen later zat Yonah in de kerk toen de priester het aanstaande huwelijk afkondigde van Loretta Cavaller en Roque Arellano. Naderhand ging Loretta in de slagerij van haar man werken, een bloeiende zaak. Nuño Fierro hield kippen, maar hij voorzag niet in zijn eigen rund- of varkensvlees, en Reyna vroeg Yonah zo nu en dan naar de slager te gaan om vlees of vis te kopen – Arellano verkocht soms ook het laatste. Loretta was een bekwame verkoopster geworden en Yonah bewonderde de snelle, handige manier waarop ze het vlees afsneed en bewerkte. Arellano was duur, maar Loretta begroette Yonah altijd vriendelijk, waarbij haar dicht bij elkaar staande ogen straalden, en vaak gaf ze hem ook nog wat mergbotten mee, die Reyna gebruikte als ze soep of gestoofd gevogelte maakte.

Zowel Nuño Fierro als Reyna waren in de hacienda komen wonen toen Gabriel ben Nissim Sporanis nog de eigenaar was. De joodse arts was gewend geweest om elke vrijdag voor zonsondergang een bad te nemen ter voorbereiding op de sabbat, en Fierro en Reyna hadden die gewoonte overgenomen. Fierro baadde op maandag en Reyna op woensdag, zodat er op een avond maar één keer badwater verwarmd hoefde te worden. De koperen badkuip werd dan voor de haard gezet en gevuld, met nog een extra ketel water op het vuur.

Yonah vond het een grote luxe om net als Sporanis op vrijdagavond een bad te kunnen nemen, ook al moest hij zijn forse lichaam in de kuip persen. Op woensdagavond, als Reyna in bad ging, maakte hij soms een wandeling, maar meestal ging hij naar zijn kamer om gitaar te spelen of bij lamplicht verder te werken aan de vertaling van Avicenna. Maar het viel hem niet mee zich te concentreren op het uit het hoofd leren van middelen die zweren deden uitdrogen of die verwarmden zonder te laxeren terwijl hij zich probeerde voor te stellen hoe Reyna eruitzag.

Als het water afkoelde, hoorde hij Fierro naar haar toe gaan, de ketel van het vuur halen en de kuip bijvullen, zoals zij 's maandags voor hem deed. Fierro deed hetzelfde voor zijn leerling op vrijdag; langzaam en met moeite tilde hij de zware ketel op, waarschuwde Yonah dat hij zijn benen opzij moest draaien om zich niet te branden en goot, zwaar ademend, het hete water erbij.

'Hij doet te veel, hij is niet jong meer,' zei Reyna op een morgen tegen Yonah toen Fierro in de schuur bezig was.

'Ik probeer hem zoveel mogelijk te ontlasten,' zei Yonah, die zich schuldig voelde.

'Dat weet ik. Ik heb hem gevraagd waarom hij zoveel energie verbruikt om jou les te geven,' zei ze eerlijk, 'en toen zei hij: "Dat doe ik omdat hij het waard is." ' Zuchtend haalde ze haar schouders op.

Yonah kon haar niet geruststellen. Fierro wilde per se ook zelf op huisbezoek gaan als het zo'n gemakkelijk geval betrof dat de leerling het best alleen afkon. Hij vond het niet voldoende dat Yonah ook Rhazes had gelezen, die verklaarde dat afval- en gifstoffen bij het urineren het lichaam verlieten, maar hij wilde aan het bed wijzen op de citroengele kleur in de urine van de patiënt met langdurige koorts, de rozeachtige urine bij het begin van de malariakoorts die om de drie dagen de kop opstak en de witte, schuimige urine die gepaard ging met etterende steenpuisten. Hij leerde Yonah zelfs het onderscheid tussen de verschillende geuren van de urine.

Fierro liet ook merken dat hij een uitstekende apotheker was. Hij wist hoe hij kruiden moest drogen en tot poeder vermalen, en hoe hij zalven en watertjes moest maken, maar dit gemak offerde hij op om een oude franciscaan, broeder Luis Guerra Medina, klanten te bezorgen. De broeder was net zo'n bekwame apotheker als hijzelf en had ook Juan de Gabriel Montesa van geneesmiddelen voorzien.

'Er wordt vaak aan vergiftiging gedacht, vooral wanneer een lid van de koninklijke familie overlijdt. Soms is de verdenking terecht, maar vaak ook niet,' zei Fierro tegen Yonah. 'De Kerk heeft christenen heel lang verboden door joden gemaakte medicijnen te gebruiken, die misschien vergif zouden bevatten. Sommige joodse artsen maakten hun eigen geneesmiddelen, maar een aantal artsen, zowel Oude Christenen als joden, is van poging tot vergiftiging beschuldigd door patiënten die de rekening niet wilden betalen. Gabriel ben Nissim Sporanis vond het veiliger om een broeder-apotheker te gebruiken en dat doe ik ook. Ik weet dat broeder Guerra heel goed het verschil kent tussen leverkruid en sennabladeren.'

Yonah begreep het risico dat hij had gelopen toen hij Loretta Caваller haar ingrediënten had gebracht en besefte dat hij zoiets nooit meer mocht doen. En zo luisterde hij en leerde hij van de oude man die hem voorbereidde op een leven als geneesheer. Nuño Fierro bracht hem niet alleen de kennis bij voor het uitoefenen van zijn beroep, maar leerde hem ook de bijzaken van een bloeiende praktijk.

Toen Yonah ruim een jaar Fierro's leerling was, drong het tot hem door dat er in dat jaar elf patiënten overleden waren.

Hij had inmiddels genoeg geleerd om te weten dat Nuño Fierro een uitstekend arts was en dat hij bofte met zo'n leermeester, maar het viel hem zwaar dat hij een beroep had gekozen waarin de beoefenaar zo vaak faalde.

Nuño Fierro bekeek zijn leerling zoals een paardentrainer keek naar een veelbelovend paard. Hij zag dat Yonah, wanneer er een patiënt op sterven lag, verbitterd vocht tegen het naderende duister, en dat de jongeman bij elke dood ernstiger werd.

Hij wachtte tot leraar en leerling op een avond vermoeid bij de haard zaten uit te rusten, ieder met een beker wijn in de hand.

'Je hebt de man gedood die mijn broer heeft vermoord. Heb je nog meer mensen gedood, Ramón?'

'Ja.'

Fierro nam een slok wijn en keek aandachtig naar Yonahs gezicht toen deze hem vertelde over de twee relikwieënjagers die hij de dood in had gestuurd.

'Zou je, als je het moest overdoen, anders gehandeld hebben?'

'Nee, want alle drie zouden ze mij hebben gedood. Maar ik kan de gedachte dat ik mensen van het leven heb beroofd moeilijk verdragen.'

'Wil je dan ook arts worden om door het redden van levens boete te doen voor de levens die je beëindigd hebt?'

'Toen ik u vroeg me op te leiden, was dat niet de reden, maar de laatste tijd moet ik daar wel steeds aan denken,' bekende Yonah.

'Dan moet je de macht van de geneeskunde duidelijker onder ogen zien. Een arts kan niet meer doen dan het lijden van een klein aantal mensen verzachten. We vechten tegen hun ziekten, we verbinden hun wonden, we zetten hun gebroken botten en we brengen hun kinderen ter wereld. Maar elk levend wezen gaat uiteindelijk dood, dus ondanks onze kennis, bekwaamheid en geestdrift gaan ook onze patiënten soms dood. We moeten daar niet te veel om rouwen of ons schuldig om voelen, want we zijn geen goden die de eeuwigheid kunnen beloven. In plaats daarvan moeten we, als de patiënt zijn tijd goed heeft gebruikt, blij zijn dat hij een gezegend leven heeft mogen hebben.'

Yonah knikte. 'Ik begrijp wat u bedoelt.'

'Dat hoop ik. Want als je het niet begrijpt, zul je een slechte arts zijn omdat je dan langzamerhand krankzinnig zult worden.'

30

DE BEPROEVING VAN RAMÓN CALLICÓ

AAN HET EIND VAN HET TWEEDE jaar van Yonahs leertijd zag hij de richting die zijn leven zou nemen duidelijk voor zich. Hij genoot van elke nieuwe dag terwijl hij in zich opnam wat Fierro hem leerde. Hun praktijk omvatte Zaragoza en de wijde omgeving; ze hadden een druk spreekuur en reden te paard naar patiënten die niet naar hen toe konden komen. Het merendeel van de patiënten bestond uit de gewone bewoners van de stad en de omringende boerderijen. Soms werd Fierro bij een edelman ontboden en dan gehoorzaamde hij, maar hij zei tegen Yonah dat patiënten van adel te hooghartig waren en weinig bereid om een arts te betalen, dus hij zat er niet om verlegen. Maar op 20 november 1504 kreeg hij een verzoek dat hij niet kon weigeren.

Laat in de zomer was zowel koning Ferdinand als koningin Isabella erg ziek geworden. De koning, een robuuste man die na jaren van jagen en oorlog voeren een ijzeren gestel had, was algauw beter geworden, maar zijn vrouw werd steeds zwakker. En nu was ze tijdens een bezoek aan de stad Medina del Campo opeens snel achteruitgegaan, en Ferdinand had in paniek een boodschap gestuurd naar een handjevol artsen, onder wie Nuño Fierro, de arts van Zaragoza.

'Maar u begrijpt toch wel dat u niet kunt gaan?' protesteerde Yonah zacht. 'Naar Medina del Campo is het tien dagen rijden – acht als u de rit niet wilt overleven.' Dat meende hij letterlijk, want hij wist dat Fierro niet sterk genoeg was om de reis te maken.

Maar de arts liet zich niet ompraten. 'Ze is mijn koningin, en een vorst die lijdt heeft net zoveel recht op een goede behandeling als een gewone burgerman of -vrouw.'

'Laat me dan in elk geval met u meegaan.'

Maar dat wilde Fierro niet. 'Jij moet hier blijven en voor onze patiënten zorgen.'

Toen Yonah en Reyna bleven smeken dat hij dan iemand anders mee moest nemen, gaf Fierro uiteindelijk toe en nam Andrés de Avila, een man uit de stad, als reisgezel in dienst. Vroeg in de morgen van de volgende dag reden ze weg.

Ze kwamen te gauw terug, en bij slecht weer. Yonah moest Fierro van zijn paard helpen. Terwijl Reyna ervoor zorgde dat de arts meteen een heet bad kon nemen, vertelde Avila Yonah wat er was gebeurd.

De reis was gegaan zoals Yonah gevreesd had. Ze hadden viereneenhalve dag gereden en toen ze een herberg net voorbij de stad Atienza bereikten, was Avila bang geweest dat Fierro te moe was om verder te gaan.

'Dus ik haalde hem over om eerst iets te eten en rust te nemen en toen we binnenkwamen, zaten de klanten op de nagedachtenis van Isabella te drinken.'

Fierro had schor gevraagd of het zeker was dat de koningin overleden was en reizigers uit het westen wisten te vertellen dat haar lichaam al onderweg was naar Granada om daar in de koninklijke graftombe te worden bijgezet.

Fierro en Avila hadden op de slaapvloer van de herberg een slapeloze, door luizen geplaagde nacht doorgebracht en waren de volgende morgen naar het oosten gereden, terug naar Zaragoza. 'Langzamer dan op de heenweg, maar het is in alle opzichten een moeizame reis geweest. De laatste dag was koud en heeft het de hele dag hard geregend.'

Yonah schrok toen Fierro er na zijn bad nog steeds bleek en moe uitzag. Hij hielp hem naar bed en Reyna bracht hem warme dranken en een voedzame maaltijd. Na een week bedrust was hij weer wat bijgekomen, maar de nutteloze rit naar de stervende koningin van Spanje had veel van zijn krachten gevergd.

Na verloop van tijd merkte Fierro dat zijn handen zo erg trilden dat hij de door zijn broer gemaakte chirurgische instrumenten niet meer kon hanteren. Dus moest Yonah het van hem overnemen, terwijl de arts ernaast stond om uitleg en aanwijzingen te geven, waarbij hij vragen stelde om zijn leerling te testen.

Voor de amputatie van een pink liet hij Yonah met de vingertoppen van zijn andere hand zijn eigen pink betasten. 'Voel je die kleine spleet waar de botjes tegen elkaar liggen? Daar moet je de verbrijzelde vinger doorsnijden, maar je moet de huid langer laten. Weet je waarom?'

'Om een flap te maken,' antwoordde Yonah, en de oude man knikte tevreden.

Hoewel Yonah het betreurde dat de gezondheid van de arts zo snel achteruitging, ervoer hij het als een voordeel in zijn opleiding, want in het laatste jaar opereerde hij veel vaker dan hij anders zou hebben gedaan.

Maar hij voelde zich ook schuldig, omdat Fierro bijna al zijn energie gebruikte om hem zoveel mogelijk te leren. Toen hij dit tegen Reyna zei, schudde ze haar hoofd en zei: 'Ik denk dat zijn wil om jou volleerd te maken hem in leven houdt.'

Toen Yonahs vierde leerjaar ten einde liep, glommen Fierro's ogen inderdaad van triomf. Hij regelde meteen dat Yonah voor de medische raad van het district mocht verschijnen. Elk jaar wees het gemeentebestuur drie dagen voor Kerstmis twee geneeskundige examinatoren aan om de kandidaten voor een artsenvergunning te ondervragen. Fierro was zelf ook examinator geweest en kende de gang van zaken.

'Ik had liever dat je met je aanvraag zou wachten tot een van de huidige examinatoren, Pedro de Calca, vertrokken is,' zei hij tegen Yonah. Want Calca had al jaren een hekel aan de arts van Zaragoza omdat hij hem benijdde. Fierro wist echter intuïtief dat hij het niet moest uitstellen. 'Maar ik kan niet wachten tot volgend jaar en ik ben ervan overtuigd dat je er klaar voor bent.' De volgende dag reed hij naar het gemeentehuis van Zaragoza en maakte een afspraak voor Yonahs examen.

Vroeg op de dag van het examen verlieten leerling en leermeester de hacienda en reden langzaam door de zonnige morgen. Van de zenuwen zeiden ze nauwelijks een woord. Het was te laat om Yonah nog eens te overhoren, maar dat was de afgelopen vier jaar al vaak genoeg gebeurd.

Het gemeentehuis rook naar stof en eeuwenlang menselijk verkeer. Op dat moment waren Yonah, Fierro en de twee examinatoren de enige aanwezigen.

'Heren, ik heb de eer u señor Ramón Callicó voor te stellen om hem examen te laten doen,' zei Fierro kalm.

Een van de twee heren was Miguel de Montenegro, een kleine, ernstige man met zilvergrijs haar en dezelfde kleur baard en snor. Fierro kende hem al jaren en had Yonah verzekerd dat hij een ernstige, nauwgezette, eerlijke ondervrager zou zijn.

De ander, Calca, was een glimlachende, joviale man met rood haar en een puntbaardje. Hij droeg een tuniek vol opgedroogd bloed, etter en speeksel. Fierro had de tuniek aan Yonah beschreven als 'opschepperige reclame voor zijn vak' en had hem gewaarschuwd dat Calca nauwelijks meer dan Galenus had gelezen, zodat hij daar het meest over zou vragen.

Ze gingen met z'n vieren om een tafel zitten. Yonah hield zichzelf voor dat Nuño Fierro vijfentwintig jaar geleden ook in deze kamer examen had gedaan en enige tientallen jaren voor hem Gabriel ben Nissim Sporanis, in een tijd dat een arts nog kon laten weten dat hij een jood was.

Beide examinatoren zouden tweemaal een reeks vragen stellen. Montenegro begon, want hij was de oudste. 'Ik zou graag willen, señor Callicó, dat u ons iets vertelt over de voor- en nadelen van theriak als middel tegen koorts.'

'Ik zal met de nadelen beginnen,' antwoordde Yonah, 'want dat zijn er maar weinig, dus daar ben ik zo mee klaar. Het middel is moeilijk samen te stellen omdat het uit wel zeventig kruiden bestaat; daarom is het ook duur. Het grootste voordeel is dat de werkzaamheid tegen koorts bewezen is en dat het ook werkt tegen ingewandsziekten en zelfs sommige vergiftigingen.' Hij voelde dat hij zich ontspande terwijl hij zijn uitleg zo logisch en beknopt mogelijk verwoordde. Montenegro keek tevreden. 'Mijn tweede vraag betreft het verschil tussen vierdendaagse en derdendaagse koorts.'

'Derdendaagse koorts komt om de drie dagen, waarbij de eerste dag meegeteld wordt. Vierdendaagse koorts komt om de vier dagen. Ze komen het meest voor in een heet en vochtig klimaat, en gaan vaak vergezeld van koude rillingen, overmatig zweten en grote zwakte.'

'Een kort en krachtig antwoord. Zou u aambeien wegsnijden?'

'Alleen als er niets anders op zit, maar meestal kunnen de pijn en de last worden verholpen door een gezond dieet, waarbij scherp, zout of erg zoet voedsel moet worden vermeden. In geval van veel bloedverlies kan een bloedstelpend middel worden gebruikt. Als de aambeien groter worden maar niet bloeden, kan men ze opensnijden of door bloedzuigers leeg laten zuigen.'

Montenegro knikte en leunde achterover ten teken dat het de beurt was van Pedro de Calca.

Calca streelde zijn rode baard. 'Vertelt u ons eens iets over Galenus' systeem van de humorale pathologie,' zei hij, en hij zakte weer tegen de leuning van zijn stoel.

Die vraag had Yonah verwacht en hij haalde diep adem. 'Aanvankelijk bestond dit alleen uit enkele ideeën geopperd door de school van Hippocrates, die werden uitgebreid door andere vroege medische filosofen, vooral Aristoteles. Galenus vormde deze ideeën tot een theorie die verklaart dat alles bestaat uit vier elementen, namelijk vuur, aarde, lucht en water, die de vier eigenschappen warm, koud, droog en nat voortbrengen. Wanneer het lichaam voedsel en drinken tot zich neemt, worden deze door natuurlijke hitte gekookt en getransformeerd tot vier lichaamssappen, te weten bloed, slijm, gele gal en zwarte gal. Lucht komt overeen met bloed, dat nat en warm is; water met slijm, dat nat en koud is; vuur met gele gal, die droog en warm is; en aarde met zwarte gal, die droog en koud is. Galenus schrijft dat een deel van deze substanties door het bloed wordt meegenomen om de verschillende lichaamsorganen te voeden en dat de rest als afvalstoffen afgevoerd wordt. Hij zegt dat de verhouding van deze stoffen in het lichaam heel belangrijk is. Als de verhouding in balans is, is de persoon kerngezond. Te veel of te weinig van een van de lichaamssappen verstoort het evenwicht en veroorzaakt ziekte.'

Calca speelde weer met zijn baard: een aai, weer een aai. 'Vertel ons iets over natuurlijke warmte en de pneuma.'

'Hippocrates en Aristoteles, en later Galenus, schreven dat de lichaamswarmte de levenssubstantie is. Deze interne warmte wordt gevoed door de pneuma, een vluchtige stof die wordt aangemaakt door het zuiverste bloed in de lever en wordt getransporteerd door de aderen. Maar deze stof is onzichtbaar en...'

'Hoe weet u dat?' onderbrak Calca hem, en Yonah voelde dat Fierro waarschuwend een knie tegen de zijne drukte.

Omdat we de aderen en organen van drie lijken hebben onderzocht en Fierro me alleen weefsel en bloed kon laten zien en me daarbij vertelde dat er niets te zien is dat we de pneuma zouden kunnen noemen. Wat een idioot was hij toch, want nu zou Calca beseffen dat alleen iemand die een lichaam opengesneden had dit zou kunnen weten. Hij was zo geschrokken dat zijn stembanden bijna weigerden.

'Dat heb ik eh... ergens gelezen.'

'Waar hebt u dat gelezen, señor Callicó? Want ik heb nooit eerder iemand horen zeggen dat de pneuma al of niet kan worden gezien.'

Yonah wachtte even. 'Niet in Avicenna of Galenus,' zei hij toen langzaam, alsof hij erover nadacht. 'Volgens mij staat het in Teodorico Borgognoni.'

Calca keek hem strak aan.

'Dat klopt,' zei Miguel de Montenegro. 'Het is waar. Daar heb ik het zelf ook in gelezen.' Nuño Fierro knikte instemmend.

Calca knikte ook. 'Natuurlijk, in Borgognoni.'

In zijn tweede vragenronde vroeg Montenegro Yonah een vergelijking te maken tussen de behandeling van een gebroken bot en die van een van zijn plaats geschoven bot. Ze luisterden zonder commentaar naar zijn antwoord, en toen vroeg Montenegro hem de factoren op te noemen die voor een goede gezondheid noodzakelijk waren.

'Zuivere lucht, voedsel en drinken, slaap om het lichaam rust te geven en wakker zijn om het actief te houden, een zekere mate van lichamelijke oefening om restanten en onzuiverheden kwijt te raken, lozing van afvalstoffen, en genoeg vreugde om het lichaam tot bloei te brengen.'

'Vertel ons hoe een ziekte zich tijdens een epidemie verspreidt,' zei Calca.

'Rottende lijken of vuil moeraswater verspreiden giftige dampen. Als warme, vochtige lucht vol kwaadaardige elementen wordt ingeademd door een gezond mens, kan zijn lichaam daardoor besmet raken en ziek worden. In een epidemie zouden gezonde mensen weg moeten trekken, zo ver weg dat ze buiten bereik zijn van winden met kwade dampen.'

Na wat snel geaai over het rode baardje volgde een reeks vragen over urine: 'Wat betekent het als urine gelig is?'

'Dan zit er een beetje gal in.'

'En als deze de kleur van vuur heeft?'

'Dan zit er veel gal in.'

'Donkerrode pis?'

'Als de patiënt geen saffraan heeft gegeten, zit er bloed in.'

'Als het een bezinksel bevat?'

'Dan geeft het lichamelijke zwakte aan. Als het er vezelachtig uitziet en stinkt, is het een symptoom van ontsteking in de kanalen. Als het bezinksel bloeddeeltjes bevat, wijst dat op een bloedzweer.'

'Zand in de urine?'

'Een calculus of steen.'

Stilte.

'Ik weet genoeg,' zei Calca.

'Ik ook. Een uitstekende kandidaat, zijn leermeester waardig,' zei Montenegro. Hij stond op en haalde een groot, in leer gebonden ambtelijk boek van de plank. Daarin schreef hij de namen van de examinatoren en de kandidaat, en voegde eraan toe dat señor Ramón Callicó uit Zaragoza was ondervraagd en voor het examen geslaagd, en dat hij op 17 oktober van het jaar 1506 vergunning had gekregen om zich als arts te vestigen.

Op de terugweg zaten leraar en leerling ontspannen in het zadel en grinnikten als kinderen en dronkaards.

'Volgens mij staat het in Teodorico Borgognoni! Volgens míj staat het in Teodorico Borgognoni!' stak Fierro de draak met Yonah.

'Maar waarom is señor Montenegro me te hulp gekomen?'

'Omdat Miguel de Montenegro en ik toen we jong waren weleens samen een lichaam hebben ontleed. Ik weet zeker dat hij meteen snapte waarom je zo zeker was over iets dat in het lichaam plaatsvindt.'

'Ik ben hem er zeer dankbaar voor, ik heb ontzettend geboft.'

'Ja, dat heb je, maar je hebt je ook uitstekend geweerd.'

'Ik heb een buitengewoon goede leraar gehad, meester.'

'Je hoeft me geen meester meer te noemen, want nu zijn we collega's,' zei Fierro, maar Yonah schudde zijn hoofd.

'Er zijn twee mannen die ik altijd dankbaar zal blijven,' zei hij. 'Ze heten allebei Fierro, en ik zal ze allebei meester blijven noemen.'

31

EEN DAG VAN HARD WERKEN

AL EEN PAAR WEKEN NA HET examen droeg Fierro een aantal patiënten over aan Yonah. Elke dag voelde deze zich meer arts dan leerling.

Eind februari vertelde Fierro hem dat de jaarlijkse vergadering van de artsen van Aragon dat jaar in Zaragoza zou plaatsvinden. 'Het zou goed voor je zijn als je erheen gaat en je collega's ontmoet,' zei hij. Ze maakten een plan opdat ze samen konden gaan.

Toen ze in de herberg aankwamen, troffen ze daar zeven andere artsen aan, die wijn zaten te drinken en geroosterde eend met knoflook aten. Ze werden begroet door Pedro de Calca en Miguel de Montenegro, en Fierro stelde Yonah met zichtbare voldoening voor aan de andere vijf, die in de uithoeken van het district werkten. Na het eten gaf Calca een lezing over de rol van de polsslag bij ziekte. Yonah vond het een slecht voorbereid verhaal en begreep niet hoe iemand die hem nog zo kortgeleden had moeten ondervragen zelf zo kon knoeien. Maar toen Calca klaar was, stampten de anderen waarderend met hun voeten op de grond en toen Calca vroeg of iemand nog iets te vragen had, deed niemand zijn mond open.

Tot Yonahs verbazing had Calca beweerd dat er slechts drie soorten polsslag waren: sterk, zwak en onregelmatig. Zou ik hem tegen durven spreken, vroeg hij zich af, zich er pijnlijk van bewust dat hij als geneesheer nog maar pas kwam kijken. Maar hij kon de verleiding niet weerstaan en stak zijn hand op.

'Señor Callicó?' zei Calca geamuseerd.

'Ik zou graag willen opmerken dat eh... dat Avicenna heeft geschreven dat er negen soorten polsslag zijn. Ten eerste: een regelmatig signaal van een gezond evenwicht. Een nog sterkere, regelmatige slag, die een sterk hart aanduidt. Een zwakke pols die daarentegen zwakte aangeeft. En gradaties in die zwakte: lang en kort, licht en duidelijk voelbaar, oppervlakkig en diep.'

Geschrokken zag hij dat Calca hem woedend aankeek en vanuit een ooghoek zag hij Fierro ook opstaan.

'Het is goed dat we hier zowel een jonge arts met zijn uit boeken geleerde kennis nog vers in het geheugen in ons midden hebben en daarnaast een ervaren arts, die beseft dat de regels van ons vak in de dagelijkse praktijk door ervaring en moeizaam verkregen wijsheid eenvoudiger zijn geworden.'

Hier en daar werd gegrinnikt en met de voeten gestampt, en Casca glimlachte gevleid. Met een rood gezicht ging Yonah weer zitten.

Toen ze weer thuis waren, kon hij zich niet langer inhouden. 'Hoe kon u dat zeggen terwijl u wist dat Calca ongelijk had en ik gelijk?'

'Omdat Calca als hij kwaad genoeg is in staat is om naar de inquisitie te stappen om een rivaal van ketterij te beschuldigen; dat weet iedereen die erbij was,' antwoordde Fierro. 'Ik hoop dat we het in ons Spanje ooit weer zullen meemaken dat een arts het in het openbaar met een collega oneens kan zijn, maar vandaag is dat nog niet mogelijk en morgen ook niet.'

Toen begreep Yonah hoe dom hij was geweest, en hij bedankte Fierro en bood zijn verontschuldigingen aan. Fierro wimpelde ze niet af. 'Toen je met je verzoek bij me kwam, wist je heel goed wat je van godsdienstige kant te vrezen hebt, maar je moet ook op je hoede zijn voor aspecten van de kant van óns beroep die je ten val kunnen brengen.'

Opeens begon hij te lachen. 'Bovendien had je niet helemaal gelijk. In de door jou vertaalde tekst van de *Canon* staat dat er volgens Avicenna tien soorten polsslag bestaan, maar hij beschreef er maar negen. Hij zei erbij dat alleen *ervaren* geneesheren de subtiele verschillen bij hun behandeling kunnen benutten. En je zult er algauw achter komen dat slechts een paar van de mannen met wie we vandaag aan tafel zaten die benaming verdienen.'

Drie weken later kreeg Fierro een ernstige aanval. Halverwege de trap op weg naar zijn kamer benam een hevige pijnscheut in zijn borst hem plotseling de adem, zodat hij moest gaan zitten om niet te vallen. Yonah was na een paar huisbezoeken aan patiënten in de stal de Arabische schimmel aan het afzadelen toen Reyna de deur opende en in paniek zei: 'Kom gauw, hij is er slecht aan toe!' Yonah liep haastig met haar mee naar binnen. Samen slaagden ze erin Fierro naar bed te brengen, waar hij kletsnat van het zweet hijgend de symptomen opsomde, alsof Yonah naast hem aan het bed van een patiënt stond.

'De pijn is... dof, niet... scherp. Maar hevig... heel hevig...'

Toen Yonah zijn pols voelde, was deze zo onregelmatig dat hij ervan schrok. Hij klopte met tussenpozen, maar er was geen enkel ritme te ontdekken. Hij gaf Fierro slokjes kamfer in appellikeur tegen de pijn, die echter nog vier uur aanhield. 's Avonds verdween de pijn, maar toen was Fierro volkomen uitgeput.

Maar hij was kalm en kon weer praten. Hij beval Reyna een hen te slachten om soep van te maken en toen viel hij in slaap. Yonah bleef nog een poos naast hem zitten, terwijl hij zich pijnlijk bewust was van de grenzen van de geneeskunde. Hij was bereid alles te doen om Nuño Fierro beter te maken, maar hij wist niet wat.

Drie dagen later kon Fierro geholpen door Yonah langzaam de trap af lopen om de dag beneden in zijn leunstoel door te brengen. Nog een dag of tien bleef Yonah hopen op herstel, maar aan het eind van de tweede week besefte hij dat de kwaal daar te ernstig voor was. Fierro's longen begonnen het op te geven en zijn benen zwollen op. Eerst probeerde Yonah hem 's nachts zittend tegen een paar kussens te laten slapen, maar de zwelling werd alleen maar erger en Fierro kreeg het steeds benauwder. Weldra weigerde hij nog uit zijn stoel bij de haard op te staan, overdag of 's nachts. Yonah sliep op de vloer een eindje bij hem vandaan en luisterde naar zijn rochelende ademhaling.

In de derde week werd duidelijk dat de ziekte fataal zou aflopen. Het vocht in Fierro's longen had zich door zijn hele lichaam verspreid, zodat hij eruitzag als een enorme vetzak, met benen als zuilen en een buik die rustte op zijn dijen. Wegens zijn ademnood praatte hij nauwelijks meer, en uiteindelijk gaf hij Yonah met horten en stoten zijn laatste instructies.

Hij wilde in zijn eigen grond begraven worden, op de top van de heuvel. Ze mochten geen steen op zijn graf zetten.

Yonah kon alleen maar knikken.

'Mijn testament... Schrijf op...'

Yonah haalde papier, inkt en een schrijfveer, en Fierro dicteerde snakkend naar adem met stukjes en beetjes wat hij moest opschrijven.

Reyna Fadique kreeg al het geld dat hij tijdens de uitoefening van zijn beroep had gespaard.

Ramón Callicó kreeg zijn land en de hacienda, zijn medische boeken en zijn instrumenten, plus het leren kistje met inhoud dat van Nuño's overleden broer Manuel was geweest.

Yonah kon niet nalaten te protesteren: 'Dat is veel te veel! Ik heb geen behoefte aan...'

Maar Fierro sloot zijn ogen en zei: 'Geen familie...' en gebaarde zwak dat er geen discussie mogelijk was. Hij stak zijn hand uit naar de pen en krabbelde zijn naam onder het document.

'Nog iets... Je moet me... bestuderen...'

Yonah wist wat hij bedoelde, maar het leek hem een onmogelijke opgave. Het was al erg genoeg om in het vlees van een vreemde te snijden terwijl zijn leraar naast hem stond om hem de geheimen van de anatomie te onthullen, maar in dat van Nuño...

Fierro keek hem fel aan. 'Wil je... worden zoals... Calca... of zoals... ik?'

Hij wilde in plaats van Fierro sterven.

'Zoals u. Ik hou van u en ik dank u. Ik beloof het u.'

Nuño Fierro stierf in zijn stoel, ergens tussen het regenachtige donker van 17 januari 1507 en de grijze morgenstond van 18 januari.

Yonah bleef op zijn matras een poos naar hem zitten kijken voordat hij opstond, een kus drukte op het nog warme voorhoofd van zijn leermeester en diens ogen sloot.

Hoewel hijzelf een forse, sterke man was, kostte het hem grote moeite het logge lichaam naar de stal te dragen en op de tafel te leggen. Daar voldeed hij aan de wens van de arts alsof hij diens stem nog kon horen.

Eerst schreef hij op wat hem voordat Fierro stierf allemaal opgevallen was: het ophoesten van bloederig speeksel, de paarsachtige kleur van de huid, de opgezwollen, kloppende aderen in de hals, het bovenmatige transpireren en het hart dat zo snel en onregelmatig klopte als een schichtig wegrennende muis. En de snelle, luidruchtige, moeizame ademhaling, en de langzaam opzwellende huid.

Toen hij daarmee klaar was, pakte hij een van de door Manuel Fierro gemaakte scalpels en keek eerst nog een poosje aandachtig naar Nuño's gezicht.

Toen hij de borst opengesneden had, zag hij dat het hart er anders uitzag dan de harten die ze samen hadden bekeken. Op de buitenkant zat een zwarte plek, alsof het weefsel daar verbrand was. Toen hij het hart daar opensneed, zagen de vier kamers eruit alsof er iets verkeerd aan was. Aan de linkerkant was een deel van de kamers zwart geworden en weggerot; dit was de beschadiging die ook aan de buitenkant te zien was. Om deze goed te bestuderen, moest hij eerst het bloed met een paar doeken wegdeppen. Het zag ernaar uit dat het hart niet goed had kunnen pompen, want in beide linkerkamers was bloed blijven hangen en gedeeltelijk teruggestroomd naar aangrenzende aderen. Uit Avicenna's *Canon* wist Yonah dat het bloed om het leven in stand te houden door het hart door het hele lichaam moest worden gepompt, door grote slagaderen en door een netwerk van aderen die zich steeds fijner vertakten tot de dunne kanaaltjes die haarvaten werden genoemd. Nuño's kapotte hart had zijn bloedverdelingssysteem verwoest en daaraan was hij gestorven.

Toen hij in het gezwollen buikweefsel sneed, zag hij dat het nat was, en dat waren de longen ook. Nuño was in zijn eigen vocht verdronken, maar waar was al dat vocht vandaan gekomen?

Yonah had geen flauw idee.

Hij hield de volgorde aan die hij goed geleerd had: hij woog de organen en noteerde de bijzonderheden voordat hij alles teruglegde en het lichaam dichtnaaide. Daarna waste hij zich met ruwe zeep en de emmer water die naast de tafel stond, zoals hem ook geleerd was, en voegde zijn eigen commentaar aan de notities toe. Pas toen hij daarmee klaar was, ging hij terug naar het huis.

Reyna stond kalm pap te koken, maar toen ze de lege stoel had gezien, had ze geweten dat Nuño overleden was.

'Waar is hij?'

'In de schuur.'

'Mag ik naar hem gaan kijken?'

'Nee,' zei Yonah. Ze haalde scherp adem en sloeg een kruis, maar ze protesteerde niet. Nuño had Yonah verteld dat Reyna na bijna dertig jaar in dienst van een arts in de hacienda precies wist wat er gaande was en dat ze volkomen te vertrouwen was. Maar Yonah had haar niet al zijn hele leven gekend en was bang dat ze hem zou verraden.

'Ik zal je een kom pap geven.'

'Nee, ik heb geen honger.'

'Je zult het vandaag heel druk hebben,' zei ze kalm, en ze schepte pap in twee kommen.

Ze aten zwijgend en toen hij klaar was, vroeg hij haar of Nuño nog iemand anders bij zijn begrafenis zou willen hebben. Ze schudde haar hoofd en zei: 'Alleen wij tweeën.' Hij ging naar buiten om aan het werk te gaan.

In een van de stallen lagen gezaagde planken, al vrij oud, maar nog in goede staat. Yonah mat Nuño's lichaam op met een stuk touw en zaagde de planken op maat. Het kostte hem bijna de hele morgen om de kist te maken; hij moest Reyna vragen of er ergens spijkers waren, die ze voor hem ging halen.

Vervolgens pakte hij een houweel en een spade, liep naar de top van de heuvel en begon een kuil te graven. Het was winter in Zaragoza, maar de grond was niet bevroren en het graf vorderde gestaag. Zijn daglonerstijd lag ver achter hem en hij wist dat zijn lichaam hem dat de volgende dag zou laten weten. Hij ging zorgvuldig te werk; hij maakte de kanten gelijk en glad en het gat zo diep dat hij er maar met moeite uit kon klimmen, waarbij er een regen van zand en steentjes terugviel.

In de schuur rolde hij de bebloede lappen in een schone doek en propte ze bij Nuño in de kist. Dat was de veiligste manier om ze kwijt te raken en terwijl hij het deksel erop timmerde, wist hij dat Nuño het daarmee eens zou zijn geweest. Want zelfs zonder die doeken zou het een hele toer zijn om alles schoon te maken zonder een spoor van de ontleding achter te laten.

Hij was er de hele dag mee bezig. De zon ging al bijna onder toen hij Nuño's bruine merrie en de Arabische schimmel voor de wagen spande, en Reyna moest hem helpen de zware kist uit de schuur te halen.

Het was een hele opgave om de kist in het graf te krijgen. Yonah legde twee touwen over het gat, maakte lussen aan de uiteinden en legde deze om stevige paaltjes die hij in de grond had geslagen. Toen ze de kist op de touwen zetten, bleven deze liggen, maar ze moesten aan weerskanten de lussen van de paaltjes halen en de touwen strak houden zodat de kist langzaam zou zakken. Reyna had moeite met een van de lussen. Ze was een sterke, door het werk geharde vrouw, maar toen de lus eindelijk van het paaltje schoof, liet ze het andere touw heel even vieren, zodat de kist scheef zakte en zich met een punt in een zijkant van het gat boorde.

'Trek dat touw weer zo strak mogelijk aan,' zei Yonah kalmer dan hij zich voelde. Maar daar was ze al mee bezig. Hoewel de kist niet meer horizontaal hing, was er geen ramp gebeurd.

'Eén pas naar voren,' zei Yonah, en dat deden ze beiden. Op die manier, stap voor stap, liepen ze naar het graf toe tot de kist op de bodem stond.

Het lukte Yonah een van de touwen uit het graf te trekken, maar het andere bleef onder de kist steken. Misschien aan een wortel; na een paar keer trekken gooide Yonah het touw in het graf.

Reyna bad een paternoster en een Ave-Maria; ze huilde zacht, alsof ze zich schaamde voor haar verdriet.

'Neem de wagen mee terug naar de stal,' zei Yonah vriendelijk, 'en ga alvast weer naar huis, dan maak ik dit af.'

Ze was een plattelandsvrouw en kon met paarden omgaan, maar hij wachtte tot ze halverwege de heuvel af was voordat hij de spade pakte. Hij nam de eerste paar scheppen aarde op de achterkant van de spade, een joodse gewoonte die aangaf dat het een zware taak was iemand te begraven die erg gemist zou worden. Daarna draaide hij de schop om en stak hem steeds met zwaar gekreun diep in de grond. Eerst kletterde de aarde hard op de kist, maar langzamerhand werd het geluid zachter, dat van zand op zand.

Het gat was nog maar half gevuld toen het helemaal donker was, maar de maan scheen helder genoeg om, met een paar pauzes, door te kunnen werken.

Hij was bijna klaar toen Reyna weer de heuvel op kwam. Een eindje van hem af bleef ze staan en riep: 'Hoe lang duurt het nog?'

'Nog heel even!' riep hij terug. Ze zei niets meer, maar draaide zich om en ging weer naar huis.

Toen hij het graf zo netjes mogelijk afgewerkt had, legde hij zijn hand op zijn blote hoofd en zei kaddisj voor de dode. Hij bracht de spade en het houweel terug naar de schuur en toen hij het huis binnenkwam, zag hij dat Reyna al naar bed was gegaan. Ze had de koperen teil voor de haard gezet; het water was nog heet en er hingen nog twee ketels water boven het vuur. Op tafel had ze wijn, brood, kaas en olijven voor hem klaargezet.

Voor het knapperende vuur kleedde hij zich uit en legde zijn natte, vuile kleren op een stapel. Toen ging hij in de badkuip zitten met een stuk van Reyna's sterke bruine zeep tussen zijn handen en dacht aan Nuño – aan zijn wijsheid en verdraagzaamheid, aan zijn liefde voor de mensen die hij behandelde en zijn toewijding aan de geneeskunde. En aan zijn goedheid voor de gehavende jongeman die zo onverwacht in zijn leven gekomen was. Aan hoe belangrijk Nuño Fierro was geweest in het leven van Yonah Toledano. Zijn gedachten namen hem steeds verder mee... tot hij voelde dat het water koud werd. Toen begon hij zich te wassen.

32

DE ENIGE ARTS

DE VOLGENDE MORGEN LIEP YONAH WEER naar de top van de heuvel om het graf bij daglicht af te maken. Vlakbij stond een eikenboompje, dat hem deed denken aan de boom waaronder zijn vader begraven was. Voorzichtig groef hij het uit en plantte het over in de zachte aarde van Nuño's graf. Het was nog maar een jong boompje en er zaten geen blaadjes aan, maar als het weer warm werd, zou het gaan groeien.

'Je moet de priester waarschuwen,' zei Reyna, 'en hem geld voor de kerk geven opdat ze een mis voor zijn onsterfelijke ziel opdragen.'

'Eerst zal ik zeven dagen thuis om hem rouwen,' zei Yonah. 'Daarna zal ik het de priesters gaan vertellen en zullen we een mis vieren in de kerk.'

Reyna's geloof zat niet diep; alleen de ernst van de dood bracht het naar boven. Ze haalde haar schouders op en zei dat hij maar moest doen wat hem goeddunkte.

Yonah werd zich ervan bewust dat hij nooit naar behoren om de dood van zijn vader had gerouwd. Nuño was ook een vader voor hem geweest, en hij wilde hem eren op de manier die hij zich van vroeger herinnerde. Hij verscheurde een van zijn kledingstukken, droeg binnenshuis geen schoenen, hing een doek voor de enige spiegel die het huis rijk was en zei elke morgen en avond kaddisj, zoals een zoon voor zijn vader.

Driemaal kwam er iemand langs die een dokter nodig had; een van hen nam hij mee naar de praktijkruimte in de schuur om een gekneusde pols te verbinden en tweemaal ging hij op huisbezoek om een zieke te behandelen. Ook ging hij langs bij vier patiënten van wie hij wist dat ze hem nodig hadden, maar steeds wanneer hij thuiskwam, hervatte hij zijn rouw.

Na zijn week sjiva en Nuño's rouwmis kwam Yonahs leven hem vreemd voor. Het was het begin van een nieuw bestaan, waarvoor hij nieuwe regels moest opstellen.

Reyna had een week gewacht voordat ze hem vroeg waarom hij nog steeds in het kleine kamertje op de matras sliep terwijl hij nu de eigenaar van het huis was. Nuño's kamer was de mooiste en had twee ramen, op het zuiden en het oosten, en er stond een groot, comfortabel kersenhouten bed.

Samen sorteerden ze de eigendommen van hun overleden meester. Zijn kleren waren van goede kwaliteit, maar hij was kleiner en dikker geweest dan Yonah. Maar Reyna kon goed naaien en zei dat ze enkele dingen wel veranderen kon zodat ze Yonah zouden passen. 'Je zult het fijn vinden om zo nu en dan iets van hem te dragen en dan aan hem te denken.' De kleren die hij niet kon gebruiken, legde ze apart en ze zei dat ze die naar haar dorp zou brengen, waar ze er blij mee zouden zijn.

Toen Yonah de kamer in gebruik nam, sliep hij voor het eerst sinds zijn vertrek uit Toledo weer in een bed. Nadat hij er een week of twee in geslapen had, begon hij zich de nieuwe bezitter te voelen; het huis en het land waren hem eigen geworden en hij ging ervan houden alsof hij er geboren was.

Wanneer hij bezig was met zijn patiënten, betreurden sommigen Nuño's heengaan. 'Hij was altijd een goede, zorgvuldige dokter en we waren erg op hem gesteld,' zei Pascual Cabrera. Maar hij en zijn vrouw waren, net als de meeste patiënten in de praktijk, tijdens Ramón Callicó's lange opleiding aan de jongere man gewend geraakt en leken heel tevreden over hem te zijn. Yonah was eerder gewend aan het feit dat hij nu de enige arts was dan aan het slapen in een bed. Als arts voelde hij zich niet echt alleen, want als hij naast een moeilijke patiënt stond, hoorde hij in zijn hoofd een aantal stemmen: van Avicenna, Galenus en Borgognoni, en altijd duidelijk die van Nuño, die zei: 'Denk aan wat de groten geschreven hebben en wat ik je geleerd heb. Kijk dan naar de patiënt met je ogen, ruik hem met je neus en betast hem met je handen, en denk zelf goed na om te beslissen hoe je hem zult behandelen.'

Hij en Reyna schikten zich in hun nieuwe leven, maar nog niet op een vanzelfsprekende manier. Als Yonah thuis was, las hij boeken uit de kleine medische bibliotheek of werkte hij aan zijn vertaling, terwijl Reyna haar best deed hem bij haar werk niet te storen.

Een paar maanden na Nuño's dood, toen Yonah in de stoel bij de haard ging zitten, schonk ze hem nog een glas wijn in en vroeg: 'Wat wil je morgen eten?'

Yonah voelde de hitte van de wijn en die van het vuur. Hij keek naar haar zoals ze daar naast hem stond, de goede huishoudster, alsof ze hem nooit dakloos en wanhopig had gezien, alsof hij altijd de meester van het huis was geweest.

'Ik zou het op prijs stellen als je gestoofd gevogelte voor me maakt.'

Ze keken elkaar aan en hij had geen flauw idee wat ze dacht. Maar ze knikte, en die avond kwam ze voor het eerst naar zijn kamer.

Ze was ouder dan hij, misschien wel een jaar of twintig. Er zaten grijze haren tussen de zwarte, maar haar lichaam was stevig doordat ze het soort werk deed dat haar niet voortijdig oud maakte, en ze was meer dan bereid het bed met hem te delen. Soms maakte ze een opmerking die Yonah deed geloven dat ze dit, toen ze nog jong was, ook had gedaan met Nuño's joodse meester, Gabriel Sporanis. Niet dat ze bij het huis hoorde, maar Yonah begreep dat de intieme omgang met een man haar energie gaf en toevallig werkte ze nu voor de derde ongetrouwde man voor wie ze na verloop van tijd genegenheid was gaan voelen.

Maar 's morgens was ze weer net zo'n beleefde, dienstwillige huishoudster als ze voor Nuño was geweest.

Yonah werd algauw een tevreden mens; hij had werk waar hij verbazingwekkend veel van hield, hij kreeg goed te eten en hij en Reyna schonken elkaar in zijn houten bed regelmatig lichamelijke bevrediging.

Als hij over zijn land wandelde, vond hij het jammer dat er geen gebruik van werd gemaakt. Maar hij was niet van plan er zelf iets mee te doen, om dezelfde reden als zijn voorgangers: de landarbeiders die hij in dienst zou moeten nemen mochten niet weten dat de onderzoekstafel in de praktijkruimte in de schuur die aan het huis vastzat ook weleens werd gebruikt voor het soort studie van de anatomie dat door velen tovenarij werd genoemd.

Dus toen het dat jaar lente werd, bewerkte hij alleen het deel van de grond dat hij zelf kon bijhouden. Hij installeerde drie bijenkorven voor honing en snoeide weer een aantal olijf- en fruitbomen, die hij bemestte met paardenmest. Later dat jaar leverde de boomgaard hun de eerste goede fruitoogst, voor de inmaak en de tafel. Met deze bezigheden erbij kon Yonah ten volle genieten van het wisselen van de seizoenen.

Nooit beging hij de fout in het bijzijn van anderen iets van zijn joodsheid te laten merken, maar op de avond voor de sabbat brandde hij in zijn kamer twee kaarsen en fluisterde: 'Gezegend zijt Gij, Heer onze God, Koning van het universum, die ons geheiligd heeft met Zijn geboden en ons heeft bevolen sabbatkaarsen aan te steken.'

De geneeskunde vulde en verrijkte zijn leven, bijna alsof het een godsdienst was die hij in het openbaar kon belijden, maar hij deed zijn best om innerlijk een jood te blijven. Het vertalen had hem weer vertrouwd gemaakt met de Hebreeuwse taal, maar hij wist niet meer hoe hij volgens de traditie van zijn vader moest bidden. Hij herinnerde zich slechts flarden van gebeden, en zelfs de grote lijnen van de sabbatdienst waren hem ontglipt. Hij kon zich bijvoorbeeld wel herinneren dat het deel met het staande gebed, de *amidah*, uit achttien benedicties bestond, maar hoe diep hij ook in zijn geheugen groef, hij kon er zich maar zeventien herinneren. Bovendien kon hij geen vrede hebben met een van de gebeden die hij zich wél kon herinneren: de twaalfde benedictie, die opriep tot de vernietiging van ketters.

Toen hij als jongen de gebeden uit zijn hoofd had geleerd, had hij zich niet in de betekenis ervan verdiept. Maar nu hij in de donkere schaduw leefde van een inquisitie die ketters vernietigde, stak dit gebed als een pijlpunt in zijn hart.

Betekende het dat als de joden de macht zouden hebben in plaats van de katholieken, zij ook God zouden misbruiken om ongelovigen te vernietigen? Was het een onwrikbare regel dat absolute religieuze macht absolute wreedheid met zich meebracht?

Ha-Rakhaman, onze Vader in de hemel, de enige God van ons allemaal, waarom laat U toe dat er in Uw naam zo genadeloos mensen afgeslacht worden?

Yonah was ervan overtuigd dat de oude wijzen die de achttien benedicties hadden geschreven devote geleerden waren geweest. Maar de twaalfde benedictie zou niet zijn geschreven als de schrijver de laatste jood in Spanje was geweest.

Op een dag zag Yonah op de Plaza Mayor in een berg waardeloze rommel waarachter een eenogige bedelaar-handelaar verscholen zat een voorwerp liggen dat hem de adem benam. Het was een kleine kelk, het soort kiddoesjkelk voor het zegenen van de wijn die zijn vader voor veel van zijn joodse klanten had gemaakt. Hij dwong zich eerst andere dingen op te pakken: een bit dat zo krom was dat het geen enkel paard meer zou passen, een smerige linnen zak, een wespennest waaraan nog een stuk tak kleefde...

Toen hij de kelk omdraaide, zag hij tot zijn teleurstelling dat deze niet door zijn vader was gemaakt, want de letters HT, die Helkias Toledano onder elk werkstuk had gezet, ontbraken. De kelk was waarschijnlijk door een zilversmid uit de omgeving van Zaragoza gemaakt en ongetwijfeld bij de uittocht achtergelaten of ingeruild. Hij was al heel lang niet gepoetst, want hij was zwart van het vuil en de aanslag van jaren, en bovendien erg bekrast.

Maar het was een kiddoesjkelk en hij wilde hem dolgraag hebben. Toch was hij te bang om hem te kopen, want het was een voorwerp dat alleen joden zou aanspreken. Misschien was het expres tussen de rommel van de bedelaar gegooid, als aas, zodat beschuldigende ogen de jood zouden zien die er zijn oog op liet vallen en het kocht.

Hij knikte tegen de bedelaar en wandelde verder, het hele plein rond, waarbij hij elke deur en elk raam en dak opnam om te zien of er iemand stond te kijken.

Toen hij niemand had gezien die hem in de gaten leek te houden, ging hij terug naar de bedelaar en begon weer in de berg rommel te grabbelen. Hij koos een stuk of vijf dingen uit die hij niet wilde hebben en de kelk, en hij vergat niet om volgens de gewoonte over te prijs te onderhandelen.

Thuis poetste hij de kelk zorgzaam op. Hoewel er een paar diepe krassen in zaten die niet weg te poetsen waren, werd de kiddoesjkelk een van zijn dierbaarste eigendommen.

De herfst van 1507 was nat en koud. Op alle openbare plaatsen was het hoesten niet van de lucht en Yonah maakte lange dagen. Af en toe hoestte hijzelf net zo pijnlijk als zijn patiënten.

In oktober werd hij naar het huis geroepen van doña Sancha Berga, een oudere Oud-Christelijke vrouw die in een groot, mooi ingericht huis in een goede buurt van Zaragoza woonde. Haar zoon, don Berenguer Bartolomé, en haar dochter Monica, de vrouw van een edelman in Alagón, waren erbij toen Yonah hun moeder onderzocht. Ze had nog een zoon, Geraldo, die koopman was in Zaragoza.

Doña Sancha was de weduwe van een beroemde kaartenmaker, Martín Bartolomé. Ze was een slanke, intelligente vrouw van vierenzeventig. Ze was niet erg ziek, maar vanwege haar leeftijd schreef Yonah wijn in heet water voor, die ze viermaal per dag moest drinken, en lepeltjes honing.

'Hebt u nog andere klachten, señora?'

'Alleen over mijn ogen. Ik kan steeds minder zien.'

Yonah schoof de gordijnen opzij om het licht binnen te laten en bracht zijn gezicht vlak voor het hare. Toen hij een voor een haar oogleden optrok, zag hij dat haar lenzen een beetje troebel waren.

'Het is een ziekte die we *cataracta* noemen,' zei hij.

'Ouderdomsblindheid is bij ons een familiekwaal. Mijn moeder was blind toen ze stierf,' zei doña Sancha gelaten.

'Kan er niets aan gedaan worden?' vroeg haar zoon.

'Jawel, er is een chirurgische ingreep die we "lichten" noemen, waarbij de troebele lens verwijderd wordt. In veel gevallen wordt het zicht er iets beter door.'

'Denkt u dat dit "lichten" voor mij een goed idee is?' vroeg doña Sancha.

Hij boog zich weer naar voren en bestudeerde nogmaals haar ogen. Hij had de operatie driemaal uitgevoerd, de eerste keer bij een lijk en tweemaal met Nuño naast zich die hem precies vertelde wat hij moest doen. Ook had hij het Nuño tweemaal zien doen.

'Kunt u nu nog iets zien?'

'Ja, maar steeds minder, en ik vind het vreselijk dat ik blind word.'

'Ik geloof dat een operatie bij u zou helpen, maar u mag er niet te veel van verwachten. Maar zolang u nog iets ziet, ook al is het maar een beetje, moeten we wachten. De cataracta is gemakkelijker te verwijderen als hij rijp is, dus we moeten geduld hebben. Ik zal regelmatig bij u komen kijken en u waarschuwen als het tijd is.'

Doña Sancha bedankte hem en don Berenguer nodigde hem uit in de bibliotheek een glas wijn te komen drinken. Yonah aarzelde. Hij probeerde het gevaar van vriendschappelijke contacten met Oude Christenen te vermijden, om te voorkomen dat ze naar zijn familie of connecties met de Kerk zouden vragen, of naar gemeenschappelijke vrienden. Maar het werd hem zo vriendelijk gevraagd dat hij eigenlijk niet kon weigeren, dus even later zat hij bij de haard in een prachtige kamer met een bureau en vier grote, met allerlei kaarten bedekte tafels.

Don Berenguer was zichtbaar blij met het vooruitzicht van een verbeterd gezichtsvermogen van zijn moeder. 'Kunt u een geschikte chirurg noemen die de operatie kan uitvoeren als de cataracta rijp is?' vroeg hij.

'Dat kan ik zelf wel,' zei Yonah aarzelend, 'maar als u liever een ander neemt, geloof ik dat señor Miguel de Montenegro een uitstekende keus is.'

'Dus u bent niet alleen huisarts maar ook chirurg?' vroeg don Berenguer verbaasd, terwijl hij wijn schonk uit een zware glazen karaf.

Yonah glimlachte. 'Net als señor Montenegro. Inderdaad zijn de meeste geneesheren huisarts of chirurg, maar sommige zijn beide en enkele doen dat zelfs heel goed. Mijn overleden leraar en oom Nuño Fierro was van mening dat chirurgen te vaak denken dat het mes de enige kans op genezing biedt en dat veel huisartsen zich vastklampen aan medicijnen terwijl er chirurgisch ingegrepen zou moeten worden.'

Don Berenguer knikte nadenkend en reikte Yonah een glas aan. Het was een zachte, uitstekende wijn, precies van het soort dat Yonah van een aristocratische familie zou verwachten. Weldra ontspande hij zich en begon hij het gezellig te vinden, want zijn gastheer stelde geen enkele vraag die hem in verlegenheid bracht.

Don Berenguer vertelde dat hij net als zijn vader en grootvader cartograaf was. 'Mijn grootvader, Blas Bartolomé, heeft de eerste wetenschappelijke kaarten van de Spaanse kustwateren getekend,' zei hij. 'Mijn vader hield zich voornamelijk bezig met rivierkaarten en ik trek regelmatig de bergen in om hoogten, wegen en passen in kaart te brengen.'

Don Berenguer liet hem de ene kaart na de andere zien en toen ze zich er samen overheen bogen, vergat Yonah zijn angst. Hij vertelde dat hij in zijn jeugd een poosje matroos was geweest en wees de rivier- en zeeroutes aan die hij had bevaren. Hij voelde zich verwarmd door de wijn en het gezelschap van deze interessante man die, naar hij vermoedde, weleens zijn vriend zou kunnen worden.

33

DE GETUIGE

In de eerste week van april kwam er een man van het kantoor van de baljuw van Zaragoza bij Yonah langs en zei dat hij als getuige voor het gemeentelijke gerechtshof moest verschijnen, bij een proces dat die donderdag over veertien dagen zou plaatsvinden.

De avond voor het proces ging Yonah weer naar beneden toen Reyna in haar al afkoelende bad voor de haard zat. Hij pakte de ketel van de haak boven de vlammen en terwijl hij het badwater weer opwarmde, praatten ze over de oproep van de rechtbank. 'Het gaat over die twee jongens,' zei hij.

De zaak was al in het hele district bekend. Op een wintermorgen hadden twee veertienjarige jongens, die al sinds hun kleutertijd bevriend waren, ruzie gekregen over een houten paardje. De jongens, Oliverio Pita en Guillermo de Roda, hadden jaren met het paardje gespeeld en soms stond het bij de een thuis en soms bij de ander. Het was een ruw uitgesneden, eenvoudig stukje speelgoed, maar op een dag kregen ze ruzie over wie de eigenaar was.

Ze eisten het allebei op en zeiden dat de ander er alleen maar mee had mogen spelen, en zoals jongens vaak doen werden ze handtastelijk. Als ze een paar jaar ouder waren geweest, had de woordenwisseling op een duel kunnen uitlopen, maar nu eindigde deze in een vuistgevecht en wrok. De zaak verergerde toen een van de ouders van beide jongens zich plotseling herinnerde dat het paard al jaren in de familie was.

Toen de jongens elkaar daarna tegenkwamen, gooiden ze met stenen. Oliverio kon veel beter mikken en werd zelf niet geraakt, maar een paar van zijn projectielen troffen Guillermo en een ervan schampte langs diens rechterslaap. Toen hij met een bebloed gezicht thuiskwam, liet zijn bezorgde moeder meteen de dokter komen en reed Yonah naar het huis van de Roda's om de jongen te behandelen. Het voorval zou misschien na verloop van tijd in de vergetelheid zijn geraakt als Guillermo geen koorts had gekregen en niet was gestorven.

Yonah had de diepbedroefde ouders uitgelegd dat Guillermo was overleden aan een besmettelijke ziekte en niet aan de lichte wond van een paar weken geleden. Maar in zijn verdriet was Ramiro de Roda naar de baljuw gegaan om een aanklacht in te dienen tegen Oliverio

Pita, waarin hij beweerde dat de ziekte het gevolg was geweest van de kwetsuur en dat Oliverio dus de oorzaak van Guillermo's dood was. De baljuw had een vooronderzoek gelast om erachter te komen of de jongen van moord kon worden beschuldigd.

'Het is een tragedie,' zei Reyna. 'En nu is de arts van Zaragoza erbij betrokken.' Ze voelde Yonahs bezorgdheid aan. 'Maar je hoeft in dit drama van de twee jongens toch nergens bang voor te zijn?'

'Ik zal een vooraanstaande familie in Zaragoza tegen me in het harnas jagen, en we weten allebei dat artsen anoniem bij de inquisitie aangeklaagd kunnen worden. Ik houd de Roda's liever te vriend.'

Reyna knikte. 'Maar je kunt een oproep van de baljuw niet negeren.'

'Nee. Bovendien is het een kwestie van rechtvaardigheid. Ik kan maar één ding doen.'

'En dat is?' Reyna zeepte een arm in.

'Erheen gaan en de waarheid vertellen.'

Het vooronderzoek vond plaats in de kleine vergaderzaal op de eerste verdieping van het gemeentehuis, die al vol zat toen Yonah binnenkwam.

José Pita en zijn vrouw Rosa Menendez hielden hun ogen gericht op Yonah. Nadat hun zoon aangeklaagd was, waren ze direct naar hem toe gegaan en hij had hun de waarheid verteld zoals hij die zag.

Oliverio Pita zat met grote ogen tegenover de ernstig kijkende, meteen ter zake komende magistraat, die de zitting opende door met zijn grote ambtsring op de tafel te kloppen.

Alberto Porreño, de koninklijk aanklager, die Yonah oppervlakkig kende, was een kleine man met een hoofd dat groter leek door zijn dikke bos zwart haar. Als eerste getuige riep hij Ramiro de Roda.

'Señor Roda, uw zoon Guillermo de Roda is op veertienjarige leeftijd op 14 februari in het jaar onzes Heren 1508 gestorven?'

'Ja, señor.'

'Waaraan is hij gestorven, señor Roda?'

'Hij is aan het hoofd getroffen door een steen die in woede naar hem is gegooid; de fatale wond heeft tot een vreselijke ziekte geleid die hem mee de dood in heeft genomen.' Hij keek naar Yonah. 'De arts kon Guillermo, mijn enige zoon, niet redden.'

'Wie heeft de steen gegooid?'

'Hij.' De ondervraagde strekte zijn arm en wees met een vinger. 'Oliverio Pita.' De jongen was lijkbleek geworden en staarde naar het tafelblad voor zich.

'Hoe weet u dat?'

'Dat heeft een gemeenschappelijke buurman, señor Rodrigo Zurita, gezien.'

'Is señor Zurita aanwezig?' vroeg de aanklager, en toen een magere man met een witte baard zijn hand opstak, richtte de aanklager zijn vragen tot hem.

'Hoe kwam het dat u de jongens stenen naar elkaar zag gooien?'

'Ik zat voor mijn huis mijn botten te warmen in de zon en zag het gebeuren.'

'Wat zag u gebeuren?'

'Ik zag José Pita's zoon, die jongen daar, de steen gooien die de arme Guillermo, een beste kerel, tegen het hoofd trof.'

'U zag dus waar de steen hem raakte?'

'Ja, tegen zijn hoofd,' zei de man, en hij wees naar zijn voorhoofd, tussen zijn ogen. 'Ik zag het duidelijk. De steen kwam zo hard aan dat ik bloed en etter uit de wond zag stromen.'

'Dank u, señor.'

Vervolgens richtte señor Porreño zich tot Yonah. 'Señor Callicó, u hebt de jongen na het ongeluk behandeld?'

'Ja, señor.'

'Wat was er met hem aan de hand?'

'Hij had de steen niet tegen zijn voorhoofd gekregen,' antwoordde Yonah, niet op zijn gemak. 'De steen was langs zijn rechterslaap geschampt, vlak voor en boven zijn oor.'

'Niet hier?' De aanklager drukte zijn vinger tegen het midden van Yonahs voorhoofd.

'Nee, señor, hier.' Yonah raakte zijn slaap aan.

'Kunt u me iets meer over de wond vertellen?'

'Het was een lichte wond, een schaafwond. Ik heb het opgedroogde bloed van zijn gezicht geveegd en de wond gewassen. Dat soort schaafwonden geneest meestal snel als ze met wijn worden schoongemaakt, dus ik heb er een in wijn gedrenkte doek voor gebruikt. Verder heb ik er niets aan gedaan. Ik weet nog dat ik toen dacht dat Guillermo bofte, omdat de wond heel wat erger zou zijn geweest als de steen hem wat meer naar links had geraakt.'

'Is een wond dan niet erg genoeg als er bloed en etter uit komen?'

Yonah zuchtte inwendig, maar hij kon de waarheid niet omzeilen.

'Er kwam geen etter uit.' Hij zag señor Zurita's woedende ogen. 'Etter is niet iets dat al in de menselijke huid zit en naar buiten stroomt als de huid breekt. Etter wordt vaak geproduceerd ná een verwonding, wanneer een open wond blootstaat aan kwade dampen in de lucht, zoals die van mest of ontbindend vlees. Toen ik de wond schoonmaakte, kwam er geen etter uit en ook niet toen ik er drie weken later nog eens naar keek. Tegen die tijd zat er een korst op de wond en voelde deze koel aan, niet broeierig. De wond was zo goed als genezen.'

'Maar twee weken later was Guillermo dood,' zei de aanklager.

'Ja, maar niet van die lichte hoofdwond.'

'Waar dan van, señor?'

'Hij is gestorven aan hoge koorts veroorzaakt door een zware hoest en slijm in de longen.'

'En wat was de oorzaak van die ziekte?'

'Dat weet ik niet, señor. Ik wou dat ik het wist. Een arts ziet deze ziekte met ontmoedigende regelmaat, en sommige patiënten sterven eraan.'

'Bent u er zeker van dat de door Oliverio Pita gegooide steen niet de oorzaak was van het overlijden van Guillermo de Roda?'

'Daar ben ik zeker van.'

'Wilt u daar een eed op doen, señor geneesheer?'

'Jazeker.'

Toen de stadsbijbel voor Yonah werd neergelegd, plaatste hij er zijn hand op en zwoer dat hij de waarheid had gesproken.

De aanklager knikte en beval de beklaagde op te staan. De magistraat waarschuwde hem dat hij onmiddellijk streng gestraft zou worden als hij ooit weer iets uithaalde waardoor hij voor de rechtbank zou moeten verschijnen. Vervolgens klopte hij nogmaals met zijn ring op tafel en stelde Oliverio Pita in vrijheid.

'Señor,' zei José Pita, met zijn armen om zijn huilende zoon heen, 'we staan voor eeuwig bij u in de schuld.'

'Ik heb alleen de waarheid verteld, meer niet,' zei Yonah.

Hij steeg meteen op zijn paard en reed de stad uit, en probeerde de kille afkeer in de ogen van Ramiro de Roda te vergeten. Hij wist dat de familie Roda en hun vrienden tot aan hun dood zouden geloven dat de jonge Guillermo was overleden aan een geworpen steen, maar hij had de waarheid verteld en was blij dat het achter de rug was.

Vanaf het andere eind van de straat kwam iemand hem tegemoetlopen en toen de figuur dichterbij was, herkende Yonah hem.

Een geestelijke in een zwarte pij.

Een broeder, een lange man.

Lieve God, dacht hij, toen hij de onmiskenbare bochel die de man met zich meedroeg zag.

Er was niemand anders in de buurt, niemand die terwijl ze elkaar naderden hun aandacht kon afleiden. Moest hij gewoon langs broeder Lorenzo de Bonestruca heen rijden, alsof hij hem niet kende? Maar dat kon hij niet riskeren, want stel dat Bonestruca hém herkende. En Bonestruca wist natuurlijk dat niemand een broeder met zijn uiterlijk gauw zou vergeten.

'Goedendag,' zei Yonah beleefd toen ze elkaar passeerden, en Bonestruca knikte.

Maar nog geen tien stappen verder hoorde Yonah roepen: 'Señor!'

Hij draaide de Arabische schimmel om en reed terug naar de broeder.

'Ik geloof dat ik u ken, señor.'

'Ja, broeder Bonestruca, we hebben elkaar een aantal jaren geleden in Toledo ontmoet.'

Bonestruca gebaarde met zijn hand. 'Ja, in Toledo, maar eh... uw naam?'

'Ramón Callicó. Ik was naar Toledo gereisd om een harnas af te leveren bij de graaf van Tembleque.'

'Ja, dat is waar ook! De leerling-wapensmid uit Gibraltar! Ik heb dat mooie harnas van graaf Vasca mogen bewonderen, hij is er terecht erg trots op. Bent u om net zo'n soort reden naar Zaragoza gekomen?'

'Nee, ik woon hier. Mijn meester en oom, de wapensmid Manuel Fierro, is overleden en toen ben ik naar Zaragoza gereisd om bij zijn broer Nuño in de leer te gaan. Hij was arts.'

Bonestruca knikte vol belangstelling. 'Zo te horen hebt u geboft met uw ooms.'

'Dat vind ik ook. Helaas is Nuño inmiddels ook overleden, en nu ben ik hier de geneesheer.'

'De geneesheer? O, dan zullen we elkaar beslist vaker ontmoeten, want ik ben hier ook komen wonen.'

'Dan denk ik dat u het in Zaragoza naar uw zin zult hebben, want het is een stad vol goede mensen.'

'O ja? Echt goede mensen zijn van onschatbare waarde, maar ik heb al lang geleden ontdekt dat er onder een rechtvaardig uiterlijk vaak duistere, veel minder goede dingen schuilgaan.'

'Daar hebt u beslist gelijk in.'

'Het is erg prettig een bekende te treffen als men zich vanuit een vertrouwde omgeving in een nieuwe plaats vestigt. We moeten eens iets afspreken, señor Callicó.'

'Dat moeten we doen.'

'Voorlopig tot ziens. Moge Christus met u zijn.'

'En met u, broeder Bonestruca.'

34

HET HUIS VAN DE BROEDER

Broeder Lorenzo de Bonestruca was niet naar Zaragoza overgeplaatst als beloning of bevordering, maar eerder als terechtwijzing. De bron van zijn problemen waren zijn overleden koningin, Isabella van Spanje, en aartsbisschop Francisco Jiménez de Cisneros. Toen Cisneros in 1495 aartsbisschop van Toledo was geworden, had hij de koningin overgehaald hem te steunen in een campagne om de Spaanse geestelijkheid, die was verworden tot een broeinest van wandaden en corruptie, te reorganiseren. Geestelijken waren gewend geraakt aan een luxueus leven; ze bezaten grote landgoederen, bedienden, minnaressen en allerlei andere attributen der rijken.

Cisneros en Isabella namen ieder de helft van de kerkafdelingen voor hun rekening. De koningin bezocht de vrouwenkloosters, waar ze de nonnen door haar positie met vleierij en dreigementen kon overhalen terug te keren tot de eenvoudige manier van leven van de vroege Kerk. De aartsbisschop ging, in een eenvoudig bruin habijt en op een ezel, langs de mannenkloosters, waarvan hij de eigendommen noteerde en waar hij er bij de monniken op aandrong alles wat ze niet voor hun dagelijks leven nodig hadden aan de armen te geven.

Broeder Bonestruca was in het net van de reorganisatie blijven hangen.

Hij was slechts vier jaar celibatair geweest, want toen zijn lichaam eenmaal het genot van gemeenschap met een vrouw had leren kennen, had hij dikwijls aan zijn hartstocht toegegeven. Al tien jaar had hij een minnares, Maria Juana Salazar, en ze hadden samen drie kinderen. Ze was zijn vrouw in alles behalve naam en hij had haar aanwezigheid nooit verzwegen. Dat was ook niet nodig geweest, want hij was niet de enige die zo leefde. Maar toen de hervorming tot deugdzaamheid vaart kreeg, bleken heel wat mensen van zijn huiselijke situatie op de hoogte te zijn. Eerst had de oude priester die al jaren zijn biechtvader was hem moeten waarschuwen dat de tijd waarin van alles door de vingers werd gezien voorbij was en dat berouw en verandering de sleutels tot overleving waren. Toen Bonestruca deze waarschuwing in de wind sloeg, werd hij voor een gesprek met de aartsbisschop naar de kanselarij geroepen. Cisneros had geen blad voor de mond genomen.

'Je moet haar wegsturen, en wel meteen. Als je dat niet doet, zal ik je straffen.'

Toen had Bonestruca besloten dat het tijd was voor geheimhouding en misleiding. Hij bracht Maria Juana en de kinderen naar een ander dorp, halverwege Toledo en Tembleque, en vertelde niemand iets over de verhuizing. Hij ging er stiekem op bezoek en bleef soms wekenlang weg.

Toch werd hij op een dag opnieuw naar de kanselarij geroepen. Deze keer werd hij ontvangen door een dominicaner priester, die hem vertelde dat hij vanwege zijn ongehoorzaamheid overgeplaatst was naar het kantoor van de inquisitie in de stad Zaragoza. Hij moest meteen vertrekken.

'En alleen,' had de priester er sarcastisch aan toegevoegd.

Dat had hij gedaan, maar aan het eind van de lange reis was het tot hem doorgedrongen dat wat anderen als een straf voor hem beschouwden, hem in feite de kans bood op het privéleven waarnaar hij verlangde.

Ruim een maand nadat Yonah de inquisiteur op straat tegengekomen was, kwam een in een bruine pij geklede novice hem vragen naar broeder Bonestruca te komen, die op de Plaza Mayor op hem wachtte.

Hij trof broeder Bonestruca onder de enige boom op het plein.

De broeder knikte en stond op van de bank. 'Ik neem u mee ergens heen en u mag tegen anderen met geen woord praten over wat u daar ziet of doet. Als u dat wel doet, word ik ontzettend boos en ik kan u garanderen dat mijn boosheid verschrikkelijke gevolgen kan hebben. Begrijpt u me goed?'

Yonah probeerde kalm te blijven. 'Ik begrijp u goed,' zei hij neutraal.

'Kom dan maar mee.'

Bonestruca liep voor Yonah te paard uit. Af en toe keek hij om om te zien of ze niet gevolgd werden. Op de oever van de rivier tilde hij zonder aarzelen de lange rok van zijn zwarte pij omhoog om door het ondiepe, snel stromende water te waden. Aan de overkant bracht hij Yonah naar een kleine, maar solide finca, waarvan een nieuw raamkozijn recent onderhoud verried. Bonestruca deed zonder te kloppen de deur van het boerderijtje open en liep naar binnen. Yonah zag een aantal zakken van linnen en leer staan, en een houten kist die nog niet uitgepakt was. Binnen stond een vrouw met een baby op de arm en twee kinderen die zich achter haar rok verscholen.

'Dit is Maria Juana,' zei Bonestruca.

Yonah nam zijn hoed af. 'Señora.'

Ze was mollig, ze had een bruine huid en een hartvormig gezicht met grote donkere ogen en volle rode lippen. Haar melk bevlekte de stof over haar ronde borsten.

'Dit is Callicó, hij is arts,' zei Bonestruca tegen haar. 'Hij zal Filomena onderzoeken.'

Bonestruca maakte zich zorgen over de baby, die koorts had en zweren rondom haar mond. Het oudste kind, Hortensia, was zeven, en de jongen, Dionisio, was vijf. Yonah werd vervuld van medelijden toen hij naar hen keek. De benen van de meisjes waren misvormd en alle drie de kinderen hadden de ver uit elkaar staande tanden waar Nuño hem op gewezen had.

Bonestruca zei dat de kinderen doodmoe waren en zich niet lekker voelden nadat ze pas twee dagen geleden met hun moeder uit Toledo waren aangekomen. 'Ik weet dat die zweertjes van Filomena zullen genezen, want de andere twee hebben daar ook last van gehad.'

'Bent u de vader van deze kinderen, broeder Bonestruca?'

'Natuurlijk.'

'Hebt u, toen u nog jong was, de ziekte gehad die we *malum venereum* noemen?'

'Krijgen de meeste jongemannen die ziekte niet een keer in hun leven? Ik zat onder de korstachtige zweren, maar ik ben genezen en de symptomen zijn nooit teruggekomen.'

Yonah knikte discreet. 'U hebt uw... Maria Juana ermee besmet.'

'Dat is waar.'

'En zij heeft de ziekte bij de geboorten overgebracht op de kinderen. Daarom hebben de meisjes misvormde benen.'

'Waarom zijn de benen van mijn zoon dan recht?'

'Omdat de ziekte zich op verschillende manieren kan manifesteren.'

'Dus hun benen zijn krom omdat ze syfilis hebben! Ik heb altijd gedacht dat het de erfenis van mijn misvormde lichaam was, hoewel ze geen van drieën een bochel hebben.'

Hij gaf Yonah de indruk dat hij bijna blij was dat hij de schuld aan een ziekte kon geven in plaats van aan zijn eigen mismaaktheid.

'Die zweren gaan gelukkig weer weg,' zei de broeder opgewekt.

Maar hun kromme benen en misvormde gebit niet, dacht Yonah. En wie weet welke rampen deze kinderen nog meer te wachten zouden staan.

Hij onderzocht de kinderen en schreef een zalf voor de zweren voor. 'Ik kom volgende week terug,' zei hij. Toen Bonestruca vroeg hoeveel het huisbezoek kostte, noemde Yonah op zakelijke toon het normale bedrag. Hij had geen enkele behoefte aan een vriendschap met broeder Bonestruca.

De volgende dag bracht een man met de naam Evaristo Montalvo zijn oude echtgenote, Blasa de Gualda, naar de praktijk.

'Ze is blind, señor.'

'Laat me maar eens kijken,' zei Yonah, en hij nam de vrouw mee naar het heldere licht bij het raam.

Hij zag dat haar beide ogen troebel waren, troebeler dan die van doña Sancha Berga, de moeder van don Berenguer Bartolomé. Deze staar was zo rijp dat de lenzen een geelwitte kleur hadden.

'Kunt u me helpen, señor?'

'Dat kan ik niet beloven, señora. Maar ik kan het wel proberen, als u dat wilt. Dan moet ik opereren.'

'In mijn ogen snijden?'

'Ja. U hebt wat we cataracten noemen in beide ogen. De lenzen zijn troebel geworden en dat blokkeert uw zicht, zoals een scherm het licht door een raam kan blokkeren.'

'Ik wil weer zien, señor.'

'U zult nooit meer zo goed kunnen zien als toen u jong was,' waarschuwde Yonah vriendelijk. 'Zelfs als de operatie lukt, zult u niet in de verte kunnen zien, alleen dichtbij.'

'Maar dan kan ik wel weer koken, en misschien zelfs naaien, nietwaar?'

'Misschien wel. Maar als de operatie mislukt, zult u voorgoed blind zijn.'

'Maar dat ben ik nu ook, señor. Voert u de operatie dus alstublieft uit.'

Yonah zei dat ze de volgende dag terug moesten komen. Die middag maakte hij de operatietafel schoon en legde alles klaar wat hij nodig zou hebben. 's Avonds las hij bij de olielamp nog een paar maal door wat Teodorico Borgognoni over het lichten van de ogen had geschreven.

'Ik heb je hulp nodig,' zei hij tegen Reyna. Door haar oogleden op te tillen liet hij haar zien hoe hij wilde dat ze dat bij zijn patiënte zou doen om te voorkomen dat de vrouw met haar ogen zou knipperen.

'Maar misschien kan ik er niet tegen dat je in iemands ogen snijdt,' zei Reyna.

'Je mag je hoofd afwenden, mits je ervoor zorgt dat je haar oogleden stevig vast hebt. Kun je dat doen?'

Reyna knikte aarzelend en zei dat ze het zou proberen.

Toen Evaristo Montalvo Blasa de Gualda de volgende morgen kwam brengen, zei Yonah dat de oude man maar een lange wandeling moest gaan maken. Hij gaf Blasa twee koppen sterkedrank met slaappoeder erin te drinken.

Samen met Reyna legde hij de oude vrouw op de tafel en bond haar bij de polsen, de enkels en het voorhoofd vast met repen stof die breed genoeg waren om niet in het vlees te snijden, opdat ze zich niet zou bewegen.

Vervolgens pakte hij het kleinste scalpel van de door Manuel Fierro gemaakte instrumenten en knikte tegen Reyna: 'Laten we beginnen.'

Toen de oogleden opgetrokken waren, sneed hij heel voorzichtig rondom de lens van het linkeroog.

Blasa haalde sidderend adem.

'Het duurt niet lang,' zei Yonah. Met de punt van het kleine scherpe lemmet lichtte hij de troebele lens op tot deze in het oog zelf viel, en uit de weg was. Daarna deed hij hetzelfde met het rechteroog.

Toen hij klaar was, bedankte hij Reyna en zei dat ze de oogleden kon laten zakken. Ze knoopten Blasa los en Yonah legde koele, vochtige kompressen op haar ogen, die traanden – of huilde ze? Voorzichtig veegde Yonah haar wangen droog.

'Doe uw ogen nu maar open, señora Gualda.'

Haar oogleden gingen omhoog. Ze knipperde tegen het licht en keek Yonah aan.

'U bent een knappe man, señor,' zei ze.

Yonah hoopte dat Bonestruca er niet zou zijn wanneer hij weer naar de finca bij de rivier ging en onderdrukte zijn ergernis toen deze de deur opendeed. De drie kinderen waren bijgekomen van de vermoeiende reis en maakten een gezondere indruk. Yonah besprak hun voeding met de moeder, die met naïeve trots vertelde dat ze meer dan genoeg vlees en eieren te eten kregen.

'En ik drink graag een uitstekende wijn,' zei Bonestruca opgewekt, 'daar zal ik voor ons beiden een beker van inschenken.'

Het was duidelijk dat hij een weigering niet zou dulden, dus Yonah volgde hem naar zijn studeerkamer. Daar moest hij zijn best doen om kalm te blijven, want er lagen souvenirs uitgestald van de oorlog van de broeder tegen de joden: een stel fylacteria, een keppeltje en – Yonah kon zijn ogen nauwelijks geloven – een thorarol.

De wijn was uitstekend. Terwijl Yonah er slokjes van dronk en zich inspande om in plaats van naar de thora naar het gezicht van zijn vijand te kijken, vroeg hij zich af hoe gauw hij diens huis kon ontvluchten.

'Kunt u Turks dammen?' vroeg Bonestruca.

'Nee, daar heb ik zelfs nog nooit van gehoord.'

'Het is een fantastisch spel waar je heel goed bij na moet denken. Ik zal het u leren.' Tot Yonahs ergernis stond Bonestruca op en pakte een vierkant bord van een plank, dat hij op het tafeltje tussen hen in legde, en twee stoffen zakjes.

Het bord was verdeeld in lichte en donkere ruiten, vierenzestig, zei Bonestruca. In elk zakje zaten twaalf gladde steentjes, zwarte in het ene en lichtgrijze in het andere. Bonestruca gaf Yonah de zwarte en zei dat hij ze op de eerste twee rijen zwarte ruitjes op zijn kant van het bord moest leggen. Hijzelf legde de lichtgrijze steentjes op de lichte ruitjes aan zijn kant. 'Nu hebben we vier rijen soldaten, waarmee we oorlog gaan voeren, señor.'

De broeder legde uit dat de steentjes een voor een schuin naar voren moesten worden geschoven naar een aangrenzend leeg ruitje. 'Zwart mag beginnen. Als mijn soldaat op een aangrenzend ruitje staat en er achter hem een leeg ruitje is, moet hij gevangen en meegenomen worden. De soldaten mogen zich alleen voorwaarts bewegen. Als een held de achterste rij van zijn vijand bereikt, wordt hij tot koning gekroond door een steentje van dezelfde kleur boven op hem te leggen. En zo'n dubbele steen mag ook achterwaarts bewegen, want niemand kan een koning voorschrijven waar hij wel en niet mag staan. Een leger is overwonnen wanneer de soldaten allemaal gevangengenomen zijn of geen kant meer op kunnen.' Bonestruca zette alle steentjes weer op hun plaats. 'En nu, dokter, mag u de aanval op me openen!'

Ze speelden vijf spelletjes oorlog. In de eerste twee veldslagen maakte Bonestruca korte metten met Yonah, maar Yonah leerde ervan dat hij moest opletten wat hij deed. Een paar keer verleidde Bonestruca hem tot een domme zet door een eigen soldaat op te offeren om er een aantal van Yonah te veroveren. Na een poosje herkende Yonah zo'n valkuil en wist hij deze te omzeilen.

'Aha, een vlugge leerling,' zei de broeder. 'Ik zie al dat u binnenkort een geduchte tegenstander zult zijn.'

Yonah kwam erachter dat hij het hele veld voortdurend moest overzien om de zetten van zijn tegenstander te kunnen voorspellen en zijn eigen kansen te kunnen benutten. Het viel hem op dat Bonestruca hem voortdurend in de val wilde laten lopen, en na het vijfde spelletje had hij zich daar tot op zekere hoogte tegen leren wapenen.

'Ik zie het al, señor, u bent zo slim als een vos of een echte generaal,' zei Bonestruca. Maar hijzelf was nog slimmer en hij had het nog steeds gemakkelijk van Yonah kunnen winnen.

'Nu moet ik weg,' zei Yonah met tegenzin.

'Maar u moet gauw terugkomen voor weer een paar spelletjes. Morgenmiddag, of overmorgen?'

'Het spijt me, maar 's middags bezoek ik mijn patiënten.'

'Ja natuurlijk, u hebt een drukke praktijk. Wat vindt u ervan om een afspraak te maken voor woensdagavond? Kom dan zo vroeg mogelijk, dan zorg ik dat ik er ook ben.'

Waarom niet, dacht Yonah. 'Dat is goed,' zei hij. Het zou interessant zijn te ontdekken hoe Bonestruca's brein werkte door met hem te dammen.

Op woensdagavond reed hij weer naar de finca bij de rivier. Hij en Bonestruca zaten in de studeerkamer en dronken de lekkere wijn, kraakten amandelen en aten vlees terwijl ze ieder aan een kant van het bord hun steentjes verschoven.

Yonah keek zowel naar het spel als naar het gezicht van zijn tegenstander om te proberen achter diens manier van denken te komen, maar van Bonestruca's gezicht was niets af te lezen. Toch leerde hij bij elk spelletje iets meer over het spel zelf en over Bonestruca. Net als de eerste keer speelden ze vijfmaal.

'We doen er nu langer over,' merkte Bonestruca op. Toen hij voorstelde de volgende woensdagavond weer bij elkaar te komen, stemde Yonah daar zo gretig mee in dat hij glimlachte.

'Aha, ik zie dat het spel uw ziel begeestert.'

'Alleen mijn brein, broeder Bonestruca.'

'Dan zal ik tijdens het spelen ook uw ziel bewerken, señor.'

Yonah had er nog twee spelavonden voor nodig om voor het eerst te winnen, en in de weken daarna verloor hij weer alleen maar. Maar langzamerhand ging hij vaker winnen en naarmate hij Bonestruca's strategieën beter doorkreeg, moesten ze allebei dieper nadenken en duurden de spelletjes langer.

Hij was ervan overtuigd geraakt dat Bonestruca het damspel speelde zoals het leven zelf: met schijnbewegingen, trucs en het manipuleren van zijn tegenstanders. De broeder begroette hem meestal met een ontwapenende vriendelijkheid, maar Yonah ontspande zich nooit in zijn gezelschap omdat hij wist dat de man in een handomdraai zijn duistere kant kon tonen.

'Ik zie dat u toch niet zo'n knappe kop bent als ik dacht, dokter,' zei Bonestruca een keer minachtend nadat hij met gemak een spelletje had gewonnen. Maar hij drong er steeds weer op aan dat Yonah binnenkort terug zou komen.

Yonah deed zijn uiterste best om van de broeder te winnen. Hij verdacht Bonestruca ervan een bullebak te zijn, wiens macht werd aangewakkerd door angst, maar die misschien kwetsbaar was voor iemand die hem partij kon geven.

'Ik ben nog maar kort in Zaragoza en toch heb ik al een jood ontmaskerd,' zei de broeder op een woensdagavond terwijl hij een slag deed.

'O ja?' zei Yonah luchtig, terwijl hij een soldaat inzette om de aanval af te slaan.

'Ja, een afvallige jood die net doet of hij een Oude Christen is.'

Had Bonestruca zijn geheim ontdekt? Stond hij op het punt Yonahs leven te verwoesten? Yonah staarde strak naar het bord, schoof een soldaat naar het ruitje waar hij verslagen was en sloeg twee stukken van Bonestruca. 'U bent zielsgelukkig als u een jood vangt, dat hoor ik aan uw stem,' zei hij, en hij verbaasde zich over de koele klank van zijn eigen stem.

'Denk maar eens aan wat er geschreven staat: zij die de wind zaaien, zullen de wervelwind oogsten.'

Hij kan oprotten, dacht Yonah. Hij keek de broeder recht aan en zei: 'Staat er ook niet geschreven: gezegend zijn de genadigen, want zij zullen genade ontvangen?'

Bonestruca glimlachte. Hij genoot. 'Dat heeft Mattheus inderdaad geschreven. Maar denk hier ook eens over na: "Ik ben de opstanding en het leven. Hij die in mij gelooft, ook al is hij dood, zal leven. En wie leeft en in mij gelooft, zal nooit sterven." Is een onsterfelijke ziel behoeden voor de hel dan geen genadige daad? Want dat doen we als we joodse zielen vóór het vuur verzoenen met Christus. We maken een eind aan een miserabel, fout leven en schenken eeuwige vrede en triomf.'

'Wat gebeurt er met iemand die niet verzoend wil worden?'

'Mattheus zegt vermanend: "Als uw rechteroog u kwelt, ruk het uit en gooi het weg. Want het is beter dat een van uw leden wordt vernietigd dan dat u allen in het vagevuur wordt gegooid." '

Glimlachend voegde hij eraan toe dat de jood die deed alsof hij een Oude Christen was binnenkort opgepakt zou worden.

Die nacht deed Yonah van ellende geen oog dicht en de volgende dag wachtte hij in angstige spanning af. Hij was bereid om te vluchten voor zijn leven, maar hij kende Bonestruca inmiddels goed genoeg om te beseffen dat deze ook over de valse Oude Christen kon zijn begonnen om hem in de val te laten lopen. Stel dat Bonestruca op zijn beurt wachtte om te zien of de arts ervandoor zou gaan? Als de inquisiteur alleen maar iets vermoedde, kon Yonah beter gewoon doen alsof er niets aan de hand was.

Die morgen behandelde hij zoals elke dag patiënten in zijn praktijkruimte. 's Middags ging hij op huisbezoek. Hij was net weer thuis zijn paard aan het afzadelen toen een paar soldaten van de baljuw de weg naar zijn huis op kwamen rijden.

Op dit moment had hij gewacht en hij was erop voorbereid. Het had geen zin zich over te geven aan lieden die hem kwamen ophalen voor de inquisitie. Als ze hem onder dwang zouden willen meenemen, zou zijn zwaard hem wellicht een goede dienst bewijzen en als hij zou sterven, zou dat een betere dood zijn dan de dood in de vlammen.

Maar een van de ruiters leunde naar voren en vroeg beleefd: 'Señor Callicó, de baljuw verzoekt u meteen mee te komen naar de gevangenis in Zaragoza, want daar is behoefte aan een arts.'

'Waarom?' vroeg Yonah, absoluut niet overtuigd.

'Een jood heeft er geprobeerd zijn pik af te snijden,' antwoordde de soldaat ruw, en zijn metgezel grijnsde.

'Hoe heet die jood?'

'Bartolomé.'

De klap kwam zo hard aan dat hij hem ook bijna lijfelijk voelde. Yonah dacht aan het prachtige huis en de aristocratische, intelligente man met wie hij in die fraaie studeerkamer vol kaarten zo'n interessant gesprek had gevoerd. 'Don Berenguer Bartolomé? De cartograaf?'

De soldaat haalde zijn schouders op, maar zijn metgezel knikte en spuugde.

'Dat is 'm,' zei hij.

Bij de ingang van de gevangenis zat een jonge priester in een zwarte pij achter een tafel, waarschijnlijk om de namen te noteren van degenen die een gevangene wilden spreken.

'We hebben de dokter meegebracht,' zei een van de soldaten.

De priester knikte. 'Don Berenguer Bartolomé heeft zijn waterkom gebroken en geprobeerd zichzelf met een scherf te besnijden,' zei hij tegen Yonah. Hij gebaarde dat de bewaker de buitenste deur open mocht doen en de bewaker bracht Yonah naar een cel, waar Berenguer op de vloer lag. Hij liet Yonah naar binnen gaan en deed de deur achter hem weer op slot.

'Als u klaar bent, roep me dan, dan laat ik u eruit,' zei hij, en hij liep weg.

Berenguers broek stond stijf van het bloed. Een heer en de afstammeling van een reeks heren, dacht Yonah. Een vooraanstaand man, wiens grootvader de kust van Spanje in kaart heeft gebracht. En nu ligt hij in de gevangenis op de vloer, stinkend naar bloed en urine.

'Het spijt me, don Berenguer.'

Berenguer knikte. Hij kreunde toen Yonah zijn broek openmaakte en naar beneden trok.

Yonah had altijd een fles sterkedrank in zijn tas. Berenguer pakte hem gretig aan en dronk met volle teugen.

De penis zag er afschuwelijk uit. Yonah zag dat Berenguer het grootste deel van de voorhuid weggesneden had, maar er waren wat stukjes blijven zitten en de snee was rafelig. Het verbijsterde hem dat Berenguer de moed had gehad dit zelf te doen en dat het nog bijna gelukt was ook. Hij wist dat de man erge pijn leed en hij vond het vreselijk dat hij die pijn moest vergroten, maar hij pakte een scalpel en maakte de besnijdenis netjes af. De man op de vloer kreunde en slurpte het laatste beetje drank als een kind uit de fles.

Hij snakte naar adem toen Yonah een verzachtende zalf op de wond smeerde en deze losjes verbond.

'Laat uw broek uit. Als u het koud hebt, trek dan de deken over u heen, maar zorg ervoor dat hij niet met de wond in aanraking komt.'

Ze keken elkaar aan.

'Waarom hebt u dit gedaan? Wat wilde u ermee bereiken?'

'Dat zou u niet begrijpen,' antwoordde Berenguer.

Yonah zuchtte en knikte. 'Als het mag, kom ik morgen terug. Kan ik nog iets voor u doen?'

'Misschien kunt u mijn moeder wat fruit brengen?'

'Is zij hier ook?' vroeg Yonah geschokt.

Berenguer knikte. 'We zijn er allemaal. Mijn moeder, mijn zus Monica, haar man Andrés en mijn broer Geraldo.'

'Ik zal doen wat ik kan,' beloofde Yonah teneergeslagen, en hij riep de bewaker om de celdeur te openen.

Voordat hij bij de ingang aan de priester kon vragen hoe het met de andere leden van de familie Bartolomé was gesteld, vroeg deze hem of hij ook naar doña Sancha Berga wilde kijken. 'Ze heeft dringend behoefte aan een arts,' zei de priester, die een fatsoenlijke, bezorgde indruk maakte.

Toen Yonah bij doña Sancha kwam, lag de mooie oude vrouw erbij als een geknakte bloem. Ze keek hem zonder hem te zien aan en hij zag dat haar cataracten inmiddels rijper waren, bijna rijp genoeg om te lichten. Maar hij wist dat het daar niet meer van zou komen.

'Ik ben Callicó, de arts, señora,' zei hij zacht.

'Ik ben... gewond, señor.'

'Hoe komt dat, señora?'

'Ze hebben me op de pijnbank gelegd.'

Hij zag dat haar rechterschouder uit de kom getrokken was en riep de bewaker erbij om de arm weer op zijn plaats te zetten. Ze schreeuwde het uit, en daarna begon ze onbedaarlijk te huilen.

'Señora? Voelt het zo niet beter?'

'Ik heb mijn geweldige kinderen ter dood veroordeeld,' fluisterde ze.

'Hoe gaat het met haar?' vroeg de priester.

'Ze is oud en haar botten zijn zacht en bros. Ik weet zeker dat er een heleboel gebroken zijn en ik denk dat ze gauw doodgaat,' antwoordde Yonah.

Toen hij naar huis reed, was hij de wanhoop nabij.

Toen hij de volgende dag met zakken rozijnen, dadels en vijgen naar de gevangenis terugging, merkte hij dat don Berenguer nog steeds veel pijn had.

'Hoe gaat het met mijn moeder?'

'Ik doe wat ik kan voor haar.'

Berenguer knikte. 'Dank u.'

'Hoe is dit zo gekomen?'

'We zijn Oude Christenen en hebben dat ook altijd verkondigd. Mijn vader komt uit een heel oud katholiek geslacht. Maar de ouders van mijn moeder waren bekeerde joden en zij is grootgebracht met bepaalde onbelangrijke rituelen, die ook in ons gezin de gewoonte zijn geworden. Ze vertelde ons verhalen over haar jeugd en stak op vrijdag bij zonsondergang altijd kaarsen aan. Ik weet eigenlijk niet waarom, misschien ter nagedachtenis aan haar overleden ouders. En elke vrijdag nodigde ze haar kinderen uit voor een heerlijk avondmaal, waarbij ze een dankgebed uitsprak voor het voedsel en de wijn.'

Yonah knikte.

'Iemand heeft haar verraden. Ze heeft geen vijanden, maar eh... ze heeft onlangs een dienstmeisje ontslagen wegens herhaalde dronkenschap. Het kan zijn dat deze keukenmeid de oorzaak van onze ellende is. Ik hoorde mijn moeder gillen toen ze gemarteld werd. Kunt u zich zoiets afschuwelijks voorstellen? Mijn ondervragers zeiden naderhand dat ze ons uiteindelijk allemaal, mijn broers en zussen en zelfs mijn overleden vader, had beschuldigd van een joodse samenzwering. Dus ik weet dat we verloren zijn, wij allemaal. Mijn hele familie, terwijl we altijd Oude Christenen zijn geweest. Toch zijn we voor een deel joods, zodat we nooit helemaal katholiek of joods waren, maar tussen twee oevers dobberden. In mijn verdriet dacht ik dat ik, als ik als jood op de brandstapel moet verbranden, als jood voor mijn Schepper moet komen te staan. Daarom heb ik mijn beker gebroken en mezelf besneden. Ik besef dat u er niets van begrijpt,' zei hij ten slotte, net als de avond ervoor.

'Dat ziet u verkeerd, don Berenguer,' zei Yonah, 'want ik begrijp u heel goed.'

Toen Yonah de gevangenis uit wilde lopen, hoorde hij een bewaker tegen de jonge priester zeggen: 'Ja, pater Espina.'

Hij draaide zich om en liep terug.

'Noemde hij u pater Espina, pater?'

'Ja, want zo heet ik.'

'Mag ik uw volle naam weten?'

'Francisco Rivera de la Espina.'

'Heette uw moeder misschien Estrella de Aranda?'

'Ja, zij was mijn moeder. Ze is dood, ik bid voor haar ziel.' De priester keek Yonah onderzoekend aan en vroeg: 'Ken ik u ergens van, señor dokter?'

'Bent u geboren in Toledo?'

'Ja,' zei de priester aarzelend.

'Dan moet ik u iets geven,' zei Yonah.

35

EEN TAAK VOLBRACHT

Toen yonah het gebedenboek naar de gevangenis bracht, nam de jonge priester hem mee door een muffe stenen gang naar een kamertje waar ze ongestoord konden praten. Hij pakte het boek aan alsof het een magisch voorwerp was. Yonah keek toe terwijl hij het opensloeg en las wat er op de binnenkant van het omslag stond:

Voor mijn zoon, Francisco Rivera de la Espina, deze woorden voor dagelijkse gebeden tot Jezus Christus, onze hemelse Verlosser, met de onsterfelijke liefde van zijn aardse vader. Bernardo de la Espina.

'Wat een vreemde inscriptie voor een veroordeelde ketter.'

'Uw vader was geen ketter.'

'Mijn vader was wél een ketter, señor, en daarom is hij op de brandstapel verbrand. In Ciudad Real. Ik was toen nog klein, maar het is me verteld. Ik ken zijn verhaal.'

'Dan kent u niet zijn hele, ware verhaal, pater Espina. Ik was erbij, in Ciudad Real. Ik heb uw vader vlak voor zijn dood dagelijks meegemaakt. Ik was toen nog een jongen en hij een man, een zeer bekwame, menslievende arts. De dag voordat hij zou sterven heeft hij mij, omdat er niemand anders was, gevraagd dit gebedenboek aan zijn jonge zoon te geven. Ik ben jaren naar u op zoek geweest.'

'Weet u dit zeker, señor?'

'Heel zeker. Uw vader had geen schuld aan de feiten waarvoor hij werd gedood.'

'Dat weet u heel zeker,' herhaalde de priester zacht.

'Ik heb het met eigen ogen gezien, pater Espina. Hij bad elke dag uit dit boek, bijna tot op het moment van zijn dood. Toen hij er de opdracht aan u in schreef, liet hij u zijn geloof na.'

Pater Espina leek een man te zijn die zijn emoties goed onder controle had, maar hij verried zichzelf door te verbleken. 'Ik ben grootgebracht door de Kerk en ik heb me mijn hele leven voor mijn vader geschaamd. Ik ben voortdurend met mijn neus op zijn geloofsverzaking gedrukt, zoals men een jonge hond met zijn neus in zijn eigen pis drukt, om het af te leren.'

De priester leek niet op zijn vader, vond Yonah, maar wel had hij de ogen van Bernardo de la Espina. 'Uw vader was een van de vroomste christenen die ik ooit heb gekend en een van de meest bewonderenswaardige mannen die ik ooit heb ontmoet,' zei hij.

Ze bleven nog een hele poos zitten praten, zacht en zonder pauzes. Pater Espina zei dat Estrella de Aranda na de verbranding van zijn vader ingetreden was in het Convento de la Santa Cruz om non te worden, en haar drie kinderen had achtergelaten bij de gezinnen van neven in Escalona. Ze was binnen het jaar aan een kwaadaardige koorts overleden en toen haar zoon tien werd, was hij overgedragen aan de dominicanen en waren zijn zussen Marta en Domitila al non. Ze waren alle drie in de grote wereld van de Kerk verdwenen.

'Ik heb mijn zussen sinds ons verblijf bij onze neven en nichten in Escalona niet meer gezien. Ik weet niet waar Domitila is, en ik weet zelfs niet of ze nog leeft. Twee jaar geleden hoorde ik dat Marta in een klooster in Madrid woont. Ik hoop haar ooit nog eens op te zoeken.'

Yonah vertelde iets over zichzelf, onder andere dat hij na zijn baantje als gevangenisknecht in Ciudad Real eerst leerling was geweest van de wapensmid Manuel Fierro en daarna van de geneesheer Nuño Fierro, en dat hij op die manier de arts van Zaragoza was geworden.

Hij wist dat hij de jonge priester lang niet alles kon vertellen en hij voelde dat pater Espina ook niet vrijuit kon praten. Maar hij maakte uit diens woorden op dat Espina slechts tijdelijk op het kantoor van de inquisitie was geplaatst en dat hij zich er absoluut niet thuis voelde.

Hij was acht maanden geleden tot priester gewijd. 'Over een paar dagen mag ik hier weg. Een van mijn leraren, pater Enrique Sagasta, is benoemd tot hulpbisschop van Toledo en hij heeft geregeld dat ik zijn assistent word. Hij is een bekende katholieke wijsgeer en historicus, en hij moedigt me aan in zijn voetsporen te treden. Dus ik zal ook weer een leerling worden, net als u hebt gedaan.'

'Uw vader zou erg trots op u zijn geweest, pater Espina.'

'Ik dank u uit de grond van mijn hart, señor. U hebt me mijn vader teruggeven.'

'Mag ik morgen weer naar mijn patiënten komen kijken?'

Hij had pater Espina in verlegenheid gebracht. Yonah wist dat de priester zich niet ondankbaar wilde tonen, maar dat hij niet te soepel kon zijn om zichzelf niet in gevaar te brengen. 'U mag morgenochtend terugkomen, maar ik moet u waarschuwen dat dat waarschijnlijke uw laatste bezoek zal zijn.'

Toen Yonah de volgende dag terugkwam, werd hem verteld dat doña Sancha Berga die nacht gestorven was.

Don Berenguer hoorde het nieuws van haar dood kalm aan. 'Ik ben blij dat zij weer vrij is,' zei hij.

De andere familieleden hadden die morgen vroeg te horen gekregen dat ze officieel wegens ketterij waren veroordeeld en binnenkort bij een autodafe ter dood zouden worden gebracht. Yonah wist dat hij niet om het onderwerp dat hij wilde aanroeren heen kon draaien.

'Verbranden is de ergste manier van sterven, don Berenguer.'

Door het hoofd van beiden flitste het beeld van afgrijselijke, langdurige pijn, schroeiend vlees en kokend bloed.

'Waarom zegt u zoiets wreeds? Denkt u dat ik dat niet weet?'

'Er is een manier om eraan te ontkomen, namelijk door u met de Kerk te verzoenen.'

Berenguer keek hem aan en zag een misprijzende katholiek die hij nooit eerder had gezien. 'O ja, meneer de dokter?' zei hij kil. 'Maar daar is het al te laat voor. De veroordeling is in staal gegoten.'

'Het is te laat voor u om zich het leven te kunnen redden, maar niet om er door middel van het wurgijzer snel een eind aan te laten maken.'

'Denkt u soms dat ik me in een dwaze opwelling in mijn eigen vlees heb gesneden en me door die daad aan het geloof van mijn moeder heb verbonden om dat meteen weer af te zweren? Ik heb toch gezegd dat ik als jood wil sterven?'

'U kúnt ook als jood sterven, in uw hart. Zeg alleen maar dat het u spijt en koop daarmee uw verlossing. U bent voor eeuwig een jood omdat dit geloof volgens de joodse wet overgaat van moeder op kind. En omdat uw moeder een joodse moeder had, had u dat ook. Daar kan geen enkele uitspraak iets aan veranderen. Volgens de oeroude wet van Mozes bent u een jood en door te verklaren wat zij zo graag willen horen, zult u snel gewurgd worden en een langzame marteldood vermijden.'

Berenguer sloot zijn ogen. 'Maar het is de uitweg van een lafaard en berooft me van mijn enige nobele moment en de enige voldoening die ik in mijn sterven kan ontdekken.'

'Het is niet laf. De meeste rabbijnen zijn het erover eens dat het geen zonde is als iemand zich met het zwaard op zijn keel bekeert.'

'Hoe komt het eigenlijk dat u zoveel weet over rabbijnen en de wet van Mozes?' Berenguer staarde hem aan tot Yonah in diens ogen begrip zag dagen.

'Mijn God,' zei Berenguer.

'Mag u contact hebben met uw familieleden?'

'Soms laten ze ons samen op de binnenplaats een frisse neus halen en dan kunnen we een paar woorden wisselen.'

'Dan moet u hun ook zeggen dat ze Jezus moeten aanvaarden voor de genade van een snelle dood.'

'Mijn zus Monica en haar man Andrés zijn vrome christenen, maar ik zal mijn broer Geraldo aanraden uw voorstel aan te nemen.'

'Ik mag u niet meer bezoeken,' zei Yonah. Hij liep naar Berenguer toe, sloeg zijn armen om hem heen en kuste hem op beide wangen.

'Ik hoop dat we elkaar op een betere plek zullen weerzien,' zei don Berenguer. 'Ga in vrede.'

'Vrede zij met u,' antwoordde Yonah, en hij riep de bewaker.

De volgende woensdagavond stond broeder Bonestruca midden in een spelletje dammen dat Yonah aan het winnen was op en ging gek doen met zijn kinderen. Eerst was het grappig om te zien. Hij trok rare gezichten en maakte vrolijke geluiden terwijl hij alle kanten op sprong. De kinderen lachten en wezen, en Dionisio rende naar zijn speelse vader toe en gooide met een houten balletje.

De broeder wist van geen ophouden. Zijn glimlach verdween, de geluiden werden minder vrolijk en gingen over in gekreun, maar de dwaze sprongen gingen door. Zijn gezicht werd rood van inspanning en vervolgens paars van nijd, maar hij hopste en wervelde met opbollende pij, zijn bochel deinde op en neer en ten slotte vertrok zijn gezicht tot een afschuwelijk masker van razernij.

De kinderen werden stil en bang. Ze gingen zo ver mogelijk bij hem vandaan staan en staarden met wijdopen ogen. Hortensia had ook haar mond wijdopen, alsof ze geluidloos schreeuwde. Maria Juana sprak hen kalmerend toe en dreef hen de kamer uit, en Yonah wenste dat hij ook weg kon gaan, maar dat kon niet. Hij bleef zitten en keek naar de verschrikkelijke dans tot Bonestruca steeds langzamer rondtolde en uiteindelijk uitgeput op zijn knieën viel.

Toen kwam Maria Juana terug. Ze bette Bonestruca's gezicht met een vochtige doek, liep de kamer weer uit en kwam terug met een karaf wijn. Bonestruca dronk twee glazen en liet zich terug naar zijn stoel helpen.

Het duurde nog een poos voordat hij opkeek. 'Ik heb soms last van aanvallen.'

'Dat begrijp ik,' zei Yonah.

'O ja? Wat begrijpt u dan?'

'Niets, señor. Ik zei het zomaar.'

'Het gebeurt ook weleens als ik in gezelschap ben van de priesters en broeders met wie ik werk. Ze houden me in de gaten.'

Verbeeldde de zieke man zich dat? vroeg Yonah zich af.

'Ze zijn me tot hier gevolgd. Ze weten van Maria Juana en de kinderen.'

Dat is waarschijnlijk waar, dacht Yonah. 'Wat zullen ze eraan doen?'

Bonestruca haalde zijn schouders op. 'Ik denk dat ze wachten of de aanvallen van tijdelijke aard zijn.' Hij fronste zijn wenkbrauwen en vroeg: 'Wat denkt u dat de oorzaak is?'

Een soort gekte, dacht Yonah, maar dat kon hij niet zeggen. Nuño had een keer over krankzinnigheid gezegd dat hem een gemeenschappelijke factor in de geschiedenis van deze patiënten was opgevallen. Ze hadden allemaal in hun jonge jaren geleden aan *malum venereum* en waren pas jaren later gek geworden. Nuño had dit niet als een leerstelling beschouwd, maar het belangrijk genoeg gevonden om door te geven aan zijn leerling, en nu schoot het Yonah te binnen.

'Ik weet het niet zeker, maar het kan een gevolg van syfilis zijn.'

'Syfilis? Dat hebt u mis, dokter! Dat is al veel te lang geleden. Volgens mij is het Satan, die mijn ziel van me af wil pakken. Het gevecht tegen de duivel is slopend, maar het is me nog steeds gelukt mijn aartsvijand weer weg te jagen.'

Yonah was sprakeloos, maar hij werd gered doordat Bonestruca zijn aandacht weer op het dambord richtte. 'Was u aan de beurt om met uw soldaten een slag te winnen of was het mijn beurt?'

'Het was uw beurt, señor,' zei Yonah.

De rest van de avond voelde Yonah zich niet op zijn gemak en speelde hij slecht, terwijl Bonestruca weer opknapte en weer helder kon denken. De broeder maakte er zo gauw mogelijk een eind aan en was voldaan over zijn overwinning.

Ondanks de waarschuwing van pater Espina ging Yonah de volgende dag toch naar de gevangenis om te proberen of hij don Berenguer weer te spreken kon krijgen, maar in plaats van Espina zat er een oudere priester die alleen maar zijn hoofd schudde ten teken dat hij niet naar binnen mocht.

Het autodafe was zes dagen later. Die morgen, voor de verbranding, verliet de arts van Zaragoza de stad om de patiënten die het verst weg woonden te bezoeken, een tocht die enkele dagen zou duren.

Hij was bang dat hij deze keer te ver was gegaan en dat Berenguer als hij gemarteld werd de identiteit van een mede-jood zou verraden, maar dat gebeurde niet. Toen Yonah terugkwam, waren enkele van zijn patiënten maar al te blij hem de geloofsdaad, net als altijd in het bijzijn van een grote menigte getuigen, tot in de details te kunnen beschrijven. Alle leden van de joodse familie Bartolomé waren in een staat van genade gestorven door het voor hun lippen gehouden kruis te kussen, en ze waren dus voordat ze verbrandden gewurgd door enkele snelle draaiingen van de schroef van het wurgijzer.

36

DAMSPELLETJES

De volgende keer dat Yonah voor een spelletje dammen naar het boerderijtje bij de rivier ging, had Maria Juana een blauwe plek onder haar opgezwollen linkeroog die bijna haar hele wang bedekte en zag hij ook kneuzingen op de armen van Hortensia.

Bonestruca begroette hem met een hoofdknik. Hij zei weinig en concentreerde zich op het eerste spelletje, dat hij met moeite won. Bij het tweede spelletje was hij nors en speelde hij slecht, en algauw werd duidelijk dat hij er niets meer van terecht zou brengen.

Toen de baby, Filomena, begon te huilen, sprong Bonestruca op en schreeuwde: 'Ik eis stilte!'

Maria Juana tilde de baby op en nam de kinderen vlug mee naar de andere kamer. De twee mannen speelden door in een stilte die alleen nog werd verbroken door het tikken van de steentjes op het houten bord.

Tijdens het derde spelletje kwam Maria Juana een bord dadels brengen en de wijnglazen bijvullen.

Bonestruca keek humeurig toe tot ze weer weg was. Toen keek hij Yonah aan en vroeg: 'Waar woont u?'

Yonah vertelde het hem en hij knikte. 'Dan spelen we volgende week bij u, vindt u dat goed?'

'Natuurlijk,' zei Yonah.

Reyna vond het minder goed. Toen de bezoeker voor de deur stond, herkende ze hem. Iedereen in Zaragoza kende de gebochelde broeder en wist wat hij deed.

Ze liet hem binnen, bood hem een gemakkelijke stoel aan en waarschuwde Yonah dat hij er was. Met neergeslagen ogen bracht ze wijn en iets te eten, en maakte toen gauw dat ze wegkwam.

Het was duidelijk dat ze ervan geschrokken was dat Yonah zo vriendschappelijk met Bonestruca omging. De volgende morgen zag Yonah haar vragende blik, maar ze vroeg niets. Ze kende altijd haar plaats; ze wist dat het zijn huis was en dat zij hem moest gehoorzamen, behalve in zijn bed. Maar een week later ging ze drie dagen naar haar dorp en toen ze terugkwam, zei ze dat ze zelf een huis had gekocht en dat ze voorgoed weg zou gaan.

'Wanneer?' vroeg hij ontsteld.

'Dat weet ik nog niet, maar binnenkort.'

'Waarom?'

'Ik wil weer naar huis. Met het geld dat Nuño me nagelaten heeft, ben ik in mijn geboortedorp een rijke vrouw.'

'Ik zal je missen,' zei hij oprecht.

'Maar niet erg. Ik maak je het leven alleen maar gemakkelijker.' Toen hij haar wilde tegenspreken, hief ze haar hand op. 'Ik ben oud genoeg om je moeder te zijn. Het is fijn om in bed tederheid voor elkaar te voelen, maar meestal beschouw ik je als een zoon of een neef op wie ik erg gesteld ben.'

Ze zei dat hij zich geen zorgen hoefde te maken. 'Ik zal een gezond en sterk meisje sturen om me te vervangen, een jong meisje dat uitstekend zal voldoen.'

Tien dagen later kwam er een jongen uit haar dorp met een ezelkar naar Yonahs huis om haar te helpen verhuizen. Ze had in de lange tijd die ze voor drie meesters had gewerkt zo weinig bezittingen vergaard dat deze gemakkelijk in de kar pasten.

'Weet je heel zeker dat dit is wat je wilt, Reyna?' vroeg Yonah, en toen maakte ze het enige gebaar dat de meester-dienstbode regel ooit had overtreden. Ze stak een hand uit en legde haar warme handpalm tegen zijn wang, en uit de blik in haar ogen spraken tederheid en respect, en een onmiskenbaar afscheid.

Toen ze weg was, hing er een zware stilte in huis en had Yonah het gevoel dat het leeg was.

Hij was vergeten hoe bitter eenzaamheid kon smaken en concentreerde zich dubbel op zijn werk. Hij reed verder weg om mensen die hem nodig hadden te bezoeken, bleef uit verlangen naar menselijk contact nog iets langer bij de patiënten thuis een praatje maken en hield lange gesprekken met winkeliers over hun zaken en met boeren over hun producten. Op zijn eigen land snoeide hij nog een stuk of tien olijfbomen. Hij besteedde meer tijd aan de vertaling van Avicenna; het grootste deel van *De canon der geneeskunde* was klaar, en dat gaf hem voldoening en moedigde hem aan om ermee door te gaan.

Zoals Reyna beloofd had, stuurde ze hem een jonge vrouw, Carla Montesa, om haar te vervangen. Het was een stevig meisje, welwillend en netjes, maar hij vond niet dat ze lekker kookte. Na een paar weken stuurde hij haar weg. Toen stuurde Reyna Petronila Alvarez, een weduwe met wratten op haar gezicht. Zij kon goed koken, maar ze praatte te veel en haar stuurde hij al na vier dagen de laan uit. Daarna zond Reyna hem niemand meer.

Hij zag steeds meer op tegen zijn wekelijkse veldslagen op het dambord met Bonestruca en wist nooit of de broeder zou verschijnen in de gedaante van de briljante tegenspeler of in die van de wispelturige man die langzamerhand zijn verstand verloor.

Op een woensdagavond liet Maria Juana hem binnen en ging hem voor naar de studeerkamer, waar Bonestruca aan de tafel zat met niet het dambord, maar een opengeslagen boek voor zich. Hij had een spiegel in zijn hand en bestudeerde zijn gezicht.

Eerst groette hij niet terug en na een poosje zei hij, nog steeds in de spiegel kijkend: 'Als u naar mij kijkt, dokter, ziet u dan de duivel?'

Voorzichtig antwoordde Yonah: 'Dan zie ik een aantrekkelijk gezicht.'

'Met sympathieke trekken?'

'Een knap gezicht, señor.'

'Dat van een rechtvaardig mens?'

'Een gezicht dat in de loop der jaren buitengewoon onschuldig en onveranderd is gebleven.'

'Kent u het lange vers *De goddelijke komedie* van de Florentijn Dante Alighieri?'

'Nee, señor.'

'Jammer.' Bonestruca pakte een van de verfomfaaide bladzijden van de stapel losse vellen voor hem en begon te lezen:

"'Zijn gezicht was dat van een rechtvaardig mens, het maakte een sympathieke indruk. Maar zijn lichaam was dat van een slang. Hij had twee klauwen, waarvan het haar tot aan zijn oksels doorliep. Zijn rug en borst en zijn beide zijden waren versierd met ineengestrengelde knoesten en ringen..." '

Hij keek Yonah aan. 'Dit staat in het eerste deel van het gedicht, dat "Hel" heet. Het is een portret van een misvormd, weerzinwekkend monster in de lagere regionen van de hel.'

Yonah wist niet wat hij moest zeggen. Hij meende zich te herinneren dat deze Florentijnse dichter allang dood was, anders had hij zich wellicht afgevraagd of de man deze broeder gekend had.

Bonestruca keek weer in de spiegel.

'Zal ik het dambord pakken en de steentjes klaarleggen?' vroeg Yonah. Hij stond op en liep naar de tafel. Toen zijn blik op de achterkant van de spiegel viel, zag hij dat die van zilver was en helemaal zwart was geworden. Boven aan het handvat stond het merkteken van de zilversmid: HT. Het was een van de spiegels die zijn vader had gemaakt voor de graaf van Tembleque.

'Broeder Bonestruca,' zei hij. Hij hoorde de spanning in zijn stem, maar Bonestruca scheen niet eens te luisteren. Zijn ogen waren nog steeds op zijn spiegelbeeld gericht, maar nu vaag, zoals die van een blinde of van iemand die met open ogen zat te slapen.

In zijn verlangen om een door zijn vader gemaakt voorwerp van dichtbij te bekijken kon Yonah zich niet beheersen en hij pakte de spiegel vast om deze uit Bonestruca's handen te trekken. Maar de broeder liet niet los, en terwijl Yonah trok, bedacht hij dat Bonestruca misschien net deed alsof hij gek was, terwijl hij alles wel degelijk in zich opnam. Doodsbang liet Yonah los en liep de kamer uit.

'Señor?' zei Maria Juana toen hij de woonkamer binnenkwam. Maar hij was zo van streek dat hij langs haar heen beende en het huis uit vluchtte.

Toen hij de volgende middag na zijn huisbezoeken thuiskwam, zat Maria Juana bij de schuur op hem te wachten terwijl ze in de schaduw van haar vastgebonden ezel haar baby de borst gaf.

Hij vroeg haar binnen te komen, maar ze weigerde omdat ze terug wilde naar haar andere kinderen. 'Wat moeten we met hem doen?' vroeg ze.

Hij kon niets anders dan zijn hoofd schudden. Hij had intens medelijden met haar. Toen ze nog jong en knap was, had ze zich waarschijnlijk heel dwaas gedragen. Had Bonestruca haar angst gesust en haar verleid? Was ze de eerste keer verkracht? Of was ze roekeloos en lichtzinnig geweest, en had ze gedacht dat het amusant zou zijn om met die vreemde broeder te vrijen, onwetend van wat de toekomst dan voor haar in petto zou hebben?

'Hij wordt steeds labieler.'

'Wanneer is dit begonnen?'

'Een paar jaar geleden, en het wordt steeds erger. Waar komt het van?'

'Ik weet het niet. Misschien heeft het er iets mee te maken dat hij al zo lang syfilis heeft.'

'Maar daar heeft hij al jaren geen last meer van.'

'Dat weet ik, maar ook dat hoort bij die ziekte. Misschien steekt die nu weer de kop op.'

'Kan er niets aan gedaan worden?'

'Eerlijk gezegd weet ik nauwelijks iets van geestesziekten af en ik kan u ook niet verwijzen naar een collega die meer weet dan ik. Krankzinnigheid is voor ons een raadsel, tovenarij... Hoe lang heeft hij gisteravond nog verstijfd met die spiegel in zijn handen gezeten?'

'Nog heel lang, bijna tot middernacht. Toen heb ik hem warme wijn gegeven, die hij opgedronken heeft, en toen is hij naar bed gegaan en in slaap gevallen.'

Yonah had ook slecht geslapen, nadat hij nog tot laat in de avond bij kaarslicht alles wat hij kon vinden over krankzinnigheid had zitten lezen. Een jaar geleden had hij een boek toegevoegd aan zijn van Nuño geërfde medische bibliotheek; het had hem twee maanden van zijn inkomen gekost en heette *De Parte Operativa*. De schrijver, Arnau de Vilanova, beweerde dat waanzin ontstond wanneer een overtollige hoeveelheid gal opdroogde en de hersenen verhitte en daarbij rusteloosheid, razernij en agressie veroorzaakte. 'Als de broeder weer zo eh... opgewonden wordt, moet u hem een oplossing van tamarinde en bernagie in koud water te drinken geven.' Voor perioden zoals de vorige avond, toen Bonestruca als verdoofd was geweest – Vilanova zei dat de Fransen dit een *folie paralitica* noemden – moest de patiënt volgens Avicenna opgewarmd worden, en Yonah schreef dus ook een poeder van gemalen pepers voor, dat Maria Juana door warme wijn moest roeren.

Maria Juana was wanhopig. 'Hij gedraagt zich heel vreemd en doet soms heel... roekeloze dingen. Ik ben ontzettend bang voor de toekomst!'

Het leven viel niet mee voor een vrouw met kinderen die afhankelijk was van Lorenzo de Bonestruca. Yonah schreef de recepten en zei dat ze die naar broeder Medina's apotheek moest brengen. Terwijl hij zijn paard afzadelde, keek hij haar na toen ze op haar ezel wegreed.

Hij had liever nog een paar dagen gewacht voordat hij terugging naar het boerderijtje bij de rivier, maar hij ging de volgende morgen, uit angst dat er iets met de vrouw of de kinderen zou zijn gebeurd.

Bonestruca zat in de achterkamer voor zich uit te staren. Maria Juana fluisterde dat hij gehuild had. Toen Yonah de broeder begroette, knikte deze ten antwoord.

'Hoe voelt u zich vandaag, broeder Bonestruca?'

'Slecht. Als ik poep, brandt het als vuur.'

'Dat komt door het drankje dat ik voorgeschreven heb. Dat branderige gevoel gaat weer over.'

'Wie bent u?'

'Callicó, de arts. Herkent u me niet?'

'Nee.'

'Weet u nog wie uw vader was?'

Bonestruca keek Yonah aan.

'Uw moeder? Nou ja, het hindert niet, het schiet u een andere keer wel weer te binnen. Voelt u zich bedroefd, señor?'

'Natuurlijk voel ik me bedroefd. Dat doe ik al mijn hele leven.'

'Waarom?'

'Omdat Hij vermoord is.'

'Dat is een goede reden voor droefenis. Treurt u misschien ook om anderen die gestorven zijn?'

De broeder keek hem aan, maar zei niets.

'Herinnert u zich Toledo?'

'Toledo? Ja...'

'De Plaza Mayor? De kathedraal? De kliffen boven de rivier?'

Bonestruca bleef hem zwijgend aankijken.

'Herinnert u zich een nachtelijke rit te paard?'

Geen antwoord.

'Herinnert u zich een nachtelijke rit te paard?' herhaalde Yonah. 'Met wie was u die nacht op pad?'

Bonestruca keek alleen maar.

'Met wie bent u die nacht uit rijden gegaan?'

Stilte. Een lange stilte.

'Tapia,' zei Bonestruca plotseling.

Yonah had hem duidelijk verstaan. 'Tapia?' herhaalde hij. Maar Bonestruca zweeg opnieuw.

'Herinnert u zich de jongen die de relikwiekelk naar de priorij bracht? De jongen die in de olijfgaard gepakt en vermoord is?'

Bonestruca wendde zijn hoofd af, maar heel zacht, zo zacht dat Yonah zich naar voren moest buigen om de woorden op te vangen, zei hij: 'Ze zitten overal, die joden. Mogen ze verdoemd zijn.'

De volgende dag kwam Maria Juana volkomen van streek zonder baby naar Yonahs huis rijden op de ezel die eruitzag alsof hij zweepslagen had gehad.

'Ze hebben hem naar de kleine gevangenis gebracht, dat gebouw voor gekken en armoedzaaiers!'

Ze zei dat de dochter van haar buren op de kinderen paste, en Yonah zei dat ze weer naar huis moest gaan. 'Ik ga wel naar de gevangenis om te kijken of ik iets kan doen,' beloofde hij, en hij liep meteen naar de stal om zijn paard te zadelen.

De gevangenis voor schuldenaren en krankzinnigen stond erom bekend dat het eten er karig en bijzonder slecht was, dus hij stopte onderweg om twee broden en twee ronde geitenkaasjes te kopen. Bij de gevangenis zonk de moed hem in de schoenen, want de stank was overweldigend. Nog voordat hij onder het opgetrokken valhek voor de ingang door reed, draaide zijn maag al om van de doordringende stank van ontlasting en vuil. Geschreeuw en gegil, gevloek en verwensingen, gelach en gejammer, luid gepraat en gewauwel stroomden samen tot het oorverdovende gebulder van een kolkende rivier – het geluid van een gekkenhuis.

De inquisitie had geen belangstelling voor dit gebouw en toen Yonah een bewaker een muntstuk had gegeven, kreeg hij meteen toestemming om een gevangene te bezoeken.

'Ik wil broeder Bonestruca even zien.'

'Doe uw best tussen al dit gespuis,' zei de bewaker, een man van middelbare leeftijd met uitdrukkingsloze ogen in een papperig gezicht vol littekens. 'Als u mij het eten geeft, zorg ik ervoor dat het bij hem terechtkomt. Als u het rechtstreeks aan hem geeft, is dat vergeefse moeite, want dan rukken ze het hem meteen uit de vingers.'

Hij keek kwaad toen Yonah het hoofd schudde.

Er waren geen cellen, alleen een hek van hetzelfde zware ijzerwerk als het valhek bij de ingang. Aan de ene kant stonden Yonah en de bewaker, de grote ruimte aan de andere kant was bestemd voor de verloren zielen.

Yonah staarde naar de kooi vol mensen. Hij kon de armoedzaaiers niet van de krankzinnigen onderscheiden, want ze leken allemaal even gek.

Eindelijk zag hij de broeder met zijn rug tegen de achtermuur zitten.

'Broeder Bonestruca!'

Hij riep het een paar keer, maar zijn stem ging in het kabaal verloren. De broeder keek niet op, maar Yonahs geroep trok de aandacht van een haveloze man die hongerig naar het brood staarde. Yonah brak er een stuk af en reikte hem dat door het hek heen aan. De man griste het uit zijn vingers en propte het vliegensvlug in zijn mond.

'Als je die broeder daar naar me toe brengt,' zei Yonah en hij wees, 'krijg je de helft van dit brood.'

De man liep meteen naar Bonestruca toe en trok hem mee naar de plek waar Yonah voor het hek stond te wachten. Yonah gaf hem het beloofde halve brood, maar de haveloze man bleef op een afstandje met zijn blik op de andere helft staan wachten. Hij was niet meer de enige.

Broeder Bonestruca keek Yonah aan. Het was geen vage blik; er lag bewustzijn in en een zeker afgrijzen, maar geen herkenning. 'Ik ben Callicó,' zei Yonah. 'Herinnert u zich Callicó de arts? Ik heb iets voor u meegebracht.' Hij stak de ronde kaasjes tussen de spijlen door en Bonestruca pakte ze zwijgend aan.

'Broeder Bonestruca, u zei dat u een keer 's nachts uit rijden bent gegaan met een man die Tapia heet. Kunt u me iets meer over señor Tapia vertellen?'

Bonestruca wendde zijn hoofd af en Yonah wist dat het geen zin had hem nog iets te vragen.

'Ik kan pas regelen dat u vrijkomt wanneer u weer bij uw volle verstand bent.' Nu Yonah deze plek gezien en geroken had, voelde hij zich geroepen dit te zeggen, ook al kostte het hem moeite. Hij zou Bonestruca altijd haten om de verschrikkelijke dingen die hij de familie Toledano en zoveel anderen had aangedaan.

Hij stak het halve brood door het hek en toen het andere brood. Om dat ook te kunnen aannemen, wilde Bonestruca de twee kaasjes met zijn linkerhand overnemen, maar hij liet er een vallen. De haveloze man raapte het razendsnel op en een naakte jongen griste het brood uit Yonahs hand. Toen stortte een menigte zich op de jongen en het daaropvolgende gedrang en geknok deed Yonah denken aan schranspartijen van scholen vis in de zee.

Een kale oude vrouw drukte zich tegen het hek aan en greep Yonahs arm in haar klauw, smekend om eten dat hij haar niet kon geven. Toen Yonah achteruitsprong om aan de stank en de verdoemenis van de plek te ontsnappen, zag hij Bonestruca met een grote vuist links en rechts de mensen van zich af slaan. Ten slotte stond de gebochelde alleen en slaakte met wijd open mond een wanhoopskreet als van een huilende wolf, deels gebrul, deels geweeklaag, die Yonah leek te volgen terwijl hij wegvluchtte.

Hij dwong zich om naar het boerderijtje bij de rivier te rijden om Maria Juana te vertellen dat hij vermoedde dat Bonestruca's krankzinnigheid eerder erger dan beter zou worden. Ze luisterde met droge ogen, ze had het slechte nieuws al verwacht.

'Er zijn drie geestelijken bij me geweest en ze hebben gezegd dat ze mij en de kinderen vanmiddag komen halen. Ze hebben beloofd ons naar een klooster te sturen in plaats van naar het werkhuis.'

'Het spijt me, señora.'

'Of weet u misschien iemand die een huishoudster nodig heeft? Ik ben een harde werker en de kinderen eten maar heel weinig.'

Hij wist alleen dat hijzelf iemand nodig had. Hij dacht eraan hoe het zou zijn hen voortaan altijd bij zich in huis te hebben en zich de rest van zijn leven om deze arme, verloren vrouw en haar arme, verloren kinderen te moeten bekommeren. Maar hij wist dat zijn goedheid niet toereikend was, dat hij niet sterk en niet liefdadig genoeg was om dit gebaar te maken.

Dus hij zette het idee uit zijn hoofd en toen schoot hem Bonestruca's verzameling joodse voorwerpen te binnen. De fylacteria! De thora! 'Misschien wilt u wat spullen van de broeder aan me verkopen?'

'De mannen die hier vanmorgen waren hebben alles meegenomen.' Ze ging hem voor naar de andere kamer. 'Ziet u wel?'

Alleen het ruwe dambord en de steentjes lagen er nog. Zelfs het boek met het gedicht van Dante hadden ze meegenomen, maar te haastig, want onder het dambord lagen nog wat losse bladzijden. Yonah pakte ze en las de bovenste, die een beschrijving van de hel bleek te geven:

> *Hier hoorden we mensen weeklagen in de afgrond, en zichzelf met open handpalmen slaan, en door hun snuit snotteren alsof ze kramp hadden. Vanuit de kuil steeg een damp op die zich op de rand vastzette als een slijmkorst, waarvan mijn ogen walgden en mijn neus verstopt raakte. De afgrond is zo diep dat we de bodem pas konden zien toen we boven op de rotsboog waren geklommen. Toen ik vanaf dat punt naar beneden keek, zag ik een eindeloze rij mensen in een rivier van ontlasting waarin alle latrines van de wereld leken uit te monden. Tussen de misdadigers in die kuil zag ik één schepsel dat een geschoren priesterkruin leek te hebben, maar ik wist het niet zeker, want hij zat onder het schijt.*

Yonah begreep opeens dat geen enkele door God of mens bedachte straf erger kon zijn dan het bestaan dat Lorenzo de Bonestruca nog te wachten stond. Vervuld van afgrijzen pakte hij het damspel aan dat Maria Juana hem in handen duwde. Hij schudde al het goud en zilver uit zijn beurs op de tafel en wenste de vrouw en haar kinderen toe dat de Heer hen zou beschermen. Toen reed hij weg.

37

EEN UITSTAPJE NAAR HUESCA

ER WAREN VOORTDUREND MENSEN ZIEK VAN allerlei koortsen, maar aan het eind van de winter had Yonah het altijd extra druk met patiënten die aan een hoestkoorts leden. Elke patiënt had dezelfde klachten: 'De pijn zit tot diep in mijn botten, señor Callicó (gehoest)... Er zit zoveel slijm dat ik niet kan slikken... De pijn (gehoest)...', 'Soms sta ik in brand, dan weer ril ik van de kou (gehoest).'

Een oude man, een jongen, twee oude vrouwen en een kind stierven eraan. Yonah vond het verschrikkelijk dat hij hen niet had kunnen redden, maar hij hoorde Nuño zeggen dat hij aan de levenden moest denken. In het ene huis na het andere schreef hij hete dranken en honing in warme wijn voor, en theriak tegen de koorts.

Er was beslist geen sprake van een pandemie of zelfs maar een epidemie, maar zijn huisbezoeken namen dramatisch toe. Hij hield zichzelf voor dat hij, mits de koortscycli van al zijn patiënten niet op dezelfde dag begonnen en eindigden, het zou redden. Hij beloofde elke patiënt dat de ziekte, als ze precies deden wat hij hun voorschreef, na tien dagen als bij toverslag voorbij zou zijn. Bij de meesten was dat ook zo.

Vaak was hij als hij thuiskwam te moe om nog iets aan het huis te doen of een maaltijd te koken. Soms legde hij de steentjes op het dambord en probeerde te spelen door voor beide partijen te zetten, maar dat was helemaal niet leuk. Hij voelde zich onrustig en ontevreden, en toen alle koorts gezakt was en al het hoesten was verstomd, besloot hij een dag vrij te nemen om Reyna op te zoeken.

Het gehucht waar ze woonde bestond slechts uit een groepje boerderijtjes en houthakkershuizen en was vanaf de stadgrens van Zaragoza een halfuur rijden. Het had geen naam en geen bestuur, maar de mensen die er al generaties lang woonden, beschouwden zich als een gemeenschap en noemden hun woonplaats El Pueblecito, het dorp.

In het gehucht stond hij stil bij een oude vrouw die in de zon zat en vroeg haar waar Reyna woonde. Ze wees hem de weg naar het huis naast de zagerij. Vlak bij het huis stonden twee mannen in lendedoeken – een met lang wit haar en een jongere, gespierde man –

boven een kuil een lange zaag heen en weer te trekken door de stam van een den. Het zaagsel kleefde aan hun bezwete huid.

Binnen zat Reyna blootsvoets op haar knieën een oude leistenen vloer te schrobben. Ze zag er net zo gezond uit als vroeger, maar ouder dan hij zich herinnerde. Toen ze hem zag binnenkomen, glimlachte ze en kwam, haar handen afdrogend aan haar jurk, overeind.

'Ik heb wijn voor je meegebracht, het soort dat je lekker vindt,' zei Yonah. Ze bedankte hem en nam de kruik aan.

'Ga aan tafel zitten alsjeblieft,' zei ze, en ze pakte twee kommen en een kruik van zichzelf. Er bleek cognac in te zitten.

'*Salud.*'

'Proost.' Het was goede cognac en zo sterk dat hij met zijn ogen knipperde.

'Heb je eindelijk een goede huishoudster gevonden?'

'Nog niet.'

'Ik heb je twee goede vrouwen gestuurd, Carla en Petronila, maar ze zeiden dat je hen weggestuurd hebt.'

'Ik denk dat ik te veel aan jou gewend was.'

'Je moet veranderingen kunnen aanvaarden. Het leven verandert voortdurend,' zei Reyna. 'Zal ik iemand anders sturen? De voorjaarsschoonmaak staat voor de deur.'

'Ik doe het zelf wel.'

'Jij? Jij moet alleen arts zijn en niet je tijd met dat soort zaken verspillen,' zei ze streng.

'Je hebt een mooi huis voor jezelf gevonden,' zei hij, om van onderwerp te veranderen.

'Ja, ik ga er een herberg van maken. Hier in de omgeving is nergens een plek om te overnachten en we liggen aan de weg naar Monzon en Catalonië, met veel verkeer.' Ze voegde eraan toe dat ze nog geen gasten had gehad omdat er eerst nog een paar dingen aan het huis verbouwd moesten worden.

Ze zaten een poosje bij elkaar terwijl hij haar alle nieuwtjes uit Zaragoza vertelde en zij haar leven in het dorp voor hem beschreef. Buiten klonk het zachte raspen van de zaag.

'Wanneer heb je voor het laatst iets gegeten?'

'Vanmorgen vroeg.'

'Dan zal ik iets voor je klaarmaken,' zei ze, en ze stond op.

'Gestoofd gevogelte?'

'Nee, dat maak ik niet meer.'

Ze ging weer zitten en vroeg: 'Heb je de twee mannen gezien die buiten hout staan te zagen?'

'Ja.'

'Met een van hen ga ik binnenkort trouwen.'

'Aha. Met de jongste?'

'Nee, met de oudste. Hij heet Alvaro.' Ze glimlachte. 'Ook al heeft hij grijs haar, hij is nog heel sterk,' zei ze. 'En hij maakt prachtig werk.'

'Ik wens je veel geluk; het komt je toe, Reyna.'

'Dank je.'

Hij wist dat ze begreep dat hij naar het dorp was gereden om haar over te halen weer bij hem te komen wonen. Ze glimlachten naar elkaar en even later stond ze weer op en zette een maaltijd op tafel die bestond uit een vers brood, hardgekookte eieren, knoflookpasta, een halve gele kaas, uien en olijfjes die heerlijk geurden.

Ze dronken nog een paar bekers van de door hem meegebrachte wijn en daarna ging hij weg. Buiten legden de mannen een volgende boomstam over de kuil.

'Goedemiddag,' zei Yonah. De jonge man antwoordde niet, maar de oude man die Alvaro heette knikte, waarna hij zijn zaag weer oppakte.

Yonah wist dat het joodse paasfeest in aantocht was, ook al wist hij niet precies wanneer. Hij wierp zich op de voorjaarsschoonmaak; hij stofte en schrobde, opende alle ramen, klopte en luchtte de vloerkleden, sneed nieuw stro en spreidde dat over de stenen vloer. Nu hij alleen was, kon hij het wagen een eigen versie van ongedesemd brood te maken. Hij verdeelde het deeg in ongelijke porties en bakte het op een metalen plaat boven het vuur. Het eindproduct was iets verbrand en zachter dan hij het zich herinnerde, maar het waren onbetwist matsen. Hij at ze triomfantelijk bij een eenpersoons-seider waarvoor hij een paaslamsbout had gebraden en bittere kruiden had gekookt, ter herinnering aan de beproevingen van de uit Egypte gevluchte kinderen van Israël.

'Waarom is deze avond anders dan andere avonden?' vroeg hij het stille huis. Maar er klonk geen antwoord – slechts de stilte, die nog bitterder was dan de kruiden. Omdat hij de data niet zeker wist, hield hij een week lang elke avond een seider. Op drie van die avonden at hij smakelijk van het lamsvlees en toen dat ging bederven, begroef hij de rest in de boomgaard op de heuvel.

De winter leek een paar dagen verdwenen te zijn, maar kwam toen met kou en regen terug. De wegen veranderden in smerige modderstromen. Yonah zat urenlang aan tafel te mijmeren. Hij was nu een welgesteld man, een gerespecteerd arts, en hij woonde in een grote hacienda omringd door vruchtbaar, eigen land. Toch meende hij in slapeloze nachten luider dan het geloei van de van regen doordrenkte wind de stem van zijn vader te horen, die hem liefdevol verweet dat hij slechts half leefde.

Hij verlangde naar iets dat hij geen naam kon geven, zelfs niet kon omschrijven. Als hij sliep, droomde hij van doden of van vrouwen die het zaad uit zijn passieve lichaam trokken. Soms was hij bang dat hij net zo gek zou worden als de broeder, en toen de dagen eindelijk weer warm en zonnig werden, bleef hij het weer wantrouwig bekijken, alsof hij niet kon geloven dat de kou voorlopig verdwenen was.

Gelukkig kwam de koorts niet terug, want broeder Luis Guerra Medina, de apotheker, vertelde hem dat hij nergens in de omgeving meer aan theriak kon komen. Theriak was een uitstekend middel, dat werd gebruikt tegen koorts en allerlei aandoeningen van de maag en de darmen, zelfs als die het gevolg waren van een vergiftiging. Maar het was ingewikkeld om te maken en duur, want de beste theriak was een mengsel van wel zeventig verschillende kruiden. Er was dus altijd gebrek aan.

'Hoe komen we aan een nieuwe voorraad?' vroeg Yonah aan broeder Medina.

'Ik weet het niet,' antwoordde de oude franciscaan bezorgd. 'Alleen de familie Aurelio in Huesca maakt een goede kwaliteit; ik reis er elk jaar naartoe om het daar te kopen. Maar het is vijf dagen rijden en daar ben ik te oud voor. Ik kan er niet meer heen.'

Yonah haalde zijn schouders op en zei: 'Laten we dan iemand anders sturen.'

'Nee, want als ik iemand stuur die niets van theriak weet, geven ze hem oud spul mee dat niet meer werkt. Het moet iemand zijn voor wie ze respect hebben, iemand die weet hoe goede theriak eruitziet en wat het doet. Het middel moet vers zijn en de hoeveelheid moet net genoeg zijn voor een jaar.'

Yonah was zijn huis als een gevangenis gaan beschouwen en opeens lonkte de vrijheid.

'Vooruit dan maar, dan ga ik wel naar Huesca,' zei hij.

De artsen in de gebieden die grensden aan dat van Yonah – Miguel de Montenegro en ene Pedro Palma, voor wie Montenegro zei in te staan – waren bereid Yonahs patiënten tijdelijk van hem over te nemen. Hun eigen patiënten zouden daar natuurlijk baat bij hebben, want ook voor hen zou er dan weer theriak beschikbaar zijn. Yonah bereed de Arabische schimmel en hij nam een pakezel mee, en zoals gewoonlijk werd hij onderweg weer een stuk vrolijker. Het was mooi weer en hij zou harder kunnen opschieten, maar hij wilde de Arabier, die ook een dagje ouder werd, sparen en hij had geen haast. De weg was goed berijdbaar. In de uitlopers van het gebergte lagen valleien met velden waarin vee graasde, en boerderijtjes met varkens die wroetten in akkers waarop weldra weer graan of groente zou groeien. Voor de nacht zocht hij altijd een mooie plek uit. De heuvels gingen algauw over in lage bergen en vervolgens in hoge.

In Huesca ging hij op zoek naar de familie Aurelio, die hun bedrijf hadden in een verbouwde stal die heerlijk naar kruiden rook. Er waren drie mannen en een vrouw bezig met het verpulveren en mengen van de gedroogde planten. De baas, de kruidenhandelaar Reinaldo Aurelio, was een vriendelijke man met een scherpe blik; hij droeg een ruw leren schort dat onder het haksel zat.

'En wat kan ik voor de señor doen?'

'Ik heb theriak nodig. Ik ben Ramón Callicó, de arts van Zaragoza, en ik kom namens broeder Luis Guerra Medina uit Zaragoza.'

'O, het is voor broeder Luis! Maar waarom is hij zelf niet gekomen? Hoe gaat het met hem?'

'Hij is gezond, maar hij wordt oud, en daarom heeft hij mij gestuurd.'

'We kunnen u een voorraad meegeven, señor Callicó.' Aurelio liep naar een plank en nam het deksel van een houten vat.

'Mag ik eerst even kijken?' vroeg Yonah. Hij verkruimelde een beetje tussen zijn vingers, rook eraan en schudde zijn hoofd. 'Nee,' zei hij zacht. 'Als ik hiermee bij broeder Luis aan zou komen, zou hij me castreren, en terecht.'

De kruidenspecialist glimlachte. 'Broeder Luis is erg veeleisend.'

'En daar zijn wij artsen heel blij om. Ik heb een grote hoeveelheid verse theriak nodig, genoeg voor broeder Luis om aan verschillende artsen in Zaragoza en omgeving te kunnen verstrekken.'

Señor Aurelio knikte. 'Dat is geen probleem, maar we hebben wat tijd nodig om een verse voorraad te maken.'

'Hoeveel tijd?'

'Minstens tien dagen, misschien nog wat langer.'

Er zat niets anders op dan de wachttijd te accepteren. Yonah was er niet eens rouwig om, want nu kreeg hij de gelegenheid om een eindje de Pyreneeën in te trekken. Ze berekenden wat zijn bestelling zou kosten en hij betaalde vooraf. Broeder Luis had gezegd dat hij de Aurelio's op hun woord kon geloven en Yonah wilde het goud niet langer bij zich houden. Hij regelde dat hij de pakezel bij hen kon stallen en beloofde dat hij minstens twee weken weg zou blijven om hun genoeg tijd te geven om de bestelling te klaar te maken.

Yonah reed door de heuvels naar het noorden. Hij had gehoord dat de bergen tussen Huesca en de grens met Frankrijk zo hoog waren dat ze in de hemel leken te prikken. Ze kwamen algauw in zicht, sommige met besneeuwde toppen. In een veld vol voorjaarsbloemen vond hij een beekje met kleine, kleurige forellen. Even later had hij een touw met een haakje uit zijn tas gehaald en ook een ijzeren kistje met wormen uit de mestvaalt achter zijn huis. De vis beet gretig en veel te gauw had hij een maaltje bij elkaar. Elke forel was niet meer dan een hap eten; hij ontweide ze snel, reeg ze aan een tak en roosterde ze boven een vuurtje, waarna hij ze met hun zachte graten en al smakelijk opat.

Hij liet het paard een poosje van het gras en de bloemen grazen en nam toen het pad de bergen in. De lage hellingen waren dichtbebost met beuken, kastanjes en eiken, die geleidelijk overgingen in naaldbomen. Nog hoger zouden deze uitdunnen en ten slotte ook verdwijnen, en zelfs kleine plantjes zouden schaars worden. De warme zon stuurde gesmolten sneeuw ruisend en tinkelend naar beneden, waar het op de oevers van een snelstromende beek klaterende watervallen veroorzaakte.

's Middags zag hij in een sparrenbosje de eerste sneeuw liggen. Er liep een perfect berenspoor doorheen, zo scherp dat hij wist dat het vers was. De lucht tintelde en de nachten zouden er koud zijn. Omdat hij liever in een warmere omgeving wilde slapen, liet hij zijn paard omkeren en ging weer naar beneden tot hij bij een mooi plekje kwam onder een grote spar, met dode takken die hij voor zijn vuur kon gebruiken. Gedachtig aan het berenspoor bond hij zijn paard vlakbij vast en hield hij het vuur de hele nacht brandend; af en toe werd hij wakker en dan brak hij het dode hout met een luid knappend geluid van de boom om zijn aanwezigheid kenbaar te maken. Als de vlammen oplaaiden, sliep hij weer in.

In de middag van de derde dag van zijn tocht moest hij omkeren voor een dikke laag sneeuw in een hoge pas. Hij had er veilig doorheen kunnen rijden, maar zijn paard zou er moeite mee hebben en dat was het hem niet waard. Op de terugweg zocht hij naar een pad dat hem om de berg heen zou leiden, maar hij zag niets. Pas toen zijn schimmel ergens wilde afslaan, zag hij het bijna onzichtbare begin van een pad in de muur van bomen. Hij volgde het een stukje en zag dat het overging in een brede, stenige weg langs een kabbelende beek die eeuwenlang bezig was geweest zich door een steile rotswand een weg naar beneden te banen.

Na een lange afdaling rook hij een houtvuur en even later liet hij het bos achter zich en bevond hij zich in een klein dal met een dorp.

Er stonden een stuk of tien natuurstenen huizen met steile leistenen daken, en boven de lage horizon stak het kruis van een kerkdak de lucht in. In een weiland graasden koeien en paarden, en hij zag wat akkers met zwarte aarde.

Hij reed langs twee huizen zonder iemand te zien, maar vanuit het derde huis was een vrouw water gaan halen in de beek en ze kwam met een volle emmer terug. Toen ze hem zag aankomen, haastte ze zich naar de bescherming van haar huis, waarbij het water over de rand van de emmer klotste, maar hij was al bij haar toen ze nog maar halverwege was.

'Goedendag. Hoe heet dit dorp?'

Als verstijfd bleef ze staan. 'Dit is Pradogrande, señor,' zei ze met een heldere, maar wantrouwig klinkende stem. Toen zijn paard nog een paar stappen naar haar toe deed, werd de adem hem bijna benomen toen hij haar gezicht herkende.

'Inés! Zo heet je toch?'

Hij liet zich onhandig van zijn paard glijden en ze deinsde angstig achteruit. 'Nee, señor.'

'Ben jij niet Inés Saadi Denia, de dochter van Isaac Saadi?' vroeg hij onnadenkend. Het meisje staarde hem aan.

'Nee, señor, ik heet Adriana. Adriana Chacon.'

Natuurlijk, wat een sufferd was hij toch, dacht hij. Dit was een jonge vrouw en toen hij Inés voor het laatst had gezien, was ze nauwelijks jonger geweest en er waren heel wat jaren voorbijgegaan.

'Inés was mijn tante, moge haar ziel rusten in eeuwige vrede.'

Zo, dan was Inés dus overleden. Hij schrok ervan, weer een deur die gesloten was. 'Moge ze rusten,' mompelde hij. 'Nu weet ik wie u bent,' zei hij opeens weer hardop. Deze vrouw was het kind waarmee Inés vaak opgetrokken had, het dochtertje van haar oudere zus Felipa! Hij herinnerde zich weer dat hij met Inés door Granada had gewandeld met het kleine meisje tussen hen in, hen allebei bij de hand houdend.

De jonge vrouw keek hem weifelend aan.

Yonah draaide zich om toen hij een schreeuw hoorde, wat betekende dat een ander hem ook had gezien, en toen zag hij dat er van één kant drie en van een andere kant twee mannen kwamen aanrennen. Ze hielden hun gereedschappen vast als wapens om de indringer mee uit de weg te ruimen.

38

DE HOGE WEIDE

VOORDAT DE ARBEIDERS DIE KWAMEN AANRENNEN Yonah en de jonge vrouw konden bereiken, kwam er een slanke maar gespierde man uit een van de dichtbij gelegen huizen. Ook al zag hij er veel ouder uit dan vroeger, Yonah herkende hem meteen: het was Micah Benzaquen, de vriend en buurman van de Saadi's in Granada. Benzaquen was destijds al een man van middelbare leeftijd, maar nog steeds maakte hij een vitale indruk. Hij keek Yonah even onderzoekend aan en toen hij glimlachte, wist Yonah dat Benzaquen hem ook herkend had.

'U bent een knappe kerel geworden, señor,' zei Benzaquen. 'De laatste keer dat ik u zag, was u een forse, haveloze jonge herder, een en al haar en baard, alsof er een struik uit uw hoofd groeide. Hoe heet u ook alweer? Het lijkt op de naam van een prachtige stad...'

Yonah besefte dat hij tijdens zijn korte oponthoud in dit afgelegen gehucht niet kon volhouden dat hij Ramón Callicó was. 'Toledano.'

'Dat is het, Toledano! Hemelse goedheid!'

'Yonah Toledano. Het doet me goed u hier te zien, señor Benzaquen.'

'Waar woont u nu, señor Toledano?'

'Guadalajara,' antwoordde Yonah. Het was verstandig niet te verraden dat er een Toledano in Zaragoza woonde. Tot zijn spijt had de jonge vrouw haar emmer opgetild en was doorgelopen toen hij en Benzaquen elkaar begroetten. De rennende mannen hadden hun pas vertraagd toen ze zagen dat het zwaard en het mes van de vreemdeling in de schede bleven. Toen ze, nog met de werktuigen waarmee ze Yonah in mootjes hadden kunnen hakken in de hand, om de twee mannen heen kwamen staan, stonden deze als oude vrienden te praten.

Benzaquen stelde hen voor. Het ene groepje bestond uit Pedro Abulafin, David Vidal en Durante Chazan, en het andere uit Joaquim Chacon, Asher de Segarra, José Diaz en Fineas ben Portal.

Een paar mannen namen Yonahs paard mee terwijl Yonah gastvrij werd ontvangen in Benzaquens finca. Leah Chazan, Benzaquens vrouw, was een grijsharige, hartelijke vrouw, een echte Spaanse moeder. Ze overhandigde Yonah een kom warm water en een handdoek en wees hem de schuur, waar hij zich op zijn gemak kon wassen. Toen hij weer binnenkwam, rook het huis naar gebraden lamsbout. Zijn gastheer zat met een kruik drank en twee bekers op hem te wachten. 'We krijgen hier in ons dal weinig bezoek,' zei hij, 'dus dit is een bijzondere gelegenheid.' Hij schonk cognac in de bekers en ze dronken op elkaars gezondheid.

Het was Benzaquen opgevallen dat Yonah op een Arabisch paard reed en dat zijn kleren en wapens van uitstekende kwaliteit waren. 'Je bent vast geen haveloze herder meer,' zei hij glimlachend.

'Ik ben arts.'

'Arts? Wat geweldig!' zei Benzaquen. Bij de lekkere maaltijd die zijn vrouw algauw op tafel zette, vertelde hij Yonah wat er met de bekeerlingen was gebeurd sinds ze elkaar uit het oog hadden verloren.

'We zijn in een karavaan uit Granada vertrokken, achtendertig wagens, allemaal op weg naar Pamplona, de hoofdstad van Navarra. Na een lange, moeizame reis zijn we daar ook aangekomen.' Ze waren er twee jaar gebleven. 'Enkelen van ons zijn daar getrouwd, onder anderen Inés Denia. Ze trouwde met Isadoro Sabino, een timmerman,' vertelde Benzaquen, niet helemaal op zijn gemak, want ze dachten beiden terug aan het onaangename gesprek over Inés Denia bij hun laatste ontmoeting.

'Helaas,' vervolgde Benzaquen, 'werd de prettige tijd die we in Pamplona hadden overschaduwd door droefenis.' Een op de vijf van de groep Nieuwe Christenen uit Granada was gestorven aan hoge koorts en bloederige diarree. In de afschuwelijke maand Nisan waren vier leden van de familie Saadi snel en wreed uit hun midden gerukt: 'Isaac Saadi en zijn vrouw Zulaika Denia stierven een paar uur na elkaar. Toen werd hun dochter Felipa ziek en zij overleed ook, en ten slotte stierven Inés en haar kersverse echtgenoot Isadoro Sabino, ze waren nog geen drie maanden getrouwd. De inwoners van Pamplona beschuldigden de nieuwkomers ervan dat ze de dood hadden meegebracht, dus toen de pest uitgewoed was, wisten degenen van ons die het overleefd hadden dat we verder moesten. Na felle discussies besloten we de grens met Frankrijk over te steken en te proberen in Toulouse een nieuw leven te beginnen. Maar het was geen eenstemmig besluit; ikzelf bijvoorbeeld was het met de route noch met de bestemming eens. Ik heb gezegd dat Toulouse al eeuwenlang bekendstond vanwege zijn wrede houding ten opzichte van de joden en dat we met onze wagens de hoge Pyreneeën zouden moeten oversteken, wat een onmogelijke opgave leek.'

Maar de meeste van zijn medebekeerlingen hadden zijn bezwaren van tafel geveegd en hem erop gewezen dat ze als katholieken en niet als joden naar Frankrijk zouden gaan. En wat de tocht door de bergen betrof, ze hadden gehoord dat er in het dorp Jaca, dat op de route lag, berggidsen woonden die ze konden huren om hen door de passen te leiden. En als ze de wagens niet mee konden nemen, zeiden ze, zouden ze hun waardevolste spullen op lastdieren mee naar Frankrijk nemen. Dus de karavaan was op weg gegaan naar Jaca.

'Maar hoe bent u dan in dit dal terechtgekomen?' vroeg Yonah.

Benzaquen glimlachte. 'Per ongeluk.'

Op de lange, beboste berghellingen waren velden waar een grote groep reizigers kon overnachten schaars. Ze sliepen vaak in de wagens, in een lange rij langs de kant van de weg. In een van die nachten had een van Benzaquens trekpaarden, een sterk dier dat ze niet konden missen, zich losgetrokken en was ervandoor gegaan. 'Toen ik hem in de ochtendschemering miste, ben ik hem, het dier vervloekend, met vier anderen gaan zoeken.'

Ze volgden het spoor van geplet struikgewas, afgebroken takken en hier en daar een hoefafdruk of een hoop keutels, en ontdekten dat het over een soort natuurlijk, stenig pad liep dat met een snelstromend riviertje mee de helling afdaalde. Toen ze uiteindelijk het bos achter zich lieten, zagen ze het paard grazen in een sappige weide in een kleine, verborgen vallei.

'We waren opgetogen over het heldere water en het dikke gras en we zijn teruggegaan om de anderen deze vallei te laten zien, omdat het ons een veilige, beschutte rustplaats leek. Om de wagens mee naar beneden te nemen hoefden we het pad alleen maar op twee plaatsen iets te verbreden en een paar grote rotsblokken opzij te schuiven. Eerst waren we van plan maar een dag of vier, vijf te blijven, zodat mensen en dieren konden uitrusten en nieuwe energie opdoen. Maar iedereen was verrukt over de mooie omgeving en de vruchtbare aarde, en het was een prachtige schuilplaats, ver van de bewoonde wereld. Naar het oosten was het een moeizame rit van twee dagen naar Jaca, dat ook een afgelegen dorp was, en naar het zuidoosten was het net zo'n moeizame rit van drie dagen naar het stadje Huesca.' Enkelen van de Nieuwe Christenen opperden dat ze er een vredig leven zouden kunnen leiden zonder ooit door een inquisiteur of soldaat lastig te worden gevallen. Misschien moesten ze hun plan opgeven en blijven.

'Niet iedereen was het ermee eens,' zei Benzaquen. Na veel gepraat en geruzie hadden zeventien van de zesentwintig families die uit Pamplona vertrokken waren besloten zich in het dal te vestigen. 'Iedereen deed zijn best om de negen families die doorgingen naar Toulouse op weg te helpen. Er was bijna een hele dag voor nodig om hun wagens weer de berg op te krijgen. Na de omhelzingen en een paar tranen verdwenen ze over de bergen, en de achterblijvers gingen terug naar het dal.'

Vier van de achtergebleven families waren boeren. Bij het organiseren van de verhuizing van Granada naar Pamplona en het vervolg van de reis naar Toulouse hadden deze mensen zich afzijdig gehouden. Ze hadden de voorbereidingen en beslissingen overgelaten aan de kooplieden, die met hun reiservaringen en wereldwijsheid de groep veel beter van dienst konden zijn.

Maar in het dal kregen de boeren het voor het zeggen. Ze bekeken de ligging, beslisten waar de akkers en de weiden moesten komen en welke gewassen er gezaaid en geplant moesten worden. Er was meer dan genoeg gras voor de dieren en daarom noemden ze de plek Pradogrande, de hoge weide.

De mannen verdeelden de vallei in zeventien gelijke stukken, die ze nummerden. Elke familie trok een nummer en werd eigenaar van dat stuk land. Ze spraken af dat ze elkaar zouden helpen bij het zaaien, planten en oogsten, volgens een roterend systeem zodat niemand zich benadeeld kon voelen. De vier boeren wezen aan waar de huizen moesten komen te staan om zoveel mogelijk profijt van zon en schaduw te hebben en beschut te zijn tegen regen en wind, en ze werden een voor een gebouwd. Op de hellingen lagen meer dan genoeg stenen en het werden solide boerderijen; de stallen en schuren kwamen wat lager apart te staan of werden aan het woonhuis vastgebouwd.

In de eerste zomer voltooiden ze drie fincas, waar de vrouwen en kinderen de volgende winter samenwoonden terwijl de mannen in de wagens sliepen. De rest van de huizen en de kerk kwamen in de volgende vijf jaar klaar.

De vier boeren vormden de inkoopcommissie. 'Eerst gingen ze naar Jaca,' vertelde Benzaquen, 'waar ze wat schapen en zaden kochten. Maar Jaca kon niet genoeg bieden, dus de volgende reis ging naar Huesca, waar ze meer keus hadden. Ze kwamen terug met zakken mooi zaad, allerlei werktuigen, jonge fruitboompjes, nog meer schapen en geiten, varkens, kippen en ganzen.'

Een van de mannen was leerlooier en een ander timmerman – onmisbare ambachten op een nieuwe vestigingsplaats. 'Maar de meesten waren koopman geweest, dus toen we besloten in Pradogrande te blijven, wisten we dat we ander werk moesten gaan doen. In het begin konden we met onze slappe koopmanslijven het zware werk nauwelijks aan, maar we waren enthousiast over de toekomstmogelijkheden en wilden graag leren. Dus ook wij werden sterke kerels.

Nu wonen we hier al elf jaar, en we hebben akkers met landbouwproducten en boomgaarden.'

'Een hele prestatie,' zei Yonah bewonderend.

'Het is bijna donker, dus morgen zal ik je de vallei laten zien, zodat je het zelf kunt beoordelen,' zei Benzaquen.

Yonah knikte verstrooid. 'Die vrouw, Adriana... Is haar man ook boer?'

'Iedereen is hier boer. Maar Adriana Chacon heeft geen man meer, ze is weduwe.' Benzaquen sneed nog een plak lamsvlees af en maande zijn gast de gelegenheid om extra lekker vlees te eten niet voorbij te laten gaan.

'Hij zegt dat hij zich mij nog herinnert als kind,' zei Adriana Chacon die avond tegen haar vader. 'Wat gek, want ik herinner me hem helemaal niet. Jij wel?'

Joaquim Chacon schudde het hoofd. 'Nee, maar misschien heb ik hem wel ontmoet. Je grootvader Isaac kende een heleboel mensen.'

Ze vond het een vreemde gedachte dat een bezoeker in de vallei herinneringen aan haar had die ze niet kon delen. Als ze terugdacht aan haar jeugd, had ze het gevoel dat ze vanaf een bergtop uitkeek over een weids landschap; wat dichtbij lag stond haar helder voor ogen, maar hoe groter de afstand, hoe vager het beeld, tot ze in de verte niets meer kon onderscheiden. Van Granada kon ze zich niets meer herinneren en van Pamplona maar heel weinig. Ze wist nog dat ze heel lang in een wagen had gereden. De wagens hadden een kap tegen de zon, maar het werd er zo heet in dat ze meestal alleen 's morgens vroeg en in de namiddag reisden, en de menners de paarden in de middaghitte in de schaduw lieten uitrusten. Ze herinnerde zich het gehots en gerammel over slechte wegen, het gekraak van de leren hoofdstellen en het geplof van de hoeven in het zand. Het grijze stof, dat haar tanden deed knarsen. De grasachtige geur van de ronde keutels die uit de paarden en de ezels vielen en door de wagenwielen geplet werden.

Adriana was toen acht; ze voelde zich verschrikkelijk eenzaam en verteerd door verlangen naar haar pas overleden familieleden. Haar vader was extra liefdevol als hij eraan dacht, maar meestal zat hij op de bok en mende zwijgend zijn paarden, bijna verblind door zijn eigen verdriet. Ook haar herinneringen aan de tijd dat ze de bergen in reden waren vaag; ze wist alleen nog dat ze op een dag de vallei bereikten en dat ze blij was geweest dat er een eind aan de reis was gekomen.

Haar vader, die in zijn eerdere leven zijdehandelaar was geweest, was nu boer, maar in de eerste jaren in Pradogrande had hij meegeholpen de huizen te bouwen. Hij was een heel bekwame metselaar geworden, die had geleerd stenen zodanig in elkaar te passen dat er een stevige muur kwam te staan. De van rivierstenen en hout gebouwde huizen waren in volgorde van gezinsgrootte toegewezen. Adriana en haar vader hadden vijf jaar lang bij anderen moeten inwonen, omdat hun huis als laatste was gebouwd. Het was ook het kleinste huis, maar even solide als de andere, en toen ze er eindelijk in trokken, had Adriana het heerlijk gevonden een plek voor henzelf te hebben. Dat jaar, toen ze dertien werd, was haar gelukkigste jaar in Pradogrande. Ze deed de huishouding voor haar vader en hield net zoveel van de vallei als de anderen. Ze kookte, poetste, en zong van tevredenheid. Dat jaar begonnen haar borsten te groeien, waar ze een beetje van schrok, hoewel ze het ook vanzelfsprekend vond omdat alles om haar heen groeide en bloeide. Op haar elfde had ze voor het eerst gebloed en Leona Patras, de oude vrouw die met Abram Montelvan was getrouwd, was heel aardig voor haar geweest en had haar geleerd hoe ze elke maand voor zichzelf moest zorgen.

Het jaar daarop hadden ze hun eerste sterfgeval meegemaakt toen Carlos ben Sagan overleed aan een longziekte. Drie maanden na zijn begrafenis kondigde haar vader aan dat hij met Sagans weduwe, Sancha Portal, ging trouwen. Joaquim legde zijn dochter uit dat de hardwerkende inwoners van Pradogrande liever geen mensen van buitenaf in hun dorp wilden halen maar wel beseften dat ze dan in de toekomst gebrek aan werkkrachten zouden krijgen. Grote gezinnen waren dus de enige oplossing, en ongetrouwde volwassenen moesten zo vlug mogelijk trouwen. Sancha Portal had met het huwelijk ingestemd; ze was nog een knappe, sterke vrouw en hij deed met duidelijk plezier zijn plicht. Ze zouden in Sancha's huis gaan wonen, maar ze had vijf kinderen en haar huis was barstensvol. Daarom moest Adriana in het kleine huis blijven wonen en op zon- en feestdagen bij haar nieuwe familie komen eten.

Nadat er in het midden van de vallei een kerk en een kleine pastorie waren gebouwd, was Joaquim een van de afgevaardigden die naar Huesca reed om te vragen of ze in hun nieuwe leefgemeenschap een priester konden krijgen. Pater Pedro Serafino, een stille, verlegen, in het zwart geklede man, was mee teruggekomen naar Pradogrande en was lang genoeg gebleven om het huwelijk tussen Joaquim en Sancha te voltrekken. Bij zijn terugkeer in Huesca had hij zijn meerderen over het nieuwe kerkje en de gezellige, maar lege pastorie verteld, en een paar maanden later kwam de priester opnieuw uit het bos rijden en zei dat hij bij hen zou blijven.

De dorpelingen gingen graag naar de mis, want ze voelden zich net zo katholiek als een bisschop. 'Als ons dorp ooit door onvriendelijke ogen zou worden bekeken,' zei Joaquim tegen zijn dochter, 'zal zelfs de inquisitie moeten toegeven dat onze kerk en pastorie een belangrijke plaats innemen. En als men ziet dat onze priester voortdurend op zijn ezel onze vallei doorkruist, zal men moeten toegeven dat hier echte christenen wonen.'

Adriana was blij dat ze alleen achter mocht blijven. Voor één bewoner was het geen moeite het huis schoon en netjes te houden. Ze had het druk met het bakken van brood en het telen van groente in haar tuin om mee te helpen het grote gezin van haar vader te voeden, en met het spinnen van de wol van zijn schapen. In het begin lachte iedereen haar toe, de vrouwen en de mannen. Haar lichaam onderging de laatste veranderingen van meisje naar vrouw; haar borsten werden niet groot, maar wel mooi van vorm. Ze werd lang en slank, met een heel vrouwelijk figuur. Na verloop van tijd zagen de vrouwen hoe de mannen naar haar keken en sommige werden steeds onaardiger. Adriana had geen ervaring, maar ze was niet dom. Ooit had ze twee paarden zien paren; de hinnikende hengst was met een penis als een knuppel op de rug van de merrie geklommen. Ook had ze rammen en ooien bezig gezien. Ze wist dat mensen het op een andere manier deden en vroeg zich af hoe dat zich precies zou afspelen.

Toen Leona Patras in het voorjaar ziek werd, leefde ze erg mee. Ze ging vaak bij haar op bezoek en probeerde iets terug te doen door bijvoorbeeld maaltijden voor haar oude man, Abram Montelvan, te koken. Ze zette potten water op het vuur opdat de stoom de ademhaling van de oude vrouw zou vergemakkelijken en smeerde haar borst in met ganzenvet en kamfer. Maar Leona's hoest werd steeds erger en vlak voor de zomer overleed ze. Adriana huilde bij de begrafenis; ze had het gevoel dat elke vrouw die lief voor haar was dat met de dood moest bekopen.

Ze hielp mee Leona te wassen voordat ze in de aarde werd gelegd. Daarna maakte ze haar huis schoon en zette af en toe een maaltijd klaar voor de weduwnaar.

Die zomer was de vallei overweldigend in zijn schoonheid. De grote bomen en het lange gras zaten vol zangvogels in bonte verentooi en de lucht geurde naar bloesems. Soms voelde Adriana zich bijna bedwelmd door de pracht om zich heen, zodat haar gedachten soms zelfs midden in een gesprek afdwaalden. Daarom dacht ze dat ze haar vader niet goed had begrepen toen hij zei dat ze met Abram Montelvan moest trouwen.

Voordat zij en haar vader het laatste huis in Pradogrande betrokken, hadden ze bij verschillende families ingewoond, onder andere bij Abram Montelvan en Leona Patras. Haar vader wist dus dat Abram een moeilijke man was, een zuur ruikende grijsaard met uitpuilende ogen en een nors karakter. Maar Joaquim zei botweg: 'Abram wil je wel hebben en er is niemand anders beschikbaar. Er wonen hier maar zeventien families, en als je mij en de overleden Carlos ben Sagan, wiens gezin nu het mijne is, erbuiten laat, zijn er nog maar vijftien families over waarin je een man zou kunnen zoeken. Maar al die mannen zijn al bezet, dus je zou moeten wachten tot een van hen zijn vrouw verliest.'

'Dan wacht ik wel,' zei Adriana wanhopig, maar Joaquim schudde zijn hoofd.

'Nee, je moet je plicht voor de gemeenschap vervullen,' zei hij vastberaden. Hij voegde eraan toe dat ze hem, als ze niet gehoorzaamde, te schande zou maken, en ten slotte moest ze toegeven.

Op de dag van het huwelijk leek Abram Montelvan er niet met zijn gedachten bij te zijn. Tijdens de huwelijksmis in de kerk keek hij haar niet aan en zei geen woord. Na afloop werd de verbintenis in drie huizen gevierd, een luidruchtig feest met drie soorten vlees: lam, geit en kip. Er werd tot vroeg in de morgen gedanst. Adriana en haar man verdeelden hun aandacht over de drie huizen en eindigden het feest in het huis van Sancha Portal, waar pater Serafino een glas wijn met hen dronk en hun uitgebreid de les las over de heilige verplichtingen van het huwelijk.

Abram was dronken toen ze onder gejuich en gelach het huis van Sancha Portal verlieten. Op weg naar de wagen struikelde hij een paar keer en ze reden in het koude maanlicht naar zijn huis. Naakt in zijn slaapkamer, in het bed waarin haar vriendin Leona Patras gestorven was, was ze bang, maar gelaten. Abram had een lelijk lichaam met een hangbuik en magere armen. Hij vroeg haar haar benen te spreiden en schoof de olielamp dichterbij om haar beter te kunnen bekijken. Maar blijkbaar was paren voor mensen moeilijker dan voor de paarden en de schapen die ze het had zien doen, want toen hij boven op haar ging liggen, lukte het hem ondanks zijn gepomp en gevloek – waarbij hij zijn speeksel over haar gezicht sproeide – niet om met zijn slappe lid haar lichaam binnen te dringen. Uiteindelijk rolde hij van haar af en viel in slaap, waarna ze opstond om de lamp uit te doen. Terug in bed ging ze zo ver mogelijk van hem af liggen en deed geen oog dicht.

De volgende morgen probeerde hij het opnieuw, kreunend van inspanning, maar hij produceerde slechts een kloddertje slijm dat aan haar fijne schaamhaar bleef kleven. Zodra hij het huis uit was, schrobde ze al zijn sporen van haar lichaam af.

Hij was een narrige echtgenoot en ze was bang voor hem. Op de eerste dag van hun huwelijk gaf hij haar een klap en riep: 'Noem je dit een eierpudding?' 's Middags beval hij haar voor de volgende dag een maaltijd voor negen mensen klaar te maken. Ze slachtte twee kippen, plukte en stoofde ze; ze bakte brood en haalde vers drinkwater. Haar vader en stiefmoeder kwamen eten en ook Abrams zoon Anselmo, diens vrouw Azucena Aluza en hun drie kinderen, voor wie Adriana nu een veertienjarige grootmoeder was. Hun dochters heetten Clara en Leonor, en hun zoontje heette Joseph. Niemand praatte met haar toen ze het eten opdiende, zelfs haar vader niet, die lachte om Anselmo's verhaal over de bokkensprongen van zijn geiten.

Tot haar verdriet bleef haar man het in bed proberen, en een week of drie na hun huwelijksdag slaagde hij erin stijf genoeg te worden om bij haar naar binnen te dringen. Ze gaf een kreetje van pijn toen ze scheurde, en hoorde vol afschuw zijn kreet van triomf toen hij even later zijn kleverige lid terugtrok en met een doekje een druppeltje bloed wegveegde – het bewijs van zijn prestatie.

Daarna liet hij haar een poos met rust, alsof hij het, nadat hij de berg beklommen had, niet nodig vond het nogmaals te proberen. Maar vaak werd ze 's morgens wakker doordat ze onder het hemd waarin ze sliep zijn gehate hand voelde terwijl hij haar tussen haar benen betastte op een manier die ze bepaald niet liefkozend kon noemen. Verder negeerde hij haar, behalve de vele keren dat hij haar sloeg.

Zijn vlekkerige handen waren harde vuisten. Toen ze een keer het brood liet verbranden, sloeg hij haar met een zweep tegen haar benen.

'Nee, Abram! Alsjeblieft niet! Nee, nee!' riep ze huilend, maar zwaar ademend ging hij er gewoon mee door.

Hij zei tegen haar vader dat hij gedwongen was haar te slaan vanwege haar vele tekortkomingen, en op een dag kwam haar vader met haar praten.

'Je moet ophouden je als een koppig kind te gedragen en leren een goede echtgenote te worden, net als je moeder,' zei hij. Ze keek hem niet aan, maar beloofde beterschap.

Toen ze leerde de dingen te doen zoals Abram het wenste, sloeg hij haar minder vaak. Maar hij hield er niet mee op en hij werd steeds chagrijniger. Hij kon nauwelijks meer liggen van de pijn, hij liep stijf en snakte dan naar adem omdat ook dat pijn deed. Het weinige geduld dat hij had verdween.

Haar leven veranderde op een avond toen ze ruim een jaar getrouwd waren. Ze kookte het avondmaal maar het werd niet opgediend, want ze morste water op tafel toen ze zijn beker vulde, en toen stond hij op en gaf haar een stomp tegen haar borst. Hoewel het nooit eerder bij haar opgekomen was, betaalde ze hem woedend terug met twee harde klappen in zijn gezicht, zo hard dat hij zou zijn gevallen als zijn stoel niet achter hem had gestaan.

Ze boog zich over hem heen en zei: 'Waag het niet me ooit nog een keer aan te raken, señor! Nooit!'

Abram staarde haar verbijsterd aan en begon te huilen van boosheid en vernedering.

'Heb je me goed begrepen?' vroeg ze, maar hij gaf geen antwoord.

Toen ze door haar eigen tranen naar hem keek, zag ze dat hij een verachtelijke oude man was, dwaas en zwak, en dat ze niets van hem te vrezen had. Ze liet hem zitten en ging naar boven. Na een poosje kwam hij ook boven, kleedde zich langzaam uit en klom naast haar in bed. Maar nu was hij het die naar de rand schoof, zo ver mogelijk van de ander vandaan.

Ze was ervan overtuigd dat hij naar de priester of naar haar vader zou gaan en wachtte gelaten op de straf die ze voor haar zouden bepalen – zweepslagen of nog erger. Maar ze hoorde niets, en langzamerhand kwam ze tot de conclusie dat hij niet over haar zou klagen omdat hij bang was uitgelachen te worden. Hij wilde dat de andere mannen hem zouden blijven zien als de sterke oude leeuw die zijn jonge vrouw moeiteloos onder de duim hield.

Daarna nam ze elke avond een deken mee naar de woonkamer en sliep daar op de grond. Ze bleef in de groentetuin werken en kookte zijn maaltijden, ze waste nog steeds zijn kleren en ze hield zijn huis schoon. Toen ze bijna twee jaar getrouwd waren, begon hij te hoesten en na een poosje kwam hij zijn bed niet meer uit. Nog negen weken verzorgde ze hem; ze gaf hem warme wijn en geitenmelk, ze bracht hem zijn eten en de kamerpot, ze veegde zijn billen schoon en waste zijn lichaam.

Toen hij stierf, stroomde er een gelukzalig gevoel van dankbaarheid door haar heen en voelde ze zich als volwassene voor het eerst vredig.

Na Abrams overlijden lieten de mensen haar een poosje met rust, wat haar goed deed. Maar nog geen halfjaar later begon haar vader over haar status als weduwe in Pradogrande te praten.

'De mannen hebben besloten dat alleen een man die meewerkt in het boerenbedrijf een huis mag bezitten.'

Ze keek hem aan en zei: 'Dan zal ík meewerken.'
Hij glimlachte. 'Jij kunt veel minder werk verzetten dan een man.'
'Ik kan net zo hard leren werken als een zijdekoopman. Ik heb een prachtige groentetuin, en ik zou op een akker harder werken dan Abram Montelvan heeft gedaan.'
Haar vader bleef glimlachen, maar hij zei: 'Toch mag het niet. Als je het huis wilt houden, moet je beloven opnieuw te trouwen. Anders wordt je land onder de andere boeren verdeeld.'
'Ik trouw nooit weer.'
'Abrams zoon Anselmo wil het land in de familie houden.'
'Hoe stelt hij zich dat voor? Wil hij mij als tweede vrouw erbij hebben?'
Hij vader keek afkeurend vanwege haar brutale toon, maar hij bleef geduldig. 'Hij stelt voor dat je je met zijn oudste zoon, Joseph, verlooft.'
'Oudste zoon? Joseph is een jongetje van zeven!'
'Toch zal die verloving genoeg zijn om het land intact te houden, en er is niemand anders,' zei haar vader, net als toen hij erop aangedrongen had dat ze met Abram zou trouwen. Hij haalde zijn schouders op en vervolgde: 'Je zegt dat je nooit meer wilt trouwen. Misschien sterft Joseph wel voordat hij volwassen wordt. Zo niet, dan duurt het nog jaren voordat hij een man is. Wellicht wordt hij een knappe man en wil je hem tegen die tijd best hebben.'
Het was nooit eerder bij Adriana opgekomen dat ze een hekel had aan haar vader. Ze keek toe terwijl hij haar mand met groenten doorzocht en er de bosuitjes uit haalde die ze die morgen voor zichzelf uit de grond had getrokken. 'Ik neem ze mee voor Sancha, ze vindt jouw uien de lekkerste van allemaal,' zei hij, stralend bij het compliment.

Haar tweede verloving gaf haar een aantal rustige jaren. Sinds de dood van Abram Montelvan waren er drie zaaitijden en drie oogsten voorbijgegaan. Elk voorjaar waren de vruchtbare akkers ingezaaid, elke zomer was het hooi gemaaid en tot balen gerold en elk najaar was de rijpe tarwe geoogst, waarbij weinig gemopperd was. Enkele vrouwen bekeken Adriana opnieuw wantrouwig. Enkele mannen hadden iets meer gedaan dan naar haar kijken en lieve woordjes gemompeld, maar ze was haar huwelijksbed nog niet vergeten en had geen enkele belangstelling voor mannen. Uiteindelijk wist ze precies hoe ze hen met een grapje en een glimlach bij zich vandaan moest houden.
Als ze soms een eind ging wandelen, zag ze de jongen met wie ze

verloofd was. Hij was klein voor zijn leeftijd en had een bos donker krulhaar, en hij maakte een aardige indruk. Maar hij was pas tien. Hoe oud zou hij moeten zijn voordat hij zijn mannenplicht kon doen? Een jaar of veertien, vijftien, dacht ze.

Toen ze een keer vlak langs hem heen liep, zag ze dat hij een snotneus had. Ze haalde een doekje uit haar zak en liet het verbaasde kind zijn neus snuiten. 'Je mag nooit met een snotneus naar bed komen, señor, dat moet je me beloven,' zei ze. Toen hij als een verschrikt konijn wegrende, moest ze lachen om het leven.

Ze voelde in zichzelf een kilte groeien, als een ongewenst kind. Ze wist niet hoe ze moest ontsnappen, maar ze begon eraan te denken gewoon het dorp uit te lopen, de bergen in, steeds hoger, tot ze niet verder kon. Ze was niet bang voor de dood, maar ze vond het een gruwelijke gedachte door dieren verslonden te worden.

Ze wist inmiddels dat het dwaasheid was van de wereld iets goeds te verwachten. Toen er op een middag een vreemdeling uit het bos was komen rijden, als een dolende ridder in een roestig maliënkolder en op een prachtige schimmel, was ze het liefst hard weggelopen. Ze vond het dus helemaal niet leuk dat Benzaquen de volgende morgen op haar deur klopte en nederig vroeg of zij in plaats van hijzelf de bezoeker de vallei wilde laten zien. 'Mijn schapen laten plotseling overal hun lammeren vallen en ik zal ze hier en daar een handje moeten helpen,' zei hij. Ze had dus geen keus.

Hij vertelde haar wat hij over de man wist – hij was blijkbaar arts in Guadalajara.

39

DE BEZOEKENDE ARTS

OP DE HOOIZOLDER VAN BENZAQUEN HAD Yonah heerlijk geslapen. Omdat hij Benzaquens vrouw niet lastig wilde vallen sloop hij, toen iedereen nog sliep, het huis binnen en haalde een gloeiende kool uit het vuur. Vlak bij de beek maakte hij zijn eigen vuurtje en kookte erwtenpap van zijn slinkende voorraad levensmiddelen. Hij voelde zich fit en voldaan toen Adriana Chacon naar hem toe kwam en zei dat zij hem zou rondleiden in plaats van Benzaquen.

Ze zei dat hij zijn paard op stal kon laten. 'Vandaag neem ik u mee door het oostelijke deel van de vallei en dat kan beter te voet. Misschien laat iemand anders u morgen te paard de andere helft zien.' Hij knikte.

Het verbaasde hem nog steeds dat ze uiterlijk zoveel op Inés leek, hoewel hij bij nadere beschouwing de verschillen ontdekte. Ze was langer, ze had bredere schouders en kleinere borsten. Ze had een goed figuur en een boeiend gezicht, en toen ze naar hem toe kwam lopen, was hem opgevallen hoe haar ronde dijen zich tegen het grijze linnen van haar rok bewogen. Toch scheen ze niet te beseffen hoe mooi ze was; koketterie was haar vreemd.

Hij nam de met een servet bedekte mand van haar over om mee te nemen voor onderweg. Ze liepen langs een akker waar mannen aan het werk waren en ze stak groetend een hand op, maar ze onderbrak hun werk niet om hen aan Yonah voor te stellen. 'Die man die het zaad uitdeelt is mijn vader, Joaquim Chacon,' zei ze.

'O ja, ik heb hem gisteren ontmoet. Hij was een van de mannen die naar ons toe kwamen rennen om je te beschermen.'

'Hij kan zich u ook niet uit Granada herinneren,' zei ze.

'Dat is ook niet mogelijk, want in Granada werd me verteld dat hij in het zuiden was om zijde te kopen.'

'Micah Benzaquen heeft me verteld dat u met mijn tante wilde trouwen.'

Micah Benzaquen is een kletskous, dacht Yonah wrang, maar het was de waarheid, dat moest hij toegeven. 'Ja, ik wilde dolgraag met Inés Saadi Denia trouwen. Benzaquen was een goede vriend van uw grootvader, en hij was de tussenpersoon die me namens Isaac Saadi moest ondervragen over mijn financiële vooruitzichten. Maar ik was nog jong en straatarm, en ik hád geen vooruitzichten. Ik hoopte dat Isaac Saadi me zijn zijdehandel zou willen leren, maar Benzaquen zei dat Saadi's schoonzoon al voor hem werkte, dus uw vader, en dat Inés met iemand moest trouwen die zelf een bedrijf of een beroep had. Hij maakte me heel duidelijk dat uw grootvader geen behoefte had aan een schoonzoon in financiële nood en stuurde me weg.'

'En was u toen tot in het diepst van uw ziel gegriefd?' vroeg Adriana, op een luchthartige toon die duidelijk maakte dat de afwijzing in zijn jeugd niet meer van groot belang kon zijn.

'Inderdaad, niet alleen door het verlies van Inés, maar ook door dat van u. Met haar wilde ik trouwen, maar ik was dol op haar nichtje. Toen u weg was, vond ik een rood kiezelsteentje waarmee u vaak gespeeld had. Dat heb ik meegenomen en wel een jaar bij me gehouden, tot ik het verloor.'

Ze keek hem van opzij aan. 'Echt waar?'

'Ik zweer het. Helaas wilde Isaac me niet in zijn familie hebben, anders was ik uw oom geworden en had ik meegeholpen u op te voeden.'

'Of u was in plaats van Isadoro Sabino samen met Inés overleden.'

'U bent een praktische vrouw geworden, merk ik. Ja, dat had ook kunnen gebeuren.'

Ze kwamen bij een varkensfokkerij, waar een heleboel varkens in de modder wroetten. Een eind voorbij de zware stank stond een rookschuur, waar Adriana Yonah voorstelde aan een broodmagere varkensboer, Rudolfo García.

'Ik had al gehoord dat we een bezoeker van buiten het dal hebben,' zei García.

'Ja, en ik mag hem onze trots en glorie laten zien,' zei Adriana. Ze namen Yonah mee de rookschuur in, waar grote, donker gekleurde varkensbouten aan de balken hingen. Adriana vertelde dat de varkens werden gevoerd met eikels van de berghellingen. 'De hammen worden ingesmeerd met specerijen en kruiden en langzaam gerookt, en dat geeft mals, donker vlees met een heerlijke smaak.'

Op García's akkers kwamen de groene puntjes van de gewassen al boven de aarde uit. 'Zijn gewassen zijn al in het voorjaar rijp,' vertelde Adriana, en de boer zei dat dat door de varkens kwam. 'Elk jaar verplaats ik hun kotten. Met hun scherpe hoeven en hun snuit vermengen ze hun mest met de aarde, die dan gewoon smeekt om zaad.'

Ze namen afscheid en liepen door, langs een riviertje dat door akkers en bos stroomde, tot ze bij een naar zaagsel ruikende houtzagerij en timmermanswerkplaats kwamen. De eigenaar, Jacob Orabuena, maakte er solide meubels en houten werktuigen, en hij zaagde planken. 'Er staat genoeg hout op de hellingen om de rest van mijn leven werk te hebben,' zei hij tegen Yonah, 'maar dit is maar een klein dorp en zoveel hebben we niet nodig. We wonen erg afgelegen en ook al geeft dat ons een veilig gevoel, we kunnen onze producten niet verkopen. De markten liggen te ver weg. Zo nu en dan laden we een of twee wagens vol en maken we de zware tocht naar Jaca of Huesca, maar we willen niemand op het idee brengen om Rudolfo's lekkere hammen of mijn meubels hier te komen halen. We willen geen aandacht trekken. Dus als ik hier niets meer te doen heb, help ik een handje mee op het veld.'

Hij zei dat hij Yonah om een gunst wilde vragen. 'Señora Chacon zegt dat u arts bent.'

'Ja. Wat is er dan?'

'Mijn moeder heeft vaak verschrikkelijke hoofdpijn.'

'Ik zal haar met plezier onderzoeken,' zei Yonah. Plotseling kreeg hij een idee. 'Zeg maar tegen haar... zeg maar tegen iedereen die een dokter nodig heeft dat ik morgenochtend in de schuur van Micah Benzaquen spreekuur zal houden.'

Orabuena knikte glimlachend. 'Dan breng ik mijn moeder naar u toe.'

Ze vervolgden hun weg langs het riviertje en vonden een beschaduwde poel om bij uit te rusten. Onder het servet bleek de mand gevuld met brood, geitenkaas, bosuitjes en rozijnen. Ze dronken er het koude water uit het riviertje bij en toen ze het met hun handen opschepten, zochten forse forellen van schrik hun toevlucht tussen de wortels in de overhangende oever.

'Deze vallei van jullie is een schitterende plek om te wonen,' zei Yonah.

Adriana reageerde niet, maar schudde de kruimels uit de broodzak voor de vissen. 'Tijd voor de middagrust, denk ik,' zei ze. Ze zocht een comfortabel plekje tegen een boomstam en deed haar ogen dicht, en hij volgde haar voorbeeld. De wereld liet zich alleen nog met vogelzang en watergekabbel horen, als een wiegelied, en Yonah viel in een lichte, droomloze slaap. Toen hij weer wakker werd, sliep Adriana nog. Hij liet zijn ogen aandachtig over haar gezicht glijden. Ze had het gezicht van de Saadi's, met een lange rechte neus en een brede mond met dunne lippen waarvan de hoeken haar emoties verrieden. Op de een of andere manier wist hij dat ze tot grote passie in staat was, maar ze leek zich nauwelijks van mannen bewust te zijn en gaf niet het minste teken, hoe welgemanierd ook, dat ze beschikbaar was. Misschien kwam dat alleen maar omdat ze hem niet aantrekkelijk vond. Of ze rouwde nog om haar overleden man... Een dwaas moment was hij jaloers op haar gestorven minnaar. Adriana was slank, maar sterk. Ze had mooie botten, dacht hij, en op dat moment opende ze haar ogen en zag ze hem haar lichaam bestuderen.

'Zullen we verder gaan?' vroeg ze. Hij knikte en stond op, en stak zijn hand uit om haar overeind te trekken. Haar vingers waren koel en droog.

's Middags bekeken ze de kudden geiten en schapen, en Yonah ontmoette een man die elke dag langs de beken liep om bouwstenen te verzamelen. Hij stapelde ze als grafheuvels of monumenten op naast zijn finca en iedereen die iets wilde bouwen, kon ze komen halen.

Toen Adriana Yonah in de namiddag terugbracht naar de finca van Micah Benzaquen, waren ze allebei moe. Toen ze afscheid hadden genomen en zij wegliep, draaide ze zich nog even om en zei: 'Als u klaar bent met uw dokterswerk, wil ik u met plezier de rest van de vallei laten zien.' Hij bedankte haar nogmaals en zei dat hij dat op prijs zou stellen.

De volgende morgen vroeg was zijn eerste patiënt een vrouw die Viola Valenci heette. 'De duivel heeft zich in mijn hoektand genesteld,' zei ze.

Toen hij in haar geopende mond keek, zag hij meteen wat eraan schortte. De hoektand was donker verkleurd en het tandvlees eromheen was verbleekt. 'Ik wou dat ik dit eerder had gezien, señora,' mompelde hij. Gelukkig had hij een tang bij zich, want de tand moest eruit. Zoals hij gevreesd had, was deze helemaal verrot en brak meteen in stukjes. Met moeite kreeg hij ook de wortel eruit en ten slotte lagen de restanten bij señora Valenci's voeten. Bloed spugend prees ze hem en ging naar huis.

Inmiddels stonden er al veel meer mensen te wachten en ze hielden Yonah de hele morgen bezig. Telkens wanneer hij de volgende patiënt bij zich riep, vroeg hij de anderen een eindje verderop te blijven wachten om degene die aan de beurt was ongestoord te kunnen ondervragen. Bij Durand Chazan Halevi sneed hij een ingegroeide teennagel los en hij luisterde geduldig naar Asher de Sogarra, die zijn periodieke diarree beschreef.

'Ik heb geen medicijnen bij me en er is geen apotheker in de buurt,' zei Yonah ten slotte, 'maar binnenkort bloeien de rozen. Kook een kopje rozenblaadjes in water met honing, laat het afkoelen, klop er een kippenei doorheen en drink dat om uw maag te kalmeren.'

Op het middaguur bracht Leah Chazan hem brood in een kom soep, dat hij dankbaar verorberde. Daarna ging hij door met het opensnijden van zwerende bulten, het bespreken van de spijsvertering en al of niet geschikt voedsel, en het inspecteren van de urine die hij deze of gene achter de schuur in een beker liet plassen.

Op een gegeven moment kwam Adriana Chacon eraan. Ze bleef een poosje met de wachtenden staan praten en een paar keer keek ze Yonahs richting uit.

Maar toen hij opkeek omdat hij haar wilde zien, was ze verdwenen.

De volgende morgen verscheen Adriana op een merrie die de kleur had van bruin mos en Doña werd genoemd. Eerst reden ze naar de kerk, waar ze hem voorstelde aan pater Serafino. Toen de priester vroeg waar Yonah vandaan kwam, antwoordde hij: 'Guadalajara.' Pater Serafino tuitte zijn lippen. 'Dat is een heel eind hiervandaan.'

Als je eenmaal begon te liegen, zo had Yonah al lang geleden ontdekt, kwam er geen eind aan. Hij veranderde dan ook meteen van onderwerp door commentaar te geven op het mooie kerkje van steen en hout. 'Heeft het een naam?'

'Ik heb een paar namen bedacht, maar mijn gemeente moet me bij de beslissing helpen. Een ervan is Sint Dominicus-kerk, maar zo heten al een heleboel andere kerken. Wat vindt u van de Cosmas-en-Damiaan-kerk?'

'Waren dat heiligen, pater?' vroeg Adriana.

'Nee kind, het waren vroege martelaren, tweelingbroers uit Arabië. Ze werden allebei arts en behandelden gratis de armen, en ze genazen velen. Toen de Romeinse keizer Diocletianus met zijn vervolging van de christenen begon, beval hij de broers hun geloof op te geven en toen ze dat weigerden, liet hij ze met een zwaard onthoofden.'

'Vanmorgen hoorde ik ook over een arts die zieke mensen behandelde en betaling weigerde,' zei Adriana.

Yonah vond dat hij die waardering niet verdiende en wilde zich absoluut niet meten met martelaren. 'Gewoonlijk laat ik me wél betalen en graag ook,' zei hij. 'Maar nu ben ik hier te gast, en een gast kan zich niet door zijn gastheren laten betalen, dat zou toch al te zot zijn.'

'U hebt parels voor de zwijnen gegooid,' zei de pater, die het laatste woord wilde hebben. Bij het afscheid zegende hij hen.

Aan de grens van de vallei lagen ook een paar boerderijen en daar woonden de veehouders met grote kudden schapen en geiten. Yonah en Adriana klopten er niet aan, maar zetten hun vredige rit ongestoord voort.

Yonah had gezegd dat ze niets te eten mee hoefde te nemen omdat hij een paar forellen wilde vangen, maar ze had toch voor brood en kaas gezorgd. Ze bleken er genoeg aan te hebben, dus hij liet de vissen met rust. Ze bonden de paarden in de schaduw vast en hadden net als de vorige keer hun middagrust onder een boom bij de rivier.

Het was vrij warm geworden en Yonah viel in een lange, diepe slaap. Toen hij wakker werd, dacht hij dat Adriana nog sliep, maar toen hij bij de rivier neerknielde om met het ijskoude water zijn gezicht te verfrissen, kwam ze naast hem zitten en deed hetzelfde. Maar toen ze water in de kom van hun handen schepten om te drinken en elkaar over hun druipende handen heen recht aankeken, wendde ze meteen haar blik af. Op de terugweg liet ze haar paard iets voor het zijne lopen, zodat hij kon zien hoe ze met kaarsrechte rug in haar dameszadel zat en zelfs in galop gemakkelijk haar evenwicht bewaarde. Af en toe wapperde haar losse bruine haar in de wind.

Bij haar huis zadelde Yonah haar paard af. 'Dank u wel voor uw rondleiding,' zei hij, en ze knikte met een glimlach. Hij wilde eigenlijk niet weg, maar ze vroeg hem niet te blijven.

Hij reed door naar het huis van Benzaquen en liet zijn schimmel bij de schuur grazen. Een groep mannen was begonnen met het graven van een sloot die water uit de rivier naar droge delen van het veld moest brengen. Hij hielp een uurtje mee door emmers aarde weg te dragen en op een laaggelegen plek te legen, maar zelfs dit harde werk was geen remedie tegen de vreemde rusteloosheid en de ergernis die hem plotseling hadden bekropen.

De volgende dag was een zaterdag. De eerste gedachte die bij hem opkwam toen hij zijn ogen opende was dat hij Adriana Chacon wilde zien, maar even later kwam Micah Benzaquen de schuur binnen om te vragen of hij bereid was met een paar mannen het bos in te gaan om geneeskrachtige kruiden aan te wijzen. Als señor Toledano weg was en ze weer zonder arts zaten, zouden ze misschien zelf een aantal ziekten kunnen behandelen.

'Tenzij u hier voorgoed wilt blijven?' vroeg Micah. Yonah vermoedde dat hij het half en half meende, maar hij schudde glimlachend het hoofd.

Een poosje later vertrokken ze: Yonah, Benzaquen, Asher de Segarra en Pedro Abulafin. Yonah wist zeker dat hij in zijn onwetendheid een aantal planten over het hoofd zou zien, maar Nuño had hem degelijk opgeleid en hij zag dat de vallei een ware schatkist voor een apotheker was. Nog voordat ze het bos bereikten, wees hij in een veld op bittere wikke, die zweren kalmeerde of door wijn geroerd in een kompres hielp tegen slangenbeten. Lupine in wijn verlichtte pijn in de heupen en in azijn verdreef het wormen uit de darmen. Ook in hun tuinen groeiden waardevolle geneeskrachtige planten, zei hij. 'Ongepelde linzen helpen tegen diarree. Mispels doen dat ook, fijngehakt in wijn of azijn. Rabarber brengt verstopte darmen weer aan de gang, sesamzaad in wijn helpt tegen hoofdpijn en rapen verzachten de pijn van jicht.'

In het bos wees hij op wilde erwten, die vermengd met gerst en honing goed waren tegen schurft en geelzucht. En op fenegriek, dat moest worden gemengd met salpeter en azijn om bij vrouwen de maandelijkse krampen te verlichten. En als men een hyacint en een viskop samen verbrandde en de as door olijfolie roerde, was dat een zalf voor pijnlijke gewrichten.

Toen ze in de buurt van de finca van Pedro Abulafin waren, ging deze er even tussenuit, en kwam terug met twee broden en een kruik met iets te drinken. Ze gingen op rotsen naast de rivier zitten, aten hompen brood en gaven de kruik door, die een zure wijn bevatte die zo lang had gestaan dat het bijna cognac was geworden.

In een kameraadschappelijke sfeer reden ze het bos uit. Yonah vroeg zich af of er nog tijd over zou zijn om toch nog even bij Adriana langs te gaan, maar toen hij bij Benzaquens schuur afsteeg, stond Rudolfo García daar op hem te wachten.

'Misschien kunt u me helpen, señor. Het gaat om een van mijn beste zeugen. Ze probeert een big te werpen, maar hoe ze ook haar best doet, het diertje zit vast. Ik weet dat u een mensendokter bent, maar...'

Dus reed hij met García mee naar diens varkensfokkerij, waar de zeug verzwakt op haar zij lag te hijgen, in grote nood. Yonah trok zijn hemd uit en smeerde een hand in met vet. Na wat duwen en trekken haalde hij een dood biggetje te voorschijn en het was alsof hij de kurk uit een fles had getrokken, want even later stroomden er acht levende biggetjes uit de zeug, die algauw druk aan de tepels van hun moeder sabbelden.

Yonahs betaling was een bad. García zette een tobbe in de schuur en bracht twee grote ketels warm water, waarin Yonah zich tevreden schoonboende. Toen hij bij de Benzaquens terugkwam, had Leah een schaaltje met brood en een rond kaasje voor hem klaargezet en een beker zoete, lichte wijn. Yonah at en dronk alles op en ging toen naar buiten om in het maanlicht tegen een boom te plassen. Daarna klom hij naar de hooizolder en legde zijn deken voor de vensteropening, zodat hij de sterren kon zien. Hij viel meteen in slaap.

Op zondagmorgen ging hij met Micah en Leah mee naar de kerk. Hij zag Adriana naast haar vader zitten, met aan diens andere kant zijn vrouw. Er waren nog genoeg plaatsen vrij, maar Yonah liep rechtstreeks naar Adriana toe en schoof naast haar op de bank. Leah en Micah volgden hem en namen naast hem plaats.

'Goedemorgen,' zei hij tegen Adriana.

'Goedemorgen.'

Hij wilde net een gesprek met haar beginnen toen de dienst begon. Pater Serafino ging voor in een zakelijke mis. Terwijl ze knielden en weer gingen zitten, raakten hun lichamen elkaar soms even. Yonah merkte dat er naar hen gekeken werd.

Pater Serafino kondigde aan dat hij die morgen naar de westelijke weide zou gaan om het irrigatiekanaal te zegenen. Na het laatste gezang gingen er mensen in de rij staan en Leah zei dat ze, tenzij señor Toledano ook wilde biechten, beter weg konden gaan omdat ze nog allerlei lekkernijen moest klaarmaken voor de bezoekers die later die dag hun gast zouden komen begroeten. Inwendig kreunend zat er voor Yonah niets anders op dan mee te gaan.

De bezoekers brachten van alles voor hem mee: honingkoeken, olijfolie, wijn, een kleine ham... Jacob Orabuena gaf hem een prachtig stuk houtsnijwerk dat een vliegende lijster voorstelde, levensecht door de kleuren, die hij van boskruiden maakte.

Adriana kwam met haar vader en stiefmoeder mee, maar er was geen gelegenheid om samen te praten. Toen ze weer weg was, stond Yonah zich te verbijten van woede.

40

ADRIANA CHACON

ADRIANA'S BELANGSTELLING VOOR HEM WAS gegroeid toen ze hem in Micahs schuur bezig zag met de patiënten. Het was haar opgevallen hoe hij zich concentreerde en iedereen met respect behandelde. Ze zag dat hij een tedere man was.

'Anselmo Montelvan is boos,' zei haar vader op zondag. 'Hij vindt dat je je te veel met die arts bemoeit. Hij vindt dat het een belediging is voor zijn zoon, je verloofde.'

'Anselmo Montelvan bekommert zich zelden om zijn zoontje Joseph en geeft ook geen zier om mij,' zei ze. 'Het enige waar hij zich zorgen over maakt, is het land dat van zijn vader is geweest.'

'Toch is het beter dat je señor Toledano niet meer ontmoet, tenzij je denkt dat hij van plan is te blijven natuurlijk. We kunnen hier best een arts gebruiken.'

'Ik heb geen flauw idee wat zijn plannen zijn,' zei ze kribbig.

Maar haar hart ging sneller kloppen toen Yonah Toledano op maandagmorgen voor haar deur stond.

'Ga je mee een eind wandelen, Adriana?'

'Ik heb u de hele vallei al laten zien, señor.'

'Laat hem me dan alsjeblieft nog een keer zien.'

Genoeglijk pratend namen ze weer het pad langs de rivier. Tegen het middaguur haalde Yonah zijn vissnoer uit zijn zak en een blikje met wriemelende wormen, die hij bij het graafwerk in de weide had opgeraapt. Adriana ging even naar huis om een gloeiende kool uit de haard te halen en toen ze er in een ijzeren emmertje mee terugkwam, had hij voor hen allebei al vier kleine forellen gevangen en schoongemaakt. Hij brak dood hout van de bomen voor een vuurtje en weldra aten ze de sappige geroosterde vissen en likten er hun vingers bij af.

Toen ze daarna gingen rusten, ging hij vlak bij haar liggen. Terwijl ze indommelde, hoorde ze zijn rustige ademhaling en zag ze zijn borst op- en neergaan. En toen ze weer wakker werd, zat hij naast haar – een lange rustige man, die over haar waakte.

Elke dag maakten ze een wandeling. De dorpelingen raakten eraan gewend hen samen te zien lopen, verdiept in een gesprek of vriendschappelijk zwijgend. Op donderdagmorgen zei ze, alsof ze over een drempel stapte, dat ze bij haar thuis een middagmaal voor hen zou klaarmaken. Op de terugweg begon ze over het verleden te praten. Zonder details te vermelden zei ze dat haar huwelijk met Abram Montelvan een nare, ongelukkige periode was geweest. Ze vertelde hem wat ze zich herinnerde van haar moeder, grootouders en tante Inés. 'Inés was meer mijn moeder dan Felipa. Als ik een van hen verloren had, was dat al een ramp geweest, maar ze stierven allebei en ook mijn grootvader en mijn geliefde grootmoeder Zulaika.'

Hij pakte haar hand en hield die stevig vast. 'Vertel jij nu eens iets over jouw familie,' zei ze.

Hij vertelde verschrikkelijke verhalen. Over zijn moeder, die aan een ziekte overleden was. Over een oudere broer die was vermoord, en een vader die door een menigte jodenhaters was afgeslacht. En over zijn verdwenen jongere broer.

'Ik heb me er al lang geleden bij neergelegd dat de anderen allemaal dood zijn, maar ik betreur nog steeds het verlies van mijn broer Eleazar, omdat ik het gevoel heb dat hij nog leeft. Natuurlijk is hij inmiddels ook een volwassen man geworden, maar waar ter wereld zou hij zijn? Hij is net zo goed weg als de anderen. Ik weet dat hij er nog is en toch zal ik hem nooit weerzien, en dat vind ik vreselijk.'

De mannen die het irrigatiekanaal aan het graven waren, werkten nu vrij dicht bij Adriana's huis en ze zagen hen druk pratend en aandachtig naar elkaar luisterend voorbijlopen.

Toen de voordeur achter hen dichtviel, wilde Adriana zeggen dat hij in de woonkamer moest gaan zitten. Maar de woorden bestierven op haar lippen, want zonder erbij na te denken keerden ze zich naar elkaar toe en kuste hij haar gezicht. Even later kuste ze hem terug en kwamen hun monden en lichamen samen.

Algauw was ze bedwelmd door hartstocht, maar toen hij haar rok omhoogtrok en daarna haar onderrok, werd ze duizelig. Toen ze zijn hand voelde, wilde ze hard weglopen. Waarschijnlijk doen alle mannen dit, niet alleen Abram Montelvan, dacht ze geschrokken en vol afschuw. Maar terwijl zijn mond haar met kussen eer bewees en zijn hand het woord deed, voelde ze dat het anders was. Liefdevol. En toen steeg er een warmte in haar op die op een heerlijke manier in haar verslapte benen stroomde, zodat ze zich langzaam op haar knieën moest laten zakken. Hij deed hetzelfde, terwijl hij doorging met zijn liefkozingen.

Buiten riep een van de gravers naar anderen die verder weg stonden: 'Nee, nee, je moet een paar van die vervloekte stenen terugleggen op de dam, Durand! Ja, terug op de dam, anders houdt die het water niet tegen!'

Binnen lagen ze half ontkleed op de vloer, waar het stro onder hun lichamen ritselde en kraakte.

Toen ze haar lichaam omhoogdrukte tegen het zijne, ging het als vanzelf. In tegenstelling tot Abram had hij geen enkel probleem – nou ja, hij was dan ook arts, dacht ze onsamenhangend. Ze wist dat het een grote zonde was dit het heerlijkste moment van haar leven te vinden, maar die gedachte en alle andere werden verdrongen door een nieuw soort angst. Omdat er iets heel vreemds met haar gebeurde. Ze wist zeker dat ze op het punt stond te sterven. Alstublieft, God, smeekte ze, barstend van het leven tot aan het eind toe, toen haar hele wereld begon te draaien en te schokken. Ze klemde zich aan Yonah Toledano vast om er niet af te vallen.

De volgende twee avonden speelde Yonah zodra het begon te schemeren een spelletje. Al vroeg wenste hij Micah en Leah welterusten en dan wachtte hij ongeduldig tot hij in het donkerblauwe donker uit Benzaquens schuur kon wegglippen. Hij vermeed het maanlicht en sloop van schaduw naar schaduw, als een barbaar met sinistere bedoelingen. Ze liet haar deur voor hem open en wachtte er vlak achter om hem net zo hartstochtelijk te omhelzen als hij haar. Voordat de ochtendschemering zich aankondigde, stuurde ze hem weer weg, want boeren stonden vroeg op om naar hun dieren te gaan.

Ze dachten dat ze discreet genoeg waren, maar op vrijdagmorgen vroeg Benzaquen of Yonah even mee wilde komen: 'Voor een gesprek.'

Ze liepen naar een plek iets voorbij de kerk, waar Micah Yonah een breed stuk groen land aanwees dat van de oever van de rivier naar de rotsachtige berghelling liep.

'Het ligt midden in het dorp,' zei Micah. 'Een prima plek, gemakkelijk bereikbaar voor iedereen die een arts nodig heeft.'

Yonah dacht aan de vorige keer dat hij een vrouw wilde hebben en Benzaquen hem zonder meer afgewezen had. Hij vermoedde dat Micah hem nu ten bate van het dorp zoveel mogelijk ter wille zou zijn.

'Dit land was een deel van het eigendom van de overleden Carlos ben Sagan, moge zijn ziel rusten, maar sinds zijn huwelijk is het van Joaquim Chacon. Het is hem opgevallen dat je belangstelling hebt voor zijn dochter en hij heeft me gevraagd jullie beiden dit aan te bieden.'

Ze gebruikten Adriana als aas, dacht hij. Het was een prachtig, bebost stuk land, waar op het hoge deel, maar dicht genoeg bij de rivier om het water te horen ruisen, een huis kon worden gebouwd. Het gezin dat er woonde zou op warme zomerdagen een bad kunnen nemen in een poel. Het huis zou uitzicht hebben over een weide en met de achterkant naar de beboste bergrug staan.

'Het ligt heel centraal; iedereen zou lopend naar je toe kunnen komen. De mannen van Pradogrande zouden er een mooi huis voor jullie neerzetten. Ons inwonersaantal is niet groot,' zei Benzaquen voorzichtig, maar hij wilde eerlijk zijn, 'en je zou ook dieren moeten behandelen. Als je zou willen, zou je daarnaast wat producten kunnen verbouwen of wat vee kunnen houden.'

Het was een prachtig aanbod, dat een weloverwogen antwoord verdiende. Eigenlijk wilde Yonah het meteen vriendelijk afslaan, omdat hij de vallei als een paradijs beschouwde en het nooit bij hem opgekomen was dat hij er zou gaan wonen. Maar hij kon pas weigeren als hij het standpunt van Adriana Chacon kende.

'Laat me erover nadenken,' zei hij. Benzaquen knikte, opgelucht omdat Yonah het aanbod niet meteen afgeslagen had.

Op de terugweg vroeg hij of Benzaquen iets voor hem wilde doen. 'Weet je nog dat we elkaar hebben ontmoet in het huis van Isaac Saadi in Granada en dat er toen volgens ons oude geloof een sabbatdienst werd gehouden? Zou je je vrienden vanavond voor een sabbatdienst willen uitnodigen?'

Benzaquen fronste zijn wenkbrauwen en keek Yonah aan. Misschien voorzag hij een probleem, want hij antwoordde aarzelend: 'Als je echt heel graag wilt dat ik het doe...'

'Dat wil ik, Micah.'

'Dan zal ik het regelen.'

Die avond kwamen alleen Asher de Segarra en Pedro Abulafin naar Benzaquens huis en uit hun verlegen houding maakte Yonah op dat ze niet uit vroomheid waren gekomen, maar omdat ze hem sympathiek waren gaan vinden.

Samen met Micah en Leah wachtten ze tot lang nadat de derde ster aan de avondhemel was verschenen en zo het begin van de sabbat had aangegeven.

'Ik kan me de gebeden nauwelijks meer herinneren,' zei Asher.

'Ik ook niet,' zei Yonah. Hij had de shema kunnen zeggen, maar de vorige zondag had pater Serafino het in de kerk over de Drie-eenheid gehad: 'Het zijn er drie. De Vader schept, de Zoon redt zielen en de Geest maakt de zondaren van de wereld heilig.' En dat waren de Nieuwe Christenen in Pradogrande gaan geloven, besefte Yonah. Ze waren gelukkig als katholieken, zolang de inquisitie hen met rust liet. Dus wie was Yonah Toledano dat hij hun kon vragen 'Hoor, o Israël, de Heer onze God, de Heer is Een' met hem te bidden?

Asher de Segarra legde een hand op Yonahs schouder en zei: 'Een sentimenteel verlangen naar het verleden doet niemand goed.'

'Daar heb je gelijk in.'

Even later bedankte hij hen en wenste hun welterusten. Het waren beste kerels, maar als hij niet genoeg joden voor een dienst bij elkaar kon krijgen, wilde hij niet dat deze afvalligen alleen om hem een plezier te doen met hem mee baden. Hij besefte dat hij ook in het vervolg beter alleen kon bidden, zoals hij al zo lang deed.

's Avonds laat hield hij in Adriana's huis een stokje in het vuur tot het opvlamde en stak er een lamp mee aan. 'Ga zitten, Adriana,' zei hij, 'ik moet je een paar dingen vertellen.'

Ze dacht even na en vroeg toen: 'Bedoel je soms dat je al een vrouw hebt?'

'Nee, ik bedoel dat ik al een God heb.'

Zo beknopt mogelijk vertelde hij haar dat hij nog steeds een jood was die sinds zijn jeugd zowel bekering als de inquisitie had weten te vermijden. Roerloos zat ze rechtop in haar stoel met haar ogen strak op zijn gezicht gericht te luisteren.

'Je vader en anderen hebben me gevraagd hier in Pradogrande te blijven, maar ik kan niet leven op een plaats waar iedereen alles van elkaar weet. Ik ken mezelf. Ik kan niet veranderen, en vroeg of laat zou iemand me uit angst verraden.'

'Woon jij dan op een veiliger plaats?'

Hij vertelde haar over zijn hacienda op een afgelegen stuk grond, dicht bij de stad maar ver van nieuwsgierige blikken. 'De inquisitie heeft er veel macht, maar men denkt dat ik een Oude Christen ben. Ik ga naar de mis en ik geef een deel van mijn uitstekende inkomen aan de Kerk. Niemand heeft me ooit lastig gevallen.'

'Neem me dan met je mee, Yonah.'

'Ik wil niets liever dan je als mijn vrouw mee naar huis nemen, maar ik ben er ook bang voor. Als iemand er op een dag toch achter komt wie ik ben, word ik verbrand. En dan zou mijn vrouw ook een vreselijke dood te wachten staan.'

'Iedereen kan op elk moment een vreselijke dood te wachten staan,' zei ze kalm, even praktisch als altijd. Ze stond op, liep naar hem toe en omhelsde hem innig. 'Ik voel me vereerd omdat je me, door me dit allemaal te vertellen, je leven toevertrouwt. Tot nu toe heb je het overleefd en van nu af aan zullen we het samen overleven.' Haar gezicht tegen het zijne was nat, maar hij voelde haar mondhoeken omhoogkrullen toen ze glimlachte. 'Ik denk dat je als een heel oude man in mijn armen zult sterven. Maar we moeten zo gauw mogelijk weg.

De mensen in dit dal zijn bangeriken. Als ze weten dat je een jood bent en dat de inquisitie je zoekt, zouden ze je zelf weleens kunnen vermoorden. Het is vreemd dat jouw familie hetzelfde was als de mijne, maar toen ik nog heel klein was, besloot mijn grootvader Isaac dat we geen joden meer zouden zijn. Toch maakte mijn grootmoeder Zulaika elke vrijdagavond een lekkere maaltijd voor de hele familie klaar en stak ze de sabbatkaarsen aan. Ik heb haar koperen kandelaars nog.'

'Neem ze maar mee,' zei Yonah.

De volgende morgen, toen op het stenige pad omhoog het dal uit het donker plaats maakte voor het grijze morgenlicht, reden ze weg. Yonah dacht zenuwachtig terug aan de rampzalige rit in de ochtendschemering met Manuel Fierro, toen een uit het niets opdoemende pijl het leven beëindigde van de man die hij in gedachten nog steeds meester noemde.

Maar deze keer had niemand het op hen voorzien. Toch bleef hij op zijn hoede en vertraagde hun galop pas toen ze het bergpad verlieten en zonder enig teken van achtervolging de weg naar Huesca bereikten.

Elke keer dat hij naar haar keek, kon hij het wel uitschreeuwen van geluk.

In Huesca zag hij dat de familie Aurelio een grote baal theriak van uitstekende kwaliteit voor hem klaargezet had, en niet veel later had hij het lastdier opgeladen en begonnen ze aan de thuisreis. Maar hij haastte zich niet meer en lette erop dat ze per dag niet langer reden dan Adriana gemakkelijk kon volhouden.

Onderweg onthulde hij ook dat ze niet naar Guadalajara gingen en dat ze de vrouw zou zijn van Ramón Callicó, de arts van Zaragoza. Adriana begreep meteen waarom hij die leugen zo lang volgehouden had. 'Ik vind Ramón Callicó een mooie naam,' zei ze, en voortaan noemde ze hem zo, om er alvast aan te wennen.

Toen ze eindelijk in Zaragoza aankwamen, bekeek ze de stad vol belangstelling, en toen ze de weg naar zijn huis insloegen, was ze opgewonden en enthousiast. Yonah snakte eigenlijk naar een bad, een kom pap, een glas wijn en Adriana in zijn eigen bed, gevolgd door een lange nachtrust. Maar zij smeekte net zo lang tot hij haar geeuwend meenam om haar alles te laten zien: de olijfbomen, Nuño's graf, het beekje met de forelletjes, de fruitboomgaard, de verwaarloosde groentetuin en ten slotte het huis.

Toen hij eindelijk al zijn wensen vervuld had gekregen, sliepen ze de rest van de dag en de hele nacht.

De volgende dag voltrokken ze hun eigen huwelijk. Yonah bond vier rechte stokken aan stoelen in de woonkamer en hing er een deken overheen: het huwelijksbaldakijn. Hij stak kaarsen aan en ze gingen er samen onder staan.

'Gezegend zijt Gij, o Heer onze God, die ons heeft geheiligd met Zijn geboden en mij deze vrouw als echtgenote geeft.'

Ze keek hem aan en zei met betraande, maar stralende ogen: 'Gezegend zijt Gij, O Heer onze God, die ons heeft geheiligd met Zijn geboden en mij deze man als echtgenoot geeft.' Daarna schoof hij de zilveren ring die zijn vader hem op zijn dertiende had gegeven aan haar vinger, ook al was hij veel te groot. 'Dat hindert niet,' zei hij, 'want je kunt hem aan een kettinkje om je hals dragen.'

Ten slotte stampte hij onder een hak een glas kapot als teken van rouw om de vernietiging van de tempel in Jeruzalem, ook al voelden ze op dat moment geen spoor van rouw.

'*Mazal tov*, Adriana.'

'*Mazal tov*, Yonah.'

Bij wijze van huwelijksreis ging ze de tuin in om onkruid te wieden en de uien uit te dunnen. Yonah reed naar de boerderij van een van zijn patiënten, Pascual Cabrera, om het zwarte paard op te halen dat hij daar zolang had gestald. Even later draafde het zwarte paard in de wei met de Arabische schimmel en Adriana's paard, Doña. 'Waarom noem je je paarden de Zwarte en de Grijze?' vroeg Adriana. 'Waarom heb je ze geen naam gegeven?'

Hoe kon hij haar uitleggen dat hij heel lang geleden als jongen een ezel twee namen had gegeven en de ezel verloren had, en dat hij sindsdien geen enkel dier meer een naam kon geven? Hij haalde glimlachend zijn schouders op.

'Mag ik ze dan een naam geven?' vroeg ze. Dat vond hij goed. Zijn Arabische schimmel werd Sultán gedoopt, en volgens haar zag de zwarte merrie die van Manuel Fierro was geweest eruit als een non, dus haar noemde ze Hermana – zuster.

's Middags begon ze aan het huis. Het rook er muf en ze gooide de deur open om frisse lucht binnen te laten. Ze boende, stofte en poetste. Ze legde vers stro op de vloer en schoof de leunstoelen iets dichter bij de haard. De kandelaars van haar grootmoeder en de houten vogel uit Pradogrande kregen een plaatsje op de schoorsteenmantel.

Twee dagen later leek het alsof ze er altijd had gewoond. De hacienda was haar huis geworden.

7

DE ZWIJGENDE MAN

Aragon

3 april 1509

41

EEN BRIEF UIT TOLEDO

SAMEN MET NUÑO FIERRO WAS MIGUEL de Montenegro de beste arts die Yonah ooit had ontmoet. Zijn praktijk en die van Yonah overlapten elkaar, maar ze werkten zonder wedijver samen. Montenegro had Pedro Palma als leerling gehad en had deze jongeman onlangs als partner aangenomen.

'Maar het ontbreekt Pedro nog aan kennis en ervaring,' zei Montenegro op een dag tegen Yonah, toen ze in een taveerne in Zaragoza samen een glas wijn dronken. 'Vooral wat de anatomische wetenschap betreft schiet hij tekort. Hij zou veel van jou kunnen leren als de gelegenheid zich voordeed.'

Yonah wist dat Montenegro hem vroeg of hij Palma een lijkschouwing wilde laten bijwonen.

Yonah had altijd respect voor Montenegro gehad. De oudere man was een van de twee examinatoren geweest die Ramón Callicó zijn artsexamen hadden afgenomen en Yonah kon hem nauwelijks iets weigeren. Maar sinds hij getrouwd was, voelde hij zich ook verantwoordelijk voor Adriana en hij wilde haar niet in gevaar brengen. 'Je bent een uitstekend chirurg en kunt het hem best zelf leren, net als Nuño het mij heeft geleerd,' antwoordde hij.

Montenegro knikte; hij had begrip voor Yonahs beslissing en aanvaardde deze zonder wrok. 'Hoe gaat het met je vrouw, Ramón?'

'Goed, net als anders, Miguel.'

'O, nou ja, zoals je weet heeft dit soms tijd nodig. Ze is een charmante vrouw. Wil je haar de groeten van me doen?' Yonah knikte en dronk zijn glas leeg.

Hij wist niet of Adriana onvruchtbaar was of dat de fout bij hem lag. Voor zover hij kon nagaan, had hij nooit een vrouw zwanger gemaakt. Hun onvermogen om een kind te verwekken was de enige schaduwkant aan hun huwelijk. Yonah was zich ervan bewust dat zijn vrouw snakte naar een gezin en het deed hem verdriet als hij de bedroefde blik in haar ogen zag wanneer ze naar de kinderen van andere vrouwen keek.

Toen hij Montenegro om raad was gaan vragen, hadden ze samen de beschikbare medische literatuur over dit onderwerp doorgenomen en besloten haar een drankje voor te schrijven van peulen, kamfer, suiker, gerstwater en gemalen alruinwortel in wijn; het was een recept van de islamitische arts Ali ibn Ridwan. Adriana had het, samen met een aantal andere middelen, twee jaar trouw ingenomen, maar zonder resultaat.

Ze leidden een rustig, regelmatig leven. Om de schijn op te houden ging Adriana een paar zondagen per maand met hem mee naar de kerk. Verder ging ze zelden naar de stad, ook al werd ze er als vrouw van de arts met respect behandeld. Ze had een grote groentetuin aangelegd en ze hadden samen de boom- en de olijfgaard vergroot. Ze vond het heerlijk om als een landarbeider hun eigen land te bewerken.

Yonah was gelukkig. Hij had een vrouw van wie hij hield en werk dat hem dierbaar was en bovendien een intellectuele uitdaging, want een paar maanden na hun terugkeer uit Pradogrande was hij toe aan de laatste bladzijde van *De canon der geneeskunde*. Bijna met tegenzin had hij het laatste vel met Hebreeuwse tekens vertaald – een waarschuwing aan artsen dat ze patiënten die zwak waren, diarree hadden of zich misselijk voelden niet moesten aderlaten.

En toen kon hij op zijn eigen blad papier het slotwoord schrijven:

De zegel op het werk, en een dankwoord.
Moge deze samengevatte verhandeling over de algemene principes van de wetenschap der geneeskunde aan de eisen voldoen. Onze volgende taak is het verzamelen van informatie over heelkruiden, als Allah ons dit toestaat. Moge Hij ons helpen, en we danken Hem voor zijn oneindige genade.
EINDE VAN HET EERSTE BOEK VAN DE CANON DER GENEESKUNDE VAN AVICENNA, HET HOOFD DER ARTSEN

Yonah droogde de inkt met fijn zand, schudde dat eraf en legde het vel op het manuscript, indrukwekkend hoog boven het tafelblad. Hij voelde een speciaal soort voldoening, die volgens hem alleen werd ervaren door schrijvers en geleerden die heel lang en helemaal alleen aan een boek hadden gewerkt en dat hadden voltooid. En hij betreurde het dat Nuño Fierro er niet meer was om het einde van de taak die hij zijn leerling opgedragen had te beleven.

Yonah legde de Spaanse Avicenna op een plank en de Hebreeuwse Avicenna terug in de schuilplaats in de muur, waar hij het tweede deel van Nuño's opdracht uit haalde: het boek van Maimonides over medische aforismen. In de tijd voordat Adriana hem aan tafel riep, ging hij weer aan zijn schrijftafel zitten om alvast met de vertaling van de eerste bladzijde te beginnen.

Ze hadden niet veel vrienden. Kort na Adriana's komst naar Zaragoza hadden ze Montenegro uitgenodigd voor een avondmaaltijd. De kleine, energieke arts was weduwnaar en hij had hen op zijn beurt mee uit eten genomen in een herberg in de stad. Dit patroon hadden ze tot wederzijds genoegen volgehouden.

Adriana was gefascineerd door de geschiedenis van hun huis. 'Vertel me alles wat je weet over de mensen die hier voor ons hebben gewoond, Ramón,' zei ze. Ze vond het verbazingwekkend dat Reyna Fadique de huishoudster was geweest van alle drie de artsen die de hacienda hadden bewoond. 'Ze moet wel een heel bijzondere vrouw zijn om het drie zulke verschillende meesters naar de zin te maken,' zei ze. 'Ik wil haar graag ontmoeten.'

Yonah hoopte dat ze deze wens zou vergeten, maar dat deed ze niet en ten slotte moest hij Reyna uitnodigen. Ze feliciteerden elkaar, want ze waren inmiddels allebei getrouwd. De werkzaamheden om van het huis een herberg te maken vorderden gestaag. Reyna zei dat ze het fijn vond dat Yonahs bruid haar en Alvaro, wiens achternaam Saravía luidde, uitnodigde voor een maaltijd in het huis waar ze zo lang een dienstbode was geweest.

Toen ze met een honingraat en wijn als geschenken arriveerden, waren de vrouwen eerst een poosje overdreven beleefd tegen elkaar. Yonah en de grijsharige Alvaro gingen een wandeling over het terrein maken om hun tijd te geven elkaar te leren kennen. Alvaro was op een klein boerenbedrijf opgegroeid en hij prees de inspanningen van Yonah en Adriana om steeds meer bomen weer in goede staat te brengen. 'Als jullie daarmee doorgaan, is het verstandig om op de helling bij de boom- en olijfgaard een schuurtje te bouwen om gereedschap op te bergen en het geplukte fruit op te slaan.'

Yonah vond het een goed idee en terwijl ze het arbeidsloon en de hoeveelheid stenen voor de muren bespraken, kwamen ze het huis weer binnen, waar de vrouwen inmiddels ook geanimeerd aan het praten waren. Het was een gezellige maaltijd en toen de gasten vertrokken, omhelsden Reyna en Adriana elkaar.

Toen Adriana de tafel afruimde, was ze vol lof. 'Ze voelt zich als je moeder en ik denk dat ze popelt om grootmoeder te worden, want ze vroeg of er al een kleintje op komst is.'

'Wát vroeg ze?' vroeg Yonah geschrokken, omdat hij wist hoe gevoelig Adriana was als het over zwangerschap ging.

Maar ze glimlachte en antwoordde: 'Nog niet, heb ik gezegd, want we zijn alleen nog maar aan het oefenen.'

Op de laatste dag van december reed er een jonge broeder met zijn hoofd gebogen tegen de wind het pad naar de hacienda op en klopte op de deur. 'Señor Callicó, ik heb een brief voor u, hij zat in de post uit Toledo.'

Yonah verbrak het lakzegel en zag dat hij afkomstig was van pater Francisco Rivera de la Espina.

Aan señor Ramón Callicó, arts van Zaragoza, stuur ik groeten en ik hoop dat u in goede gezondheid verkeert.
Ik ben nu al enige jaren de assistent van de eerwaarde Enrique Sagasta, de hulpbisschop van Toledo. Bisschop Sagasta schrijft een boek over het leven van heiligen, een gezegend project dat wordt gesteund door onze heilige vader in Rome, waaraan ik de eer heb te mogen meewerken. Hij is ook het hoofd van het Bureau van Godsdienstig Geloof van de Zetel van Toledo en in die positie heeft hij kennisgemaakt met een edelman uit Tembleque, die ernstig ziek is.
Zijn naam is graaf Fernán Vasca. Hij is een ridder van Calatrava en een buitengewoon gulle vriend van de heilige moederkerk; door zijn ziekte is hij stom en zo bewegingloos als een steen, en toch nog pijnlijk in leven.
Hij is al door heel wat artsen onderzocht, maar niemand kan hem helpen. Ik weet dat u in hoog aanzien staat in Zaragoza, ja zelfs in heel Aragon, en daarom smeek ik u naar Castilië te komen. De Kerk, en ook ik persoonlijk, zal het als een grote gunst beschouwen als u dat wilt doen. U zult er ruimschoots voor betaald worden, zelfs dubbel als u de patiënt kunt genezen.
Ik lees dagelijks in het gebedenboek van mijn vader en zegen u dikwijls omdat u het mij ter hand gesteld hebt.
Uw vriend in Christus,
Pater Francisco Rivera de la Espina, Orde der Priesters

De naam van de patiënt leek van het blad te springen en Yonahs ogen te bezeren. Natuurlijk zou hij niet gaan, zei hij tegen zichzelf. Hij wilde Adriana niet alleen laten, Tembleque was te ver weg en het zou hem te veel tijd kosten.

Hij was de graaf van Tembleque niets verschuldigd, behalve wraak. Toch hoorde hij Nuño's stem die hem vroeg of een arts het recht had alleen die leden van het menselijk ras te behandelen die het volgens hem verdienden, of voor wie hij respect of genegenheid voelde.

In de volgende paar dagen kwam hij langzaam tot het besef dat hij in Tembleque nog iets af te handelen had. Alleen als hij aan de oproep van pater Espina – een ingreep van hogerhand? – gehoor gaf, kon hij proberen een antwoord te vinden op de vragen die hem zijn hele leven hadden gekweld, vragen over de moorden op zijn familieleden.

Eerst smeekte Adriana hem thuis te blijven. Toen vroeg ze of ze mee mocht.

Maar misschien zou het een moeilijke, gevaarlijke reis worden, en hij had geen idee wat hem in Toledo te wachten stond. 'Het kan niet,' zei hij zacht.

Het zou gemakkelijker zijn als hij woede in haar ogen had gezien, maar hij zag alleen angst. Hij was al eerder op reis geweest om patiënten te bezoeken, maar toen was ze slechts een dag of twee, drie, alleen geweest. Dit zou veel langer duren.

'Ik kom heus wel terug,' zei hij.

Hij liet genoeg geld achter om eventuele problemen mee op te lossen. 'Stel dat ik het in mijn zak steek en gewoon wegga?' zei ze.

Hij nam haar mee naar de plek achter het huis waar hij het leren kistje met het geld van Manuel Fierro begraven had, onder een mesthoop. 'Als je ooit bij me weg wilt, mag je alles meenemen.'

'Nee, dat is me te veel graafwerk,' zei ze, en hij nam haar in zijn armen om haar te kussen en te troosten.

Hij reed naar Alvaro Saravía om hem te vragen haar eens per week op te zoeken om ervoor te zorgen dat ze altijd genoeg brandhout had en genoeg hooi voor de stallen van de paarden.

Miguel de Montenegro en Pedro Palma vonden het een hele belasting om Yonahs patiënten voor zo'n lange tijd te moeten overnemen, maar ze weigerden niet. 'Je moet altijd voor edellieden op je hoede zijn,' waarschuwde Montenegro. 'Zodra ze beter zijn, kan de arts naar zijn geld fluiten.'

Yonah besloot de Arabische schimmel thuis te laten, want hij was oud en traag geworden, maar de zwarte merrie van Manuel Fierro was nog sterk genoeg voor de reis. Adriana pakte twee broden, gebraden vlees, gedroogde erwten en een zak rozijnen in zijn zadeltas. Hij kuste haar vaarwel en vertrok in de ochtendmist.

In een rustige draf reed hij naar het zuidoosten, maar voor het eerst had hij geen plezier in de vrijheid van het reizen en liet zijn zigeunergeest het afweten. Hij zag steeds het gezicht van zijn vrouw voor zich en voelde sterke aandrang om om te keren en weer naar huis te gaan, maar hij deed het niet.

Hij schoot flink op en de eerste avond sloeg hij zijn kamp op achter een rij bomen in een bruin veld, al een heel eind van Zaragoza vandaan. 'Goed zo,' zei hij tegen de merrie toen hij het zadel van haar rug tilde. 'Je bent een fantastisch dier, Hermana.' Hij streelde haar en gaf klapjes op haar zwarte rug.

42

IN HET KASTEEL

NEGEN DAGEN LATER REED HIJ OVER de rode klei van de Sagra-vlakte naar de muren van Toledo. Al van verre zag hij de stad scherp afgetekend op zijn hoge rots in de middagzon liggen. Hoewel de dag dat hij als doodsbange jongen op een ezel de stad was ontvlucht een half leven achter hem lag, kwamen er toen hij door de Bisagra-poort reed allerlei treurige herinneringen naar boven. Hij passeerde het hoofdkwartier van de inquisitie, met aan de muur het stenen wapenschild met het kruis, de olijftak en het zwaard. Toen hij nog klein was, had hij David Mendoza een keer de betekenis van deze symbolen horen uitleggen aan zijn vader: 'Als je het kruis accepteert, geven ze je de olijftak. Als je het weigert, geven ze je het zwaard.'

Voor het bureau van de bisschop bond hij zijn paard vast, en stijf van de lange tijd in het zadel liep hij naar binnen. Achter een tafel zat een broeder, die hem vroeg naar de reden van zijn bezoek en hem een stenen bank wees om op te wachten.

Even later kwam pater Espina breed lachend naar hem toe: 'Wat een genoegen u weer te zien, señor Toledano!' Natuurlijk was hij ouder en volwassener geworden, en hij maakte een ontspannener indruk dan bij hun vorige ontmoetingen. Zijn habijt zat hem nu als gegoten.

Eerst praatten ze over koetjes en kalfjes. Pater Espina stelde vragen over Zaragoza en vertelde in het kort iets over het plezier dat hij had in zijn werk.

'Wilt u hier vandaag uitrusten en morgenochtend naar Tembleque gaan?' vroeg de priester. 'Ik kan u een kloostermaaltijd en een monnikencel voor uw vermoeide lichaam aanbieden.'

Maar Yonah had geen behoefte aan een monnikencel. 'Nee, ik rij door, want ik wil de graaf zo gauw mogelijk onderzoeken.'

Pater Espina gaf aanwijzingen hoe hij in Tembleque moest komen en Yonah herhaalde ze hardop, maar hij kende de weg nog goed.

'De graaf had geen rentmeester toen hij ziek werd,' zei Espina, 'dus de Kerk heeft een beheerder gestuurd om zijn vrouw te helpen, gravin Maria del Mar Cano. Ze is de dochter van Gonzalo Cano, een welgestelde, invloedrijke markies uit Madrid. De beheerder heet pater Alberto Guzmán.' Hij keek Yonah recht aan en voegde eraan toe:

'Ik had u al geschreven dat de graaf ook door een aantal andere artsen is onderzocht.'

'Ja, dat weet ik. Ik zal mijn best doen, meer kan ik u niet beloven.'

'Ik stel het op prijs dat u op mijn verzoek zo'n lange reis hebt gemaakt. U bent een echte weldoener, en u hebt mij de herinnering aan mijn vader teruggegeven. Als ik u ooit ergens mee kan helpen, laat het me dan alstublieft weten.'

'Ik schrijf medicijnen voor, maar ik maak ze niet zelf,' zei Yonah. 'Weet u hier in de buurt een uitstekend apotheker?'

Espina knikte. 'Santiago López; hij woont in de schaduw van de noordelijke muur van de kathedraal. God zij met u, señor.'

De kleine winkel was leeg, maar het rook er geruststellend naar kruiden. Yonah moest roepen voordat de apotheker van zijn appartement boven de winkel naar beneden kwam. Het was een kalende man van middelbare leeftijd, met loensende ogen die desondanks zijn intelligentie verrieden.

'Hebt u mirte? En balsemien, en *Acacia nilotica*?' vroeg Yonah. 'Zure biet, kolokwint en farbitiszaad?'

López ergerde zich niet aan de reeks vragen, maar antwoordde kalm: 'Het meeste wel, señor, maar u zoals u weet, kan men niet alles hebben. Als u iets nodig hebt wat ik niet heb, zal ik u dat laten weten en eventueel een vervangend middel voorstellen.'

Hij knikte ernstig toen Yonah hem vertelde dat hij medicijnen zou bestellen vanuit het kasteel in Tembleque. 'Ik hoop dat u niet voor niets helemaal hierheen gekomen bent, señor.'

Yonah knikte en zei: 'We zullen zien.' Toen ging hij weg.

Toen hij bij het kasteel aankwam, was het al een uur donker en had de poortwachter het hek laten zakken.

'Hallo! Poortwachter!'

'Wie is daar?'

'Ramón Callicó, de arts uit Zaragoza.'

'Wacht even.'

De schildwacht liep haastig weg, maar kwam algauw terug met een man met een toorts. De twee naar beneden turende gestalten stonden even in een gele lichtcirkel, die hen meteen weer meenam het donker in.

'Kom binnen, señor dokter!' riep de schildwacht even later.

Het hek werd met zoveel lawaai omhooggetrokken dat de zwarte merrie schichtig opzij sprong voordat ze doorliep en haar hoeven kletterend vonkten op de grote stenen tegels op de binnenplaats.

Pater Alberto Guzmán, een man met ronde schouders en een streng gezicht, bood Yonah brood en iets te drinken aan.

'Ja, dank u, straks graag. Eerst wil ik de graaf zien,' zei Yonah.

'Het is beter hem vanavond niet meer te storen, maar hem morgen te onderzoeken,' zei de priester bruusk. Achter hem stond een oude gedrongen man met een rood gezicht, een bos grijs haar en een ruige grijze baard, gekleed in de sjofele kleren van een landarbeider.

'De graaf kan zich niet bewegen, hij kan niet praten en begrijpt niets van wat er tegen hem wordt gezegd. Er is dus geen haast bij,' legde de priester uit.

Yonah sloeg zijn ogen niet voor zijn dwingende blik neer en zei: 'Toch wil ik graag dat u kaarsen en lampen bij het bed laat zetten, zoveel mogelijk, om een zo helder mogelijk licht te geven.'

Pater Guzmán kneep geërgerd zijn lippen op elkaar. 'Zoals u wilt. Pater Sebbo zal ervoor zorgen.' De oude man achter hem knikte en Yonah besefte dat hij ook priester was en geen landarbeider.

Pater Guzmán pakte een lamp en Yonah volgde hem op een tocht door gangen en over stenen trappen. Ze liepen ook door een kamer die Yonah zich herinnerde, de kamer waarin hij door de graaf ontvangen was toen hij diens wapenuitrusting had afgeleverd. De slaapkamer van de graaf lag ernaast, een zwarte ruimte waar het schijnsel van de olielamp de schaduw van het enorme hemelbed op de stenen muur wild deed dansen. Het stonk er verschrikkelijk.

Yonah nam de lamp van de priester over en hield deze bij het gezicht van de man in het bed. De ogen van Vasca, de graaf van Tembleque, staarden langs hem heen en de linkerkant van zijn mond hing in een trek van minachting omlaag.

'Waar blijft het licht?'

Pater Guzmán liep terug naar de deur en riep iets, maar pater Sebbo kwam er al aan, gevolgd door twee mannen en een vrouw met kaarsen en lampen. Na wat heen-en-weergeloop en het aansteken van de lonten baadde de graaf in licht.

Yonah boog zich over hem heen. 'Graaf Vasca, ik ben Ramón Callicó, de arts uit Zaragoza.' De ogen staarden hem aan; de pupillen waren niet even groot.

'Ik zei toch al dat hij niet kan praten?' zei pater Guzmán.

Vasca lag onder een vuile deken. Toen Yonah deze terugsloeg, steeg er een nog ergere stank op.

'Zijn rug wordt door een kwaadaardige aandoening weggevreten,' zei Guzmán.

De graaf was een lange man, maar Yonah draaide hem met gemak om en gromde toen hij een heel arsenaal van afschuwelijke gezwellen zag, waarvan sommige etterden.

'Dat zijn bedzweren,' zei hij. Hij gebaarde naar de bedienden, die buiten de deur stonden te wachten. 'Ze moeten water warm maken en dat zo gauw mogelijk brengen, met schone doeken.'

Pater Guzmán schraapte zijn keel en zei: 'De vorige arts, Carlos Sifrina uit Fonseca, heeft nadrukkelijk gezegd dat graaf Vasca niet gewassen mag worden omdat hij dan de waterdampen kan absorberen.'

'Dan heeft de vorige arts, Carlos Sifrina uit Fonseca, waarschijnlijk nog nooit in zijn eigen uitwerpselen gelegen,' zei Yonah zonder zijn stem te verheffen. Het werd tijd om te laten merken wie er de baas was. 'Breng me een heleboel warm water, zeep en zachte doeken. Ik heb een zalf bij me, maar breng ook een schrijfveer, inkt en papier, zodat ik meteen kan noteren welke andere zalven en medicijnen ik nodig heb, en stuur dan direct een ruiter naar Santiago López, de apotheker in Toledo. Laat hem señor López maar wakker maken als hij al slaapt.'

Pater Guzmán keek zuur, maar gelaten. Toen hij wilde weglopen, hield Yonah hem tegen en zei: 'En laat ook dikke zachte schapenhuiden brengen om onder hem te leggen, schone. En pasgewassen nachthemden en een schone deken.'

Pas heel laat was hij klaar. Het magere lichaam was gewassen, de zweren waren behandeld, de schapenhuiden lagen op hun plaats, het beddengoed en het nachthemd waren verschoond.

Toen hij eindelijk zijn knorrende maag wilde vullen, kreeg hij alleen brood, een stuk vet, ranzig schapenvlees en een beker zure wijn voorgezet. Daarna werd hij naar een kamertje gebracht waar het bed nog sterk naar de vorige slaper rook – waarschijnlijk Carlos Sifrina, de arts uit Fonseca, dacht Yonah voordat hij uitgeput in slaap viel.

's Morgens ontbeet hij met brood, ham en een betere wijn, maar hij was matig met het vlees.

Het morgenlicht kreeg geen kans om tot ver in de kamer van de patiënt door te dringen, want er was maar één raam hoog in de muur. Yonah liet de bedienden een bed opmaken in de grote naastgelegen zitkamer, voor het lage, zonnige raam, en daar legde hij graaf Vasca neer.

Bij daglicht zag de graaf er nog slechter uit. Door de verslapping van zijn spieren waren zijn beide handen wijdopen gevallen en met de binnenkant van de knokkelbotten als een heuvelrij omhoog verstijfd. Yonah gaf een bediende opdracht twee stukjes van een ronde tak te hakken, waar hij Vasca's handen omheen krulde en met repen stof aan vastbond.

Geen van zijn ledematen vertoonde nog tekenen van leven, maar toen Yonah met de botte kant van een scalpel over Vasca's handen, kuiten en voeten schraapte, leek het alsof zijn rechterbeen daar enigszins op reageerde. Hij kon echter niets meer met zijn lichaam doen. Alleen zijn ogen en oogleden bewogen nog; Vasca kon kijken, zijn ogen wegdraaien en ze sluiten.

Yonah keek de graaf doordringend aan terwijl hij zijn vragen stelde. 'Voelt u dit, graaf Vasca? En dit? Voelt u mijn aanraking? Hebt u pijn?'

Soms kreunde of gromde de patiënt, maar nooit als antwoord op een vraag.

Af en toe kwam pater Guzmán met onverbloemd misprijzen naar Yonahs inspanningen kijken. Uiteindelijk zei hij: 'Hij begrijpt niets. Hij voelt niets en hoort niets.'

'Weet u dat zeker?'

De priester knikte. 'U bent voor niets gekomen. Binnenkort begint hij aan de goddelijke reis die ons allemaal te wachten staat.'

's Middags kwam er een vrouw de ziekenkamer binnen. Ze was ongeveer even oud als Adriana, en ze had lichtblond haar en een roomblanke huid. Ze had een knap, katachtig gezicht met een kleine mond, hoge jukbeenderen, ronde wangen en grote ogen, die ze met een donkere kleurstof een amandelvorm had gegeven. Ze had een prachtige jurk aan, maar hij was vuil en ze rook naar wijn. Eerst dacht Yonah dat ze een rode geboortevlek in haar lange hals had, maar even later concludeerde hij dat de vlek door een zuigende mond was veroorzaakt.

'De nieuwe arts,' zei ze, hem aankijkend.

'Ja. En u bent de gravin?'

'Juist. Denkt u dat u iets voor hem kunt doen?'

'Daar kan ik nog niets van zeggen, gravin. Klopt het dat hij al ruim een jaar ziek is?'

'Een maand of veertien.'

'Zo. Hoe lang bent u met hem getrouwd?'

'Volgend voorjaar vier jaar.'

'Was u erbij toen hij ziek werd?'

'Mmm.'

'Ik zou graag willen weten wat er die dag precies gebeurd is.'

Ze haalde haar schouders op. 'Hij is 's morgens vroeg gaan jagen.'

'En wat deed hij na de jacht?'

'Het was veertien maanden geleden, señor! Maar eh... voor zover ik me het kan herinneren, heeft hij me mee naar bed genomen.'

'Was dat laat in de morgen?'

'Omstreeks het middaguur.' Ze glimlachte tegen de zieke. 'Als hij wilde vrijen, deed het er niet toe hoe laat het was, overdag of midden in de nacht.'

'Neemt u me alstublieft niet kwalijk dat ik u dit vraag, gravin, maar heeft hij zich die dag in bed extra ingespannen?'

Ze keek hem aan. 'Dat weet ik niet meer, maar hij deed altijd alles vol overgave.'

Ze vertelde dat de graaf die dag een heel normale indruk had gemaakt. 'In de namiddag zei hij dat hij hoofdpijn had, maar hij voelde zich goed genoeg om 's avonds gewoon aan tafel te komen. Maar toen het gevogelte werd opgediend, viel het me op dat zijn ene mondhoek omlaag hing, net als nu. En hij kreeg moeite met ademhalen en zakte onderuit in zijn stoel. We moesten zijn honden laten afmaken, want ze lieten niet toe dat iemand hem hielp.'

'Heeft hij na die eerste keer nog zo'n soort aanval gehad?'

'Nog twee. Na de eerste keer was hij er lang niet zo erg aan toe als nu. Hij kon zijn rechterarm en -been nog gebruiken en praten. Niet zo duidelijk als daarvoor, maar goed genoeg om me instructies te geven voor zijn begrafenis. Twee weken na de eerste aanval kreeg hij de tweede, en sindsdien is hij bewegingloos en kan hij niets meer zeggen. De derde aanval kwam een maand geleden.'

'Dank u wel dat u me dit allemaal vertelt, gravin.'

Ze knikte en draaide zich om naar de man in het bed. 'Hij kon vrij bruut zijn, zoals elke sterke man. Ik heb hem zelfs wrede dingen zien doen. Maar voor mij is hij altijd een vriendelijke echtgenoot geweest.'

Ze keek weer naar Yonah en vroeg: 'Hoe heet u?'

'Callicó.'

Ze hield zijn blik even vast en knikte. Toen verliet ze de kamer.

43

DE GRAVIN

YONAHS KAMER LAG AAN HET EIND van de gang; de vertrekken van de gravin lagen aan het andere eind en tussen hen in was nog een slaapkamer. De volgende avond kwam Yonah de andere gast op het kasteel tegen. Toen hij midden in de nacht zijn po wilde legen, zag hij uit de kamer van de gravin een man komen met iets in zijn armen. Bij het licht van de twee pektoortsen zag Yonah hem duidelijk: een forse, naakte man met een vlezig gezicht en een bundel kleren tegen zich aan gedrukt.

Yonah zou niets gezegd hebben, maar de man zag hem ook en staarde hem geschrokken aan.

'Goedenavond,' zei Yonah.

De man zei niets en ging de kamer naast die van Yonah in.

De volgende morgen bracht Yonah de graaf met behulp van pater Sebbo weer naar de zonnige kamer. Hij had gemerkt dat de tanige oude priester de enige in het kasteel was met wie hij normaal kon praten.

Toen ze de graaf op het bed legden, kwam er een man binnen die Yonah herkende als de naakte man in de gang van een paar uur geleden.

'Waar is ze verdomme naartoe gegaan?'

Een branieschopper, dacht Yonah. Hij had kleine, boze ogen in zijn ronde, vlezige gezicht, een zwart baardje en een rand zwart haar rond zijn kalende schedel. Zijn lichaam was gespierd, maar aan de mollige kant. Hij had dikke vingers en handen als gladiatoren, met aan elke hand een grote, opvallende ring.

'Waar is ze?' vroeg hij nogmaals.

'Dat weet ik niet, señor.' Yonah kende pater Sebbo nauwelijks, maar hij hoorde aan diens koele stem dat de oude priester een hekel had aan deze man, die Yonah totaal negeerde en zonder nog iets te zeggen de kamer verliet.

Yonah en pater Sebbo legden een dunne deken over graaf Vasca heen.

'Wie was die onbeleefde kerel die ons met zijn aanwezigheid vereerde?'

'Daniel Fidel Tapia,' zei pater Sebbo.
Tapia.
Met wie bent u die nacht uit rijden gegaan, broeder Bonestruca?
Tapia.
'Wie is Tapia?'
'Een medewerker van graaf Vasca. De laatste tijd noemt hij zich diens partner.'
'Heeft de vrouw naar wie hij op zoek was geen naam?'
'Hij wist dat ik begreep dat hij op zoek was naar de gravin. Zij en Tapia zijn bijzonder bevriend.'

Soms was Vasca's polsslag sterk en snel, en soms als het schuw wegschieten van een bang diertje. Eén keer per dag kwam pater Guzmán even bij de patiënt langs en zei dan, na een blik op diens gezicht, dat hij er slechter uitzag dan de vorige dag. 'God heeft tegen me gezegd dat hij stervende is.'

Waarom zou God dat tegen jou zeggen, dacht Yonah.

Hij betwijfelde of hij iets kon doen om Vasca's leven te redden, maar hij moest het blijven proberen. De ziekte die hem ter dood had veroordeeld was niet zeldzaam; Yonah had in zijn loopbaan als arts wel vaker patiënten in deze toestand gezien, sommige eveneens met een verwrongen mond en verlamde armen en benen. Meestal was slechts één kant van het lichaam aangetast, maar soms het hele lichaam. Hij wist niet wat de oorzaak was en ook niet wat hij eraan moest doen.

Ergens in het ingewikkelde menselijk lichaam moest een kern zijn die de kracht en de bewegingen stuurde, dacht hij. Misschien zag Vasca's kern er wel net zo uit als dat zwart geworden, beschadigde deel van Nuño's hart.

Hij wenste dat hij het lichaam van graaf Vasca na diens dood kon ontleden.

'Wat zou ik u graag meenemen naar mijn schuur in Zaragoza!' mompelde hij.

De gesloten ogen gingen langzaam open en keken hem aan, en Yonah was ervan overtuigd dat hij er onbegrip in zag. Geschokt besefte hij dat het heel goed mogelijk was dat Fernán Vasca in elk geval zo nu en dan besefte wat er om hem heen gebeurde.

Maar nee, misschien toch niet...

Hij bracht veel tijd alleen bij de patiënt door, naast het bed zittend of voorovergebogen tegen hem pratend, maar het moment van oogcontact werd niet herhaald. Meestal leek Vasca te slapen, met een langzame, snurkende ademhaling en wangen die bij elke uitademing opbolden. Tweemaal per dag kwam pater Sebbo met zijn schorre stem voorlezen uit zijn gebedenboek, waarbij hij steeds pauzeerde om zijn keel te schrapen, want hij was chronisch verkouden. Yonah liet kamferolie voor hem meebrengen, waar de oude man erg dankbaar voor was.

'Als ik er ben, moet u uitrusten. Ga maar een dutje doen, señor,' drong hij aan, en soms gehoorzaamde Yonah om aan de eindeloze gebedenreeks te ontsnappen. Ongestoord slenterde hij dan door de stille vertrekken van het ernorme, voor het grootste deel lege kasteel – een koude, sombere woning vol gapende haarden. Hij zocht naar de voorwerpen die zijn vader voor de graaf had gemaakt en waarvoor Vasca nooit de moeite had genomen te betalen. Het liefst zou hij de gouden bloem met de zilveren steel vinden om te zien of deze echt zo mooi was als hij het zich herinnerde.

Graaf Vasca was op zijn dood voorbereid. In een voorraadkamer stond een grijze leistenen doodskist – een enorme sarcofaag met de Latijnse inscriptie CUM MATRE MATRIS SALVUS erop. Het stenen deksel was zwaar genoeg om wormen of draken bij hem vandaan te houden. Maar Yonah zag nergens de gouden roos of iets anders dat hij kende, tot hij de wapenkamer binnenging en tegenover een indrukwekkende ridder in oorlogsuitrusting kwam te staan.

Het was het harnas dat hij samen met Angel, Paco en Luis bij de graaf afgeleverd had. In stille verbazing betastte hij de stukjes versiering die hij er zelf op aangebracht had, volgens de aanwijzingen van Manuel Fierro, de wapensmid van Gibraltar.

Wanneer pater Sebbo naar de ziekenkamer kwam, had hij geen haast, tot genoegen van Yonah, die op de oude man gesteld was geraakt. Het was hem opgevallen dat de pater net zulke werkhanden had als een landarbeider.

'Vertelt u me eens iets over uzelf, pater Sebbo.'

'Over mij valt niets te vertellen, señor.'

'Maar ik vind u een interessante man. Waarom kleedt u zich bijvoorbeeld niet net als andere paters?'

'Ooit heb ik met mijn op maat gemaakte pijen ook ijdelheid en eerzucht gedragen, maar ik schoot tekort in mijn verantwoordelijkheden en ergerde mijn meerderen. Voor straf hebben ze me weggestuurd om bedelmonnik te worden, om het woord van God te verspreiden en om mijn dagelijks brood te smeken. Ik voelde me vervloekt en aanvaardde mijn straf vol afschuw. In het begin wist ik niet waar ik heen moest en ik dwaalde op goed geluk maar wat rond.

Ik was nog te trots om te bedelen en at alleen bessen die ik plukte in het bos. En hoewel ik een geestelijke was, stal ik groente en fruit. Maar er zijn een heleboel aardige mensen op de wereld en de armsten deelden soms hun karige kost met me en behoedden me voor de hongerdood. Na verloop van tijd was mijn zwarte pij tot de laatste draad versleten en liep ik er als een zwerver bij. Ik woonde en werkte bij de armen, met wie ik bad en water en brood at, en die me zo nu en dan een kledingstuk gaven, soms van een overledene. Voor het eerst begon ik begrip te krijgen voor de heilige Franciscus, ook al was ik niet net als hij naakt en werd ik niet blind, en verschenen er geen wondtekenen op mijn lichaam. Ook al ben ik nu alleen maar een eenvoudige man die er niets van begrijpt, de mensen lachen tegen me en ik ben al jaren Gods vagebond.'

'Maar als u onder de armen werkt, wat doet u dan hier in dit kasteel?'

'Soms word ik hierheen geroepen en dan blijf ik lang genoeg om de bedienden en de schildwachten de biecht af te nemen en de communie te geven, en dan vertrek ik weer. Deze keer heeft pater Guzmán me gevraagd te blijven tot de graaf gestorven is.'

'Ik heb uw echte naam nog niet gehoord, pater Sebbo.'

De priester glimlachte. 'Dat klopt. Sebbo is niet mijn familienaam, maar de naam die de mensen me uit genegenheid hebben gegeven, een afkorting van Sebastián. Ik heet Sebastián Alvarez.'

Yonah verstijfde, maar trok nog geen conclusie. Per slot van rekening liepen er meer mensen met dezelfde namen rond. Maar hij keek aandachtig naar Sebbo's gezicht en probeerde er het verleden in te ontdekken. 'Wat was uw functie in de Kerk voordat u een rondtrekkende priester werd, pater?'

'Daar denk ik zelden aan terug, want toen was ik een andere man in een ander leven. Ik was het hoofd van de Priorij van de Tenhemelopneming in Toledo.'

Toen Yonah die avond naast het bed van de graaf zat, dacht hij terug aan de tijd voordat zijn broer Meir werd vermoord, aan de periode waarin zijn vader nog niet aan de kelk voor de Priorij van de Tenhemelopneming was begonnen maar al wel bezig was met het ontwerp. Yonah had de prior slechts tweemaal gezien, wanneer hij met zijn vader mee was gegaan naar de priorij. Hij herinnerde zich een autoritaire, ongeduldige geestelijke en verbaasde zich over de manier waarop de man veranderd was.

Hij was ervan overtuigd dat pater Sebbo steeds terugging naar het kasteel omdat de priester net als hijzelf wist dat Fernán Vasca de man was achter de diefstallen van de kelk en de relikwie van de heilige Anna.

Hij bleef tegen de graaf praten in de hoop dat hij hem weer tot bewustzijn kon brengen, maar het kostte hem moeite dit vol te houden. Als Vasca hem kon horen, had ook hij waarschijnlijk schoon genoeg van de monotone stem naast zich. Yonah praatte over zaken als het weer, de opbrengst van de landbouwproducten bij de volgende oogst en een havik die als een stip op de wolken hoog in de lucht vloog.

Op een dag gooide hij het over een andere boeg.

'Graaf Vasca, we moeten het over mijn betaling hebben,' zo begon hij. 'Om eerlijk te zijn, moeten we daarbij rekening houden met wat we elkaar uit het verleden nog schuldig zijn. Tien jaar geleden ben ik hier geweest om een prachtig harnas bij u af te leveren en toen hebt u me tien maravedi's gegeven voor de moeite. Maar we hebben ook andere zaken gedaan, want toen heb ik u verteld over de relikwie van een heilige in een grot aan de zuidkust, en als tegenprestatie hebt u twee mannen van het leven beroofd die anders hetzelfde bij mij zouden hebben gedaan.'

Achter de gesloten oogleden zag hij beweging.

'Ik heb die twee mannen naar de grot van een kluizenaar en daardoor de dood in gestuurd, en op die manier hebt u zich ontdaan van rivalen en er relikwieën aan overgehouden. Weet u het nog?'

De ogen gingen langzaam open en Yonah zag er iets in dat hij nog niet eerder had gezien.

Belangstelling.

'Het kan vreemd toegaan in de wereld, want ik ben geen wapensmid meer, maar de arts die u probeert te helpen. Maar dan moet u meewerken.'

Hij had al besloten hoe hij het zou aanpakken als hij de aandacht van de graaf zou kunnen vasthouden.

'Het is moeilijk niet te kunnen praten, maar er bestaat een manier waarop we kunnen communiceren. Als ik u een vraag stel, moet u één keer met uw ogen knipperen als u ja bedoelt en twee keer als het nee is. Hou uw ogen na elke knippering even dicht, zodat ik het goed kan begrijpen. Eén keer voor ja en twee keer voor nee. Begrijpt u me?'

Vasca keek hem alleen maar aan.

'Knipper één keer voor ja en twee keer voor nee, graaf Vasca.'

Eén knippering!

'Mooi zo, dat is heel goed, graaf Vasca. U doet het uitstekend. Hebt u gevoel in uw benen of voeten?'

Twee knipperingen.

'In uw hoofd?'

Eén knippering.

'Voelt u pijn of een akelig gevoel ergens in uw hoofd?'

Ja.

'In u mond of kaken?'

Nee.

'In uw neus?'

Nee.

'Ogen?'

Vasca knipperde één keer.

'Dus in uw ogen. Is het een scherpe pijn?'

Nee.

'Jeukt het?'

Eén knippering, met nadruk doordat de oogleden iets langer gesloten bleven.

'Graaf Vasca, herinnert u zich Helkias Toledano, die vroeger zilversmid was in Toledo?'

Vasca staarde hem aan.

'U bezit een aantal door hem gemaakte voorwerpen, onder andere een bijzondere roos van goud en zilver, en ik zou graag een paar van de dingen zien die Toledano voor u heeft gemaakt. Weet u waar ze liggen?'

Vasca bleef Yonah aankijken; de afgezakte mondhoek leek iets omhoog te gaan, nauwelijks merkbaar, en Yonah dacht dat hij een geamuseerde blik in zijn ogen zag.

Maar hij kreeg geen antwoorden meer. Vasca knipperde nog wel een paar keer met zijn ogen, maar dat waren reflexen, geen antwoorden op vragen, en even later sloot hij zijn ogen en deed ze niet meer open.

'Verdomme! Graaf Vasca? Hallo?'

De ogen bleven dicht.

'Werk uit de handen van mijn vader, edelachtbare klootzak!' zei Yonah opeens woedend. 'Drie grote kommen, vier kleine zilveren spiegels en twee grote. Een gouden bloem met een zilveren steel. Acht korte kammen en een lange kam. En een dozijn bekers van zilver met elektrum. Waar zijn ze gebleven?'

Hij praatte en vroeg tot hij er schor van was en gaf het toen op. Het was alsof de graaf terug was gezakt in de donkere diepte waaruit hij heel even bovengekomen was, en Yonah besefte dat zijn gebrek aan kennis hem belette de man daar te bereiken. Hij wist niet hoe hij Vasca terug moest halen. Voorzichtig bette hij de gesloten ogen met warm water en stuurde een ruiter naar de apotheek om een oogzalf te halen. Het was een spannend intermezzo geweest, en naast frustratie voelde hij ook voldoening over wat hij die dag voor elkaar gekregen had.

Hij vertelde de gravin over de geknipperde antwoorden en ze werd bleek van opwinding. 'Ik wil het ook proberen,' zei ze, maar toen ze naast het bed van haar man zat, werd ze teleurgesteld.

Ze hield een van Vasca's nog steeds om het stokje gebonden handen vast en zei: 'Mijn heer en echtgenoot...'

Ze bleef het herhalen: 'Mijn heer en echtgenoot... Man... God, Fernán, doe je ogen open en kijk me in jezusnaam aan!'

Yonah verliet de kamer om haar niet te storen. Toen hij terugkwam, sliep Vasca nog even diep, waarbij zijn wangen weer bij elke uitademing opbolden.

De volgende dag kwam ze terug en toen ze naast het bed ging zitten, zag Yonah dat ze twee blauwe plekken op haar linkerwang had.

'Kan ik u ergens mee helpen, gravin?' vroeg hij.

Het klonk tactloos en ze reageerde koel: 'Nee, dank u, señor.'

Maar de volgende morgen werd Yonah al heel vroeg gewekt door een bediende die zei dat de gravin een arts nodig had. Toen hij haar slaapkamer binnenkwam, lag ze dwars op het bed met een bebloede doek tegen haar gezicht. In haar linkerwang, op de plaats van de blauwe plekken, zat een grote snee.

'Is die veroorzaakt door zijn ring?'

Ze gaf geen antwoord. Tapia moest haar met een open hand hebben geslagen, dacht Yonah, want als het een vuist was geweest zou de wond nog groter zijn. Hij haalde in was gedoopt garen en een dunne naald uit zijn tas en voordat hij de snee hechtte, liet hij haar een groot glas cognac drinken. Desondanks kermde ze van de pijn, maar hij haastte zich niet en maakte heel kleine steekjes. Daarna goot hij wat wijn op een doek en drukte die tegen de wond, omdat hij van mening was dat deze daardoor sneller zou genezen.

Toen hij klaar was, wilde ze hem bedanken, maar plotseling liet ze zich snikkend achterovervallen.

'Gravin...' Ze droeg een zijden nachthemd dat niets verborgen hield, en hij wendde zijn ogen af toen ze weer ging zitten en haar ogen als een kind met de rug van haar hand afveegde.

Hij dacht aan wat pater Espina hem had verteld over de macht en het fortuin van haar vader in Madrid.

'Señora, ik denk dat uw man binnenkort zal overlijden,' zei hij vriendelijk. 'Hebt u er al aan gedacht om daarna terug te gaan naar de veiligheid van uw ouderlijk huis?'

'Tapia zegt dat hij me, als ik wegloop, achterna zal komen en zal vermoorden.'

Yonah zuchtte. Zo stom kon Tapia niet zijn. Misschien kon hij de man overhalen zijn verstand te gebruiken, of misschien kon pater Sebbo of pater Espina dat doen.

'Ik zal proberen of ik er iets aan kan doen,' zei hij, niet op zijn gemak. Ze bracht hem nog meer in verlegenheid door haar verhouding met Tapia toe te lichten.

'Het is mijn eigen schuld,' zei ze. 'Hij had al heel lang een oogje op me en ik deed niets om hem te ontmoedigen. Eerlijk gezegd vond ik het zelfs leuk de honger in zijn ogen te zien. Ik voelde me volkomen veilig, want Tapia was bang voor mijn man en zou nooit een vinger naar Vasca's vrouw durven uitsteken. Daniel Tapia werkt al jaren voor mijn man, als inkoper van heilige relikwieën. Fernán kent veel geestelijken en kon gemakkelijk regelen dat de door Tapia gekochte spullen werden verkocht.'

Yonah wachtte zwijgend op de rest van haar verhaal.

'Toen mijn man ziek werd, werd ik bang. Ik ben een vrouw die de armen van een man om zich heen wil voelen, en op een avond ben ik naar Tapia toe gegaan.' Yonah zei niets; hij bewonderde haar eerlijkheid. 'Maar het liep niet zoals ik gehoopt had. Het is een afschuwelijke kerel en hij wil zo gauw mogelijk met me trouwen. De graaf heeft geen erfgenamen en als ik doodga, vervallen zijn eigendommen aan het rijk. Maar Daniel Tapia zal er wel voor zorgen dat ik heel oud word,' zei ze bitter, 'want hij aast op het geld. En er is nog iets. Hij is ervan overtuigd dat Fernán hier iets verborgen houdt, iets van grote waarde. Ik denk dat hij eindelijk gelooft dat ik hem niet kan helpen, want hij is overal aan het zoeken.'

Yonah durfde even niets te zeggen, maar ten slotte vroeg hij: 'Is het een relikwie?'

'Dat weet ik niet. Ik hoop niet dat u me nu met vragen nog meer gaat kwellen, señor.'

Ze ging wankelend staan en betastte haar gezicht. 'Zal ik er een litteken aan overhouden?'

'Ja, een heel dun litteken. Eerst zal het rood zijn en daarna zal het verbleken; ik hoop dat het uiteindelijk net zo blank zal zijn als uw huid.' Toen pakte hij zijn tas en ging naar haar man.

44

VOORJAAR

TOEN HIJ DIEZELFDE DAG, NADAT PATER Sebbo hem in de ziekenkamer afgelost had, weer op zoek ging, vond hij het bewijs dat de lijst werkstukken van zijn vader die hij in zijn geheugen had precies klopte.

In een kelderkast vol stoffige schilderijlijsten en kapotte stoelen zag hij op een plank een dubbele rij zware donkere bekers staan. Toen hij er een meenam naar een raam, zag hij dat het een beker van zijn vader was. Er was geen twijfel mogelijk. Omdat het zilver jarenlang niet gepoetst was, was hij bijna helemaal zwart, maar toen hij hem omdraaide, zag hij de initialen HT onder de voet staan. Het merkteken van zijn vader.

Een voor een bekeek hij de bekers bij het raam. Ze hadden een mooie eenvoudige vorm en waren van massief zilver met een voet van elektrum. Twee ervan zaten vol deuken en krassen, alsof iemand ze woedend door de kamer had gegooid. Voor zover hij het zich herinnerde was de graaf zijn vader betaling voor een set van twaalf van deze bekers schuldig, maar hoewel hij de kast grondig doorzocht, waarbij hij de stoelen en lijsten eruit haalde en in de donkere hoeken rondtastte, vond hij er maar tien.

De volgende twee dagen ging hij weer naar de kast om de zware bekers in zijn handen te houden en te bewonderen. Maar de derde dag trof hij er Daniel Tapia aan, die ook aan het zoeken was, want er lagen allerlei spullen uit de kast op de grond.

Tapia keek Yonah fel aan en vroeg: 'Wat moet jij hier?'

'Niets bijzonders, señor,' antwoordde Yonah luchtig. 'Ik bekijk dit prachtige kasteel zodat ik het op een dag voor mijn kinderen kan beschrijven.'

'Ligt de graaf op sterven?'

'Ik denk het wel, señor.'

'Hoe lang duurt het nog?'

Yonah haalde zijn schouders op en keek Tapia kalm aan. Hij had er geen bewijs van dat Tapia meegeholpen had aan het verkrachten en vermoorden van zijn broer Meir, maar intuïtief wist hij dat het waar was. 'Ik had uw naam al eens van een vroegere kennis van u gehoord, señor Tapia. Broeder Lorenzo de Bonestruca.'

'Bonestruca? Die heb ik al jaren niet meer gezien. Hij is naar Zaragoza vertrokken.'

'Daar heb ik hem ontmoet.'

Tapia fronste zijn wenkbrauwen. 'Wat heeft hij over me gezegd?'

'Alleen maar dat hij en u er soms samen te paard op uittrokken en dat u behoorlijk kon slempen. Zomaar een opmerking tijdens een spelletje dammen.'

'Dan moet die hoerenzoon er ook bij gezegd hebben dat ik dammen haat, maar hij houdt zich dus nog steeds met dat domme tijdverdrijf bezig.'

'Niet meer, señor, want hij is dood. Hij is krankzinnig geworden en heeft twee jaar in het gekkenhuis in Zaragoza doorgebracht, waar hij aan de pest gestorven is.'

Tapia trok een gezicht en sloeg een kruis.

Met een vleug van wantrouwen in zijn stem vroeg hij Yonah of hij vanwege zijn gesprekken met Bonestruca naar Tembleque was gekomen.

'Nee, het bisdom heeft me gevraagd of ik wilde proberen de graaf te helpen. Maar ik heb ook zijn vrouw moeten behandelen.'

Na hun huwelijk had Adriana Yonah verteld wat haar eerste man haar allemaal aangedaan had. Het verdriet daarover was langzaam uit haar ogen weggetrokken, maar Yonah verafschuwde mannen die een vrouw sloegen. 'Ik reken erop dat de gravin van verdere verwondingen verschoond blijft,' zei hij.

Tapia keek hem aan alsof hij nauwelijks kon geloven dat een arts op die manier tegen hem durfde te praten. 'Iedereen loopt weleens een verwonding op, daar zijn we geen van allen immuun voor,' zei hij. 'Als ik u was, señor, zou ik bijvoorbeeld niet in mijn eentje door dit kasteel dwalen, want dan zou iemand u voor een dief kunnen aanzien en u doden.'

'Ik zou niemand aanraden dat te proberen, want ik kan me de tijd niet meer heugen dat ik me niet tegen schurken kon verdedigen,' zei Yonah, en hij slenterde weg, zo langzaam mogelijk.

Het dreigement had een averechtse uitwerking, want nu was Yonah nog vastbeslotener om zijn speurtocht door het kasteel voort te zetten. Het was duidelijk dat Tapia ervan overtuigd was dat er iets van grote waarde verborgen lag, zo kostbaar dat niemand anders het mocht vinden. In zijn ijver betastte Yonah ook elke nis in de muren, in de hoop dat er een bij was die net zo werd gebruikt als die in zijn eigen huis, waar zijn Hebreeuwse manuscripten verborgen lagen. Maar zijn enige buit was een muizennest en handenvol spinnenwebben, en op het laatst was hij terug in de afgelegen ruimtes waar hij al eerder was geweest.

In de voorraadkamer stond hij opnieuw naast de grote stenen doodskist, een prins waardig, en weer las hij de inscriptie: CUM MATRE MATRIS SALVUS.

Zijn kennis van het Latijn was te verwaarlozen, maar op weg naar de ziekenkamer kwam hij de beheerder tegen, die toezicht hield op een paar werklui die de balustrade langs de trap repareerden.

'Kent u Latijn, pater Guzmán?' vroeg hij.

'Natuurlijk ken ik Latijn,' zei de priester uit de hoogte.

'De stenen doodskist die op de graaf staat te wachten, heeft een inscriptie: CUM MATRE MATRIS SALVUS. Wat betekent dat?'

'Het betekent dat hij na zijn dood bij de Maagd Maria zal zijn,' antwoordde de priester.

Waarom kon Yonah die nacht toch niet slapen?

De volgende morgen vroeg, toen de regen uit een voorjaarswolkbreuk tegen de dunne albasten vensterruit kletterde, stond hij op en ging met een toorts uit de wandhouder terug naar de voorraadkamer, waar hij de kist bij het flakkerende licht opnieuw bestudeerde.

Toen pater Sebbo halverwege de morgen naar de ziekenkamer kwam, zat Yonah gespannen op hem te wachten. 'Hoe staat het met uw kennis van het Latijn, pater?'

Pater Sebbo grinnikte. 'Die is een levenslange verleiding voor mijn zondige trots.'

'Cum matre matrix salvus.'

De glimlach op Sebbo's gezicht verdween. 'Waar hebt u dat vandaan?' vroeg hij bruusk.

'Wat betekent het?'

'Waar hebt u deze... vreemde woorden zien staan?'

'We kennen elkaar nog niet lang, pater, maar dit is het moment waarop u zich moet afvragen of u me vertrouwt.'

Sebbo keek Yonah aan en zuchtte. 'Ja, ik vertrouw u, ik kan niet anders. Het betekent "veilig bij de moeder van de moeder".'

Yonah zag dat de oude priester bleek geworden was. 'Ik weet waar u al jarenlang naar op zoek bent, pater Sebastián, en ik denk dat we het gevonden hebben,' zei hij.

Ze onderzochten de doodskist nauwkeurig. Het zware stenen deksel, dat tegen de muur aan het hoofdeinde stond, was gemaakt uit één stuk steen, en de onderkant van de kist en drie zijkanten ook.

'Maar kijk hier eens,' zei Yonah. Eén kant was anders, dikker dan de andere kant, en het paneel met de Latijnse inscriptie was er apart ingezet.

Yonah klopte erop zodat pater Sebbo kon horen dat het hol was. 'We moeten het paneel eruit halen.'

De priester was het met Yonah eens, maar maande hem voorzichtig te zijn. 'Dit vertrek ligt vlak bij de slaapkamers en niet ver van de eetzaal vandaan. Er lopen voortdurend mensen langs en de schildwachten staan voor we het weten voor onze neus. We moeten wachten tot de anderen ergens anders mee bezig zijn.'

Maar de tijd om een gunstig moment af te wachten was hun niet gegund, want de volgende morgen werd Yonah al vroeg gewekt door een dienstmeisje dat die nacht naast het bed van de graaf had gezeten. De patiënt had stuiptrekkingen en moest hevig braken. Zijn gezicht was nog schever geworden en zijn linkeroog hing lager dan het rechter. Zijn polsslag was sterk en snel, zijn ademhaling langzaam en snurkend. Toen Yonah er ook een rochel in hoorde, wist hij dat het einde nabij was.

'Ga vlug de gravin en de priesters halen,' beval hij het dienstmeisje.

De gravin en de priesters kwamen tegelijkertijd binnen. De gravin was slordig gekleed en bad zwijgend de rozenkrans, pater Guzmán droeg zijn sterfgewaad – een paarse toga en koorhemd – en had zo'n haast dat pater Sebbo in de deuropening nog bezig was de paarse sjerp om de hals van zijn jongere collega te schikken.

Met uitpuilende ogen zoog de graaf zijn laatste adem naar binnen. Hij deed Yonah denken aan de beschrijving van een stervende door Hippocrates: 'Een scherpe neus, ingevallen slapen, koude bleke oren met verwrongen oorlellen, een strakgetrokken droge gezichtshuid en een donkere gelaatskleur.'

Pater Sebbo opende het gouden flesje met de Olie voor de Zieken. Hij bevochtigde pater Guzmáns platte rechterduim met de wijolie en de priester zalfde daarmee Vasca's ogen, oren, handen en voeten. Terwijl de zoete, kruidige geur van de balsem het doodsbed omwolkte, slaakte de laatste graaf van Tembleque een lange, rochelende zucht.

'God heeft hem vergiffenis geschonken,' zei pater Guzmán, 'en op dit moment staat hij tegenover de Heer.'

Pater Sebbo en Yonah keken elkaar veelbetekenend aan, want ze wisten dat ze niet veel tijd meer hadden voordat de stenen doodskist diep onder de grond zou verdwijnen.

'We moeten het personeel en de soldaten vertellen dat hun heer en meester overleden is en op de binnenplaats een herdenkingsmis houden,' zei pater Sebbo tegen pater Guzmán.

Guzmán fronste zijn wenkbrauwen. 'Is dat echt nodig? Er zijn nog een heleboel andere zaken te regelen.'

'Maar dit moet eerst,' zei de oudere priester vastberaden. 'Ik zal u helpen, maar u moet na de mis een toespraak houden, want dat doet u veel beter dan ik.'

'Nee, dat is niet waar,' zei pater Guzmán bescheiden, maar het compliment deed hem zichtbaar genoegen en hij beloofde het te doen.

'Intussen moet de dokter de overledene wassen en hem klaarmaken voor zijn begrafenis,' vervolgde pater Sebastián. Yonah knikte.

Hij zorgde ervoor dat hij nog niet klaar was toen hij hoorde dat de mis op de binnenplaats begon. Toen hij de lage eentonige stem van pater Sebastián, het hogere psalmodiëren van pater Guzmán en de sonore antwoorden van de gelovigen hoorde, liep hij vlug naar de voorraadkamer.

Met een chirurgische priem schraapte hij het cement rond het paneel met de inscriptie weg. Manuel Fierro had natuurlijk niet voorzien dat zijn instrument ooit voor zoiets zou worden gebruikt, maar het werkte goed. Toen het cement aan weerskanten van het paneel verwijderd was, hoorde Yonah achter zich vragen: 'Wat ben je aan het doen, geneesheer?'

Met zijn blik gericht op het paneel in de kist kwam Daniel Tapia binnen.

'Ik zorg ervoor dat alles in orde is.'

'Natuurlijk,' zei Tapia. 'Dus je gelooft dat daar iets in zit? Ik hoop dat je gelijk hebt.'

Hij trok zijn mes uit de schede en kwam naar Yonah toe.

Yonah begreep meteen dat Tapia geen aandacht wilde trekken door de soldaten te roepen omdat hij de diefstal stil wilde houden. Hij was net zo lang als Yonah, maar veel zwaarder, en hij ging ervan uit dat hij met zijn mes de ongewapende arts gemakkelijk aankon. Yonah deed een schijnaanval met de kleine priem en sprong opzij om een zwaai van het mes te ontwijken.

Dat lukte maar net, want het lemmet ging rakelings langs hem heen. De punt bleef in zijn tuniek hangen en scheurde deze open, maar Yonah benutte de seconde dat het mes bleef hangen om de arm die het vasthield te grijpen.

Hij gaf er een ruk aan, meer als reflex dan met opzet. Tapia verloor zijn evenwicht en viel voorover in de open kist. Ondanks zijn zware postuur was hij snel en hij had het mes nog steeds vast, maar Yonah klemde zijn handen om het deksel dat tegen de muur stond en met inspanning van al zijn krachten lukte het hem de bovenkant los te trekken van de muur. Net toen Tapia overeind wilde komen, sloeg de loodzware plaat om en viel boven op Tapia, waardoor deze als een rat in de val zat. Zijn lichaam had het lawaai gedempt, want in plaats van de klap van steen op steen had er een zware plof geklonken.

Toch was het een ongewoon geluid en Yonah luisterde roerloos, maar het gemurmel van de gebeden ging ononderbroken door.

Tapia's vingers waren nog steeds om het mes geklemd en Yonah moest ze een voor een lostrekken. Daarna tilde hij het deksel voorzichtig iets omhoog, maar hij hoefde niet bang meer te zijn.

'Tapia?'

De man verroerde zich niet. 'Nee toch! Verdomme.' Yonah zag dat zijn ruggengraat gebroken was en dat hij niet meer leefde.

Maar Yonah had geen tijd om er rouwig om te zijn. Hij droeg Tapia naar de kamer naast de zijne en legde hem op het bed. Vervolgens trok hij hem zijn bovenkleren uit en sloot hem de ogen. Toen ging hij weg en trok de kamerdeur achter zich dicht.

Terug in de voorraadkamer wist hij dat hij zich moest haasten, want hij hoorde dat de mis afgelopen was en dat pater Guzmán met zijn nasale stem hulde bracht aan de overleden Fernán Vasca.

Nadat alle cement weggeschraapt was, kon hij het paneel uit de kant tillen en toen zag hij de bergruimte.

Opgewonden stak hij zijn hand erin en voelde een soort nest van lappen, met daarin als een groot, kostbaar ei een in linnen doeken gewikkeld voorwerp. Onder de doeken zat een zak van geborduurde zijde. Trillend opende Yonah de zak en daarin vond hij de oorzaak van de vernietiging van zijn familie.

In de middag ging gravin Maria del Mar Cano naar de kamer van Tapia en trof hem daar dood aan. Ze riep onmiddellijk om de arts en de priester.

Yonah had al tweemaal eerder de dood van mensen veroorzaakt en dat had hem een slecht geweten bezorgd, maar uiteindelijk was hij tot de conclusie gekomen dat het gerechtvaardigd was als die persoon hém met de dood had bedreigd. Maar nu verkeerde hij in de bizarre positie dat hij iemand dood moest verklaren die hijzelf gedood had. Het zat hem dwars dat hij op deze manier zijn beroep moest uitoefenen en hij was blij dat Nuño Fierro er niet bij was.

'Hij is onmiddellijk overleden,' zei hij, wat waar was. 'In zijn slaap,' voegde hij eraan toe, wat niet waar was.

'Heeft hij een ziekte die ons allemaal kan treffen?' vroeg pater Guzmán angstig. Yonah stelde hem gerust door te verklaren dat het toeval was dat de graaf en Tapia op dezelfde dag gestorven waren.

Hij voelde dat de gravin hem met een bleek gezicht aanstaarde.

'Daniel Tapia had geen familie,' zei ze. Ze was al bijgekomen van de schrik van haar ontdekking. 'Zijn begrafenis moet die van de graaf niet in de war sturen,' voegde ze er ferm aan toe.

Dus Tapia werd in de deken waarop hij lag gewikkeld en naar het veld gedragen, waar een graf werd gegraven en hij snel onder de grond werd gestopt, terwijl pater Sebastián hem begeleidde met gebeden. Yonah stond erbij en mompelde het "amen" mee, en de twee soldaten die het graf hadden gegraven, gooiden het ook weer dicht.

In het kasteel was men doorgegaan met de voorbereidingen voor de begrafenis van de graaf. Tegen zonsondergang was zijn weduwe tevreden, en de graaf lag die nacht badend in het kaarslicht opgebaard in de grote zaal terwijl een groep vrouwelijke bedienden fluisterend bij hem waakte tot het kasteel met het daglicht weer tot leven kwam.

Halverwege de morgen werd de kist door twaalf sterke soldaten opgetild en naar het midden van de binnenplaats gebracht. Een lange rij soldaten en bedienden liep er langzaam langs en als onderzoekende vingers de groef rondom het paneel met de Latijnse inscriptie zouden hebben betast, zouden ze hebben gemerkt dat het op zijn plaats werd gehouden door een zo goed mogelijk gladgestreken laag kleverige oogzalf waarin haastig wat verkruimeld cement was gedrukt.

Maar niemand lette op dergelijke kleinigheden, want alle ogen gingen naar de persoon in de sarcofaag. Fernán Vasca, de graaf van Tembleque, lag opgebaard in alle pracht en praal van zijn adeldom, met zijn krijgshaftige handen vredig gevouwen. Hij droeg zijn wapenuitrusting, en het fraaie, door Paco Parmiento gemaakte zwaard lag aan zijn ene kant en zijn helm aan de andere. Doordat de zon volop op het gepolijste staal scheen, leek het alsof de graaf als een heilige in een vlammend vuur lag te slapen.

De vroege lentezon was al sterk en het harnas absorbeerde de hitte als een kookpot. De tegels van de binnenplaats waren bestrooid met geurige kruiden, die door vele voeten werden vertrapt, maar de stank van de dood werd steeds doordringender. Maria del Mar Cano was van plan geweest de graaf een paar dagen in plechtige staat op de binnenplaats te laten liggen om het gewone volk uit de omgeving ook de gelegenheid te geven afscheid van hem te nemen, maar ze zag algauw in dat daar geen sprake van kon zijn.

In een hoek van de binnenplaats, naast de graven van drie vroegere edelen uit de streek, was een graf gegraven. Een legertje mannen droeg de zware kist naar de rand van het graf, maar voordat het deksel erop werd gelegd, beval gravin Maria del Mar Cano zacht dat er nog even gewacht moest worden.

Ze liep vlug het kasteel in en kwam even later terug met een langstelige roos, die ze in de handen van haar man legde.

Yonah stond niet ver van de kist af en toen het deksel langzaam op zijn plaats zakte, schoot hem iets te binnen waardoor hij zo lang mogelijk scherp naar de bloem bleef turen.

Het leek een echte roos, misschien wel de mooiste die hij ooit had gezien... Spontaan deed hij een stap dichterbij. Maar helaas zakte het zware stenen deksel te snel over de Latijnse inscriptie, de dode edelman en de gouden roos met de zilveren steel.

45

VERTREK

De volgende morgen kwam Maria del Mar Cano naar Yonah toe toen hij zijn zadeltassen aan het inpakken was. Ze droeg rouwkleren, een zwarte jurk die dik genoeg was om in te reizen. De sluier aan haar zwarte kapje verborg het dunne litteken op haar wang, waaruit hij pas enkele dagen geleden de hechtingen had gehaald.

'Ik ga naar huis. Mijn vader zal een zaakgelastigde sturen om de erfenis af te handelen. Wilt u met me meegaan naar Madrid, dokter?'

'Dat kan ik niet doen, gravin. Mijn vrouw verwacht me in Zaragoza.'

'Ah,' zei ze spijtig, maar met een glimlach. 'Dan moet u een keer bij ons op bezoek komen als u er een poosje uit wilt. Mijn vader zal u ruimschoots willen belonen. Daniel Tapia had me nog veel erger kunnen bezeren.'

Het duurde even voor het tot hem doordrong dat ze dacht dat hij Tapia had vermoord omdat de man haar geslagen had.

'U bent niet op de hoogte van wat er werkelijk is gebeurd.'

Ze lichtte haar sluier op en boog zich naar hem toe. 'Ik ben uitstekend op de hoogte. U moet naar Madrid komen, want dan zal ik u ook ruimschoots belonen.' Ze kuste hem op zijn mond en liep weg, en Yonah bleef somber en kwaad achter. Ongetwijfeld zou haar vader, en ieder ander die het verhaal te horen kreeg, denken dat de arts van Zaragoza iemand vergiftigd had, en hij vond het vreselijk dat een gerucht als dit over hem de ronde zou doen.

Maria del Mar Cano was nog jong en zou zelfs als ze oud was een verleidelijke vrouw zijn, maar hij zou ervoor zorgen dat hij zich nooit in Madrid liet zien!

Toen hij klaar was met pakken, was hij in een beter humeur. Even later keek hij uit een raam en zag de gravin van Tembleque de hoofdpoort uit rijden. Ondanks zijn ergernis stelde hij geamuseerd vast dat ze zich goed liet beschermen, want ze had een forse jonge schildwacht bij zich.

Op de binnenplaats nam hij afscheid van de twee priesters. Pater Sebbo droeg een rugzak en hield een lange staf in zijn hand.

'Ik wil het nog even met u over mijn betaling hebben,' zei Yonah tegen pater Guzmán.

'Ah, uw betaling. Die komt natuurlijk pas aan de orde als de erfenis afgehandeld wordt. Het geld zal naar u toe gestuurd worden.'

'Ik heb gezien dat de graaf tien zilveren bekers bezat en ik ben bereid die als betaling aan te nemen.'

De priester-beheerder keek hem geschokt aan. 'Tien zilveren bekers zijn heel wat meer waard dan het loon voor falen,' zei hij droog. *Je hebt hem niet in leven kunnen houden*, zeiden zijn ogen beschuldigend. 'Neem er dan maar vier mee, als u ze hebben wilt.'

'Broeder Francisco Rivera de la Espina heeft gezegd dat ik een behoorlijke vergoeding zou krijgen.'

Pater Guzmán wist uit ervaring dat hij moest voorkomen dat iemand van het kantoor van de bisschop zich ermee zou gaan bemoeien. 'Zes dan,' zei hij zuinig.

'Ik zal er zes als betaling nemen als ik de andere vier mag kopen. Twee ervan zijn beschadigd.'

De beheerder noemde een veel te hoge prijs, maar de bekers waren Yonah meer waard dan geld en hij stemde meteen toe, hoewel hij deed alsof het hem moeite kostte.

Pater Sebbo had met een glimlachje naar de onderhandelingen geluisterd. Nu nam hij afscheid en met een opgeheven hand en een laatste zegen voor de schildwachten marcheerde hij als een man voor wie de wereld openlag de poort uit.

Toen Yonah een uur later ook door de poort wilde rijden, werd hij tegengehouden.

'Het spijt me, señor, maar we hebben opdracht uw bagage te doorzoeken,' zei de sergeant van de wacht.

Ze haalden alles wat hij zo zorgvuldig ingepakt had weer uit de tassen, maar hij dwong zichzelf rustig te blijven, ook al kreeg hij er kramp van in zijn maag.

'Ik heb een factuur voor de bekers,' zei hij.

Eindelijk knikte de sergeant dat het in orde was, en Yonah nam Hermana mee naar de kant van de weg om alles weer in te pakken. Toen steeg hij weer op en liet het kasteel van Tembleque opgelucht achter zich.

Ze ontmoetten elkaar in Toledo, voor het kantoor van de bisschop.

'Geen problemen?'

'Nee,' zei pater Sebastián. 'Een koetsier die me kent hield zijn lege koets voor me stil en ik ben hier als de paus zelf naartoe gereden.'

Ze gingen naar binnen en meldden zich, en gingen zwijgend op een bank zitten wachten tot er een broeder kwam die zei dat pater Espina hen kon ontvangen.

Yonah zag pater Espina verbaasd kijken toen hij hen samen zag binnenkomen.

'Ik zou u graag een verhaal willen vertellen,' zei pater Sebastián toen ze alle drie zaten.

'Ik luister.'

De verweerde oude priester vertelde het verhaal van de jonge priester die, behept met eerzucht en gezegend met familieconnecties, had gesmeekt hem een relikwie te sturen opdat hij de abt van een groot klooster zou worden. Hij beschreef de intriges, de diefstallen en de moorden, en hij vertelde over een arts in Toledo die op de brandstapel het leven had gelaten omdat hij een verzoek van een priester van zijn gekozen godsdienst niet had willen afwijzen. 'Dat was uw vader, pater Espina.'

Vervolgens vertelde pater Sebastián dat hij in al die jaren van rondzwervingen overal navraag naar de gestolen relikwie had gedaan. 'De meeste mensen haalden in antwoord hun schouders op, dus het was moeilijk om iets te weten te komen. Maar een woord hier en een woord daar wees me de weg naar graaf Fernán Vasca, dus ik ging regelmatig naar het kasteel van Tembleque zodat de mensen daar aan me zouden wennen. En ik hield er mijn ogen en oren open, maar pas dit jaar vond God het tijd om me samen met deze arts naar het kasteel te brengen, waarvoor ik Hem zeer dankbaar ben.'

De belangstelling waarmee pater Espina luisterde, veranderde in verbazing toen pater Sebastián een voorwerp uit zijn tas haalde en dat voorzichtig uitpakte.

Zwijgend keken de drie mannen naar de relikwiekelk.

Het zilver was zwart van de aanslag, maar het goud glansde helder. Zelfs onder het vuil wekte de versiering van heilige figuren, vruchten en planten bewondering op.

'God heeft de handen van de maker geleid,' zei pater Espina.

'Ja,' zei pater Sebastián instemmend. Hij nam het deksel van de kelk en ze staarden naar de relikwie die erin lag. De twee priesters sloegen een kruis.

'Kijk naar hartenlust,' zei pater Sebastián, 'want de relikwie van de heilige Anna in deze kelk moet zo gauw mogelijk naar Rome worden gestuurd, en onze vrienden van de pauselijke curie staan erom bekend dat ze erg traag zijn met het bevestigen van de echtheid van een relikwie die gestolen is. We zullen het waarschijnlijk niet meer meemaken.'

'Maar het zal wel gebeuren,' zei pater Espina, 'en dat hebben we aan u beiden te danken. Iedereen kent de legende van de in Toledo gestolen relikwie van de heilige Anna en u zult worden erkend als de helden die hem teruggevonden hebben.'

'U hebt onlangs gezegd dat ik u om hulp mocht vragen als ik die nodig had,' zei Yonah. 'Dat wil ik nu doen. Ik wil niet dat mijn naam met deze zaak in verband wordt gebracht.'

Pater Espina vond het een vreemd verzoek en hij keek Yonah zwijgend aan.

'Wat vindt u van het verzoek van señor Toledano?' vroeg hij pater Sebastián.

'Ik sta er helemaal achter,' antwoordde de oude priester. 'Ik heb gezien dat hij een goed mens is, en in vreemde, moeilijke tijden kan anonimiteit een zegen zijn, zelfs voor een goed mens.'

Na lang nadenken knikte pater Espina. 'Ik weet dat er een tijd is geweest dat mijn eigen vader zo'n verzoek had kunnen doen. Wat ook uw reden is, ik zal u geen last bezorgen. Kan ik u nog ergens anders mee helpen?'

'Nee, dank u, pater.'

Pater Espina keek pater Sebastián aan en zei: 'U bent een priester, dus u moet beschikbaar zijn om te getuigen wat er op het kasteel van Tembleque is gebeurd. Kan ik geen gemakkelijker functie voor u zoeken dan die van bedelmonnik onder de armen?'

Maar pater Sebastián Alvarez wilde gewoon met zijn werk doorgaan. 'De heilige Anna heeft mijn leven en mijn roeping veranderd en me een soort priesterschap bezorgd waarvan ik me destijds geen voorstelling kon maken. Ik zou graag willen dat mijn naam alleen genoemd wordt als dat absoluut noodzakelijk is, zodat mijn werk gewoon door kan gaan.'

Pater Espina knikte. 'Schrijft u dan een verslag over de manier waarop deze voorwerpen teruggevonden zijn. Bisschop Enrique Sagasta kent en vertrouwt me als man en als priester. Ik weet zeker dat ik hem kan overhalen deze kostbare voorwerpen naar Rome te sturen met de mededeling dat ze door het Bureau van Godsdienstig Geloof van de Zetel van Toledo teruggevonden zijn in het kasteel van Tembleque, na de dood van graaf Fernán Vasca, die handelde in relikwieën. De oude basiliek van Constantijn in Rome is met de grond gelijkgemaakt en op de tombe van Sint Pieter wordt een grote nieuwe kerk gebouwd. Bisschop Sagasta wil niets liever dan worden overgeplaatst naar het Vaticaan en ik wil niets liever dan met hem meegaan.' Hij glimlachte. 'Het zal zijn reputatie als kerkhistoricus geen kwaad doen als hij wordt beschouwd als de vinder van de relikwie van de heilige Anna en deze mooie schrijn.'

Wat later stonden de twee mannen voor het kantoor van de bisschop op straat en keken elkaar aan.

'Weet u wie ik ben?' vroeg Yonah.

Pater Sebastián legde een eeltige hand op Yonahs mond. 'Ik wil geen naam horen.' Maar hij keek Yonah recht aan en vervolgde: 'Het is me opgevallen dat uw trekken veel gemeen hebben met het sympathieke gezicht van iemand die ik vroeger kende, een goede man en een geweldige vakman en kunstenaar.'

Yonah glimlachte. 'Het beste, pater.'

Ze omhelsden elkaar.

'God zij met je, mijn zoon.'

Yonah bleef Sebastián Alvarez nakijken tot de witte haardos en de op- en neergaande lange staf van de bedelmonnik in de drukke straat uit het gezicht waren verdwenen.

Hij reed naar de rand van de stad, naar het veld dat als joodse begraafplaats had gediend. Er hadden al tijden geen schapen of geiten meer gegraasd en het gras stond lang en groen boven de joodse beenderen. Hij liet het paard grazen terwijl hij kaddisj zei voor zijn moeder en Meir, en voor de anderen. Toen steeg hij weer op zijn paard en reed stapvoets terug de stad in, en door de straten waar hij in onschuld de gelukkigste dagen van zijn leven had doorgebracht naar de weg over het klif boven de rivier.

De synagoge werd door houthakkers gebruikt, daar leek het tenminste op. Op het bordes en tegen de hele voorgevel lagen stapels brandhout.

Hij liet het paard halt houden toen hij bij het vroegere huis en de werkplaats van de familie Toledano kwam.

Nog steeds een jood, abba, zei hij geluidloos.

De boom op het graf van zijn vader was groot geworden; de dichtbebladerde takken wiegden boven het lage dak aan de achterkant van het huis in de wind en gaven er schaduw.

Hij voelde sterk de aanwezigheid van zijn vader. Hij wist niet of dat verbeelding was, maar hij vond het heerlijk. Woordeloos vertelde hij zijn vader wat er allemaal met hem was gebeurd. De doden kwamen niet terug en wat verloren was gegaan was voorgoed verdwenen, maar hij had het gevoel dat de kwestie van de relikwie eindelijk afgerond was.

Hij gaf een paar klapjes op Hermana's nek en keek aandachtig naar het huis waar zijn moeder gestorven was.

Sebastián Alvarez had gezegd dat hij op zijn vader leek. Leek Eleazar Toledano ook op zijn vader? Als Yonah hem op straat zou tegenkomen, in een menigte, zou hij hem dan ergens aan herkennen?

Overal om zich heen leek hij een magere jongen met een groot hoofd te zien.

Yonah, zullen we naar de rivier gaan?

Mag ik niet met je mee, Yonah?

De stank bracht hem bruut terug naar het heden; de leerlooierij bestond dus nog.

Ik hou van je, abba.

Toen hij langs het huis reed van zijn buurman, Marcelo Troca, zag hij de oude man in het veld een halter over de kop van een ezel leggen.

'*Hola!* Goedemiddag, señor Troca!' riep hij, voordat hij met zijn hielen tegen de flanken van zijn paard tikte.

Met een hand op de nek van zijn ezel en een verbluft gezicht bleef Marcelo Troca het zwarte paard nakijken tot het in de verte was verdwenen.

46

DE SCHUUR

Yonah voelde zich thuis op zijn land. Het rechthoekige stuk grond, eigenlijk een lange, lage heuvelrug waar een beekje doorheen stroomde, was geen lusthof en de hacienda was geen kasteel, maar Yonah was met allebei dik tevreden.

Dat jaar was het in Zaragoza vroeg lente. Toen hij thuiskwam, stonden de fruitbomen die hij en Adriana hadden gesnoeid en bemest zwaar in knop. Adriana verwelkomde hem huilend en lachend tegelijk, alsof hij uit de dood was opgestaan.

Ze was vol bewondering voor de zilveren bekers van zijn vader. De zwarte aanslag liet zich niet gemakkelijk wegpoetsen, maar Yonah veegde in het kippenhok de mest van de hele winter bij elkaar en liet de bekers in de zure brij weken. Daarna poetste hij ze met de stinkende prut en zachte doeken net zo lang tot ze schoon waren, waarna hij ze met zeepsop borstelde en met droge doeken nawreef tot ze net zo glommen als het harnas van graaf Vasca. Adriana zette ze op een tafeltje waar de flakkerende vlammen van het haardvuur erin weerspiegelden, met de lelijkste kanten van de twee gedeukte en bekraste bekers naar de muur gekeerd.

In de olijfgaard vlak onder de heuveltop produceerden de bomen een overdaad aan harde, groene vruchtjes en Adriana verheugde zich op het moment dat ze helemaal rijp zouden zijn en zij er olie uit zou persen. Tijdens Yonahs afwezigheid had ze een kleine kudde geiten gekocht en hoewel de verkoper had beweerd dat drie van de geiten zwanger waren, leverde slechts één van de drie het bewijs daarvoor. Maar Adriana werd er niet boos om, want in de laatste week van de zomer merkte ze dat ze zelf zwanger was. Yonah was er erg blij om en Adriana was zielsgelukkig.

Het verwachte kind gaf de doorslag.

In het begin van de herfst kwamen Reyna en Alvaro op bezoek en terwijl de vrouwen samen een glas wijn dronken, beklommen de mannen de heuvel en bepaalden met grote stappen de afmetingen voor de nieuwe schuur.

Toen Alvaro begreep wat Yonah van plan was, krabde hij op zijn hoofd. 'Moet die schuur echt zo diep zijn, Ramón?'

Yonah knikte glimlachend. 'Als we toch gaan bouwen, kunnen we het beter goed doen.'

Alvaro had al een aantal huizen gebouwd en Yonah sprak met hem af dat hij de buitenmuren zou neerzetten met een tegeldak erop dat bij dat van de hacienda paste. De hele herft en winter verzamelden Alvaro en Lope, zijn jonge knecht, stenen en brachten die in een wagen getrokken door ossen naar boven.

Adriana beviel in maart. Na een lange, winderige nacht bracht ze het kind in de ochtendschemering ter wereld. Yonah ving het jongetje op en toen het zijn mond opende en krijste, kuste hij de zachte, rode wang en voelde hij zijn laatste beetje eenzaamheid wegsmelten.

'Hij heet Helkias Callicó,' zei Adriana, en toen hij het in doeken gewikkelde kind in haar armen legde, voegde ze er fluisterend woorden aan toe die zelfs in hun intiemste momenten niet uitgesproken werden: 'De zoon van Yonah Toledano.'

Het volgdende voorjaar groeven Alvaro en Lope volgens Yonahs aanwijzingen een ondiepe greppel en legden de fundering. Toen de muren steeds hoger werden, werkte Yonah elk moment dat hij zich van zijn patiënten kon vrijmaken met de twee mannen mee. Hij leerde de stenen zorgvuldig uitzoeken en in elkaar passen, en ze zodanig opstapelen dat de druk van hun gewicht een zo sterk mogelijke muur maakte. Ook wilde hij precies weten hoe hij door het mengen van verpulverde schalie, klei, zand, kalksteen en water het ruwe cement moest maken. Alvaro moest lachen om zijn vragen en zijn energie. 'Eigenlijk wil je het vak van geneesheer opgeven en het mijne van me overnemen,' zei hij plagend, maar ze vonden de samenwerking allebei plezierig.

In de eerste week van juni was de schuur klaar. Toen Alvaro en Lope betaald en vertrokken waren, werkte Yonah er op de koele uren van de dag aan verder. Vroeg in de morgen en in de avondschemering verzamelde hij de benodigde materialen. De hele nazomer en een deel van de herfst gooide hij grote en kleine stenen in zijn kruiwagen en laadde ze uit in de schuur.

In november kon hij ermee aan het werk. Hij trok een lijn om achter in de schuur een smalle strook af te scheiden en bouwde daar nog een muur, identiek aan de buitenmuur.

In de donkerste hoek maakte hij een lage, smalle deur en rondom die deur bouwde hij een dennenhouten bak. Deze verdeelde hij door een schot en vulde de voorste helft met houtjes voor de haard, terwijl hij iets lager in de achterste helft boven de deur naar de geheime ruimte een valluik maakte, dat hij verstopte onder nog een laag houtjes.

In de lange, smalle ruimte tussen beide muren zette hij een tafel in elkaar en twee stoelen. Hij bracht er alle symbolen van zijn joodsheid naartoe: de kiddoesjbeker, de sabbatkaarsen, de twee in het Hebreeuws geschreven medische boeken en een paar vellen volgekrabbeld met de zegeningen, uitspraken en verhalen die hij zich herinnerde uit zijn jeugd.

Op de eerste vrijdagavond nadat de schuur helemaal klaar was, ging hij met Adriana, die hun zoon droeg, naar het graf van Nuño. Ze keken naar de steeds donker wordende hemel tot ze het witte geglinster van de eerste drie sterren zagen.

In de schuur had hij al een lamp aangestoken om dit niet na het begin van de sabbat te hoeven doen, en bij dit licht haalde hij de houtjes boven het valluik weg. Hij klom er het eerst in, nam de baby van Adriana over en ging gebukt door de kleine deur de donkere ruimte in. Even later stond Adriana met de lamp naast hem.

Het was een eenvoudige dienst. Adriana stak de kaarsen aan en samen zeiden ze het gebed om de sabbatkoningin te verwelkomen. Daarna psalmodieerde Yonah de sjema: 'Hoor, o Israël, de Heer onze God, de Heer is Een.'

Daarmee moesten ze het doen.

'Een vredige sabbat,' zei Yonah, en hij kuste zijn vrouw.

'Een vredige sabbat, Ramón.'

Ze gingen zitten.

'Kijk naar het licht,' zei Yonah tegen zijn zoon.

Hij was Abraham niet, en het jongetje was Izaak niet en zou niet als een martelaar op de brandstapel van de inquisitie aan God worden geofferd. Tot Helkias kon denken als een man was dit de enige keer dat hij de geheime kamer te zien kreeg.

Yonahs joodse deel zou voortleven in zijn ziel, waar het niet gemolesteerd kon worden, en hij zou hier alleen naar zijn joodse voorwerpen komen kijken als dat geen gevaar opleverde. Als hij lang genoeg zou mogen leven om zijn kinderen de jaren des onderscheids te zien bereiken, zou hij hun een voor een dit geheime vertrek laten zien. Hij zou de kaarsen aansteken en onbekende gebeden zingen, en zijn best doen om de volgende generatie Callicó's te laten begrijpen wat hun geschiedenis was. Hij zou de verhalen vertellen – over grootouders en ooms die ze nooit hadden gekend, over een man die met zijn handen en zijn hoofd schoonheid gaf aan metaal, over bijzondere heilige voorwerpen en een gouden roos met een zilveren steel. Verhalen over een betere tijd, een vertrokken familie en een verdwenen wereld. Daarna, zo hadden hij en Adriana afgesproken, was de beurt aan God.

EPILOOG

1 september 2000

DE TWEE VROUWEN HADDEN AFGESPROKEN ELKAAR op het vliegveld van Frankfurt te ontmoeten. Elizabeth Spencer kwam met American uit New York en Rosalyn Toledano met Lufthansa uit Boston. Samen vlogen ze met Iberia door naar Barcelona, waar ze een kamer hadden geboekt in het Barri Gótic. Ze hadden acht dagen – niet lang, vonden ze, maar ze waren hartsvriendinnen die ieder hun eigen weg waren gegaan en ze wilden deze kans om weer bij elkaar te zijn niet voorbij laten gaan.

Ze waren een interessant tweetal: Betty was een elegante blondine en Rosalyn was donker, iets langer en zo gebruind door de zon dat Betty, die medicijnen studeerde, haar waarschuwde voor huidkanker. Ze waren vriendinnen geworden toen ze aan de Universiteit van Michigan een studentenkamer deelden.

Ze probeerden hun acht dagen zo nuttig mogelijk te besteden door drie dagen door te brengen in Barcelona en drie in Madrid, en de twee tussenliggende dagen in Zaragoza, dat ongeveer halverwege lag. Ze hadden afgesproken dat ze het bezichtigen van bezienswaardigheden tot een minimum zouden beperken, maar ze namen in Barcelona toch een taxi naar het Guell-park en vergaapten zich aan de geniale bouwkunst van Antoni Gaudí. Op een bank in de schaduw, bij het geklater van Gaudí's waterspuwende hagedissen, bleven ze er zitten praten. 's Middags gingen ze naar het Picasso-museum en in de avond aten ze een lichte maaltijd in een tapas-bar en mengden zich daarna onder de wandelaars op de Ramblas. Ergens anders namen ze koffie met cake en zo nu en dan bleven ze stilstaan om naar de straatartiesten te kijken of naar muziek te luisteren.

's Avonds laat kwamen ze terug in hun hotel en nadat ze een douche hadden genomen, zaten ze in hun pyjama nog een poosje na te praten.

Over drie weken zou Betty aan haar vierde jaar aan de Albert Einstein Medical School in New York beginnen, het jaar als coassistent. Ze verheugde zich erop, maar vond het ook een angstig idee.

'Ik ben doodsbenauwd dat ik een fout zal maken en iemand zal doden, Roz.'

'Ik weet zeker dat alle goede medicijnenstudenten dat gevoel hebben,' zei Rosalyn. 'Je wordt vast een fantastische dokter, Betts.'

Rosalyn had in juni haar rechtenstudie aan de Universiteit van Boston afgerond, een paar dagen voordat haar vriend, Bill Steinberg, aan Tufts zijn doctorsgraad had gehaald en een baan had aangenomen als docent plantkunde aan de Universiteit van Massachusetts. Ze woonden samen in Cambridge en zouden in november trouwen. Rosalyn had in juli examen gedaan om toegelaten te worden tot de Orde van Advocaten en ze wachtte op de uitslag terwijl ze al begonnen was bij een grote advocatenpraktijk in Boston. Ze had er een vaste baan aangeboden gekregen, maar ze was er inmiddels achter gekomen dat grote, vooraanstaande firma's van hun werknemers een vijfenzeventigurige werkweek verlangden, zonder uitzondering. Omdat ze dat geen goede start voor haar huwelijk vond, had ze het aanbod afgeslagen, maar ze vroeg zich ietwat nerveus af of ze een andere baan zou vinden en maakte zich bovendien zorgen over het aanstaande huwelijk.

Betty en Rosalyn waren naar Spanje gekomen om bij te praten en toen ze op de klok keken, was het dan ook al drie uur in de morgen.

Toen het licht uit was en ze onder de dekens lagen, zei Betty: 'Laten we elkaar niet verliezen, hè meid? We moeten contact met elkaar houden, ook als we een sliert kinderen hebben en keien zijn in ons vak.'

'Oké.'

'Beloof je het?'

'Ik beloof het. Hou nou je mond en ga slapen.'

Tien minuten later zei Rosalyn: 'Keien?'

Vroeg in de morgen van de vierde dag vlogen ze met Aviaco naar Zaragoza. Toen ze zich in hun hotel hadden gemeld, maakten ze plannen voor de rest van de dag. Ze wilden een Moors paleis uit de elfde eeuw bezichtigen en een heleboel schilderijen van Goya zien.

Toen ze op de Plaza de España liepen, zei Rosalyn dat ze een boodschap wilde doen. 'Ik moet een soort zoenoffer voor mijn stoute oma kopen.'

'Heb je ruzie met haar gehad? Je zei altijd dat het zo'n fantastisch mens was.'

'Dat wel, maar ze kan verdraaid lastig zijn. Ze wilde Bill niet ontmoeten omdat zijn ouders geen sefardische, maar asjkenazische joden zijn. Ze las me verdomme de les en zei dat er uit een *gemengd* huwelijk niets goeds kon voortkomen.'

'Hemelse goedheid, ik vraag me af wat ze zou hebben gezegd als je bij Sonny Napoli was gebleven!'

'Ik heb Sonny Napoli nooit aan mijn familie voorgesteld,' zei Rosalyn afgemeten, en ze grinnikten allebei.

'Waar heb je Bill Steinberg eigenlijk opgeduikeld? Hij is een fijne vent, waarschijnlijk de laatste die er nog rondloopt.'

'Hij maakt me gelukkig, Betts. Het is inderdaad een fijne vent. Hij zou het liefst zo rustig mogelijk trouwen, met alleen goede vrienden erbij, maar hij heeft zich erbij neergelegd dat het een groot feest moet worden met een sefardische plechtigheid. Toen ik zei dat tijdens het uitspreken van de zeven zegeningen zijn bidsjaal over onze beide hoofden zou worden gehouden, als een soort baldakijn onder het baldakijn, zei hij dat hij dan eerst een bidsjaal moest gaan kopen. Als mijn oma ziet dat het een nieuwe is, zullen we eens wat beleven. Bills ouders, Judith en Harold, zijn net zo vriendelijk en geduldig als hij. Mam en pap hadden ze met het paasfeest uitgenodigd om kennis te maken met de familie. Ze verwachtten kippensoep en aardappelkugel, en in plaats daarvan kregen ze aardappeltortilla's en een stuk of veertig Toledano's en Raphaels voorgeschoteld. En mijn oma, die ze toefluisterde dat een van haar voorouders Raphael in 1654 heeft meegeholpen aan de bouw van de Spaanse en Portugese synagoge in Nieuw-Amsterdam. En toen zei Harold Steinberg net zo zacht dat zijn grootvader in 1919 de eerste man uit Pinsk was die in een schoenenfabriek in Lowell, Massachusetts, een naaimachine bediende.'

'Nou ja, maar zelfs mijn yankee-grootmoeder Spencer zou zeggen dat 1654 een jaartal is om trots op te zijn.'

'Dat was mijn moederskant van de familie, de Raphaels. Van vaderskant kwam de eerste voorouder pas na 1800 in de Verenigde Staten aan, maar oma heeft uitgezocht dat de Toledano's afstammelingen zijn van ene Eleazar Toledano, een wagenmaker die in 1529 van Amsterdam naar Den Haag verhuisde.'

'Jeetje, Roz, waarom heb je me nooit eerder over je voorouders verteld?'

Rosalyn haalde haar schouders op. 'Ik sta er niet vaak bij stil.'

Toen ze voor een winkeltje stonden met de naam SALAZAR ANTIEK boven de deur, besloten ze naar binnen te gaan. 'In elk geval zijn we dan even uit de zon,' zei Betty. Maar er bleken mooie, interessante spullen te staan.

'Zoekt u iets speciaals?' vroeg de eigenaar, die zei dat hij Pedro Salazar was. Hij was een kale oude man in een zwart pak en een wit overhemd met een rode das, die hem iets joligs gaf.

'Ik zoek een cadeau voor mijn grootmoeder, *mi abuela*,' zei Rosalyn.

'Aha, de grootmoeder... We hebben keus genoeg, kijkt u maar rustig rond.'

Er stonden vooral antieke meubels en Rosalyn zag dan ook niets geschikts, tot ze voor een geëmailleerd metalen dienblad met grote zilveren bekers stond. Ze waren prachtig gepoetst.

'Wat vind je hiervan?' Ze pakte een beker.

'Ik denk dat je oma iets van antiek Spaans zilver erg mooi zal vinden.'

Señor Salazar zag dat ze geïnteresseerd waren en kwam erbij staan. Toen Rosalyn vroeg hoeveel de bekers kostten en het bedrag in peseta's had omgerekend in dollars, trok ze een gezicht en zei: 'Nou, nou.'

Señor Salazar glimlachte. 'Ze zijn afkomstig uit de erfenis van een man die mijn hele leven mijn vriend is geweest en in april overleden is. Hij heette señor Enrique Callicó, hij was erg bekend en bijna de laatste van een vooraanstaande familie hier in Zaragoza. Zijn vader was in de burgeroorlog in de Slag bij Madrid omgekomen en nu leeft alleen zijn jongere broer Manuel nog, een oude priester in het Vaticaan in Rome. Ik heb al een heleboel prachtige antiquiteiten van de Callicó's mogen verkopen.'

'Ik weet het niet...' Rosalyn bekeek de onderkant van een paar van de bekers en vroeg: 'Zijn ze verkleurd?'

'Nee, señorita, de onderkant is van elektrum, een mengsel van goud en zilver.'

'Er staan initialen op, HT. Weet u wie ze gemaakt heeft?'

De man schudde zijn hoofd. 'Het spijt me, maar ik weet alleen dat deze bekers heel mooi en heel oud zijn. Ze zijn generaties lang het bezit van de Callicó's geweest.'

'Hmm. Twee zijn erg gedeukt en bekrast, en het zijn er tien. Is dit de hele set?'

'Ja, ik heb er maar tien. Maar misschien kan ik de prijs iets verlagen.'

'Nee, dat hoeft niet,' zei Rosalyn na lang nadenken. 'Het gaat niet alleen om de prijs. Mijn grootmoeder is een oude vrouw en ik heb haar weleens horen mopperen dat zilver voortdurend gepoetst moet worden.'

'Ja, je moet er goed voor zorgen,' stemde de man in.

'Roz, kom hier eens kijken!' riep Betty. 'Vind je dit geen enig bureautje?'

Dat was het inderdaad. 'Is het eikenhout?' vroeg Rosalyn.

'Ja, eikenhout.'

'Uit welk deel van Spanje komt het?'

‘Het komt uit Engeland, señorita. Het dateert uit de achttiende eeuw en de stijl is Chippendale. Het is ook afkomstig uit de boedel van de Callicó’s.’ Hij glimlachte. ‘Toevallig was ik erbij toen Enrique Callicó dit bureautje in Londen kocht. Vlak daarna werd hij een *magistrado*, hoe noemt u dat?’

‘Een rechter,’ zei Betty.

‘Ja, hij is een bekende rechter geworden. Aan dit bureautje heeft hij heel wat belangrijke documenten ondertekend.’

Rosalyn vroeg naar de prijs en toen hij die noemde, bedankte ze hem en liep weg. Maar even later draaide ze zich om, liep terug en zei: ‘Ik neem het.’

‘Weet je het zeker?’ vroeg Betty.

‘Ja. Het zal een enorme aanslag op mijn bankrekening zijn en Bill zal denken dat ik niet goed snik ben, maar ik wil het hebben. Kunt u het opsturen?’ vroeg ze aan señor Salazar.

‘We zullen er een kist voor maken en het kan langzaam per schip worden vervoerd of snel en tegen een hogere prijs per vliegtuig.’

‘Stuur het maar snel per vliegtuig,’ zei ze roekeloos. Ze schreef haar adres op en overhandigde hem haar creditcard. ‘Ik word ook advocaat, *una abogada*. En wie weet word ik op een dag ook wel *una magistrada*.’

Señor Salazar glimlachte en zei: ‘Waarom niet, señorita Toledano?’

‘Ja, en als ik dan aan dit bureautje een belangrijk document onderteken, zal ik aan uw vriend denken, señor...’

‘Señor Callicó.’

‘Ja, aan señor Callicó.’

‘Dat doet me plezier, señorita Toledano,’ zei de man toen ze de afrekening ondertekende en haar creditcard aannam.

‘Dank u wel voor uw geduld, señor.’

‘*De nada*. Geen dank,’ zei señor Salazar, en hij maakte een kleine buiging.

Toen de Amerikaanse jonge vrouwen weg waren, pakte de oude man een zachte doek en wreef er voorzichtig mee over de zilveren bekers tot alle vingerafdrukken waren verdwenen. Toen ze weer onberispelijk glommen, zette hij ze terug op het blad en daarbij lette hij er zorgvuldig op dat de twee beschadigde bekers met hun deuken en krassen naar de muur stonden gekeerd.

WOORD VAN DANK

VELEN HEBBEN HET SCHRIJVEN VAN DIT boek mogelijk gemaakt. Als de informatie die ik van onderstaande mensen heb gekregen fout geïnterpreteerd is, treft alleen mij blaam.

Voor het beantwoorden van vragen op medisch gebied dank ik Myra Rufo, Ph.D., hoogleraar bij de faculteit anatomie en celbiologie aan Tufts Medical School; Louis Caplan, M.D., directeur van de afdeling infarcten van het Beth Israel Hospital en professor in de neurologie aan de Harvard Medical School; Jared A. Gollob, M.D., onderdirecteur van het Biologische Therapie Programma in het Beth Israel Hospital en assistent-hoogleraar aan de Harvard Medical School; Vincent Patalano, M.D., oogarts in de Massachusetts Eye and Ear Infirmary en assistent-hoogleraar aan de Harvard Medical School; en het personeel van de Centers for Disease Control in Atlanta, Georgia.

In Spanje was de historicus Carlos Benarroch zo vriendelijk om met mij door het oude joodse stadsdeel van Barcelona te wandelen en een beeld voor me te schetsen van het leven van de Spaanse joden in de Middeleeuwen. Ik dank Jordi Maestre en Josep Tarrés voor hun medewerking in Girona. Twee families in Girona hebben me thuis ontvangen om me een indruk te geven van het leven van sommige joden in het Spanje van honderden jaren geleden. Josep Vicens I Cubarsi en Maria Collel Laporta Casademont lieten me een wonderbaarlijk stenen bouwsel zien, compleet met muuroven, dat ze bij het uitgraven van de lemen vloer van hun kelder aantroffen onder hun bezienswaardige huis. En de familie Colls Labayen liet me het fraaie huis zien dat in de dertiende eeuw werd bewoond door rabbijn Moses ben Nahman, de grote Nahmanides. In Toledo werd ik vriendelijk geholpen door Rufino Miranda en het personeel van het Museo Sefardi van de Sinagoga del Tránsito.

In het Museu Marítim in Barcelona spraken Enrique Garcia en Pep Savall met mijn zoon Michael Gordon, die zijn vader vertegenwoordigde, over reizen per zeilschip; ze noemden daarbij Spaanse havens die een zestiende-eeuws vrachtschip had kunnen aandoen. Luis Sintes Rita en Pere Llorens Vila namen me in de *Sol Naixent III*, de boot van Luis, mee voor een tocht door de wateren rondom Menorca. Ook lieten ze me een afgelegen gebouw zien dat ooit een ziekenhuis voor patiënten met besmettelijke ziekten is geweest en dat nu een vakantieoord is voor de artsen van de Spaanse gezondheidsdienst. Ik dank de directeur, Carlos Guitierrez del Pino en de gids van het centrum, Policarpo Sintes, voor hun gastvrijheid en de rondleiding door het museum van oude medische voorwerpen.

Ik dank het American Jewish Congress en Avi Camchi, de erudiete gids, voor de rondleiding langs joodse geschiedkundige plaatsen in Spanje. Men vond het goed dat ik deze reis een paar dagen onderbrak en me later weer bij hen voegde, en ik dank een erg aardige groep mensen uit Canada en de Verenigde Staten voor hun tolerantie jegens een schrijver die graag dicht bij elke gids wilde staan om diens woorden op de band te kunnen vastleggen.

In Amerika dank ik professor M. Mitchell Cerels, de vroegere directeur van de afdeling Sephardic Studies aan de Yeshiva Universiteit, voor het beantwoorden van mijn vragen, evenals dr. Howard M. Sachar, professor in de geschiedenis aan de George Washington Universiteit, en dr. Thomas F. Glick, de directeur van het Institute of Medieval History aan de Boston Universiteit.

De eerwaarde James Field, de directeur van het Office for Worship van het aartsbisdom Boston, en de eerwaarde Richard Lennon, de rector van St. John's Seminary in Brighton, Massachusetts, beantwoordden geduldig de vragen van een Amerikaanse jood over de rooms-katholieke Kerk, en ik ben dankbaar voor de vriendelijke medewerking van de Latijnse faculteit aan het College of the Holy Cross in Worcester, Massachusetts.

Rabbijn Donald Pollock en Charles Ritz hebben meegezocht naar de data van joodse feestdagen in de Middeleeuwen. Mijn levenslange vriend Charlie Ritz liet me uit zijn eigen bibliotheek van joodse boeken alles lenen wat ik wilde. Meester Saul Fatles, een kameraad uit mijn diensttijd in het leger van de Verenigde Staten, beantwoordde vragen over het beroep van jurist.

De Universiteit van Massachusetts in Amherst laat me al jarenlang als een faculteitslid gebruik maken van de W.E.B. Du Bois Library, en ik ben vooral dank verschuldigd aan Gordon Fretwell, de onderdirecteur van deze bibliotheek, Betty Brace, het hoofd van de afdeling dienstverlening, en Edla Holm, het vroegere hoofd van het interbibliothecaire uitleenkantoor. Ook dank ik de Mugar Memorial Library en de Library of Science and Engeneering van mijn alma mater, de Boston Universiteit, voor hun medewerking, en daarnaast de Countway Medical Library en de Widener Library van de Harvard Universiteit, de bibliotheek van het Hebrew College en de openbare bibliotheken van Brookline en Boston.

Ik kwam tot de ontdekking dat er verschillende schattingen bestaan van het aantal Spaanse joden aan het eind van de vijftiende eeuw en dat de gebeurtenissen uit die tijd vanuit verschillende standpunten beschreven worden. Ik ben zo vrij geweest om de voor mij meest logische versies te gebruiken.

Waarschuwing: mijn beschrijvingen van plantaardige geneesmiddelen heb ik gebaseerd op gegevens uit de geschriften van Avicenna, Galenus en andere artsen uit lang vervlogen tijden. Bij het samenstellen van hun medicijnen gingen deze artsen en apothekers echter niet erg wetenschappelijk te werk, en de werkzaamheid van hun middelen is niet bewezen. Daarom is het niet aan te raden de in dit boek beschreven geneesmiddelen uit te proberen, omdat ze levensgevaarlijk kunnen zijn.

Al sinds het begin van het christendom bestaat er een levendige handel in al of niet gestolen, al of niet vervalste religieuze voorwerpen. In veel kerken overal ter wereld bevinden zich relikwieën van de heilige Anna, de door de rooms-katholieken vereerde moeder van Maria. Het fictieve verhaal over mijn relikwie van de heilige Anna tot en met de tijd van Karel de Grote heb ik gebaseerd op gebeurtenissen die staan beschreven in katholieke boeken over de heiligen.

De belevenissen van het relikwie na die tijd heb ik zelf verzonnen, evenals de Priorij van de Tenhemelopneming in Toledo en de vallei en het dorp Pradogrande. Alle genoemde heersers en bisschoppen, behalve Enrique Sagasta en Guillermo Ramero, hebben bestaan. Alle moderne personages in de epiloog zijn fictief en niet gebaseerd op levende of gestorven personen.

Ik ben dankbaar voor de enthousiaste steun en de vriendschap van mijn Duitse uitgever, dr. Karl H. Blessing van Karl Blessing Verlag, mijn Amerikaanse agent Eugene H. Winick van McIntosh & Otis, Inc., en mijn internationale agent, Sara Fisher van het A.M. Heath literair agentschap in Londen.

Mijn uitgeverij in Spanje, Ediciones B, is me op diverse manieren bijzonder behulpzaam geweest en ik dank daarvoor de uitgeefster, Blanca Rosa Roca, en de hoofdredacteur Enrique de Hériz.

Ik heb het manuscript in delen naar Duitsland en Spanje gestuurd opdat men daar met de vertaling kon beginnen terwijl ik nog aan het schrijven was. Historicus en journalist José Maria Perceval corrigeerde mijn bladzijden, gaf raad en zorgde ervoor dat de namen van mijn personen passen bij de taal en de cultuur van de Spaanse gebieden waar de gebeurtenissen zich afspelen. Deze moeilijke taak, waarvoor ik hem dank, maakte voortdurende aanpassingen noodzakelijk en ik ben de redactrices Judith Schwaab van Karl Blessing Verlag in München en Cristina Hernández Johansson van Ediciones B in Barcelona dan ook zeer dankbaar voor hun geduld en bekwaamheid. Tijdens een groot deel van het schrijven van dit boek bofte ik geweldig met een eerste lezing door redacteur Herman Gollob, tot hij naar Engeland vertrok om daar onderzoek te doen voor een boek over zijn relatie tot Shakespeare. Hij is een uitstekende redacteur en een groot liefhebber van het werk van schrijvers, en dankzij hem is mijn roman veel beter geworden dan deze zonder hem zou zijn geweest.

Mijn dochter Jamie Beth Gordon was steeds op zoek naar 'een boek waar papa iets aan zou kunnen hebben', en bij het lezen van de briefjes die ze voor me achterliet, voelde ik me elke keer weer geliefd en gesterkt. Mijn dochter Lise Gordon heeft een deel van mijn eerste manuscript en het hele voltooide werk gelezen. Mijn schoonzoon Roger Weiss schoot ontelbare keren te hulp als mijn computer grote brokken met veel moeite geproduceerd proza inslikte en weigerde deze weer uit te braken; hij was steeds een reddende engel. Mijn schoondochter Maria Palma Castillón vertaalde, verklaarde, las de Spaanse drukproeven en kookte, als we in hetzelfde land waren, heerlijke Catalaanse maaltijden. Mijn zoon Michael Seay Gordon was me voortdurend behulpzaam met commentaar, knipsels, telefoontjes, advies en steun. Namens mij interviewde hij allerlei mensen en tijdens enkele van mijn reizen door Spanje was hij een geweldige metgezel.

Lorraine Gordon, nog steeds de perfecte schrijversvrouw, geeft me zoveel dat ik het niet eens onder woorden kan brengen. Ze staat me toe dat ik steeds weer verliefd op haar word, wat ik dan ook al vele jaren doe.

Brookline, Massachusetts
6 juli 1999